Sprache
und
Literatur 16

D1664295

Harald Weinrich

Tempus

Besprochene und erzählte Welt

Fünfte Auflage

Verlag W. Kohlhammer
Stuttgart Berlin Köln

Meinem Lehrer
Heinrich Lausberg
dankbar gewidmet

Die Deutsche Bibliothek – CIP-Einheitsaufnahme

Weinrich, Harald:
Tempus : besprochene und erzählte Welt / Harald Weinrich. -
5. Aufl. - Stuttgart ; Berlin ; Köln : Kohlhammer, 1994
  (Sprache und Literatur ; 16)
    ISBN 3–17–013577–5
NE: GT

Fünfte Auflage 1994
Zweite, völlig neubearbeitete Auflage 1971
Alle Rechte vorbehalten
© 1964 W. Kohlhammer GmbH
Stuttgart Berlin Köln
Verlagsort: Stuttgart
Gesamtherstellung:
W. Kohlhammer Druckerei GmbH + Co. Stuttgart
Printed in Germany

Inhalt

ERSTES KAPITEL

Tempus im Text

1. Tempus und Zeit

Am Anfang war das Wort *chrónos* (χρόνος). Es bezeichnete bei den Griechen die Zeit ebenso wie gewisse Formen der Sprache, der »Zeitwörter«.[1] Desgleichen konnten in der lateinischen Sprache mit dem Wort *tempus* sowohl das außersprachliche Phänomen Zeit als auch die sprachlichen Formen bezeichnet werden, die wir noch heute mit einem Latinismus Tempus-Formen nennen. In vielen europäischen Sprachen gilt diese Gleichsetzung noch im heutigen Sprachgebrauch: frz. *temps,* it. *tempo,* span. *tiempo* wie auch die zugehörigen Adjektive stehen gleichermaßen für Zeit und Tempus. Andere Sprachen können jedoch in den Bezeichnungen unterscheiden, so beispielsweise das Deutsche mit Zeit und Tempus sowie das Englische mit den Wörtern *time* und *tense.* Während die deutsche Sprache diese Unterscheidung auch in den Adjektiven zeitlich und temporal aufrechterhält, läßt die englische Sprache in dem Adjektiv *temporal* beide Begriffe wieder zusammenfallen.

Die Namen der einzelnen Tempora bestätigen die skizzierte Homonymie. In den Tempus-Nomenklaturen der verschiedenen Sprachen tauchen mit suggestiver Beharrlichkeit Namen auf, die entweder die Vergangenheit, die Gegenwart oder die Zukunft direkt bezeichnen (vgl. frz. Passé, Présent, Futur; engl. Past, Present, Future) oder doch wenigstens indirekt auf diese »Zeitstufen« verweisen, wie etwa lat. Perfectum ›vollendet‹, engl. Preterit ›vorübergegangen‹, frz. Plus-que-parfait ›mehr als vollendet‹, dt. Exakt-Futur ›zu Ende geführte Zukunft‹ usw. Und wer immer nach der ersten eine weitere Sprache lernt, findet in deren Grammatik wieder die Erklärungen bestätigt, die er sehr früh mit seiner ersten Grammatik aufgenommen hat.

Es mag ja nun sein, »daß etwas Wahres daran ist«. Für eine linguistische Untersuchung der syntaktischen Klasse Tempus ist es jedoch nicht ratsam, mit so massiven Vorentscheidungen an die Arbeit zu gehen. Natürlich ist auch diese Untersuchung nicht »voraussetzungslos«; ohne das Apriori gewisser linguistischer Vorgaben – man mag sie Axiome, Prinzipien oder Grundbegriffe nennen – käme überhaupt niemand auf den Gedanken, nach Tempora zu fragen.[2] Insbesondere wollen wir als Vorgabe ein ungefähres Vorwissen davon zulassen, welche sprachlichen Formen als Tempora gelten sollen. Es sind – am Beispiel der französischen Sprache – solche Formen wie die folgenden Morpheme, die das

Lexem /ʃãt/ ›chant-‹ in einer jeweils besonderen Weise determinieren:
/ʃãtɛ/, /ʃãta/, /aʃãte/. /ʃãt(ə)ra/, /ʃat(ə)rɛ/, aber auch /ʃãt/ als Verbindung des Lexems mit einem Null-Morphem (∅). Wir sind gewohnt,
diese Verbformen als Imparfait, Passé simple, Passé composé, Futur,
Conditionnel und Présent zu bezeichnen. Diese Liste soll aber im
Moment nur den Wert eines Beispiels und Musters haben; es interessiert
im Augenblick auch nicht die Frage nach der Abgrenzung der Tempus-
Formen insgesamt von anderen mehr oder weniger verwandten syntaktischen Formen wie Imperativ und Konjunktiv (vgl. Kap. IX). Bei
allen Tempus-Formen soll jedoch die methodische Regel gelten, daß
bei der eingehenden Funktionsbeschreibung, die auf den weiteren Seiten
dieses Buches von ihnen gegeben wird, keine Argumente e nomine, d. h.
aus dem bloßen Namen der Verbform (»wie der Name schon sagt«)
zugelassen werden sollen. Das gilt auch für den Gattungsnamen Tempus, den wir ebenfalls, wenn ich einmal so formulieren darf, als ein
Wort unbekannter Etymologie ansehen wollen. Diese Konvention wird
dann erlauben, fast ohne eine neue Terminologie auszukommen. Einige
wenige neue Termini sind allerdings unerläßlich; sie beziehen sich
jedoch ausschließlich auf Tempus-Gruppierungen und Tempus-Kombinationen als Ausdruck einer bestimmten Tempus-Theorie. Die einzelnen Tempora werden hingegen so bezeichnet, wie sie in den Grammatiken am geläufigsten bezeichnet werden, und zwar jeweils in der
Grammatik, von deren Sprache die Rede ist. Beim Lateinischen sage
ich also Imperfectum, beim Französischen Imparfait, beim Italienischen
Imperfetto. Diese Regelung soll die mögliche Auffassung erschweren,
es sei das eine Tempus Imperfectum in allen Sprachen identisch. Grundsätzlich muß jede Tempus-Funktion für jede Sprache neu bestimmt
werden. Stehen in einer Nomenklatur mehrere Bezeichnungen zur Auswahl, gebe ich derjenigen Bezeichnung den Vorzug, die sich am wenig-
sten zu einem Argument e nomine hergibt. Ich bevorzuge also die Bezeichnung Präteritum vor Vergangenheitsform, Perfecto simple vor
Pretérito perfecto und entsprechend bei den anderen Tempora.

2. Textlinguistik

Eine Beschreibung der Tempus-Formen und ihrer Funktionen ist Teil
der Grammatik einer Sprache, genauer der Syntax (zu der wir die Morphologie rechnen wollen). Die Syntax ist jedoch nur dann ein adäquater
Ort für die in Frage stehende Tempus-Theorie, wenn sie der Untersuchung den nötigen Spielraum läßt. Das ist dann nicht der Fall, wenn
sich die Syntax in einer unüberlegten Vorentscheidung als »Satzlehre«
versteht. John Lyons' Feststellung »the sentence is the largest unit of
grammatical description« (frei nach Bloomfield)[3] beschreibt zwar ziemlich genau die Tatsächlichkeit eines bis vor wenigen Jahren allgemein

geübten Respekts vor dem Satz als der obersten linguistischen Bezugseinheit. Aber wo steht die Begründung, daß es auch so sein sollte! Ich finde keine unanfechtbaren Argumente, die dem Satz – was ist das eigentlich genau? – eine solche privilegierte Stellung in einer linguistischen Untersuchung mit Notwendigkeit zuweisen könnten. Offensichtlich ist der Satz weder die größte noch die kleinste Einheit einer sprachlichen Äußerung, sondern allenfalls eine Einheit mittlerer Länge – irgendwo zwischen dem Text und seinen Phonemen oder Merkmalen. Also muß der Linguist in seiner Untersuchung die Satzbasis erst gewinnen, entweder konstruierend aus den kleinsten Einheiten oder segmentierend aus den größten Einheiten. In beiden Fällen muß dieser Prozeß dann, wenn mit ihm die Satzeinheit gewonnen werden soll, abgebrochen werden, bevor er an sein natürliches Ende gelangt ist. Der Linguist *kann*, ausgehend von den Phonemen oder Merkmalen, größere Einheiten als den Satz konstruieren, und umgekehrt *kann* er, absteigend vom Text, die Segmentierung über den Satz hinaus weitertreiben, um kleinere Einheiten zu gewinnen. Warum also soll er gerade beim Satz innehalten?

In der folgenden Untersuchung wird der Satzgrenze jeder *besondere* Respekt verweigert. Die Fragen sollen statt dessen bei *Texten* ansetzen, und die anzuwendende Methode kann als Textlinguistik qualifiziert werden. Die Textlinguistik ist eine Weiterentwicklung der strukturalen Sprachwissenschaft. Als struktural bezeichne ich nach dem in der Wissenschaft geltenden Sprachgebrauch eine solche Sprachwissenschaft, die – auf der Grundlage des *Cours de linguistique générale* (1916) von Ferdinand de Saussure – nach den sprachlichen Zeichen nicht in der Isolierung oder mit einer bloß historischen· (»diachronischen«) Fragestellung fragt, sondern den Stellenwert eines sprachlichen Zeichens im größeren Strukturzusammenhang eines sprachlichen Code oder eines seiner Subsysteme untersucht.[4] Dabei ist nun die paradigmatische von der syntagmatischen Dimension zu unterscheiden. Jedes sprachliche Zeichen – eine Tempus-Form etwa – steht in einer paradigmatischen Struktur, insofern dieses Tempus mit anderen Tempora dieser Sprache ein syntaktisches Subsystem (»Paradigma«) bildet. Der kompetente Sprecher einer Sprache kennt dieses Paradigma; er hat es als memorielle Struktur im (Langzeit-)Gedächtnis. Ebenso wichtig ist jedoch, daß jedes sprachliche Zeichen einer syntagmatischen Struktur zugehört. Eine Tempus-Form etwa kommt ja, außer in grammatischer Präparation, nicht isoliert vor, sondern bildet ein Zeichen in einer längeren oder kürzeren Zeichenkette, die in einem Kommunikationsprozeß vom Sprecher zum Hörer (oder vom Schreiber zum Leser) wandert. Auch zu den anderen Zeichen der Zeichenkette, den voraufgehenden wie den nachfolgenden, steht ein Zeichen also in bestimmten Relationen, die als Strukturen beschrieben werden können. Diese Relationen sind, sofern sie zur Vorinformation bestehen, ebenfalls memorieller Natur

(Kurzzeitgedächtnis); sofern sie aber auf die Nachinformation ausgreifen, sind sie Strukturen der Antizipation oder der Erwartung. Die paradigmatische und die syntagmatische Dimension der Sprache müssen grundsätzlich als gleichrangig angesehen werden. Es ist jedenfalls nicht recht erkennbar, mit welchen Argumenten die eine der anderen Dimension vorgezogen werden sollte. So hat es auch Ferdinand de Saussure gesehen.

Wissenschaftsgeschichtlich ist jedoch bemerkenswert, daß sich die Aufmerksamkeit der Linguisten in alter und neuer Zeit vorrangig der Paradigmatik zugewandt hat. Das Ziel war etwa, eine Grammatik oder ein Wörterbuch zu verfassen. In beiden Produkten erscheinen die sonst in mannigfaltigen Texten verstreut vorkommenden Sprachzeichen geordnet und systematisiert in den Paradigmen der Formenreihen oder der Bedeutungstypen. Grammatiken und Wörterbücher entstehen nämlich aus der Auflösung von Texten (»Verzettelung«). Dabei gehen die Textstrukturen nicht selten verloren.

Dagegen wendet sich die Textlinguistik. Natürlich kann Textlinguistik nicht bedeuten, daß es nun nicht mehr darum ginge, eine Grammatik, ein Wörterbuch oder eine andere paradigmatisch orientierte Sprachbeschreibung zu geben. Das muß schon um der geistigen Ökonomie willen so sein; andernfalls wäre Linguistik zu nichts nütze. Im Falle der Tempus-Problematik etwa ist es wohl unerläßlich, der Untersuchung ein Ziel zu setzen, das etwa als Teilstück einer Grammatik beschrieben werden könnte. Aber in diesem Stück Grammatik soll nicht vergessen sein, daß die Tempus-Formen demjenigen, der sie untersuchen will, zuerst und zumeist in Texten begegnen, wo sie mit anderen Zeichen, auch anderen Tempus-Formen, ein Determinationsgefüge bilden. Diese textuellen Werte dürfen im Prozeß der Herstellung einer Tempus-Grammatik nicht auf der Strecke bleiben, sondern müssen vielmehr – etwa in Form von textuellen Indexwerten – in die Tempus-Paradigmatik eingehen.

In dem skizzierten Sinne ist also die Bezeichnung Textlinguistik kein erschöpfendes Programm für Linguistik überhaupt, sondern eher eine Erinnerung an das jetzt dringlich und mit einigen Aussichten auf signifikante Ergebnisse zu leistende Arbeitsprogramm. Es ist, um nur einige Andeutungen zu geben, in der Phonologie der Silbenrahmen, in der Semantik der Wortrahmen und vor allem in der Syntax der Satzrahmen zu sprengen, und alle Fragen haben als Vorgabe nur den Textrahmen, d. h. das Phonem im Text, das Monem (Morphem, Lexem) im Text und das Syntagma im Text.

Der Textbegriff, so hört man gelegentlich, ist nicht definierbar. Ob diese Feststellung richtig oder falsch ist, hängt davon ab, was man von einer Definition (am Anfang einer Untersuchung!) erwartet. Offenbar ist es unbillig, von der einleitenden Definition alle Information zu erwarten, die bestenfalls erst die eingehende Untersuchung erbringen kann. Es könnte ja z. B. so sein, daß Tempus-Formen für die Text-konstitution sehr wesentlich sind und in einer beschreibenden Definition *(definitio per proprietates)* erscheinen müssen. Für eine solche Definition ist man aber *vor* der Untersuchung noch nicht gerüstet. Es kann sich also an dieser Stelle nur um eine Rahmen-Definition handeln, etwa so: Ein Text ist eine sinnvolle (d. h. kohärente und konsistente) Abfolge sprachlicher Zeichen zwischen zwei auffälligen Kommunikationsunterbrechungen. Auffällig sind beispielsweise in oraler Kommunikation längere, also nicht nur dem Atemholen oder der Wort-suche dienende Sprechpausen, in schriftlicher Kommunikation etwa der vordere und der hintere Einbanddeckel eines Buches. Auch willkürlich angelegte Schnitte schaffen in diesem Sinne (quasi-metasprachliche) auffällige Kommunikationsunterbrechungen. So sind – auch ohne die Determinationshilfe einer »sprechenden Situation« – sehr kurze Texte möglich: das Umfangsminimum liegt bei zwei Monemen (= kleinsten bedeutungstragenden Einheiten). Ein Maximum ist nicht festgelegt.[5]

3. Eine Vorüberlegung: Obstinate Zeichen

Wer einen Brief schreibt, beginnt in der Regel mit dem Ort und dem Datum. Dann erst läßt er der Feder freien Lauf. Er schreibt vielleicht an jenem Tag den Brief nicht mehr zu Ende. Oder er setzt am nächsten Tag, noch eine Notiz hinzu. Von dieser Art ist ein Brief, den Schiller an Goethe geschrieben hat, und den ich in modernisierter Orthographie, um drei Abschnitte gekürzt, hier wiedergebe:[6]

Weimar, 5. September 1800
Der Humboldtische Aufsatz, den ich Ihnen hier zurückschicke, wird recht gut zu brauchen sein. Der Inhalt muß interessieren, denn er betrifft einen abgeschlossenen menschlichen Zustand, der wie der Berg, auf dem er seinen Sitz hat, vereinzelt und inselförmig ist, und mithin auch den Leser aus der Welt heraus und in sich selbst hineinführt. Die Beschreibung könnte ein wenig lebhafter und unterhaltender sein, doch ist sie nicht trocken, und zuweilen läßt sich vielleicht mit einem Worte oder einem Strich nachhelfen. Es wäre zu wünschen, daß unmittelbar neben diesem Gemälde ein entgegengesetztes von dem bewegtesten Weltleben hätte angebracht werden können, so würden beide eine doppelte Wirkung tun. (. . .)
Der arme Eschen, Vossens Schüler, den Sie als Übersetzer des Horaz kennen, ist im Chamonix-Tal verunglückt. Er glitschte im Steigen aus und fiel in einen Abgrund, wo er unter Schneelawinen begraben wurde und nimmer zum Vorschein kam. Es tut mir sehr leid um den armen Schelmen, daß er auf eine so jämmerliche Art von der Welt gehen mußte.

den 6. September
Mir ist noch kein Brief von Ihnen gebracht worden. Ich will hoffen, daß recht großer Fleiß Sie abgehalten, mir zu schreiben. Leben Sie recht wohl und lassen mich bald von Ihnen hören.

Die Ortsangabe »Weimar« gilt hier, einmal gesetzt, bis zum Ende des Briefes. Der ganze Brief ist in Weimar geschrieben. Die Ortsangabe steht also »ein für allemal«. Die Zeitangabe »5. September 1800« gilt hier hingegen nicht für den ganzen Brief, sondern nur bis zur nächsten Zeitangabe »den 6. September«, welche die erste Zeitangabe außer Kraft setzt. Sie gilt also nur auf Widerruf, »bis auf weiteres«. Immerhin gilt sie nicht nur, was auch denkbar wäre, für die nächste Wortgruppe oder für den nächsten Abschnitt. Es wäre ja auch umständlich und unökonomisch, wollte der Schreiber mit jedem neuen Satz oder jedem neuen Abschnitt Orts- und Zeitangabe neu setzen.

Diese unökonomische Umständlichkeit scheut auch der Komponist, der in seiner Partitur die Tempo-Angabe nicht bei jeder Zeile oder gar bei jedem Takt wiederholt. Er setzt sie am Anfang, und nun gilt sie solange, bis sie durch eine neue Tempo-Angabe widerrufen wird.

Es geht um die Frage, wie lange sprachliche Zeichen, wenn sie in einem Text gesetzt werden, weiterhin gelten. Es mag sogar sein, daß sie rückwirkend gelten. Von dieser Möglichkeit will ich im Augenblick absehen. Aber sicher gelten sie nicht nur für den Augenblick, in dem sie vom Sprecher geäußert und vom Hörer aufgenommen werden. Grundsätzlich läßt sich die gestellte Frage so beantworten, daß ein sprachliches Zeichen im Text so lange gilt, bis entweder der Text zu Ende geht oder die Geltung durch ein anderes Zeichen derselben Kategorie außer Kraft gesetzt wird. Ein Personalpronomen, »ich« beispielsweise, gilt in einem Text so lange, bis es durch ein anderes Personalpronomen im Nominativ, »er« beispielsweise, außer Kraft gesetzt wird. Es ist aber zu beachten, daß dieses zweite Personalpronomen auch semantisch aufgefüllt (»expandiert«) sein kann, so daß dort also etwa ein Nominalnexus wie »der Nachbar« steht.[7] Entsprechend gilt ein bestimmter Artikel im Text so lange weiter, als er nicht durch einen anderen Artikel, etwa einen unbestimmten Artikel oder auch einen Demonstrativ-, Possessiv- oder Numeral-Artikel, aufgehoben wird. In der Wendung »der Nachbar und Freund« gilt also beispielsweise der bestimmte Artikel weiter, in der Wendung »der Nachbar und ein Freund« nicht. Das Beispiel läßt jedoch gleichzeitig recht gut erkennen, daß die skizzierte Regel nur dann sinnvoll angewandt werden kann, wenn die Bedingungen genau beschrieben werden können, unter denen zwei Zeichen als zu derselben Kategorie gehörend gekennzeichnet werden können. In der Anwendung auf den Artikel beispielsweise muß vorher festgestellt sein, daß solche Morpheme wie die Demonstrativ-Pronomina, die Possessiv-Pronomina und die Numeralia nicht einer wie immer bestimmten Kategorie des Pronomens zugewiesen werden, sondern der Klasse der Artikel. Sie heben nämlich die Geltung eines voraufgehenden bestimmten Artikels ebenso auf wie ein unbestimmter Artikel.

Es muß weiterhin genau gesagt werden, was unter der fortdauernden

Geltung eines Zeichens in einem Text verstanden werden soll. Hier muß man sich der textlinguistischen, genauer textsemantischen Grundtatsache erinnern, daß die einzelnen Sprachzeichen in einem Text nicht isoliert nebeneinander stehen. Ein Text ist nicht definierbar als bloße Reihung und Addition einzelner Zeichen. Es kommt vielmehr zur Textkonstitution hinzu, daß alle diese Zeichen einander determinieren. Unter der Geltung eines Zeichens im Text soll eben diese Fähigkeit zur Determination anderer Zeichen in der Nachbarschaft des Textes verstanden werden. Grundsätzlich, d. h. ohne die Kenntnis eines konkreten Zeichens in einem konkreten Text, sind die Grenzen der Determinationskraft eines Zeichens nicht anzugeben. Man kann durchaus die Ansicht vertreten, daß in einem längeren Text, etwa einem Roman, das erste Wort noch das letzte Wort determinieren kann. Wenn wir jedoch in allen Fällen von der unbegrenzten Determinationskraft jedes Zeichens im Text ausgehen müßten, wäre die textlinguistische Analyse sehr erschwert, wenn nicht unmöglich gemacht. Aus diesem Grunde ist der Hinweis wichtig, daß in der Sprache wenigstens bei einigen Zeichen, nämlich insbesondere den grammatischen Morphemen, eine Prozedur festgelegt ist, nach der die Determinationskraft und Geltung eines Zeichens wieder aufgehoben werden kann. Das ist immer dann der Fall, wenn ein Zeichen durch ein anderes Zeichen abgelöst wird, das mit ihm zusammen mehr oder weniger deutlich einer Klasse oder Kategorie zugewiesen werden kann.

Das skizzierte Problem ist mit dieser knappen Darstellung nicht erschöpft. Für die weiteren Überlegungen ist insbesondere wichtig, daß es auf den folgenden Seiten dieses Buches bei den Überlegungen zur Frequenz in der Regel nicht auf die mehr oder weniger häufige Wiederkehr einer individuellen Form in einem gegebenen Text ankommt, sondern auf die Frequenz und Wiederkehr einer bestimmten Formengruppe. Es geht also, um zunächst trivial zu beginnen, niemals um die Frage, wann in Schillers Korrespondenz genau die Ortsangabe »Weimar« wiederkehrt. Interessant ist vielmehr nur die Frage, unter welchen Bedingungen überhaupt eine Ortsangabe wiederkehrt. Dementsprechend, und diese Feststellung ist schon weniger trivial, richtet sich auch die Aufmerksamkeit gewöhnlich nicht auf die Frage, wann und wie oft eine Tempus-Form »Präsens« im Text wiederkehrt, sondern wann und wie oft überhaupt eine Tempus-Form oder eine bestimmte Tempus-Gruppe wiederkehrt.

Unter diesem Gesichtspunkt sind nun große Unterschiede bereits auf den ersten Blick erkennbar. Solche Zeichen wie Ortsangaben und Daten kehren offenbar ziemlich selten wieder. Wir sagen dafür auch, daß die Rekurrenzwerte dieser Zeichen niedrig sind. Die Tempus-Formen hingegen haben hohe Rekurrenzwerte. Der hier abgedruckte Brieftext beispielsweise hat eine Ortsangabe, zwei Daten, aber er hat 26 Tempus-Formen. Es sind die Verben: *zurückschicke, wird sein, muß,*

betrifft, hat, ist, hineinführt, könnte sein, ist, läßt, wäre, hätte an-
gebracht werden können, würden tun, kennen, ist verunglückt, glitschte,
fiel, begraben wurde, kam, tut, mußte, ist gebracht worden, will, ab-
gehalten (hat). Natürlich haben die Tempus-Formen nicht immer und
in allen Texten die gleichen und etwa genau diese Rekurrenzwerte.
Der Schillersche Brief hat, so wie er hier abgedruckt ist, 18 Zeilen
Länge. 24 Tempus-Formen auf 18 Zeilen, das ist ziemlich viel und
ist ziemlich typisch für den hurtigen, verbalen Stil eines Briefes. In
anderen Texten – man kann sich leicht durch Stichproben überzeugen –
liegen die Rekurrenzwerte der Tempus-Formen niedriger. Im Durchschnitt der Textarten bewährt sich die Faustregel, daß ein Text ungefähr soviele Tempus-Formen hat, wie er gedruckt Zeilen zählt.

Hochgradige Rekurrenzwerte wie diese, also etwa in der Frequenz
eines Zeichens pro Druckzeile, bezeichne ich im folgenden – mit einem
an die Musikterminologie angelehnten Begriff – als *Obstination.* Ich
rechne also die Tempus-Formen zu den obstinaten Zeichen. Andere
Zeichen wie die erwähnten Ortsangaben und Daten, aber auch solche
makrosyntaktischen Signale wie »eines Tages«, »nun aber« und »endlich«, von denen später noch die Rede sein wird, sind in der Regel
nicht-obstinate Zeichen. Mit diesem neuen Begriff sollen jedoch keine
besonderen Ansprüche verbunden werden. Wem er nicht gefällt, der
kann ihn auch vermeiden und etwas umständlicher von hohen und
niedrigen oder, man müßte wohl besser sagen, sehr hohen und sehr
niedrigen Rekurrenzwerten sprechen.

Unter dem Gesichtspunkt der eingangs kurz erörterten Suggestion,
Tempus und Zeit zu identifizieren, ist vielleicht aus den voraufgehenden
Überlegungen der Hinwies darauf ableitbar, daß solche Zeitangaben
wie Daten und Zeit-Adverbien gewöhnlich zu den nicht-obstinaten
Zeichen gehören, während Tempus-Formen eindeutig obstinat sind.
Wir haben also bei Zeitangaben und Tempus-Formen zwei sehr ver-
schiedene Zeichentypen vor uns. Es dürfte ratsam sein, sie sorgfältig
auseinanderzuhalten.

4. Tempus-Distribution

Bei einer textlinguistischen Untersuchung des Tempus-Problems darf
man nicht an Texten sparen. Ich erbitte also im folgenden die Aufmerksamkeit des Lesers für einen Text von Thomas Mann. Es handelt
sich um den Anfang seines Essays ›Goethes Laufbahn als Schriftsteller‹
aus dem Band *Leiden und Größe der Meister* (1935).

Der 22. März 1832 war gekommen. In seinem Lehnstuhl, ein Oberbett über
den Knien, den grünen Arbeitsschirm über den Augen, starb Goethe. Die
Qualen und Ängste, die dem Tode oft in einigem Abstand vorangehen, waren
vorüber, er litt nicht mehr, er hatte schon ausgelitten, und da man ihm auf

seine Frage nach dem Datum den 22. genannt hatte, erwiderte er, so habe denn der Frühling begonnen und um so eher könne man sich erholen. Danach hob er die Hand und schrieb Zeichen in die Luft. Die Hand rückte seitwärts dabei und sank tiefer, er schrieb wirklich, zeilenweise untereinander, und sein Arm ging nieder, gewiß nicht nur, weil oben kein Platz mehr für diese Geisterschrift gewesen wäre, sondern aus Schwäche. Er lag auf dem Deckbett schließlich, und dort schrieb er weiter. Wie es schien, war es zu wiederholten Malen dasselbe, was der Sterbende unsichtbar aufzeichnete, man sah, daß er genaue Interpunktionszeichen setzte, und glaubte einen und den anderen Buchstaben zu erkennen. Dann fingen die Finger an, blau zu werden, sie kamen zum Stillstand, und als man ihm den Schirm von den Augen nahm, waren sie schon gebrochen.

Goethe starb schreibend. Er tat in letzten, verschwimmenden Träumen seines Bewußtseins, was er mit eigener Hand, in seiner schönen, klaren, reinlichen Schrift, oder diktierend sein Leben lang getan hatte: er schrieb auf, er übte diese Tätigkeit, die das Feste zu Geist zerrinnen läßt und das Geist-erzeugte fest bewahrt; er bannte letztes Gedanken- und Erfahrungsleben, das ihm vielleicht als endgültige und höchst mitteilenswerte Erkenntnis erschien, obgleich es wohl nur das Produkt hinüberträumender Schwäche war, in die Runen der Schrift; er suchte bis zum Ende den Gehalt seines Busens in die formende Sphäre seines Geistes zu erheben. Er war ein Schriftsteller, noch jetzt, wie er es in dem frühen Augenblick gewesen war, als er brieflich, im Gefühl behaglicher Ergriffenheit von seinem stärksten Trieb, seiner innersten Anlage, ausgerufen hatte: »Eigentlich bin ich zum Schriftsteller geboren. Es gewährt mir eine reinere Freude als jemals, wenn ich etwas nach meinen Gedanken gut geschrieben habe.« So wie er es gewesen war, in den abendlichen Morgenstunden, da er die heilige Anämie seines Hauptes nach kurzem Greisenschlaf die letzten Sphärenklänge des „Faust" abgewonnen – eine Handbreit Schriftsatz täglich und manchmal weniger – und mit dem »Neige neige, du Ohnegleiche« das Ende seines Lebens an den Anfang geknüpft hatte.

Ein Schriftsteller. Es ist, meine Damen und Herren, eine recht unfruchtbare kritische Manie, zwischen Dichtertum und Schriftstellertum lehrhaft zu unterscheiden – unfruchtbar und selbst undurchführbar, weil die Grenze zwischen beidem nicht außen, zwischen den Erscheinungen, sondern im Innern der Persönlichkeit selbst verläuft und auch hier noch bis zur Unbestimmbarkeit fließend ist. Dichterische Einschläge ins Schriftstellerische, schriftstellerische ins Dichterische gibt es so viele, daß die Sonderung zum wirklichkeitswidrigen Eigensinn wird, nur aus dem Wunsche geboren, dem Unbewußten, Vorgeistigen, dem, was man als das eigentlich Geniale empfindet, auf Kosten des Verstandesmäßigen zu huldigen und diesem unter der Hand Geringschätzung zu erweisen. Der ungeheure Verstand Goethes, den Emerson in seiner Besprechung der Helena-Episode aus dem zweiten Teil des »Faust« bestaunt, ist recht darnach angetan, solche Bestrebungen zu beschämen. »Das Wunderbare«, sagt er, »ist die gewaltige Intelligenz darin. Der Verstand dieses Mannes ist ein so mächtiges Lösungsmittel, daß die vergangenen und das jetzige Zeitalter, ihre Religionen, Politiken und Denkungsarten, sich darin zu Urtypen und Ideen auflösen.«

Der durchaus unintelligente Dichter ist der Traum einer gewissen romantischen Naturvergötzung, er existiert nicht, der Begriff des Dichters selbst, der Natur und Geist in sich vereinigt, widerspricht seinem Dasein; und nie könnte verstandloses Schöpfertum sich in ein Lebensalter hinüberretten, wo die Natur nicht mehr oder nicht in dem Grade mehr wie in vermögender Jugendzeit der Hervorbringung zu Hilfe kommt und, um mit Goethe zu reden, Vorsatz und Charakter für sie eintreten müssen. Etwas ganz anderes ist es mit der Naivität, der Unmittelbarkeit, dieser unentbehrlichen Bedingung allen Schöpfertums. Aber man braucht nicht zu sagen, und Goethe ist ein wundervolles Beispiel dafür, daß reinste Naivität und mächtigster Verstand Hand in Hand gehen können.

Emerson hat Shakespeare den größten Dichter und Goethe, in dem doch aller dichterische Ruhm unseres Volkes gipfelt, dagegen den größten Schriftsteller genannt. »Wer die Geschichte recht erkannt hat«, schrieb Goethe mit sechsundzwanzig Jahren, »dem wird aus tausend Beispielen klar sein, daß das Vergeistigen des Körperlichen, wie das Verkörpern des Geistigen nicht einen Augenblick geruht, sondern immer unter Propheten, Religiösen, Dichtern, Rednern, Künstlern und Kunstgenossen hin und her pulsiert hat; vor- und nachzeitig immer, gleichzeitig oft.« Gleichzeitig oft. Das ist die Bekräftigung des schriftstellerischen und dichterischen Seins auf einmal, dieses Ineinanders von Geist und Form, von Kritik und Plastik.

Der Essay von Thomas Mann bestätigt zunächst, was auch der Brief Schillers zu erkennen gab, nämlich die Obstination der Tempus-Formen. Der hier abgedruckte Text hat 72 Druckzeilen und zählt insgesamt 76 Tempus-Formen. In dieser Zahl sind Konjunktive, Infinitive, Partizipien und Imperative nicht mitgezählt. Wir werden auf diese Frage ausführlicher im Kapitel IX zurückkommen. Man könnte diese Formen aber auch mitzählen, das würde die Problemlage nicht wesentlich verändern. Ich schlüssele nun die Gesamtzahl der Tempus-Formen nach den einzelnen Tempora auf. Es sind, in absteigender Linie, folgende Frequenzen zu verzeichnen: 1. Präteritum (32), 2. Präsens (28), 3. Plusquamperfekt (9), 4. Perfekt (6), 5. Futur (1). Das sind sehr unterschiedliche Frequenzwerte für die einzelnen Tempora.

Hier soll nun insbesondere auf die Distribution der Tempus-Formen im Text geachtet werden. Es wäre ja denkbar, daß die verschiedenen Tempora mit ihren unterschiedlichen Frequenzen im Text willkürlich gemischt vorkämen. Sie könnten nach den Gesetzen der Zufallswahrscheinlichkeit gestreut sein. Davon kann aber weder in diesem Text noch normalerweise in anderen Texten die Rede sein. Die Abfolge der Tempora in einem Text ist offensichtlich in gewissem Sinne geordnet. Man findet insbesondere sehr häufig Ballungen eines und desselben Tempus, regelrechte »Tempus-Nester«, in unmittelbarer Kontext-Nachbarschaft. In diesem Text findet man beispielsweise Ballungen des Präteritum und des Plusquamperfekt in der ersten Hälfte, Ballungen des Präsens in der zweiten Hälfte des Textes. Das ist der auffälligste Unterschied in der Distribution.

Wenn wir auf Grund dieses ersten Befundes etwa in der Mitte des Gesamttextes, nämlich zwischen Zeile 34 und Zeile 35, einen Schnitt legen und die Tempora für beide Teile gesondert auszählen, ergibt sich für den ersten Teil folgendes Ergebnis. Dieser Teil zählt auf 34 Zeilen 46 Tempus-Formen. Es sind, wiederum in absteigender Frequenz angeordnet, die Tempora Präteritum (31), Plusquamperfekt (9), Präsens (5), Perfekt (1). Die beiden häufigsten Tempora, Präteritum und Plusquamperfekt, bilden mit 40 Formen allein schon fast die Gesamtzahl der Tempus-Formen.

Sehr unterschiedlich ist das Ergebnis für den zweiten Teil unseres Textes. Er weist zunächst einmal bei 38 Zeilen nur 29 Tempus-Formen auf. Das ist ein spürbar niedrigerer Rekurrenzwert als im ersten Teil unseres Textes. Die Frequenzen der einzelnen Tempora sind, wiederum absteigend angeordnet: Präsens (23), Perfekt (4), Futur (1), Präteritum (1). Auch hier machen die beiden häufigsten Tempora, nämlich Präsens und Perfekt, mit 27 Formen wiederum fast die Gesamtzahl aller vorkommenden Tempus-Formen aus. Aber es sind nicht dieselben Tempora wie in der ersten Hälfte des Textes.

Was ist damit bewiesen? Dies ist ein Text der deutschen Sprache. Es gibt sehr viele andere Texte, geschriebene und mündliche, und alle sind verschieden. Und dieser Text ist natürlich von mir ausgewählt. Unter diesen Umständen versteht sich, daß die Ergebnisse der Auszählung nicht ohne weiteres zu verallgemeinern sind. Andere Texte können andere Frequenzen erkennen lassen. Der Leser dieses Buches mag das selber einmal an mehreren und möglichst verschiedenen Texten ausprobieren. Er wird dabei die Feststellung machen, daß in fast allen Texten, so verschiedenen Situationen oder literarischen Gattungen sie auch entstammen mögen, entweder das eine oder das andere Tempus oder aber entweder die eine oder die andere Tempus-Gruppierung dominiert und die große Mehrheit aller überhaupt vorkommenden Tempus-Formen stellt. Innerhalb des allgemeinen Phänomens der Tempus-Obstination gibt es also das speziellere Phänomen der *Tempus-Dominanz*.

Nehmen wir nun an, in einem gegebenen Text dominiere das Tempus x. Es hat für sich allein schon auffällig hohe Rekurrenzwerte. Angenommen weiter, daß nach unserer bereits erwähnten Faustregel in jeder Druckzeile des Textes irgendein Tempus vorkommt, so kommt schon, wiederum in grober Annäherung gesprochen, in etwa jeder zweiten Druckzeile eben dieses besondere Tempus vor. Es zeigt sich übrigens bei der Untersuchung verschiedener und verschiedenartiger Texte der deutschen Sprache unter diesem Gesichtspunkt, daß dieses Leit-Tempus – so können wir es nennen – entweder das Präsens oder das Präteritum ist. Mehr läßt sich von einer bloßen Auszählung her nicht sagen. Höchstens ein Erstaunen ist hier noch am Platze, daß die Sprache sich die Stereotypie eines bestimmten Tempus so regelmäßig leistet. Offenbar muß die Kategorie Tempus für die Sprache etwas sehr Wichtiges sein.

5. Zwei Tempus-Gruppen: Besprechen und Erzählen

Thomas Manns Text kann uns noch eine Wegstrecke lang beschäftigen. Wir haben diesen Text bisher als eine mehr oder weniger geordnete Abfolge sprachlicher Zeichen mit hohen Rekurrenzwerten einiger Zeichen angesehen, und wir haben diese Werte ausgezählt. Die Frage ist nun, wie wir über die allgemeine Feststellung hinaus, daß die Kategorie Tempus offenbar etwas Wichtiges sein muß, diese Werte interpretieren können. Es ist einleuchtend, daß die bisherige Untersuchung an reinlichen Ergebnissen nicht mehr abwirft, als bisher verzeichnet worden ist. Wenn nun dennoch die Argumentation weitergetrieben werden soll, so geht das nicht ohne gewisse Vorgriffe. Der Vorgriff ist ein legitimes wissenschaftliches Verfahren. Der Wissenschaftler stellt für einen bestimmten Sachverhalt als Vorgriff auf eine Erklärung eine Hypothese auf, die dann in den weiteren Methodenschritten auf die Möglichkeiten der Verifikation oder Falsifikation hin erprobt wird. Von der Methode her kann keine Hypothese als grundsätzlich unzulässig angesehen werden; erst der Erfolg entscheidet über ihren Wert oder Unwert. Der Erfolg ist also das entscheidende Kriterium für die Zulässigkeit einer Hypothese, und dieses Kriterium steht erst am Ende zur Verfügung. Dennoch ist es um der Arbeitsökonomie willen ratsam, Hypothesen nicht ins Blaue hinein zu erfinden. Eine gewisse Wahrscheinlichkeit zugunsten der Verifikation und zu Ungunsten der Falsifikation sollte schon der Hypothese anzumerken sein oder sonst doch probeweise abgewonnen werden. Die ersten Beobachtungen an dem Text von Thomas Mann, so vorläufig und ungesichert ihre Ergebnisse auch sind, können vielleicht genau diesen Zweck erfüllen. Sie erlauben auf der Grundlage der beobachteten Dominanzen die Formulierung einer Hypothese, die als Grundlage der weiteren Arbeit dienen soll.

Die Hypothese lautet: Es gibt einen Gesichtspunkt, unter dem die Tempora einer Sprache, nämlich der bisher ausschließlich besprochenen deutschen Sprache, in zwei Tempus-Gruppen unterschieden werden können. Ich nenne die beiden Gruppen provisorisch die Tempus-Gruppe I und die Tempus-Gruppe II. Zur Tempus-Gruppe I gehören im Deutschen solche Tempora wie Präsens, Perfekt, Futur und Futur II. Zur Tempus-Gruppe II gehören andere Tempora der deutschen Sprache, solche nämlich wie Präteritum, Plusquamperfekt, Konditional und Konditional II. In beiden Fällen kann es im Moment nicht meine Absicht sein, eine vollständige Liste der Tempora zu geben. Es mag sein, daß es zweckmäßig ist, in der deutschen Sprache noch weitere Tempora zu unterscheiden. Wenn das der Fall ist, dann handelt es sich jedenfalls um Tempora verhältnismäßig geringer Frequenz. Sie brauchen daher in der Hypothese vorerst noch nicht zu erscheinen (vgl. aber S. 60 und 126 ff.).

Es soll nun weiterhin im Rahmen dieser Hypothese gesagt werden, daß in der überwiegenden Mehrzahl der mündlichen oder schriftlichen Texte der deutschen Sprache entweder die Tempus-Gruppe I oder die Tempus-Gruppe II eindeutig dominiert. Es sind sicherlich auch Texte auffindbar, in denen eine solche Dominanz nicht feststellbar ist. Dann soll es zu den Verifikationsbedingungen der Hypothese gehören, dieses Abweichen von der postulierten Regelmäßigkeit mitzuerklären.

Der vorgelegte Text von Thomas Mann soll die vorgeschlagene Hypothese motivieren. Als Ganzes genommen läßt er, wie soeben als Möglichkeit angedeutet, keine eindeutige Dominanz der einen oder der anderen Tempus-Gruppe erkennen. Zur Tempus-Gruppe I im Sinne der vorgeschlagenen Hypothese sind von den 76 Tempus-Formen 34 Formen zu rechnen; die verbleibenden 42 Formen sind der Tempus-Gruppe II zuzurechnen. Das Verhältnis 34:42 genügt jedoch nicht als Ausdruck einer eindeutigen Dominanz. Hier erlaubt und verlangt die Hypothese weitere Überlegungen. Der Text wird beispielsweise, wie oben praktiziert, in zwei Hälften geteilt, und dann ergibt sich sogleich für beide Hälften eine eindeutige Dominanz, und zwar im reziproken Sinne. In der ersten Hälfte dominieren die Tempora der Tempus-Gruppe II. Von insgesamt 46 Tempus-Formen gehören 40 Tempus-Formen dieser Gruppe an. In der zweiten Texthälfte dominieren hingegen die Tempora der Tempus-Gruppe I. Von insgesamt 29 Tempus-Formen sind 28 dieser Gruppe zuzurechnen.

Es wäre aber eine schlechte Methode, ein Textganzes durch Schnitte so lange zu manipulieren, bis eindeutige Dominanzen herauskommen. Der Schnitt ist nur dann zu rechtfertigen, wenn er nicht nur in den Frequenzwerten der Tempus-Formen, sondern auch in der inhaltlichen Konsistenz des Textes zu begründen ist. An dieser Stelle also verlassen wir bewußt die bloß formale Methode und berücksichtigen Inhaltskriterien des in Frage stehenden Textes. Thomas Mann spricht nämlich im ersten und zweiten Teil dieses Textstückes von Goethe in durchaus verschiedener Weise. Im ersten Textabschnitt berichtet er von Goethes Sterben. Es handelt sich nach unserem literarischen Gattungsverständnis um eine *Erzählung;* sie ist – mit nicht-obstinaten Zeichen – nach dem Zeitpunkt (22. März 1832, Frühling) und nach der Örtlichkeit (Lehnstuhl, Deckbett) fixiert und erzählt nach den Regeln einer säkularen Erzähltradition das Sterben Goethes zunächst als singuläres Ereignis, dann als (typisches) Ende eines Dichterlebens.

Danach, an eben der Stelle unseres Schnittes, markiert auch Thomas Mann selber einen deutlichen Einschnitt in seinem Text. Er redet sein Publikum an (»Meine Damen und Herren«), und er generalisiert nun seine Betrachtungen in Hinsicht auf die Frage nach dem »Ineinander von Geist und Form« im Schriftsteller. Es ist auch weiterhin von Goethe die Rede, aber es wird nun nicht mehr sein Leben oder Sterben erzählt, sondern die Eigenart seines Schriftstellertums charakterisiert und erörtert. Wir wollen sagen, daß nun, nachdem die Erzählung abgebrochen ist, Goethes Schriftstellernatur und die Bedingungen schriftstellerischer Existenz überhaupt *besprochen* werden.

Der Unterschied zwischen den beiden Textabschnitten liegt nicht nur in den Tempora. Es gibt andere syntaktische Signale – davon wird noch ausführlich die Rede sein (vgl. Kap. IX). Auch im semantischen Vokabular sind deutliche Differenzen feststellbar. Eine Wortmenge mit Wörtern wie Lehnstuhl, Oberbett, Arbeitsschirm, Buchstaben, Anämie usw. ist erkennbar unterschieden von einer Wortmenge mit Wörtern wie Persönlichkeit, Schöpfertum, Naivität, Kritik, Sein usw. Aber diese Unterschiede sind, wie alle Unterschiede der Semantik, methodisch verhältnismäßig schwer faßbar. Es besteht nämlich keine eindeutige Korrelation zwischen Konkretem und Erzählbarem einerseits, zwischen Abstraktem und zu Besprechendem andererseits. Konkretes kann besprochen, und Abstraktes kann erzählt werden: wir werden noch einige interessante Beispiele dafür kennenlernen. So sind also die Unterschiede im Tempus-Gebrauch als nicht semantische, sondern syntaktische Unterschiede sehr viel besser methodisch faßbar und abgrenzbar.

Wir wollen nun unsere Hypothese von der Unterscheidbarkeit zweier Tempus-Gruppen dahingehend interpretieren, daß wir die Tempus-Gruppe I als die Gruppe der *besprechenden Tempora* und die Tempus-Gruppe II als die Gruppe der *erzählenden Tempora* auffassen. Texte, in denen besprechende Tempora eindeutig dominieren, werden dementsprechend besprechende Texte genannt. Als erzählende Texte gelten solche Texte, in denen erzählende Tempora eindeutig dominieren. Diese Feststellung kann sich, außer auf das Ganze eines Textes, auch auf größere oder kleinere Teile eines Textabschnittes beziehen. Wir wollen aber sogleich vermerken, daß es in der Syntax nicht nur Tempora gibt. Die umfassende und jeweils besondere Textkonstitution ist eine konkurrierende Leistung mehrerer Zeichen und Zeichengruppen. Auch die Textarten Besprechung und Erzählung werden nicht nur aus den Tempora und ihrer Distribution aufgebaut. Es gibt auch noch die makrosyntaktischen, nicht-obstinaten Signale, mit denen wir uns später noch ausführlicher beschäftigen werden (vgl. Kap. IX und X). Sie verstärken im Zusammenwirken mit den Tempora den jeweils besprechenden oder erzählenden Charakter eines Textes oder schwächen ihn ab. Da wir nun die konkurrierende Wirkung der makrosyntaktischen Signale in dieser Untersuchung nicht schon bei jedem einzelnen der ersten Methodenschritte berücksichtigen können, behält die Darstellung fürs erste notwendig einen gewissen idealtypischen Charakter. Die damit verbundenen Verzerrungen im Textverständnis müssen einstweilen in Kauf genommen werden. Sie werden – so hoffe ich – durch später einzuführende Nuancierungen wieder ausgeglichen.

Sofern nun die besprechenden ebenso wie die erzählenden Tempora nicht nur mit den spezifischen Gegenständen dieses Essays von Thomas Mann verbunden werden können, sondern mit »allem möglichen«, führe ich für dieses semantische x aller möglichen Kommunikationsgegenstände die Chiffre »Welt« ein. Diese Chiffre hat keinerlei ontologische Bedeutung, sondern bezeichnet ausschließlich den Inbegriff alles dessen, was Gegenstand einer Kommunikation werden kann. In diesem Sinne nenne ich die besprechenden Tempora auch Tempora der besprochenen Welt, die erzählenden Tempora auch Tempora der erzählten Welt.

6. Von der Freiheit des Erzählers

Der hier vorgetragene Versuch, die Kategorien des Besprechens und Erzählens als Strukturen des Tempus-Systems aufzufassen, ist durch mannigfaltige Anregungen angestoßen worden. Diese Anregungen stammen in einer nicht mehr genau rekonstruierbaren Genesis aus vielen Grammatiken, vielen Monographien der linguistischen Tempus-Diskussion seit der Antike. Ich will im folgenden nur einige wenige Anregungen eigens verzeichnen, die dieser Theorie besonders nahekommen, wobei ich gerade diejenigen Beobachtungen unterstreiche, die außerhalb und am Rande der linguistischen Disziplin entstanden sind, eben darum aber die Linguistik besonders fruchtbar anregen können.

Ich beginne mit keinen geringeren Autoren als Goethe und Schiller.[8] Goethe teilt Schiller in seinem Brief vom 19. April 1797 als kompositionstechnische Beobachtung mit, es sei eine Haupteigenschaft des epischen Gedichts, daß es immer vor- und zurückgehe. Das ist das »Gesetz der Retardation«. Schiller antwortet am 21. 4. 1797 und gibt seine Sympathie für die Gedanken Goethes zu erkennen. Der epische Dichter eile nicht ungeduldig zu einem Ziele, sondern verweile mit Liebe bei jedem Schritte. »Er erhält uns die höchste Freiheit des Gemüts.« Goethe sucht nun diese Beobachtungen in einen größeren Zusammenhang zu stellen. In seinem Brief vom 22. April bekennt er sich zu dem Prinzip, daß man von einem epischen Gedicht »den Ausgang wissen könne, ja wissen müsse, und daß eigentlich das Wie bloß das Interesse machen dürfe«. Die Neugierde dürfe keinen Anteil an dem Werke haben. Schließlich kommt Schiller einige Monate später noch einmal auf diese Fragen zurück und schreibt unter dem Datum des 26. Dezember 1797 die berühmt gewordenen Sätze:

Die dramatische Handlung bewegt sich vor mir, um die epische bewege ich mich selbst, und sie scheint gleichsam stille zu stehen. Nach meinem Bedünken liegt viel in diesem Unterschiede. Bewegt sich die Begebenheit vor mir, so bin ich streng an die sinnliche Gegenwart gefesselt, meine Phantasie verliert alle Freiheit, es entsteht und erhält sich eine fortwährende Unruhe in mir, ich muß immer beim Objekte bleiben, alles Zurücksehen, alles Nachdenken ist mir versagt, weil ich einer fremden Gewalt folge. Beweg ich mich um die Begebenheit, die mir nicht entlaufen kann, so kann ich einen ungleichen Schritt halten, ich kann nach meinem subjektiven Bedürfnis mich länger oder kürzer verweilen, kann Rückschritte machen oder Vorgriffe tun u.s.f. Es stimmt dieses auch sehr gut mit dem Begriff des Vergangenseins, welches als stille stehend gedacht werden kann, und mit dem Begriff des Erzählens, denn der Erzähler weiß schon am Anfang und in der Mitte das Ende, und ihm ist folglich jeder Moment der Handlung gleichgeltend, und so behält er durchaus eine ruhige Freiheit.

August Wilhelm Schlegel nimmt in seiner Ästhetik diese Überlegungen wieder auf und exemplifiziert sie an Homer, dessen Epen »die ruhige Besonnenheit des Erzählers« vollkommen verwirklichen. Die Ruhe unterscheidet nach Schlegel die epische Welt von unserer hastigen Alltagswelt. Daher hat das Epos auch seine eigene Zeit, deren Ordnung unserer Zeit gegenüber rückläufig sein kann, »indem es von jedem Nächsten wiederum Veranlassung nimmt, etwas Früheres zu berühren«.[9]

Nach den Äußerungen Schillers, Goethes und Schlegels ist die Ästhetik des Epos in den beschriebenen Merkmalen kanonisch geworden, so daß Wolfgang Kayser von einem »epischen Gesetz« sprechen kann.[10] Es handelt sich um ein Gesetz, oder sagen wir besser ein Prinzip der erzählerischen Perspektive, das die Sprechhaltung des allwissenden und daher situationsüberlegenen Erzählers beschreibt. Rückschau (etwa in der Form der »Rückblende« auf die Vorgeschichte) und Vorausschau (etwa in der Prophezeiung des Ausgangs der Geschichte) manifestieren zugleich mit dem Mehrwissen die Freiheit des Erzählers.

Ich komme nun auf einen anderen großen Autor der deutschen Literatur zu sprechen und berichte von Thomas Manns Roman »Der Zauberberg«.[11] Von diesem Roman sagt sein Autor, er sei ein »Zeitroman«. Ein Zeitroman freilich im doppelten Sinne, insofern nämlich einerseits eine Zeit, die Epoche vor dem ersten Weltkrieg, erzählt wird, andererseits aber »die reine Zeit selbst sein Gegenstand ist«. Thomas Mann fragt also wie Augustinus: »Was ist die Zeit?« Aber er antwortet anders als Augustinus, indem er die Geschichte Hans Castorps erzählt, den die Tuberkulose aus dem norddeutschen Flachland in die abgeschlossene Bergwelt des Luftkurortes Davos verschlägt. Hans Castorp, der ursprünglich nur für drei Wochen und nur als Besucher kommen wollte, bleibt sieben Jahre, »die sieben Märchenjahre seiner Verzauberung«. Hier in den Bergen ist nämlich eine andere Welt, und hier gilt eine andere Zeit. Es ist eine großzügigere Zeitwirtschaft, deren kleinste Einheit der Monat ist und die einem »Getändel mit der Ewigkeit« nahekommt, die andererseits aber die Sekunden des täglichen Fiebermessens aufs äußerste spannt und zerdehnt. Die vertrauten Gegenstände der Zeitmessung versagen hier, weshalb auch Hans Castorp seine Taschenuhr nicht reparieren läßt und den Kalender nicht mehr abreißt. Was zählt, ist der Wert auf der »Gaffky-Skala«, der die Genesungschance ausdrückt, und die Gradangabe auf dem Fieberthermometer, insbesondere der »Stummen Schwester«, dem Thermometer ohne Eichstriche – subtiles Symbol einer Menschenzeit, der keine Zeiteinheiten mehr unterlegt sind. Sie ist gegenüber einer gedachten Normalzeit weder einfach gelängt noch gekürzt, sondern in paradoxer Weise zugleich »auf eine langweilige Weise kurzweilig oder auf eine kurzweilige Weise langweilig«. Sie ist nämlich nicht quantitativ, sondern qualitativ verschieden von der Zeit des Flachlands, der Zeit der Gesunden und Tätigen. Denn die Krankenwelt des Sanatoriums ist eine »geschlossene Welt« von einspinnender Kraft, ein »Lebensersatz«, scharf geschieden vom wirklichen, aktiven Leben, das sonst in der Welt herrscht. Hans Castorp verpaßt dieses Leben als ein Verzauberter, als »Siebenschläfer«, bis der Donnerschlag des ausbrechenden Krieges ihn in die tätige Welt zurückruft.

So finden wir in diesem Roman, der von der Zeit handelt, zwei grundverschiedene Formen des Zeitbewußtseins, die gespannte Zeit des Flachlandes und die achtlose, laxe Zeit derer, die oben im ewigen Schnee Profeß getan haben. Eine strenge Dichotomie im Erleben der Zeit, streng wie die Grenze zwischen gesund und krank, zwischen dem bloß vitalen Leben und dem magisch gesteigerten Leben des Zauberbergs. Was hat das nun mit Tempus zu tun? Vorerst noch nichts. Wir müssen den Roman *Der Zauberberg* noch genauer lesen. Nicht nur Hans Castorp entwickelt im Maße seiner Initiation in das hermetische Jenseits des Zauberbergs den neuen Zeitsinn, sondern auch der Erzähler versteht seine Rolle in der Weise, daß er den »Helden« in diese Erfahrungswelt hineinbegleitet. Denn der Erzähler, so vernehmen wir in zahlreichen Reflexionen, hat es ebenfalls mit der Zeit zu tun. Die Zeit, die ihm zu schaffen macht, ist aber die Zeit, die er zu schaffen hat: die Zeit der Erzählung. Das ist wiederum eine doppelte Zeit, und zwar zum einen die Eigenzeit der Erzählung als solcher, die Thomas Mann eine musikalische Zeit nennt, zum andern die imaginäre und perspektivische Zeit des erzählten Geschehens. Gegen Ende der Geschichte notiert der Erzähler beispielsweise folgende Reflexion: »Ihre inhaltliche Zeit ist derart ins Rollen gekommen, daß kein Halten mehr ist, daß auch ihre musikalische Zeit zur Neige geht.« Die Dehnung der Erzählzeit im Verhältnis zur erzählten Zeit (siebzig Seiten Text für den ersten Tag im Sanatorium) ist mit einer gewissen Folgerichtigkeit dem Anfang, die immer stärker werdende Raffung dem Ende zugeordnet. So wenigstens versteht es Thomas Mann; ein anderer Romancier mag es anders halten.

Thomas Mann macht nun deutlich, daß die Erfahrungen der Dehnung und Raffung und ihre »große Konfusion«, die der Erzähler an seinem Schreiben macht, den Zeiterfahrungen Hans Castorps analog sind. Beide, der Erzähler und der Held, befinden sich außerhalb der nach den Bedürfnissen der Arbeitswelt abgeteilten Normalzeit und bewegen sich in einer hermetischen Zeitordnung, wie sie eine geschlossene Welt hervorgebracht hat: die geschlossene Krankenwelt des Zauberbergs für Hans Castorp und die geschlossene Buchwelt des *Zauberbergs* (der Erzählung) für den Erzähler des Romans. Thomas Mann läßt nun keinen Zweifel daran, daß beide Zeiterfahrungen Ausdruck einer existentiellen Steigerung und genialischen Luzidität sind, wie sie den Künstler vom Bürger unterscheiden. Nicht nur der Kranke ist als Kranker (durch das »geniale Prinzip der Krankheit«), sondern auch der Erzähler ist als Erzähler (als der »raunende Beschwörer des Imperfekts«) von einer anderen Welt und bewegt sich in einer anderen Zeit.

Das hat nun freilich doch etwas mit Tempus zu tun. Thomas Mann hat mehrfach seine Überzeugung ausgedrückt, daß die Tempus-Form Imperfekt die für eine Erzählung richtige Tempus-Form ist. Thomas Mann ist allerdings mit seiner ganzen Generation davon überzeugt, daß Tempora Zeitformen sind. Aber innerhalb der Grenzen dieser Überzeugung entwickelt er einige Ansichten, die auch für eine neue Tempus-Theorie von höchstem Interesse sind. Im »Vorsatz« des Romans *Der Zauberberg* nennt er nämlich das Imperfekt, das er als Tempus für den Roman ausgewählt hat, die Zeitform der »tiefsten Vergangenheit«, angemessen einer Geschichte, die »lange her« ist. Tatsächlich aber ist die Geschichte, die von 1907 bis 1914 spielt, im Jahre 1924, als der Roman erscheint, noch gar nicht so lange her. Thomas Mann versteht die »tiefe« Vergangenheit in Wirklichkeit gar nicht zeitlich oder wenigstens nicht primär zeitlich. Was nämlich die Tiefe dieser Vergangenheit ausmacht, ist die große Zäsur des Krieges, der die Welt verändert hat. Die Vergangenheit der Romanwelt ist also in Wahrheit gar keine zeitliche Distanz, sondern eine andere Qualität des Weltverständnisses, die nur noch der Erzählung zugänglich ist. Thomas Mann wußte eben als großer Erzähler aus der täglichen Erfahrung des Schreibens, daß Erzählen eine ganz besondere Form des Sprechens ist und daß dies etwas mit den Tempora der Sprache zu tun hat.

Thomas Manns Intuitionen sind 1947 von Günther Müller in einer wegweisenden Schrift *Die Bedeutung der Zeit in der Erzählkunst* aufgegriffen und von verschiedenen anderen Autoren, insbesondere Hans-Robert Jauß und Eberhard Lämmert, weitergebildet worden.[12] Günther Müller unterscheidet zwischen der Erzählzeit und der erzählten Zeit. Als Erzählzeit nimmt er diejenige Zeit, in der ein erzählender Text geschrieben oder gelesen werden kann. Diese Zeit ist freilich nicht genau meßbar; es hätte ja wohl keinen Sinn, mit empirischen Meßmethoden festzustellen, wie lange ein Autor an einem Text geschrieben hat und mit welchem Lesetempo der eine oder der andere Leser diesen Text in sich aufnimmt. Der Begriff Erzählzeit hat folglich mehr illustrativen Wert, insofern zumindest für den Schreib- und Lesevorgang einiger Buchseiten eine relativ kleine Zeitspanne anzunehmen ist: Minuten oder äußerstenfalls Stunden. Auf diesen Seiten kann aber von Ereignissen die Rede sein, die sich über viele Jahre oder noch längere Zeiträume erstrecken. Die Erzählung rafft also die Zeit, oder in Thomas Manns Worten: sie »spart aus«. Umgekehrt kann aber auch eine minimale Zeitspanne über viele Buchseiten weg erzählt werden. Im ersten Fall liegen die Werte der »erzählten Zeit« weit über, im zweiten Fall weit unter der Erzählzeit. Man mag als Beispiel für den erstgenannten Typus an Kurzbiographien etwa im Stil der *Vidas* der provenzalischen Troubadours denken, im zweiten Fall etwa an die minutiösen Detail-Erzählungen im Nouveau Roman. Einige Romanciers haben auch den Ehrgeiz entwickelt, Erzählzeit und erzählte Zeit annähernd zur Deckung zu bringen. Als Beispiele mag man den *Ulysses* von James Joyce und vielleicht *La Modification* von Butor nehmen. Allemal gilt jedoch Günther Müllers Feststellung, daß sowohl jede Raffung als auch jede Dehnung der Zeit eine Auswahl darstellt, und jede Auswahl ist Deutung. Für unsere Überlegungen übernehmen wir aus Günther Müllers Schrift die richtige Beobachtung, daß die erzählte Zeit offenbar mit der physikalischen Zeit nicht zu identifizieren ist. Raffungen und Dehnungen des Erzählers sind vielmehr im Sinne des erwähnten Briefwechsels zwischen Goethe und Schiller Äußerungen der Freiheit gegenüber der Zeit und verändern diese qualitativ.

Etwa um die gleiche Zeit wie Günther Müller oder ein wenig früher schreibt Jean Pouillon sein Buch *Temps et Roman* (1946).[13] Auch Pouillon hält grundsätzlich an der Kongruenz von Tempus und Zeit fest, macht aber für das französische Imparfait als Erzähl-Tempus eine Ausnahme. Das Imparfait hat nach seiner Auffassung im Roman keine zeitliche, sondern eher eine räumliche Bedeutung: »Il nous décale de ce que nous regardons«. Es besagt eben nicht, daß das Geschehen vorbei ist. Der Romancier will uns ja gerade an diesem Geschehen teilnehmen lassen. So kommt Pouillon zu der schönen Beobachtung: »L'imparfait de tant de romans ne signifie donc pas que le romancier est dans le futur de son personnage, mais tout simplement *qu'il n'est pas* ce personnage, qu'il nous *le montre*«. Das ist zweifellos richtig gesehen; ein wenig schade ist nur, daß Pouillon diese Beobachtung auf das Imparfait und auch dieses nur im Roman einschränkt. Man kann das gleiche nämlich mit mindestens derselben Berechtigung vom Passé simple sagen. So hat es Roland Barthes (1953) verstanden, wenn er das Passé simple folgendermaßen charakterisiert: »Il n'est plus chargé d'exprimer un temps. Son rôle est de ramener la réalité à un point, et d'abstraire de la multiplicité du temps vécus et superposés, un acte verbal pur, débarrassé des racines existentielles de l'expérience, et orienté vers une liaison logique avec d'autres actions, d'autres procès, un mouvement général du monde (...). Il suppose un monde construit, élaboré, détaché, réduit à des lignes significatives, et non un monde jeté, étalé, offert.«[14] Im Einklang mit Barthes beobachtet der Romancier Michel Butor einige Zeit später (1961) ebenfalls an dem Tempus Passé simple: »C'est un passé très fortement coupé de l'aujourd'hui, mais qui ne s'éloigne plus, c'est un aoriste mythique.«[15] Unabhängig also von der Frage, ob das Passé simple der französischen Sprache eine Zeitform ist (Butor) oder nicht (Barthes), bestätigen beide Beobachter, daß dieses Tempus sehr scharf von unserer alltäglichen Welt getrennt und zum Mythischen hin verschoben ist.

Gleichzeitig mit Roland Barthes, aber unabhängig von ihm, kommt in Deutschland Käte Hamburger zu dem Ergebnis, daß das Tempus Präteritum der deutschen Sprache in der erzählenden Literatur oder epischen Dichtung, wie sie meistens sagt, etwas anderes leistet als in alltäglicher Rede.[16] Das »epische Präteritum« kann nach ihrer Auffassung nicht als Vergangenheitsaussage verstanden werden, während jedoch dasselbe Tempus außerhalb des solcherart umschriebenen literarischen Gebrauchs weiterhin und selbstverständlich die Vergangenheit bezeichnet. Diese Unterscheidung ist wichtig: Käte Hamburger bezieht sich ausdrücklich nur auf das eine Tempus Präteritum und auch auf dieses nur, insofern es in epischer oder erzählender Dichtung steht. Es müssen nach ihrer Vorstellung bestimmte Bedingungen erfüllt sein, ehe das Präteritum seine eigentliche grammatische Funktion, die Vergangenheit zu bezeichnen, aufgibt und Tempus der Fiktion wird. Es muß insbesondere das reale Ich zurücktreten und den fiktionalen Subjekten der Erzählung die Szene zum Handeln und Reden freigeben. Nur dann ist die Fiktion »echt«, und nur dann nimmt das Tempus Präteritum eine verwandelte, nämlich dichterische Funktion an. Da das nicht einmal in jedem Roman der Fall ist, läuft eine scharfe Grenze mitten durch die Literatur, ja sogar mitten durch die Erzählliteratur. Das ist die »Logik der Dichtung«.

Käte Hamburgers These ist auf viel Aufmerksamkeit, aber auch auf viel Kritik gestoßen. Viele Kritiker haben insbesondere Anstoß daran genommen, daß Käte Hamburger sich von der herkömmlichen Lehre, nach der die Tempora der Sprachen Zeitformen sind, mutig entfernt hat. Sie versuchen daher, diese These, weil sie sich offensichtlich nicht ohne weiteres mit der literarischen Realität vereinbaren läßt, einfach als falsch abzutun und zur vertrauten Kategorie der Zeit und ihres sprachlichen Ausdrucks in den angeblichen Zeitformen der Sprache zurückzukehren. Meine Folgerungen aus der Lektüre des Buches von Käte Hamburger waren ganz andere. Ich hatte zwar ebenfalls Schwierigkeiten, mein Tempus-Verständnis und das Verstehen von Texten an Käte Hamburgers Theorie zu orientieren. Aber mir erschien diese Theorie immerhin so bemerkenswert, daß ich sie bei allem späteren Nachdenken über Tempus-Fragen, oft aus ganz anderen Blickwinkeln, dennoch nie aus den Augen verloren habe. Schließlich bin ich zu dem

Ergebnis gekommen, daß Käte Hamburger nicht etwa, wie die anderen Kritiker meinten, zu weit gegangen ist, sondern daß sie im Gegenteil nicht weit genug gegangen ist. Nicht nur das »epische Präteritum«, d. h. das deutsche Tempus Präteritum, sofern es in fiktionaler Dichtung verwendet wird, hat die von Käte Hamburger beschriebenen Eigenschaften, sondern die Tempora haben insgesamt Signalfunktionen, die sich als Informationen über Zeit nicht adäquat beschreiben lassen. Das Präteritum ist insbesondere ein Tempus der erzählten Welt und trägt dem Hörer in dieser Klasseneigenschaft Information über die angemessene Sprechhaltung zu. In diesem Sinne signalisiert es die Erzählsituation schlechthin. Dabei kann allerdings a priori weder ein Unterschied zwischen mündlichem und schriftlichem Ausdruck noch ein Unterschied zwischen literarischen und nicht-literarischen Texten, noch schließlich ein Unterschied zwischen Literatur und Dichtung als relevant zugelassen werden. In diesem Sinne sähe ich an die Stelle einer »Logik der Dichtung« lieber eine »Linguistik der Literatur« gesetzt. Damit soll aber weder gesagt werden, daß die linguistische Wissenschaft als ganze in den Dienst des Literaturverständnisses gestellt werden sollte, noch daß sich die Literaturwissenschaft ausschließlich oder vorzugsweise linguistischer Methoden bedienen müßte. Es soll lediglich gesagt werden, daß die Anwendung gewisser linguistischer (nicht logischer!) Methoden auf literarische Texte sinnvoll ist und daß literarischen Texten auf diese Weise einige Aspekte abgewonnen werden können, die sowohl die Aufmerksamkeit der Linguisten als auch der Literaturwissenschaftler verdienen.[17]

ZWEITES KAPITEL

Besprochene Welt — Erzählte Welt

1. Syntax und Kommunikation

Die Kennzeichnung der Tempora nach den beiden Tempus-Gruppen der besprechenden und der erzählenden Tempora soll in genauerer Beschreibung nun folgendes besagen: Es handelt sich bei den Tempus-Formen um obstinat in die Zeichenkette des Textes eingefügte Morpheme, in denen der Sprecher dem Hörer ein Signal besonderer Art gibt. Das Signal bedeutet in dem einen Fall: »Dies ist ein besprechendes Textstück«, im anderen Fall: »Dies ist ein erzählendes Textstück«. Obwohl die Tempus-Morpheme prädeterminierend oder postdeterminierend, manchmal auch prä- und postdeterminierend zugleich den Verben beigegeben sind, gelten sie nicht nur für diese Verben, sondern für das ganze folgende Textstück bis zu seinem Ende oder bis zum Widerruf dieser Nachricht durch ein anderes Tempus-Morphem. Wir haben weiter gesagt, daß diese Information, da sie auch bei gleichbleibendem Tempus obstinat wiederholt wird, offenbar für den Hörer eine sehr wichtige Nachricht darstellen muß. Es ist zu fragen, worin die Wichtigkeit dieser Nachricht gründen könnte.

Zur Beantwortung dieser Frage ist es angebracht, einen Blick auf andere syntaktische Signale zu werfen, die ebenfalls in einem Text obstinat gesetzt werden. Es gibt einen anderen Bereich der Grammatik, wo die Sprache die gleiche Obstination erkennen läßt. Nicht nur die Kategorie Tempus, sondern auch die Kategorie Person des Verbs muß nämlich in einem konsistenten Text etwa so oft gesetzt werden, wie der gedruckte Text Zeilen hat, und zwar entweder in morphematischer Form, d. h. als Personalpronomen, oder in lexematischer Form, d. h. in semantischer Expansion als Nominalnexus. Welchen Wert hat also für einen Hörer die Nachricht eines Sprechers, der ihn über die erste, zweite oder dritte Person informiert und dabei noch nach Singular und Plural unterscheidet? Im Inventar der Personen unterscheiden sich die einzelnen Sprachen nach einigen Merkmalen. Manche Sprachen verbinden mit den sechs (oder zwei mal drei) Personen gewisse andere, zusätzliche Informationen, z. B. zum Genus und Geschlecht einzelner Personen, zur gesellschaftlichen Stellung (Höflichkeitsform), zur Stellung des Sprechers oder Hörers in der Gruppe. Das letztgenannte Moment ist in vielen Sprachen besonders zu beachten, da die Plural-Personen nicht einfach die numerische Vermehrung der Singular-Personen darstellen.

Wir, das ist nicht immer die Vertretung von Ich plus Du plus Er. Es kann auch sein: Ich plus Du, unter Ausschluß von Er. Oder: Ich plus Er, unter Ausschluß von Du. Manche Sprachen beachten diese Unterschiede in der Verbform und unterscheiden beispielsweise zwischen einem Inklusiv, der die zweite Person einschließt, und einem Exklusiv, der diese nicht einschließt. Es gibt aber keine mir bekannte Sprache, die von dem Grundschema erste: zweite: dritte Person bis zur Unerkennbarkeit abwiche.

Warum also nimmt die Sprache diese Information so wichtig, daß ein Sprecher sie ohne Pardon einem Text, den er äußert, mit Obstination beigeben muß? Mir scheint, die Antwort fällt hier leichter als bei den Tempora. Die erste Person »Ich« bezeichnet offensichtlich den Sprecher, und die zweite Person »Du« (auch die Höflichkeitsformen »Sie«, »Usted«, »Lei« sind natürlich zweite Person, nicht dritte!) bezeichnet die angeredete Person, also den Hörer. Die dritte Person schließlich, gleich ob Er, Sie oder Es, bezeichnet ausschließlich des Sprechers und Hörers die Welt, soweit sie Gegenstand der Rede ist. Die dritte Person ist eine Restkategorie.

Der beschriebene Sachverhalt ist nun ein interessantes Beispiel für syntaktische Funktionen in der Sprache. Offensichtlich läßt sich, wenn man die Funktion der syntaktischen Person in der Sprache betrachtet, Syntax nicht als Lehre von der »Stellung« *(syn-taxis)* der Elemente im Text oder gar im Satz auffassen. Die Stellung der Elemente im Text und ihre wechselseitigen Determinationsleistungen gehören durchaus noch zur Semantik, sofern die Semantik, wie es rechtens ist, nicht nur als eine Semantik der Lexeme, sondern gleichermaßen der Morpheme aufgefaßt und selbstverständlich als Textsemantik betrieben wird. Syntax ist etwas anderes, freilich nicht etwas ganz anderes. Das Beispiel der Kategorie Person läßt folgende spezifisch syntaktische Funktion erkennen. In dieser Kategorie wird die Welt (im angegebenen informationstheoretischen Sinne als Insgesamt möglicher Kommunikationsgegenstände) unter einem bestimmten Gesichtspunkt vorsortiert. Dieser Gesichtspunkt ist kein anderer als der Prozeß der Kommunikation selber. Unter dem Gesichtspunkt der Kommunikation wird die Welt grob eingeteilt in die Positionen Sprecher (»Sender«), Hörer (»Empfänger«) und »alles übrige« (Restkategorie). Das ist, ich unterstreiche es, eine sehr grobe Einteilung, die die Welt sehr gewaltsam unter einen Gesichtspunkt zwingt. Aber dieser Gesichtspunkt ist für die Sprache eben von fundamentaler Bedeutung, daher die rücksichtslos grobe Sortierung der Welt. Der Prozeß der Kommunikation, der durch den sprachlichen Code ermöglicht wird, erscheint selber in diesem Code, und zwar mit der Vorzugsfunktion obstinater Verwendung. Durch die obstinat wiederkehrenden Person-Formen eines Textes werden also die Inhalte der Kommunikation in einer für den Hörer einprägsamen Wiederholung in der Kommunikationssituation verankert. Der Hörer weiß immer, ob der Sprecher gemeint ist oder ob er selber gemeint ist oder ob etwas anderes gemeint ist.[1]

Für die syntaktische Methode ist an dieser Stelle festzuhalten, daß die Grobheit des Ergebnisses einer syntaktischen Untersuchung nicht etwa einen undifferenzierten Sinn des Untersuchenden zu erkennen gibt, sondern eben die notwendig grobe Vorsortierung spiegelt, die von den syntaktischen Kategorien zu leisten ist. Das Prinzip der für die Syntax konstitutiven groben Vorsortierung der Welt garantiert in der Sprache die Möglichkeit der virtuosen Geläufigkeit des Verstehens (Decodierens) und aller dazu nötigen Automatisierungsprozesse. Für die feinere Nachsortierung der Welt, für alle Differenzierungen und Nuancierungen der Begriffe sind dann die anderen Zeichen der Sprache da, insbesondere die Lexeme, deren genaueres Zusammenspiel mit semantischen Methoden untersucht werden kann.

Die Grobheit der besprochenen Kategorie Person zeigt sich insbesondere in der übermäßigen Ausdehnung der Kategorie »dritte Person«. Jede mir bekannte Sprache nimmt in dieser Kategorie weitere Sortierungen vor, die allerdings selber auch immer noch grobe Vorsortierungen der Welt sind. Hier verfährt freilich die eine Sprache anders als die andere. Die deutsche Sprache sortiert beispielsweise diese Restkategorie nach drei Gesichtspunkten, nämlich den Genera Maskulinum, Femininum und Neutrum. Die französische Sprache hingegen sortiert bekanntlich nach den zwei Genera Maskulinum und Femininum und unterscheidet nur noch innerhalb des Genus Maskulinum mit textlinguistischen Zusatzsignalen ein Maskulinum im engeren Sinne und ein Neutrum. Es ist hier ferner an die Unterscheidung nach Singular und Plural zu erinnern. Die Kategorien Singular und Plural beziehen sich ebenfalls auf die Kommunikationssituation und nicht auf irgendeine sprachfremde, »sachliche« Unterscheidung von Einheit und Vielheit. Diese Kategorie erlaubt nämlich insbesondere, die drei Positionen der Kommunikationssituation unter verschiedenen Gesichtspunkten verschieden zu gruppieren. Ich glaube, ich kann diese Überlegungen hier abbrechen und mich mit dem erzielten Ergebnis begnügen, daß die Kategorie Person mit ihren verschiedenen Subkategorien erstens die Kommunikationssituation zum Ausdruck bringt und zweitens auf diese Weise eine grobe Vorsortierung der Welt (nämlich unter Kommunikationsgesichtspunkten) leistet.

Ich gebe ein weiteres Beispiel. Es war schon kurz von der Funktion des Artikels die Rede, und ich habe gesagt, daß ich unter dieser Kategorie außer dem bestimmten und unbestimmten Artikel auch das Demonstrativ-Pronomen, das Possessiv-Pronomen und das Numerale mitverstehen will. Im Gegensatz zur Kategorie Person ist die Kategorie Artikel nicht in der Umgebung des Verbs, sondern in der Umgebung des Nomens zu finden. Ich habe mich über die Funktion des Artikels bei anderer Gelegenheit geäußert und verweise im einzelnen auf diese

Studie.[2] Als Ergebnis meiner Überlegungen hat sich mir die Funktion der Artikel – das gilt für die deutsche Sprache wie auch für einige andere europäische Sprachen – so dargestellt, daß der bestimmte Artikel den Hörer auf die Vorinformation verweist, der unbestimmte Artikel in Opposition dazu dem Hörer eine Nachinformation ankündigt. Ich will den Signalwert noch etwas genauer zu beschreiben versuchen. Für ein gegebenes Sprachzeichen x, ein Substantiv etwa, vor dem ein Artikel stehen kann, gibt es im Normalfall der textuellen Verwendung einen voraufgehenden Kontext und einen nachfolgenden Kontext. Dieses Substantiv hat aber im Code der Sprache, wie jedes Substantiv, eine gewisse Bedeutung, die dem Sprecher und dem Hörer generell bekannt ist und etwa durch den entsprechenden Wörterbuch-Artikel dokumentiert wird. Für das genaue Verständnis dessen, was dieses Substantiv aber in eben diesem Text meint, muß der Hörer jedoch aus dem Kontext zusätzliche Determinationen entnehmen und mit deren Hilfe die weite und vage Bedeutung des in Frage stehenden Wortes auf die enge und genaue Meinung dieses Wortes in eben diesem Text eingrenzen. Das ist eine Grundtatsache der Semantik, sofern man sie nur als Textsemantik versteht. Welchen Kontext soll aber der Hörer nun genau zum Verständnis dieses Substantivs heranziehen? Den möglicherweise sehr langen Text, der voraufgeht? Oder den möglicherweise ebenfalls sehr langen Text, der nachfolgt und auf dessen Information er also zu warten hätte? Es wäre sehr schlimm um die schnelle und virtuose Verständigung zwischen Sprecher und Hörer bestellt, wenn der Hörer jeweils zur Determination eines Wortes die ganze Sequenz des voraufgehenden Textes durchlaufen und eine lange Folge des nachfolgenden Textes abwarten müßte. Hier haben die Artikel-Formen als syntaktische Signale ihre Funktion, die wiederum als Hilfsmittel bei der Decodierung beschrieben werden muß. Die Opposition zwischen dem bestimmten und dem unbestimmten Artikel trennt insbesondere die durch den voraufgehenden Text gelieferte Vorinformation von der im nachfolgenden Text erwarteten Nachinformation. Wohlverstanden: der Artikel kann nicht Vor- bzw. Nachinformation schaffen, und er kann auch nicht Vor- und Nachinformation abschaffen. Diese sind ja da bzw. werden eintreten. Die Artikel sind vielmehr Signale des Sprechers für den Hörer, daß dieser sich an einer gegebenen Textstelle auf die Vorinformation oder aber auf die Nachinformation besonders einstellen soll. Er soll die Determination, die er zum genauen Verständnis eines im Text auftauchenden Wortes braucht, insbesondere von der Vorinformation oder aber insbesondere von der Nachinformation erwarten. Es bleibt dabei unter Umständen immer noch eine lange Zeichenkette zu durchlaufen. Wenn die Beschaffenheit des Textes ein so weitläufiges Verfahren nicht zu erlauben scheint, dann kann der Sprecher dem Hörer eine besondere Art von Artikel geben, nämlich vielleicht ein Demonstrativ-Pronomen, ein Possessiv-Pronomen oder ein Zahlwort.

Diese besonderen Artikelformen geben der allgemeinen Suchanweisung in der Richtung der Vorinformation bzw. der Nachinformation noch eine spezielle Suchanweisung für die eine oder andere Zone der Informationskette hinzu. Für unsere Überlegungen ist nun festzuhalten, daß auch die Artikel, die uns durch ihre Obstination aufgefallen sind, nicht irgendeine beliebige Signalfunktion haben. Als obstinate und syntaktische Zeichen haben sie eine Signalfunktion, die ebenfalls auf den Prozeß der Kommunikation selber bezogen ist. Es ist jedoch nicht, wie im Fall der Kategorie Person, die Kommunikationsachse Sprecher – Hörer, sondern die sich damit kreuzende Kommunikationsachse zwischen dem Vorher eines Informationsstandes und dem Nachher eines verbesserten Informationsstandes. Auch diese Kommunikationsachse ist – das ist unmittelbar (»axiomatisch«) einsichtig – von höchster Wichtigkeit für die Sprache. Gleichzeitig läßt sich aber sagen, daß auch die Artikel-Formen die Welt (wiederum im informationstheoretischen Sinne) nur sehr grob vorsortieren. »Der«, das ist an einer gegebenen Textstelle »alles mögliche«, sofern es nur dem Sprecher und dem Hörer durch Vorinformation bereits bekannt ist. (Das auf den Artikel folgende Substantiv oder ein sonstiges »Artikulat« bringt dann allerdings sogleich die angemessene Spezifizierung dieses »alles möglichen« – das ist eine andere Frage.) Entsprechend gilt: »Ein«, das ist »alles mögliche«, sofern es nur dem Sprecher und dem Hörer in einer gegebenen Kommunikationssituation noch nicht bekannt ist, aber durch nachfolgende Information bekannt werden kann.

Mit diesen Überlegungen setze ich eine Betrachtungsweise fort, die Karl Bühler in seiner *Sprachtheorie* (1934) inauguriert bzw. aus den Schriften des großen griechischen Grammatikers Apollonius Dyskolos (2. Jh. n. Chr.) wiederentdeckt hat.[3] Im Mittelpunkt dieser Sprachtheorie steht der Begriff der Deixis, verstanden als die Zeigefunktion derjenigen Sprachelemente, die sich auf den Ich-hier-jetzt-Punkt als die *origo* der personalen, lokalen und temporalen Deixis beziehen. Bühler ist sich dabei durchaus im klaren darüber, daß diese *origo* durch die Position des Sprechers als des »Senders« in einem Kommunikationsprozeß bestimmt ist. Zugleich identifiziert der Psychologe Bühler das solcherart konstituierte Zeigfeld mit dem Wahrnehmungsraum der sprechenden Person, der durch Zeigegesten gegliedert werden kann. Dem Zeigen erkennt Bühler in seinen Argumentationen nicht selten eine Priorität gegenüber dem Sprechen zu, wobei er jedoch in der Erinnerung behält, daß die Ausdrücke des Zeigens und Sprechens (vgl. griech. *deiknymi* und lat. *dicere*) historisch miteinander verwandt sind. Diese Sprachtheorie von Karl Bühler, die von der Linguistik noch immer nicht so aufmerksam rezipiert worden ist, wie sie es verdient, ist auch für die hier vorgetragenen Auffassungen zur Textsyntax eine entscheidende Anregung gewesen. Bei der Weiterbildung dieser Theorie wird es darum gehen, den Begriff der Deixis nicht in dem Maße wie bei Bühler als eine gestische Theorie aufzufassen, sondern sie statt dessen konsequenter zu einer Theorie des Kommunikationsprozesses weiterzubilden und ihren Anwendungsbereich von der Deixis im engeren Sinne auf Syntax überhaupt auszuweiten.

Was nun die beiden skizzierten Beispiele der Person- und Artikel-Morpheme betrifft, die hier kurz besprochen worden sind, so gewinne ich aus ihnen durch Extrapolation die Erwartung, daß es sich auch mit den Tempora, die im Textgebrauch die gleiche Obstination wie die syntaktischen Klassen Person und Artikel erkennen lassen, ähnlich verhalten dürfte und daß man folglich auch die Signalwerte des Besprechens und Erzählens so verstehen muß, daß durch diese Signale die Kommunikationssituation in einer Weise verändert wird, die für den Hörer höchst relevant ist. Das aber wäre nicht der Fall, wenn man die Signale des Besprechens und Erzählens einfach nur als Informationen über Zeitstufen oder dergleichen auffassen würde. Es muß eine Erklärung gefunden werden, die einen tieferen Eingriff in den Kommunikationsprozeß zum Ausdruck bringt. Mir scheint nun, daß die Signalwerte des Besprechens oder des Erzählens, die den obstinat wiederkehrenden Tempus-Morphemen als Strukturmerkmal inhärent sind, dem Sprecher die Möglichkeit geben, den Hörer in der Rezeption eines Textes in bestimmter Weise zu beeinflussen und zu steuern. Der Sprecher gibt nämlich durch die Verwendung besprechender Tempora zu erkennen, daß er beim Hörer für den laufenden Text eine Rezeption in der Haltung der *Gespanntheit* für angebracht hält. Durch erzählende Tempora gibt er in Opposition dazu zu verstehen, daß der in Frage stehende Text im Modus der *Entspanntheit* aufgenommen werden kann. Die Opposition zwischen der Tempus-Gruppe der besprochenen Welt und der Tempus-Gruppe der erzählten Welt wollen wir daher insgesamt als *Sprechhaltung* bezeichnen, dabei aber gleichzeitig mitverstehen, daß die Haltung des Sprechers eine bestimmte Haltung des Hörers hervorrufen will, so daß auf diese Weise bei Sprecher und Hörer eine kongruente Kommunikationshaltung erzeugt wird.

2. Die Sprechhaltung

Gespanntes und entspanntes Reden, dem Hörer obstinat signalisiert, damit er sich dem Sprecher im gespannten oder entspannten Hören anpaßt, das korrespondiert offenbar mit einigen Erfahrungen, die wir in verschiedenen Kommunikationssituationen machen können. Natürlich, alle Kommunikationssituationen sind unterschiedlich, und keine gleicht genau der anderen. Dennoch sind auch Kommunikationssituationen einer gewissen Typisierung zugänglich. Typisierungen sind immer, allerdings in unterschiedlichem Maße, willkürlich. Was aber nun den Fächer der möglichen Kommunikationssituationen betrifft, so ist die

Willkür möglicher Typisierungen dadurch eingeschränkt, daß die Literatur immer schon solche Typisierungen geleistet hat. Die literarischen Gattungen nämlich – was immer sie sonst sein mögen – können als typisierte Gesprächssituationen aufgefaßt werden, vorausgesetzt allerdings, daß man einen sehr weiten Literaturbegriff und nicht den unangemessen engen Literaturbegriff einer bloßen Dichtungstheorie zugrunde legt. Diese Auffassung erschöpft zwar nicht den Begriff der literarischen Gattung, gibt aber ein Element zu ihrer Definition ab. Die Literatur liefert ferner, hier und dort verstreut in den Texten, Beschreibungen der einen oder anderen Kommunikationssituation. Ich will das im Hinblick auf die Sprechhaltungen des Besprechens und Erzählens an zwei Beispielen demonstrieren. Es handelt sich dabei in gewissem Sinne um Extrembeispiele, die den in Frage stehenden Sachverhalt idealtypisch kennzeichnen sollen. Beide Beispiele sind aus Novellen von Maupassant entnommen. Das erste Beispiel steht in der Novelle *Le Testament*.[4] Es ist von einer Testamentseröffnung die Rede. Die ganze Situation wird erzählt. Davon sehen wir jetzt ab und achten hier nur auf den Inhalt des Berichts, insbesondere auf die Beschreibung der Sprechenden und Hörenden. Sie befinden sich in einer typischen Besprechsituation und reagieren auf einen besprechenden Text, das Testament. Hier nun der Abschnitt:

M. de Courcils s'était levé; il cria: »C'est là le testament d'une folle!«
Alors M. de Bourneval fit un pas et déclara d'une voix forte, d'une voix tranchante: »Moi, Simon de Bourneval, je déclare que cet écrit ne renferme que la stricte vérité. Je suis prêt à le soutenir devant n'importe qui, et à le prouver même par les lettres que j'ai.«
Alors M. de Courcils marcha vers lui. Je crus qu'ils allaient se colleter. Ils étaient là, grands tous les deux, l'un gros, l'autre maigre, frémissants. Le mari de ma mère articula en bégayant: »Vous êtes un misérable!« L'autre prononça du même ton vigoureux et sec: »Nous nous retrouverons d'autre part, Monsieur. Je vous aurais déjà souffleté et provoqué depuis longtemps si je n'avais tenu avant tout à la tranquillité, durant sa vie, de la pauvre femme que vous avez tant fait souffrir.«
Puis il se tourna vers moi: »Vous êtes mon fils. Voulez-vous me suivre? Je n'ai pas le droit de vous emmener, mais je le prends, si vous voulez bien m'accompagner.«
Je lui serrai la main sans répondre. Et nous sommes sortis ensemble. J'étais, certes, aux trois quarts fou.
Deux jours plus tard M. de Bourneval tuait en duel M. de Courcils.

Für unsere Überlegungen ist wichtig, daß es sich offenbar um eine Situation beträchtlicher Spannung handelt. Es sind bei dem Testament schwerwiegende Interessen im Spiel, die sich, wie das Ende ausweist, als Fragen von Leben und Tod erweisen. Diese Spannung spiegelt sich nicht nur im Gestus der Personen, sondern auch in ihrer Sprechweise und, da der Gesprächspartner jeweils in dem gleichen Ton antwortet, auch im Modus des Hörens. Das Sprechen wird also durch folgende

Ausdrücke gekennzeichnet: *crier, d'une voix forte, d'une voix tranchante, articuler en bégayant, du même ton vigoureux et sec.* Auch in den Reden der beteiligten Personen spiegelt sich der gespannte Charakter der Gesprächssituation, nämlich in den Ausdrücken *déclarer, stricte vérité, soutenir, prouver, provoquer.* In einer so beschaffenen Situation ist einsichtig, daß auch die syntaktischen Signale, die in dem wiedergegebenen Dialog zwischen den wechselnden Sprechern und Hörern ausgetauscht werden, dem jeweiligen Gesprächspartner die Kommunikationshaltung der Gespanntheit nahelegen. Tatsächlich finden wir – mit der Ausnahme eines Konditionalgefüges, von dessen Struktur auf späteren Seiten dieses Buches die Rede sein wird (vgl. Kap. VIII) – ausschließlich Tempora der besprochenen Welt. Es sind vorwiegend Formen des Présent, dazu ein Futur und ein Passé composé. Daß dieser ganze Dialog in seiner Gespanntheit in den Rahmen einer Erzählung eingebettet ist, steht auf einem anderen Blatt. Eben die Heraushebung des Dialogs aus der Erzählung im Modus der »direkten Rede« dient dazu, in der allgemeinen Entspanntheit der Erzählung die Gespanntheit eines erregten Wortwechsels soweit wie möglich wiederherzustellen (vgl. Kap. VII).

Nun ein – wiederum extremes – Gegenbeispiel zur idealtypischen Erläuterung dessen, was unter der Entspanntheit einer Erzählsituation verstanden werden soll. Ich wähle den Anfang der Novelle *L'Horrible* von Maupassant, in der, wie der Titel schon sagt, eine schreckliche Geschichte erzählt wird.[5] Am Anfang wird zudem mitgeteilt, daß am Vortage ein furchtbares Unglück geschehen ist, das soeben erzählt wurde. Der Anfang der Novelle lautet:

La nuit tiède descendait lentement. Les femmes étaient restées dans le salon de la villa. Les hommes, assis ou à cheval sur les chaises du jardin, fumaient, devant la porte, en cercle autour d'une table ronde chargée de tasses et de petits verres. Leurs cigares brillaient comme des yeux, dans l'ombre épaissie de minute en minute. On venait de raconter un affreux accident arrivé la veille: deux hommes et trois femmes noyés sous les yeux des invités, en face, dans la rivière. Le général de G ... prononça: (...)

Die Entspanntheit der Situation kommt in der Beschreibung Maupassants deutlich zum Ausdruck. Es ist die Abendstunde, eine milde Abendstunde übrigens. Die Nacht kommt langsam. Man hat gut gespeist. Nun trinkt man Kaffee und Cognac. Die Zigarre schmeckt offenbar. Man sitzt lässig auf den Gartenstühlen. Die Gesellschaft bildet eine Runde. In dieser Situation wird nun erzählt. Es ist eine typische Erzählrunde. Es verschlägt dabei nichts, daß der Inhalt der Erzählung ein schreckliches Unglück ist, das zudem noch sehr kurz zurückliegt. Unbeeinflußt davon, ist die Erzählsituation selber durchaus gelockert und entspannt. Die schrecklichen Ereignisse werden, auch wenn sie erst einen Tag zurückliegen, durch die Erzählung gefiltert und um ein beträchtliches entschärft.

Dies waren, wie gesagt, extrem ausgeformte und auf ihren ideal-typischen Charakter hin stilisierte Situationen des Besprechens und des Erzählens. Nicht annähernd alle Gesprächssituationen, mit denen wir es zu tun haben, lassen sich in der gleichen Deutlichkeit polarisieren. Man kann jedoch in realtypischer Aufzählung für jede der beiden Gesprächssituationen eine Reihe von Situationstypen bezeichnen, wenn man dabei die Hilfestellung literarischer Gattungen (im angegebenen sehr weiten Sinne des Wortes) zuläßt. Als repräsentativ für die Tempus-Gruppe der besprochenen Welt mögen etwa gelten: der dramatische Dialog, das Memorandum des Politikers, der Leitartikel, das Testament, das wissenschaftliche Referat, der philosophische Essay, der juristische Kommentar und alle Formen ritueller, formalisierter und performativer Rede.[6]

In Äußerungen dieser Art ist der Sprecher gespannt und seine Rede geschärft, weil es für ihn um Dinge geht, die ihn unmittelbar betreffen und die daher auch der Hörer im Modus der Betroffenheit aufnehmen soll. Sprecher und Hörer sind engagiert; sie haben zu agieren und zu reagieren, und die Rede ist ein Stück Handlung, das die Situation beider um ein Stück verändert, sie beide daher auch um ein Stück verpflichtet. Daher ist nicht-erzählende Rede prinzipiell gefährlich; Nathan der Weise ist sich dessen bewußt, wenn er vor einer gefährlichen Frage (»Was für ein Glaube, was für ein Gesetz / Hat dir am meisten eingeleuchtet?«) in das prinzipiell ungefährliche »Geschichtchen« der Ring-Parabel ausweicht (*Nathan* III, 5 ff.). Er weicht dem *Tua res agitur* aus, das die besprechenden Tempora in Texten dieser Art dem Hörer signalisieren.

Zur Gesprächssituation der erzählten Welt wollen wir auf der anderen Seite solche Situationen rechnen wie etwa: eine Geschichte aus der Jugendzeit, die Wiedergabe eines Jagdabenteuers, ein selbst erfundenes Märchen, eine fromme Legende, eine kunstvolle Novelle, Geschichtsschreibung oder Roman, aber auch die Zeitungsinformation über den Verlauf einer politischen Konferenz, selbst wenn diese von größter Bedeutung ist. Es geht nicht darum, ob eine Information der Sache nach wichtig oder unwichtig ist. Es geht darum, ob diese Information nach dem Willen des Sprechers so beschaffen ist, daß sie vom Hörer bestimmte unmittelbare Reaktionen erwartet oder nicht. Es ist weiterhin für den Charakter eines erzählenden Textes als Erzählung gleichgültig, ob die Geschichte wahr oder erfunden ist. Es ist auch gleichgültig, ob sie häuslich-anspruchslos oder literarisch-stilisiert ist. Es ist schließlich gleichgültig, welchen literarischen Gattungsgesetzen sie im einzelnen gehorcht. Über diesen besonderen Unterschieden liegen die allgemeinen Merkmale der typischen Sprechsituation Erzählung.

Das Erzählen ist offenbar ein charakteristisches Verhalten des Menschen: »ce récit fondamental dans lequel baigne notre vie entière« (Michel Butor).[7] Wir können uns zur Welt verhalten, indem wir sie erzählen. Wenn wir sie erzählen, benutzen wir jene Signale der Sprache, die fürs Erzählen vorgesehen sind. Wir benutzen insbesondere die erzählenden Tempora. Ihre Funktion in der Sprache ist es, dem Hörer einer Mitteilung Nachricht davon zu geben, daß diese Mitteilung »nur« eine Erzählung ist, so daß der Hörer mit einer gewissen Gelassenheit zuhören kann.

Wenn diese Überlegungen plausibel sind, dann kann an dieser Stelle auch die beobachtete Obstination der Tempora in Texten als nicht im Widerspruch zur Ökonomie der Sprache stehend bezeichnet werden. Das Prinzip der Ökonomie, auf das André Martinet in seinen Publikationen so viel Nachdruck gelegt hat, ist offenbar ein allgemeines Prinzip, das der Sprache ebenso wie allen anderen funktionierenden Kommunikationssystemen zugrunde liegt.[8] Kein Kommunikationssystem kann es sich leisten, für einen gegebenen Kommunikationszweck unverhältnismäßig viele Kommunikationsmittel einzusetzen. Es hätte nicht lange Bestand. In diesem Sinne läßt sich die Obstination der Kategorie Tempus im Text vor dem Prinzip der Ökonomie rechtfertigen. Denn es ist natürlich für die Ökonomie der Geisteskräfte nicht unerheblich, ob sie bei jeder sprachlichen Kommunikation ihre volle Konzentration entfalten müssen (»Alarmstufe I«) oder ob sie bisweilen die Konzentration lockern dürfen (»Alarmstufe II«). Das zu wissen, ist auf Schritt und Tritt nützlich. Die obstinate Setzung von Tempus-Formen ist also nur scheinbar eine unökonomische Verschwendung und dient in Wirklichkeit einer höherrangigen Ökonomie.

Es ist jedoch, um ein mögliches Mißverständnis abzuwehren, an dieser Stelle nötig, den linguistischen Argumentationsraum für einen Augenblick zu verlassen. Es geht ja allgemein die Rede von einer »spannenden Geschichte«. Da wird gerade von einer Erzählung gewünscht oder gefordert, sie solle spannend sein. In unseren Überlegungen hingegen war als Modus der Rezeption gerade der Erzählung die Entspanntheit zugewiesen. Dies verträgt sich jedoch durchaus miteinander und bestätigt unsere Überlegungen, anstatt ihnen zu widersprechen. Ich muß aber ein wenig ausholen. In der antiken Rhetorik, die sich an der öffentlichen Rede orientierte, gibt es den Begriff der Spannung meines Wissens nicht. Unter den *virtutes* der Rhetorik gibt es nicht einmal einen Namen dafür, es sei denn, daß man die für jede Rede gültige Forderung des *attentum facere* in diesem Sinne verstünde. Das Aufmerksamkeitsgebot der Rhetorik ist aber nur allgemeiner Ausdruck der Wirkungsbezogenheit, die für die gesamte antike Rhetorik konstitutiv ist. Es ist offenbar für die Lehrer der Rhetorik selbstverständlich, daß die öffentliche Rede gespannt zu sein hat. Für dasjenige Element der Rede nun, das die Gespanntheit der Rede am meisten aufzuheben droht, die *narratio* nämlich, fordern sie dementsprechend mit besonderem Nachdruck die Kürze *(brevitas)*.[9]

In den von der Rhetorik vorgezeichneten Bahnen verbleibt auch für viele Jahrhunderte der europäischen Literaturtradition die offizielle Poetik. In ihr spielt bis auf den heutigen Tag der Gesichtspunkt der Kürze eine beträchtliche Rolle, während der Gesichtspunkt der Spannung erst in jüngster Zeit unter dem Einfluß einer Informationsästhetik in solchen Begriffen wie *suspense* in die Poetik eindringt.[10] Es gibt jedoch seit einem nicht genau feststellbaren Zeitpunkt unterhalb der klassischen und nachklassischen Ästhetik eine poetologische Unterströmung, nach der – offenbar als Konsens der Leser – eine Geschichte spannend zu sein hat. Ich betone, daß diese Forderung besonders nachdrücklich gegenüber Erzählungen erhoben wird. Wir wissen, daß die Erzähler dieser Forderung auch ohne den Antrieb einer offiziellen Poetik instinktiv zu entsprechen versuchen und verschiedene Techniken der Spannungserzeugung entwickelt haben. Je weniger sie sich übrigens der offiziellen Poetik verpflichtet fühlten, um so wichtiger haben sie diesen Gesichtspunkt genommen. Für die triviale Erzählliteratur ist die Spannung zu einem entscheidenden Qualitätskriterium geworden. Gleichviel, es gibt jedenfalls spannende und weniger spannende Geschichten.

Man muß nun aber diese literarische oder subliterarische Qualität auf den weiteren linguistischen Horizont projizieren, wie wir ihn in den vorhergehenden Überlegungen skizziert haben. Es ist also zu unterstreichen, daß die Qualität der Spannung gerade von einer Gattung verlangt wird, die auf Grund ihrer linguistischen Struktur auf Entspanntheit als Rezeptionsmodus des Hörers oder Lesers angelegt ist. Der Erzähler, der spannend erzählt, versucht nämlich gegenzusteuern. Durch die Auswahl wirkungsvoller Stoffe sowie durch ein spannungserzeugendes Arrangement stilistischer Signale »fesselt« er also seinen Leser und zwingt ihm dadurch eine Rezeptionshaltung auf, welche die primäre Entspanntheit sekundär teilweise, bei Kindern bisweilen gänzlich, aufhebt. Er benutzt dabei übrigens, abgesehen von der Stoffwahl, weitgehend die syntaktischen Signale des Besprechens, insbesondere auch die besprechenden Tempora (direkte Rede, historisches Präsens usw.). Er erzählt also, *als ob* er bespräche. Dieses Als-ob ist ein wichtiges Konstituens der »spannend« erzählenden Literatur.

3. Die Tempora in den Gattungen

Es scheint mir im ganzen nicht zweckmäßig zu sein, die vorgetragenen Überlegungen durch eigene Auszählungen in großem Umfang zu stützen. Ich müßte dazu immer wieder Texte auswählen und könnte kaum überzeugend darlegen, daß die ausgewählten Texte völlig willkürlich ausgesucht sind und insgesamt Durchschnittswerte für die ausgewählte Sprache erkennen lassen. Ich neige daher dazu, den Leser selber einzuladen, bei verschiedenen Texten seiner eigenen Wahl eine kleine Auszählung zur Probe durchzuführen und die hier vertretene Auffassung zu prüfen.

Immerhin will ich wenigstens andeutungsweise die Ergebnisse einer Auszählung vorführen, die ich für zwei Texte durchgeführt habe. Beide Texte sind auch ihrer literarischen Gattung nach eindeutig entweder als besprechend oder erzählend kenntlich. Es handelt sich im einen Fall um das erste Kapitel der *Introduction à l'étude de la médecine expérimentale* von Claude Bernard, im anderen Fall um die Novelle *La Femme adultère* von Camus.[11]

Bei dieser und den folgenden Auszählungen dehne ich gleichzeitig die Fragestellung von der deutschen auf die französische und spanische Sprache aus und erkläre ausdrücklich die vorgeschlagene Hypothese von der Einteilung des Tempus-Systems in die zwei Tempus-Gruppen der besprochenen und der erzählten Welt als grundsätzlich auch für die französische und die spanische Sprache gültig.

Das erste Kapitel der *Introduction à l'étude de la médecine expérimentale* von Claude Bernard umfaßt in der benutzten Ausgabe 1082 Zeilen. Bei den Tempus-Formen sind wiederum Infinitive, Partizipien, Konjunktive und Imperative aus später noch zu erörternden Gründen nicht mitgezählt. Nach diesem Zählmodus hat der Text insgesamt 865 Tempus-Formen. Sie verteilen sich folgendermaßen auf die beiden Tempus-Gruppen:

1. Besprechende Tempora: 787 Tempus-Formen,
Présent: 639 Tempus-Formen,
Passé composé: 75 Tempus-Formen,
Futur I: 70 Tempus-Formen,
Futur II: 3 Tempus-Formen;
2. Erzählende Tempora: 78 Tempus-Formen,
Conditionnel I: 34 Tempus-Formen,
Imparfait: 28 Tempus-Formen,
Plus-que-parfait: 5 Tempus-Formen,
Passé simple: 7 Tempus-Formen,
Conditionnel II: 4 Tempus-Formen.

Es zeichnet sich also auch bei diesem längeren Text, ähnlich wie wir es an dem kürzeren Text der deutschen Sprache gefunden haben, eine eindeutige Dominanz der besprechenden Tempora ab. Mit 788 Formen haben sie an der Gesamtzahl der Tempus-Formen einen Anteil von 91%. Wir werden noch Gelegenheit haben, auf die Tempus-Verhältnisse dieses Textes unter anderen Gesichtspunkten zurückzukommen, und wenden uns einstweilen dem erzählenden Text von Camus zu.

Die Novelle *La Femme adultère* von Albert Camus umfaßt in der verwendeten Ausgabe 800 Zeilen. Wenn man den gleichen Zählmodus wie bei dem analysierten Kapitel von Claude Bernard zugrunde legt, ergibt sich eine Gesamtzahl von 810 Tempus-Formen. Sie verteilen sich folgendermaßen auf die beiden Tempus-Gruppen und deren einzelne Tempora:

1. Besprechende Tempora: 39 Tempus-Formen,
Présent: 36 Tempus-Formen,
Passé composé: 3 Tempus-Formen;
2. Erzählende Tempora: 771 Tempus-Formen,
Imparfait: 457 Tempus-Formen,
Passé simple: 236 Tempus-Formen,
Plus-que-parfait: 55 Tempus-Formen,
Conditionnel I: 16 Tempus-Formen,
Conditionnel II: 5 Tempus-Formen,
Passé antérieur: 2 Tempus-Formen.

Es ist in konverser Relation zu dem Text der wissenschaftlichen Abhandlung eine eindeutige Dominanz der erzählenden Tempora erkennbar. Sie machen mit 771 Tempus-Formen einen Anteil von 95,3% der Gesamtmenge der Tempus-Formen des Textes aus. Ich will aber sogleich erwähnen, daß diese Dominanz selbst für die Erzählliteratur ungewöhnlich hoch ist. Sie kommt in der Novelle von Camus vor allem dadurch zustande, daß Dialog-Partien selten sind. Die Gedanken und Gespräche der erzählten Personen sind in dieser Novelle gewöhnlich als »erlebte Rede« in die Erzählung eingeschmolzen. Wenn eine Erzählung einen hohen Anteil direkter Rede aufweist, empfiehlt es sich, den Erzählerbericht von den Dialog-Partien zu trennen.[12]

Für die spanische Sprache greife ich auf eine sorgsam angelegte Zählung zurück, die William E. Bull durchgeführt hat.[13] Bull rechnet allerdings in seiner Statistik auch Partizipien, Infinitive und Imperative als Tempora; seine Zahlen können also im Rahmen der bisher entwickelten Problemstellung nur in ihrem relativen Wert zueinander berücksichtigt werden. Daher greife ich aus seinem statistischen Material für die Gruppe der besprechenden Tempora nur das eine Tempus Presente heraus, für die Gruppe der erzählenden Tempora nur die beiden Tempora Imperfecto und Perfecto simple zusammen. Wir beobachten nun mit Hilfe von Bulls Statistik die Verteilung der beiden Tempus-Gruppen in verschiedenen Sprechsituationen, vertreten durch verschiedene literarische Gattungen. Die Zahlen sind Prozentzahlen (abgerundet); es bezeichnet die jeweils erste Zahl die Frequenz des Presente (Tempus-Gruppe I), die zweite Zahl die Frequenz von Imperfecto und Perfecto simple zusammen (Tempus-Gruppe II). Die anderen Tempora der beiden Tempus-Gruppen können vernachlässigt werden, da sie sich ebenfalls auf die beiden Tempus-Gruppen verteilen und daher das Gesamtbild nicht wesentlich ändern:

Abreu Gómez, *Héroes mayas* (Novellen, Mexiko): 19,8 – 54,5
Alfredo Cantón: *Bravo León* (Novelle, Panama): 11,5 – 50,6
Eustasio Rivera: *La vorágine* (Roman, Columbien): 20,0 – 38,1
Eduardo Luquín: *Los perros fantasmas* (Roman, Mexiko): 18,4 – 36,1

Jesualdo Sosa: *Sinfonía de la Danzarina* (Lyrik, Uruguay): 44,3 – 20,0
García Lorca: *Poeta en Nueva York* (Lyrik, Spanien): 46,4 – 20,0
Xavier Villaurrutia: *La Hiedra* (Drama, Mexiko): 38,0 – 11,8
Jacinto Benavente: *Una pobre mujer* (Drama, Spanien): 36,3 – 9,0
Martínez Sierra: *Sueño de una noche de agosto* (Drama[14], Spanien):
36,3 – 6,3
Benjamín Jarnés: *Cervantes* (Biographischer Essay, Spanien):
48,9 – 13,0
Amado Alonso: *Poesía y estilo de Pablo Neruda* (Literarische Kritik,
Spanien/Argentinien): 65,0 – 1,6
Joaquín Xirau: *Amor y Mundo* (Philosophischer Essay, Spanien):
66,0 – 1,3
Das Ergebnis ist trotz der Asymmetrie in den für die beiden Tempus-
Gruppen repräsentativen Tempora eindeutig: Die Novelle und der
Roman haben ein deutliches Übergewicht der erzählenden Tempus-
Gruppe, während die Lyrik, das Drama, der biographische Essay, die
literarische Kritik und die philosophische Abhandlung ein noch deut-
licher erkennbares Übergewicht der besprechenden Tempus-Gruppe er-
kennen lassen.

Mit einer dritten Statistik will ich noch einmal auf die deutsche
Sprache zurückkommen. Ich benutze dabei Elemente aus einer impo-
nierenden Statistik von Kay B. Lindgren und wähle mit seiner Hilfe
als Beispiel die drei Stormschen Novellen *Viola Tricolor, Immensee* und
Aquis Submersus, deren Tempus-Distribution nach den Ergebnissen
Lindgrens repräsentativ für die deutsche Schriftsprache ist.[15] Da Lindgren in seiner Statistik den Konjunktiv mitzählt, lassen sich seine Zahlen wiederum nur in ihrem relativen Wert zueinander benutzen. Ich
berücksichtige weiterhin vereinfachend für die Tempus-Gruppe I nur
das Präsens und das Perfekt, für die Tempus-Gruppe II nur das Präteritum und das Plusquamperfekt. Lindgren hat nun in den Novellen
den Bericht des Erzählers von den Dialog-Partien getrennt. Es ergeben
sich folgende Zahlen für den Bericht des Erzählers:
Tempus-Gruppe I: 3,8% (151 Belege),
Tempus-Gruppe II: 89% (3932 Belege).

In den Dialog-Partien ist folgende Distribution feststellbar:
Tempus-Gruppe I: 71% (921 Belege),
Tempus-Gruppe II: 9,8% (128 Belege).

Auch hier ist das Ergebnis eindeutig und von Lindgren (im Rahmen
einer anderen Theorie) richtig interpretiert worden. Im Erzählerbericht
dominiert eindeutig die Tempus-Gruppe der erzählten Welt, im Dialog
dominiert ebenso eindeutig die Tempus-Gruppe der besprochenen Welt.
Dieses Bild verschiebt sich auch dann nicht wesentlich, wenn die anderen Tempora berücksichtigt werden.

Genug der Statistik. Sie ist an literarischen Texten durchgeführt. Da
aber dabei der Begriff Literatur genügend weit gefaßt ist und neben

den anerkannten Gattungen auch die literarische Kritik und die philosophische Abhandlung einschließt, und da andererseits – bei Lindgren – Erzählerbericht und Dialog-Partien unterschieden sind, ist der Gefahr eines einseitigen Ergebnisses genügend vorgebeugt, und wir dürfen die literarischen Gattungen vielleicht als repräsentativ für bestimmte Sprechsituationen ansehen.

Das Ergebnis bestätigt nun insbesondere, daß sich nicht etwa in den Gattungen oder Sprechsituationen regellos wechselnde und im ganzen fluktuierende Tempus-Gruppierungen zeigen. Es bestätigt sich die ziemlich eindeutige Dominanz entweder der Tempus-Gruppe I oder der Tempus-Gruppe II. Es dominieren die besprechenden Tempora in der Lyrik, im Drama, im Dialog allgemein, im literarkritischen Essay, in der wissenschaftlichen und philosophischen Prosa. Die erzählende Tempus-Gruppe dominiert in der Novelle, im Roman und in jeder Art von Erzählung, ausgenommen in den eingeblendeten Dialog-Partien. Das Ergebnis dürfte aber gleichzeitig eine Extrapolation von den literarischen Gattungen auf Typen von Sprechsituationen hin zulassen. Auf die dabei zu berücksichtigende Unterscheidung zwischen geschriebener und gesprochener Sprache werde ich weiter unten zurückkommen (vgl. Kap. X).

4. Besprochene Welt

Das Kapitel Präsens sieht in fast jeder Grammatik so aus, wie das Kapitel ›Présent‹ in Maurice Grevisse' Grammatik *Le Bon Usage* aussieht. Im ersten Abschnitt heißt es, daß das Présent die Gegenwart bezeichnet; im zweiten, daß es eine Gewohnheit bezeichnet; im dritten, daß es zeitlose Sachverhalte bezeichnet; im vierten und den folgenden Abschnitten schließlich, daß es auch Vergangenes und Zukünftiges bezeichnen kann[16]. Gibt es eine bessere Demonstration dafür, daß das Präsens nicht einfach Gegenwart bedeutet? Präsens ist ein Tempus, ist das häufigste der besprechenden Tempora und bezeichnet eine bestimmte Sprechhaltung. Das gleiche gilt für die anderen Tempora der besprochenen Welt. Im Augenblick wollen wir unsere Aufmerksamkeit stärker auf das Präsens richten und auf einige Verwendungsweisen dieses Tempus achten, an denen sich das Eigentümliche der besprochenen Welt und der ihr korrespondierenden Tempus-Gruppe besonders deutlich offenbart. Da hierbei mehrere Sprachen die gleichen Verhältnisse erkennen lassen, mag es gestattet sein, die Beispiele verschiedenen Sprachen zu entnehmen.

Käte Hamburger hat bei ihren Überlegungen zur »Logik der Dichtung« bereits darauf aufmerksam gemacht, daß wir zwar gewöhnlich eine Geschichte, einen Roman etwa oder eine Novelle, im Präteritum (im Französischen im Imparfait und Passé simple) erzählen, daß wir aber den Inhalt immer im Präsens resümieren.[17] Diese Beobachtung bestätigt sich tatsächlich mit verblüffender Ausnahmslosigkeit, von den

Argumenta der plautinischen Komödien bis zu Roman- und Schauspielführern unserer Tage. Käte Hamburger sieht darin eine Bestätigung ihrer Vermutung, daß das Präteritum der epischen Dichtung keine Vergangenheitsaussage sein kann. Wir fügen hier die komplementäre Feststellung hinzu, daß auch das Präsens der Inhaltsangabe keine Gegenwartsaussage sein kann.

Nun mag jemand denken, der Gebrauch des Präteritum für die Erzählung, des Präsens für die Inhaltsangabe sei darin begründet, daß mit dem Präteritum der eigentliche Sachverhalt der Erzählung, mit dem Präsens hingegen der Sachverhalt im gegenwärtig vorliegenden Buch gemeint sei. Das trifft jedoch nicht zu; denn das Präsens wird auch dann gebraucht, wenn das Buch noch gar nicht fertig und gegenwärtig vor uns liegt, also im literarischen Entwurf. André Gide notiert in seinem Tagebuch unter dem 16. 7. 1914:

Beau sujet de roman: la jeune fille qui va se marier contre le gré de ses parents avec quelqu'un dont le passé a prêté à redire. Peu à peu elle parvient à faire accepter son mari; mais c'est elle qui, tandis que la famille découvre à ce mari de plus en plus de qualités, comprend qu'elle s'illusionnait[18] sur son compte. Par fierté elle dévore toutes ses tristesses, ses déconvenues et se trouve d'autant plus seule, qu'à présent la famille prend le parti du mari, contre elle, et à cause de l'habileté qu'elle a eue d'abord à faire valoir son mari.

Wenn Gide diesen Roman je geschrieben hätte, hätte er ihn sicher, wie er es auch bei seinen anderen Romanen getan hat, in den Erzähltempora Imparfait und Passé simple geschrieben. Die Tempora des Entwurfs hingegen sind die Tempora der Tempusgruppe I: Présent, Passé composé und Futur proche – wenn man die Form *va se marier* als eine Art Futur auffassen will. Roy Pascal bestätigt für Henry James, daß der amerikanische Romancier ebenso wie der französische Romancier die Entwürfe in seinem Notizbuch im Present abfaßt, übrigens nicht nur die Rahmenentwürfe für ein ganzes Werk, sondern auch die detaillierten Entwürfe einzelner Szenen.[19]

Schließlich ist in diesem Zusammenhang auch an Filmdrehbücher zu erinnern. Sie gehen dem Film vorauf so wie die Skizze dem Text. Auch wenn sie dann nachträglich als literarische Texte veröffentlicht werden, bleiben sie in den Tempora der Tempusgruppe I abgefaßt. So zu lesen in Sartres Drehbuch *Les Jeux sont faits* wie auch in Alain Robbe-Grillets Drehbuch *L'année dernière à Marienbad*. Den Filmdrehbüchern sind die Bühnenanweisungen der Theaterstücke verwandt. Sie zeigen so regelmäßig eine Verwendung des Präsens, daß Holger Sten sich fragt, ob man nicht das Présent scénique als eine neue Tempus-Kategorie berücksichtigen solle. Im gleichen Zusammenhang erinnert der dänische Sprachwissenschaftler daran, daß auch die literarische Analyse des Kritikers und Literaturwissenschaftlers das Präsens bevorzugt.[20] Desgleichen stehen Bildbeschreibungen sowie Bildunterschriften und die Benennungen von Statuen [21] im Präsens. Auch auf den Brief, den man beantwortet, bezieht man sich im Präsens. Das ist schon lateinisch; Cicero an Metellus Celer: *Scribis ad me...* (Ad fam. V, 2). Hier mag man wiederum sagen, das Bild, die Statue, der Brief lägen gegenwärtig vor. Aber das ist sekundär. Das lateinische Praesens tabulare in Tabellen, auf Zeittafeln und in Chroniken steht für Dinge, die aufgezeichnet werden, weil sie nicht gegenwärtig sind.[22] Schließlich ist noch an Zeitungsüberschriften, besonders in Blättern des Boulevard-Stiles, zu erinnern, die, soweit nicht nominal formuliert, häufig im Präsens stehen. Der Bericht, dem sie als Überschrift dienen, steht dann häufig in Tempora der Tempus-Gruppe II, soweit hier ein Geschehen erzählt wird.

Die Beispielsammlung genügt wohl, um zu zeigen, daß die Frage dieses Präsens – und damit der Tempus-Gruppe I im ganzen – nicht mit dem isolierten Fall eines Roman-Resümees beantwortet werden kann. Das Roman-Resümee ist nur ein Anwendungsbereich dieses Präsens, und die sich zuerst aufdrängende Erklärung, das Präsens beziehe sich auf die Gegenwart des vorliegenden Buches, versagt bei den meisten anderen Beispielen. Immerhin kann man auch am Beispiel des Roman-Resümees die Problematik dieses Tempus-Gebrauchs erörtern und ihn aus der Struktur des Tempus-Systems erklären. Man darf nämlich nicht vergessen, daß nicht nur Wörter in den Satzzusammenhang und nicht nur Sätze in den Textzusammenhang gehören, sondern auch Texte in den Zusammenhang einer Sprechsituation. Ein Text wie die Inhaltsangabe eines Romans kommt in lebendiger Sprache nicht isoliert vor. Selbst die alphabetische oder chronologische Anordnung in einem lexikonartigen Romanführer ist noch ein solcher Zusammenhang. Eine Inhaltsangabe, wenn sie nicht zu den anspruchslosen Zwecken einer Gedächtnisauffrischung benutzt wird, dient gewöhnlich der *Besprechung* eines literarischen Werkes als Grundlage. Der Redaktor einer solchen Zusammenfassung kann ja nicht den Ehrgeiz haben, die Geschichte, die einmal gut und ausführlich erzählt worden ist, noch einmal kurz und schlecht zu erzählen. Eine Inhaltszusammenfassung ist kein Reader's Digest. Er will vielmehr das Werk besprechen oder anderen die Gelegenheit geben, es ohne Behinderung durch Lücken im Gedächtnis zu besprechen. Der weitere Kontext weist also eine Inhaltszusammenfassung als Teil einer Situation des Besprechens aus, und es versteht sich, daß die Tempora der besprochenen Welt auch während der Inhaltsangabe durchgehalten werden. Dafür nun zwei Beispiele:

Thomas Mann hat den *Don Quijote* mit auf die Seereise nach Amerika genommen und fügt seine Leseimpressionen im Tagebuch zu seinem herrlichen Essay *Meerfahrt mit Don Quijote*. Darin geht er auch auf die Episode von der Hochzeit des Camacho ein und resümiert sie ausführlich – im Präsens. Unmittelbar an das Resümee schließt er dann die – besprechende – Frage an: *Ist so etwas erlaubt? Die Szene des Selbstmordes ist mit vollkommenem Ernst und tragischen Akzenten gegeben* ... Ein paar Seiten weiter faßt er auch das denkwürdige Abenteuer mit dem Eselsgeschrei – im Präsens – zusammen und fährt besprechend fort: *Merkwürdige Geschichte! Sie hat etwas Erinnerungsvolles und Anspielungshaftes, über das ich mich nicht zu irren glaube* ...[23]

Das andere Beispiel entnehme ich dem Essay *Explication de l'Étranger*, in dem Jean-Paul Sartre eine philosophisch-literarische Deutung des Romans von Camus gibt. Man beachte den nahtlosen Übergang zwischen Besprechung und Inhaltszusammenfassung:

L'Étranger sera donc un roman du décalage, du divorce, du dépaysement. De là sa construction habile: d'une part le flux quotidien et amorphe de la réalité vécue, d'autre part la recomposition édifiante de cette réalité par la raison humaine et le discours. Il s'agit que le lecteur, ayant été mis d'abord en présence de la réalité pure, la retrouve sans la reconnaître dans sa transposition rationnelle. De là naîtra le sentiment de l'absurde, c'est-à-dire de l'impuissance où nous sommes de *penser* avec nos concepts, avec nos mots, les événements du monde. Meursault enterre sa mère, prend une maîtresse, commet un crime. Ces différents faits seront relatés à son procès par les témoins groupés, expliqués par l'avocat général: Meursault aura l'impression qu'on parle d'un autre. Tout est construit pour amener soudain l'explosion de Marie ...[24]

Es ist, wie die Sätze dieser Inhaltsübersicht erkennen lassen, nicht wesentlich, ob sich der Autor des Présent oder etwa, wie hier in einigen Sätzen, des Futur bedient. Entscheidend ist nur für das Zusammenstimmen der Teile in einer einheitlichen Sprechsituation, daß einheitlich Tempora der besprochenen Welt gewählt sind. Nur dadurch ist garantiert, daß auch in der »Erzählung« des Inhalts das Klima der besprechenden Situation aufrecht erhalten wird und nicht vom Autor mühsam wiederhergestellt werden muß.

Weitere Anschauung soll von der englischen Sprache gewonnen werden, die in ihrem Tempus-System ebenfalls eine Dichotomie besprechender und erzählender Tempora erkennen läßt. So beginnt etwa der bekannte Roman *Nineteen Eighty-four* von George Orwell in der folgenden Weise:

It was a bright cold day in April and the clocks were striking thirteen. Winston Smith, his chin muzzled into his breast in an effort to escape the vile wind, slipped quickly through the glass doors of Victory Mansions, though not quickly enough to prevent a swirl of gritty dust from entering along with him.[25]

Mit ähnlicher Tempus-Distribution, nämlich mit deutlicher Bevorzugung des Preterit, nimmt die Erzählung des Buches ihren weiteren Lauf über etwa 200 Druckseiten. Nun legen wir das Buch *Fifty British Novels* daneben, in welchem Abraham Lass den Inhalt dieses Romans für die Zwecke späterer Interpretation und kritischer Analyse zusammenfaßt.[26] Dieser Text ist, obwohl er offensichtlich denselben Inhalt behandelt, grundverschieden von dem Roman selber, nicht nur in der Länge, sondern auch im Tempus-Gebrauch. Die Zusammenfassung ist fast ganz im Present gehalten und beginnt wie folgt:

> One bright day in April 1984 Winston Smith takes time off from his job at the Ministry of Truth to go home and begin a secret journal. He has a lovely old notebook bought at Mr. Charington's junk shop a few days before, a dangerous act in 1984, when secret thoughts and relics from the past are forbidden.

Was ist hier geschehen? Die wiedergegebenen Ereignisse sind offenbar die gleichen. Was läßt sie in dem einen Buch im Preterit, im anderen Buch aber im Present erscheinen? Hat die Zeit solche Wirkung? Eine solche Annahme hätte keinen Sinn. Denn die Zeit dieses Romans ist, das wird deutlich genug gesagt, das Jahr 1984, also weder Vergangenheit noch Gegenwart. Wir interpretieren daher den Befund ohne Berücksichtigung von Zeiten und Zeitpunkten und erklären die Verwendung des Present tense in der Zusammenfassung des Inhalts als gattungs- oder situationsspezifisches Signal dafür, daß es sich um einen besprechenden Text handelt.

5. Erzählte Welt

Die erzählte Welt ist offenbar ebenfalls indifferent gegenüber unserer Zeit. Sie kann durch ein Datum in der Vergangenheit festgelegt werden oder durch ein anderes Datum in der Gegenwart oder Zukunft: das ändert nichts am Stil der Erzählung und an der ihr eigenen Sprechsituation. So kann denn mancher Erzähler seine Gleichgültigkeit gegenüber der Zeit geradezu provokatorisch zur Schau stellen. Man weiß, wie oft die Jahreszahl in Erzählungen durch drei Punkte oder einen Gedankenstrich ersetzt wird. Ein Beispiel für viele aus Edgar Allan Poes Erzählung *The Unparalleled Adventure of One Hans Pfahl*:

> It appears that on the—day of—, (I am not positive about the date), a vast crowd of people (...).

Und am Anfang seiner Erzählung *Metzengerstein* fragt Poe:

> Horror and fatality have been stalking abroad in all ages. Why then give a date to the story I have to tell?[27]

Man kann sagen, daß diese Sätze Edgar Allan Poes (besprechend!) explizit machen, was in den Tempora der erzählten Welt implizit enthalten ist. Sie besagen, daß nicht die Umwelt gemeint ist, in der sich Sprecher und Hörer befinden und unmittelbar betroffen sind. Sie besagen, daß die Redesituation, abgebildet im Kommunikationsmodell, nicht auch zugleich Schauplatz des Geschehens ist und daß Sprecher und Hörer für die Dauer der Erzähler mehr Zuschauer als agierende Personen im *theatrum mundi* sind – auch wenn sie sich selber zuschauen. Diese Rede läßt die Existenz des Sprechers und Hörers aus dem Spiel.

In der Tat kann man mit dem Präteritum und den ihm entsprechenden Tempora anderer Sprachen alle Zeitstufen erreichen. Was zunächst die Vergangenheit betrifft, die gewöhnlich zuerst mit dem Präteritum assoziiert wird, verweise ich ohne weiteren Kommentar auf den Anfang des zitierten Essays von Thomas Mann, der das Sterben Goethes erzählt. Der Zeitpunkt ist durch das eingangs genannte Datum des 22. März 1832 eindeutig als vergangen bestimmt.

Aber ebenso gut können andere Zeiten mit dem Präteritum ausgedrückt werden. Die Anfangssätze des utopischen Romans *Nineteen-Eighty-Four* von George Orwell habe ich bereits zitiert. Sie sind durchgehend im Preterit geschrieben. Ein paar Seiten nach dem Anfang, gerade so weit von den Eingangssätzen entfernt, daß mancher Leser schon die Jahreszahl des Titels vergessen kann – die in Buchstaben ausgeschriebene Zahl ist übrigens als Jahreszahl nicht eindeutig zu identifizieren –, erinnert Orwell seinen Leser mit aller Deutlichkeit der Zahl an das Datum:

He dipped the pen into the ink and then faltered for just a second. A tremor had gone through his bowels. To mark the paper was the decisive act. In small clumsy letters he wrote: April 4th, 1984. – He sat back. A sense of helplessness had descended upon him. To begin with he did not know with any certainty that this was 1984.

Man bemerkt deutlich den fast provokatorischen Nachdruck, mit dem Orwell die Präteritum-Formen *wrote* und *was* neben das Datum *1984* setzt.[28]

In ähnlicher Weise wie Orwell in der englischen Sprache mit dem Preterit die (utopische) Zukunft erreicht, greift in der italienischen Sprache, für die ebenfalls eine Dichotomie der Merkmale Besprechen und Erzählen festgestellt werden kann, der Romancier Curzio Malaparte in seinem Roman *Storia di domani* (1949) in die damals möglich erscheinende Zukunft aus.[29] Der Erzähler berichtet von einem Zusammentreffen mit dem Politiker de Gasperi, dem er von seiner Flucht erzählt:

Gli narrai brevemente le mie avventure, la mia corsa affannosa attraverso la Francia da Parigi ai Pirenei, la ressa dei fuggiaschi davanti alla frontiera spagnola sbarrata, la mia fuga in Svizzera, l'invasione della Svizzera da parte delle truppe sovietiche. (...)

Erst im letzten Teil des Satzes, in dem der Erzähler mit Chronistengleichmut und unter Beibehaltung des Tempus von der Invasion der Schweiz durch sowjetische Truppen berichtet, weiß der Leser, den der historische Name de Gasperi auf die falsche Fährte des Dokumentarberichtes gelockt hat, daß er gar keine »wahre Geschichte« vor sich hat, sondern eine »Geschichte von morgen«, wie der Titel sagt. Er hat also das Tempus Passato remoto dieses Satzes auf die Zukunft eines imaginären Morgen zu beziehen.

Schließlich darf ich den Leser noch an Hermann Hesses *Glasperlenspiel* (1943) erinnern, dessen Handlung man sich um etwa 200 Jahre in der Zukunft voraus vorzustellen hat. Die Ereignisse in Franz Werfels *Stern der Ungeborenen* (1946) liegen sogar um einige Jahrtausende voraus in der Zukunft. Und bei den zahlreichen Romanen von Jules Verne kann man im einzelnen gar nicht sagen, um welches Zeitmaß der Autor in die Zukunft auszugreifen im Sinn hat. Man darf ruhig verallgemeinern: Zukunftsromane sind regelmäßig im Präteritum oder dem korrespondierenden Tempus anderer Sprachen geschrieben. Oder sagen wir vorsichtiger: keiner ist im Futur geschrieben. Generell gilt die Litotes: keine Zeitstufe und kein Zeitpunkt ist dem erzählenden Tempus Präteritum unerreichbar.

Die Sprache unserer Kinder- und Hausmärchen kann diese Überlegungen gut illustrieren.[30] Auch die Märchenwelt ist ja zeitlos erzählte Welt. In keiner Erzählung werden wir aus der alltäglichen Situation weiter herausgetragen als im Märchen. Im Märchen ist alles anders als in der Alltagswelt. Daher markiert das Märchen auch deutlicher als alle anderen Erzählungen die Grenze zwischen der erzählten Welt und der Alltagswelt. Einleitung und Ausleitung des Märchens sind gewöhnlich formelhaft.

Das ist so selbstverständlich, daß wir uns kaum ein Märchen denken können, das nicht mit der Formel *Es war einmal . . .* oder einer ähnlichen Formel anhebt. Dieses *einmal (once, une fois, una vez . . .)* ist nicht eine andere Zeit, sondern eine andere Sphäre. Eine Sphäre mit ihrer eigenen Zeit, die der Zeit der Uhren nur entfernt ähnlich ist und in der z. B. ein Schlaf sieben Jahre dauern kann. Das gilt auch, wenn in der formelhaften Märcheneinleitung das Wort Zeit erscheint: *once upon a time . . .* Es gibt ein englisches Märchen, das die Märchenzeit ganz deutlich von unserer Zeit unterscheidet. Das Märchen hebt an: *Once upon a time, and a very good time it was, though it wasn't in my time, nor in your time, nor any else's time.*[31] Das *einmal* des Märchenanfangs ist die Negation unserer Zeit. Märchen spielen »vor Zeiten«.[32] Ein spanischer Märchenanfang macht deutlich, daß unsere Alltagswelt mit ihrer Zeitlichkeit durch die Märchenwelt geradezu geprellt wird: *Erase que se era . . .*

Hier ist der Märcheneinsatz ganz auf das Tempus gestellt. Und charakteristisch für alle formelhaften Märcheneinsätze ist das Tempus Präteritum (Imparfait usw.). Also das Haupttempus der erzählten Welt bzw. eines der beiden Haupttempora. Dieses Tempus in der Einleitungsformel ist ein Signal, den bekannten »trois coups« auf französischen Bühnen vergleichbar. Es besagt: Hier beginnt die erzählte Welt. Von den drei Schlägen auf der Bühne unterscheidet sich das Tempus-Signal jedoch darin, daß alle Tempora der Märchenerzählung auf das Anfangssignal wie ein ständiges Echo antworten und immer wieder daran erinnern, daß wir uns in einer anderen Umwelt befinden als der, die uns alltäglich umgibt und Forderungen an uns stellt.[33]

Nach dem Signal *Es war einmal...* hat für eine Zeitlang nur die Märchenwelt Bestand, und jeder, der einmal Kindern Märchen erzählt hat, weiß, wie sehr sich Kinder an die Erzählung verlieren können. Denn sie müssen ja erst lernen, und zwar gerade am Märchen, daß es überhaupt eine bloß erzählte Welt neben ihrer kleinen Erlebniswelt gibt. Das lernen sie aus vielen Märchen. Solange sie noch nicht sicher zwischen der erzählten Welt und der »richtigen« Welt unterscheiden können, ist es besonders wichtig, daß sie aus der erzählten Welt mit einem klaren und sicheren Zeichen wieder herausgeleitet werden. Daher ist im Märchen die Ausleitung gewöhnlich ebenso formelhaft deutlich wie die Einleitung.

In Deutschland, wenigstens Norddeutschland, ist als Schlußformel besonders beliebt: *Und wenn sie nicht gestorben sind, so leben sie heute noch.* Wenn sie heute noch leben, dann wird man ihnen vielleicht noch begegnen, und man wird möglicherweise von der Märchenwelt noch betroffen, statt nur Zuhörer – wenn auch sympathisierender Zuhörer – zu sein. Man muß also wieder sehen, was in der umgebenden Welt geschieht, und muß die Augen offen halten. Die Tempora haben eben dies zu signalisieren. Mit dieser Schlußformel werden die Tempora der erzählten Welt verlassen, und die Tempora der besprochenen Welt, hier Perfekt und Präsens, treten an ihre Stelle. Denn mit diesen Tempora wird auch im folgenden die »richtige« Welt ihre Forderungen stellen. Mit diesen Tempora auch muß das Kind in seiner Weise auf die kleinen Forderungen antworten.

Was für Forderungen sind das? Nicht selten scheint es beim Kindermärchen die Forderung zu sein, nun schnell den Teller zu Ende zu essen. Viele Märchenschlüsse, besonders aus der iberischen Halbinsel, führen das Märchen an das Essen heran. Ich gebe einen portugiesischen Märchenschluß nach der reichen Sammlung von Robert Petsch:[34]

> Está a minha historia acabada,
> minha bocca cheia de marmelada.

Auch in spanischen Märchen finde ich dieses Motiv. Der Schluß führt, hier unter Beibehaltung des Erzähltempus, mit einer lustigen Reimdudelei an das Essen heran:

> Y vivieron felices
> y comieron perdices
> y a mí no me dieron
> porque no quisieron.[35]

49

Dieser Schluß gehört nicht bestimmten Märchen zu, sondern kann an jedes beliebige Märchen angehängt werden. Er ist Signal für die Grenze zwischen der erzählten Märchenwelt und der besprochenen Welt. Denn das Essen muß jetzt »besprochen« werden.

Es gibt, je nach den Ländern, verschiedene Traditionen des Märchenschlusses. Man kann sich in der Sammlung von Robert Petsch einen guten Überblick darüber verschaffen. Gemeinsam ist ihnen allen, daß die Grenze der erzählten Welt deutlich und überdeutlich bezeichnet wird. Das kann ganz anspruchslos geschehen durch die Formel: *Das Märchen ist aus.* Oder: *Mehr weiß ich nicht.* Oder: *That's all.* Wie auch immer die Formel im einzelnen lautet, zu ihr gehören die Tempora der besprochenen Welt. Das Märchen wird nun nicht mehr von innen gesehen, sondern von außen. Der Erzähler schlüpft aus seiner Rolle wieder heraus und wird der Vater, der dies und jenes zu tun hat, oder der Onkel, der bald wieder abreist.

Robert Petsch hat bemerkt, daß in vielen Märchenschlüssen das Märchen beim Namen genannt wird oder daß es wenigstens Märchen genannt wird. Auch das ist Kennzeichen einer besprechenden Situation. Oft wird in der Schlußformel zur Wahrheitsfrage Stellung genommen. Der Erzähler gesteht die Lüge ein, oder er beteuert gerade die Wahrheit, oder er läßt die Wahrheitsfrage augenzwinkernd in der Schwebe. Auch dieser Schluß markiert deutlich die Grenze der erzählten und der besprochenen Welt. Denn die Erzählung des Märchens wird, wenn ich es einmal so formulieren darf, einer historischen Kritik unterzogen, das heißt aber: das Märchen wird besprochen.

Die Brüder Grimm lieben den Märchenschluß: *Wer's nicht glaubt, zahlt einen Taler.* Er ist ein sehr charakteristisches Grenzsignal. Er äußert sich zur Wahrheitsfrage, hat die Tempora der besprochenen Welt und leitet über in eine Situation, wo einem die gebratenen Tauben nicht in den Mund fliegen, sondern bezahlt werden wollen. Im Briefwechsel der Brüder Grimm wird berichtet, daß einmal ein kleines Mädchen, das eine Geschichte gar nicht hat glauben wollen, den Brüdern einen Taler gebracht hat.[36]

6. Tempus in der Kindersprache

Märchen, gewiß, sind nicht nur für Kinder da. Aber sie spielen doch im Leben der Kinder eine größere Rolle als im Leben der Erwachsenen. Denn das Kind lernt am Märchen die erzählte Welt kennen. Am Märchen merkt es zum erstenmal, daß es noch eine andere Welt gibt als die, von der es unmittelbar umgeben ist und in der es um Essen und Schlafen, Spielen und Gehorchen geht. Am Märchen lernt das Kind, an einer Welt Anteil zu nehmen, die nicht seine Umwelt ist. Das Märchen beginnt damit eine Unterweisung, die später von der erzählenden Literatur in der ganzen Breite ihrer Gattungsskala weitergeführt wird. Das ist eine sehr wichtige Unterweisung, weil es eine Unterweisung zur Freiheit ist. Das Kind lernt am Märchen, und der Erwachsene lernt es weiter an jeder Art Erzählung, sich freizumachen von der unmittelbaren Bedürfniswelt und für eine Zeitlang von sich selber abzusehen. Für eine Zeitlang verdrängt der Prinz oder der arme Müllerssohn das Ich des Kindes aus dem Zentrum des Interesses. Es ist instinktiv ein gutes pädagogisches Prinzip, diese Erziehung mit dem Märchen beginnen zu lassen, weil die Märchenwelt einen maximalen Abstand zur Welt des Alltags hat. An extremen Kontrasten lernt man leichter als an Nuancen. Man weiß, wie schwer es trotzdem ist, Kinder an die Existenz einer erzählten Welt zu gewöhnen. Sie nehmen, wie beim Kasperle-Theater, die Erzählung zunächst für die wirkliche Welt und versuchen, in sie hineinzuwirken. Don Quijote, der ebenso tut, handelt wie ein Kind (*Don Quijote* II, 26). Aber das ist nicht der Sinn der Erziehung zur erzählten Welt. Das Kind soll gerade lernen und lernt mit der Zeit, an einer Welt Anteil zu nehmen, die seiner Einwirkung entzogen ist. Es lernt damit, den Kreis seiner Sympathie weiter zu ziehen, als durch die nahe Bedürfnissphäre vorgezeichnet ist.

Die Tempora der Sprache haben dabei eine wichtige Rolle zu spielen. Die (bisher) vorliegenden Untersuchungen zur Kindersprache lassen, soweit sie überhaupt auf Tempora achten, erkennen, daß die Tempora in einer gewissen Reihenfolge erworben werden, die für verschiedene Sprachen ziemlich konstant ist. Wir beachten dabei, daß viele beobachtende Psychologen die Tempora als Zeitformen deuten und nicht vom Tempus-System her interpretieren.[37]

Die französischen Psychologen Decroly und Degand verzeichnen bei dem beobachteten Kind französischer Muttersprache, daß im Alter von 2 Jahren, 3 Monaten Vergangenes durch das Passé composé ausgedrückt wird. Schließlich, mit 2 Jahren, 9 Monaten, wird auch das Imparfait erworben, aber erst vereinzelt gebraucht.[38] Genauere und sorgfältigere Beobachtungen teilt das Ehepaar Clara und William Stern für ihre beiden Kinder deutscher Muttersprache mit. Bei dem Mädchen verzeichnen die Autoren, daß die Vergangenheit seit dem Alter von etwa zwei Jahren sprachlich bezeichnet wird, aber nur durch das Partizip des Perfekts, schließlich durch das Perfekt. Nur das Präteritum *war* taucht im dritten Lebensjahr schon auf. Zu Beginn des 4. Lebensjahres tauchen dann auch andere Präteritumformen auf, und erst mit 3½ Jahren kann das Präteritum zum normalen Sprachbesitz des Mädchens gerechnet werden.

Ein ähnliches Bild zeigt sich bei dem Jungen. Er erobert sich über das Partizip Perfekt das Tempus Perfekt zu Beginn des 3. Lebensjahres und gebraucht das Präteritum mit einiger Häufigkeit erst zu Beginn des 5. Lebensjahres. Die beiden Tempora Perfekt und Präteritum mögen hier als repräsentativ für ihre Tempus-Gruppen angesehen werden, denn es versteht sich, daß die Kinder das Präsens noch vor dem Perfekt beherrschen lernen. Umgekehrt lernen sie das Plusquamperfekt erst nach dem Präteritum.

Zusammenfassend können wir sagen, daß die Aneignung der Tempus-Gruppe I im 3. Lebensjahr, die Aneignung der Tempus-Gruppe II aber erst vom 5. Lebensjahr an erfolgt. Die vereinzelte Präteritumform *war*, die schon im 3. Lebensjahr erscheint, kann übergangen werden. Solange nicht das ganze Tempus da ist, besagt das Auftreten der Form *war* nichts für das Tempus-System. Es handelt sich offenbar nur um eine Variante der Form *gewesen ist*, von der zu wissen interessant wäre, ob sie eigentlich neben *war* noch auftritt. Wenn nicht, wäre die Form *war* ohne Ansehen ihrer äußeren Form so lange als Perfekt zu interpretieren, bis wir wirklich von ein und demselben Verb die zwei Tempora nebeneinander vor uns haben.

Das vierte und fünfte Lebensjahr, wenn Kinder die Tempus-Gruppe der erzählten Welt entdecken, ist nun zugleich die Zeit, in der das Kind am märchenfreudigsten ist. Beides hängt zusammen; Kinder lernen die Tempora der erzählten Welt an Erzählungen, besonders am Märchen, und andererseits lernen sie das Anderssein der erzählten Welt mit Hilfe der Tempora.

Für jene Übergangszeit, in der sich besprochene und erzählte Welt im Bewußtsein des Kindes noch nicht klar geschieden haben, ist der Versuch charakteristisch, Märchen mit Tempora der besprochenen Welt zu erzählen. Das tun Kinder, wenn sie zum erstenmal selber zu erzählen versuchen, und das tun große Leute, wenn sie sich auf die Sprache eines Kindes, das noch nicht die Erzähltempora beherrscht, einzustellen trachten. Dann wirkt das Märchen sehr kindlich. Man mag das einmal selber ausprobieren und eines unserer Kinder- und Hausmärchen, die natürlich alle in den Tempora der Erzählung überliefert sind, im Perfekt erzählen. Der Anfang des Grimmschen Märchens *Der süße Brei* würde dann etwa lauten:

Es ist einmal ein armes, frommes Mädchen gewesen, das hat mit seiner Mutter allein gelebt, und sie haben nichts mehr zu essen gehabt. Da ist das Mädchen hinaus in den Wald gegangen, und ist ihm da eine alte Frau begegnet . . .

Wir werden später noch genauer beobachten, was sich bei einer solchen Umsetzung der Tempora ändert. Im Augenblick genügt die Feststellung, daß hier nicht nur ein Tempus der Vergangenheit gegen ein anderes ausgetauscht wird, sondern ein Tempus der Erzählung gegen ein Tempus der Besprechung. Das hat Konsequenzen für das Ganze der Erzählung.

Ähnliche Beobachtungen haben J.-M. Buffin und Jean Perrot für das Französische gemacht. Sie versuchen, das Märchen von Rotkäppchen ins Passé composé umzusetzen und kommen beide zu dem Ergebnis: die Umsetzung tut der Sprache und der Erzählung Gewalt an.[39] Wir müssen jedoch betonen, daß es diese Form des Erzählens, sosehr sie dem gewöhnlichen Erzählstil zuwiderläuft, dennoch unter bestimmten Bedingungen gibt (vgl. Kapitel X). Wir finden sie insbesondere in jener Entwicklungsphase des Kindes, in der das Kind das Bewußtsein von der Andersartigkeit der erzählten Welt noch nicht ganz gewonnen hat.

Da ich selber über kein eigenes Corpus zur Kindersprache verfüge, begnüge ich mich hier mit diesen wenigen Andeutungen und verweise für alle Folgerungen auf die verschiedenen Untersuchungen, die Dietrich Pregel an einem umfassenden Corpus mündlicher und schriftlicher Texte aus der Sprache von Kindern verschiedener Altersstufen durchgeführt hat und weiter durchzuführen im Begriff ist.[40] Aus seinem Corpus übernehme ich hier die mit dem Tonband aufgezeichnete mündliche »lustige Geschichte«, die ein Mädchen von sieben Jahren und sieben Monaten erzählt hat:

Ich war mal im Zirkus, und da habe ich den Clown gesehen. Und da hat er mit so'n Bällen gespielt. Und der eine ist 'runtergefallen von der Hand, und da hat er sich draufgesetzt. Und da hat er geschrien, und da haben se alle gelacht. Und da hat er sich noch so'n großen Baumstamm genommen, und da hat er sich draufgesetzt. Da wollte er Handstand drauf machen. Und da ist er umgekippt. Und da ist er gleich im Purzelbaum gleich hinter den Vorhang gefallen.

Die Syntax dieser Geschichte läßt sich, wie Pregel gezeigt hat, unter verschiedenen Gesichtspunkten analysieren. Hier beschränke ich mich auf die einfache Beobachtung, daß dem Kind, außer den Formen *war* und *wollte*, nur das Perfekt zur Verfügung steht. Es empfiehlt sich dennoch, dem Vorurteil zu wehren, es müsse sich hier um nichts als unentwickelte Sprache handeln.

Eine weitere mündlich aufgezeichnete Geschichte aus dem gleichen Corpus läßt dann schon das Eindringen einzelner Präteritumformen erkennen: Ein sieben Jahre und zehn Monate alter Junge erzählt zu dem Thema »Ein Unfall«:

Bei meinem Vater, da arbeitet auch noch Herr Schilling. Und der wollte in die Einfahrt 'reinfahren, und hinter dem kam ein Lastwagen. Und der drin saß im Lastwagen, der war besoffen. Und der ist dem hinten 'reingefahren. Und der hat den Vorderwagen geschoben, daß Herr Schilling in den Graben 'reingefahren ist. Und den Mann da, den haben se dann mitgenommen.

Im Erzählkern findet man die vier Präteritum-Formen *wollte, kam, saß, war;* der Rahmen ist durch besprechende Tempora gebildet. Eine dritte Geschichte schließlich, ebenfalls aus dem gleichen Corpus, zeigt nach Pregels Worten eine fast schon literarisch stilisierte Form kindlichen Erzählens. Das Thema lautet wiederum »lustige Geschichte«, und Erzählerin ist ein neun Jahre und neun Monate altes Mädchen:

Als mein Opa Geburtstag hatte, tranken meine Eltern Likör. Mein Vati meinte, daß ich auch einmal etwas trinken könnte, und er schenkte mir ein halbes Glas ein. Es schmeckte gar nicht so schlecht, und ich trank es ganz aus. Meine Oma hatte natürlich Angst, daß ich einen Riesenschwips bekam. Aber es war gar nicht so schlimm. Schließlich kicherte ich laut und lief in der Gegend rum und prallte gegen meine Mutter. »Um Himmels willen«, sagte meine Oma, »das Kind hat ja einen Rausch.« Es war schon zu spät, und der Papi sagte: »Ja, jetzt fahren wir heim, da kann Gabi gleich ins Bett gehen.« Dann, ich konnte schon gar nicht mehr gescheit gehen, meine Mutti mußte mich halten und ins Auto tragen. Da hinten lag ich dann und sah alles von unten nach oben. Immer wieder kicherte ich, und meine Mutti sagte: »Die hat es stark erwischt.« Als wir dann zu Hause waren, wurde ich sofort ins Bett gepackt. Doch eine ganze Weile kicherte ich und lachte. Meine Mutti meinte schon, daß ich schliefe, aber ich schlief doch noch nicht. Am anderen Morgen war mein Schwipsen schon wieder weg, und ich war wieder ganz normal.

Bei der differenzierten Auswertung des hier nur skizzenhaft und schematisch wiedergegebenen Befunds kommt Pregel zu dem Ergebnis, daß man die Sprachentwicklung des Kindes in der Grundschulzeit in zwei Phasen einteilen kann. Die erste Phase umfaßt etwa den Zeitraum zwischen sechseinhalb oder sieben und achteinhalb Jahren. Die zweite Phase beginnt im Durchschnitt gegen Mitte oder Ende des neunten Lebensjahres und reicht bis zum Ende der Grundschulzeit. In der ersten Phase lernt das Kind nach und nach, in mündlichen Erzählungen das Präteritum zu gebrauchen. In der zweiten Phase verzeichnet Pregel dann einen deutlich steigenden Gebrauch des Präteritums in der mündlichen und schriftlichen Erzählung »und damit den Beginn des eigentlichen Er-zählens«. Im einzelnen sind Pregels Beobachtungen zur Kindersprache des Grundschulalters wesentlich reicher und differenzierter, als sie hier umrissen werden können. Es wird sich die Gelegenheit ergeben, in größerem Zusammenhang noch einmal auf diese Fragen zurückzukommen (vgl. Kap. X). Im Moment genügt mir als Ergebnis dieser Betrachtungen, daß in der Entwicklung der Kindersprache der Erwerb der erzählenden Tempora und damit verbunden der Erwerb der Darstellungsform Erzählung als solcher eine wesentliche Phase in der Entwicklung des Kindes überhaupt bezeichnet und sehr deutlich markiert, in welcher Weise das Kind aus dem engen Erlebnisraum seiner ersten Lebensjahre aufbricht und »Welt« gewinnt.[41]

DRITTES KAPITEL

Die Sprechperspektive

1. Textzeit

Von Protagoras, dem Abderiten, wird gesagt, daß er »als erster eine Einteilung der Zeiten gab«, und zwar nach den drei »Zeitstufen« Vergangenheit, Gegenwart und Zukunft.[1] Es scheint, daß Protagoras sich dabei an Homer orientiert hat, dessen Seher Kalchas »das Vergangene, das Zukünftige und das Gegenwärtige« kündet *(Ilias* I, 70). Platon stellt bereits der Dreiheit der Zeit die Einheit des Seins gegenüber.[2] Dionysios Thrax nimmt die drei Zeitstufen (χρόνοι) als Grundlage einer Systematisierung der Tempora, die auch für die lateinische Grammatik verbindlich wird.[3] Quintilian macht noch einmal deutlich, daß die drei Zeitstufen der Grammatik drei objektive Zeitstufen des Ordo rerum abbilden: »Ut sunt autem tria tempora, ita ordo rerum tribus momentis conserptus est: habent enim omnia initium, incrementum, summam; ut: iurgium, deinde pugna, tum caedes.«[4] So können die drei Zeitstufen auch Gesichtspunkte der juristisch-rhetorischen Status-Lehre werden.[5] Für Augustinus ist das bereits selbstverständliche Lehrmeinung: »Tria tempora, sicut pueri didicimus puerosque docuimus.« Seine philosophisch-theologische Kritik läßt dann die Tempora der Sprache unangetastet, korrigiert jedoch die Lehre von den drei Zeitstufen in dem Sinne, daß sie uns nur gegeben sind, insofern wir sie im Geiste gegenwärtig haben. Es muß also heißen: »Praesens de praeteritis, praesens de praesentibus, praesens de futuris.«[6]

Nach so vielen Autoritäten der Antike und Nachantike ist das Fortleben der drei Zeitstufen bis in die moderne Zeit gesichert. Bekannt ist insbesondere die 1. Strophe aus Schillers *Spruch des Konfuzius* (1795):[7]

> Dreifach ist der Schritt der Zeit:
> Zögernd kommt die Zukunft hergezogen,
> Pfeilschnell ist das Jetzt entflogen,
> Ewig still steht die Vergangenheit.

Die Dreiteilung der Zeit taucht hier als Weisheitslehre auf, das bleibt eine Konstante in der Zeit-Reflexion. Bei Aragon erscheinen die drei Zeitstufen ebenfalls in lyrischer Spruchform:[8]

> Le temps ce miroir à trois faces
> Avec ses volets rabattus
> Futur et passé qui s'effacent
> J'y vois le présent qui me tue.

Eine vulgarisierte Weisheit wird trivial. Die Trivialisierung der Lehre von den drei Zeitstufen wird bereits von Voltaire bemerkt, der in seinem *Dictionnaire Philosophique* schreibt: »Les Lapons, les nègres, aussi bien que les Grecs, ont eu besoin d'exprimer le passé, le présent, le futur, et ils l'ont fait.« [9]

Es versteht sich, daß eine linguistische Tempus-Theorie nicht von einem wie immer gearteten Ordo rerum ausgehen kann, folglich auch nicht die drei Zeitstufen Vergangenheit, Gegenwart und Zukunft zu den Gegebenheiten rechnen kann. Es empfiehlt sich statt dessen, den Prozeß der Kommunikation weiterhin zum Ausgangspunkt aller syntaktischen Überlegungen zu machen. Die Signalwerte der Tempora nun, die wir bisher erörtert haben und die sich auf das Merkmal der Sprechhaltung (Besprechen vs. Erzählen) beziehen, liegen auf der Sprecher-Hörer-Achse. Sie regulieren die Art und Weise, wie der Sprecher und der Hörer sich zur Information stellen. Es wird nun von einem anderen Merkmal des Tempus-Systems die Rede sein müssen, das sich auf die Achse des (mündlichen oder schriftlichen) Textes in seinem Verlauf bezieht. Das ist natürlich ein Verlauf in der Zeit. Denn die Zeichenmenge eines Textes ist ja, wenn man hier von diskontinuierlichen und suprasegmentalen Zeichen absehen will, in der Linearität einer Zeichenkette *(chaîne parlée)* angeordnet. Das ist der Informations-»Fluß«. In diesem Sinne hat auch Günther Müller von Erzählzeit gesprochen. Aber auch das Besprechen verbraucht natürlich Zeit. Jedes Sprachzeichen im Text hat daher ein textuelles Vorher und Nachher. Vorinformation und Nachinformation tragen zu seiner Determinierung bei. Generell können wir von Textzeit sprechen.

Indem die Zeichenkette in der Zeit abläuft, wächst auch die durch die Zeichen vermittelte Information mit der Zeit an. Es wäre jedoch falsch anzunehmen, daß der Linearität der Zeichenkette auch ein lineares Ansteigen der Decodierungsleistung des Hörers von Zeichen zu Zeichen entspräche. Das Verstehen ist ein komplexer, nicht linearer Vorgang. Um ein Zeichen in der Zeichenkette genau zu verstehen, muß der Hörer immer wieder auf die Vorinformation zurückgreifen oder auch im Modus der Erwartung auf kommende Nachinformation ausgreifen. Wir haben schon gesehen, wie die Artikel-Morpheme der Sprache ihm dabei helfen und seine Aufmerksamkeit entweder auf die Vorinformation oder auf die Nachinformation oder auch auf besondere Segmente beider hinlenken. In diesem Sinne sind die Artikel-Morpheme in besonderem Maße auf die Textzeit bezogen. Sie lassen des weiteren erkennen, daß für ein gegebenes Zeichen als Bezugspunkt *(origo)* die Textzeit nach den beiden kommunikativen Grundrichtungen der Vorinformation und der Nachinformation zu unterscheiden ist.

Wir begegnen der Textzeit mit ihren Grundrichtungen der Vorinformation und der Nachinformation im Tempus-System wieder. Über die Regulierung der Sprechhaltung durch die Tempus-Gruppen der besprochenen und der erzählten Welt hinaus sind im Tempus-System Unterscheidungen angelegt, die eine Orientierung im Verhältnis zur Textzeit ermöglichen. Sie erlauben insbesondere eine relativ freie Verfügung über die Textzeit. Es kann nämlich auf diese Weise Information entweder nachgeholt oder vorweggenommen werden.

Nachgeholte Information oder vorweggenommene Information – das sind relationale Begriffe. Sie beziehen sich auf das Verhältnis von Textzeit und Aktzeit. Aktzeit (der Ausdruck ist von Dieter Wunderlich) ist der Zeitpunkt oder der Zeitverlauf des Kommunikationsinhalts.[10] Textzeit und Aktzeit können zusammenfallen. Das ist insbesondere in performativer Rede der Fall, d. h. immer dann, wenn der Text selber Handlung ist (berühmtes Beispiel: die den Taufakt begleitenden und ihn mitkonstituierenden Worte des Taufritus). Textzeit und Aktzeit brauchen aber nicht synchronisiert zu sein, sondern können auseinanderklaffen. Die Aktzeit kann weit hinter der Textzeit zurückliegen und ebenso gut ihr weit vorausliegen. Wenn das der Fall ist, kann die Sprache diese fehlende Synchronisierung auch zum Ausdruck bringen. Das wird ebenfalls vom Tempussystem geleistet, und die Tempora bleiben damit in dem allgemeinen syntaktischen Rahmen, wie wir ihn oben abgesteckt haben. Indem die Tempora nämlich entweder die Synchronisierung oder die Nicht-Synchronisierung von Textzeit und Aktzeit signalisieren, tragen sie dem Hörer wichtige Information über den Prozeß der Kommunikation und seine Relation zur »Welt« zu.

Jede der beiden Tempus-Gruppen besteht nämlich, wie bekannt, nicht nur aus je einem Tempus, sondern aus mehreren Tempora. Ich stelle noch einmal aus der französischen Sprache die häufigsten Tempora der beiden Tempus-Gruppen in zwei Listen nebeneinander.

Besprechende Tempora	*Erzählende Tempora*
Passé composé	Plus-que-parfait
Présent	Passé antérieur
Futur	Imparfait
	Passé simple
	Conditionnel

Die verschiedenen Tempora in jeweils den beiden Tempus-Gruppen haben nun die Funktion, das Verhältnis von Textzeit und Aktzeit auszudrücken. Die beiden Listen sind folgendermaßen zu lesen: Für den (verhältnismäßig häufigen) Fall, daß die Relation von Textzeit und Aktzeit problemlos ist oder, genauer gesagt, daß der Sprecher die Aufmerksamkeit des Hörers nicht auf das mögliche Problem eines Verhältnisses von Textzeit und Aktzeit lenken will, enthält sowohl die besprechende als auch die erzählende Tempus-Gruppe eine Null-Stelle. Diese Null-Stelle wird in der besprechenden Tempus-Gruppe von dem Tempus Présent, in der erzählenden Tempus-Gruppe gemeinsam von den beiden Tempora Imparfait und Passé simple eingenommen. Ein Text mit Formen des Présent oder ein anderer Text mit (meistens gemischt verteilten) Formen des Imparfait und des Passé simple lassen also das Verhältnis von Textzeit und Aktzeit schlechterdings offen. Es wird bei diesen Tempora weder gesagt, daß sie zusammenfallen, noch daß sie nicht zusammenfallen. Die Sprechperspektive ist in diesem Fall einfach nicht interessant. Man kann innerhalb der besprochenen Welt das Tempus Présent und innerhalb der erzählten Welt die Tempora Imparfait und Passé simple als die jeweiligen Null-Tempora aus diesem Grunde auch als merkmallos bezeichnen.

Die anderen Tempora der beiden Tempus-Gruppen, sowohl die hier verzeichneten als auch die nicht-verzeichneten, geben demgegenüber dem Hörer zu verstehen, daß er ein gewisses Maß an Aufmerksamkeit auf das Verhältnis von Textzeit und Aktzeit verwenden soll. Er soll insbesondere entweder auf die Aktzeit zurückschauen, denn es wird eine Information nachgeholt, oder er soll auf die Aktzeit vorausschauen, denn es wird eine Information vorweggenommen. Innerhalb der besprechenden Tempus-Gruppe ist das Passé composé das Rückschau-Tempus. Umgekehrt ist das Futur Tempus der Vorausschau. Es hat die Aufgabe, relativ zur Aktzeit Information vorwegzunehmen, und signalisiert daher ebenfalls, daß Textzeit und Aktzeit nicht synchronisiert sind. Es handelt sich aber, wenn eine Information relativ zur Aktzeit vorweggenommen wird, zwangsläufig um eine unsichere Information. Sie ist ja noch nicht durch den Akt bestätigt, und es ist niemals ganz sicher, ob die Bestätigung wirklich eintreffen wird. Die Vorausschau dieses Tempus ist also notwendig eine Form der Erwartung.

Die hier beschriebene Struktur wiederholt sich nun in der Tempus-Gruppe der erzählten Welt. Auch in der Erzählung können Textzeit und Aktzeit problemlos sein oder jedenfalls vom Erzähler dem Hörer oder Leser als problemlos vorgestellt werden. Textzeit und Aktzeit können etwa fiktional synchronisiert werden, etwa indem sich der Erzähler den Vorgängen als Betroffener (Ich-Erzählung) oder als Zeuge (Er-Erzählung) beigesellt. Dann stehen in der französischen Sprache das Imparfait oder das Passé simple oder beide zusammen als Repräsentanten der Null-Stufe der erzählten Welt. Diese beiden Tempora sind daher auch, wenigstens in geschriebener Sprache, die bei weitem häufigsten Tempora dieser Tempus-Gruppe. Wenn aber – das gehört zur vielbesprochenen »Freiheit des Erzählers« – das Verhältnis von Textzeit und Aktzeit in der Erzählung nicht unbemerkt bleiben soll, dann bedient sich der Erzähler etwa des Plus-que-parfait oder des Passé antérieur. Diese Tempora sind, wiederum gemeinsam, die Tempora der Rückschau oder der relativ zur Aktzeit nachholenden Information in der erzählenden Tempus-Gruppe. Entsprechend ist das

Conditionnel innerhalb der erzählenden Tempus-Gruppe das Tempus der Vorausschau. Es erlaubt, eine vom Akt her nicht bestätigte Information in der Erwartung vorwegzunehmen.

Rückschau und Vorausschau oder genauer gesagt nachgeholte Information und vorweggenommene Information sollen im folgenden unter dem Begriff der Sprechperspektive zusammengefaßt werden. Zur Sprechperspektive gehört jedoch immer auch die Perspektive Null, sowohl in der einen als auch in der anderen Tempus-Gruppe. In den meisten Fällen macht nämlich der Sprecher von der Möglichkeit, den Hörer auf die Zeitdifferenz zwischen Textzeit und Aktzeit aufmerksam zu machen, keinen Gebrauch. Ich darf noch einmal die Aufmerksamkeit auf die Auszählungen richten, auf die wir schon früher hingewiesen haben. In dem Anfangskapitel der *Introduction à l'étude de la médecine expérimentale* von Claude Bernard also, in welchem die besprechende Tempus-Gruppe dominiert, dominiert innerhalb dieser Tempus-Gruppe wiederum das Présent mit 80,7%. Was die Novelle *La Femme adultère* von Albert Camus betrifft, deren Tempus-Formen ich ebenfalls schon in ihren Frequenzen berücksichtigt habe, dominieren innerhalb der erzählenden Tempus-Gruppe (die ihrerseits in der Novelle dominiert) wiederum die Null-Tempora Imparfait und Passé simple zusammengenommen mit 89,8%. Andere Texte mögen im einzelnen andere Frequenzen zeigen. Es läßt sich jedoch generalisierend sagen, daß in der jeweiligen Tempus-Gruppe die Null-Tempora im Durchschnitt Frequenzen haben, die sehr selten unter 80% liegen, häufig darüber.

2. Das Futur (am Beispiel der französischen Sprache)

Die Grammatiken unterscheiden gewöhnlich zwischen einem Futur I oder Futur simple *(je ferai)* und einem Futur II oder Futur antérieur *(j'aurai fait)*. Ich behalte, wie üblich, die Nomenklatur bei, verändere jedoch unter Berücksichtigung der Sprechperspektive die ganze Fragestellung. Sowohl das Futur I als auch das Futur II gehören der besprechenden Tempus-Gruppe an. Aber auch in erzählender Rede gibt es die Möglichkeit der vorausschauenden Sprechperspektive im Sinne einer vorweggenommenen Information. Das leistet im Französischen jenes Tempus, das in der üblichen Nomenklatur Conditionnel heißt *(je ferais)*. Es wird als Conditionnel I oder Conditionnel Présent vom Conditionnel II oder Conditionnel passé *(j'aurais fait)* unterschieden. Hier besteht offenbar ein Parallelismus der Formen in der Sprache. Das Conditionnel, bei dem wir alle Erinnerungen an Konditionalität und Modus überhaupt abblenden wollen, leistet für die erzählende Rede das, was das Futur für die besprechende Rede leistet. Das gleiche gilt für das Verhältnis von Conditionnel II zu Futur II. Diese beiden

Tempora sind jedoch von sehr geringer Frequenz in der Sprache. In den folgenden Überlegungen werden diese beiden Tempora daher vorerst nur eine geringe Rolle spielen.

Eine weitere Vorüberlegung ist am Platze. Die Grammatiken unterscheiden von den genannten Arten des Futur gewöhnlich das Futur proche *(je vais faire)*. Ich werde im folgenden das Futur proche nicht besonders berücksichtigen.[11] Es scheint mir nämlich, ebenso wie Martin Joos es für die englische Sprache formuliert hat, zweckmäßig zu sein, das Futur proche nicht als eigenes Tempus zu analysieren, sondern es im Rahmen einer Theorie der Modalverben (Morphem-Verben) als Kombination einer finiten Verbform mit dem Infinitiv aufzufassen.[12] Von diesen Voraussetzungen her ist dann die Form *je vais faire* als Présent zu analysieren, wobei der besondere Ausdruckswert dieser Form gegenüber anderen Formen des Présent aus der Kombinatorik zu erklären ist. Das gleiche ist für die Form *j'allais faire* zu sagen. Sie wäre dementsprechend als Kombination eines Imparfait mit einem Infinitiv zu beschreiben. Die beiden Formen, nebeneinandergestellt, lassen übrigens erkennen, daß auch für sie das Merkmal der Sprechhaltung (Besprechen vs. Erzählen) zutrifft. Unter dem Gesichtspunkt der Sprechhaltung ist es also gleichgültig, ob man diese Formen als besondere Futur-Tempora oder, wie hier vorgeschlagen wird, von ihrer Kombinatorik her auffaßt.

Für die weiteren Überlegungen zum Futur will ich zwei Textstücke heranziehen, die beide aus der Feder des Generals de Gaulle stammen und dem 1. Band seiner Kriegsmemoiren entnommen sind.[13] Der erste Text ist Teil einer Rede, die de Gaulle 1942 in England gehalten hat.

Ah! certes, nous ne croyons pas que l'épreuve soit à son terme. Nous savons tout ce qui reste de force et d'astuce à l'ennemi. Nous n'ignorons pas quels délais sont encore nécessaires au parti de la liberté pour déployer toute sa puissance. Mais, puisque la France a fait entendre sa volonté de triompher, il n'y *aura* jamais pour nous ni doute, ni lassitude, ni renoncement. Unis pour combattre, nous *irons* jusqu'au bout de la libération nationale. Alors, notre tâche finie, notre rôle effacé, après tous ceux qui l'ont servie depuis l'aurore de son Histoire, avant tous ceux qui la *serviront* dans son éternel avenir, nous *dirons* à la France, simplement, comme Péguy: »Mère, voici vos fils, qui se sont tant battus!«

Die ersten Sätze dieses Textstücks beziehen sich auf die Situation Frankreichs im Jahre 1942. Es folgt dann ein Rückblick auf die Widerstandserklärung von 1940. Gewiß, diese Wiederstandserklärung ist der Zuhörerschaft (»les Français de Grande-Bretagne«) bekannt. Dennoch handelt es sich im Munde de Gaulles um eine nachgeholte Information im Sinne einer selbstverständlichen (»puisque«) Bestätigung und Bekräftigung. Dann folgen im Text bis zum Péguy-Zitat Sätze im Futur. Diese Sätze enthalten eine Vorausschau, von der wir im nachhinein sagen können, daß sie sich auf das Jahr 1944 bezieht.

Wir verstehen diese Sätze als vorweggenommene Information, denn die Nachricht vom Sieg ist im Jahre 1942 noch nicht eingetroffen. Der folgende Text entstammt ebenfalls den Kriegsmemoiren de Gaulles und bezieht sich auf das Jahr 1940:

Poursuivre la guerre? Oui, certes! Mais pour quel but et dans quelles limites? Beaucoup, lors même qu'ils approuvaient l'entreprise, ne voulaient pas qu'elle fût autre chose qu'un concours donné, par une poignée de Français, à l'Empire britannique démeuré debout et en ligne. Pas un instant, je n'envisageai la tentative sur ce plan-là. Pour moi ce qu'il s'agissait de servir et de sauver, c'était la nation et l'Etat.

Je pensais en effet que c'en *serait fini* de l'honneur, de l'unité, de l'indépendance, s'il devait être entendu que, dans cette guerre mondiale, seule la France *aurait capitulé* et qu'elle en *serait restée* là. Car, dans ce cas, quelle que dût être l'issue du conflit, que le pays, décidément vaincu, fût un jour débarrassé de l'envahisseur par les armes étrangères ou qu'il demeurât asservi, le dégoût qu'il *aurait* de lui-même et celui qu'il *inspirerait* aux autres *empoisonnerait* son âme et sa vie pour de longues générations.

In diesem Text, dem Anfang des Kapitels »La France libre«, erzählt de Gaulle seine Überlegungen, die ihn zur Fortführung des Krieges bewogen haben. Die einleitenden Sätze haben als Tempora das Imparfait und das Passé simple. In den folgenden Sätzen, die weiterhin de Gaulles Gedanken zum Gegenstand haben, greift der General vorausschauend in die Zukunft aus und berücksichtigt bei seinen Entscheidungen die möglichen Konsequenzen für das Staatsbewußtsein der Nachkriegsgenerationen. Hier steht nun das Conditionnel, und zwar sowohl das Conditionnel I als auch das Conditionnel II. Wir fassen diese beiden Tempora als Formen des erzählenden Futurs auf. Sie haben innerhalb der Tempusgruppe II die Funktion, die Sprechperspektive der vorweggenommenen Information zu signalisieren.

Ich habe die beiden Textstücke absichtlich so gewählt, daß kein Zweifel über die Zeitverhältnisse bestehen kann. Der an erster Stelle zitierte dokumentarische Text, wörtlich zitiert in der Fassung des Jahres 1942, greift aus – wie wir heute wissen – auf das Jahr 1944, und der an zweiter Stelle zitierte Memoiren-Text, der Gedanken des Jahres 1940 erzählend wiedergibt, schaut voraus auf die Jahre nach 1944, so wie de Gaulle sie sich vorstellen mochte. Sollen wir also das Futur, und zwar sowohl das besprechende wie das erzählende Futur, als Tempus-Formen der Zukunft bezeichnen? Sind Tempora doch »Zeitformen«?

Zur Beantwortung dieser Frage komme ich auf einen dritten Text zu sprechen. Es handelt sich um La Fontaines Fabel *Les deux Aventuriers et le talisman* (X, 13). Diese Fabel ist eine Fiktion. Nun ist natürlich eine Fiktion nicht einfach in der Vergangenheit, Gegenwart oder Zukunft anzusiedeln. Ich will aber auf diese Frage im Augenblick nicht weiter eingehen und beschränke mich auf die Zeit, die der Fiktion immanent ist, insofern sie Vorgänge umfaßt. Man kann sie die fiktionale Zeit nennen.

Es ist von zwei Reisenden die Rede. Sie stoßen am Wegesrand auf auf ein Schild, dessen Aufschrift eine Verheißung meldet: Derjenige Abenteurer, der einen steinernen Elephanten auf seinen Armen einen hohen Berg hinaufträgt, wird erleben, was nie ein fahrender Ritter erlebt hat. Die (wörtlich zitierte) Aufschrift holt – innerhalb des Fiktionsraumes der Fabel – Information über die fahrenden Ritter nach (*ce que n'a vu nul chevalier errant*) und nimmt andererseits als Verheißung Information über den Gang des Abenteuers vorweg (*que tu verras couché par terre*). Bis hierher lassen sich noch Zeitbegriffe wie Vergangenheit und Zukunft, natürlich als fiktionale Vergangenheit und fiktionale Zukunft, mit dem Textverständnis vereinbaren.

Die Fabel geht jedoch so weiter, daß beide Wanderer sich Gedanken machen über den Sinn der Inschrift und die Chancen des Abenteuers. Einem der beiden (dem »Raisonneur«) kommen erhebliche Zweifel, und er argumentiert:

> Quelle ridicule entreprise!
> Le sage l'*aura fait* par tel art et guise,
> Qu'on le *pourra* porter peut-être quatre pas;
> Mais jusqu'en haut du mont, d'une haleine, il n'est pas
> Au pouvoir d'un mortel, à moins que la figure
> Ne soit d'un éléphant nain, pygmée et avorton,
> Propre à mettre au bout d'un bâton:
> Auquel cas, où l'honneur d'une telle aventure?
> On nous veut attraper dedans cette écriture:
> Ce *sera* quelque énigme à tromper un enfant.
> C'est pourquoi je vous laisse avec votre éléphant.

So der Zauberer. Erwähnen wir noch, daß der andere Wanderer, der Abenteurer, ohne langes Nachdenken den Elephanten ergreift und, am Gipfel angekommen, feststellen kann, daß die Verheißung tatsächlich kein Trug war.

Nun die Tempora. Es interessieren in diesem Zusammenhang das Futur I (*pourra porter, sera*) und das Futur II (*aura fait*) in der Rede des Zauderers. Diese Rede besteht ganz aus Vermutungen über die Absichten, die der unbekannte Autor der Inschrift gegenüber den möglicherweise vorbeikommenden Wanderern gehegt haben mag. Von den Futurformen bezieht sich dementsprechend nur eine (*qu'on le pourra porter peut-être quatre pas*) auf die Zukunft, genauer gesagt, eine für den Zauderer mögliche, aber schließlich doch nicht wirkliche Zukunft. Die anderen beiden Tempus-Formen beziehen sich jedoch eindeutig auf die Gegenwart des Schildes (*ce sera quelque énigme*) oder auf die Vergangenheit (*le sage l'aura fait*).

Wie einfach ist doch die Trias Vergangenheit – Gegenwart – Zukunft, und wie kompliziert wird alles, wenn man versucht, sie mit den

Tempus-Strukturen einer gegebenen Sprache in Einklang zu bringen! Sogleich muß man zu allerhand Hilfskonstruktionen greifen und etwa zwischen wirklicher und bloß möglicher Zukunft unterscheiden oder – in technischerer Sprache – zwischen einem reinen und einem »Modalfutur«. Wir wollen uns diese Unterscheidungen in der Tempus-Theorie ersparen und beschreiben den Mitteilungswert der Futur-Formen, ohne einen absoluten Zukunftsbegriff zu benutzen. »Vorweggenommene Information«, das besagt nur, daß die Information gegenüber ihrer Aktzeit verfrüht gegeben wird. Mag nun die Verfrühung darauf zurückzuführen sein, daß der Akt noch nicht stattgefunden hat, oder mag es sein, daß der Vorgang unbekannterweise schon stattgefunden hat oder eben jetzt stattfindet – die Bestätigung liegt noch nicht vor, so daß es sich allemal um eine vorweggenommene Information handelt, der notwendig ein gewisses Maß an Unsicherheit anhaftet, auch wenn sich nachträglich durch eine Zusatzinformation herausstellen sollte, daß die Nachricht rechtens gegeben worden ist.[14]

Futur II und Conditionnel II unterscheiden sich gemeinsam von Futur I und Conditionnel I dadurch, daß sie die Sprechperspektive der nachgeholten Information (Rückschau) und der vorweggenommenen Information (Vorausschau) kombinieren. Die beiden Tempora – jedes in seiner Tempus-Gruppe – lassen sich daher beschreiben als Tempora der vorweggenommenen Nachinformation.

Die Sprachen machen in unterschiedlichem Umfang von der im Tempus-System angelegten Möglichkeit Gebrauch, vorweggenommene Information zu signalisieren. Von der deutschen Sprache wird gesagt, sie benutze das Futur fast nicht mehr, höchstens noch »modal«. Das *wird* auch wohl so sein.[15] Nur, daß natürlich in der hier vertretenen Auffassung die Unterscheidung zwischen einem richtigen »Zukunftsfutur« und einem etwas schiefen »Modalfutur« innerhalb des Tempus-Systems aufgegeben wird, so daß auch in der deutschen Sprache das Futur I und II ebenso wie das Konditional I und II vollgültige Tempora sind. Daß man zur Bezeichnung der Zukunft in der deutschen Sprache häufiger als in anderen Sprachen Temporal-Adverbien benutzt, und zwar in der Verbindung mit dem Präsens oder einem »synthetischen« Futur (»ich will sagen«), steht auf einem anderen Blatt. Was das Tempus-System als solches, d. h. als Teil der Syntax betrifft, so bestätigt sich auch beim Futur, daß die bloße Tempus-Form nur eine sehr grobe Vorsortierung der Welt leistet, und zwar in der besonderen Weise, daß der mitgeteilte Vorgang auf den Vorgang der Mitteilung bezogen wird. Aber die Tempora sind ja nicht die einzigen Zeichen der Sprache. Für weitere und genauere Information, also wenn man will für die Feinsortierung der Welt, sind auch hier andere Zeichen in Fülle da. Es fehlt auch nicht an Ausdrucksmitteln zur Bezeichnung der Zeit, einschließlich der zukünftigen Zeit. Es gibt Zahlen und Daten in unendlichen Reihen, und kein Prophet und Futurologe hat sich bisher beklagt, daß er mit den Mitteln der Sprache Zukünftiges nicht mit aller wünschbaren Präzision ausdrücken könne.

3. Das Perfekt im Deutschen

Die meisten der bekanntesten Sprachen haben ein Tempus dafür, daß man Vergangenes in nachholender Information mitteilt. In manchen Sprachen heißt dieses Tempus Perfekt. Das ist die ungeeignetste aller denkbaren Bezeichnungen. Wenn man nämlich Vergangenes, statt es zu erzählen, bespricht, dann ist es eben nicht ein Abgeschlossenes (*perfectum*), sondern etwas, das ebenso zu meiner Welt gehört wie Gegenwärtiges oder Zukünftiges, das ich bespreche, weil ich es zu besorgen habe. Es ist eine Vergangenheit, in die ich hineinwirke, weil ich sie mit den gleichen Worten forme, mit denen ich Akte setze. Und indem ich die Vergangenheit besprechend forme, verändere ich zugleich meine Gegenwart und meine Zukunft. Das ist ein gespanntes Geschäft und weit entfernt von der ruhigen Besonnenheit des Erzählers, der seine erzählte Welt *sein* läßt.

Obwohl die Bezeichnung Perfekt ziemlich ungeeignet für das Rückschautempus der besprochenen Welt ist, behalten wir sie bei. Sie ist ungefährlich, wenn man sich nur an die Spielregel hält, grundsätzlich kein Tempus aus seinem zufälligen Namen heraus zu erklären. Sonst ergeht es einem wie Behaghel, der in seiner *Deutschen Syntax* ohne Gefühl für den Widerspruch das deutsche Perfekt zweimal definiert, einmal als Tempus für einen abgeschlossenen Vorgang, das andere Mal als Tempus für einen nichtabgeschlossenen, nämlich in die Gegenwart fortwirkenden Vorgang.[16] Man kann ebensogut sagen, daß es ganz gleichgültig ist, wo und wann der Vorgang abläuft. Das häufig anzutreffende Merkmal »in die Gegenwart fortwirkend« ist eine unzulängliche Beschreibung der Tatsache, daß wir mit dem Perfekt Vergangenes besprechen, also in seiner Bedeutung für unser Verhalten *aufschließen*, statt es erzählend von unserem Verhalten *abzuschließen*.

Andere haben weniger Lateinisches im Ohr gehabt und daher genauer beobachtet. Wunderlich/Reis verzeichnen beim deutschen Perfekt »ein inneres Haben«.[17] Hans Weber schreibt: »Die Perfekt-Schau ist nicht rein passiv; denn das Subjekt zieht die Vergangenheit an sich heran; sie ist somit Ausdruck einer wertenden, urteilenden Stellungnahme zum vergangenen Geschehnis, das Perfekt ist das Tempus der subjektiven Feststellung oder Meinungsäußerung«.[18] Er beobachtet weiter, daß wir das Perfekt besonders oft im Gespräch finden und daß es gewisse Adverbien wie *schon* und *noch* »geradezu attrahiert«.[19] Kaj B. Lindgren schließlich verzeichnet beim deutschen Perfekt eine gewisse »Ich-Bezogenheit« und läßt sich das von deutschen Sprechern nach ihrem Sprachbewußtsein bestätigen.[20] Alle diese Beobachtungen sind richtig und umschreiben impressionistisch die Tatsache, daß Vergangenheit mit diesem Tempus nicht erzählt, sondern besprochen wird. Wir können auch sagen: daß Vergangenheit im Perfekt nicht als perfectum, sondern als imperfectum erscheint. (Im Imperfekt erscheint Vergangenheit als perfectum.) Dabei ist es nicht nötig, daß der im Verb ausgedrückte Vorgang selber bis in die Gegenwart weiterläuft. Er kann als Vorgang durchaus abgeschlossen sein, wenn ich ihn nur besprechend aufschließe.

Man erkennt die Funktion des Perfekts in der deutschen Sprache am besten, wenn man sie mit der Funktion des Präteritums vergleicht. Wir wollen dabei das Präteritum in einer »wahren Geschichte« und nicht in einer Fiktion vorführen, damit der Vorgang in beiden Fällen in der Vergangenheit liegt. Ich erbitte also die Aufmerksamkeit des Lesers für ein Stück Geschichtsschreibung. Sie hat Vergangenes zu ihrem Gegenstand. Die Seite »Fiktion« ist also ausgeklammert, und wir haben es mit der Wirklichkeit zu tun. Der Geschichtsschreiber hat nun das gleiche zweifache Verhältnis zur Vergangenheit, das wir alle haben, aber er hat es, wenn er sich seiner Rolle bewußt ist, in eminentem Maße. Er ist einerseits Erzähler des Vergangenen, Geschichtenerzähler wollen wir ruhig sagen. Wer nicht erzählen kann, ist ein schlechter Historiker. Aber der Geschichtsschreiber ist gleichzeitig Wissenschaftler. Er begnügt sich nicht damit, die Vergangenheit zu erzählen, sondern er will sie auch verstehen, erklären, deuten, lehren oder was immer. Sagen wir es in einem Wort: er will sie besprechen. Alle Geschichtsschreibung hat dieses Doppelgesicht, daß sie zugleich erzählt und bespricht. So benutzt sie auch die Tempora der beiden Tempus-Gruppen, und zwar um so konsequenter, je klarer das historische Bewußtsein des Geschichtsschreibers ausgebildet ist.

Man kann es an den Tempora der historischen Darstellung erkennen. Ich verdeutliche das an einem Textabschnitt aus der Feder des Historikers Golo Mann, entnommen seinem Essay *Staat und Heer* (1956).[21] Der ausgewählte Abschnitt ist eine kleine historische Skizze über die deutsche Reichswehr nach 1933. Er ist auch im Druckbild als ein Abschnitt gekennzeichnet. Ich hebe die Tempora der besprochenen Welt durch Kursivschrift hervor:

Nach dem Umsturz von 1933 *hat* General von Blomberg sich *gerühmt*, das sei es nun, worauf die Reichswehr immer hinausgewollt und, in aller Verschwiegenheit, planmäßig hingearbeitet habe. Man *hat* es ihm damals wohl *geglaubt*, auch außerhalb Deutschlands. Es war aber hauptsächlich Prahlerei. Der Minister machte die Reichswehr viel böser, viel konsequenter und vorraussehender, als sie gewesen war. Die großen Studien zu dem Gegenstand, die wir heute *besitzen* – Schüddekopfs »Heer und Republik«, Brachers »Auflösung der Weimarer Republik«, Groener-Geyers »General Groener. Soldat und Staatsmann«, um nur drei der gewichtigsten zu nennen – *wissen* von ungleich vielfältigeren, wirreren Geisteszuständen. Wäre der Weimarer Staat an sich etwas Rechtes gewesen, dann hätte die Armee ihm keinen Schaden getan. Nicht sie *hat* zu den zentralen Kräften – mangelnden Kräften, Nicht-Kräften – *gehört*, welche ihn *ruiniert haben.* Ein Fremdkörper war sie. Aber die Republik bestand ja nur aus Fremdkörpern. Sie hatte keine Identität mit sich selber. Fast niemand glaubte an sie; von den großen Parteien nur die Sozialdemokraten, und so ganz fest auch die nicht, denn sie hatten sie ja ursprünglich nicht gewollt, waren widerwillig in das revolutionäre Abenteuer gerissen worden und mehr darauf bedacht, sich dafür zu entschuldigen, als es schöpferisch zu gestalten. Die anderen hatten weder Glauben noch Willen zur Sache. Sie schielten, auch wenn sie im Sattel saßen, immer nach besseren Pferden herum, sie wußten selbst nicht genau, welchen. Sie regierten ein Provisorium, eine Verlegenheit; ein Haus, das nur hielt, weil es nicht wußte, nach welcher Seite es umfallen sollte. *Kann* man sich wundern, daß im Staat, der die rechte Haltung zu sich selber niemals fand, auch die mit der schwersten Aufgabe einer neuen Traditionsbildung belastete Armee die rechte Haltung zum Staat nicht fand? Wäre sie gutwilliger gewesen, als sie war – und zeitweise sie die rechte Haltung doch nicht finden können. In das, was selber niemals weise war sie in Männern wie Reinhardt, Groener, Heye war sie ja gutwillig –, hätte integriert war, konnte sich die Armee beim besten Willen nicht integrieren.

Es folgt, als Beginn des nächsten Abschnittes, wieder ein Präsens, mit dem die Haltung des Generals von Seeckt beurteilt, also besprochen wird. Dieser neue Ansatz in einem Tempus der besprochenen Welt ist gleichzeitig der abschließende Satz für den kleinen Abschnitt, der hier eingerückt worden ist. Wir können ihn also auffassen als eine historische Erzählung, eingeleitet und ausgeleitet und zudem gelegentlich unterbrochen durch eine Besprechung des Erzählten. »Geschichte und Geschichten«, der Titel, den Golo Mann seiner Sammlung historischer Essays und Skizzen gegeben hat, bezeichnet genau das Doppelantlitz der Geschichtswissenschaft als einer Wissenschaft, die Geschichte zu erzählen und zugleich zu besprechen hat.

Nicht immer findet man in historischen Darstellungen besprechende und erzählende Abschnitte in mehr oder weniger regelmäßigem Wechsel. Dem persönlichen Stil des Historikers ist viel Spielraum gegeben. Grundsätzlich aber kann man an der Geschichtsschreibung eine Struktur der Darstellung ablesen, die Erzählen in Besprechen einbettet. Die Literaturwissenschaft hat dafür auch einen Namen zur Hand. Die Struktur der Geschichtsschreibung ist die *Rahmenerzählung.* Ein besprechender Rahmen umschließt die Erzählung. Es hängt vom Temperament des Geschichtsschreibers ab, ob der Rahmen der wissenschaftlichen Fragestellung und Problematik von einem ganzen Buch erzählend ausgefüllt oder ob der Rahmen ständig wieder aufgenommen wird, so daß die Besprechung auf Schritt und Tritt die Erzählung begleitet. Es gibt zudem wohl auch in der Geschichtswissenschaft epochale Darstellungsstile. Sie sind Variationen, nicht Mutationen der Grundstruktur.

Die Struktur der Rahmenerzählung findet man nicht nur in der Geschichtsschreibung. Sie ist, wie man weiß, charakteristisch für die ältere Erzählliteratur, besonders in den kleineren Gattungen (vgl. Kap. V), findet sich aber auch außerhalb der Literatur immer dort, wo Erzählungen in eine allgemeine Besprechsituation eingelassen sind. Sofern nun etwas Vergangenes erzählt wird, bietet sich das Rückschautempus Perfekt zur Überleitung als besonders geeignet an. Es gehört als Tempus der Tempus-Gruppe I noch zur besprochenen Welt, und es kann sich als Rückschautempus auf Vergangenes beziehen, genauso wie sich das Erzähltempus Präteritum auf Vergangenes beziehen kann. Kaj B. Lindgren hat das gewissermaßen experimentell untersucht. Er berichtet, er habe mehrere deutsche Sprecher aufgefordert, ihm eine beliebige Geschichte zu erzählen. (Ich nehme an, daß es wahre Geschichten gewesen sind.) Dabei hat er festgestellt, daß die meisten Sprecher im Perfekt beginnen und dann mit der eigentlichen Erzählung in das Präteritum überspringen.²² Das ist eine Rahmenerzählung *in nuce*. Über die Wiederaufnahme der Besprechsituation erfahren wir hier nichts, da die ganze Situation durch die Hintergedanken des Fragestellers einen künstlichen Charakter gehabt hat.

Hier finden wir wieder in der Literatur »natürlichere« Situationen. Mehrfach bemerkt worden sind bereits Anfang und Schluß des Goetheschen *Werther*, der wenigstens im Epilog Erzählung ist. Der einleitende Rahmen lautet: *Was ich von der Geschichte des armen Werther nur habe auffinden können, habe ich mit Fleiß gesammelt und lege es euch hier vor...* Der berühmte Werther-Schluß lautet: *...Der Alte folgte der Leiche und die Söhne. Albert vermocht's nicht. Man fürchtete für Lottes Leben. Handwerker trugen ihn. Kein Geistlicher hat ihn begleitet.*²³ Der letzte Satz ist nicht mehr Erzählung. Er nimmt Stellung zum Selbstmord und zur Stellungnahme der Geistlichen zum Selbstmord. Der Satz ist besprechend. Eben darum schließt er die Erzählung ab (vgl. S. 194).

Wir wollen noch einen Blick auf das einleitende Rahmenstück des *Werther* werfen. In ihm spricht nicht der Erzähler, sondern der Autor. Die Wörter *Geschichte, sammeln, vorlegen* sind Termini der literarischen Technik. Solange solche Wörter vorkommen, befinden wir uns außerhalb einer Erzählung, in jener Sphäre, in der man literarische Techniken erwägt und bespricht. Ein Rahmen dieser Art ist bei allen Autoren beliebt, die ihrer Erzählung dokumentarischen Wert verleihen wollen. Er ist ein Stück Wahrheitsbeteuerung. Darin zeigt sich die Verwandtschaft zwischen der literarischen Rahmenerzählung und der historiographischen Rahmenerzählung. Mit der Rahmenerzählung sucht der literarische Autor den Anschluß an das Wahrheitsprestige der Geschichtsschreibung. Daher gehen in der Erzählliteratur aller Zeiten Wahrheitsbeteuerung und Rahmentechnik Hand in Hand.

Ein letztes Beispiel für die verschiedenen Funktionen von Präteritum und Perfekt in der deutschen Sprache entnehme ich Franz Kafkas Roman *Der Prozeß*.²⁴ Im zweiten Kapitel wagt Josef K., ermutigt durch ein scheinbar beipflichtendes Auditorium, ein Plädoyer vor dem unsichtbaren Gerichtshof. Es hat die Form einer Verhaftungsbeschwerde und Gerichtsschelte. Hauptteil des Plädoyers ist die Erzählung *(Narratio* der Gerichtsrhetorik!) des Hergangs seiner Verhaftung. Diese Erzählung ist in den Tempora der Erzählung gehalten. Sie ist jedoch eingerahmt durch einen einleitenden und ausleitenden Rahmen. Die Einleitung lautet: *Hören Sie: Ich bin vor etwa zehn Tagen verhaftet worden, über die Tatsache der Verhaftung selbst lache ich, aber das gehört jetzt nicht hierher. Ich wurde früh im Bett überfallen* . . . Mit dem Präteritum beginnt die Erzählung und bleibt dann weiter im Präteritum bis zu dieser Ausleitung: *Ich wiederhole, mir hat das Ganze nur Unannehmlichkeiten und vorübergehenden Ärger bereitet, hätte es aber nicht auch schlimmere Folgen haben können?*

Die beiden Teile des Rahmens sind aufeinander bezogen. Beide summieren die ganze Begebenheit, die in der Erzählung entfaltet wird. Sie konstatieren und tragen damit das Ganze der Begebenheit in die Besprechsituation hinein, denn die Verhaftung soll ja nicht nur erzählt werden, sondern sie soll Gegenstand der Rechtsfindung vor Gericht sein. Ich füge hinzu, daß gelegentlich in der Erzählung des Josef K. auch ein Präsens oder ein Perfekt auftaucht. Ein Satz lautet (es ist von den verschiedenen Anschlägen gegen ihn die Rede): *Nun ist nichts davon, auch nicht im geringsten, gelungen* . . . Auch dies ein summierender Satz, der das *Fazit* zieht. Das Fazit hat einen besonderen Rang. Nicht die Erzählung als Erzählung, sondern nur ihr Fazit ist von juristischem Belang und ist Element der richterlichen Beratung oder des Urteils. Damit die Erzählung der Verhaftung überhaupt in eine Beziehung zur Gerichtssituation treten kann, muß sie verwandelt werden in etwas, das nicht selber Erzählung ist. Das ist das Fazit.

Das Kafkasche Beispiel ist deshalb so instruktiv, weil Erzählung und Besprechung zugleich so nahe und so fern sind. Sie sind nahe, insofern sie beide auf das Urteil des Gerichtshofes bezogen sind. Und sie sind sich zugleich sehr ferne, weil die Rechtsfindung vor Gericht eine eminent besprechende Situation darstellt und von einer Situation des Erzählens grundverschieden ist. Daher die Spannung zwischen Erzählung und Besprechung, daher auch in der Gerichtsrede die scharfe Markierung der Grenzen zwischen erzählender und wägender Rede. Daher schließlich offensichtlich die frühe Aufmerksamkeit der Rhetorik für die Teile der Gerichtsrede, in der die Narratio von den besprechenden Teilen Propositio, Argumentatio usw. scharf unterschieden ist.[25] Die Geschichtsschreibung und der Prozeß vor Gericht sind sich darin verwandt, daß sie sich auf Vergangenes zugleich erzählend und besprechend beziehen.

4. Das Perfect im Englischen

Das englische Perfect ist nicht dem deutschen Perfekt gleichzusetzen, wie überhaupt grundsätzlich kein Tempus einer Sprache dem Tempus einer andern Sprache gleichgesetzt werden kann. Jedes Tempus ist zuerst Teil des Tempus-Systems einer gegebenen Sprache, und nur Tempus-Systeme sind vergleichbar. Da aber die deutsche und englische Sprache die strukturale Zweiteilung des Tempus-Systems nach den Tempora der besprochenen und der erzählten Welt gemeinsam haben, haben auch das deutsche Perfekt und das englische Perfect gemeinsam, daß sie beide Rückschau-Tempora in der Tempus-Gruppe der besprochenen Welt sind. So verschieden ihr Anwendungsbereich im einzelnen sein mag, die beiden Merkmale »besprechend« und »rückschauend« sind beiden eigen. (Die Unterschiede liegen dann in der Kombinatorik.)

Die Funktion des englischen Perfect ist in der Sprachwissenschaft oft diskutiert worden. Otto Jespersen beschreibt den Unterschied von Preterit und Perfect folgendermaßen: »The Preterit refers to some time in the past without telling anything about the connexion with the present moment, while the Perfect is a retrospective present, which connects a past occurrence with the present time, either as continued up to the present moment (inclusive time) or as having results or consequences bearing on the present moment«.[26] Gegen Jespersens Funktionsbeschreibung sind allerlei Einwände vorgebracht worden. Archibald Hill lehnt insbesondere den ersten Aspekt ab. Es sei keineswegs charakteristisch für das Perfect (oder Present Perfect, wie es gelegentlich genannt wird), daß eine zeitliche Verbindung zur Gegenwart besteht. Eines seiner Gegenbeispiele: *I have read that book twenty times, but I'm not reading it now.*[27] Die gleiche Ansicht vertritt William Diver; er stellt dem Jespersenschen Beispiel *I have lived about ten years in Chelsea (and I still live there)* das Gegenbeispiel gegenüber: *I have lived in Chelsea, but since 1914 I have lived in London.*[28]

Mit der Zurückweisung einer zeitlichen Fortwirkung in die Gegenwart hinein als Kennzeichen des englischen Perfect rückt der zweite Teil der Jespersenschen Beschreibung stärker ins Blickfeld: nicht die Handlung selber, sondern ihre Ergebnisse oder Konsequenzen reichen bis in die Gegenwart. Das ist offensichtlich etwas ganz anderes. Seltsam, daß man dabei immer noch beständig den Zeitbegriff festhält; denn die Nachwirkung von Ergebnissen und Konsequenzen läßt sich als zeitliche Erstreckung gar nicht fassen. Jespersen versucht nun, diese allgemeine Bestimmung etwas näher einzugrenzen und gibt sein bekanntes Newton-Beispiel. Im Preterit steht: *Newton believed in an omnipotent God.* Im Perfect hingegen: *Newton has explained the movements of the moon.* Ob nämlich Newton an einen allmächtigen Gott geglaubt hat oder nicht, so meint Jespersen, ist unerheblich für unsere Gegenwart; daß er hingegen die Bewegung des Mondes erklärt hat, ist als astronomische Lehre nach wie vor gegenwärtig.[29] William Freeman Twaddell führt diese Überlegungen im Jespersenschen Sinne weiter und schreibt: »*Have* + Participle explicitly links an earlier event or state with the current situation. It signals a significant persistence of results, a continued truth value, a valid present relevance of the effects of earlier events, the continued reliability of conclusions based on earlier behavior.[30]« Ich verzeichne mit Befriedigung, daß wir hier schon weit vom bloßen Zeitbegriff weg sind. Aber die rechte Beschreibung der Perfect-Funktion scheint das immer noch nicht zu sein. William Diver macht darauf aufmerksam, daß man auch Falsches und für die Gegenwart Irrelevantes im Perfect sagen kann: *Many people have believed that the world is flat, but they were wrong.* Und umgekehrt kann man auch Richtiges und für die Gegenwart Relevantes im Preterit ausdrücken: *Newton explained the movements of the moon in a way that is still thought to be correct.*[31]

An Stelle der zweifelhaften Methode selbstgemachter Beispiele sehe ich lieber Sätze unverdächtiger, weil nicht problembewußter Gewährsleute. Ich habe daher einmal in einigen Enzyklopädien unter dem Stichwort Newton nachgeschlagen und finde die folgenden Sätze: *Newton showed that white light is a mixture of light of all colours* (Encyclopaedia Britannica). *Later he developed a corpuscular theory of light in which the largest corpuscules excite the sensation of red, the smallest of violet* (Chambers's Encyclopaedia). *Newton's theory has many likeness to present-day theory – the coexisting waves and particles of light, the supervelocity of the phase wave, the phenomena of interference; and he even measured the quantity that is now called a wave-length* (The Encyclopedia Americana). Ich habe mit Absicht solche Sätze ausgewählt, in denen die Richtigkeit evident ist oder die Relevanz ausdrücklich anerkannt wird. Dennoch steht hier nicht das Perfect.

Wir haben daher aufs neue den Schluß zu ziehen, daß die Funktion der Tempora nicht darin besteht, Aussagen über Wahrheit und Unwahrheit, über Richtigkeit und Falschheit zu machen. Das gilt für alle Tempora, auch für das englische Perfect. Die drei Beispielsätze aus den Enzyklopädien lassen vielmehr ausgezeichnet erkennen, wie die Verfasser der Newton-Artikel die Richtigkeit oder Relevanz der Newtonschen Entdeckungen mitteilen. Sie sagen es entweder ausdrücklich *(has many likeness to present-day theory)*, sie deuten es mit einer Stilnuance an *(he even measured)*, oder sie sagen es implizit durch den Bruch der Consecutio temporum: Present nach Preterit (vgl. Kap. VII).

William Diver, der ältere Beschreibungen des englischen Perfect mit Recht kritisiert, ist selber konservativ in seiner Beschreibung. Er kehrt zu dem steifen Schema der Aspekte zurück und beschreibt das Perfect nach den beiden Merkmalen Vergangenheit und Unbestimmtheit und ist überzeugt, es gebe keine Gegenbeispiele.[32] Was das Merkmal der Unbestimmtheit betrifft, so ist Diver, wie in strukturalen Untersuchungen häufig geübt, von der Kombinierbarkeit mit Adverbien der Zeit ausgegangen. An seiner Beobachtung ist nun richtig, daß das Perfect tatsächlich vorzugsweise mit unbestimmten Adverbien kombiniert wird *(ever, wherever, always* u. a.), hingegen mit bestimmten Adverbien, insbesondere Daten, kaum kombinierbar ist.

Aber es gibt natürlich Gegenbeispiele zu verzeichnen. Ich notiere aus einem sprachwissenschaftlichen Buch aus der Feder von Charles E. Bennet: *The imperfect indicative formation of Indo-European* h a s d i s a p p e a r e d *in Latin.* Wir finden in dem Satz den bestimmten Artikel, wir finden in dem Ausdruck *in Latin* implizit eine Zeitbestimmung, und der ganze Satz ist so bestimmt, wie der Satz eines wissenschaftlichen Buches sein soll. Das Perfect steht gerade nicht, weil unbestimmt geredet werden soll, sondern weil sehr bestimmt ein sprachlicher Sachverhalt besprochen werden soll. Thema ist die lateinische Sprache. Für einen Augenblick schaut der Autor an dieser Stelle zurück auf die Vorgeschichte und fährt dann mit der Besprechung des Lateinischen fort: *In Latin, accordingly, we* f i n d . . .[33] Die Tempora der Darstellung sind die Tempora der besprochenen Welt (trotz der Vergangenheit!), und sie sind vollkommen bestimmt. Sie sind freilich nicht immer zeitlich bestimmt, weil es im Besprechen nicht immer und sogar im ganzen ziemlich selten um Zeit geht. Wir besprechen ja meistens Dinge, die den Sprecher und den Hörer unmittelbar betreffen, ihm also schon gegenwärtig oder bekannt sind. Eine zeitliche Fixierung ist dabei nicht so notwendig.

Wenn wir indes erzählen, so begeben wir uns aus der Sprechsituation heraus in eine andere Welt, die vergangen oder fiktional ist. Ist sie vergangen, so ist es angebracht, ihre Zeit anzugeben, und wir finden daher in Verbindung mit den Tempora der Erzählung sehr häufig genaue Zeitangaben. Im Englischen hat sich die Kombination von Erzähltempora und genauen Zeitangaben stärker gefestigt als in anderen Sprachen.[34] Das Feld des Erzählens ist daher weiter als etwa im Deutschen, und wir müssen manches deutsche Perfekt bei der Übersetzung durch ein englisches Preterit wiedergeben. Das sind Schwankungen der Kombinatorik innerhalb einer Struktur, die grundsätzlich den beiden Sprachen gemeinsam ist.

5. *Thornton Wilder:* The Ides of March

Der »historische Briefroman« *The Ides of March* (1948) von Thornton Wilder ist ein vorzüglicher Beobachtungsgegenstand für das englische Perfect, und der Leser möge mir verzeihen, daß ich dieses Buch einmal nur unter diesem Aspekt betrachte. Als Entschuldigungsgrund möge dienen, daß die Betrachtung der Tempora nicht nur zum Verständnis der englischen Sprachstruktur, sondern auch zum Verständnis dieses Romans beitragen soll.[35]

Ein Brief, so hat man mit Recht gesagt, ist ein halbierter Dialog. Wir finden daher in Briefen die gleichen Tempora wie im Dialog. Das sind meistens die Tempora der besprochenen Welt, aber man kann natürlich auch im Brief erzählen, so wie man auch erzählende Partien in ein Gespräch einfügen kann. Es gibt ja erzählende Briefromane. Aber das ist nicht die Regel. Auch die Briefe, die im Roman Thornton Wilders zwischen den Großen des römischen Reiches gewechselt werden, sind meistens von der Art, daß die anstehenden Dinge besprochen werden. Das gibt dem Roman einen Reiz der Unmittelbarkeit, um dessentwillen Wilder gewiß diese Romanform gewählt hat. Immerhin gibt es auch eine Reihe von Briefen, in denen erzählt wird, und zwar natürlich in den Erzähltempora. Eine dieser Erzählungen steht in dem Brief V der Sempronia Metella. Die Erzählung ist deutlich vom übrigen Text des Briefes abgesetzt und wird eigens als Erzählung eingeleitet: *But let us change the subject. I received a great honor yesterday which I must* t e l l *you about.* H e [scil. Caesar] *singled me out to talk to me* . . .

Aber nicht alles Vergangene (gemeint ist natürlich das Vergangene innerhalb des durch den Roman gesetzten Fiktionsraums) wird erzählt, bei weitem nicht. Meistens wird auch das Vergangene besprochen, und das Tempus ist das Perfect. Ich gebe als Beispiel den Anfang des Briefes II, den Clodia Pulcher ihrem Haushofmeister im Rom schreibt:

My brother and I are giving a dinner on the last day of the month. If any mistakes occur this time I shall replace you and offer you for sale.

Invitations *have been sent* to the Dictator, and to his wife and aunt; to Cicero; to Asinius Pollio; and to Gaius Valerius Catullus. The entire dinner will be conducted in the old mode . . .

Man muß wissen, daß Clodia Pulcher zwar eine Dame der ersten Kreise Roms ist, aber ihren Ruf ziemlich ruiniert hat. Ob Caesar also die Einladung annimmt oder nicht, entscheidet über ihren gesellschaftlichen Status und einiges mehr. Dieser Brief dient nun dem Zweck, das Protokoll des Mahles mit dem verantwortlichen Haushofmeister zu besprechen. Es ist daher nicht der Moment, die Einladung, die als Vorgang in der Vergangenheit liegt, zu erzählen. Sie ist als Voraussetzung der ganzen Überlegungen Bestandteil der Besprechung zwischen Clodia Pulcher und ihrem Haushofmeister und wird daher besprechend mitgeteilt.

Auch für Caesar ist die Einladung nicht eine beliebige Begebenheit, die man als Kuriosum erzählen kann. Er schreibt seinem vertrauten Kampfgefährten Lucius Mamilius Turrinus im Tagebuch-Brief III: *Clodia and her brother* h a v e i n v i t e d *us to dinner.* Das ist ebenfalls als Nachricht gemeint. Caesar pflegt sich in seinen Briefen an Lucius Mamilius Turrinus auszusprechen. Er fährt unmittelbar nach dem verzeichneten Satz fort: *I seem to have discussed the situation of this couple sufficiently in my letters to you.* Die Wendung *discuss the situation* qualifiziert den Brief eindeutig als besprechend.

Caesar kommt zu dem Entschluß, die Einladung der Clodia Pulcher abzulehnen. Wir erfahren das aus dem Brief VII der Clodia an Caesars Gemahlin: *Your husband is a very great man, but he is a very rude man too. He h a s s e n t me a very short word that he cannot come to my dinner.* Auch dies ist nicht eine Erzählung, sondern eine Besprechung, denn Zweck dieses Briefes ist, durch Caesars Frau zu erreichen, daß der Diktator seinen Entschluß rückgängig macht.

Weniger um der Bitten seiner Frau willen als wegen anderer Überlegungen entschließt sich Caesar tatsächlich, die Einladung anzunehmen. Er schreibt im Brief X–A an Clodia: *My wife, my aunt, and I are coming to your dinner...* Damit hat die Besprechung der Einladung ihr Ende erreicht. Das Festmahl findet statt. Es stellt sich dabei unter dramatischen Umständen heraus, daß die Einladung zu Recht Besprechungsgegenstand war: auf Caesar wird ein Attentat verübt.

Über den Verlauf des Mahles sowie über das Attentat erfahren wir zwei Versionen. Ich beginne mit der an zweiter Stelle mitgeteilten Version. Es ist der Brief XXI des Asinius Pollio an Vergil und Horaz, fünfzehn Jahre nach dem Geschehen geschrieben. In diesem Brief teilt Asinius Pollio dem Adressaten mit, was er als Augenzeuge gesehen hat. Das ist eine Erzählung; der Briefschreiber sagt selber: *my narration* und *the story.* Diese Erzählung ist – abgesehen von einem einleitenden und einem generalisierenden Satz – in den Tempora der Tempus-Gruppe II geschrieben. Der Erzähler ist tief bewegt bei der Erinnerung jenes denkwürdigen Tages, und die Begebenheiten werden auf das lebhafteste geschildert; dennoch ist die Welt dieser Erzählung eine geschlossene Welt. Caesar ist tot, Catull ist tot, die Republik besteht nicht mehr, die Politik hat andere Probleme, und Rom hat eine andere Gesellschaft. Das Attentat auf Caesar braucht nicht mehr besprochen zu werden.

Die andere Version über das Attentat auf Caesar im Hause der Geschwister Pulcher ist der Polizeibericht XX–B, geschrieben zu verschiedenen Stunden unmittelbar nach dem Geschehen. Auch dieser Bericht ist Erzählung und dementsprechend in den Erzähltempora abgefaßt. Aber nur, soweit er Ereignisse betrifft, die nicht mehr Gegenstand fortdauernder Polizeimaßnahmen sind. Diese werden in den besprechenden Tempora, insbesondere im Perfect berichtet. Hier sind es tatsächlich Handlungen, »die bis in die Gegenwart fortdauern«. Aber sie stehen nicht deshalb im Perfect, weil sie bis in die Gegenwart hinein fortdauern, sondern diese Handlungen werden besprochen, weil sie bis in die Gegenwart hinein fortdauern. Und sie stehen in einem Tempus der Tempus-Gruppe I, weil sie besprochen werden.

Das gleiche gilt für die erstgenannten Beispiele aus dem Briefroman Thornton Wilders. Die Einladung zu dem Mahle steht nicht deshalb im Perfect, weil die Einladung »Ergebnisse oder Konsequenzen« für die Gegenwart hat. Sondern die Einladung wird, weil sie allerdings folgenreich ist, besprochen, und weil sie besprochen wird, steht das Perfect. Es mag Sätze geben, in denen man diese Unterschiede als wenig gewichtig ansehen kann, weil man in besprechenden Äußerungen natürlich recht oft einen zeitlichen Bezug zur gegenwärtigen Situation hat oder konstruieren kann. Wenn nicht irgendein Bezug zur aktualen Situation bestünde, brauchte man ja die Sache nicht zu besprechen. Dennoch geht es nicht an, den Gesichtspunkt des Besprechens zu überschlagen. Haben nicht auch die erzählten Dinge der Vergangenheit, rein als Vorgänge betrachtet, einen Bezug zur Gegenwart? Ein Attentat hat immer Konsequenzen für die Polizei. Wenn es danach ginge, könnte der ganze Bericht im Perfect abgefaßt sein.

Und wenn Pascal recht hat, daß sogar die Nase der Cleopatra für die Weltgeschichte und damit für die Gegenwart mitverantwortlich ist, dann darf das Perfect als Universal-Tempus für alles Vergangene stehen. Aber nicht alles Vergangene wird besprochen: das ist der Unterschied. Man kann von Cleopatra erzählen. Das tut bei Thornton Wilder Cornelius Nepos (Stück XXXIII): *The Queen* w a s   r e c e i v e d *at the Capitoline today. The magnificence of her train* e x c e e d e d *anything ever seen in the City. To me at a distance she* s e e m e d *very beautiful . . .* Man kann auch Cleopatras Erscheinung besprechen. Das tut in demselben Buch Caesar selber in dem Brief LXXI, in dem er sich wieder seinem Freund Lucius Mamilius Turrinus gegenüber ausspricht: *. . . she is that figure which all countries* h a v e   e l e v a t e d *to the highest honor and awe: she is the mother as goddess.*

Das Perfect steht also in Wilders Briefroman oft, wo eine zeitliche Beziehung zur Gegenwart besteht. Es steht oft, wo Resultate bis in die Gegenwart reichen. Es steht darüber hinaus jedoch auch, wo weder ein zeitlicher Bezug zur Gegenwart da ist, noch auch Nachwirkungen auffälliger Art in die Gegenwart hineinreichen, außer natürlich jener Nachwirkung, die man überhaupt voraussetzen muß, wenn Vergangenes besprochen werden soll. Clodia Pulcher hat noch einmal das Wort. Sie schreibt dem Dichter Catull, der sie heftiger liebt als sie ihn, einen recht schnöden Brief (Nr. XXVI). Er beginnt:

My sister tells me I should write you a letter. A number of other people *have appointed* themselves to be your advocate and *have told* me that I should write you a letter.

Here, then is a letter. You and I long since agreed that letters are nothing. Yours tell me what I knew already or could well imagine, and they frequently depart from the rule which we had laid down that a letter should consist principally of facts.

Here are my facts:

The weather *has been* incomparable. There *have been* many parties on sea and on land. I leave all reunions which *have been* abandoned to conversation only and for which the host *has made* no plans for entertainment ...

Wer auf Tempora zu achten gelernt hat, bemerkt die auffallend vielen Formen des Perfect in den Anfangssätzen dieses Briefes. Warum: *The weather h a s b e e n incomparable?* Ist es noch unvergleichlich? Hat das unvergleichliche Wetter Konsequenzen? Etwa auf die Stimmung der Briefschreiberin? Und warum: *There h a v e b e e n many parties on sea and on land?* Werden die Gesellschaften zur Zeit des Briefschreibens immer noch gegeben? Oder wirken sie noch bis in die Zeit des Briefschreibens hinein nach? Nein, wir erfahren von all dem nichts. Wir wissen weder, wie zur Zeit des Briefschreibens das Wetter ist (es kann gerade ein Schauer niedergehen), noch hat die Verfasserin des Briefes die Absicht, dem lästigen Liebhaber mitzuteilen, ob die Gesellschaft bis in den hellen Tag des Briefschreibens hinein Konversation macht. Sie will nicht ein Fortdauern oder ein Nachwirken mitteilen, sondern Tatsachen. *Here are my facts,* sagt sie. Fortdauer und Nachwirkung dieser Tatsachen sind uninteressant. Sie haben daher auch keinen Einfluß auf die Wahl des Tempus. Clodia und Catull haben seinerzeit ausgemacht, daß sie sich in Briefen nur Tatsachen mitteilen wollen. Eben dieser Brief, in dem Clodia nur Tatsachen mitteilt, beweist, daß jene Abmachung bis in die Gegenwart des Briefschreibens sehr stark hineinwirkt. Dennoch steht der Satz, der sich auf diese Abmachung bezieht, im Preterit: *You and I long since agreed that letters are nothing.* Oder in anderen Tempora der Tempus-Gruppe II: ... *the rule which we had laid down that a letter should consist principally of facts.* Das alles ist von der Zeit her und gar von dem Begriff »Verbindung zu Gegenwart«, und wenn man ihn auch bis zum Zerreißen dehnt, nicht zu verstehen. Hier hilft nur der Gesichtspunkt des Besprechens weiter. Jene Abmachung, in den Briefen nur Tatsachen zu schreiben, wird hier nicht besprochen. Sie wird von Clodia nicht diskutiert, sondern vorausgesetzt und ihrem ganzen Brief als selbstverständlich zugrunde gelegt. Nur unter dieser Voraussetzung kann sie Catull vorwerfen, er habe sich nicht an die Spielregeln gehalten. Daher erinnert Clodia an diese Abmachung nur erzählend. Besprochen werden hingegen die Tatsachen. Jetzt darf man wiederum nicht an den unglückseligen grammatischen Begriff der Tatsächlichkeit oder dergleichen denken. Es geht ausschließlich um das Besprechen und nicht um die Tatsächlichkeit der Tatsachen.

Das nun wird erst aus dem Ganzen des Briefes, den Clodia schreibt, richtig klar. Es ist nämlich ein boshafter Brief. Und Clodia schreibt nicht vom schönen Wetter um des schönen Wetters willen. Sie schreibt

ihre Tatsachen, weil Catull seine Tatsachen nicht geschrieben hat.
Clodia aber hat sie herausgebracht und zählt sie ihm nun vor:

Those are the facts concerning my life this summer and those are the
answers to the questions contained in your extremely monotonous letters. On
rereading them I find that you *have given* me very few facts. You *have not
been writing* to me but to that image of me lodged in your head whom I
have no wish to confront. The facts about you I *have learned* from my sister
and your other advocates. You *have paid* visits to my sister and to Manilius
and Livia [Torquatus]. You *have taught* their children how to swim and how
to sail. You *have taught* their children how to train dogs. You *have written*
reams of verses for children, and another poem for a wedding. I tell you
again you will lose your poetic gift, if you abuse it ...

Es geht gar nicht um einen Austausch von Nachrichten über Tatsachen. Clodia hat ihre Tatsachen nur mitgeteilt, um ein Anrecht zu
der tadelnden Aufzählung der Tatsachen Catulls zu haben. Diese Reihung von Tatsachen ist ein *Rechenschaftsbericht.* Clodia rechnet mit
Catull ab, weil Catull selber seinen Rechenschaftsbericht nicht gegeben
hat. Die Tatsachen werden also nicht erzählt, sondern sie werden besprochen. Rechenschaft geben ist ein Besprechen. Es ist zugleich ein
Zurückschauen. Daher finden wir das Perfect besonders häufig in Situationen, in denen Rechenschaft abgelegt wird. Es sind Situationen, die
der Gerichtsverhandlung verwandt sind. So können sie auch bisweilen
Erzählungen des Hergangs einschließen. Aber die eigentliche Rechen-
schaftsgebung ist nicht erzählend, sondern besprechend.

Noch ein anderer Brief des Romans ist ein Rechenschaftsbericht. Es
ist der Brief LXIX, den Caesar an Lucius Mamilius Turrinus schreibt.
Caesar rechtfertigt sich gegen die Vorhaltung *(charge)*, er sei ein Feind
der Freiheit. Ich rücke einen Abschnitt des Briefes hier ein:

In the eyes of my enemies I sit clothed in the liberties which I *have stolen*
from others. I am a tyrant and they liken me to the potentates and satraps
of the East. They cannot say I *have robbed* any man of money, of land,
or of occupation. I *have robbed* them of liberty. I *have* not *robbed* them of
their voice and their opinion. I am not oriental and *have* not *kept* the people
in ignorance of what they should know, nor *have* I *lied* to them. The wits
of Rome declare that the people are weary of the information with which
I flood the country. Cicero calls me the Schoolmaster, but he *has* not *charged*
me with distorting my lessons. They are not in the slavery of ignorance nor
under the tyranny of deception. I *have robbed* them of their liberty.
But there is no liberty save in responsibility. That I cannot rob them of
because they *have* not *got* it. I *have* never *ceased* from placing before them
the opportunity to assume it, but as my predecessors learned before me, they
know not where to grasp it. I rejoice at the extent to which the outposts of
Gaul *have shouldered* the burdensome freedom which I *have accorded* them.
It is Rome which *has been corrupted.* The Romans *have become* skilled in the
subtle resources for avoiding the commitment and the price of political
freedom. They *have become* parasites upon that freedom which I gladly

exercise – my willingness to arrive at a decision and to sustain it – and which I am willing to share with every man who will assume its burden …

Die Worte der Rechtfertigung im Perfect sind zugleich Anklage gegen die staatsbürgerliche Trägheit des römischen Volkes. Die ganze politische Spannung der Zeit soll nach dem Willen Thornton Wilders in diesem Brief spürbar sein. Wir sind weit vom Erzählen entfernt.

6. Das Passé composé im Französischen

Das Passé composé des Französischen (il a chanté) bringt im Zusammenhang mit dem Verschwinden des Passé simple (il chanta) aus der gesprochenen Sprache eine Reihe von Fragen mit sich. Diese werden hier vorläufig ausgeklammert und einer ausführlichen Darstellung im 10. Kapitel vorbehalten. Wir behandeln also hier nur das geschriebene Französisch, in dem beide Tempora, das Passé composé und das Passé simple, noch ihre Rechte haben.

Das Passé composé ist im französischen Tempus-System das Rückschau-Tempus der besprochenen Welt. Diese Funktion hat es gemeinsam mit dem deutschen Perfekt und dem englischen Perfect. Wenn also Jean-Paul Sartre sein Buch L'être et le néant mit einem Passé composé beginnt, dann weiß man ziemlich sicher, daß hier etwas besprochen wird. Der erste Satz lautet: La pensée moderne a réalisé un progrès considérable en réduisant l'existant à la série des apparitions qui le manifestent. Wir wissen aber noch nicht, ob dieses Buch der wissenschaftlichen oder der schönen Literatur zuzurechnen ist. Diese Unterscheidung deckt sich nicht mit der Unterscheidung zwischen der besprochenen und der erzählten Welt.

Auch ein Werk der schönen Literatur kann in den Tempora der besprochenen Welt einsetzen, wie etwa der Anfang von Paul Valérys La Soirée avec M. Teste erkennen läßt: La bêtise n'est pas mon fort. J'ai vu beaucoup d'individus, j'ai pris ma part d'entreprises diverses sans les aimer, j'ai mangé presque tous les jours, j'ai touché à des femmes. Robert Champigny, der auf diese Stelle aufmerksam macht, interpretiert das Passé composé dieser Sätze als Tempus der Desinteressiertheit.[36] Das stimmt zum Teil. Das Textstück hat wohl einen Ton müder Gleichgültigkeit. Dieser kommt aber nicht aus dem Tempus, sondern aus dem Stilmittel der unverbundenen Reihung verschiedenartiger Erlebnisse. Das Tempus gibt etwas anderes hinzu. Es verleiht der Darstellung den Charakter eines Rechenschaftsberichtes. Auch sonst ist der Rechenschaftsbericht eine beliebte Form moderner Dichtung. Als ein Beispiel von vielen gebe ich ein Prosagedicht von Paul Éluard:

Je m'obstine à mêler des fictions aux redoutables réalités. Maisons inhabitées, je vous ai peuplées de femmes exceptionnelles, ni grasses, ni maigres, ni blondes, ni brunes, ni folles, ni sages, peu importe, de femmes plus séduisantes que possibles, par un détail. Objets inutiles, même la sottise qui procéda à votre fabrication me fut une source d'enchantements. Etres indifférents, je vous ai souvent écoutés, comme on écoute le bruit des vagues et le bruit des machines d'un bateau, en attendant délicieusement le mal de mer. J'ai pris l'habitude des images les plus inhabituelles. Je les ai vues où elles n'étaient pas. Je les ai mécanisées comme mes levers et mes couchers. (...) Pour me trouver des raisons de vivre, j'ai tenté de détruire mes raisons de t'aimer. Pour me trouver des raisons de t'aimer, j'ai mal vécu.[37]

Es ist unmöglich, sich dieses Prosagedicht in Erzähltempora geschrieben zu denken. Man müßte es sich von ernster in leichtfertigere Rede übersetzt vorstellen. Es wäre ein anderes Gedicht. Gelegentliche Tempora der Erzählung sind in den Text eingefügt. Sie stehen, wo die Phantasie dem Rechenschaft gebenden Geist entgleitet und für einen Augenblick das strenge Besprechen vergißt.

Noch strengeres Besprechen haben wir im Gerichtssaal gefunden. Ich erinnere an das Plädoyer des Josef K. in Kafkas Roman *Der Prozeß*. Eine vergleichbare Situation finden wir in der französischen Literatur in Maupassants Novelle *Un Parricide*.[38] Der Titel sagt schon, daß es um einen Elternmord geht. Der Angeklagte ist überführt und geständig. Das Tatmotiv ist nun zu besprechen: *Pourquoi les avez-vous tués?* Der Angeklagte antwortet: *Je les ai tués parce que j'ai voulu les tuer.* Die verhörende Frage und die aussagende Antwort stehen beide im Passé composé. Verhör und Aussage sind Redeformen der Besprechung. Es folgt das Plädoyer des Verteidigers, der von sich aus die Tatmotive zu ergründen und zu rechtfertigen sucht: *Ces tristes doctrines, acclamées maintenant dans les réunions publiques, ont perdu cet homme. Il a entendu des républicains, des femmes mêmes, oui, des femmes! demander le sang de M. Gambetta...!* Der Verteidiger weiß gar nichts davon, ob der Angeklagte aufrührerische Reden der Republikaner gehört hat, er konjiziert und konstruiert eine Rechtfertigung. Er kann sie also auch nicht erzählen, sondern führt sie gleich besprechend ein. Daher das Passé composé.

Nun nimmt die Novelle aber eine unvorhergesehene Wendung. Der Angeklagte, der das Plädoyer seines Verteidigers eine Zeitlang angehört hat, unterbricht den Wortschwall und macht eine neue Aussage, die alle Konstruktionen des Verteidigers hinwegfegt: *Je me suis vengé, j'ai tué.* Und nun tritt an die Stelle des konstruierten Plädoyers die Erzählung des Angeklagten. Sie steht in den Tempora der Erzählung (Imparfait und Passé simple). Sie reicht bis unmittelbar an den Mordakt heran, und ich nehme sie an dieser Stelle auf:

Alors, mon président, il [scil. mon père] leva la main sur moi, je vous le jure sur l'honneur, sur la loi, sur la République. Il me frappa, et comme je le saisissais au collet, il tira de sa poche un revolver.

J'ai vu rouge, je ne sais plus, j'avais mon compas dans ma poche; je l'ai frappé, frappé tant que j'ai pu.

Alors elle [scil. ma mère] s'est mise à crier: »Au secours! à l'assassin!« en m'arrachant la barbe. Il paraît que je l'ai tuée aussi. Est-ce que je sais, moi, ce que j'ai fait, à ce moment-là?

Puis, quand je les ai vus tous deux par terre, je les ai jetés à la Seine, sans réfléchir.

Voilà. – Maintenant, jugez-moi.

L'accusé se rassit. Devant cette révélation, l'affaire a été reportée à la session suivante. Elle passera bientôt. Si nous étions jurés, que ferions-nous de ce parricide?

Dies ist der Schluß der Novelle. Die Tempora fordern zu einer Interpretation geradezu heraus. Die Erzählung, erkennbar an den Erzähltempora, reicht bis unmittelbar an den Mordakt heran. Noch die Bedrohung durch den Vater ist Erzählung. Die Reaktion des bedrohten Sohnes und der Mord selber stehen hingegen im Passé composé. Denn dieser Mord steht an als Verhandlungsgegenstand vor dem Schwurgericht, das über Leben und Tod des Angeklagten zu befinden hat. Hier, an dieser entscheidenden Stelle, mündet die Erzählung des Angeklagten wieder in die Aussage ein, und das Urteil kann gesprochen werden: *Maintenant, jugez-moi.*[39]

7. Das Passato prossimo im Italienischen

Das Passato prossimo verändert nicht die Probleme gegenüber dem Gesagten. Es handelt sich ebenfalls um das Rückschau-Tempus der besprochenen Welt. Wir können uns daher kurz fassen und haben in diesem Abschnitt mehr zu illustrieren als zu argumentieren.

Was weiterhin den Sprachgebrauch in der Novellistik angeht, so begnüge ich mich damit, der erörterten Novelle Maupassants als Gegenstück zwei italienische Novellen gegenüberzustellen. Zunächst die Novelle *Difesa del Mèola* von Luigi Pirandello.[40] Dies ist das Geschehen: Ein junger Mann namens Mèola zieht dem Bischof seiner Diözese mit allerhand unlauteren Tricks, aber mit den besten Absichten, Geld aus der Tasche. Und dieser Vorgang liegt einige Zeit zurück. In welchem Tempus soll er mitgeteilt werden?

Pirandellos Novelle ist nun deshalb besonders aufschlußreich, weil derselbe Vorgang zweifach mitgeteilt wird. Die erste Mitteilung steht im Rahmen der Novelle. Der Anfang der Novelle lautet nämlich:

Ho tanto *raccomandato* ai miei concittadini di Montelusa di non condannare cosí a occhi chiusi il Mèola, se non vogliono macchiarsi della piú nera ingratitudine. Il Mèola *ha rubato.* Il Mèola *s'è arricchito.* Il Mèola probabilmente domani si metterà a far l'usuraio. Sí. Ma pensiamo, signori miei, a chi e perché *ha rubato* il Mèola. Pensiamo che è niente il bene che il Mèola *ha fatto* a se stesso rubando, se lo confrontiamo col bene che da quel suo furto *è derivato* alla nostra amatissima Montelusa.

Mit fast den gleichen Worten wird diese Überlegung am Schluß der Novelle wiederaufgenommen. Die Novelle ist also deutlich von dieser Überlegung eingerahmt.

Innerhalb des Rahmens steht die eigentliche Erzählung, wir wollen sagen: der Erzählkörper der Novelle. Hier stehen die Tempora der Erzählung: Imperfetto und Passato remoto. Der Erzählkörper beginnt: *Un incubo orrendo* g r a v a v a *su tutti noi Montelusani, da undici anni: dal giorno nefasto che Monsignor Vitangelo Partanna, per istanze e mali uffizii di potenti prelati a Roma,* o t t e n n e *il nostro vescovado...* Der Betrug des Mèola wird nun erzählt.

Im *Rahmen* der Novelle wird jedoch der Betrug des Mèola nicht erzählt, sondern besprochen. Die Leser, als signori miei angeredet, werden über den Tatbestand informiert und zur Berichtigung ihrer schlechten Meinung von Mèola aufgefordert. Es sind die Mitbürger Mèolas, die zwar nicht juristisch, wohl aber moralisch über ihn zu Gericht sitzen. Einer von ihnen erzählt daher in dieser Novelle die Geschichte, um den Fall den Bürgern von Montelusa und allen rechtdenkenden und wohlmeinenden Geistern in Italien zu unterbreiten: *Ragion per cui m'appello al giudizio di quanti sono in Italia liberali equanimi e ben pensanti.* Mit diesen ist der Fall Mèola zu besprechen. Das ist, nach der feinen Ironie der Novelle, die Hauptsache. Die Erzählung selber wird als Nebensache ausgegeben, sie ist gleichsam nur ein Aktenstück im Dossier Mèola. Wir wissen, daß es Pirandello in Wirklichkeit natürlich mehr auf die Erzählung ankam. Aber wir lassen uns das Spiel mit dem besprechenden Rahmen gerne gefallen. Novellisten haben es immer geliebt.

Ich wechsele den Autor. Dino Buzzati hat eine Novelle *Il crollo della Baliverna* geschrieben, bei der es ebenfalls um Recht und Unrecht geht.[41] Die Ähnlichkeit der juridischen Thematik ist mir wegen der besseren Vergleichbarkeit willkommen. Die Baliverna, ein altes Bauwerk außerhalb der Stadt, von vielen mittellosen Familien bewohnt, ist vor zwei Jahren zusammengestürzt. Viele Tote sind bei dem Unglück zu beklagen gewesen. In einer Woche wird der Prozeß stattfinden. Das alles erfahren wir von dem Ich-Erzähler dieser Novelle, einem Schneider, dessen Namen wir nicht kennenlernen. Er erzählt uns, den Lesern, den Hergang des Unglücks. Wir dürfen das so verstehen, daß er sich den Hergang gleichzeitig selber erzählt, um mit sich und seinem Gewissen ins reine zu kommen. Denn der Ich-Erzähler ist in undurchsichtiger Weise in das Unglück verwickelt. Er hat an jenem Tage vor zwei Jahren einen Spaziergang zur Baliverna gemacht. Neugierig und etwas leichtsinnig klettert er in dem Bauwerk herum. Dabei löst sich eine Eisenstange. Ihm, dem »Alpinisten«, geschieht nichts. Aber die kleine Beschädigung des Bauwerks löst andere Schäden aus, die ihrerseits in der Kette weiterwirken und schließlich das große Unglück auslösen.

Oder ist alles ganz anders gekommen? Immer wieder denkt der Schneider darüber nach, ob er der Urheber der Katastrophe ist oder ob sein kleines Mißgeschick nur zufällig mit dem großen Unglück zusammengefallen ist. Bei den gerichtlichen Voruntersuchungen sieht er jedenfalls keine Veranlassung, sich zu bezichtigen. Aber der eigentliche Prozeß steht noch bevor. Vielleicht hat doch jemand gesehen, daß er an allem die Schuld trägt. Mit diesen Gedanken erzählt er uns die Geschichte.

Der Form nach handelt es sich um eine Rahmenerzählung. Der Anfang und das Ende der Novelle verweisen auf den bevorstehenden Prozeß. *Ho paura*, bekennt der Erzähler zu Beginn, und *Io ho paura* ist auch sein letztes Wort. Das Mittelstück der Novelle wird gebildet durch die Erzählung vom Hergang des Unglücks. Diese Erzählung wird von den Tempora Imperfetto und Passato remoto beherrscht. Von deren Verteilung sehe ich im Augenblick ab, um die Frage ganz auf die Distribution der Formen des Passato prossimo zu konzentrieren. Es gibt, wenn ich weiterhin von den Formen des Konjunktivs absehen darf, in dieser Novelle genau 8 Formen des Passato prossimo. Sie beziehen sich auf verschiedene Zeitpunkte des Geschehens, und zwar sind es: die Voruntersuchung, der Anfang der Erzählung, die Zwischenzeit zwischen dem Unglück und der Erzählung, die Zeit seit dem Unglück, irgendein Zeitpunkt in diesem Zeitraum, der Zeitpunkt des Unglücks (zweimal), der Erzähltag, soeben. Offenbar läßt sich das Passato prossimo nicht als Ausdruck eines bestimmten Zeitpunktes oder Zeitraums auffassen.

Wenn man statt dessen von der sprachlich-literarischen Struktur der Novelle ausgeht, erklärt sich die Distribution des Passato prossimo ziemlich mühelos. Hier ist zunächst zu bemerken, daß sich die Formen dieses Tempus im Schlußteil der Novelle massieren. Mit dieser Feststellung ist aber noch verhältnismäßig wenig anzufangen, wenn man nicht weiterhin beobachtet, welcher Sachverhalt im Passato prossimo ausgedrückt wird. Man kann sagen, daß sich die Formen des Passato prossimo, mit einer Ausnahme, allesamt auf das juridische Problem von Recht und Unrecht beziehen. Die Ausnahme ist ein Beleg, der sich mitten in der Erzählung vom Hergang des Unglücks findet, und zwar an der Stelle, wo der Ich-Erzähler von der beschreibenden Hintergrunderzählung zur Darstellung des eigentlichen Unglücks übergeht. Der Satz lautet: *Giunti alla Baliverna, si prese a costeggiare la parete posteriore che ho descritta.* Dieser Satz hat deutlich resümierenden Charakter; er faßt den ersten Teil der Erzählung, nämlich die Beschreibung, zusammen.

Von diesem Beispiel also abgesehen, stehen die folgenden Sätze im Passato prossimo: *... della mia responsabilità il giudice istruttore non ha avuto neanche il minimo sospetto; – ho inconsciamente manovrato per vederlo il meno possibile; – da allora egli si è ordinata nella mia* *sartoria una decina di vestiti; – forse ha capito tutto; – io soltanto so chi ha provocato il crollo; – l'ho visto coi miei occhi; – anche oggi è venuto per provarsi un completo di flanella; – se ne è andato.* Einige dieser Sätze verstehen sich von selber als Hinweise auf die Prozeß-situation. Andere setzen die Kenntnis eines Nebenumstands voraus. Der Ich-Erzähler fürchtet nämlich in dieser Situation nichts mehr als Augenzeugen seiner etwaigen Schuld. Es könnte insbesondere sein, daß Professor Scavezzi mit eigenen Augen gesehen hat, daß er das Unglück hervorgerufen hat. Eben dieser Professor besucht ihn nun auffällig oft in seiner Schneiderwerkstatt und sieht ihn dabei – so wenigstens meint der Schneider zu bemerken – mit seltsamen und vielsagenden Blicken an. So ist es auch heute geschehen. Nachdem er mit betont zeremoniel-lem Gruß gegangen ist, bleibt der Schneider mit seiner Angst zu-rück.

Ich fasse zusammen. Das in Frage stehende Ereignis liegt zwei Jahre zurück, gehört also der Vergangenheit an. Aber der Ich-Erzähler be-zieht sich auf dieses vergangene Ereignis in ganz verschiedener Weise, je nachdem ob er es in seinem Hergang erzählt, oder ob er es unter dem Gesichtspunkt von Schuld oder Unschuld ermißt. Im ersten Fall be-nutzt er regelmäßig die erzählenden Tempora, insbesondere Imperfetto und Passato remoto, im zweiten Fall benutzt er neben den anderen Tempora der besprochenen Welt das Passato prossimo. Die Tempora legen eine Strukturgrenze mitten durch die Vergangenheit und gliedern sie nach Gesichtspunkten, die nicht zeitlicher Natur sind, sondern eine Stellungnahme zur Vergangenheit implizieren.

8. Das Perfecto compuesto im Spanischen

Zum Perfecto compuesto [42] *(ha cantado)* im Spanischen liegt wieder eine Anzahl von Auszählungen vor. Paiva Boléo nimmt sich einen Roman von Pérez Galdós und ein Theaterstück von Benavente vor und vergleicht mit dem Erzähltempus Perfecto simple. Die Ver-hältniszahlen Perfecto simple : Perfecto compuesto sind für Galdós' Roman *Doña Perfecta*: 131 : 22 (Kap. I und II), 77 : 28 (Kap. XIX), 110 : 25 (Kap. XXI). Also ein eindeutiger Überhang des Perfecto simple. Ein umgekehrtes Bild zeigt Benaventes volkstümliches Theater-stück *De muy buena familia*. Die Vergleichszahlen sind: 20 : 62 (Akt I), 14 : 77 (Akt II), 37 : 34 (Akt III). Der erste und zweite Akt haben einen Überhang des Perfecto compuesto, im dritten Akt halten sich die beiden Tempora etwa die Waage. Paiva Boléo vermerkt aber eigens, daß sich im 3. Akt eine längere Erzählung findet, in der allein 12 Perfectos simples stehen. Er zieht aus diesen Zahlen den Schluß, daß die gehobene Sprache das Perfecto simple, die Umgangssprache hingegen das Perfecto compuesto bevorzugt.[43]

So bewahrt auch eine richtige Statistik nicht vor einer falschen Interpretation. Die Verteilung von Perfecto simple und Perfecto compuesto hat nichts mit der Stilhöhe der Rede zu tun. In Galdós' Roman findet man mehr Perfectos simples, weil der Roman erzählt wird. In Benaventes Komödie hingegen wird nur ausnahmsweise erzählt. Die meisten Dialogpartien sind besprechender Natur und haben daher die Tempora der Tempus-Gruppe I, unter ihnen das Perfecto compuesto.

Zu diesem Ergebnis führen auch die Auszählungen von Emilio Alarcos Llorach, der Benaventes ebenfalls volkstümliche Komödie *Señora Ama* untersucht. Den 185 Perfectos simples stehen 372 Perfectos compuestos gegenüber. Das ist ein Verhältnis von 1 : 2. In einzelnen Szenen jedoch, in denen viel erzählt wird, dominiert das Perfecto simple, so in den Szenen I, 4; II, 3; III, 10 der Komödie. Ein ähnliches Bild zeigen die Zeitungen. In ihnen herrscht zwar im allgemeinen, wie schon Paiva Boléo beobachtet hatte, das Perfecto compuesto vor, aber Alarcos Llorach findet ohne Mühe auch Zeitungsartikel, in denen mehr Perfectos simples stehen.[44] Es gibt eben auch erzählende Zeitungsartikel. Alarcos Llorach erkennt das Perfecto simple, ohne allerdings den Zeitbezug zu einer »absoluten Vergangenheit« aufzugeben, als Tempus der Erzählung. Was das Perfecto compuesto betrifft, so beläßt er es beim Begriff der gegenwartsnahen Vergangenheit. Samuel Gili y Gayas Auffassung, das Perfecto compuesto sei subjektiv gegenüber dem objektiven Perfecto simple[45], lehnt er ab. Diese letztgenannte Auffassung ist jedoch nicht so falsch, wie Alarcos Llorach meint, wenn man nur den Begriff der Subjektivität im Sinne jenes Engagements versteht, das für die Situationen des Besprechens charakteristisch ist.

Die jüngste und umfassendste Auszählung hat William E. Bull gegeben. Wir haben uns seine Statistik schon unter anderen Gesichtspunkten angesehen (vgl. S. 40 f.). Diesmal greifen wir aus seinem reichen Zahlenmaterial nur die Vergleichszahlen für Perfecto simple und Perfecto compuesto heraus:[46]

Abreu Gómez, *Héroes mayas* (Novellen): 30,8 (% P.s.) – 1,2 (% P.c.)
Alfredo Cantón, *Bravo León* (Novelle): 26,0 – 1,1
Eustasio Rivera, *La vorágine* (Roman): 22,4 – 2,2
Eduardo Luquín, *Los perros fantasmas* (Roman): 20,5 – 1,7
Benjamín Jarnés, *Cervantes* (Biographischer Essay): 8,1 – 2,7
Jesualdo Sosa, *Sinfonía de la Danzarina* (Lyrik): 5,9 – 0,7
García Lorca, *Poeta en Nueva York*: 5,8 – 2,2
Xavier Villaurrutia, *La Hiedra* (Drama): 6,1 – 6,9
Martínez Sierra, *Sueño de una Noche de Agosto* (nur Dialoge):
2,9 – 4,7
Jacinto Benavente, *Una pobre mujer* (Drama): 2,5 – 8,2

Amado Alonso, *Poesía y Estilo de Pablo Neruda* (Kritik) 0,8 – 3,4
Joaquín Xirau, *Amor y Mundo* (Philosophischer Essay): 0,8 – 1,4.

Diese Auszählung bestätigt die früheren. Wir finden wieder in der erzählenden Literatur einen auffälligen Überhang des Perfecto simple, maximal im Verhältnis 25 : 1, minimal 6 : 1. Die Schwankungen in der Proportion spiegeln die mehr oder weniger starke Dialogisierung der Erzählungen. Zur erzählenden Literatur ist nach dem Ausweis der Statistik auch der biographische Essay zu rechnen. Er erzählt das Leben des Cervantes. Der Überhang des Erzähltempus ist jedoch weniger stark als in den erzählenden Texten der schönen Literatur. Mehr Perfectos simples als Perfectos compuestos zeigen ferner die ausgezählten Lyrikbändchen. Dabei ist zu berücksichtigen, daß die in der Regel kürzeren Formen des Perfecto simple *(cantó,* zweisilbig) im Vers leichter zu handhaben sind als die unter dem Gesichtspunkt der Prosodie schwerer beweglichen Formen des Perfecto compuesto *(ha cantado,* viersilbig). Drama, Kritik und Essayistik haben dann ein klares Übergewicht des Perfecto compuesto. Es ist am eindeutigsten in der literarischen Kritik mit einem Verhältnis von 4 : 1.

Die Zahlen William Bulls bestätigen, daß das Perfecto simple erzählendes, das Perfecto compuesto besprechendes Tempus ist. Mir ist unverständlich, wie Bull in seinem späteren Buch dann schreiben kann, *cantó* und *ha cantado* seien »potential free variants«, und für viele Spanier bestehe kein wesentlicher Unterschied zwischen den beiden Formen.[47] Es besteht ein sehr wesentlicher Unterschied, allerdings nicht in der Zeitstufe oder Zeitordnung, wohl aber in der Sprechhaltung der konkreten Gesprächssituation.

Wir verlassen diese abstrakten Überlegungen und kehren zu einem Text als zu einem konkreten Stück Sprache zurück. Wenn man den 2. Band der *Obras completas* von Ortega y Gasset öffnet und einmal nur auf die Anfänge der 58 mehr oder weniger essayistischen Stücke dieses Bandes achtet, so findet man unter ihnen 43 Anfangssätze im Presente, 6 im Perfecto compuesto. Die übrigen 9 Anfangssätze haben verschiedene Tempora. Das ist eine verhältnismäßig hohe Zahl für das Perfecto compuesto im Vergleich zum Presente: man schaut gerne am Anfang einer Schrift zurück auf Vorhergehendes und Vorliegendes. Dies sind die sechs Anfangssätze im Perfecto compuesto:

– *El prospecto de El Espectador me ha valido numerosas cartas llenas de afecto, de interés, de curiosidad* (S. 15).
– *Un azar ha traído a mis manos el Adolfo, de Benjamin Constant* (S. 25).
– *Por tierras de Sigüenza y Berlanga de Duero, en días de agosto alanceados por el sol, he hecho yo – Rubín de Cendoya, místico español – un viaje sentimental sobre una mula torda de altas orejas inquietas* (S. 43).

– *Me ha complacido mucho su carta, amigo mío* (S. 347).

– *En un libro mío – »España invertebrada« – he insinuado una doctrina sobre el origen de las sociedades que discrepa sobremanera de las usadas* (S. 355).

– *Con su máquina fotográfica Ortiz Echagüe ha conseguido algo épico* (S. 697).

Die kleine und durch die zufällige Zusammenstellung im 2. Band der Gesammelten Werke bestimmte Auswahl läßt deutlich erkennen, daß diese Sätze nicht erzählen wollen. Sie nehmen Bezug: auf ein Prospekt, ein Buch, eine Reise, eine Photosammlung. Die Bezugnahme ist rückblickend, sie schafft die Grundlage für die nun folgende Besprechung des Problems.

Es mag interessant sein, als Gegenstück zu dieser Zusammenstellung die Sätze zu verzeichnen, mit denen ein Stück im Perfecto simple beginnt. Es sind drei:

– *En aquel tiempo – podrá decirse del nuestro hacia el siglo XXIII o XXIV – comenzó el predominio de un nuevo clima moral, áspero y extraño, que produjo rápidamente la muerte de todas las »frases«* (S. 481).

– *En abril último apareció en algunos periódicos la noticia* (S. 510).

– *Los discípulos preguntaron una vez al sabio maestro de la India cuál era el gran brahmán; es decir la mayor sabiduría* (S. 625).

Auch diese drei Stücke sind Essays. Sie behandeln das moralische Problem der Aufrichtigkeit, eine archäologische Ausgrabung, das Schweigen. Aber Ortega y Gasset beherrscht die Kunst des Schreibens, und er erweckt die Erwartung des Lesers, indem er die Essays einleitend ins Erzählerische hin verfremdet. Die erzählte Welt ist in keinem der Beispiele einfach die Vergangenheit, die auch mit dem Perfecto compuesto ausgedrückt werden könnte. Im ersten Beispielsatz ist es eine utopische Zukunft, zwischen unserer Gegenwart und dem 23. oder 24. Jahrhundert liegend. Im zweiten Satz ist es nur scheinbar jene Vergangenheit, die durch die Zeitbestimmung »im letzten April« festgelegt ist. In Wirklichkeit geht es um eine *wunderbare* Vergangenheit. Dieser Satz gibt sich mysteriös. Ein Kriminalroman könnte so anfangen. Ortega will dieses mysteriöse Klima am Anfang seines Essays, denn er wird von der Sphinx berichten und braucht faszinierte Leser. Das dritte Beispiel ist schließlich eine richtige kleine Geschichte. Sie wird erzählt, wie alle Geschichten erzählt werden. Mit ihrer Pointe (»die größte Weisheit ist das Schweigen«) geht Ortega zur Besprechung seines Themas über.

Unter den Sätzen im Perfecto compuesto, mit denen Ortega Essays einleitet, fällt einer deutlich aus der Gleichartigkeit der Reihe heraus. Es ist der Anfang des Essays *Tierras de Castilla* (S. 43). Der Anfang ist ungewöhnlich für einen Essay; denn Ortega spricht nicht, wie sonst die Gattung des Essays will, im eigenen Namen, sondern schlüpft in die Gestalt des spanischen Mystikers Rubín de Cendoya, der auf einem Maulesel durch das kastilische Land reitet. Gleich im ersten Abschnitt des Essays finden wir dann ein paar Bemerkungen, die vorzüglich zu unseren Überlegungen zum Problem der Vergangenheit passen. Ortega y Gasset in der Maske des Mystikers Rubín de Cendoya schreibt: »Ich bin ein Mann, der wahrhaft die Vergangenheit liebt. Die Traditionalisten hingegen lieben sie nicht: sie wollen, daß die Vergangenheit nicht vergangen, sondern gegenwärtig ist. Die Vergangenheit lieben heißt sich beglückwünschen, daß sie tatsächlich vergangen ist und daß die Dinge jene Roheit verlieren, mit der sie als gegenwärtige unsere Augen, Ohren und Hände verkratzen, und statt dessen in das reinere und wesentlichere Leben eingehen, das sie in der Erinnerung führen« (S. 43). Diese Sätze sind gemeint als kritische Stellungnahme zur Ideologie des spanischen Traditionalismus. Sehen wir einmal davon ab, so entnehmen wir dem mitgeteilten Abschnitt die Bestätigung, daß es offenbar zwei mögliche Haltungen der Vergangenheit gegenüber gibt. Die eine läßt die Vergangenheit vergangen sein, freut sich, daß die vergangenen Dinge ihre rohe Unmittelbarkeit abgelegt haben, und trachtet, ihnen in der Erinnerung eine wesentlichere Gestalt zu geben. Die andere versucht, das Vergangene wieder gegenwärtig zu machen. Wenn sich diese beiden Möglichkeiten zu Ideologien verhärten, dann verstehen wir, daß Ortega wählt. Aber wir brauchen sie nicht als Ideologien zu nehmen, sondern verstehen sie in dem weiten Sinn, der von der Sprache selber nahegelegt wird. Wir können, ohne »Traditionalisten« zu sein, das Vergangene besprechend in die Gegenwart unseres besorgenden Tuns hineinnehmen. Wir können jedoch auch das Vergangene vergangen sein lassen, indem wir es erzählen. Was damit an Unmittelbarkeit verlorengeht, wird, wenn Ortega recht hat, an Schönheit und Wesentlichkeit gewonnen.

9. Erzählung, Vergangenheit, Wahrheit

In Opposition zur Tempus-Gruppe I, einschließlich des Rückschau-Tempus Perfekt, sind das Präteritum und die anderen Tempora der Tempus-Gruppe II also Signal dafür, daß eine Erzählung vorliegt. Ihre Aufgabe ist nicht, zu melden, daß Vergangenheit vorliegt. Es wäre ungerechtfertigt, Erzähltes und Vergangenes zu identifizieren. Die beiden Begriffe decken sich nicht. Wir können Vergangenes vergegenwärtigen, ohne es zu erzählen, und wir können andererseits erzählen, ohne Vergangenes mitzuteilen.

Unser Verhalten zur Vergangenheit ist nämlich kein einfaches. Jean-Paul Sartre hat bereits darauf aufmerksam gemacht, daß der Streit um Sein oder Nichtsein des Vergangenen das Problem nicht erschöpft.[48] Ob das Vergangene, mit Bergson und Husserl, *ist* oder, mit Descartes, *nicht mehr ist*, das läuft aufs gleiche hinaus, wenn man die Brücken zwischen der Vergangenheit und der Gegenwart einreißt. Das macht nur den Unterschied zwischen einem toten und einem »pensionierten« Sein (»être mis à la retraite«) und erklärt nicht, daß uns die Vergangenheit heimsuchen kann, wiedererstehen kann, *für uns* existieren kann. Sartres Antwort lautet: die Vergangenheit gehört als meine Vergangenheit zu meinem Leben und zu meiner gegenwärtigen Existenz: »je suis mon passé«.

Ich glaube, daß Sartre seine Brücke zwischen der Vergangenheit und der Gegenwart zu breit gebaut hat. Es gibt ja nicht nur meine Vergangenheit, und es gibt für mich belanglose Vergangenheit. Nicht alle und aller Vergangenheit drückt auf meine Existenz. Sartre legt einmal billigend Heidegger den Satz in den Mund: »Ich bin, was ich sage«. Warum verbindet er diesen Satz nicht mit seiner eigenen Formulierung »Ich bin meine Vergangenheit« und formt daraus: »Ich bin, wie ich die Vergangenheit sage«? Denn ich kann Vergangenheit erzählen, und das ist zugleich ein Weg, mich von der Vergangenheit zu befreien und sie in der erzählenden Sprache *aufzuheben*. Ich kann aber auch Vergangenheit besprechen. Viele Sprachen haben eigens ein Tempus für das Besprechen der Vergangenheit vorgesehen: das Perfekt (oder seine Entsprechung in anderen Sprachen). Die Vergangenheit, die ich bespreche, ist allemal meine Vergangenheit und ein Stück von mir. Eben weil sie mich unmittelbar angeht, bespreche ich sie. Obwohl sie vergangen ist, mag sie mir näher stehen als Gegenwärtiges, das ich nicht bespreche, oder Zukünftiges, das ich erzähle. Die Strukturgrenze zwischen der besprochenen und der erzählten Welt führt quer durch die Vergangenheit, und die Frage ist, ob es unter diesen Bedingungen überhaupt Sinn hat, von »der« Vergangenheit zu sprechen. Die Sprache jedenfalls legt uns eine solche Sprechweise nicht in den Mund. Die Sprache kennt zweierlei Art Vergangenheit: eine, die unmittelbar zu mir gehört und die ich bespreche genau wie die Dinge, die mir in meiner Sprechsituation leiblich begegnen – und eine andere, die durch den Filter der Erzählung von mir distanziert ist. Vielleicht kann auch die alte Frage nach dem Sein oder Nichtsein der Zeit von hierher eine nuancierte Antwort erfahren.

Wenn somit nicht alle Vergangenheit erzählt wird, so teilt umgekehrt nicht jede Erzählung Vergangenes mit. Wir haben eingangs schon an Romane erinnert, die ihre Handlung bis in die Gegenwart führen oder ganz in der Zukunft spielen, ohne deshalb andere als die Tempora der erzählten Welt zu gebrauchen. An Zukunftsromanen wird besonders augenfällig, was allgemein für Fiktionsliteratur gilt. Der Fiktionsraum der erzählenden Fiktionsliteratur ist nicht die Vergangenheit. Selbst wenn wir in einem Roman ein Datum des Mittelalters finden, so wissen wir ja noch nicht, ob das nicht, um es mit den

Worten Paul Claudels zu sagen, ein »moyen âge de convention«[49] ist. Es ist grundsätzlich, solange nicht das Gegenteil augenfällig gemacht ist, ein fiktionales Mittelalter, weil es ein erzähltes Mittelalter ist. Aber es kann natürlich ein historischer Roman sein, der uns durch den Umgang mit seinen Quellen, durch die Kongruenz mit uns bekannten historischen Fakten und durch andere Stilmittel nahelegt, dieses erzählte Mittelalter mit jenem »wirklichen« Mittelalter zu identifizieren, das zu meiner Welt unmittelbar gehört, weil ich es, zum Beispiel wenn ich Historiker bin, auch besprechen kann. Aber der Historiker Golo Mann erinnert daran, »daß Erzählen selbst dessen, was sich wirklich begeben, immer auch Dichtung ist«.[50]

Man sieht, die Tempora der erzählten Welt sagen dem Hörer oder Leser *von sich aus* nichts über Wahrheit oder Fiktion der Erzählung. Das muß man aus zusätzlicher Information entnehmen. Wenn die Erzählung allerdings Wahrheit und nicht Fiktion ist, dann bezieht sie sich auf Vergangenes. Sie muß ja als »wahre Geschichte« dokumentiert sein und muß also zum Erleben, zum Beobachten oder zum Hören aus anderem Munde Zeit gegeben haben. Von dieser Art werden meistens die Erzählungen des Alltags sein. Wenn ich von einem kleinen Erlebnis oder einer großen Reise erzähle, gebe ich meinen Zuhörern gewöhnlich kein großes Rätsel auf, ob die Erzählung wohl wahr (und das bedeutet dann: vergangen) ist oder erfunden (und das bedeutet: zeitindifferent). Wahrscheinlich ist die Erzählung wahr. Aber das weiß der Zuhörer nicht aus den Tempora, sondern das wird ihm aus dokumentierenden Indizien klar und aus dem allgemeinen Wissen, daß sich das fiktionale (darf ich sagen: lügenhafte?) Erzählen durch das besondere Arrangement der Sprechsituation zu erkennen geben kann: durch ein Schmunzeln, durch eine Übertreibung, durch den Stimmton des Erzählers – oder durch den Buchdruck in Verbindung mit den Gattungsmerkmalen anerkannter Fiktionsgenera. Fehlt dieses Arrangement, beispielsweise wenn sich der Romancier als Chronist ausgibt, so bleibt man im Unklaren über Wahrheit oder Fiktion der Erzählung. Das wissen die Romanciers, die seit alters das Spiel mit der Wahrheit geliebt haben. In der Fiktionsliteratur wimmelt es von Wahrheitsbeteuerungen. Für die ältere Fiktionsliteratur kann man ungefähr den Satz aufstellen: Je fiktiver die Geschichte, um so zahlreicher die Wahrheitsbeteuerungen. Die chronologische Fixierung der Erzählung durch Daten der Vergangenheit ist dabei eine der beliebtesten Arten der Wahrheitsbeteuerungen geworden, bis die Erzähler unter dem Zeichen des Realismus gemerkt haben, daß die Beglaubigung als Vergangenheit die Gattung auch einengen kann und daß man besser versucht, Gegenwart zu erzählen, und zwar so zu erzählen, als ob man sie bespräche. Das nimmermüde Spiel mit der Wahrheit, das man in der erzählenden Literatur der verschiedensten Epochen und der verschiedensten Länder findet, ist sicherster Hinweis darauf, daß es sich mit der Wahrheit nicht so einfach verhält, als daß man sie schon an den Tempora ablesen könnte. Die Tempora, wie die Sprache überhaupt, sind gegenüber der Wahrheit indifferent. Sie sagen daher auch als Erzähltempora nicht, ob die erzählte Welt eine vergangene oder eine ersonnene Welt ist. Wer das erfahren will, muß auf andere Zeichen hören. Wenn er dann trotzdem im Zweifel bleibt, muß er die Erzählung – besprechen. Historische Kritik nennt man das.

Historische Kritik ist nicht nur gegenüber historischen Quellen am Platze, sondern auch gegenüber literarischen Texten und ihren Tempora. Was soll man dazu sagen, daß Franz Werfel seinen Roman *Das Lied von Bernadette* ganz in den Tempora der besprochenen Welt schreibt; das Vorwort aber, in dem er von seiner Flucht nach Lourdes berichtet, in den Tempora der erzählten Welt? Käte Hamburger versucht es mit literarischer Kritik: das Präsens als Erzähltempus sei unerträglich und verrate einen schlechten Geschmack des Schriftstellers.[51] Zugegeben, der Roman ist schlecht. Aber lassen wir einmal die literarische Kritik zugunsten der historischen Kritik, einer Kritik also, die nur an der Frage Wahrheit oder Nicht-Wahrheit interessiert ist. Es steht außer Frage, daß Franz Werfel die Tempora der erzählten Welt absichtlich vermieden hat, um den Roman als Wahrheit zu beglaubigen und ihn damit als Aufruf zum Engagement zu kennzeichnen. Er schreibt im »persönlichen Vorwort«: »*Das Lied von Bernadette* ist ein Roman, aber keine Fiktion. Der mißtrauische Leser wird angesichts der hier dargestellten Ereignisse mit größerem Recht als sonst bei geschichtlichen Epen die Frage stellen: Was ist wahr? Was ist erfunden? Ich gebe zur Antwort: All jene denkwürdigen Begebenheiten, die den Inhalt dieses Buches bilden, haben sich in Wirklichkeit ereignet (...). Meine Erzählung ändert nichts an dieser Wahrheit.«

Um der Wahrheit der Geschichte willen also schreckt Werfel vor den Erzähltempora zurück. Wir dürfen die ständige Verwendung der besprechenden Tempora daher wohl als eine besondere und besonders kostspielige Form der Wahrheitsbeteuerung nehmen. Das führt zu einer ärgerlichen Einebnung des erzählerischen Reliefs und wird als schriftstellerische Methode am besten durch Werfel selber widerlegt, der im persönlichen Vorwort, da wo er vor allem die Wahrheit erzählt, die Tempora der erzählten Welt verwendet, ohne daß dadurch der kleinste Schatten des Zweifels auf die historische Wahrheit fällt. Die Tempora sind untauglich als Wahrheitssignal.

Ein zweites Beispiel dieser Art ist das Drehbuch zu dem Film *L'année dernière à Marienbad* von Alain Robbe-Grillet (1961), von dem wir schon erwähnt haben, daß es in den Tempora der besprochenen Welt abgefaßt ist. Das versteht sich auch, denn das Drehbuch ist ja die Grundlage für den Film. Mit ihm soll gearbeitet werden; es ist für den Werktag im Atelier und nicht für den Feierabend am Kamin geschrieben. Auch als gedrucktes Buch ist es Dokumentation, nicht

Lesebuch. Dieses Drehbuch hat nun ebenfalls ein Vorwort, in dem Alain Robbe-Grillet von seiner Zusammenarbeit mit dem Regisseur Alain Resnais berichtet. Das ist streckenweise Erzählung, und wir finden das Passé simple neben anderen Erzähltempora. Und doch ist diese Erzählung offensichtlich wahr. Man kennt ja den Film, der zustande gekommen ist. Niemand hält die Handlung des Drehbuchs, obwohl in den Tempora der besprochenen Welt abgefaßt, für wahrer als die Begebenheiten, die im Vorwort mitgeteilt werden, obwohl hier Tempora der erzählten Welt verwendet werden. Auch hier also das Ergebnis: die Tempora haben mit Wahrheit nichts zu tun und entscheiden nicht darüber, ob eine Erzählung wahr und vergangen oder erfunden und nicht vergangen ist. Die Grenze zwischen Dichtung und Wahrheit deckt sich nicht mit der Grenze zwischen der erzählten und der besprochenen Welt.[52] Die besprochene Welt hat ihre Wahrheit (deren Gegenteil Irrtum und Lüge ist), und die erzählte Welt hat ihre Wahrheit (deren Gegenteil die Fiktion ist). So hat die besprochene Welt ihre Dichtung (Lyrik und Dramatik), und die erzählte Welt hat ihre Dichtung (Epik). Ich habe hier mit Absicht die Namen der drei Großgattungen Lyrik, Dramatik und Epik wiederaufgenommen, wenn sie auch nur ungefähr hierzu stimmen, weil ich deutlich machen will, daß unsere Überlegungen Fragen anschneiden, die immer schon die Aufmerksamkeit auf sich gezogen haben.

VIERTES KAPITEL

Die Reliefgebung

1. Reliefgebung in der Erzählung

Bei der Beschreibung der Funktion, die in der französischen Sprache das Tempus-Paar Imparfait und Passé simple wahrnimmt, darf man die einfache Tatsache nicht übersehen, daß diese Sprache – wie auch die übrigen romanischen und verschiedene andere Sprachen – über zwei Tempora verfügt, wo andere Sprachen wie das Deutsche oder Englische nur ein Tempus zu haben scheinen. *Er sang* oder *he sang* – das ist in einer Übersetzung bald mit *il chantait* und bald mit *il chanta* zu übersetzen. Unter dem Gesichtspunkt der Sprechperspektive ist keines dieser Tempora als nachgeholte oder vorweggenommene Information aufzufassen. Sie teilen sich offenbar die Null-Stufe der Sprechperspektive. Unter dem Gesichtspunkt der Sprechhaltung gehören beide Tempora zur erzählenden Tempus-Gruppe. Es empfiehlt sich, diese nach zwei Gesichtspunkten bestimmte Stellung im Tempus-System bei allen weiteren Überlegungen im Auge zu behalten und folglich im Zusammenhang mit diesen Tempora nicht nach der zeitlichen Synchronisierung von beliebigen Sprechakten und beliebigen Vorgängen zu fragen, vielmehr alle Beschreibungen ausschließlich auf die Leistung dieser Tempora im Gefüge von Erzählungen abzustellen.[1]

Ich beginne damit, daß ich eine kleine Legende mitteile, die man bei Albert Camus, im 4. Akt seines Dramas *Les Justes* (1949) aufgezeichnet findet. Man erlaube mir, bevor ich den Text der Legende gebe, das temporale Gerüst der Legende niederzuschreiben. Es folgen aufeinander die Tempora: Imparfait – Imparfait – Passé simple – Imparfait – Passé simple – Imparfait – Passé simple – Passé simple – Passé antérieur – Passé simple – Imparfait. Mir scheint, man kann nun aus dem bloßen Tempus-Gerüst der Legende schon bestimmte Aussagen über die Funktionen der verschiedenen Erzähltempora machen. Gesagt wurde bereits, und wir werden später noch verschiedene Folgerungen daraus ableiten, daß die Erzähltempora *gemischt* vorkommen. Es gibt keine Erzählung, die nur aus Imparfaits oder nur aus Passés simples bestünde. Das Mischungsverhältnis ist verschieden, doch findet man im allgemeinen selten Texte, die ein auffälliges Übergewicht des einen oder des anderen Tempus zeigen. Um zu diesem Ergebnis zu gelangen, muß man jedoch den Text als Ganzes nehmen. Denn innerhalb des Textes sind die Tempora keineswegs so gleichmäßig gestreut, daß auch jedes einzelne Textstück das gleiche Verhältnis zeigte, das dem Text als Ganzem zukommt.

Dafür mag unsere kleine Legende als repräsentativ gelten. Zum rechten Verständnis ist jedoch vorauszuschicken, daß sich das Passé antérieur zum Plus-que-parfait verhält wie das Passé simple zum Imparfait. Passé simple und Passé antérieur sind also zusammenzufassen. Dann ergibt sich für unseren Text folgendes Bild: Die Formen des Imparfait beherrschen den Anfang und das Ende der Legende. Die Passés simples (einschließlich des ihnen funktional zugehörigen Passé antérieur) füllen das Mittelstück der Legende. Den zweimaligen Wechsel zwischen Passé simple und Imparfait können wir auffassen als Fortdauer der einleitenden Imparfaits, unterbrochen von Passés simples, oder auch als Bestandteil des Mittelstücks im Passé simple, zweimal unterbrochen von Imparfaits. Das macht keinen großen Unterschied und verdeckt kaum den *Dreischritt*, der dieser Legende als Erzählstruktur zugrunde liegt und der sogleich deutlich wird, wenn ich nun die Legende des hl. Dimitri in ihrer Textgestalt vorführe:

Il *avait* rendez-vous dans la steppe avec Dieu lui-même, et il se *hâtait* lorsqu'il *rencontra* un paysan dont la voiture *était* embourbée. Alors saint Dmitri *l'aida*. La boue *était* épaisse, la fondrière profonde. Il *fallut* batailler pendant une heure. Et quand ce *fut fini*, saint Dmitri *courut* au rendez-vous. Mais Dieu n'*était* plus là.[2]

An Hand des vorliegenden Textes können wir uns nun entscheiden, wie die beiden Wechsel zwischen Passé simple und Imparfait aufzufassen sind. Die Legende ist eine fromme Erzählung; sie erzählt eine Begebenheit, in der es im wesentlichen nicht um einen steckengebliebenen Wagen, sondern um das verfehlte Treffen mit dem Herrgott geht. Wir fühlen, daß der Heilige, statt durch den steckengebliebenen Wagen, ebensogut durch eine andere gute Tat hätte aufgehalten werden können. Wichtig für die Legende ist nur, daß er jemand traf und daß er ihm half. So sagt es auch die Moral. Vergleichsweise unwichtig ist demgegenüber, daß der Wagen verschlammt war und daß – fast tautologisch – der Schlamm dick war. Die Nebenumstände stehen also im Imparfait. Das prägt dann natürlich auch den Satzbau, insofern das Imparfait im Relativsatz steht: *dont la voiture était embourbée*. Wir haben also einen Erzählkern im Passé simple von der dritten Tempusform *(rencontra)* bis zur zweitletzten Tempusform *(courut)*. Innerhalb dieses Erzählkernes stehen Nebenumstände im Imparfait.

Um diesen Erzählkern herum legt sich ein Rahmen, bestehend aus einer Einleitung und einer Ausleitung, beide im Imparfait. Das sind in dieser Legende nicht etwa auch Nebenumstände. Man würde die ganze Legende nicht verstehen, wenn man nicht erführe, daß der hl. Dimitri eine Verabredung mit dem Herrgott hat, und man würde die theologische oder humanistische Pointe nicht erfassen, wenn der

Schlußsatz nicht wäre. Aber Einleitung und Ausleitung sind nicht einfach nur die ersten und letzten Sätze der Erzählung, sondern sie sind Teile der Erzählung, die erzähltechnisch besondere Funktionen haben. Die Einleitung ist Exposition; sie macht mit der nun zu erzählenden Welt bekannt und lädt den Leser oder Hörer ein, sich in diese fremde Welt zu begeben. Die Ausleitung schließt diese geheimnisvolle Erzählwelt, in der ein Sterblicher sich mit seinem Herrgott verabredet, wieder zu und trennt sie von der Moral der Legende, die zur besprochenen Welt gehört. Wir kehren aus jener fremden Welt wieder in unsere Alltagswelt zurück, in der es zwar keine Verabredungen mit dem Herrgott, wohl aber Theologie und Moral gibt, und wo man diese Legende besprechen kann. Das sind zwei Funktionen, die qualitativ vom bloßen Erzählen verschieden sind, weil sie die Grenze zwischen der besprochenen und der erzählten Welt markieren. Sie umschließen den eigentlichen Erzählkörper, in dem die Erzählung voranschreitet.

Wir vermerken hier zunächst methodisch, daß es bei diesen Überlegungen nicht mehr um »Aspekt«, »Aktionsart« oder dergleichen geht. Diese Begriffe – was immer sie bei den einzelnen Autoren bedeuten mögen – beziehen sich auf Sätze. Hier wird statt dessen gefragt, was diese Tempora in Texten leisten. Und da in der französischen Sprache Imparfait und Passé simple erzählende Tempora sind, wird gefragt, was sie in Erzählungen leisten. Sie geben nämlich einer Erzählung *Relief* und gliedern sie rekurrent nach Vordergrund und Hintergrund. Das Imparfait ist in der Erzählung das *Tempus des Hintergrunds,* das Passé simple ist das *Tempus des Vordergrunds.*

Was in der Erzählung Hintergrund und was Vordergrund ist, läßt sich nicht ein für allemal sagen, wenn man noch nicht die Umkehrung zulassen will, daß alles Hintergrund ist, was im Imparfait steht, alles Vordergrund, was im Passé simple steht. Es gibt keine unwandelbaren Gesetze für die Verteilung von Imparfait und Passé simple in der Erzählung, außer daß sie grundsätzlich gemischt vorkommen. Ihre Distribution im einzelnen liegt im Ermessen des Erzählers. Seine Freiheit ist jedoch eingeschränkt durch einige Grundstrukturen des Erzählens überhaupt. Am Anfang der Geschichte ist ein gewisses Maß an Exposition notwendig. Die Erzählung hat daher normalerweise eine Einleitung. In der Einleitung steht gewöhnlich ein Hintergrundtempus. Viele Erzählungen bezeichnen außerdem den Schluß durch eine ausdrückliche Ausleitung. Auch die Ausleitung liebt das Hintergrundtempus. Das ist nicht notwendig und nicht immer so, aber man trifft doch verhältnismäßig oft eine Ballung der Hintergrundtempora am Anfang und am Ende der Erzählung, so wie die Legende des hl. Dimitri erkennen ließ. Im eigentlichen Erzählkern findet man dann die Tempora des Hintergrunds (neben Imparfait auch Plus-que-parfait) bei Nebenumständen, Beschreibungen, Reflexionen und allen anderen Gegenständen, die der Erzähler in den Hintergrund zu rücken wünscht.

Auf der anderen Seite ist ebenfalls nicht a priori zu sagen, was in einer Erzählung Vordergrund ist und im Passé simple steht. Vordergrund ist, was der Erzähler als Vordergrund aufgefaßt wissen will. Der Ermessensspielraum des Erzählers ist jedoch auch hier durch einige Grundbedingungen des Erzählens eingeschränkt. Vordergrund ist nach den Grundgesetzen des Erzählens gewöhnlich das, um dessentwillen die Geschichte erzählt wird; was die Inhaltsangabe verzeichnet; was die Überschrift zusammenfaßt oder zusammenfassen könnte; was die Leute überhaupt dazu bringt, für eine Zeitlang die Arbeit wegzulegen und einer Geschichte zuzuhören, deren Welt nicht ihr Alltag ist; mit einem Wort Goethes: die *unerhörte Begebenheit*. Von hier aus läßt sich umgekehrt bestimmen, was in einer Erzählung Hintergrund ist. Hintergrund ist im allgemeinsten Sinne das, was nicht unerhörte Begebenheit ist, was für sich alleine niemand zum Zuhören bewegen würde, was dem Zuhörer jedoch beim Zuhören hilft und ihm die Orientierung in der erzählten Welt erleichtert.[3]

Von hieraus erklärt sich nun mühelos, warum die französische Sprache eine Überzahl der Erzähltempora gegenüber den Besprechtempora hat. Manche Sprachen stellen für die erzählte Welt mehr Tempora zur Verfügung, weil es schwerer ist, sich in der erzählten Welt zurechtzufinden als in der besprochenen Welt, in der wir alltäglich zu Hause sind. Wenn wir etwas besprechen, haben wir gewöhnlich aus der Situation heraus die vielfältigsten Verständnisstützen zur Hand. Es ist insbesondere meistens ohne Mühe auszumachen, ob das Thema der Rede mit der Situation, in der sich Sprecher und Hörer befinden, identisch ist. Allerlei Gesten und die deiktischen Elemente der Sprache machen das deutlich. Wenn das der Fall ist, betrifft die besprechende Rede meistens den Vordergrund. Fehlen alle deiktischen Hinweise und die Determinationshilfen der Situation, dann rückt der Gegenstand der Rede von selber in den Hintergrund, d. h. aus der unmittelbaren Situation weg in ein Allgemeines oder Fernes. Die Sprache bedarf meistens keiner Tempora, um das deutlich zu machen. Die Situation selber spricht eine deutliche Sprache.

Auch im Tempus-System ist die außersprachliche Situation zu berücksichtigen. Sie gibt ihre Determinationshilfe jedoch nur in Situationen des Besprechens. Der erzählten Welt kommt die Situation nicht zu Hilfe; diese Welt muß mit rein sprachlichen Mitteln dargestellt werden. Insbesondere sagt die Situation nicht, was in der erzählten Welt als Vordergrund und was als Hintergrund anzusehen ist. Doch können in der erzählten Welt zum Ausgleich für die fehlende *außersprachliche* Determinationshilfe der Situation mehr *sprachliche* Ausdrucksmittel eingesetzt werden, damit die gleiche Eindeutigkeit der Rede zustandekommt. Das sind die Tempus-Paare Imparfait : Passé simple und Plus-que-parfait: Passé antérieur. Sie leisten in der Erzählung, was in der Besprechung die Situation leistet, indem sie der Rede nach Vordergrund und Hintergrund Relief geben.

Hinter der beobachteten Asymmetrie des Tempus-Systems in der französischen und den anderen romanischen Sprachen steht also auf einer fundamentaleren Ebene eine »schöne« Symmetrie beider Tempus-Gruppen. Was die erzählte Welt an Tempora mehr hat, hat die besprochene Welt an Situation (Pragmatik) mehr.

Wir dürfen in der beobachteten Äquivalenz von Situation und Tempus eine Konstante der Sprache sehen. Grundsätzlich wirken Kontext und Situation zusammen, um die Bedeutung der Wörter auf die Meinung des Sprechenden hin zu determinieren und so den Sinn der Rede festzulegen. Das ist eine Grundtatsache der Semantik. Je weniger Situationsdetermination gegeben ist, um so mehr Kontextdetermination muß vorhanden sein, und umgekehrt. Die Summe an Determination ist in verständlicher Rede konstant. Auch die Tempora sind dieser Regel unterworfen.

Die Funktion der Reliefgebung ist einigen Sprachwissenschaftlern bereits früher aufgefallen, gewöhnlich jedoch nur als Nebenfunktion der Tempora Imparfait und Passé simple, die in ihrer Hauptfunktion weiterhin als Zeitformen angesehen wurden. In diesem Zusammenhang beobachtet Joe Larochette beispielsweise in Racines *Phèdre* den Anfang des Botenberichts des Théramène (V, 6) und vermerkt die Häufung des Imparfait. Solange man es mit dem Imparfait zu tun hat, schreibt Larochette, begreift man, daß Racine die Situation, das Klima, die Atmosphäre gibt: »Racine brosse le décor dans lequel le drame va se produire.« Er bezeichnet dann das Imparfait als Tempus der Beschreibung, das Passé simple als Tempus der Erzählung.[4] Wir wollen dem zustimmen, wenn nur hinzugesetzt wird, daß das Imparfait natürlich als Tempus der Beschreibung nur innerhalb der Erzählung dient. Sonst sind die Tempora der besprochenen Welt die Tempora der Beschreibung.

Auch Holger Sten sieht diese Funktionen. Er schreibt, es sei oft berechtigt, beim Imparfait von einem Tempus der Beschreibung und des Hintergrundes (fond de décor) zu sprechen, wohinein dann eine wichtige Handlung einbricht. Aber er setzt einschränkend hinzu: »mais tout est subjectif«. Und überhaupt ist das nur eine Funktion unter vielen anderen.[5] Wir lassen alle diese Einschränkungen fallen: die Reliefgebung nach Hintergrund und Vordergrund ist *die eine und einzige Funktion,* die die Opposition von Imparfait und Passé simple in der erzählten Welt hat.

2. Das erzählerische Tempo im Roman

Es läßt sich also nur im großen, nicht im einzelnen vorhersagen, wie ein Autor Hintergrund und Vordergrund in der Erzählung verteilen will. Das hängt von der Art der Erzählung ab und auch vom Temperament des Autors. Der eine verweilt länger im Hintergrund, der andere hält sich lieber im Vordergrund auf. Das gibt der Erzählung ein verschiedenes *Tempo.* Man kann unter diesem Gesichtspunkt eine historische Typologie der Erzählliteratur entwickeln. Das ist im Augenblick nicht meine Absicht. Ich möchte jedoch andeuten, wie sie aussehen könnte, und wähle zur Illustration die zwei Extremtypen einer Erzählung mit Häufung des Vordergrundtempus und einer Erzählung mit Häufung des Hintergrundtempus.

Robert Champigny hat das Passé simple »le temps voltairien par excellence« genannt.[6] Das ist ein schönes Aperçu. Denn Voltaire schreibt in seinen Romanen, wie jeder seiner Leser weiß, einen knappen und hurtigen Erzählstil, der sich nicht lange beim Hintergrund aufhält. Das Imparfait ist entsprechend selten und wird oft vermieden, wo man es erwartet. Ich gebe einen Textabschnitt aus dem 1. Kapitel des philosophischen Romans *Candide* als Beispiel:

Elle [scil. Cunégonde] *rencontra* Candide en revenant au château, et *rougit;* Candide *rougit* aussi; elle lui *dit* bonjour d'une voix entre-coupée, et Candide lui *parla* sans savoir ce qu'il disait. Le lendemain après le dîner, comme on sortait de table, Cunégonde et Candide se *trouvèrent* derrière un paravent; Cunégonde *laissa* tomber son mouchoir, Candide le *ramassa*, elle lui *prit* innocemment la main, le jeune homme *baisa* innocemment la main de la jeune demoiselle avec une vivacité, une sensibilité, une grâce toute particulière; leurs bouches se *rencontrèrent*, leurs yeux *s'enflammèrent*, leurs genoux *tremblèrent*, leurs mains *s'égarèrent*. Monsieur le baron de Thunderten-thronckh *passa* auprès du paravent, et, voyant cette cause et cet effet, *chassa* Candide du château à grands coups de pied dans le derrière; Cunégonde *s'évanouit;* elle *fut* souffletée par madame la baronne dès qu'elle *fut revenue* à elle-même; et tout *fut* consterné dans le plus beau et le plus agréable des châteaux possibles.

Auch dieses Textstück mischt Imparfaits und Passé simples. Aber das Mischungsverhältnis ist so ungewöhnlich zugunsten des Passé simple verschoben, daß daraus eine bestimmte stilistische Wirkung entsteht. Den 19 Passés simples (nebst einem Passé antérieur) stehen nur 2 Imparfaits gegenüber (und 2 Participes du présent, die man hier vielleicht auch noch als Verbformen des erzählerischen Hintergrundes auffassen kann). Das ist ein ganz ungewöhnliches Übergewicht des Passé simple. Die Erzählung hält sich fast ganz im Vordergrund. Die stilistische Wirkung entgeht dem Leser nicht. Die Erzählung wirkt einerseits flächig (wer Voltaire nicht schätzt, mag sagen: oberflächlich), andererseits schnellfüßig (wer Voltaire nicht schätzt, mag sagen: leichtfertig). Es ist der knappe Stil des *Veni, vidi, vici*, das man auch nicht in andere Tempora übersetzen kann[7] und das seine Vehemenz gerade daraus erhält, daß alle Umstände und Bedingungen übersprungen werden. Die Ereignisse werden gerafft und auf ihr Wesentliches zusammengestrichen. Das Wesentliche tritt dadurch in besonderer Deutlichkeit hervor. Bei Voltaire ist das die Technik des Autors, der *karikierend* erzählen will. Karikaturen sind immer ohne Hintergrund gezeichnet. Eben darum erscheinen sie hintergründig.

Was bei Voltaire im Dienste der Karikatur steht, kann auch anderen stilistischen Zwecken dienstbar gemacht werden. Ich stelle zum Vergleich einen Abschnitt aus Flauberts Roman *L'Éducation sentimentale* daneben. Er steht gegen Ende des Romans, am Anfang des zweitletzten Kapitels (III, 6). Die Rede ist von Frédéric Moreau:

Il *voyagea.*

Il *connut* la mélancolie des paquebots, les froids réveils sous la tente, l'étourdissement des paysages et des ruines, l'amertume des sympathies interrompues.

Il *revint.*

Il *fréquenta* le monde, et il *eut* d'autres amours encore. Mais le souvenir continuel du premier les lui rendait insipides.

In diesem Textstück folgen fünf Passés simples aufeinander. Dann erst kommt ein Imparfait (dem im Roman noch weitere nachfolgen). Zum Verständnis der Tempus-Funktion wird der Hinweis dienen, daß der Romancier mit diesen fünf Passés simples einen Zeitraum von annähernd zwanzig Jahren erzählter Zeit überbrückt. Der Abschnitt rafft die Zeit und gibt nur eine knappe Zusammenfassung der Ereignisse. Das erste, was in der Zusammenfassung fortfällt, ist natürlich der Hintergrund, und der Eindruck der *gerafften Erzählung* entsteht überhaupt in dem Maße, wie der Hintergrund der Erzählung weggelassen wird.[8]

Wir können also nun sagen, daß durch eine Häufung von Passés simples in der Erzählung beim Leser der Eindruck einer gerafften, zusammenfassenden und eilenden Erzählung entsteht. Wird diese Erzähltechnik, wie bei Voltaire, zum durchgehenden Stilprinzip erhoben, so verstärkt sich der Eindruck und erreicht in der äußersten Ballung *(leurs bouches se rencontrèrent, leurs yeux s'enflammèrent, leurs genoux tremblèrent, leurs mains s'égarèrent)* den Ausdruckswert der Karikatur und tritt in den Dienst der Ironie.

Wir sind von Voltaire zu Flaubert gegangen. Aber das Textstück, das wir von Flaubert vorgeführt haben, ist atypisch. Flauberts Romane wie überhaupt die erzählende Literatur des Realismus und Naturalismus sind gerade durch ein auffälliges Überwiegen des Imparfait in der Erzählung gekennzeichnet. Unter diesem Gesichtspunkt stehen Balzac, Flaubert, Zola und auch noch Proust am Gegenpol des hurtigen Passé-simple-Stils bei Voltaire. Wenn man der Prosa des 18. Jahrhunderts das Passé simple zuordnet, muß man der erzählenden Prosa des 19. Jahrhunderts das Imparfait zuordnen. Das hat man verschiedentlich bereits beobachtet. Als erster hat Brunetière darauf aufmerksam gemacht.[9] Ich kann mir hier ersparen, Beispiele zu geben. Man braucht nur eine beliebige Seite eines realistischen oder naturalistischen Romans aus dem 19. Jahrhundert aufzuschlagen, um die Häufigkeit des Imparfait bestätigt zu finden. Man lese etwa in der bereits genannten *Éducation sentimentale* nach, wie langsam und wie spärlich sich eine Art Vordergrundhandlung im Passé simple aus der breiten Zustandsschilderung herauslöst und immer wieder in sie zurückfällt.

Die richtige Beobachtung Brunetières hat viele bedenkliche Erklärungen nach sich gezogen. Antoine Meillet erklärt die Vorliebe des realistischen und naturalistischen Romans für das Imparfait mit einer Abneigung der Romanciers gegen das aus der gesprochenen Sprache verschwindende und damit »unrealistische« Passé simple.[10] Das ist kein gutes Argument; im 20. Jahrhundert ist das Passé simple in der gesprochenen Sprache noch rarer als im 19. Jahrhundert: trotzdem findet man das Passé simple im modernen Roman wieder häufiger als im Roman des Realismus und Naturalismus. L. C. Harmer betrachtet gar das Imparfait vom 19. Jahrhundert an zunehmend als eine freie stilistische Variante des Passé simple und häuft Beispiele zum Beleg.[11] Da er aber Imparfait und Passé simple ausschließlich unter Zeit- und Aspektgesichtspunkten sieht, beweisen seine Beispiele nur, daß diese Tempora mit Zeit und Aspekt nicht zu erklären sind. Die Funktionen der Reliefgebung bestehen bei dem Tempus-Paar Imparfait und Passé simple auch im neuesten Französisch ungeschmälert weiter. Auch Eugen Lerch knüpft mit seiner impressionistischen Lehre vom »Imperfekt der lebhaften Vorstellung«, in französischer Terminologie auch Imparfait pittoresque genannt, an Brunetières Beobachtung an, vermeint dieses Imparfait jedoch schon im mittelalterlichen Französisch zu finden. Der Autor stellt sich nach Lerch den Stoff lebhaft vor und verweilt bei ihm mit liebevoller Ausmalung[12]. Nun, die Realisten halten es nicht mit der lebhaften Vorstellung, sondern mit der kühlen Beobachtung, und sie malen ihren Gegenstand nicht liebevoll aus, sondern beschreiben ihn exakt. Das ist etwas anderes.

Der Tempus-Gebrauch der realistischen und naturalistischen Schriftsteller im 19. Jahrhundert ist nicht eine Marotte. Um ihn zu verstehen, muß man die Tore der Grammatik wenigstens einen Spalt breit zur Literatur und Literaturgeschichte hin öffnen. Vom 19. Jahrhundert an und beginnend mit Balzac, wird der Roman realistisch, und das heißt: soziologisch. Er begnügt sich nicht länger damit, eine mehr oder weniger schöne und aufregende Geschichte zu erzählen, sondern entwickelt zunehmend den Ehrgeiz, zugleich zuverlässige, bei den Naturalisten sogar wissenschaftlich zuverlässige Information über die gesellschaftlichen Verhältnisse der Epoche zu geben. Zu diesem Zweck wird die Haupthandlung, die nach wie vor gewöhnlich nur wenige Personen umfaßt, in eine breite und immer breitere Darstellung des soziologischen Hintergrunds eingebettet. Der Höhepunkt dieser Entwicklung ist in Flauberts *Éducation sentimentale* erreicht, in der Flaubert die Haupthandlung mit vollem künstlerischen und wissenschaftlichen Bewußtsein an ihrer eigenen Banalität ersticken läßt. Das Verhältnis von Vordergrund und Hintergrund in der Erzählung kehrt sich um in dem Sinne, daß nun der Hintergrund das Wichtigere, der Vordergrund das Unwichtigere wird. Dennoch bleibt die Zuordnung von Vordergrund und Passé simple, von Hintergrund und Imparfait bestehen. In dem Maße, wie die Beschreibung des (soziologischen) Hintergrunds gegenüber der Erzählung der (bloß anekdotischen) Vordergrundhandlung an Bedeutung gewinnt, wird auch das Imparfait nicht nur der Zahl nach häufiger, sondern gewinnt auch mehr Gewicht in der Ökonomie des Romans. Die Schlagworte Realismus und Naturalismus sowie die dazu entwickelten Kunsttheorien beziehen sich auf das, was im Imparfait steht und zeigen immer weniger Interesse für das, was im Passé simple steht: jedes fait divers ist dafür recht. Das Eigentliche und wissenschaftlich Relevante der literarischen Fiktion ist der Hintergrund. Im realistischen Roman ist die Hintergrundschilderung des Romans der besprochenen Welt näher verwandt als die Vordergrundhandlung.

Man kann das recht gut an Balzacs Roman *Le Père Goriot* beobachten. Der Roman setzt in drei Tempus-Wellen ein.[13] Ein erster Abschnitt steht im Présent. Dann folgt ein Abschnitt im Imparfait. Und erst mit dem dritten Abschnitt tritt das Passé simple auf. Im ersten Abschnitt wird nun die Pension Vauquer beschrieben, die nicht nur vorwiegend Schauplatz des Romangeschehens ist, sondern die gleichzeitig eine typische Pension ist. Die Beschreibung ist ein Stück Besprechung der soziologischen Einheit »Pariser Pension«. Daher das Présent. Im zweiten Abschnitt gibt Balzac die Situation dieser Pension zur Romanzeit und beschreibt ihre Bewohner. Auch das ist nicht die pittoreske Schilderung einer beliebigen Menschengruppe, sondern Balzac beschreibt einen repräsentativen Ausschnitt aus der Pariser Gesellschaft zu einer bestimmten Epoche. Zugleich ist diese Beschreibung, in der sich die Personen noch nicht bewegen, Hintergrund für die darauf einsetzende Haupthandlung, in der nun alle in Bewegung geraten, um dem Schicksal zu begegnen. Dieser zweite Abschnitt steht also im Imparfait, und das ist erzähltechnisch ebenso wie romantheoretisch motiviert. Im dritten Abschnitt erreicht der Roman das zu erzählende Geschehen. Im weiteren Verlauf des Romans wird Balzac jedoch immer wieder in die Schicht der soziologischen, auf das Typische achtenden Beobachtung zurückkehren.

Die Vorliebe eines modernen Schriftstellers für das Imparfait kann jedoch auch andere als soziologische Motivationen haben. Dazu eine

Reflexion von Marcel Proust: *J'avoue que certain emploi de l'imparfait de l'indicatif – de ce temps cruel qui nous présente la vie comme quelque chose d'éphémère à la fois et de passif, qui, au moment même où il retrace nos actions, les frappe d'illusion, les anéantit dans le passé sans nous laisser, comme le parfait, la consolation de l'activité – est resté pour moi une source inépuisable de mystérieuses tristesses.*[14]

Hinzu kommt, mindestens seit Flaubert, daß der Romancier zunehmend darauf verzichtet, im Roman das Augenmerk des Lesers auf sich zu ziehen. Er stellt die Ereignisse mit wachsender Vorliebe aus der Perspektive handelnder Personen dar, d. h. als deren Beobachtungen und Reflexionen. Die Form dieser Darstellung ist die indirekte und erlebte Rede. Beide stehen im Imparfait. Ich komme in einem anderen Zusammenhang darauf zurück (vgl. Kap. VII). Auch diese Erzähltechnik erklärt die Häufigkeit des Imparfait im Roman seit Balzac.

3. Baudelaire, Le vieux saltimbanque

Die Metaphorik, die dem Prosagedicht *Le vieux saltimbanque* (1861) zugrunde liegt, kommt von weither. Es handelt sich um das Bildfeld »Die Welt als Jahrmarkt«, das verwandt ist mit den Bildfeldern »Die Welt als Spiel« und »Die Welt als Theater«. Die Barockdichtung hat diese Metaphorik geliebt, die moderne Literatur hat sie nicht vergessen. Hier zunächst der Text:

Partout s'étalait, se répandait, s'ébaudissait le peuple en vacances. C'était une de ces solennités sur lesquelles, pendant un long temps, comptent les saltimbanques, les faiseurs de tours, les montreurs d'animaux et les boutiquiers ambulants, pour compenser les mauvais temps de l'année.

En ces jours-là il me semble que le peuple oublie tout, la douleur et le travail; il devient pareil aux enfants. Pour les petits c'est un jour de congé, c'est l'horreur de l'école renvoyée à vingt-quatre heures. Pour les grands c'est un armistice conclu avec les puissances malfaisantes de la vie, un répit dans la contention et la lutte universelles.

L'homme du monde lui-même et l'homme occupé de travaux spirituels échappent difficilement à l'influence de ce jubilé populaire. Ils absorbent, sans le vouloir, leur part de cette atmosphère d'insouciance. Pour moi, je ne manque jamais, en vrai Parisien, de passer la revue de toutes les baraques qui se pavanent à ces époques solennelles.

Elles se faisaient en vérité une concurrence formidable: elles piaillaient, beuglaient, hurlaient. C'était un mélange de cris, de détonations de cuivre et d'explosions de fusées. Les queues-rouges et les Jocrisses convulsaient les traits de leurs visages basanés, racornis par le vent, la pluie et le soleil; ils lançaient, avec l'aplomb des comédiens sûrs de leurs effets, des bons mots et des plaisanteries d'un comique solide et lourd comme celui de Molière. Les Hercules, fiers de l'énormité de leurs membres, sans front et sans crâne, comme les orang-outangs, se prélassaient majestueusement sous les maillots lavés la veille pour la circonstance. Les danseuses, belles comme des fées ou des princesses, sautaient et cabriolaient sous le feu des lanternes qui remplissaient leurs jupes d'étincelles.

Tout n'était que lumière, poussière, cris, joie, tumulte; les uns dépensaient, les autres gagnaient, les uns et les autres également joyeux. Les enfants se suspendaient aux jupons de leurs mères pour obtenir quelque bâton de sucre, ou montaient sur les épaules de leurs pères pour mieux voir un escamoteur éblouissant comme un dieu. Et partout circulait, dominant tous les parfums, une odeur de friture qui était comme l'encens de cette fête.

Au bout, à l'extrême bout de la rangée de baraques, comme si, honteux, il s'était exilé lui-même de toutes ces splendeurs, je vis un pauvre saltimbanque, voûté, caduc, décrépit, une ruine d'homme, adossé contre un des poteaux de sa cahute; une cahute plus misérable que celle du sauvage le plus abruti, et dont deux bouts de chandelles, coulants et fumants, éclairaient trop bien encore la détresse.

Partout la joie, le gain, la débauche; partout la certitude du pain pour les lendemains; partout l'explosion frénétique de la vitalité. Ici la misère absolue, la misère affublée, pour comble d'horreur, de haillons comiques, où la nécessité, bien plus que l'art, avait introduit le contraste. Il ne riait pas, le misérable! Il ne pleurait pas, il ne dansait pas, il ne gesticulait pas, il ne criait pas; il ne chantait aucune chanson, ni gaie, ni lamentable, il n'implorait pas. Il était muet et immobile. Il avait renoncé, il avait abdiqué. Sa destinée était faite.

Mais quel regard profond, inoubliable, il promenait sur la foule et les lumières, dont le flot mouvant s'arrêtait à quelques pas de sa répulsive misère! Je sentis ma gorge serrée par la main terrible de l'hystérie, et il me sembla que mes regards étaient offusqués par ces larmes rebelles qui ne veulent pas tomber.

Que faire? A quoi bon demander à l'infortuné quelle curiosité, quelle merveille il avait à montrer dans ces ténèbres puantes, derrière son rideau déchiqueté? En vérité, je n'osais; et dût la raison de ma timidité vous faire rire, j'avouerai que je craignais de l'humilier. Enfin, je venais de me résoudre à déposer en passant quelque argent sur une de ses planches, espérant qu'il devinerait mon intention, quand un grand reflux de peuple, causé par je ne sais quel trouble, m'entraîna loin de lui.

Et, m'en retournant, obsédé par cette vision, je cherchai à analyser ma soudaine douleur, et je me dis: Je viens de voir l'image du vieil homme de lettres qui a survécu à la génération dont il fut le brillant amuseur; du vieux poète sans amis, sans famille, sans enfants, dégradé par sa misère et par l'ingratitude publique, et dans la baraque de qui le monde oublieux ne veut plus entrer! *(Le Spleen de Paris, XIV.)*

Eine Interpretation dieses Prosagedichtes wird auf vieles zu achten haben. Hier soll indes nur die Tempus-Distribution beobachtet werden. Sie allein läßt bereits wesentliche Strukturelemente des Prosagedichtes erkennen. In dem Prosagedicht herrschen die erzählenden Tempora vor. Der Erzähler berichtet von einer erinnerungswürdigen Begebenheit, der Begegnung mit einem alten Saltimbanque (Gaukler) auf dem Jahrmarkt. Gleich zu Beginn gibt er jedoch zu erkennen, daß es ihm nicht um die Begegnung in ihrer Einmaligkeit geht. *C'était une de ces solen-*

nités . . ., heißt es mit jenem aus Balzac-Romanen bekannten Syntagma, das ein einmaliges Geschehen in den Horizont eines bekannten Zusammenhangs einordnet. Unmittelbar nach der Exposition macht der Erzähler diese Zusammenhänge explizit. Er wechselt also nach dem ersten Abschnitt vom Imparfait als dem Tempus der erzählerischen Exposition in das Présent, mit dem er im zweiten und dritten Abschnitt das allgemeine Phänomen Jahrmarkt kommentiert. Aus dem Jahrmarkt als einem besonderen Ereignis, das man erzählt, wird auf diese Weise der Jahrmarkt als ein typisches Volksfest, das man bespricht.

Nachdem der Leser auf diese Weise vorbereitet worden ist, das Besondere als transparent auf ein Allgemeineres aufzufassen, fährt der Erzähler in seinem Bericht fort. Am Ende der Erzählung kehrt er jedoch noch einmal und nun definitiv in die besprochene Welt zurück. Er denkt nämlich jetzt über die Begebenheit nach und deutet sie. Die Deutung ist explizit, sie benutzt solche Termini technici der Deutung wie *vision, image* und *analyser*. Mit der entsprechenden Deutlichkeit setzen die Schlußzeilen den Saltimbanque mit dem Literaten gleich, der seine Generation überlebt hat, sowie mit dem alt gewordenen Dichter, der von aller Welt verlassen seinen Lebensabend fristet. Gegenüber der metaphorischen Tradition des umfassender konzipierten Bildfeldes »Die Welt als Jahrmarkt« ist diese Deutung von der Welt auf die literarische Welt eingeengt. Das liebste Thema der modernen Dichtung ist die Dichtung.

Der Übergang von der erzählten zur besprochenen, d. h. gedeuteten Begegnung mit dem Saltimbanque am Ende des Prosagedichts ist natürlich gleichzeitig wieder ein Übergang der Tempora. Nach den Tempora der erzählten Welt stehen nun aufs neue die Tempora der besprochenen Welt: Présent und Passé composé. Formal wird der Übergang, außer durch den Tempus-Wechsel, durch zwei Kommunikationsverben markiert: *je cherchai à analyser, je me dis.* Sie erlauben, die Deutung als direkte Rede (»direktes Denken«) aufzufassen. Mitten unter diesen besprechenden Tempora steht dann noch einmal mit starkem Tempus-Übergang ein erzählendes Tempus: *dont il fut le brillant amuseur.* Die Tempus-Form dieser Textstelle kann hier ohne Vorgriff auf das Kapitel VIII nicht analysiert werden. Andeutend will ich nur sagen, daß der scharfe Tempus-Übergang als Tempus-Metapher aufzufassen ist und eine eingeschränkte Gültigkeit, hier mit der besonderen Nuance der Vergänglichkeit, signalisiert.

Im erzählenden Teil des Prosagedichtes berichtet das Ich von einem Besuch des Pariser Jahrmarkts. Als echter Pariser, so erfahren wir, besucht der Erzähler regelmäßig Lustbarkeiten dieser Art. Er liebt es offenbar, als Unbekannter im Getümmel unterzutauchen und die Menge dort zu beobachten, wo sie am meisten Menge ist. Er ist der von Baudelaire selber und nach ihm von Walter Benjamin beschriebene Flaneur, der seine Beobachtungen im Vorübergehen *(en passant)* macht.

Diesem Flaneur sind nun – mit der soeben erwähnten Ausnahme – alle Formen des Passé simple zugeordnet, die dieser Text enthält: *je vis, je sentis, il me sembla, (un reflus du peuple) m'entraîna, je cherchai, je me dis.* Wenn nun die in diesem Buch vertretene Auffassung richtig ist, daß das Passé simple unter den erzählenden Tempora das Tempus des Vordergrunds ist, dann müssen wir uns den Flaneur im Vordergrund der Szene vorstellen. Das bunte Völkchen der Schausteller mitsamt ihren Buden sowie die bewegte Menge der Kirmesbesucher, die der Flaneur beobachtet, bilden demgegenüber den Hintergrund der Szene. Ihnen sind regelmäßig und in hoher Frequenz die zahlreichen Formen des Imparfait zugeordnet. Dort, im Hintergrund, hat auch der alte Saltimbanque seinen Platz. Die unerhörte Begebenheit, deren Einsatz durch das erste Passé simple *je vis* signalisiert wird, betrifft nur den Beobachter, nicht den Beobachteten. Von ihm wird, genau wie von den anderen Beobachtungsobjekten des Jahrmarkts, weiterhin im Imparfait erzählt. Er bleibt ein Stück dieses Hintergrunds. Wir dürfen das so verstehen, daß er gar nicht bemerkt, welche Bedeutung sein Schicksal plötzlich in der Reflexion des Flaneurs gewinnt.

Der Flaneur ist ohne Begleitung. Er bewegt sich als einzelner durch die Menge. Auch der Leser ist ein einzelner. Der Erzähler redet ihn einmal direkt an *(et dût la raison de ma timidité vous faire rire).* Das ist im Modus der Vertrautheit gesagt. Aus verschiedenen Indizien des Textes läßt sich entnehmen, daß der Erzähler diese Begebenheit einem Menschen erzählt, den er sich als seinesgleichen denkt. Beide sind literarisch gebildet, sind Literaten. So ist auch die Kontrasterfahrung zwischen dem Flaneur im Vordergrund und der Menge im Hintergrund der Szene zugleich eine Erfahrung, an der der Leser Anteil haben soll. Er muß sich, wenn er das Gedicht adäquat lesen soll, zu dem Flaneur stellen und seine Anschauungen teilen. Nicht zufällig sind fast alle Formen des Passé simple in diesem Text zugleich Kommunikationsverben: *je vis, je sentis, il me sembla, je cherchai à analyser, je me dis.* Sie oktroyieren dem Leser die besondere Sicht des Jahrmarkts aus der Perspektive des Flaneurs. Die vereinzelte Form des Passé simple, die nicht Kommunikationsverb ist, charakterisiert den Erzähler als Flaneur: *quand un grand reflus du peuple, causé par je ne sais quel trouble, m'entraîna loin de lui.* Diese Form steht an der Grenze zwischen der Erzählung und der besprechenden Deutung.

Diese wenigen Beobachtungen schöpfen Baudelaires Prosagedicht nicht aus. Sie reichen jedoch vielleicht hin, um deutlich zu machen, daß die textlinguistische Methode eine Reihe von Gesichtspunkten anbietet, die auch für die literarische Interpretation von einigem Nutzen sein können. Linguistische Textstrukturen können die Grundlage für eine weiterführende literarische Interpretation abgeben. Unter ihnen haben die Tempus-Strukturen ein erhebliches Gewicht. Wenn nämlich die Verteilung der Tempora in diesem Text in Verbindung mit anderen syntaktischen Signalen eine Erzählstruktur erkennen läßt, die dem Leser suggeriert, sich mit dem Erzähler zu identifizieren und seine Kontrasterfahrungen zu teilen, dann ist dieses Prosagedicht nicht zur Zerstreuung oder bestenfalls zur heiteren Belehrung erzählt. Der Leser muß dann aus diesem Gedicht herauslesen, daß dieser Saltimbanque auch ihn angeht. Das Prosagedicht ist im Modus der Betroffenheit erzählt. Dafür kann man auch jenes Schlüsselwort einsetzen, das der Barockdichtung teuer war und das seit der Barockzeit mit dem Bildfeld der Welt als Jahrmarkt verbunden ist. Dieses Prosagedicht ist auf *desengaño*, auf Ent-täuschung angelegt.[15]

4. Vom Tempus des Todes

Welchen Unterschied macht es aus, ob man sagt *il mourait (il se noyait)* oder *il mourut (il se noya)?* Die Grammatiken lieben dieses Beispiel über die Maßen, nicht nur die romanischen Grammatiken übrigens, sondern auch die Grammatiken des Griechischen und Russischen[16]. Die Ausdrücke des Sterbens scheinen besonders geeignet zu sein, das Wesen der Aspekte deutlich zu machen. Denn der, von dem man sagt *il mourait* oder *il se noyait*, kann noch fröhlich weiterleben. Der jedoch, von dem man sagt *il mourut* oder *il se noya*, ist wirklich tot.

Dies ist die Substanz der grammatischen Regel, die aus den beiden Tempora abstrahiert wird. Das Imparfait wird dabei häufig als Imperfectum de conatu, als Imperfekt des bloßen Versuchs bezeichnet und mit dem entsprechenden Imperfectum des Lateinischen verglichen.

Als Beispielsatz dient in einer ganzen Reihe von Grammatiken[17] der Satz Victor Hugos: *Moi, je me noyais un beau jour dans la Tamise, tu m'as tiré de l'eau.* (Beispielsätze vererben sich.) Auch die Erläuterungen ' des Beispielsatzes ähneln sich stark. Sie beschreiben dieses Imparfait als »Imperfekt der nur begonnenen Handlung, welche nicht zur Vollendung kam« (Plattner, S. 273). Entsprechend in der französischen Grammatik von H. Bonnard: »L'action de mourir n'a pas été accomplie, d'où l'imparfait« (S. 108). Diese Erklärung erfreut sich auch deshalb allgemeiner Beliebtheit, weil sie so überzeugend die Bezeichnung Imperfekt, Imparfait für das Tempus und den Aspekt der unvollendeten Handlung zu rechtfertigen scheint.

Auch die spanische Grammatik hat sich des Beispiels angenommen. In der Syntax von Gili y Gaya findet man es in der Form: **Le dió un dolor tan fuerte que se moría; hoy está mejor.* Der Kranke, von dem gesagt wird *se moría*, lebt also noch. Gili y Gaya bezeichnet das Tempus ebenfalls als Imperfecto de conatu.[18] Ähnlich äußert sich Togeby, der dem Ausdruck *se moría* die mögliche Nuance »im Begriffe sein zu sterben« zuweist.[19]

Wie kommt es, daß das Imperfekt die Nuance des bloßen Versuchs (de conatu) annimmt? Holger Sten zieht bei dem Beispiel *il se noyait* die Semantik zu Rate. Dem Bedeutungsgehalt des Wortes *se noyer* sei Genüge getan, selbst wenn im letzten Augenblick noch Hilfe kommt und das Ertrinken nicht mit dem Tode endet.[20] Gegen diese Auffassung wendet sich Howard B. Garey in einem Aufsatz.[21] Er hat einer Reihe von Franzosen die folgende Frage vorgelegt: *Figurez-vous un homme qui se noyait, mais qu'on a tiré du fleuve avant qu'il n'ait pu mourir: s'est-il noyé?* Alle Franzosen haben ohne Zögern geantwortet: Nein, er ist natürlich nicht ertrunken. Garey gibt dann selber eine Lösung, indem er die Begriffe Aspekt und Aktionsart kombiniert. Es gibt in der französischen Sprache eine Anzahl von Verben, die ihrer Aktionsart nach auf eine Vollendung hin angelegt sind. Er nennt sie »telische Verben« (von griechisch telos ›Ziel‹). Dazu gehören die Wörter *mourir* und *se noyer*. Wenn solche Wörter nun ins Imparfait gesetzt werden – und Garey versteht das Imparfait als Vergangenheitstempus mit dem Aspekt der Unvollendetheit –, dann bricht der unvollendete Aspekt dem telischen Verb gleichsam die Spitze ab und bewirkt, daß *il mourait* ›er lag im Sterben‹, *il se noyait* ›beinahe wäre er ertrunken‹ heißt.

Wir haben der Diskussion mitsamt allen ihren Positionen zu widersprechen und können auch nicht einer einzigen Überlegung zustimmen, weil schon die ganze Fragestellung verzerrt ist. Wenn man sie entzerrt, ist das Problem verschwunden. Die Verben des Sterbens verhalten sich gegenüber den Tempora nicht anders als andere Verben.

Man kann den Tod eines Menschen, wie jedes andere Ereignis, besprechen oder erzählen. Die Verben des Sterbens können daher selbstverständlich in allen Tempora auftreten. Nehmen wir an, das Sterben (Ertrinken) liege einige Zeit zurück. Dann kann man in rückschauender Besprechung sagen: *il est mort*. Wer etwa eine Todesnachricht zu überbringen hat – das ist gewiß keine Situation entspannter Erzählung –, wird so sagen. Man kann aber auch das Sterben eines Menschen erzählen. Die Geschichtsschreibung und der Roman haben das oft zu tun. Sie setzen dann ein Tempus der erzählten Welt. Welches? Das ist grundsätzlich nicht vorherzusagen und hängt, wie die Tempus-Gebung der erzählten Welt überhaupt, von der Struktur der Erzählung und von der Stellung dieses Textstücks im Ganzen der Erzählung ab. Hier darf man nun aber in der syntaktischen Analyse nicht vergessen, daß der Tod eines Menschen nicht ein Ereignis in beliebiger Reihe mit anderen Ereignissen ist. Der Tod ist das wichtigste Ereignis im Leben eines Menschen. Das spiegelt auch die Sprache wider, sofern sie nicht aus der wirklichen Situation herausgeschnitten wird. Wenn also das Sterben eines Menschen erzählt wird, setzt der Erzähler dieses natürlicherweise wichtige Ereignis in das Tempus des erzählten Vordergrunds, und wir finden das Passé simple: *il mourut (il se noya)*. Welche Begebenheiten sollte er wohl in den Vordergrund rücken, wenn er das

Sterben einer Person in seiner Erzählung im Hintergrund beläßt! Der Tod ist in der Regel unerhörte Begebenheit.

Aber unter bestimmten Bedingungen kann der Tod in einer Erzählung auch in den Hintergrund treten. Niemand als der Erzähler entscheidet über die Verteilung von Vordergrund und Hintergrund. Es gibt nun einige Bedingungen, unter denen sich dem Erzähler eine Tempus-Gebung aufdrängt, bei der sogar das Sterben eines Menschen in den Hintergrund tritt. Eine dieser Bedingungen ergibt sich aus der Sonderstellung der Einleitung und Ausleitung innerhalb einer Erzählung. Sie umschließen gern als Hintergrund die Haupthandlung, welche Vordergrunderzählung ist. So beginnt Victor Hugo das (erzählende) Gedicht *Expiation de Victor Hugo (Châtiments* V, 13) mit einem großen einleitenden Tableau von der Niederlage des napoleonischen Heeres vor Moskau. Dieses Tableau ist Hintergrundschilderung gegenüber der Haupterzählung. Es ist im Imparfait gehalten. Erst im 60. Vers setzt die Haupterzählung mit einem Passé simple ein. Georges und Robert Le Bidois tadeln diese Tempus-Gebung;[22] sie haben die Kunst dieser Tempusgebung nicht verstanden. Sie hätten in Stendhals *La Chartreuse de Parme* und in Tolstois *Krieg und Frieden* nachlesen können, welches Relief Schlachtgemälde gerade aus der Hintergrundperspektive einer literarischen Erzählung zu geben vermögen.

Im einleitenden Schlachtgemälde des Gedichts von Victor Hugo stehen auch die folgenden beiden Verse: *Chefs, soldats, tous mouraient. / Chacun avait son tour.* Die Soldaten des napoleonischen Heeres sterben wirklich. Es kann gar nicht die Rede davon sein, daß die Verbform *mouraient* hier die Bedeutung haben könnte: ›sie lagen im Sterben‹, gar noch mit der Nebenbedeutung: ›aber sie kamen davon‹. Nein, sie sind nicht davongekommen. Der angeblich imperfektive Aspekt des Imparfait bricht also dem »telischen« Verb *mourir* nicht die Spitze ab. Denn dieser Satz steht im Hintergrundtempus Imparfait ausschließlich um der erzählerischen Ökonomie des Gedichtes willen und aus keinem anderen Grund. Wenn diese Schlachtschilderung Hauptgegenstand des Gedichtes wäre – der Titel *Expiation de Victor Hugo* läßt schon erkennen, daß es im wesentlichen um etwas anderes geht –, dann hätte Victor Hugo möglicherweise, jedoch nicht notwendigerweise, das Passé simple gesetzt. Nicht der erzählte Gegenstand würde sich dann ändern, sondern nur die Erzählhaltung, das was wir die *Reliefgebung* genannt haben.

Die gleiche Beobachtung läßt sich an der *spanischen* Sprache machen. Auch im Spanischen ist, wenn ein Verb des Sterbens im Imperfecto steht, keineswegs ausgemacht, daß der Tod nicht wirklich eingetreten ist. Ich gebe nur zwei Beispiele aus Novellenschlüssen Unamunos.[23] In ihnen steht das Sterben eines Menschen jeweils im Imperfecto, obwohl der Tod nicht abgewendet worden ist und obwohl die Handlung punktuell ist:

— Y la Virgen de la Fresneda, madre de compasiones, oyendo los ruegos de Matilde, a los tres meses de la fiesta se la l l e v a b a *a que la retozasen los ángeles.*

— Días después Pérez se p e g a b a *un tiro, después de escribir a Ibarrondo una carta en que le decía que le había puesto ante los ojos un espejo en que vió su inutilidad.*

In der Mitte einer Haupthandlung steht mit einer gewissen Selbstverständlichkeit das Vordergrundtempus: *A los cuatro días Enrique se* q u i t ó *la vida de un tiro dejando escrito una carta para Antonio.*[24] Man muß, um dieses Tempus zu verstehen, wissen, daß Enrique nicht der Held dieser Novelle ist. Der Held ist, wie auch durch den Titel der Novelle ausgedrückt ist, Antonio, dessen Geschichte mit dem Tod seines jungen Rivalen Enrique, der seine Braut verführt hat, erst anfängt. Hier zeigt sich in der Umkehr, daß die Wahl des Vordergrundtempus oder des Hintergrundtempus auch bei der Erzählung des Sterbens einer Person nur durch den Stellenwert innerhalb der Erzählung und durch nichts anderes bestimmt ist.

FÜNFTES KAPITEL

Tempus und Reliefgebung in der Novellistik

1. Maupassant

Um 1850, so beobachtet Charles Bruneau, taucht in der französischen Sprache ein neues Imparfait auf, das von den sonst für das französische Imparfait ermittelten Zeit- und Aspektmerkmalen in geradezu skandalöser Weise abweicht. Man findet es zuerst und vor allem bei Maupassant. Es handelt sich um Sätze wie diesen: *Le lendemain, vers une heure de l'après-midi, Marius Paumelle (...) rendait le portefeuille.* Bruneau benennt dieses Imparfait als *Imparfait de rupture.*[1] Es hat deshalb so sehr die Aufmerksamkeit auf sich gezogen, weil man es gerade in solchen Sätzen findet, die nach allen Regeln der Aspektlehre einen punktuellen Vorgang bezeichnen. In dem zitierten Satz etwa ist der Vorgang durch eine genaue Zeitbestimmung, sogar durch den in der Aspektlehre so beliebten, eminent punktuellen Ein-Uhr-Gongschlag, festgelegt; und auch durch den Sinn des ganzen Satzes ist einsichtig, daß die Rückgabe der Brieftasche ein einmaliges und punktuelles Ereignis ist. Warum also ein Imparfait?

Allerlei Erklärungen sind für dieses Imparfait de rupture vorgebracht worden, die allesamt nicht darüber hinwegtäuschen können, daß das Imparfait de rupture von einer wie immer aufgefaßten Aspektlehre nicht erklärt werden kann. Auch hier empfiehlt sich statt dessen eine textlinguistische Interpretation der Tempora unter erzählerischen Gesichtspunkten und der Erzählungen unter Tempus-Gesichtspunkten. Warum nämlich taucht dieses Imparfait de rupture erst um 1850, und zwar in der Novellistik auf? Warum ist es nur in der französischen Sprache beobachtet worden, während doch die anderen romanischen Sprachen eine gleiche Struktur der erzählenden Tempus-Gruppe aufweisen? Mit diesen Leitfragen wenden wir uns der romanischen Novellistik zu, werden unsere Interpretationen jedoch nicht auf das Imparfait de rupture beschränken, sondern selbstverständlich die Distribution aller Erzähltempora berücksichtigen.

Wir nehmen das eingangs zitierte Beispiel für ein Imparfait de rupture wieder auf. Es lautet vollständig: *Le lendemain, vers une heure de l'après-midi, Marius Paumelle, valet de ferme de maître Breton, cultivateur à Ymauville, rendait le portefeuille et son contenu à maître Houlbrèque, de Manneville.* Es entstammt der Novelle *La Ficelle.*[2] Es ist ausgeschlossen, diesen Satz und dieses Tempus zu verstehen, wenn man nicht die Novelle *La Ficelle* kennt. Nur aus einer Interpretation der Novelle, dann aber in aller Mühelosigkeit, erklärt sich das Imparfait de rupture. Man muß also wissen, daß Maître Hauchecorne als sparsamer Mann auf dem Markt ein Ende Bindfaden aufgehoben und in die Tasche gesteckt hat. Der Zufall will, daß zur gleichen Zeit ein anderer Marktbesucher seine Brieftasche verloren hat. Maître Hauchecorne gerät in den Verdacht, die verlorene Brieftasche gefunden und an sich genommen zu haben. Da wird nun die Brieftasche von einem anderen Marktbesucher gefunden und abgeliefert. Der Verdacht bricht zusammen, und die Geschichte ist zu Ende. So wenigstens vermutet der Leser, der hier von Maupassant auf eine falsche Fährte gelockt worden ist. In Wirklichkeit haftet der Verdacht dennoch an dem unglücklichen Finder, und er geht an ihm zugrunde.

Das erzählerische Raffinement der falschen Fährte liegt nun gerade darin, daß die Ablieferung der Brieftasche den Schein eines glücklichen Ausgangs an sich hat, von dem sich dann der wirkliche tragische Ausgang um so krasser abhebt. An dieser Stelle steht das Imparfait de rupture. Es ist irreführendes Schlußsignal, und es könnte den Leser nicht in die Irre führen, wenn es nicht als Schlußsignal einer Erzählung eindeutig etabliert wäre. Es bezeichnet das Dénouement, die Auflösung des von der Erzählung geschürzten Knotens. Das Tempus ist völlig unabhängig von dem durativen oder punktuellen Aspekt des Vorgangs und ist *ausschließlich* abhängig vom erzähltechnischen Stellenwert des Satzes innerhalb der gesamten Erzählung. In derselben Novelle steht der Satz: *Ils s'injurièrent une heure durant.* Das Verb ist so durativ, wie man es sich nur wünschen mag. Es steht dennoch im Passé simple. Der Satz gehört nämlich zum Vordergrund der Haupthandlung.

In der Novelle *La Main d'écorché* erzählt Maupassant den Prozeß einer fortschreitenden Geisteskrankheit, die mit dem Tode endet. Die Krankheit greift langsam und zähe um sich. Wir finden in der Erzählung daher Sätze wie diese: *Pendant sept mois, j'allai le voir tous les jours à l'hospice. – Pendant deux heures, il r e s t a fort calme. – Il f i t deux fois le tour de la chambre en hurlant.* Das sind Sätze, die der Handlung nach eindeutig durativ oder iterativ wären. Wir haben hier jedoch anderes im Sinn und stellen einfach fest, daß diese Sätze zur Haupthandlung der Novelle gehören, denn Thema der Novelle ist eben die fortschreitende, und zwar langsam fortschreitende Geisteskrankheit. Wer den Inhalt der Novelle resümieren will, muß das sagen, sonst wird seine Inhaltsangabe nicht mit der wirklichen Novelle identifiziert werder können. Deswegen also und nicht wegen irgendwelcher Aktionsarten steht das Passé simple. Das Passé simple steht weiterhin in dem folgenden Satz: *Le lendemain, comme je passais devant sa porte, j'e n t r a i chez lui.* Trotz der Angabe der Nachzeitigkeit mit dem Ausdruck *le lendemain* wie in der Novelle *La Ficelle* steht hier nicht das Imparfait de rupture. Es wird also nicht automatisch von einem bestimmten Zeitadverb, auch nicht einem Adverb der Nachzeitigkeit, ausgelöst, sondern ist eine Funktion der gesamten Erzählstruktur. Dieser Satz steht mitten in der Novelle, und es wird immer noch die fortschreitende Krankheit erzählt. Wir befinden uns also in der Haupthandlung, und es steht selbstverständlich das Passé simple als das Tempus, das der Haupthandlung zukommt. Am Schluß der Novelle leitet Maupassant die Erzählung dann tatsächlich wieder aus dem Vordergrund in den Hintergrund zurück und gibt damit der Erzählung einen Abschluß. Dann steht das Imparfait de rupture: *Le lendemain tout* é t a i t *fini et je* r e p r e n a i s *la route de Paris après avoir laissé cinquante francs au vieux curé pour dire des messes pour le repos de l'âme de celui dont nous avions ainsi troublé la sépulture.* Dies ist der Schlußsatz der Novelle. Wenn man es nicht wüßte, könnte man aus dem Tempus vorhersagen, daß er den Schluß der Erzählung oder wenigstens eines Erzählabschnitts bezeichnen muß. Die Zeitangabe *le lendemain* läßt demgegenüber keinerlei Vorhersage zu.

Die Novelle *Le Lit 29* ist ebenfalls erzählt, als wollte Maupassant die Möglichkeiten der erzählerischen Reliefgebung durch Tempora in ihrer ganzen Vielfalt vorführen. Es ist die Geschichte einer Liebschaft zwischen dem Hauptmann Épivent und dem leichten Mädchen Irma. Die Novelle beginnt gemächlich mit einer ausgebreiteten Einleitung im Imparfait: *Quand le capitaine Épivent* p a s s a i t *dans la rue, toutes les femmes se* r e t o u r n a i e n t. *Il* p r é s e n t a i t *vraiment le type du bel officier de hussards...* Aus dieser breit ausgemalten Einleitung hebt sich die Haupthandlung mit scharfen Einsätzen im Passé simple heraus: *Or, en 1868, son régiment, le 102ᵉ hussards,* v i n t *tenir garnison à Rouen. – Or, un soir, la belle Irma, la maîtresse, disait-on de M. Templier-Papon, le riche manufacturier,* f i t *arrêter sa voiture en face de la Comédie...* Der Einsatz mit Or und folgender Zeitbestimmung ist typisch für den Beginn der Vordergrundhandlung bei Maupassant. Meistens steht dann auch das Passé simple (vgl. Kap. IX). Nun führt Maupassant den Leser wieder auf eine falsche Fährte. Es sieht so aus, als ob der stattliche Hauptmann den Nebenbuhler schnell aussticht und die Gunst der schönen Irma im Handumdrehen gewinnt: *Elle le vit, se montra, sourit. Le soir même, il était son amant.* Wäre an dieser Stelle die Textüberlieferung gestört, so daß wir nur die Tempusabfolge Passé simple – Passé simple · Passé simple – Imparfait in ihrer Ballung, vielleicht zusammen mit der Angabe der Nachzeitigkeit, hätten, so könnten wir daraus die Bedeutung dieser Stelle in der erzählerischen Ökonomie der Novelle mit ziemlicher Genauigkeit bestimmen. Das Veni-vidi-vici-Muster mit dem darauf folgenden Imparfait de rupture bezeichnet eindeutig Sieg und Triumph.

Aber die Novelle wäre nicht von Maupassant, wenn es bei dieser

Idylle verbliebe. Der Krieg zerstört das rasch erworbene Glück: *Mais voilà que la guerre* é c l a t a *et que le régiment du capitaine* f u t *envoyé à la frontière un des premiers. Les adieux* f u r e n t *lamentables. Ils* d u r è r e n t *toute une nuit.* Durativer geht's nicht. Das Passé simple steht hier aber, weil diese Sätze den Wendepunkt der Novelle bezeichnen und also eminent zur Haupthandlung gehören. So wie die Liebschaft des Hauptmanns damit begonnen hat, daß sein Regiment nach Rouen verlegt wird (wir haben den Satz, der das mitteilt, bereits zitiert: er steht natürlich im Passé simple), so beginnt die Zerstörung der Liebschaft mit dem Abrücken des Regiments und dem Abschied der Liebenden. Nur vom Stellenwert dieser Sätze in der Gesamterzählung *und von nichts anderem* hängt die Wahl des Tempus ab.

Die Novelle endet mit dem Tod des Mädchens. Der letzte Satz lautet: *Le lendemain, il apprit qu'elle était morte.* Ich hätte an dieser Stelle ein Imparfait de rupture erwartet. Maupassant hat keines gesetzt. Das ist sein gutes Recht. Er kann das Ende der Erzählung mit einem ausleitenden Tempus markieren, er kann es auch lassen.

Ähnlich wie die soeben besprochene Novelle beginnt auch die Novelle *Le Parapluie* mit einer breiten Hintergrunderzählung im Imparfait. Dann setzt die Vordergrundhandlung ein. Woran kann man das erkennen? Die einsetzende Vordergrundhandlung ist so deutlich markiert, daß niemand den Einschnitt übersehen kann. Maupassant häuft im ersten Satz der Vordergrundhandlung nicht weniger als vier Signale. Der Satz beginnt erstens mit *Or*, er bringt zweitens eine Zeitangabe, er enthält drittens zum erstenmal in der Novelle das Titelwort Regenschirm, und er steht als erster Satz der Novelle im Passé simple: *Or, pendant deux ans, il* v i n t *au bureau avec le même parapluie rapiécé qui donnait à rire à ses collègues.* Der Vorgang ist wahrlich iterativ, oder wie man das nennen will, aber darauf kommt es überhaupt nicht an. Die alltägliche Tragik der Novelle hängt an dem Regenschirm: darauf kommt es Maupassant an, und allein deshalb steht das Passé simple. Mir scheint, diese Beispiele lassen deutlich genug erkennen, daß Vordergrund und Hintergrund als erzählerisches Relief nicht a priori definierbar sind. Wer eine Erzählung liest, merkt indes sogleich und meistens so eindeutig, daß gar kein Zweifel möglich ist, wo die Vordergrundhandlung einsetzt, wo sie unterbrochen wird und wo sie aufhört. Sollten doch einmal Zweifel auftreten, mache man den Versuch, den Inhalt der Novelle zu resümieren. Die Zusammenfassung ordnet die Begebenheiten von selber nach Vordergrund und Hintergrund. Sie läßt nämlich den Hintergrund weg.

Ich habe lange überlegt, ob es mit der Achtung vor einem literarischen Text zu vereinbaren ist, eine Erzählung einmal um der eindrucksvollen Demonstration willen in die beiden Ebenen des Hintergrundes und Vordergrundes auseinanderzulegen. Ich glaube, der gute Zweck heiligt für einmal das anfechtbare Mittel. Immerhin wähle ich dafür eine Novelle aus, die nicht zu den besten Novellen Maupassants gehört: *Le Mariage du Lieutenant Laré.*[3] Ich mache aus dieser Erzählung nun einfach zwei Erzählungen, indem ich in der ersten alle Sätze im Passé simple, in der zweiten alle Sätze im Imparfait (und Plus-que-parfait) sammle. An einzelnen Sätzen werden ganz kleine Veränderungen vorgenommen, damit der Satzfluß gewahrt bleibt. Die Dialoge sind entweder der einen oder der anderen Erzählung zugeschlagen, je nachdem ob sie mit einem Imparfait oder einem Passé simple eingeführt werden. Die Passé-simple-Ebene der Novelle lautet dann:

Dès le début de la campagne, le lieutenant Laré prit aux Prussiens deux canons. Son général lui dit: »Merci, Lieutenant«, et lui donna la croix d'honneur.

On lui confia une centaine d'hommes, et il organisa un service d'éclaireurs qui, dans les retraites, sauva plusieurs fois l'armée.

Un matin, le général le fit appeler.

»Lieutenant, dit-il, voici une dépêche du général de Lacère qui est perdu si nous n'arrivons pas à son secours demain au lever du soleil. Il est à Blainville, à huit lieues d'ici. Vous partirez à la nuit tombante avec trois cents hommes que vous échelonnerez tout le long du chemin. Je vous suivrai deux heures après. Étudiez la route avec soin; j'ai peur de rencontrer une division ennemie.«

A deux heures la neige commença de tomber. A six heures, le détachement se mit en route.

Les éclaireurs ralentirent leur marche.

»Prenez à droite, dit le lieutenant, c'est le bois de Ronfi; le château se trouve plus à gauche.«

Bientôt le mot: »Halte!« circula. Le détachement s'arrêta et attendit le lieutenant.

Soudain tous demeurèrent immobiles. Un calme effrayant plana sur eux. Puis tout près, une petite voix claire, musicale et jeune traversa le silence du bois.

Une voix plus forte répondit:

»Ne crains rien, fillette, je connais le pays comme ma poche.«

Le lieutenant dit quelques mots, et quatre hommes s'éloignèrent sans bruit, pareils à des ombres.

Soudain un cri de femme, aigu monta dans la nuit. Deux prisonniers furent amenés: un vieillard et une enfant. Le lieutenant les interrogea, toujours à voix basse.

»Votre nom?

– Pierre Bernard.

– Votre profession?

– Sommelier du comte de Ronfi.

– C'est votre fille?

– Oui.

– Que fait-elle?

– Elle est lingère au château.

– Où allez-vous?

– Nous nous sauvons.

– Pourquoi?

– Douze uhlans ont passé ce soir. Ils ont fusillé trois gardes et pendu le jardinier; moi, j'ai eu peur pour la petite.

– Où allez-vous?

– A Blainville.

– Pourquoi?

– Parce qu'il y a là une armée française.

– Vous connaissez le chemin?

– Parfaitement.

– Très bien; suivez-nous.«

On rejoignit la colonne, et la marche à travers champs recommença. Tout à coup la jeune fille s'arrêta.

»Père, dit-elle, je suis si fatiguée que je n'irai pas plus loin.«

Et elle s'assit. Son père voulut la porter.

»Mon lieutenant, dit-il en sanglotant, nous gênerions votre marche. La France avant tout. Laissez-nous.«

Quelques hommes revinrent avec des branches coupées. Alors, en une minute, une litière fut faite.

»Il y a là une femme qui meurt de froid, dit le lieutenant; qui veut donner son manteau pour la couvrir?«

Deux cents manteaux furent détachés.

»Qui veut la porter maintenant?«

Tous les bras s'offrirent. La jeune fille fut enveloppée dans ces chaudes capotes de soldat, couchée doucement sur la litière, puis quatre épaules robustes l'enlevèrent; et, comme une reine d'Orient portée par ses esclaves, elle fut placée au milieu du détachement, qui reprit sa marche plus fort, plus courageux, plus allègre, réchauffé par la présence d'une femme, cette souveraine inspiratrice qui a fait accomplir tant de progrès au vieux sang français.

Au bout d'une heure, on s'arrêta de nouveau et tout le monde se coucha dans la neige. Une forme errante se rapprocha brusquement, et l'on vit venir au grand trot, l'un derrière l'autre, douze uhlans perdus dans la nuit. Une lueur terrible leur montra soudain deux cents hommes couchés devant eux. Une détonation rapide se perdit dans le silence de la neige, et tous les douze avec leurs douze chevaux tombèrent.

On attendit longtemps. Puis on se remit en marche. Enfin, une voix très lointaine cria: »Qui vive!« Une autre plus proche répondit un mot d'ordre. On attendit encore. Les étoiles pâlirent et le ciel devint rose à l'Orient.

Un officier d'état-major vint recevoir le détachement. La jeune fille s'agita; deux petites mains écartèrent les grosses capotes bleues, et une mignonne figure répondit:

»C'est moi, Monsieur.«

Les soldats, fous de joie, battirent des mains et portèrent la jeune fille en triomphe jusqu'au milieu du camp. Les Prussiens battirent en retraite à midi.

Le soir, on vint chercher le lieutenant Laré de la part du général. Il le trouva sous sa tente, causant avec le vieillard. Aussitôt qu'il fut entré, le général le prit par la main et s'adressant à l'inconnu:

»Mon cher comte, dit-il, voici le jeune homme dont vous me parliez tout à l'heure; un de mes meilleurs officiers.«

Il sourit, baissa la voix et reprit:

»Le meilleur.«

Puis, se tournant vers le lieutenant abasourdi, il présenta »le comte de Ronfi-Quédissac«.

Le vieillard lui prit les deux mains.

»Mon cher lieutenant, dit-il, vous avez sauvé la vie de ma fille, je n'ai qu'un moyen de vous remercier... vous viendrez dans quelques mois me dire... si elle vous plaît...«

Und nun die Hintergrundschicht der Erzählung: alle Sätze im Imparfait und die im Imparfait eingeführten Dialogpartien:

Le lieutenant Laré était aussi prudent que brave, subtil, inventif, plein de ruses et de ressources.

Comme une mer débordée, l'invasion entrait par toute la frontière. C'étaient de grands flots d'hommes qui arrivaient les uns après les autres, jetant autour d'eux une écume de maraudeurs. La brigade du général Carrel, séparée de sa division, reculait sans cesse, se battant chaque jour, mais se maintenait presque intacte, grâce à la vigilance et à la célérité du lieutenant Laré, qui semblait être partout en même temps, déjouait toutes les ruses de l'ennemi, trompait ses prévisions, égarait ses uhlans, tuait ses avant-gardes.

Il gelait fortement depuis huit jours. Le soir, la terre était couverte de neige, et d'épais tourbillons blancs voilaient les objets les plus proches.

Deux hommes marchaient en éclaireurs, seuls, à trois cents mètres en avant. Puis venait un peloton de dix hommes que le lieutenant commandait lui-même. Le reste s'avançait ensuite sur deux longues colonnes. 'A trois cents mètres sur les flancs de la petite troupe, à droite et à gauche, quelques soldats allaient deux par deux.

La neige, qui tombait toujours, les poudrait de blanc dans l'ombre; elle ne fondait pas sur leurs vêtements, de sorte que, la nuit étant obscure, ils tachaient à peine la pâleur uniforme de la campagne.

On faisait halte de temps en temps. Alors on n'entendait plus cet innommable froissement de la neige qui tombe, plutôt sensation que bruit, murmure sinistre et vague. Un ordre se communiquait à voix basse, et, quand la troupe se remettait en route, elle laissait derrière elle une espèce de fantôme blanc debout dans la neige. Il s'effaçait peu à peu et finissait par disparaître. C'étaient les échelons vivants qui devaient guider l'armée.

Quelque chose se dressait devant eux.

Le lieutenant, accompagné de dix hommes seulement, poussait une reconnaissance jusqu'au château. Ils avançaient, rampant sous les arbres.

Une voix disait:

»Père, nous allons nous perdre dans la neige. Nous n'arriverons jamais à Blainville.«

Silencieux, le vieillard se tenait aux côtés du lieutenant. Sa fille marchait près de lui. Elle tremblait de froid et paraissait prête à mourir. Son père était trop vieux et trop faible.

L'officier avait donné un ordre. Quelques hommes étaient partis. Le détachement tout entier les avait rejoints.

Là-bas, au milieu de la plaine, une grande ombre noire courait. C'était comme un monstre fantastique qui s'allongeait ainsi qu'un serpent, puis, soudain, se remassait en boule, prenait des élans vertigineux, s'arrêtait, repartait sans cesse. Des ordres murmurés circulaient parmi les hommes et, de temps en temps, un petit bruit métallique et sec claquait.

Le vieillard qu'on avait trouvé servait de guide.

Des pourparlers s'engageaient. La neige avait cessé de tomber. Un vent froid balayait les nuages, et derrière eux, plus haut, d'innombrables étoiles scintillaient.

Un officier d'état-major demandait qui l'on portait sur cette litière.

La figure de la jeune fille était rose comme l'aurore avec des yeux plus clairs que n'étaient les étoiles disparues, et un sourire illuminant comme le jour qui se levait.

Bientôt après le général Carrel arrivait. A neuf heures, les Prussiens attaquaient.

Le lieutenant Laré, rompu de fatigue, s'endormait sur une botte de paille. Il avait rencontré le vieillard dans la nuit.

Un an après, jour pour jour, dans l'église Saint-Thomas-d'Aquin, le capitaine Laré épousait Mlle Louise-Hortense-Geneviève de Ronfi-Quédissac.

Elle apportait six cent mille francs de dot et était, disait-on, la plus jolie mariée qu'ont eût vue cette année-la.

Ich glaube, die beiden Texte haben deutlich gemacht, daß man tatsächlich Vordergrund und Hintergrund einer Erzählung erhält, wenn man die Erzählung nach ihrem Tempora, insbesondere nach Imparfait und Passé simple, auseinanderlegt. Wenn wir die beiden Texte nacheinander lesen, bekommen wir einen völlig verschiedenen Eindruck. Die Vordergrunderzählung ist eine richtige Geschichte; einem unachtsamen Leser könnte man sie vorlegen, und er würde nicht merken, daß sie amputiert ist. Hätte er den Autor zu erraten, möchte er wohl eher auf einen Jünger Voltaires als auf Maupassant verfallen. Stutzig müßte er allerdings werden, wenn in einem erzählenden Text überhaupt kein Imparfait auftaucht. Das kommt in einem echten Text der neueren Literatur nicht vor.

Die Hintergrunderzählung würde hingegen von keinem Leser als richtige Geschichte angenommen werden. Wir wollen jedoch unterscheiden. Am Anfang und am Ende ist die Hintergrunderzählung nämlich vollkommen kohärent. Den Anfang könnte man als kleines Gemälde verselbständigen, und man würde es für sich als verständliches Stück Prosa lesen können. Auch der Schluß ist wenigstens insoweit verständlich, als man versteht, daß hier der ganzen Geschichte ein glückliches Ende angefügt wird, was auch immer sonst der Sinn der Geschichte sein mag. Aber in dem ganzen Mittelstück ist kaum irgendeine Stimmigkeit zu erkennen, und man kann mit den Sätzen nichts Rechtes anfangen. Sie sind nur die Begleitung einer Melodie und haben nur dienenden Wert. Man kann sich die Melodie ohne Begleitung, nicht aber die Begleitung ohne Melodie denken. Oder sagen wir es ohne Metaphern: Wenn man aus einer Erzählung den Hintergrund, also alle Sätze im Imparfait (und Plus-que-parfait), herausnimmt, kann man das Fehlende entbehren oder erraten. Amputiert man jedoch den Vordergrund, wird die Erzählung so entscheidend gestört, daß sie aufhört, als Einheit zu bestehen.

Man wird diese allgemeine Feststellung für den realistischen und naturalistischen Roman, in dem der soziologische Hintergrund besonders wichtig wird, nuancieren, nicht jedoch widerrufen müssen. Gewiß ist in Flauberts *Éducation sentimentale,* um den schon erörterten Extremfall noch einmal aufzugreifen, das Imparfait auch im Romaninneren viel zahlreicher und findet sich daher auch viel häufiger in kohärenten Beschreibungen. Aber grundsätzlich ist auch ein Roman wie die *Éducation sentimentale* nach den gleichen Erzählprinzipien gebaut wie eine Novelle von Maupassant. Wir finden also natürlich auch im Roman die einleitenden Imparfaits: *Le 15 septembre 1840, vers six heures du matin, la »Ville-de-Montereau«, près de partir, f u m a i t à gros tourbillons devant le quai Saint-Bernard...* Und als Imparfait de rupture können wir aus dem letzten Kapitel des Romans den Satz herausgreifen: *Quant à Frédéric, ayant mangé les deux tiers de sa fortune, il v i v a i t en petit bourgeois.* Der große Unterschied besteht jedoch darin, daß dieser Satz nicht nur, wie in der zuletzt besprochenen Novelle Maupassants, eine im letzten entbehrliche Schlußnuance anfügt, sondern die Quintessenz des ganzen Romans gibt. Er ist zwar nicht der letzte Satz des Romans (der Roman geht dialogisch zu Ende), wohl aber Flauberts »letztes Wort«. Frédéric Moreaus vielfältige Versuche, sich aus dem grauen Durchschnitt seines sozialen Milieus herauszuheben und eine Romanexistenz zu führen, sind definitiv gescheitert. Er wird nie mehr in den Vordergrund eines Romans und in das Rampenlicht des öffentlichen Interesses geraten, sondern wird für den Rest seiner Tage in den Hintergrund seiner kleinbürgerlichen Alltäglichkeit zurücktreten. Der Hintergrund ist also zwar wichtig, aber eben als Hintergrund wichtig. Er wird zwar Gegenstand des soziologischen Interesses, aber nicht Vordergrund der Erzählung.

2. Pirandello

Warum kennen die anderen romanischen Sprachen, die doch unter dem Gesichtspunkt des erzählerischen Reliefs die gleiche Struktur des Tempus-Systems aufweisen, kein Imparfait de rupture? Eine Antwort auf diese Frage erübrigt sich: sie kennen nämlich diese Verwendung des Erzähltempus ebenso wie das Französische. Italienische Novellen sind in der Verwendung der Tempora französischen Novellen sehr ähnlich und kennen natürlich, wenn ich die Bezeichnung analog zur französischen Terminologie bilden darf, ein Imperfetto di rottura. Es ist jedoch in Italien nicht so sehr stilistische Mode geworden wie das Imparfait de rupture in Frankreich. Aber es findet sich beispielsweise in den Novellen Pirandellos[4] mit ausreichender Häufigkeit.

Durch das Haus des Herrn Granella geistert ein Gespenst. Granella, so erzählt Pirandello in seiner Novelle *La Casa del Granella*, lacht darüber und nimmt es auf sich, eine Nacht allein in dem heimgesuchten Haus zu verbringen. Es bekommt ihm schlecht. Das eingebildete Gespenst setzt ihm so arg zu, daß er noch in der Nacht das Haus fluchtartig verläßt. Pirandello erzählt nun die Bewußtseinsphasen Granellas vom mutigen Einzug bis zum schimpflichen Auszug. Das ist das Thema der Novelle, wenigstens in ihrem letzten Abschnitt. Es steht dementsprechend das Tempus des erzählten Vordergrunds: das Passato remoto: *E r i s e Granella della paura ... – I capelli gli si d r i z z a r o n o su la fronte ... Granella non p o t é piú reggere ...* Der Schlußsatz der Novelle lautet indes: *Ma il povero Granella, tutto tremante, p i a n g e v a , e non p o t e v a parlare.* Es steht das Imperfetto di rottura, denn die Erzählung wird hier abgebrochen. Mit dem Schlußsatz soll nicht etwa gesagt werden, daß Granella ständig weint, wiederholt weint oder besonders jämmerlich weint. Es geht die schadenfrohe Frage des Advokaten Zummo voraus, ob Granella nun wohl an die Geisterwelt glaube, und sein Weinen ist die Antwort auf diese Frage. Es gehört also ausschließlich in diese einmalige Gesprächssituation. Es schließt die Novelle ab und entläßt uns in die wirkliche Welt.

Besonders aufschlußreich für den Tempus-Gebrauch und die Tempus-Kunst Pirandellos ist weiterhin die Novelle *L'uomo solo.* Es ist die Geschichte von vier Männern, die alle ohne Frauen sind und unter der Einsamkeit leiden. Und alle warten sie auf eine Frau, die sie vom Alleinsein erlöst. Das Warten ist vergeblich. Einer der Männer, der Vater Groa, nimmt sich schließlich das Leben. Die Novelle ist in ihrem Tempus-Gebrauch insofern ungewöhnlich, als sie fast ganz im Imperfetto geschrieben ist. Nur die dramatische Zuspitzung zum Selbstmordgedanken steht im Passato remoto. Der Tempus-Gebrauch unterstreicht kunstvoll die erzählte Situation. Das Imperfetto ist sprachliches Äquivalent des Wartens. Nichts Aufregendes, nichts Unerhörtes ereignet sich im einsamen Leben der vier Männer; sie fühlen sich in den Hintergrund gedrängt. Der Dreischritt der Erzählung ist dabei gewahrt, nur daß der einleitende Abschnitt und der ausleitende Abschnitt – der erste mehr, der zweite weniger – stark ausgeweitet sind und die Vordergrundhandlung auf einen engen Raum zusammengepreßt haben.

Das erzählerische Relief wird immer dann besonders offenkundig, wenn dieselbe Begebenheit mehrfach mitgeteilt wird. Das ist in dieser Novelle zweimal der Fall. Gleich zu Beginn wird das Zusammentreffen der vier Personen im Café beschrieben, und die Novelle beginnt mit Imperfetti: *Si r i u n i v a n o all'aperto, ora che la stagione lo p e r m e t t e v a , attorno a un tavolinetto del caffè sotto gli alberi di via Veneto. V e n i v a n o prima i Groa, padre e figlio. (...) V e n i v a n o alla fine insieme gli altri due: Filippo Romelli e Carlo*

Spina . . . Soll das heißen, daß sie sich gewohnheitsmäßig dort trafen? Das taten sie zwar vermutlich, aber Pirandello setzt die Imperfetti dieser Sätze keineswegs, um uns über Einmaligkeit oder Gewohnheit des Treffens zu unterrichten. Gewisse Andeutungen (*»nun da die Jahreszeit es erlaubte«*) sowie die Reihenfolge der Ankunft, die schwerlich ein für allemal dieselbe sein kann, deuten sogar darauf hin, daß dieses Treffen eher als einmaliges aufzufassen ist. Aber man trifft die Sache am besten, wenn man sagt, daß dem Erzähler an dieser Stelle die Frage, ob das Treffen einmalig oder wiederholt oder gewohnheitsmäßig stattfindet, ganz gleichgültig ist. Er schreibt nämlich seine Sätze nicht für ein Protokoll, sondern um seiner Geschichte willen. Und die Geschichte verlangt, daß am Anfang die Situation und die Personen erläutert werden. Diese Sätze dienen also der Exposition, und Einmaligkeit oder Wiederholung oder Gewohnheit des Treffens gehören meistens nicht zu den für das Verständnis der Geschichte wissenswerten Gegenständen. Wissen möchte der Leser indes, wie die Personen heißen und welche Bewandtnis es mit ihnen hat. Genau das erfährt er, wie der weitere Kontext, den ich nicht mehr zitiert habe, erkennen läßt.

Dann aber, nach fünf Seiten einleitender Erzählung im Imperfetto, nimmt Pirandello die gleiche Szene noch einmal auf. Noch einmal kommen die vier Freunde zum Treffpunkt, oder genauer gesagt: noch einmal erzählt Pirandello, wie die Freunde zusammenkommen. Er versetzt uns in den Moment, da Vater und Sohn Groa bereits im Café eingetroffen sind, aber noch auf Romelli und Spina warten: *I due amici Spina e Romelli* t a r d a v a n o *ancora a venire. (. . .) Alla fine, quegli altri due* a r r i v a r o n o. Hier steht nun das erste Passato remoto der Novelle. Wir haben die Haupthandlung erreicht und befinden uns nunmehr im Vordergrund der Erzählung. Derselbe Vorgang also, das Eintreffen der Freunde Spina und Romelli, wird einmal im Imperfetto, das andere Mal im Passato remoto dargestellt. Welches Tempus der Erzähler wählt, steht grundsätzlich in seinem Belieben, wird jedoch durch die Grundgesetze des Erzählens mitbestimmt.

Noch eine andere Begebenheit wird in der Novelle zweimal erzählt. Groa, der von seiner Frau geschieden ist, schickt mehrfach seinen Sohn zu seiner Frau, um sie zur Rückkehr zu bewegen. Jedesmal scheitert die Mission, und Groa ist enttäuscht und verbittert. Das erste Mal wird die Begebenheit in jenem langen einleitenden Teil erzählt, der als Ganzes durch die zähe Monotonie des Imperfetto charakterisiert ist. Groa nimmt die schlimme Nachricht so auf: *Ah, niente, è vero? E si* m o r d e v a *le mani dalla rabbia; poi* p r o r o m p e v a : . . . Es steht auch hier das Imperfetto, obwohl die Reaktion des alten Groa heftig und leidenschaftlich ist. Dann, nach Einsetzen der Vordergrundhandlung, muß er noch einmal die gleiche Unheilsbotschaft vernehmen, und seine Reaktionen werden so erzählt: *Il Groa* g u a r d ò *il figlio*

con occhi atroci. – No? – f r e m e t t e. – *No? E lo* r e s p i n s e *da sé,
piano, senza aggiungere altro.* An ausbrechenden Gefühlen ist diese
Szene noch ärmer als die vorher erzählte; der Schmerz des einsamen
Mannes hat ein Maß erreicht, das sich nicht mehr in der lauten, sondern
nur noch in der leisen Klage äußern kann. Aber nicht davon wird der
Tempus-Gebrauch in der Erzählung dieser zwei Szenen gesteuert, sondern nur davon, wo der Ort dieser Szenen im Ablauf der Erzählung
ist. In der letzterwähnten Szene ist es das letzte Mal, daß der alte
Groa den Jungen zu seiner früheren Frau schickt. Nach dieser Antwort weiß er, daß es keine Hoffnung mehr für seine Einsamkeit gibt.
Er faßt den Entschluß, aus dem Leben zu gehen. Das ist Haupthandlung und Höhepunkt der Haupthandlung.

Die Ausführung des Entschlusses ist demgegenüber schon wieder
Abfall von der Höhe der narrativen Spannung, und Pirandello kann
die Novelle mit einem zur Szene ausgeweiteten Imperfetto di rottura
beschließen:

> Lo Spina *voleva* ora convincere il padre del torto del Romelli, che
> *seguitava* ad asciugarsi il volto in disparte. Il padre *stava* a guardar lo Spina
> con occhi sbarrati, feroci; all'improvviso lo *afferrava* per il bavero della
> giacca, gli *dava* un poderoso scrollone e lo *mandava* a schizzar lontano; poi,
> balzando sul parapetto dell'argine, *gridava* con le braccia levate, enorme:
> – Ecco, si fa così!
> E giú, nel fiume. Un tonfo. Due gridi, e un terzo grido, da lontano, piú
> acuto, del figlio che non *poteva* accorrere, con le gambe quasi stroncate
> dal terrore.

Das Imperfetto *afferrava* ›faßte‹ des zitierten Textabschnittes bezeichnet auch an dieser Stelle offensichtlich eine Handlung, die punktuell, abgeschlossen und plötzlich eintretend ist. Was macht's? Der Satz
steht in der Ausleitung der Novelle, und darum steht das Tempus.

3. *Unamuno, Darío, Echegaray*

Für die spanische Sprache verfügen wir über die schönen Beobachtungen von Knud Togeby, der in spanischen Erzählungen einen mehr
oder weniger regelmäßigen Wechsel von Imperfecto und Perfecto
simple bemerkt hat, dergestalt, daß die Sätze im Imperfecto den
Hintergrund, die Sätze im Perfecto simple den Vordergrund der Erzählung bilden.[5] Vom einleitenden und ausleitenden Imperfecto ist
nicht ausdrücklich die Rede, aber in den Beispielsätzen, die Gili y Gaya
in seiner Syntax anführt, findet man auch das »Imperfecto de ruptura«
(wenn ich die Bezeichnung analog nach der französischen Grammatik
bilden darf).[6] Man muß sich jedoch, um mit einem solchen Beispielsatz überhaupt etwas anfangen zu können, eine ganze Geschichte um
ihn herumdenken. Da ist es wohl besser, man schaut sich wirkliche

Geschichten an. Dann zeigt sich auch gleichzeitig, daß wir es hier nicht, wie manche meinen, mit »Nebenfunktionen« der Tempora zu tun haben, sondern daß auch im Spanischen die Tempora Imperfecto und Perfecto simple innerhalb der erzählten Welt nur die eine Funktion haben, der Erzählung nach Hintergrund und Vordergrund Relief zu geben.

Wir beobachten zunächst eine Reihe von Novellenschlüssen bei Unamuno.[7] Dabei ist zu beachten, daß Unamuno seine Erzählungen gerne mit einer allgemeinen Betrachtung, sagen wir: mit einer Moral beschließt. Davon soll im Augenblick nicht die Rede sein, sondern von jenen Schlüssen, welche die erzählte Handlung in den Hintergrund zurückleiten. So schließt beispielsweise die Novelle *La Sangre de Aitor* mit einer Erzählerintervention in Gestalt einer Apostrophe. Vorher aber dämpft Unamuno die Erzählung ab, indem er sie aus dem Vordergrund in den Hintergrund leitet: *Más tarde, en época de elecciones, hizo Lope de muñidor electoral. Cuando* l l e g a b a n *éstas el santo fuego le* i n f l a m a b a, e v o c a b a *a Aitor, a Lecobide, a los héroes del Irnio y se* d e s p e p i t a b a *para sacar triunfante con apoyo del primero que llegara a ser candidato unido a un blanco, negro, rojo o azul, y aquí paz y después gloria.* Die Abkehr von der Haupthandlung wird auch inhaltlich deutlich durch den Sprung in eine spätere Zeit. Die Novelle schließt mit einem Ausblick. Wer in den Tempora Zeitformen sehen will, muß hier sagen, daß das Imperfecto eine »Zukunft in der Vergangenheit« bezeichnet. Aber das ist für die Tempora belanglos. Das Imperfecto steht, weil die Novelle hier zu Ende geht und der Leser das merken soll. Wenn ich es einmal in einem drastischen Bild sagen darf: es bremst die Geschichte ab.

Mit einem Ausblick enden auch andere Novellen Unamunos. So etwa die Novelle *Redondo, el contertulio*, die mit dem Tod des Helden und »Stammtischgenossen« endet: *Su fortuna se la* l e g ó *a la tertulia, repartiéndola entre los contertulios todos, con la obligación de celebrar un cierto número de banquetes al año y rogando se dedicara un recuerdo a los gloriosos fundadores de la patria. En el testamento ológrafo, curiosísimo documento,* a c a b a b a *diciendo: ...* Es folgt ein Zitat aus dem Testament in direkter Rede. Auch hier ist das Imperfecto Tempus der Ausleitung.

In der Novelle *El padrino Antonio* ist der Dreischritt der Erzählung besonders deutlich an dem Leitmotiv der Novelle und zugleich an dessen Tempora zu beobachten. Leitmotiv der Geschichte ist ein Besuch in der Kapelle mit einem Ave Maria vor dem Altarbild. Es taucht dreimal auf. Das erste Mal in der Einleitung der Novelle. Antonio pilgert einsam zu dem frommen Ort: *Antonio* s o l í a *irse solo, de tiempo en tiempo, a una iglesiuca perdida en los arrabales a pasarse largos ratos delante del altar de una Piedad, bebiendo con los ojos las lágrimas de aquella cara macilenta y lustrosa.* Steht hier das Imperfecto, weil Antonio (»habituell«) die Kapelle zu besuchen *pflegte?* Ob einmal oder gewohnheitsmäßig, das ist für die Wahl des Tempus belanglos. Das Imperfecto steht hier, weil sich die Haupthandlung, nämlich die Heirat des Helden unter widrigen Umständen, noch nicht aus dem Hintergrund gelöst hat.

Haupthandlung ist indes das Eheversprechen, das sich die Liebenden in eben dieser Kapelle geben: *Al día siguiente* l l e v ó *a su ahijada y ya novia a aquella iglesiuca perdida en los arrabales e* h i z o *que allí, delante de la Piedad de cara macilenta y lustrosa, mezclase con él un avemaría.* Steht hier das Perfecto simple, weil die Handlung einmalig und »punktuell« ist? Der Gestaltcharakter der Handlung ist wiederum völlig belanglos. Das Vordergrundtempus steht ausschließlich, weil dieser Satz Zentrum der Haupthandlung ist.

Und noch ein drittes Mal finden wir die beiden Helden in der kleinen Kapelle wieder. Es ist der Schlußsatz der Novelle: *De tiempo en tiempo* v i s i t a b a n *marido y mujer a la macilenta y lustrosa piedad de la iglesiuca del arrabal y allí* m e z c l a b a n, *con sus almas, sus avemarías.* Steht hier das Imperfecto, weil das Ehepaar mehrfach (»iterativ«) die Kapelle besucht? Noch einmal muß ich in aller Eindeutigkeit sagen, daß der iterative Aspekt der Handlung ebenso gleichgültig ist, wie vorher der habituelle oder punktuelle Aspekt gleichgültig waren. Ebensowenig kann man diese Tempus-Strukturen mit dem Begriffspaar perfektiv/imperfektiv (= Aspekt im engeren Sinne) beschreiben, solange man diese Begriffe nicht auf den Text als Ganzes bezieht.

Die drei zitierten Sätze, in denen im Grunde die ganze Novelle beschlossen ist und denen Unamuno das Gewicht von Leitmotiven gegeben hat, sind nun nicht nur deshalb interessant, weil sie so deutlich die Funktion der Tempora im Dreischritt der Erzählung erkennen lassen. Sie können darüber hinaus dazu dienen, das ganze Mißverständnis der Aspekte gleich mitzuerklären. Wann erzählt man eigentlich eine Geschichte? Wenn Cervantes die Leser auf seine Geschichten aufmerksam machen will, dann nennt er sie *»unerhört und nie gesehen.«*[8] Und Goethe definiert die Novelle als die Erzählung einer »unerhörten Begebenheit«.[9] Wir wollen diese schöne Formulierung um einer weiteren Anwendbarkeit willen etwas abschwächen und sagen: Man erzählt, wenn man etwas Ungewöhnliches weiß. Erzählenswert ist nämlich weniger das Alltägliche, Beharrliche, Gleichbleibende, sondern eher das, was aus der Monotonie des Gewöhnlichen als Ungewöhnliches herausfällt. Das gilt selbst für Maupassant und seine Nachfolger, die das Ungewöhnliche im Allergewöhnlichsten, einem Stück Bindfaden oder einem Regenschirm, aufgesucht haben. *Um des Ungewöhnlichen willen* wird die Geschichte erzählt. Es bildet daher wie von selber die Vordergrundhandlung, und das Gewöhnliche, aus dem es heraustritt, bildet wie von selber den Hintergrund der Geschichte.

Das ist die Grundstruktur allen Erzählens, über die sich der einzelne Erzähler wohl einmal hinwegsetzen kann, die er aber meistens instinktiv zu erfüllen trachtet. In der Hintergrunderzählung erscheinen also eher gewöhnliche und gewohnheitsmäßige Dinge, in der Vordergrunderzählung ungewöhnliche und einmalige Dinge. Aus diesem Grunde hat die Aspektlehre, obwohl blind für Erzählstrukturen, dennoch gelegentlich mit ihren Bestimmungen Glück gehabt, daß im Hintergrundtempus Imperfektives, Duratives usw., im Vordergrundtempus Perfektives, Punktuelles usw. steht.

Grundsätzlich bleibt nämlich die Freiheit des Erzählers in der Reliefgebung bestehen. In der Novelle *El semejante* erzählt Unamuno von dem Narren Celestino, den auf der Straße eine Schar Jungen neckt: *Al salir le* r o d e ó *una tropa de chicuelos: uno le* t i r a b a *de la chaqueta, otro le* d e r r i b ó *el sombrero, alguno le* e s c u p i ó, *y le* p r e g u n t a b a n : »¿Y el otro tonto?«. Es läßt sich kein objektiver Grund ausmachen, warum das Ziehen an der Jacke im Imperfecto, das Herabreißen des Hutes aber im Perfecto simple erzählt werden sollte. Die Tempus-Wahl liegt im Belieben des Erzählers, der dieser kleinen Szene mittels der gewählten Tempora Relief gibt. Der an der Jacke zieht, wird in den Hintergrund gerückt (er zieht wohl von hinten); der den Hut herabschlägt, bleibt im Vordergrund. Die Neckfrage müssen wir uns wieder als »Begleitung« des böseren Tuns vorstellen.

Als letzte Erzählung Unamunos sehen wir uns die Novelle *¡Cosas de Franceses!* an. Der berühmte Stierkämpfer Don Señorito hält auf einer politischen Versammlung eine Rede zugunsten von Don Pérez, der für das Parlament kandidiert. Die Rede wird mit Stierkampf-Metaphern erzählt:

Después de brindar por la patria desplegó don Señorito el trapo, dió un pase a España con honra, otro de pecho a Gibraltar y sus ingleses, uno de mérito a don Pérez, *sostuvo* una lucidísima brega, aunque algo bailada, acerca de la importancia y carácter de la química, y, por fin, *remató* la suerte dando una estocada hasta los gavilanes.

El público *gritaba* ¡olé tu salero!, y *pedía* que dieran al tribuno la oreja del bicho, uniendo en sus vítores los nombres de don Pérez y don Señorito.

Allí *estaba* también el gran organizador de las ovaciones, el Barnum español, el popularísimo empresario don Carrascal, que se *proponía* llevar en una tournée por España al sabio don Pérez, como se había llevado ya al gran poeta nacional.

El buen don Pérez se *dejaba* hacer, traído y llevado por sus admiradores, sin saber en que había de acabar todo aquello.

Man muß sich die Szene leibhaftig vorstellen, um den Tempus-Gebrauch ganz zu verstehen. Die Rednertribüne, auf der Don Señorito agiert, steht im Vordergrund. Die Reihen der Zuschauer, unter denen sich auch der Wahlkampfleiter und der Kandidat befinden, bilden den

Hintergrund. So ist das ganze Arrangement der Erzählung. So sind entsprechend die Tempora verteilt. Dem Vordergrund kommt das Perfecto simple zu, dem Hintergrund das Imperfecto. Hier haben die Tempora fast einen räumlichen Wert. Das ist aber nur deshalb so, weil sich hier Vordergrund und Hintergrund der Erzählung ausnahmsweise einmal auch räumlich manifestieren. Gewöhnlich lassen sich Vordergrund und Hintergrund nur als Metaphern auffassen und bezeichnen zwei verschiedene Tempi der Erzähltechnik.

Für einige weitere Beobachtungen zum Tempus-Gebrauch und zur Erzähltechnik in Novellen spanischer Sprache gehen wir zu Rubén Darío über.[10] In der Erzählung *Las tres reinas magas* erzählt Rubén Darío die allegorische Geschichte von den »heiligen drei Königinnen«, die aus dem Morgenland zu dem Kind Seele reisen, das in der Krippe liegt. Es sind die Königinnen von Jerusalem, von Ekbatana und Amatunte. Sie sind zugleich die Königinnen der Reinheit, der Glorie und der Liebe. Das Kind Seele bedankt sich für die Geschenke von Gold, Weihrauch und Myrrhe und verheißt den drei Königinnen, entsprechend ihren Geschenken, das Paradies des Goldes, des Weihrauchs oder der Myrrhe. Gefragt, welchem der drei Paradiese es für sich selber den Vorzug geben wird, wendet sich das Kind Seele an die Königin der Liebe: Ich werde mit dir im Paradies der Myrrhe sein!

Die ganze Geschichte hindurch erscheinen die drei Königinnen als gleich und gleichrangig. Das unterstreicht der Erzähler in seiner Sprache: *La primera le ofreció incienso. La segunda, oro. La tercera, mirra. Hablaron las tres: – Yo soy la reina de Jerusalén. – Yo soy la reina de Ecbatana. – Yo soy la reina de Amatunte.* Die Gleichrangigkeit der drei Königinnen, die der Erzähler hier so deutlich unterstreicht, wird nun von ihm in dem Augenblick unterbrochen, in dem das Kind Seele die Königin von Amatunte vor den beiden andern Königinnen auszeichnet: *La reina de Jerusalén* s u s p i r a b a. *La reina de Ecbatana* s o n r e í a. *La reina de Amatunte* d i j o : ... Wir dürfen uns das wieder fast räumlich vorstellen. Die Königin von Amatunte tritt zum Sprechen hervor und hat zugleich mit ihrem Geschenk den Vortritt. Das ist die Pointe der Erzählung. Die Pointe wird von den Tempora unterstrichen, welche die Bevorzugung durch den Sprung vom Hintergrundtempus zum Vordergrundtempus *(dijo)* profilieren.

Ferne verwandt mit der besprochenen Erzählung ist die Erzählung *El pacto* von José Echegaray.[11] In einer Einleitung (im Imperfecto) erfahren wir, daß Don Benigno seinem Namen Ehre gemacht hat. Er ist wirklich ein guter Mensch. Eines Tages geht er hin und schließt einen Pakt mit dem Teufel. Er verkauft ihm seine Seele gegen Macht und Reichtum in dieser Welt. Aber alle Macht und allen Reichtum verwendet er nun zu nichts anderem als dazu, Gutes zu tun. Dann stirbt er. Als ihn ein Engel in den Himmel tragen will, präsentiert der Teufel den Pakt. Es kommt zum Streit um die Seele Don Benignos.

Gott selber greift ein und holt Don Benigno in den Himmel. Der Teufel hat das Nachsehen und trollt sich von dannen. Die Novelle schließt folgendermaßen:

Y don Benigno, apoyado blandamente en el ángel, subió la gradería del pórtico. A todo esto el diablo, a cuyo rabo se había enredado sin saber cómo el pergamino del pacto, *corría* todo corrido hacia el infierno como perro con maza, murmurando con acento rencoroso: »Eso es, está bien; hágase el milagro y hágalo el diablo.«

(Dies waren die Worte Gottes, die der Teufel, gleichsam als Nachhall, wiederholt.) Man muß nun zur rechten Beurteilung dieser Sätze den Hergang der Novelle und ihre Pointe unbedingt kennen und muß wissen, daß der Teufel das Nachsehen hat. Während Don Benigno, »sanft auf den Engel gestützt«, in den Himmel einzieht, bleibt der Teufel zurück und verschwindet in der Ferne. Hier zieht der Erzähler (und der Leser!) mit dem seligen Don Benigno in den Himmel ein und rückt den Teufel und alles, was zu ihm gehört, in den Hintergrund. So werden Imperfecto und Perfecto simple fast Attribute der Personen in einer bestimmten Phase der Erzählung und unterstreichen das thematische Relief von Gut und Böse. Das alles leisten Tempora.[12]

4. Hemingway

Bei Hemingway finden wir das Tempus *he was singing* (wir setzen jetzt einfach diese Paradigma-Form statt eines Tempus-Namens) in einer erzählerischen Funktion, die der des romanischen Imperfekts zum Verwechseln ähnelt.[13] Es bildet den Hintergrund der Erzählung. Es steht beispielsweise, wenn eine Novelle mit einer Natureinleitung beginnt, wie in der Novelle *Banal Story: So he ate an orange, slowly spitting out the seeds. Outside, the snow* w a s t u r n i n g *to rain...* Desgleichen in der Naturausleitung, wie in der Novelle *Ten Indians: In the morning there was a big wind blowing and the waves* w e r e r u n n i n g *high up on the beach and he was awake a long time before he remembered that his heart was broken.*

Hier muß ich nun gleich einige Bemerkungen einfügen, damit ich nicht mißverstanden werde. Wenn man das englische Tempus *he was singing* mit dem romanischen Imperfekt als Hintergrundtempus vergleicht, so fällt sogleich auf, daß es im ganzen viel seltener ist. Aber dieser Eindruck entsteht nur, wenn man es mit einer bestimmten Phase der romanischen Erzählliteratur vergleicht. Wir haben schon auf Voltaires Erzählstil und Tempus-Gebrauch aufmerksam gemacht. Voltaire bevorzugt das Passé simple in auffälliger Weise gegenüber dem Imparfait. Man kann noch weiter in der Literatur zurückgehen und an die Erzählliteratur des Mittelalters erinnern, in der das Imparfait noch viel seltener ist. In manchen Texten ist es fast auf die Wiedergabe von

Träumen und Visionen beschränkt. Im ganzen gesehen zeigt die Distribution des Tempus *he was singing* in der heutigen englischen Sprache und die des Imparfait in der französischen Sprache des Mittelalters eine gewisse Übereinstimmung. Es wäre jedoch gewagt, von dieser Beobachtung her eine Vorhersage über eine mögliche weitere Ausbreitung des Tempus *he was singing* in der englischen Sprache der Zukunft zu machen.

Wenn das Tempus *he was singing* seltener ist als das Imperfekt in den heutigen romanischen Sprachen, so sind also Hintergrund und Vordergrund in Erzählungen englischer Sprache anders verteilt als in romanischen Erzählungen. Dieser Unterschied besteht. Er besteht jedoch innerhalb der fundamentalen Gemeinsamkeit, daß in der englischen Sprache ebenso wie in den romanischen Sprachen Hintergrund und Vordergrund der Erzählung mit den formalen Mitteln der Tempus-Setzung unterschieden werden können. Und diese Funktion, den Hintergrund der Erzählung zu bezeichnen, ist die *einzige* Funktion des Tempus *he was singing*. Sie ist nicht eine Nebenfunktion neben einer Aspektfunktion oder dergleichen. Es gibt keinen Aspekt bei der Form *he was singing;* insbesondere keinen durativen oder »progressiven« Aspekt. Die Form ist gegenüber dem Verlauf der Handlung völlig gleichgültig und kann ebensogut ein punktuelles wie ein duratives Ereignis bezeichnen, wenn es sich nur im Hintergrund der Erzählung abspielt. Wenn wir es also mit einer Bezeichnung benennen wollen, die seine Funktion vollständig angibt, müssen wir von ihr sagen, sie sei das englische Hintergrundtempus der erzählten Welt.

Eine weitere Bemerkung ist an die beiden zitierten Sätze aus Novellen Hemingways anzuschließen. Die Texte erlauben uns nicht mehr, die Trennung der Tempora von den anderen Verbformen aufrechtzuerhalten, die wir eingangs aus methodischen Gründen vorgenommen hatten. Man kann über die Tempora auf *-ing* in der englischen Sprache nicht sprechen, ohne zugleich das Present Participle *singing* ins Auge zu fassen. Wo hört das Partizip auf und wo fängt das Tempus an? Die Grammatik legitimiert uns zu sagen, ein Partizip stehe in der Wendung *there was a big wind blowing,* ein Tempus hingegen in der Fortsetzung *and the waves were running.* Diese Unterscheidung hat von der Grammatik her eine gewisse Berechtigung, wird aber der Funktion der erzählerischen Reliefgebung im Text offenbar nicht gerecht. Das Present Participle, das ein Verb weiterführt, und das Tempus auf *-ing* teilen sich die Funktion der Reliefgebung. Auch die Sätze und Satzteile mit einem Present Participle als Verb bilden den Hintergrund der Erzählung. Wer übrigens die Tempora auf *-ing* historisch erklären will (wir gehen hier auf diese umstrittene Frage nicht näher ein), muß der Funktionsgemeinschaft von Partizip und Tempus auf *-ing* Rechnung tragen. Hier, wie auch sonst überhaupt, sind von der historischen Sprachwissenschaft nur sinnvolle Aufschlüsse zu erwarten, wenn sie die Geschichte von *Strukturen* verfolgt und den Primat der sprachlichen Funktion vor der lautlichen Form anerkennt.

Wir schauen uns nun eine Novelle Hemingways im ganzen an. Ich wähle die Erzählung *Indian Camp*. Sie erzählt folgendes: Eine Indianerfrau liegt in schweren Wehen. Der weiße Arzt wird gerufen. Ihn begleiten sein junger Sohn Nick und der Onkel George. Der Mann der Indianerfrau ist bei der Geburt zugegen; er liegt im Oberbett, denn er hat sich ein paar Tage zuvor mit der Axt am Fuß verwundet. Die Geburt erweist sich als sehr schwierig. Der Arzt muß ohne Narkose einen Kaiserschnitt machen. Doch die Operation gelingt. Ein Sohn wird geboren. Alle freuen sich über den glücklichen Ausgang. Als sie dem Vater gratulieren wollen, finden sie ihn in seinem Blut liegen: er hat sich unter den Wehen seiner Frau die Kehle durchgeschnitten.

Die Erzählung ist, wie wir das schon mehrfach gefunden haben, nach dem Prinzip der falschen Fährte gebaut. Es gliedert die Novelle deutlich in zwei Teile. Der erste Teil enthält die Operation, deren erfolgreicher Verlauf den Schein eines glücklichen Ausgangs erweckt. Der zweite Teil bringt dann die Entdeckung des Selbstmordes und verwandelt die Euphorie in Tragik. Die beiden Teile sind durch ein schmales Erzähltal getrennt. Umschlossen werden sie beide durch eine Einleitung, die den Marsch und die Ankunft des Arztes erzählt, und eine Ausleitung, in welcher der Arzt und sein junger Sohn über den Tod nachdenken.

Diese Erzählstruktur muß man gegenwärtig haben, wenn man verstehen will, warum die Formen auf *-ing* (das Tempus *he was singing* und das Partizip *singing)* nicht gleichmäßig über den Text gestreut sind, sondern besondere Phasen der Erzählung bevorzugen. Man findet sie in der Einleitung: *At the lake shore there was another rowboat drawn up. The two Indians* s t o o d w a i t i n g. Es ist unnötig, sich hier den Kopf zu zerbrechen, ob man die Form *stood waiting* als Abfolge von Verb und Partizip oder als Variante des Tempus *he was singing* auffassen soll. Das ist gleichgültig, da sich das Partizip nach einem Preterit und das Tempus *he was singing* sowieso die Funktion der Hintergrundbildung teilen. Aus diesem Grunde haben wir auch von vornherein bei der Aufstellung der Tempus-Systeme darauf verzichtet, die Tempora erschöpfend aufzuzählen. Es kommt nicht darauf an, wie viele Verbformen man als Tempora anerkennt, sondern darauf, daß man nur solche Verbformen als Tempora anerkennt, die sich zweifelsfrei entweder in die Tempus-Gruppe I oder in die Tempus-Gruppe II einfügen. Bei der Form *stood waiting* ist kein Zweifel möglich. Ein Partizip, das ein Preterit fortsetzt, hat Anteil an der Tempus-Gruppe, in die das Preterit gehört.

Zurück zu Hemingways Kurzgeschichte. Wir finden das Tempus des Hintergrunds auch in der Ausleitung der Novelle, und zwar zweimal. Das erste Mal leitet Hemingway die Erzählung in den Hintergrund zurück, nachdem der Selbstmord des Mannes entdeckt worden ist. Für den Arzt ist nichts mehr zu tun. Der Satz hat die Form einer Naturausleitung: *It was just beginning to be daylight* ... Daran schließt sich das Gespräch zwischen dem Arzt und seinem Sohn über das Sterben an, und nach diesem Gespräch leitet Hemingway die Erzählung noch einmal aus. Diese endgültige Ausleitung enthält noch einmal Elemente einer Naturausleitung, ist aber ins Nachdenkliche gebogen durch das voraufgehende Gespräch:

They were seated in the boat, Nick in the stern, his father *rowing*. The sun *was coming up* over the hills. A bass jumped, *making* a circle in the water. Nick trailed his hand in the water. It felt warm in the sharp chill of the morning.

In the early morning on the lake *sitting* in the stern of the boat with his father *rowing*, he felt quite sure that he would never die.

Es ist ein großartiger Novellenschluß. Wenn wir an dieser Stelle einen Augenblick verweilen, um ihn zu bewundern, dann müssen wir in unsere Bewunderung auch die erzählerische Reliefgebung durch die Verteilung von Vordergrund und Hintergrund miteinschließen.

Wir haben schon auf das Prinzip der falschen Fährte als das Besondere dieser Erzählung hingewiesen. Die Novelle hat zwei Handlungskerne, die eigentlich gleichzeitig sind, denn der Selbstmord des Mannes geschieht (wie man durch eine Andeutung erfährt, die man erst rückblickend versteht) am Höhepunkt der Wehen. Aber diese beiden gleichzeitigen Geschehnisse sind in der Erzählung um ein geringes gegeneinander versetzt, dadurch daß der Selbstmord erst nach der glücklich verlaufenen Operation entdeckt wird. So kommt es, daß die eine Handlung, die Operation, auch schon eine Ausleitung hat. Sie lautet im Text (es ist vom Arzt die Rede): *He was feeling exalted and talkative as football players are in the dressing room after a game.* Vom Verb her (und von Aktionsarten und Aspekten her) hätte Hemingway genausogut sagen können: *he felt.* Aber nicht von der Erzählstruktur dieser Novelle her, insbesondere nicht vom Erzählprinzip der falschen Fährte. Hemingway braucht um der kunstvollen Ökonomie der Erzählung willen den scharfen Kontrast zwischen der Euphorie des Arztes und der in sie einschneidenden Tragik. Hemingway muß also dem Leser an dieser Stelle für einen Augenblick suggerieren, daß die Geschichte mit dem Erfolg der Operation zu Ende geht und daß alles gut ist. Er tut das in zweifacher Weise. Erstens inhaltlich durch die leichtsinnige und ausgelassene Metapher »wie Fußballspieler«. Diese Metapher wischt alle Nöte und Ängste der Operation weg. Er tut es zweitens durch das Tempus *he was feeling* mit der Funktion, die Erzählung in den Hintergrund zurückzuleiten. Dieses Tempus suggeriert dem Leser, daß nun die Geschichte in ihrem dramatischen Verlauf zu Ende ist und daß die handelnden Personen wieder in den Alltag der nicht erzählenswerten Ereignisse zurücktreten. Die Erzählung scheint ruhig auszuklingen, aber es ist die »Ruhe vor dem Sturm«.

Das Erzähltal vor der tragischen Entdeckung wird noch ein zweites Mal durch ein Tempus markiert. Diesmal verfügen wir wieder über die günstigen Beobachtungsbedingungen, daß der gleiche Vorgang zweimal erzählt wird. Der Onkel George hat bei der Operation geholfen und der Gebärenden seinen Arm hingehalten. Sie hat ihn unter ihren Schmerzen in den Arm gebissen. Das wird nun zweimal erzählt. Das erste Mal noch als Bestandteil der Operation: *Uncle George* l o o k e d *at his arm. The young Indian* s m i l e d *reminiscently.* Es steht das Preterit als das Tempus, das dem erzählten Vordergrund zukommt. Wir müssen diese Sätze auch deshalb zum Vordergrund der Erzählung rechnen, weil der Arzt sogleich reagiert: *I'll put some peroxide on that.* Das ist gleichsam noch Teil der Operation und gehört daher zum Vordergrund der Erzählung, in dem die Operation erzählt wird. Denn der Leser soll ja gerade nicht merken, daß das Eigentliche der Novelle noch aussteht.

Ein paar Sätze weiter – wir befinden uns nun in dem mit Euphorie ausgefüllten Erzähltal zwischen den beiden Haupthandlungen – wird dieselbe Begebenheit noch einmal erzählt: *Uncle George* w a s s t a n d i n g *against the wall,* l o o k i n g *at his arm.* Man würde nicht nur diesen Satz, sondern die ganze Kurzgeschichte mißverstehen, wenn man hier herausläse, daß der Onkel George nun *dauernd* dasteht und *dauernd* auf seinen Arm schaut. Eine gewisse Dauer oder Wiederholung des Schauens ist, wenn überhaupt, dadurch ausgedrückt, daß Hemingway den gleichen Vorgang zweimal erzählt. In den Formen auf -ing liegt keine Dauer. Sie dienen ausschließlich der Reliefgebung in der Erzählung. Der Onkel George sagt in diesem Augenblick dem Arzt ein großes Lob: *Oh, you're a great man, all right.* Und dann schauen sie nach dem Vater des Kindes und finden, daß gerade nicht alles seine Richtigkeit hat. Hier haben wir wieder die doppelte Kontrastgebung, inhaltlich zwischen dem *All right* und der furchtbaren Entdeckung, formal zwischen dem Hintergrundtempus auf -ing und dem Vordergrundtempus Preterit, in dem die Entdeckung des Toten mitgeteilt wird.

Nur ein Tempus auf -ing finden wir eingeblendet in die Vordergrunderzählung der Operation. Die Stelle lautet:

»See, it's a boy, Nick«, he *said.* »How du you like being an interne?« Nick *said,* »All right.« He *was looking* away so as not to see what his father *was doing.*

Auch das Tempus *was looking* ist nicht vom Verb oder Verbalaspekt her motiviert. Noch zweimal wird unmittelbar danach das gleiche erzählt, diesmal im Preterit: *Nick didn't look at it.* Und: *Nick dit not watch.* Die Verwendung des Preterit in den beiden letztgenannten Sät-

128

zen bedarf keiner Begründung. Wir befinden uns in der Haupthandlung, und deren Erzähltempus ist das Preterit. Aber das Hintergrundtempus *was looking* weicht von der Regel ab und muß erklärt werden. Hier erklärt es sich wieder mit der künstlerischen Absicht der Kontrastverschärfung. Der Junge sagt *All right,* aber ihm ist nicht nach seinen Worten zumute, und er schaut weg. Das Wegschauen dementiert die mutigen Worte. Er bleibt zwar am Lager der Gebärenden stehen, aber seine Augen wenigstens wandern aus dem Vordergrund verstohlen weg in einen Hintergrund, der weniger beklemmend ist.

Hemingways Kurzgeschichte *Old Man at the Bridge* erzählt eine Begebenheit aus dem Spanischen Bürgerkrieg. Der Erzähler berichtet in der Ich-Form. Er ist Soldat und hat einen Beobachtungsauftrag. An einer Ebro-Brücke trifft er auf einen sechsundsiebzigjährigen Flüchtling, der erschöpft halt macht. Während er nach dem vorrückenden Feind Ausschau hält, erfragt er das Schicksal des Flüchtlings. Im Bericht des Alten stehen nun formelhaft stereotyp Formen auf -ing: »I w a s t a k i n g c a r e *of animals«, he explained. – »Yes«, he said, »I s t a y e d, you see, t a k i n g c a r e of animals.« – »I w a s t a k i n g c a r e of animals«, he said dully, but no longer to me. »I w a s only t a k i n g c a r e of animals.«* Der letztgenannte Satz steht ausleitend. Der Alte entfernt sich, seine Worte verwehen. Darüber hinaus aber verdichtet sich in dieser stereotypen Formel das Schicksal dieses Mannes in einem Krieg, den er nicht versteht. Sein beschränktes, friedvolles Leben bildet den Hintergrund dieses Krieges. Hemingway unterstreicht den Kontrast zwischen dem Schicksal des Alten und dem großen Kriegsgeschehen auch inhaltlich: die Tierherde, die der Alte umsorgt hat, bestand aus zwei Ziegen, einer Katze und vier Paar Tauben.

Noch in einem anderen Sinne ist die Erzählung nach Vordergrund und Hintergrund gegliedert. Der Erzähler hat den Auftrag, Feindberührung (*»that ever mysterious event called contact«*) an der Ebro-Brücke zu melden. Während er nun mit dem Alten spricht, bleibt der Beobachtungsauftrag seinem Bewußtsein gegenwärtig. Das Gespräch mit dem Alten (nicht dessen formelhafte Klage!) wird im Preterit erzählt. Es bildet den Vordergrund. Im Hintergrund, mental auf die geteilte Aufmerksamkeit des Erzählers und räumlich auf die andere Ebro-Seite bezogen, wird an den Beobachtungsauftrag erinnert, wiederum geradezu stereotyp mit Formen auf -ing: *I w a s w a t c h i n g the bridge and the African looking country of the Ebro Delta and w o n d e r i n g how long now it would be before we would see the enemy, and l i s t e n i n g all the while for the first noises . . . – »And you have no family?«* I asked, w a t c h i n g *the far end of the bridge where a few last carts w e r e h u r r y i n g down the slope of the bank. – »Why not«, I said, w a t c h i n g the far bank where now there were no carts. – There was nothing to do about him. It was*

Easter Sunday and the Fascists w e r e a d v a n c i n g *toward the Ebro* ...

Es hilft nicht, bei der Besprechung dieser Tempus-Setzung mit Begriffen wie Gleichzeitigkeit zu operieren, dergestalt daß das Gespräch mit dem Alten und die Beobachtung der Brücke gleichzeitig sind. Natürlich sind sie gleichzeitig. Aber nicht auf die Gleichzeitigkeit kommt es an, sondern darauf, daß der Erzähler, wenn er Gleichzeitiges nacheinander erzählt, eine Perspektive wählt. Er rückt eines der beiden gleichzeitigen Ereignisse in den Vordergrund, das andere in den Hintergrund. Er tut das mit Hilfe der Tempora. Er kann es übrigens auch lassen. Meistens jedoch tut er es, denn er weiß, daß viele Leser eine Geschichte mit erzählerischem Relief einer Geschichte ohne Relief vorziehen.

Zum Abschluß rücke ich einen in sich abgeschlossenen Text von Hemingway ein. Es ist die *Chapter XII* überschriebene Szene (fast könnte man sagen Poème en prose) in der Sammlung seiner *Short Stories:*

If it happened right down close in front of you, you could see Villalta snarl at the bull and curse him, and when the bull charged he swung back firmly like an oak when the wind hits it, his legs tight together, the muleta *trailing* and the sword *following* the curve behind. Then he cursed the bull, flopped the muleta at him, and swung back from the charge his feet firm, the muleta *curving* and at each swing the crowd *roaring*.

When he started to kill it was all in the same rush. The bull *looking* at him straight in front, *hating*. He drew out the sword from the folds of the muleta and sighted with the same movement and called to the bull, Toro! Toro! and the bull charged and Villalta charged and just for a moment they became one. Villalta became one with the bull and then it was over. Villalta *standing* straight and the red hilt of the sword *sticking* out dully between the bull's shoulders. Villalta, his hand up at the crowd and the bull *roaring* blood, *looking* straight at Villalta and his legs *caving*.

Der Text erhält seinen Charakter durch die zahlreichen Partizipien. Kein Tempus vom Typus *he was singing* ist darunter. Dennoch ist der Text genauso nach Vordergrund und Hintergrund gegliedert, als wenn an der Stelle jedes Partizips ein Tempus dieser Art stände. Und wir können überdies eine Verteilung der Verbformen beobachten, die an die Novelle ¡Cosas de Franceses! von Unamuno erinnert, die wir früher besprochen haben. Die Tempora und Verbformen sind fast Attribute der Personen und Dinge geworden. Der Stierkämpfer hat als Handelnder und Angreifender das Attribut des Preterit. Er steht im Vordergrund. Das Partizip als Verbform der Hintergrunderzählung ist hingegen Attribut alles dessen, was den Stierkämpfer umgibt: des Publikums, sowie der Muleta und des Degens in ihren eleganten Bewegungen.

Dieses Verteilungsprinzip wird an zwei Stellen durchbrochen, und eben diese Durchbrechungen sind bezeichnend für die künstlerische

Absicht des Textes: Als der Stier angreift, hat auch er das Attribut des Preterit, und als Villalta den Todesstoß versetzt hat und für einen Augenblick regungslos verharrt, erhält er umgekehrt das Attribut des Partizips. Der ganze Text ist so angelegt, daß die Verbformen Träger einer besonderen Ausdrucksintention sind; das Preterit bedeutet Angriff und das Partizip bedeutet alles, was den Angriff erfährt oder begleitet. Nach dem Todesstoß, der den Angriff beschließt, steht kein Preterit mehr. Es hat wenig Sinn, sich zu fragen, ob man die zahlreichen Partizipien dieser Erzählung zu den Tempora rechnen oder sie wenigstens zu ihnen stellen darf. Sie haben aus dem Kontext der ganzen Erzählung die Funktion finiter Verben und stehen »absolut«. Sie stehen also als Tempora. Aber wie immer man das beurteilen will, sie haben jedenfalls gegenüber den Preterits des Textes die Funktion, den Hintergrund zu erzählen und so dem ganzen Text erzählerisches Relief zu geben. Eben weil der Hintergrund so massiv bezeichnet ist, haben wir den Eindruck, daß diese Erzählung eine *Szene* ist, in der die Epik in die Nähe der Lyrik rückt.

Man könnte sich diesen Text, der seinem literarischen Charakter nach an der Grenze zwischen Erzählung und Prosagedicht steht, in den Tempora der Tempus-Gruppe I, aber untermischt mit den gleichen Partizipien, denken. Dann würden die Partizipien in der gleichen Weise im Dienste der Reliefgebung stehen. So dürfen wir ein gleiches auch von den Tempora auf *-ing* sagen, die der Tempus-Gruppe I angehören *(he is singing, he has been singing, he will be singing)*. Eine Andeutung mag hier genügen. Die Tempora auf *-ing* der Tempus-Gruppe I stehen ebenfalls im Dienste einer Reliefgebung, die nun natürlich nicht mehr erzählerische Reliefgebung ist. Sie bezeichnen auch in besprechender Rede den Hintergrund gegenüber einem Vordergrund, auf dem das eigentlich Besprechenswerte geschieht. Sie stehen zurück gegenüber Wichtigerem. Das hat nichts mit Aspekten zu tun und ist unabhängig von der Verlaufsstruktur der Vorgänge. Die Tempora auf *-ing* sind gegenüber den anderen Tempora um *Grade der Verbindlichkeit* abgestuft. *England expects every man will do his duty* verpflichtet mehr als *is expecting . . ., will be doing . . .,* und der Liebende sagt: *I love you*, nicht *I am loving you*.[14] Er sagt es nämlich mit dem Engagement seiner Person und stellt es ganz in den Vordergrund seiner Rede. Dann ist das auch die »Dauerform« . . .

Im Unterschied zu den romanischen Sprachen zieht sich im Englischen die Reliefgebung nach Vordergrund und Hintergrund nicht nur durch den Bereich der Erzählung, sondern auch durch den Bereich der Besprechung. Durch die ganze Sprache also[15]. In der besprechenden Rede äußern sich Vordergrund und Hintergrund als verschiedene Grade der Verbindlichkeit. Die Tempora auf *-ing* sind weniger verpflichtend und weniger fordernd als die »einfachen Tempora«. Ich unterstreiche, daß es sich nur um *Grade* der Verbindlichkeit handelt.

Alle Tempora der Tempus-Gruppe I, auch deren Hintergrundtempora auf -*ing*, bleiben weit über der prinzipiellen Unverbindlichkeit, die der erzählten Welt als *nur* erzählter Welt zukommt.

5. Die Rahmenerzählung (Boccaccio)

Wir haben bisher alle Beispiele für eine erzählerische Reliefgebung aus der neueren Erzählliteratur genommen. Wir müssen nun bekennen, daß die Beobachtungen und Folgerungen in dieser Form auch nur für die neuere Erzählliteratur gültig sind. In der älteren europäischen Erzählliteratur finden wir eine ganz andere Erzähltechnik. So haben auch die Tempora eine andere Distribution.

Wir beginnen mit dem ersten Klassiker der Novellistik, Giovanni Boccaccio.[16] Wenn wir die Novellen Boccaccios mit denen Pirandellos oder anderen modernen Novellen unter dem Gesichtspunkt des Tempus vergleichen, fällt sogleich auf, daß in der älteren Novellistik das Imperfetto (*cantava*) seltener, das Passato remoto (*cantò*) häufiger ist. Wir vermissen insbesondere die Novelleneinleitung im Hintergrundtempus. Nur gelegentlich beginnt eine Novelle wie diese: E r a n o *adunque in Messina tre giovani fratelli* ... (IV, 5). Sehr viel häufiger und geradezu stereotyp ist hingegen der Einsatz im Passato remoto, wie hier: F u *adunque, o care giovani, non è ancora gran tempo, nella nostra cittá un frate minore inquisitore dell'eretica pravitá* ... (I, 6). Desgleichen vermissen wir, wenn wir unsere Erwartungen an der neueren Novellenliteratur genährt haben, das Imperfetto in der Novellenausleitung. Kein Imperfetto di rottura oder dergleichen ist in der ganzen Novellensammlung Boccaccios zu finden. Auch die formelhaften Novellenausleitungen stehen im Passato remoto. Ein Beispiel für viele: *Quivi Martuccio la* s p o s ò , *e grandi e belle nozze* f e c e , *e poi appresso con lei insieme in pace ed in riposo lungamente* g o d e - r o n o *del loro amore* (V, 2).

Dies bedeutet jedoch nicht, daß eine Reliefgebung nach Vordergrund und Hintergrund der Erzählung völlig fehlte. Es gibt ja das Imperfetto im Text und es wechselt mehr oder weniger regelmäßig mit dem Passato remoto. Es hat deutlich Hintergrundfunktion. Es findet sich sogar mit auffälliger Häufigkeit in den Anfangssätzen der Novelle, nur eben nicht im ersten Satz. An den ersten Satz, der mit einer gewissen formelhaften Regelmäßigkeit im Passato remoto steht, schließen also fast ebenso regelmäßig Imperfetti an, meistens im Relativsatz. Diese Sätze im Imperfetto enthalten die eigentliche Exposition. Es setzt also die Novelle I, 8, folgendermaßen ein:

Fu adunque in Genova, buon tempo è passato, un gentile uomo chiamato messere Ermino de' Grimaldi; il quale, per quello che da tutti *era* creduto, di grandissime possessioni e di denari di gran lunga *trapassava* la ricchezza d'ogni altro ricchissimo cittadino che allora si sapesse in Italia; e sí come egli di ricchezza ogni altro *avanzava* che italico fosse, cosí d'avarizia e di miseria ogni altro misero ed avaro che al mondo fosse *soperchiava* oltre misura ...

Es folgen weitere Sätze im Imperfetto, welche die Exposition, in Form einer Charakterzeichnung des Geizigen, vervollständigen.

In diesen Hintergrund schneidet nun die einsetzende Novellenhandlung mit einem scharf profilierten Passato remoto ein, und auch dies ist für die Novellen Boccaccios eine typische Erzähltechnik:

Avvenne che, in questi tempi che costui non ispendendo il suo *multiplicava*, *arrivò* a Genova un valente uomo di corte e costumato e ben parlante, il qual fu chiamato Guiglielmo Borsiere ...

Gerade der Einsatz mit *Avvenne che* ... (»Nun geschah es, daß ...«) ist für die einsetzende Haupthandlung typisch und findet sich auch in vielen anderen Novellen Boccaccios. Dieser Einsatz bringt nahezu automatisch das Passato remoto mit sich.

Das Imperfetto ist nicht die einzige Verbform im Dienste der erzählerischen Reliefgebung. Den gleichen Zwecken dient – und wir dürfen dabei wohl an Hemingway zurückdenken – das Partizip Präsens und Perfekt, das Boccaccio gerne zur Hintergrundbildung verwendet. Ein Beispiel aus der Novelle I, 3 (das ist die Novelle mit der Parabel von den drei Ringen):

Il Saladino, il valore del quale fu tanto, che non solamente di piccolo uomo il fe' di Babilonia Soldano, ma ancora molte vittorie sopra lì re saracini e cristiani gli fece avere, a v e n d o in diverse guerre ed in grandissime sue magnificenze s p e s o tutto il suo tesoro, e per alcuno accidente s o - p r a v v e n u t o g l i b i s o g n a n d o g l i una buona quantitá di denari, né v e g g e n d o donde cosí prestamente come gli bisognavano avergli potesse, gli venne a memoria un ricco giudeo il cui nome era Melchisedech ...

Gewiß ist das auch ciceronianischer Periodenstil, aber die eine Erklärung schließt die andere nicht aus.

Die auffälligste Abweichung von der Erzähltechnik der modernen Novellistik liegt also in der Behandlung des Einsatzes (darunter haben wir in den meisten Fällen den ersten Satz zu verstehen) und des Schlusses. Am Anfang tritt die Erzählhandlung nicht aus einem Hintergrund hervor, und am Schluß tritt sie nicht wieder in einen Hintergrund zurück. Das steht nun offensichtlich in einem Strukturzusammenhang mit dem *Rahmen* der Novellen. Boccaccios hundert Novellen sind, wie man weiß, eingebunden in einen Rahmen. Zehn Damen und Herren der Stadt Florenz ziehen sich bei der großen Pest des Jahres 1348 in ein Landhaus zurück und verbringen die Zeit des Wartens damit, daß sie sich Novellen erzählen. Es sind, die Sonntage nicht gerechnet, zehn Erzähltage, und an jedem Tag werden zehn Novellen erzählt. Die Erzähler wechseln. Nach jeder Novelle leitet Boccaccio in die Rahmenhandlung zurück. Die galante Zuhörerschaft greift das Motiv der Novelle auf und kommentiert es. Aus diesem Gespräch heraus erfolgt die Überleitung zur nächsten Novelle, deren Erzähler gewöhnlich auf die vorhergehende Novelle oder deren Moral Bezug nimmt. Keine Novelle steht also isoliert, jede ist eingebettet in eine über zehn Tage fortlaufende Rahmenhandlung.

Der Rahmen erklärt nun die Besonderheiten des Einsatzes und der Schlußbildung in Boccaccios *Decamerone*. Es macht einen gewichtigen Unterschied für die Novelle, ob sie an ihrem Anfang aus dem Schweigen aufsteigt oder ob sie aus einem geselligen Gespräch heraustritt. Bei Boccaccio treten die Novellen aus der Plauderei der versammelten Gesellschaft heraus. Sie setzen daher unmittelbar auf der Höhe des Gesprächs ein, und der Einsatz ist eng in den Rahmen eingebunden. Viele Novellen beginnen also wie diese: D o v e t e a d u n q u e s a p e r e *che ne' tempi passati* f u r o n o ... (VI, 9). Die Bindung an den Rahmen wird, wie hier, häufig durch ein eigenes Adverb ausgedrückt. Ich notiere: *Fu adunque* ... (I, 8); *Dico adunque che avvenne* ... (I, 9); *Non è adunque gran tempo passato* ... (V, 4); *Dico adunque che abitarono* ... (V, 5). Das Adverb *adunque*, das wir mit *also* oder – abgeschwächt – mit *nun* übersetzen können, bringt zum Ausdruck, daß die nun folgende Novelle etwas illustriert, das soeben im Gespräch der Gesellschaft *besprochen* worden ist. Das ist für die meisten Novellen die »Moral« der voraufgehenden Novelle. Für die den Erzähltag einleitenden Novellen ist es das Thema des Tages. Durch diese Bindung an den besprechenden Rahmen haben alle Novellen den traditionellen Charakter von Exempla. Sie exemplifizieren etwas, was bereits Gegenstand des Besprechens gewesen ist und was nach Abschluß der Erzählung wiederum Gegenstand besprechender Rede sein wird. Fiammetta, der zu Beginn des vierten Erzähltages vom »König« dieses Tages das Thema der Liebe mit unglücklichem Ausgang auferlegt worden ist, beginnt also ihre Erzählung mit der bezeichnenden Wendung: *Fiera* m a t e r i a d i r a g i o n a r e *n'ha oggi il nostro re data* ... (IV, 1). Die zehn Novellen des vierten Erzähltages werden zehn *erzählerische* Varianten über ein *besprechend* gesetztes Thema sein.

Wir finden also in der älteren Novellistik und in der älteren Erzählkunst überhaupt ein klares Bewußtsein der Antinomie und Korrespondenz zwischen besprochener und erzählter Welt. Ältere Novellen werden so erzählt, daß der Hörer oder Leser weiß, welcher Zusammenhang zwischen der Erzählung und der besprochenen Welt besteht. Der Rahmen, ohne den man sich die ältere Erzählkunst kaum denken darf, ist nicht ein hübscher Schnörkel um die »eigentlichen« Erzählungen, sondern er bezeichnet die Substanz des Erzählens überhaupt. Wenn man auf den unglücklichen Gedanken käme, die Novellen Boccaccios aus ihrem Rahmen zu lösen und in loser Abfolge aneinanderzureihen, würde man seine ganze Novellenkunst verfälschen. An den Tempora wäre es sogleich zu erkennen. Das Passato remoto des Einsatzes *(Fu...* oder *Fu adunque...)* hinge buchstäblich in der Luft. Es hätte ohne die Bindung an den Rahmen gar keinen Sinn. Es wäre dann ein falsches Tempus.

Das gleiche gilt nun für den Schluß der Novellen. Boccaccio leitet die Novellen am Schluß nicht in einen erzählerischen Hintergrund zurück, weil an ihrem Ende ja nicht das Schweigen steht. Am Ende der jeweiligen Novelle wartet schon wieder die Rahmengeschichte, welche die Novelle auffängt und besprechend weiterführt. Die letzten Sätze der Novelle dämpfen die Erzählung also nicht ab, wie das in modernen Erzählungen geschieht, an deren Ende alles zu Ende ist, sondern sie geben das Zeichen zur sofort einsetzenden Besprechung. In drastischen Metaphern gesagt: sie bremsen nicht ab, sondern sie schalten um.

Ich erläutere das Gemeinte an der Novelle I, 8 des *Decamerone*. Sie ist überschrieben: »Guiglielmo Borsiere macht mit Witz dem Geiz des Herrn Ermino de' Grimaldi den Garaus.« Ich brauche mir nun keine Mühe zu geben, diese Novelle interpretierend zu besprechen. Denn das wird bereits in der Rahmenhandlung von den Zuhörern der Erzählerin Lauretta besorgt. Lauretta leitet ihre Novelle folgendermaßen ein: *La precedente novella, care compagne, m'* i n d u c e *a voler dire come un valente uomo di corte similmente, e non senza frutto, pugnesse d'un ricchissimo mercatante la cupidigia...* Das ist besprechende Rede, in der zwei Novellen verglichen werden – was sonst Interpreten tun. Es steht entsprechend nicht ein Tempus der Erzählung, sondern ein Tempus der Interpretation. In diesem Fall ist es das Presente.

Nachdem Lauretta ihre Novelle erzählt hat, geht die Erzählerrolle auf eine andere Dame des galanten Kreises über. Bevor diese nun ihre Novelle erzählt, kommt sie noch einmal rückblickend auf die Novelle der Lauretta zu sprechen und kommentiert sie mit ein paar Worten: *Giovani donne, spesse volte giá addivenne che quello che varie riprensioni e molte pene date ad alcuno non* h a n n o p o t u t o *in lui adoperare, una parola molte volte per accidente, non che ex proposito, detta l'* h a o p e r a t o. *Il che assai bene* a p p a r e *nella novella raccontata dalla Lauretta, ed io ancora con un'altra assai brieve ve l'* i n t e n d o *dimostrare...* Die Tempora sind vorwiegend die der besprochenen Welt: Passato prossimo und Presente.

Die Novelle selber ist natürlich in den erzählenden Tempora erzählt. Aber *inhaltlich* ist der Schluß der Novelle so gestaltet, daß er in den besprechenden Rahmen überleitet. Lauretta gibt nämlich der Erzählung am Ende eine Wendung zur Moral, die den Kommentar der nächsten Erzählerin bereits andeutet: *E da questo dí innanzi, di tanta vertú* f u *la parola da Guiglielmo detta,* f u *il piú liberale ed il piú grazioso gentile uomo e quello che piú ed i forestieri ed i cittadini* o n o r ò *che altro che in Genova fosse a' tempi suoi.* Es steht ein Tempus der erzählten Welt, und zwar das Passato remoto als Tempus des Vordergrunds. Die Erzählerin will nämlich nicht die Erzählung dämpfend verklingen lassen, um das Schweigen nach der Erzählung vorzubereiten. Sie läßt vielmehr ihre Erzählung so zu Ende gehen, daß die konversationsfreudige Gesellschaft sogleich, ohne die geringste Pause der Nachdenklichkeit oder Betroffenheit, mit dem Gespräch einsetzen kann. Sie wendet ihre Novelle zur Moral hin und gibt damit der Besprechung das Stichwort, das seinerseits dann wieder zur nächsten Novelle weiterführt. Sie bereitet, so könnte man mit modernen Worten sagen, eine Diskussionsgrundlage. Eine Rückführung der Novelle an ihrem Ende in ein Tempus des erzählerischen Hintergrundes würde den nahtlosen Übergang zwischen der erzählten und besprochenen Welt nur gefährden und die »unendliche Melodie« der plaudernd-erzählenden Gesellschaft stören.

6. Erzählen im Mittelalter

Was wir bei Boccaccio beobachtet haben, bestätigen uns andere ältere Novellensammlungen. Wir schauen zum Vergleich zurück auf die in lateinischer Version im Mittelalter sehr verbreitete Novellensammlung *Historia septem sapientium.*[17] Auch hier sind die Novellen in einen Rahmen eingebunden, in dem folgendes geschieht: Ein König *(quidam rex)* hat seinen Sohn sieben Weisen zur Erziehung übergeben. Nach festgesetzter Zeit will der König überprüfen, ob sein Sohn wirklich ein Ausbund an Weisheit geworden ist. Der Sohn aber hat gerade die Sterne befragt, die ihm verkündet haben, er werde sterben, wenn er in den nächsten sieben Tagen den Mund auftut. Groß ist nun die Bestürzung des Königs, als der Sohn auf keine seiner Fragen eine Antwort gibt und nicht einmal die schlimmsten Verleumdungen zurückweist. Der König erteilt den Befehl, den nichtsnutzigen Sohn hinrichten zu lassen. Die sieben Weisen versuchen nun, die Hinrichtung sieben Tage lang aufschieben zu lassen. So erzählen sie Tag um Tag ihre Geschichten, deren Moral den König veranlassen soll, seinen Befehl zurückzuziehen. Nach jeder Geschichte eines der Weisen nimmt der König die Hinrichtungsorder zurück. Aber die böse Königin erzählt auch Novellen, die den König gegen seinen Sohn beeinflussen sollen. Und nach jeder Novelle der Königin erneuert der König seine Hinrichtungsorder. Die Spannung löst sich erst am siebten Tag. Der Sohn tut den Mund auf und erzählt nun selber eine Novelle, die voll Weisheit ist.

Ich habe die Rahmengeschichte in einiger Ausführlichkeit wiedergegeben, weil an ihr etwas Wichtiges deutlich wird. Sie läßt nämlich erkennen, daß die »*Moral*« der Novelle, d. h. jene Substanz der Novelle, die in besprechende Rede übersetzbar ist, nicht ein beliebiges Anhängsel der Novelle ist. Das Arrangement des Rahmens ist so, daß die Novellen um dieser Moral willen erzählt werden. An ihr hängt das Leben des Prinzen. Man kennt das gleiche Arrangement aus der Novellen- und Märchensammlung *Tausend und eine Nacht* und aus manchen anderen Rahmenerzählungen. Wir dürfen darin sicher einen Hinweis auf die Funktion des Erzählens in älteren, besonders östlichen Kulturen sehen. In ihnen ist Erzählen die Form, in der Weisheit zum Entschluß reift. Besprechen und Erzählen stehen nicht unverbunden nebeneinander, sondern man bespricht erzählend. Die Weisheit ist nicht Produkt eines diskursiven Denkprozesses. Sie ist Blume und Frucht der Erzählung.

Ein weiteres kann man an dem Rahmen der *Historia septem sapientium* ablesen (wie auch an dem Rahmen der Märchen aus *Tausend und einer Nacht*). Der Rahmen ist selber Erzählung. Wie ist es nun möglich, dem Rahmen, obwohl er auch erzählt wird, die Gespanntheit und Dramatik zu geben, die sonst der besprochenen Welt zukommt? Das geschieht durch das Motiv andauernder Todesgefahr: sieben Tage oder gar tausend und eine Nacht! Die Todesdrohung ist ein inhaltliches Motiv im Dienste der Spannung. Sie macht die Entspanntheit, die dem Rahmen als bloß *erzähltem* Rahmen eignet, wieder wett und schafft die Illusion, als ob die einzelnen Novellen in die wirkliche Welt mit ihren Spannungen und Entscheidungen eingebettet wären.

An diesen Rahmen sind nun wieder die Tempora der Novellen gebunden. Ebenso wie bei Boccaccio stehen sie mit dem Rahmen in unmittelbarem Kontakt, ohne daß sich ein erzählerischer Hintergrund dazwischenlegt. Das ist in der *Historia septem sapientium* sogar noch deutlicher, weil formelhafter. Der König fragt nämlich aus der besprechenden Situation heraus etwa: *Dic quomodo* f u i t. Und dann beginnt die (3.) Novelle: F u i t *quidam vir lavator.* Oder: *Dic qualiter* f u i t. Die (5.) Novelle nimmt das *fuit* auf und beginnt: F u i t *quidam mercator.* Oder: *Quomodo* f u i t? Darauf die (7.) Novelle: F u i t *quidam comes Imperatoris.* An diesen *Fuit*-Einsatz schließt dann die Exposition an, die auch hier, wenigstens in knappen Zügen, unerläßlich ist. Sie hat mit formelhafter Regelmäßigkeit die Form eines Relativsatzes mit Imperfecta, aus denen sich dann die beginnende Handlung mit einem Perfectum scharf heraushebt. Das sieht in der 7. Novelle so aus: F u i t *quidam comes Imperatoris qui* s e d e b a t *in domo sua et* h a b e b a t *quendam parvulum natum, et* i a c e b a t *coram eo et non* e r a t *in domo alius praeter eum.* M i s i t *autem Caesar et* v o c a v i t *eum...*

Noch ein weiteres Beispiel, das diese Zusammenhänge besonders deutlich illustriert. Die 8. Novelle beginnt: *Quidam iuvenis* a d a m a - v i t *quandam feminam maritatam et* c u p i e b a t *nimis concumbere cum ea. Tunc* d e d i t *praemia cuidam vetulae* ... Warum der Tempus-

Wechsel vom Perfectum zum Imperfectum und dann wieder zum Perfectum? Ist da irgend etwas in den Verben *adamare* und *cupere*, das die Wahl einmal des Perfectum, einmal des Imperfectum steuert? Nein, es ist nichts dergleichen in diesen Verben. Die Tempus-Wahl ist ausschließlich von der Position der Verben in der Novelle und im Insgesamt der *Historia septem sapientium* bestimmt. Das Verb *adamare* steht im Perfectum, weil dies der Einsatz der Novelle ist. Es bezieht sich auf eine voraufgehende Frage des Königs, der aus einer besprechenden Situation heraus das Zeichen zur Erzählung gegeben hat: *Dic quomodo* f u i t. Das Perfectum *adamavit* nimmt das Perfectum *fuit* auf. Nach diesem auf den Rahmen bezogenen Einsatz geht der Erzähler für einen Augenblick in den Hintergrund zurück und gibt mit dem Verb im Imperfectum *(cupiebat)* eine knappe Exposition. Schon das nächste Verb im Perfectum *(dedit)* setzt dann die Handlung in Bewegung. Jedes der drei Verben bezeichnet eine andere Phase des Erzählens, und jedes Tempus hat die entsprechende Rolle. Wir leiten daraus die Vermutung ab, daß die lateinischen Tempora Imperfectum und Perfectum textlinguistisch einen ähnlichen Status haben wie etwa die Tempora Imparfait und Passé simple im Französischen.

Man kann daran sehen, daß es nicht einmal ausreicht, ein Tempus aus seinem Stellenwert innerhalb des geschlossenen Textes einer Novelle zu beurteilen. Wenn die Novelle Teil einer großen Rahmenerzählung ist, können gewisse Tempora nur aus der Erzählstruktur der gesamten Novellensammlung und ihres Rahmens interpretiert werden. Ich sage absichtlich interpretiert und nicht analysiert, weil die sprachwissenschaftliche Analyse, wenn sie folgerichtig durchgeführt wird, an einen Punkt kommt, wo sie in die literarische Interpretation übergeht. Grammatik und Poetik, Sprachwissenschaft und Literaturwissenschaft können, wie es die Ars grammaticae der Artes liberales wußte, bisweilen mit Glück verbunden werden.

Was wir hier an der *Historia septem sapientium* beobachtet haben, läßt sich mit einer gewissen Berechtigung für das ganze Mittelalter verallgemeinern. Emidio De Felice ist bereits darauf aufmerksam geworden und hat den *Fuit*-Einsatz (vgl. den Anfang der Eulalia-Sequenz: *Buona pulcella fut Eulalia*) als einen zum Typus stilisierten und geradezu grammatikalisierten Erzähleinsatz (attacco di racconto) erkannt. Er verfolgt ihn von lateinischen Erzählungen der republikanischen und frühen Kaiserzeit durch die altromanische Literatur bis hin zu den Fabeln La Fontaines und beschreibt andererseits das Aufkommen des konkurrierenden *Erat*-Einsatzes seit Petronius und Apuleius. Ich verweise auf diesen wichtigen Aufsatz, dem diese Darstellung manche Anregungen verdankt.[18]

Auch die englische Erzählliteratur der älteren Zeit verdiente unter diesem Gesichtspunkt eine gründliche Untersuchung. In Chaucers *Canterbury Tales* finde ich zwei Novelleneinsätze mit ziemlich gleichmäßiger Frequenz nebeneinander.[19] *The Cokes Tale* setzt ein: *A prentis whylom* d w e l l e d *in our citee* ... *The Freres Tale* beginnt hingegen: *Whilom ther* w a s d w e l l i n g e *in my contree / An erchedeken, a man of heigh degree* ... Ich glaube, man darf diese beiden Typen wohl mit dem *Fuit*-Einsatz und dem *Erat*-Einsatz der lateinischen und romanischen Novellistik identifizieren. Auch bei Chaucer sind die Novellen durch den (teilweise recht langen) Prolog mit dem Rahmen verbunden. In den Rahmen hinein werden die Novellen auch ausgeleitet. Nur gelegentlich wird die Erzählung mittels einer Form auf *-ing* (Tempus oder Partizip) in den Hintergrund geleitet. Dies auch in der Erzählung selber, wie das folgende Beispiel erkennen läßt: *He slow Phitoun, the serpent, as he* l a y / S l e p i n g e *agayn the sonne upon a day*. Das ist prinzipiell, wenn auch in anderer Distribution, die Funktion der Verbformen auf *-ing*, wie wir sie in der neueren Novellistik bei Hemingway gefunden haben. Die Unterschiede stammen aus der Rahmenstruktur.

7. Rahmen und Relief in der modernen Novellistik

In der neueren Novellistik, und wir werfen zunächst einen kurzen Blick auf *Margarete von Navarra* (16. Jahrh.), lockert sich die Bindung der Novellen an den Rahmen zunehmend. Bei Margarete ist das noch kaum spürbar. Margaretes *Heptaméron* hat noch eine feste Rahmenhandlung, die dem Rahmen in Boccaccios *Decamerone* bis in die Einzelheiten hinein nachgebildet ist. Auch bei ihr werden die Novellen von der durch ein Unwetter zusammengehaltenen Gesellschaft einleitend und ausleitend besprochen. Entsprechend gibt es, ebenso wie bei Boccaccio, keine Hintergrundausleitung, und die 4. Novelle endet beispielsweise: *Et la mauvaise femme, en l'absence de son mari,* c o n t i n u a *son péché plus que jamais, et* m o u r u t *misérablement*. Das wird nun auf der Stelle besprochen.

Aber es gibt bei Margarete in der Regel nicht den *Fuit*-Einsatz. Ihre Novellen beginnen meistens mit der Exposition und verwenden vom ersten Satz an das Imparfait. In dieses Imparfait stößt dann das Passé simple der Handlung hinein. Der Anfang der 5. Novelle lautet etwa: *Au port de Coulon, près de Niort, y* a v o i t *une batelière qui jour et nuit ne* f a i s o i t *que passer un chacun*. A d v i n t *que deux cordeliers du dit Niort* p a s s è r e n t *la rivière tous seuls avec elle* ... Die Bindung an den Rahmen ist bei diesem Einsatz schwächer, und es entsteht ein Erzähltal zwischen dem Rahmen und der Novellenhandlung. Das ist das erste Zeichen für das Verschwinden des Rahmens aus der Erzählkunst.

Die Novellen der Neuzeit sind in der Regel nicht mehr in einen umfassenden Rahmen eingespannt. Es gibt natürlich berühmte Ausnahmen, so Gottfried Kellers *Sinngedicht.* Aber die Regel wird bezeichnet durch die Einzelnovelle oder durch die Novellensammlung ohne thematische Einheit. Man findet höchstens bisweilen die Andeutung einer gegliederten Einheit wie in Pirandellos *Novelle per un anno* oder Albert Camus' *L'Exil et le Royaume.* Als Zeitpunkt der Abkehr von der Rahmenkonstruktion mag man die Zeit um 1834/35 ansehen, als Balzac die geplante novellistische Variation des Themas *La Femme de trente ans* aufgab und an Stelle dieser Erzähltechnik die Technik der »wiederkehrenden Personen« entwickelte, die mehrere Romane zu einem großen Romanwerk von soziologischer Relevanz zusammenbinden.[20]

Der Rahmen verschwindet jedoch nicht spurlos aus der Novellistik. Er fällt, so möchte ich sagen, in viele Teile auseinander und hält sich bei zahlreichen Novellen in der Form des Einzelrahmens, wie ihn die Erzähler auch in den neueren Novellen lieben. Man kennt Novellen dieser Art, die damit beginnen, daß sich der Erzähler in Erzählpositur setzt, die Zuhörer der Reihe nach anblickt und dann zu erzählen anhebt. Und am Schluß der Novelle fährt sich der Erzähler mit der Hand über die Stirn, steckt sich die Pfeife wieder an und leitet mit einem Seufzer zu einer allgemeinen Betrachtung des Menschenschicksals an Hand der soeben erzählten Novelle über. Das Bild des Erzählers, das man oft bei Maupassant gezeichnet findet, ist aus solchen Rahmensituationen abgezogen.

Sofern eine Novelle nun in einen solchen Einzelrahmen eingespannt ist, gelten grundsätzlich die gleichen Erzählbedingungen wie für den großen Rahmen einer ganzen Novellensammlung in der älteren Erzählkunst. Auch eine Novelle im Einzelrahmen bedarf nicht so recht einer Ausleitung in den Hintergrund, da die Erzählung schon vom Rahmen aufgefangen wird. Das sieht dann etwa so aus wie in der Novelle *L'Enfant* von Maupassant. Die Novelle, eine Kindsmordgeschichte, endet (es ist von der Kindsmörderin die Rede):

... elle *tomba* inanimée sur l'enfant noyé dans un flot de sang. *Fut*-elle bien coupable, Madame?
Le médecin se *tut* et *attendit.* La baronne ne *répondit* pas.

Der Rahmen, deutlich erkennbar durch die Apostrophe der Zuhörerin, ist, wie das ebenso für den großen Rahmen der älteren Zeit gilt, erzählter Rahmen. Aber er ist doch durch das Motiv erzählter Betroffenheit an die besprochene Welt herangerückt, in der es wirkliche Betroffenheit gibt. Betroffen ist die Zuhörerin, die sich zuvor über die Tat entrüstet hat, weil sie von strenger und harter Moral ist. Nun, nachdem sie die Geschichte gehört hat, ist sie nachdenklich geworden, und der Leser soll mit ihr nachdenklich werden. Die Novelle hat also, wenn man will, eine Moral. Sie hat vor allen Dingen, so wollen wir allgemeiner sagen, einen Rahmen, in dem die Begebenheiten der Erzählung *be-*

sprochen werden. Dabei wäre eine Ausleitung des Erzählkörpers in einen erzählerischen Hintergrund nur störend. Sie würden den unmittelbaren Ansatz der moralischen Besprechung erschweren. In unserem Falle etwa geht die Intention des Erzählers sicherlich auf die auch durch das Tempus gewährleistete unmittelbare Überleitung vom letzten Satz der Erzählung *(tomba inanimée)* auf die Moralfrage *(Futelle bien coupable, Madame?).*

Wir beobachten tatsächlich in der modernen Novellistik ein gewisses *Ausschließlichkeitsverhältnis* zwischen dem Rahmen einer Novelle und der Reliefgebung nach Vordergrund und Hintergrund. In der Regel (und es gibt natürlich Ausnahmen) verzichtet der Autor auf eine Einleitung und Ausleitung im erzählerischen Hintergrund eher, wenn die Novelle eine starke Rahmenbindung hat. Dies ist bei der Ausleitung noch regelmäßiger zu beobachten als bei der Einleitung, wo selbstverständlich gewisse Expositionsbedürfnisse bestehenbleiben. Dies sogar noch stärker als in den älteren Novellen, die viel stärker typisiert sind. Wenn jedoch kein Rahmen da ist, dann verzichtet der Autor selten auf die eine oder andere Form der Reliefgebung nach Vordergrund und Hintergrund, insbesondere die Bildung eines Hintergrundes am Anfang und Ende der Erzählung.

Wenn diese Beobachtung richtig ist, dann darf man die moderne Erzähltechnik der Hintergrundbildung zur Einleitung und Ausleitung der Erzählung als Fortsetzung und Ersatz der alten Rahmentechnik ansehen. Da nun unter dem Gesetz des Erzählrahmens und unter dem Gesetz der erzählerischen Reliefgebung die Bedürfnisse der Exposition, abgesehen von dem Unterschied zwischen typischen und atypischen Situationen und Personen, ziemlich gleich sind, zeigt sich der Unterschied zwischen den beiden Erzähltechniken besonders deutlich im Erzählschluß. Dies erklärt nun, warum sich das Imperfekt als Hintergrundtempus gerade zu der Zeit stark ausbreitet und sich beispielsweise als Imparfait de rupture neue Anwendungsbereiche erschließt, da die Erzähler auf den Sammelrahmen und meistens auch auf den Einzelrahmen verzichten. Sie weiten den Funktionsbereich des Imperfekts aus, weil sie zum Ausgleich für den fortgefallenen Rahmen mehr Relief in ihren Erzählungen brauchen. Es besteht ein historischer Zusammenhang zwischen den Daten, die für das Erscheinen des Imparfait de rupture im Französischen und das vermehrte Auftreten der Tempora auf -ing im Englischen angegeben werden, also dem Zeitraum zwischen 1800 und 1850, sowie dem Datum von 1834/35, an dem Balzac sich entschließt, den Plan thematisch gebundener Rahmennovellen fallenzulassen und statt dessen ein großes Romanwerk in Angriff zu nehmen. Dieser Entschluß führt zur großen realistischen Romankunst des 19. Jahrhunderts, in welcher der erzählerische Hintergrund als soziologischer Hintergrund eine ungeahnte Bedeutung erlangt.

Warum also bildet die französische Sprache um 1850 ein neues

Tempus aus? Und warum breiten sich in der englischen Sprache, um wenig Zeit davon entfernt, die Tempora auf *-ing* besonders aus? Wir sehen nun, daß wir diese Frage aus der illiteraten Sprachgeschichte zu streichen haben. An den Tempora und an ihren Funktionen ändert sich nichts. Was sich jedoch um diese Zeit von Grund auf ändert, ist die Erzähltechnik der erzählenden Literatur. Sie orientiert sich von der Rahmentechnik auf die Hintergrundtechnik um. Das ist gleichzeitig eine Umorientierung von der Moral auf die Soziologie. Diese Umorientierung hat den realistischen Roman und seine modernen Weiterbildungen überhaupt erst möglich gemacht. Mit der wachsenden Bedeutung des Hintergrunds in der Erzählung weiten auch die Hintergrundtempora der erzählten Welt ihren Anwendungsbereich aus. Das ist ein Stück moderner Literaturgeschichte. Sie ist zugleich Sprachgeschichte.

SECHSTES KAPITEL

Relief im Satz

1. Hauptsatz und Nebensatz?

Die textlinguistische Methode enthält keine spezifischen Vorentscheidungen über den Umfang empirischer Texte, auf die sie anzuwen-
den ist. Das Maximum des Umfangs ist überhaupt nicht, das Minimum
bei zwei Sprachzeichen (Monemen) festgelegt. Während ich nun bei
den bisherigen Überlegungen als empirische Basis Texte und Textabschnitte von mindestens einigen Seiten Umfang zugrunde gelegt habe,
möchte ich im folgenden den Blick auf kleinere Textabschnitte richten.
Ich gehe also, wenn man so will, von einer Makrosyntax zu einer
Mikrosyntax über. Dabei benutze ich aus heuristischen Gründen und
um mich leichter verständlich zu machen, den Satzbegriff und unter-
stelle dabei zunächst, die Satzeinheit sei befriedigend definierbar.[1] Ich
unterstreiche aber, daß es keineswegs notwendig ist, auf dieser Ebene
mit dem Satzbegriff zu operieren. Bei konsequenter Handhabung der
textlinguistischen Methode ist ohne weiteres eine Syntax möglich, in
welcher der traditionsbeschwerte Satzbegriff (bei dem man immer
schon »intuitiv« weiß, wie es weitergeht) gar nicht vorkommt. Diese
Möglichkeit, die einige Vorüberlegungen voraussetzen würde, lasse ich
hier aus und erbitte die Aufmerksamkeit des Lesers für die weiterführende Frage, ob für die Analyse etwas zu gewinnen ist, wenn man
zwischen Hauptsatz und Nebensatz unterscheidet. Wann also ist ein
Satz einem anderen untergeordnet? Wie unterscheidet man Neben-
ordnung (Parataxe) und Unterordnung (Hypotaxe)?

Die herrschende Lehrmeinung mag durch die Definition von Charles
Bally vertreten sein, der folgendermaßen schreibt: »Une proposition
subordonnée est la transposition d'une phrase indépendante en (...)
terme de phrase (sujet, complément d'objet direct ou indirect, complément circonstanciel) ...«[2] Dementsprechend nennt man einen Nebensatz, der ein Subjekt vertritt, einen Subjektsatz; einen Nebensatz, der
ein Objekt vertritt, einen Objektsatz usw. In dem folgenden Satz von
Victor Hugo ist also der Nebensatz nach der herrschenden Lehre als
solcher erkennbar, weil er einen Satzteil des Hauptsatzes, nämlich ein
Temporal-Adverb, vertritt: *Lorsque l'enfant paraît* (Nebensatz), *le
cercle de famille applaudit à grands cris* (Hauptsatz).[3]

Diese Auffassung, so einleuchtend sie zu sein scheint, bringt einige
Schwierigkeiten mit sich. Wenn man nicht die methodisch unsaubere

Bestimmung zulassen will, daß man »intuitiv« immer schon weiß, was ein Hauptsatz und was ein Nebensatz ist, muß man fragen, woran man einen Hauptsatz und einen Nebensatz etwa mit dem Ohr erkennen kann. Als erstes bietet sich die Möglichkeit an, die Konjunktion zum Kriterium des Nebensatzes zu machen. In diesem Fall würde also derjenige Satz, dem die Konjunktion *lorsque* voraufgeht, an eben diesem Signal als Nebensatz zu erkennen sein. Das wäre eine klare Definition und Abgrenzung, mit der ich mich vielleicht anfreunden könnte. Voraussetzung ist allerdings, daß man in der Grammatik die Klasse der Konjunktionen selber befriedigend abgrenzen kann. Davon sind wir aber beim gegenwärtigen Stand unserer syntaktischen Kenntnisse weit entfernt. Die Klasse der Konjunktionen ist in unseren Grammatiken eine Mischkategorie sehr verschiedener Sprachzeichen, ähnlich der Klasse der Adverbien. In ihr befinden sich nach einer weit verbreiteten Auffassung auch solche Morpheme wie *et, ou, mais* und *car*. Will man wirklich alle Sätze, die mit diesen Konjunktionen eingeleitet werden, als Nebensätze rechnen? Ich habe den Eindruck, daß erst einmal die Klasse der Konjunktionen durchforstet werden muß, ehe man den Signalwert der Konjunktionen für die Einteilung der Sätze nach Haupt- und Nebensätzen nutzbar machen kann. Da das bisher, soweit ich sehen kann, noch nicht überzeugend geleistet ist und auch im Rahmen dieser Untersuchung nicht geleistet werden kann, empfiehlt es sich vielleicht, nach anderen Kriterien Ausschau zu halten. Oder sind die Konjunktionen so wichtig, daß ohne sie auf keinen Fall daran zu denken ist, Haupt- und Nebensatz voneinander abzugrenzen?

Das scheint nicht der Fall zu sein. Wenn man in dem zitierten Satzgefüge von Victor Hugo etwa die Konjunktion *lorsque* wegläßt, so erhält man folgende zwei Sätze: *L'enfant paraît. Le cercle de famille applaudit à grands cris.* Hat sich damit der Sinn des Satzes verändert? Natürlich hat er sich verändert, sonst wäre ja die Konjunktion zu nichts gut gewesen. Die Zuordnung der Ereignisse ist offenbar weniger präzise ausgedrückt, wenn die Konjunktion fehlt. Dennoch ist die Beziehung der beiden Ereignisse aufeinander auch bei einem Fehlen der Konjunktion nicht völlig zerstört. Der Satz *L'enfant paraît* gibt also nach wie vor Zeitpunkt und Grund der allgemeinen Familienfreude an. Er vertritt nach wie vor, so können wir sagen, einen Satzteil des nachfolgenden Satzes und ist daher nach der herrschenden Lehre als Nebensatz aufzufassen. Er ist ja dem folgenden Hauptsatz »sinngemäß« untergeordnet. So kann man jeden beliebigen Satz, wenn man ihn nur mit einem passenden Kontext umgibt, in eine Position bringen, in der er zum Verständnis des vorhergehenden oder folgenden Satzes einen Umstand beiträgt und folglich durch einen Satzteil dieses Satzes vertreten werden könnte. Jeder beliebige Satz kann dann als Nebensatz aufgefaßt werden. Das ist nicht etwa eine Paradoxie, sondern eine ganz selbstverständliche Feststellung, wenn man nur die Voraussetzung annimmt, daß ein Text ein Determinationsgefüge ist. Kein Grammatiker wäre dennoch bereit, den Satz *L'enfant paraît* und andere Sätze dieser Art, obwohl sie in einem Text deutlich Informationszusätze zum umgebenden Text liefern, als Nebensätze anzuerkennen.

Es ist daher gut, sich auch bei dieser Frage von den isolierten und gar noch selbstgemachten Sätzen zu lösen und sich klarzumachen, was eigentlich ein Text ist. Ein Text ist offenbar eine Ganzheit, in der alles aufeinander bezogen ist. Die Elemente und Elementgruppen folgen in einer kohärenten und konsistenten Ordnung so aufeinander, daß jeder verstandene Textabschnitt zum sinnvollen Verständnis des folgenden Textabschnittes beiträgt. Andererseits wirkt der folgende Textabschnitt nun, wenn er seinerseits verstanden ist, wieder auf das Verständnis des vorhergehenden Textabschnittes zurück, so daß man ihn zurückdenkend noch besser versteht. So verstehen wir einen Text. Auch jeder Satz (was immer das ist) ist also insofern jedem anderen Satz untergeordnet, als er nicht nur selber verstanden werden, sondern auch zum Verständnis aller anderen Sätze beitragen will. Das zeigt nur, daß im Determinationsgefüge eines Textes alle Teile solidarisch sind.

Soll man also aus den vorgetragenen Gründen auf den Begriff der Unterordnung und den daraus abgeleiteten Begriff des Nebensatzes ganz verzichten? Gibt es, wenn die Konjunktionen zur Abgrenzung vielleicht nicht recht brauchbar sind, andere Kriterien, mit denen man operieren kann? Mit dieser Frage kehren wir wieder zu den Tempora zurück. Ich erinnere zunächst daran, daß man in französischen Nebensätzen mit sehr viel höherer Frequenz das Imparfait als das Passé simple findet. Diese Beobachtung ist schon öfter ausgesprochen worden. Als normal kann also bei der Verteilung dieser beiden Tempora auf ein französisches Satzgefüge die Form gelten: *Il conduisit la voiture qui roulait à toute vitesse.* Im Hauptsatz steht das Passé simple, im Nebensatz steht das Imparfait. Die Abfolge der Tempora ist nicht ohne weiteres umkehrbar. Es gibt jedoch keineswegs eine Regel, nach der das Imparfait im Hauptsatz und das Passé simple im Nebensatz ausgeschlossen wären. Man zitiert gelegentlich das Beispiel: *Il roulait à toute vitesse, lorsqu'un pneu creva.* In beiden Beispielsätzen wird natürlich die Wahl der Tempora durch die Kombinatorik mitdeterminiert, im ersten Fall also durch das Relativpronomen *qui,* im zweiten Falle durch die Konjunktion *lorsque.* Wir werden also auf die Konjunktionen und die damit verwandten Relativpronomina, zumindest aber auf die Kombinatorik mit ihnen, zurückverwiesen und befinden uns wieder am Anfang des Problems. Jedenfalls erhält man auch aus der Beobachtung der Tempora nicht ohne weiteres die vertrauten Kriterien für Haupt- und Nebensatz.

In dieser schwierigen Situation ist es vielleicht gar nicht unklug, den Marsch nach vorn statt nach hinten anzutreten. Als erstes ist nämlich daran zu erinnern, daß sowohl das Imparfait als auch das Passé simple, mit deren Distribution wir soeben den Versuch einer Abgrenzung zwischen Haupt- und Nebensatz gemacht haben, erzählende Tempora sind. Der ganze Versuch betrifft daher überhaupt keine anderen als *erzählende* Sätze. In *besprechenden* Sätzen ist die Methode gar nicht anwendbar, und die Distribution der Tempora gibt keinen Gesichtspunkt her, um zwischen Haupt- und Nebensatz zu unterscheiden. In der besprochenen Welt hängt also sowieso die ganze Frage der Unterordnung im Satz an den Konjunktionen und ähnlichen Signalen und kann höchstens, wenn überhaupt, von dorther entschieden werden. In erzählenden Texten hingegen steht das zusätzliche Kriterium der Tempus-Distribution zur Verfügung, sofern man sich zu der gewagten Feststellung entschließt, daß jeder Satz, der im Passé simple steht, als Hauptsatz und jeder Satz, der im Imparfait steht, als Nebensatz anzusehen ist. In einer umfassenden Beschreibung ist diese Feststellung nur Teil der allgemeinen Reliefgebung, welche die Großstruktur einer Erzählung bestimmt. Es ist damit ausgedrückt, daß die Großstruktur einer Erzählung auch in den Kleinstrukturen der einzelnen Sätze und Perioden wiederzufinden ist. Der erzählende Satz spiegelt im kleinen das erzählerische Relief der ganzen Erzählung. Er ist wie sie nach Vordergrund und Hintergrund unterschieden, wenn es dem Erzähler gefällt, das mit den Tempora zum Ausdruck zu bringen. Der Erzähler setzt nämlich das Imparfait in solchen Sätzen, die an einer gegebenen Stelle des erzählenden Textes, und zwar unabhängig von ihrer objektiven Wichtigkeit, einen Nebenumstand der Erzählung ausdrücken sollen. Er rückt den Nebenumstand damit in den Hintergrund und erzählt ihn in einem anderen Erzähltempo. So verfährt er im großen, und so kann er auch im kleinen verfahren. Ich sehe keine Veranlassung, die Erzähltechnik im großen und die Erzähltechnik im kleinen mit verschiedenen Methoden zu beschreiben. Denn auch der Erzähler kümmert sich um solche Grenzen nicht, er erzählt die große Geschichte mit kleinen Sätzen.

Ich nehme also die gewagt scheinende Formulierung, daß jeder Satz, der im Imparfait steht, als Nebensatz angesehen werden kann, wieder in die umfassendere Formulierung zurück, daß in einer Erzählung das Imparfait den Hintergrund (langsameres Erzähltempo), das Passé simple den Vordergrund (rascheres Erzähltempo) signalisiert. Diese Signalfunktionen bleiben den Tempora Imparfait und Passé simple übrigens auch dann erhalten, wenn sie in einem Text sehr stark mit besprechenden Tempora vermischt sind. Es versteht sich jedoch, daß die Begriffe Haupt- und Nebensatz, wenn sie in der französischen Sprache vielleicht nur bei erzählenden Tempora zu definieren und mit dieser Definition nur als Sonderfall der allgemeinen Reliefgebung aufgefaßt werden können, auch ganz gut entbehrlich sind.

Wer sich zu dieser Konsequenz nicht entschließen mag, wird wieder auf die Konjunktionen verwiesen. In erzählenden Texten mag es allerdings noch angehen, daß man eine Abgrenzung von Haupt- und Nebensatz mit Hilfe der (erzählenden) Tempora *und* der Konjunktionen gewinnt. Grundsätzlich ist gegen kumulative Definitionen dieser Art nichts einzuwenden. Ob man damit allerdings eine relativ einfache Grammatik konstruieren kann, erscheint mir fraglich.

Ich will zum Abschluß wieder an einem wirklichen Text illustrieren, welche Konsequenzen die skizzierte Alternative für die Textanalyse hat. Ich wähle einen kleinen Abschnitt aus Marcel Proust, dessen syntaktische Choreographie schon oft bewundert worden ist:[4]

> Quand j'arrivai chez Elstir, un peu plus tard, je crus d'abord que Mlle Simonet n'était pas dans l'atelier. Il y avait bien une jeune fille assise, en robe de soie, nu-tête, mais de laquelle je ne connaissais pas la magnifique chevelure, ni le nez, ni ce teint, et où je ne retrouvais pas l'entité que j'avais extraite d'une jeune cycliste se promenant, coiffée d'un polo, le long de la mer. C'était pourtant Albertine. Mais même quand je le sus, je ne m'occupai pas d'elle.

Man sieht, ich habe mit Absicht nicht eine jener großen, kunstvoll gebauten Perioden ausgewählt, sondern ein ganz gewöhnliches, unauffälliges Textstück. Nach der traditionellen Satzanalyse würde man an diesem Text die folgende Abfolge verzeichnen: Nebensatz – Hauptsatz – Nebensatz. Hauptsatz – Nebensatz – Nebensatz – Nebensatz. Hauptsatz. Nebensatz – Hauptsatz. Das wäre ausschließlich an den Konjunktionen sowie den Relativ- und Fragepronomina abgelesen. Die Tempora jedoch bestätigen diese Analyse nicht. Die Tempora legen folgende Analyse nahe: Vordergrund – Vordergrund – Hintergrund – Hintergrund – Hintergrund – Hintergrund – Hintergrund – Hintergrund – Vordergrund – Vordergrund. Die letztgenannte Analyse scheint mir in diesem Fall die geeignetere zu sein, weil sie der Erzählperspektive besser gerecht wird. Im Vordergrund der Erzählung steht das, was geschieht, was sich bewegt, was sich wandelt. Der Erzähler kommt im Atelier Elstirs an, hat eine bestimmte Meinung, korrigiert die Meinung und verhält sich in bestimmter Weise. Im erzählerischen Hintergrund verbleibt demgegenüber, was ihm dabei durch den Kopf geht – mit Ausnahme des Anfangs- und Endpunktes seiner inneren Erfahrung. Das steht dann im Imparfait (bzw. Plus-que-parfait). Die Distribution der Tempora ist konsequent und leistet einen wesentlichen Beitrag zur Konsistenz des Textes. In einer umfassenden Kombinatorik ist dann weiterhin zu berücksichtigen, wie die anderen syntaktischen Signale, insbesondere die Konjunktionen und Pronomina, die Determinationsstränge dieses Textstückes weiter bündeln und den Vordergrund und Hintergrund der Erzählung in weitergehender Differenzierung aufgliedern (vgl. Kap. IX).

2. Die Stellung des Verbs im deutschen Satz

Einer der Gründe, warum die deutsche Sprache in dem Rufe steht, schwierig zu sein, ist die Endstellung des Verbs im Nebensatz. Für eine Unterscheidung von Hauptsatz und Nebensatz ist das jedoch eine Erleichterung, da man nun gegenüber den romanischen Sprachen über ein neues Kriterium zur Bestimmung der Unterordnung im Satzgefüge verfügt.

Ich skizziere zunächst die Stellungsgesetze des Verbs im deutschen Satz. (Die Beispiele sind aus Texten Goethes.) In einem normalen deutschen Aussagesatz nimmt das Verb die zweite Stelle im Satz ein: *Die Zeit* i s t *mein Besitz, mein Acker* i s t *die Zeit.* Ein solcher Satz gilt als *Hauptsatz.* Zweite Stelle im Satz, das bedeutet: zweiter Satzteil. Es ist gleichgültig, wie die erste Stelle im Satz ausgefüllt ist und wieviel Wörter sie ausfüllen. Das kann, wie in dem zitierten Satz, ein Subjekt sein, aber auch ein Objekt, ein Prädikatsnomen, ein Adverb oder eine adverbiale Bestimmung, ein Partizip, ja ein ganzer Nebensatz, Infinitivsatz oder Partizipialsatz. In dem folgenden Satz Goethes wird die erste Satzstelle durch einen dreigliedrigen Nebensatz ausgefüllt, und das Verb des Hauptsatzes steht richtig an zweiter Satzstelle: *Denn als Wilhelm dem niedergeschlagnen Jüngling sein Verhältnis zu den Eltern des Frauenzimmers entdeckte, sich zum Mittler anbot und selbst die besten Hoffnungen zeigte,* e r h e i t e r t e *sich das traurige und sorgenvolle Gemüt des Gefangnen ...* (Lehrjahre I, 14). So haben auch eingeschobene Sätze (..., s a g t e *er,* ...) Zweitstellung des Verbs, da der voraufgehende Satz die erste Satzstelle füllt. Hauptsatzeinleitende Konjunktionen *(und, aber, sondern, denn* usw.) werden jedoch nicht als Füllung der ersten Satzstelle gerechnet.

Man sieht schon hier, daß in der Lehre von der Verbstellung im Satz zahlreiche Voraussetzungen enthalten sind, die einer Prüfung bedürfen. Aber ich will zunächst mit den geläufigen Begriffen weiterarbeiten.

Es gibt nun Sätze der deutschen Sprache, in denen das Verb nicht die zweite Satzstelle, sondern die erste Satzstelle einnimmt. Es sind insbesondere Fragesätze (K e n n s t *du das Land ...?),* außer wenn sie durch ein Fragewort eingeleitet werden *(Was* w i r d *mir jede Stunde so bang?).* Fragesätze sind überdies oft durch eine bestimmte Intonation gekennzeichnet. Verbstellung und Intonation des Fragesatzes stehen in einem Redundanzverhältnis. Unter bestimmten stilistischen Bedingungen kann die Frage auch ohne Spitzenstellung des Verbs durch den bloßen (steigenden) Frageton ausgedrückt werden *(Es* b l i c k t *die schöne Müllerin / Wohl freundlich manchmal nach dir hin?);* und andererseits kann bei einer mit einem Fragewort eingeleiteten Frage die fragende Intonation fehlen.

Außer in Fragesätzen finden wir Spitzenstellung des Verbs auch in Imperativsätzen (G e n i e ß e *mäßig Füll und Segen!).* Ferner als stilistische Variante mit der Nuance »Volksliedton«, etwa in Goethes Lied: S a h *ein Knab ein Röslein stehn*, sowie einigen anderen Wendungen, die vollständig aufzuzählen ich hier nicht den Ehrgeiz habe.

Im *Nebensatz* nun steht das Verb in Endstellung: *Die Nacht tritt ein, wo niemand wirken* k a n n. Als Hauptsatz würde dieser Satz lauten: *Niemand* k a n n *wirken*. Das Verb stünde dann in Zweitstellung. Es ist gleichgültig, wie lang der Nebensatz ist, wie viele Wörter, ja eingeschobene Sätze dem ans Ende gestellten Verb voraufgehen. Das Prinzip der Endstellung wird bis an die Grenze der Verständlichkeit beibehalten. Bis an diese Grenze, nicht darüber hinaus. Wenn die Übersichtlichkeit des Satzes auf dem Spiel steht, kann man dem Verb des Nebensatzes einzelne Wörter, sogar ganze Satzteile nachfolgen lassen. Es muß dann aber gesichert sein, daß das Verb nicht die Zweitstelle des Satzes einnimmt. Wir müßten also, wenn wir ganz genau sein wollten, die Stellung des Verbs im Nebensatz so beschreiben: eine beliebige Satzstelle außer der Zweitstelle. Es kann sogar die Spitzenstellung einnehmen: T r i t t s t *du im Garten hervor,* / *So bist du die Rose der Rosen.* Wir wollen aber von dieser Stellung absehen, behalten die erwähnten Einschränkungen im Sinn und sprechen weiter von der *Endstellung* des Verbs im Nebensatz.

Der Nebensatz teilt die Endstellung des Verbs mit dem Infinitiv- und Partizipialsatz. Hat ein Partizip nicht die Endstelle inne, dann ist es nicht Verb, sondern Adjektiv. Es kann dann kein Objekt bei sich haben.

Wenn wir nun einmal von der Spitzenstellung des Verbs in besonderen Satztypen wie Frage- und Befehlssätzen absehen, dann bleiben die *Zweitstellung* und die *Endstellung* als die charakteristischen Stellungen des Verbs im deutschen Satz. Diese beiden Stellungen unterscheiden Hauptsatz und Nebensatz. Darüber hinaus ermöglichen sie die sehr weitgehende Trennung mehrgliedriger Verben und zusammengesetzter Tempora. Auch andere Sprachen haben zusammengesetzte Tempora; aber in ihnen wird das Verb mehr durch die Orthographie als durch andere Satzelemente getrennt. Im Französischen etwa sind *il a* und *chanté* nur durch einige wenige Elemente trennbar, kaum anders als lat. *canta-t* noch durch ein *-vi-* oder *-bi-* getrennt werden kann. Es hat also keinen Sinn, in solchen Fällen zwischen analytischer und synthetischer Flexion zu unterscheiden.

Anders im Deutschen. *Er hat* und *gesungen* sind nicht nur durch einige wenige Elemente trennbar, sondern durch alle möglichen Elemente. Man kann sich zwischen den beiden Teilen des einen Tempus Perfekt ganze Sätze und Satzreihen denken, deren Umfang nur durch den Stil, nicht durch die Grammatik beschränkt ist. Denn ein zusammengesetztes Tempus wird so auf den Satz verteilt, daß das erste Element die Zweitstelle, das zweite Element die Endstelle einnimmt

(Die Welt i s t *nicht aus Brei und Mus* g e s c h a f f e n ...); ohne grammatische Rücksicht darauf, wieviel Elemente zwischen der Zweitstelle und der Endstelle stehen. Dies ist die Regelung im Hauptsatz.

Im Nebensatz bleiben beide Elemente des zusammengesetzten Tempus beieinander und besetzen beide die Endstelle *(Er besann sich auf alles, was er* e r f a h r e n h a t t e). Im einzelnen informiert man sich über diese Stellungsbedingungen am besten in der *Grammatik der deutschen Sprache* von Schulz/Griesbach oder bei Hans Glinz, von dem wir in diesem Abschnitt viele Anregungen, jedoch nicht die private Terminologie übernommen haben.[5]

Wir werden im folgenden versuchen, das ganze Problem der Unterordnung sowie der Endstellung des Verbs im Nebensatz von den Tempora her zu betrachten. Wir setzen dabei von einer ganz anderen Seite neu an, nämlich bei der Frage der *Reliefgebung* durch Tempora. Vergleicht man nämlich das Tempus-System der deutschen Sprache mit dem Tempus-System der romanischen Sprachen oder dem der englischen Sprache, so fällt als erstes auf, daß die deutsche Sprache weniger, gegenüber manchen Sprachen sogar viel weniger Tempora aufweist. Das Französische hat die Skala der Erzähltempora durch die Unterscheidung von Imparfait und Passé simple reicher besetzt als das Deutsche. Mit der Reliefgebung verhält es sich nun im Französischen so, daß ein Satz il c h a n t a *une chanson*, wenn er im Kontext von einem anderen Satz abhängig wird, sein Tempus ändert und dadurch in den Hintergrund tritt (»Nebensatz«). Es heißt also etwa: *Je sus qu'il* c h a n t a i t *une chanson.* Im Deutschen geschieht nun etwas ganz ähnliches. Der Satz er s a n g *ein Lied* ändert ebenfalls sein Tempus, wenn er im Kontext von einem anderen Satz abhängig wird, und es heißt: *Ich erfuhr, daß er ein Lied* s a n g. Der Stellungswechsel des Verbs von der Zweitstelle zur Endstelle entspricht einem Wechsel des Tempus. Es wird dadurch im Deutschen genau das gleiche bewirkt, was im Französischen durch die Vertauschung eines Passé simple gegen ein Imparfait bewirkt wird. Der Satz rückt dadurch in den Hintergrund und wird ein »Nebensatz«. Es entsprechen sich also in unserem Beispiel frz. *chanta* und dt. *sang* (Zweitstellung), frz. *chantait* und dt. *sang* (Endstellung). Die beiden erstgenannten Formen sind Vordergrundtempora, die beiden letztgenannten Formen sind Hintergrundtempora.

Diese Äquivalenz gilt nicht für alle Sätze der deutschen und französischen Sprache. Der Hauptunterschied zwischen den beiden Sprachen liegt darin, daß die französische Sprache nur in der erzählten Welt zwischen Vordergrund und Hintergrund unterscheidet und in der besprochenen Welt diese Unterscheidung von der Situation machen läßt. In der deutschen Sprache hingegen kann jedes Tempus die Zweitstelle und die Endstelle im Satz einnehmen. Der deutsche Sprecher kann also auch besprechender Rede nach Vordergrund und Hintergrund Relief geben. Denn jedes Tempus kommt zweimal vor, oder anders ausgedrückt: man hat erst das wirkliche Tempus-System der deutschen Sprache, wenn man die (wenigen) Tempora doppelt rechnet. Man erhält dann eine Zahl von Tempora, die ungefähr der Zahl von Tempora entspricht, die man auch in anderen Sprachen zählt und die für den Haushalt der Sprache nötig ist.

Das ist eine sehr ökonomische Struktur des Tempus-Systems, da nicht die Zahl der einzelnen Tempora additiv vermehrt wird, sondern die vorhandenen Tempora durch *ein* Signal, das mit allen verbunden werden kann, nämlich das Signal »Endstellung«, verdoppelt sind (Multiplikation statt Addition). Es gibt in der Sprache viele Analogien für eine Ökonomie dieser Art. Die Formenlehre aller Sprachen ist ohne das Ökonomieprinzip der Multiplikation kaum denkbar. Wir kennen es aus den Paradigmen, wo etwa die Reihe *amo – amas – amat – amamus – amatis – amant* im Futurum nicht um sechs weitere Formen vermehrt wird, sondern wo ein und dasselbe Signal zu allen sechs Formen hinzutritt und sie damit, von kleinen Unregelmäßigkeiten (Anomalien) abgesehen, »auf einen Streich« in ein anderes Tempus verwandelt: *Amabo – amabis – amabit – amabimus – amabitis – amabunt.* Das geschieht hier durch ein Morphem *-bi-* (mit den Varianten *-ab-* und *-bu-*). In anderen Bezirken der Formenlehre geschieht die gleiche Formen-Multiplikation durch eine Stellungsveränderung. So wird im Französischen ein Subjekt, das man hinter das (transitive) Verb rückt, ein Objekt: *la femme cherche – cherchez la femme.* Das Nomen *la femme* existiert also zweimal, einmal als Subjekt, einmal als Objekt möglicher Sätze.

So verhält es sich auch mit dem Verb in der deutschen Sprache. Es braucht nicht durch besondere Morpheme, sondern nur durch einen Wechsel der Satzstelle verändert zu werden, um ganz andere Funktionen zu übernehmen. Da sich diese Funktionen zum Teil mit dem decken, was in anderen Sprachen von eigenen Tempora geleistet wird, rechnen wir die Stellungsbedingungen des deutschen Verbs zum Tempus-System.

Man sieht nun, daß sich hinter der Bezeichnung *Inversion*, wenigstens in der deutschen Sprache, ganz verschiedene Dinge verbergen. Wenn man sagt, der Satz *heute regnet es* habe Inversion gegenüber dem Satz *es regnet heute,* weil die »natürliche« [6] Abfolge Subjekt – Prädikat in eine Abfolge Prädikat – Subjekt umgekehrt ist, so darf diese Inversion nur als scheinbare Inversion gelten. Es gibt keine natürliche Abfolge der Elemente im Satz, die a priori für alle Sprachen gültig wäre. Es kann immer nur für eine gegebene Sprache gesagt werden, welche Wortstellung im Satz als normal angesehen werden darf, weil sie etwa im unabhängigen Aussagesatz anzutreffen ist. In diesem Sinne kann in der deutschen Sprache die Zweitstellung des Verbs als normal angesehen werden. (Das bedeutet aber nur, daß wir diese Stellung des Verbs als Ausgangspunkt der Überlegungen betrachten und als Stellung Null einem zu entwerfenden System zugrunde legen. Objektiv ist die Endstellung des Verbs genauso »normal«, nur eben in anderen Sätzen.)[7]

Unter dieser Voraussetzung nun gibt es weder in dem Satz *es regnet heute*, noch in dem Satz *heute regnet es* Inversion, da ja in beiden Sätzen das Verb die Zweitstelle innehat. In dem Satz mit vorangestelltem Adverb tritt, so können wir sogar sagen, das Subjekt nur deshalb hinter das Verb, weil die Satzspitze nun von dem Adverb besetzt ist und das Verb um jeden Preis die Zweitstelle behalten soll. Die scheinbare Inversion dient also dem Zweck, eine wirkliche Inversion, d. h. Vertreibung des Verbs von der Zweitstelle, zu vermeiden.

Daß man in solchen Fällen überhaupt von Inversion spricht, ist von anderen Sprachen kritiklos übernommen. Andere Sprachen haben aber andere Stellungsgesetze. In Sprachen wie dem Englischen und dem Französischen ist die Zweitstelle im Satz keine privilegierte Stellung. In ihnen kann also das Verb ohne weiteres an die dritte Stelle im Satz rücken: *today it is raining; aujourd'hui il pleut.* Man muß daraus die Folgerung ziehen, daß nicht alles Inversion ist, was sich im Satz bewegt. In der deutschen Sprache kann man nur dann von wirklicher Inversion sprechen, wenn die Zweitstellung und die Endstellung (unter besonderen Bedingungen auch die Spitzenstellung) des Verbs im Spiele sind. Dies sind, bei sonst freier Wortstellung, die interessanten, die gefährlichen Stellungen im Satz, weil sie für das Tempus-System der Sprache relevant sind. Dies sind die Stellungspole des Satzes, um die sich alles andere gruppiert. Es sind zugleich zwei Pole des Tempus-Systems. Das gesamte Tempus-System wird, quer zur Strukturgrenze zwischen der besprochenen und erzählten Welt, in den Dienst der Reliefgebung nach Vordergrund und Hintergrund gestellt.

Das ganze Tempus-System also, nicht nur die Tempora der erzählten Welt. Das ist ein Mehr an Relief gegenüber den romanischen Sprachen. Es ist zugleich auch ein Weniger. Denn wir haben in den Interpretationen romanischer Erzähltexte gesehen, daß die Reliefgebung nach Vordergrund und Hintergrund nicht nur die Kleinstruktur, also das Satzgefüge beherrscht, sondern ebenso und vielleicht in erster Linie die Großstruktur der Erzählung. Das leistet die Reliefgebung durch die Verbstellung in der deutschen Sprache weniger. Sie ist prinzipiell auf die Kleinstruktur beschränkt und wirkt nur in der Summierung auf die Großstruktur der Erzählung. Die Reliefgebung im Deutschen und die Reliefgebung in den romanischen Sprachen decken sich daher nur teilweise.

Immerhin erklärt die konsequente Ausbildung der Reliefgebung durch die Verbstellung in der deutschen Sprache seit der frühneuhochdeutschen Zeit, warum sich im Deutschen nie das Bedürfnis eingestellt hat, eigene Tempora für den Hintergrund *der Erzählung* zu entwickeln, sagen wir: das Präteritum im Sinne vom Imparfait und Passé simple zu differenzieren. Das Präteritum *ist schon* differenziert nach der Zweitstellung und der Endstellung im Satz. Und darüber hinaus sind alle anderen Tempora nach diesem Prinzip differenziert.

Man kann sich das am besten an der Kindersprache klarmachen. In der deutschen Sprache werden die Tempora der erzählten Welt, wie Linguisten und Psychologen festgestellt haben, (vgl. S. 51 ff.), verhältnismäßig spät, nämlich erst im vierten oder fünften Lebensjahr entdeckt. Im zweiten Lebensjahr aber, so habe ich es selber an meinen Kindern beobachtet, beherrschen sie schon die Differenzierung der Tempora (natürlich nur der besprechenden Tempora) nach Zweitstellung und Endstellung im Satz. Das ist lange bevor Kinder mit Konjunktionen und anderen Funktionswörtern umzugehen lernen. Der Satz *Gucken, dunkel ist* ist also vollkommen richtig nach Vordergrund und Hintergrund (Hauptsatz und Nebensatz, wenn man so will) differenziert und kann ohne weiteres zur Satzgestalt der Erwachsenensprache ergänzt werden: *Wir wollen gucken, ob es schon dunkel ist*. Die Beherrschung der Verbstellungen geht also den Konjunktionen um Jahre voraus; darum erkläre ich nicht gerne Nebensätze von den Konjunktionen her. Konjunktionen und ähnliche Funktionswörter sind offenbar nicht unerläßlich und bewirken nicht für sich allein, daß ein Satz in den Hintergrund tritt.

Die Beherrschung der Verbstellung geht aber auch dem Erwerb der Erzähltempora vorauf. Daher wird, so meine ich, verständlich, daß eine voll ausgebildete Tempus-Differenzierung nach den Stellungen des Verbs im Satz eine spätere Differenzierung bloß der Erzähltempora im Dienste einer speziell erzählerischen Reliefgebung überflüssig macht. In diesem Sinne besteht ein Ausschließlichkeitsverhältnis zwischen der umfassenderen (aber die Großstrukturen der Erzählung weniger deutlich abzeichnenden) Tempus-Differenzierung durch die Verbstellung im Deutschen einerseits und der auf die erzählte Welt beschränkten (aber ihr in der Großstruktur wie in der Kleinstruktur gerecht werdenden) Tempus-Differenzierung durch Tempus-Morpheme in den romanischen Sprachen andererseits.

Wir können an dieser Stelle vielleicht einen kurzen Blick auf die *Sprachgeschichte* werfen, müssen uns aber, um den Rahmen dieses Buches nicht zu sprengen, auf Andeutungen beschränken. Ich wünsche mir vor allem, daß aus den voraufgehenden Überlegungen deutlich geworden ist, wie einschneidend die Verbstellung im Satz die Struktur der deutschen Sprache, insbesondere ihr Tempus-System, bestimmt. Sollte das nur Abklatsch einiger lateinischer Schulgrammatiken sein? Ich kann das nicht glauben. In der Ausnutzung der Verbstellung im Satz zur syntaktischen und stilistischen Reliefgebung darf man, wenn solche Bewertungen überhaupt erlaubt sind, einen intelligenten und eleganten Bereich der deutschen Sprachstruktur sehen. Wenn man historisch erklären will, sollte man nach Gründen suchen, die auf der Höhe der Wirkung sind.

Hier bietet nun die strukturale Sprachwissenschaft wieder die Methode an, ein in Frage stehendes Sprachphänomen nicht in der Isolierung, sondern im Ganzen des Sprachsystems zu untersuchen. Die Relevanz der Satzstellung ist ein solches Phänomen, das in einem bestimmten Strukturzusammenhang mit dem Ganzen des Tempus-Systems und darüber hinaus mit dem Insgesamt der Verbformen steht. Nur aus der Geschichte dieses Gesamtsystems darf man hoffen, das Einzelphänomen erklären zu können. Dabei verdient der *Konjunktiv* besondere Beachtung. Wir werden noch in einem anderen Zusammenhang (vgl. Kap. VIII) vom Konjunktiv handeln und zu zeigen versuchen, wie sich Konjunktiv-Formen und Tempus-Formen bzw. Tempus-Übergänge eine gewisse Sprachfunktion teilen und wie sie sich in der Wahrnehmung dieser Funktion auch historisch ablösen. Es ist zu vermuten, daß auch die Ausbildung der Stellungsrelevanz im Satz mit bestimmten Veränderungen im Subsystem der Konjunktiv-Formen Hand in Hand geht.

Die alte deutsche Sprache hatte, wie bei Behaghel zu lesen ist, eine strenge Scheidung von Konjunktiv Präsens und Konjunktiv Präteritum, die sich in der Consecutio temporum zeigt.[8] Der Konjunktiv Präsens (nhd. *er singe*) ist also der Tempusgruppe I, der Konjunktiv Präteritum (nhd. *er sänge*) der Tempusgruppe II zuzurechnen. Mit Beginn der frühneuhochdeutschen Zeit wandeln sich zwar nicht die Formen (sie bestehen noch in der heutigen deutschen Sprache), wohl aber das System des Konjunktivs. In den Mundarten setzt sich gewöhnlich eine der beiden Konjunktiv-Formen auf Kosten der anderen durch, während in der deutschen Schriftsprache die beiden Formen mehr oder weniger freie Varianten werden.[9] Viele Sprecher, aber längst nicht alle, richten sich dabei nach dem Prinzip, grundsätzlich den Konjunktiv Präsens zu setzen, wenn er von der Form des Indikativs hörbar verschieden ist; wenn er aber nicht hörbar verschieden ist *(ich singe : daß ich singe)*, steht statt seiner der Konjunktiv Präteritum *(daß ich sänge)*. Das ist unabhängig von der Tempus-Gruppe. Die Konjunktiv-Formen stehen nun jenseits des Tempus-Systems. Sie sind semi-finite Formen, und nur eine alte Gewohnheit rechtfertigt, *singe* einen Konjunktiv Präsens, *sänge* einen Konjunktiv Präteritum zu nennen.

Der Konjunktiv hat nun im Deutschen immer die Funktion gehabt, dem Satz Relief zu geben. Verben im Konjunktiv machen Hintergrundsätze. Wenn man diese Feststellung wenigstens als Annahme zuläßt, ergibt sich folgendes. Unter dem Gesichtspunkt der Verbstellung im Satz ist nämlich zu bemerken, daß die Konjunktiv-Form wie jedes andere Verb in Spitzenstellung, Zweitstellung und Endstellung stehen darf, daß aber eine Konjunktiv-Form andererseits von der Endstellung dispensieren kann. Man kann also auf zweierlei Art einen Satz syntaktisch in den Hintergrund rücken, erstens durch Endstellung des Verbs *(er glaubt, daß er singen k a n n)*, zweitens durch eine Konjunktiv-Form in der Zweitstellung *(er glaubt, er k ö n n e singen)*. Beide Sätze erfüllen vollkommen das Prinzip der syntaktischen Reliefgebung. (Übercharakterisiert sind demgegenüber: *er glaubt, daß er singen* k ö n n e ; untercharakterisiert: *er glaubt, er* k a n n *singen)*. Daraus geht hervor, daß die Konjunktiv-Formen und die Relevanz der Verbstellung im Satz in der Funktion der syntaktischen Reliefgebung konkurrieren. So sind die Verhältnisse in der deutschen Sprache der Gegenwart, wobei der Konjunktiv deutlich in der schwächeren Position ist. Wir haben daher die aufkommende Relevanz der Verbstellung im Satz und die einsetzende Störung und Zerstörung des Subsystems Konjunktiv als zwei Seiten eines großen sprachgeschichtlichen Prozesses anzusehen. Der Sprache wird in der Verbstellung gegeben, was ihr im Konjunktiv genommen wird. Das ist eine Umgliederung der deutschen Sprachstruktur. Ihre Anfänge werden für die frühneuhochdeutsche Zeit gemeldet, und zwar für beide Seiten des Prozesses. Es ist unerläßlich, die Korrespondenz des Nehmens und Gebens zu sehen und auch diesen Sprachwandel als einen sinnvollen Vorgang zu begreifen. Es besteht kein Grund, dem Verschwinden des Konjunktivs, dort wo er verschwindet, gerührte Tränen nachzuweinen. Man darf sich darauf verlassen, daß die Sprache gut vorsorgt und längst andere Ausdrucksmittel bereitgestellt hat.

Es ist nun bekannt, daß die deutsche Sprache in ihren Sätzen zur Klammer-Stellung hin tendiert. Immer dann, wenn das Verb selber zweigliedrig ist (Kopula + Adjektiv oder Substantiv als Prädikatsnomen, Hilfsverb + Infinitiv), werden diese beiden Elemente möglichst auf die Zweitstellung und die Endstellung im Satz verteilt. Da nun im Nebensatz die Zweitstellung ausfällt, besetzen in diesem Falle beide Elemente des Verbs die Endstellung. Wenn nun noch hinzukommt, daß das Tempus-Morphem zweigliedrig ist, was in der deutschen Sprache für Perfekt, Plusquamperfekt, Futur und Konditional gilt, dann ergibt sich für das Verb im Nebensatz eine Dreigliedrigkeit, etwa in dem Satz: ... *als du noch Student gewesen bist.* Diese Dreigliedrigkeit nun, systematisch gefordert von einer Kombination eines zweigliedrigen Verbs mit einem zweigliedrigen Tempus-Morphem, wird im tatsächlichen deutschen Sprachgebrauch nach Möglichkeit gemieden. Es heißt also geläufiger: ... *als du noch Student warst* – so Arthur Schnitzler in einem Perfekt-Kontext. Das Präteritum bringt an dieser Stelle den Vorteil mit sich, daß die Endstellung des Satzes nur zweigliedrig besetzt ist. Es gibt in der deutschen Sprache andere Lösungen dieses Problems, die ich hier nicht erschöpfend erörtern, sondern allenfalls schematisch an dem gewählten Beispielsatz darstellen kann: ... *als du noch Student gewesen* (archaisch, poetisch), ... *wenn du einmal*

Student wirst (Präsens statt Futur), ... *du hast Student sein können* (doppelter Infinitiv bei Morphem-Verben) usw. Welche der hier skizzierten Lösungen im Einzelfall von einem Sprecher gewählt wird, hängt vom Kontext ab. Die genauen Regeln sind meines Wissens noch nicht bekannt. Es steht aber außer Frage, daß die Wahl des Tempus von diesem Gesichtspunkt mitbestimmt wird.[10]

Zur Verdeutlichung der Problemlage werfen wir einen Blick auf Arthur Schnitzlers Schauspiel *Die Gefährtin,* aus dem auch das gewählte Beispiel entnommen ist.[11] Dieses Schauspiel besteht aus einem lebhaften Dialog mit hoher Frequenz von Perfekt-Formen, wie es dem oberdeutschen Tempus-System entspricht (vgl. Kap. X). Dennoch finde ich in dem Schauspiel kein einziges Beispiel für Dreigliedrigkeit in der Endstellung des Verbs. Von den 51 Formen des Präteritum, die dieses Schauspiel aufweist, fallen nun schon 22 auf die Form *war,* 4 auf *hatte,* 12 weitere auf die Modalverben *wollte* (7), *mußte* (3), *konnte* (1), *sollte* (1). Die übrigen Formen des Präteritum verteilen sich auf die Verben *dachte, wußte, ging, kam, sah, hörte, schrieb, hereintrat.* Der Befund dieser kleinen Auszählung läßt zweifelsfrei erkennen, daß das Tempus Präteritum von solchen Verben bevorzugt wird, die auf die Kombination mit einem anderen Element angelegt sind und bei einer weiteren Kombination mit einem zweigliedrigen Tempus in der Endstellung des Nebensatzes dreigliedrig würden. Es besteht also durchaus Veranlassung, das eigentümliche Verhalten dieser Verb-Gruppe gegenüber einigen Tempora der deutschen Sprache von den Stellungsbedingungen im deutschen Satz her zu beschreiben.

Das wird auch von der Kindersprache bestätigt. Wir haben schon bei einer anderen Gelegenheit beobachtet, wie sich die Kindersprache die erzählenden Tempora erobert. Das geschieht in einem Aneignungsprozeß, der sich über mehrere Jahre erstreckt. Bei genauerer Beobachtung zeigt sich nun, daß nicht nur die absolute Zahl der erzählenden Tempora, insbesondere der Formen des Präteritum, von Jahr zu Jahr zunimmt, sondern daß sich auch unter diesen Formen des Präteritum die Verhältniszahlen zwischen den Verb-Gruppen ständig verschieben. Auszählungen an 55 Texten aus dem von Dietrich Pregel zusammengestellten Corpus mit mündlichen und schriftlichen Äußerungen von 5- bis 9jährigen Kindern haben ergeben, daß bis zum 8. Lebensjahr unter den Formen des Präteritum die Formen *war* und *hatte* sowie die Modalverben noch die überwiegende Mehrheit bilden. Erst vom 9. Lebensjahr an hält sich diese Verb-Gruppe mit den »Voll«-Verben die Waage.

Zum Abschluß dieser Überlegungen noch eine Anmerkung zu einem Übersetzungs-Problem, das sich aus den kontrastierenden Strukturen der deutschen und der französischen Sprache ergibt. In der französischen Sprache, so haben wir gesagt, stehen die beiden Tempora Imparfait und Passé simple im Dienste der Reliefgebung. In der deutschen Sprache hingegen gibt es eine Reliefgebung nur im Satz, sie wird durch die Stellung des Verbs geleistet. Wie soll man nun übersetzen? Übersetzt man *disait-il* als *pflegte er zu sagen* und *il parla* als *er fing zu sprechen an?* Strohmeyer hatte gelehrt: »Wird durch den deutschen Ausdruck nicht sicher klar, ob der französische Autor, seinem speziellen Standpunkte nach, an der betreffenden Stelle das Imperfektum oder das historische Perfekt gewählt hat, so ist die Übertragung ungenau, wenn nicht gar falsch.«[12] So kommt die folgende Übersetzung zustande. André Gide hatte in den Faux-Monnayeurs den unschuldigen Satz geschrieben: *Elle reprisait de vieilles chaussettes.* Der Übersetzer macht daraus im Deutschen: *Sie hatte ein Häuflein zerrissener Socken vor sich liegen und war, während des Sprechens, geschäftig, sie zu stopfen.*[13]

Nein, so geht es nicht. Man kann sich diese ungelenkigen Akrobatenstücke ersparen. Die Strukturen stellen sich auch ohne Anstrengung ein, wenn man dem natürlichen Sprachgebrauch folgt. Man übersetzt also sowohl das Imparfait als auch das Passé simple der französischen Sprache mit dem deutschen Präteritum, setzt also *er sprach* sowohl für *il parlait* als auch für *il parla.* Dabei geht die Reliefgebung der französischen Sprache verloren. Sie wird aber von selber durch ein deutsches Äquivalent ersetzt, insofern das deutsche Präteritum bald die Endstelle, bald die Zweitstelle im Satz einnimmt. Das deckt sich nicht genau; zwei verschiedene Prinzipien der Distribution schaffen in den Texten beider Sprachen dennoch eine Tempus-Mischung, die zur Reliefgebung taugt.

Die je verschiedene Kombinatorik der Tempora in den beiden Sprachen macht jedoch, daß sich die Reliefgebung in der deutschen Sprache mehr in der Kleinstruktur der Satzgefüge, in der französischen Sprache jedoch auch in der Großstruktur der Erzählung abbildet. Diese kann daher mit den Mitteln der Stellungsrelevanz im Deutschen nicht oder nur andeutungsweise wiedergegeben werden. Hier sollte der Übersetzer nicht unterlassen, in der deutschen Übersetzung zusätzliche makrosyntaktische Signale einzuführen, um die Großstruktur einer Erzählung zu unterstreichen. Insbesondere sollte er auf das Einsetzen und Aussetzen der Vordergrundhandlung achten und die Übergänge gegebenenfalls mit Gliederungssignalen *(da kam . . .)* unterstreichen. An Partikeln wird es nicht fehlen, die diskretesten sind die besten.

3. Stilistik der Verbstellung im Deutschen

Die Verbstellung ist im Deutschen ein nicht nur stilistisches Phänomen. Die Tempus-Differenzierung nach Zweitstellung und Endstellung des Verbs gibt dem Text zwar Relief, aber nicht ganz nach der Willkür des Autors. Er kann das Verb in einem Satz nicht ohne weiteres an den Schluß setzen (so wie der französische Autor jedes Verb ins Imparfait setzen kann), sondern er muß, wenn er das Verb am Satzschluß haben will, zugleich den Satz so arrangieren, daß die Syntax die Endstellung zuläßt. Er muß also dem Satz eine Konjunktion oder ein Pronomen voranstellen. Was ihm die Syntax an Freiheit nimmt, muß er sich dann durch die Stilistik wiedergeben lassen. Das klassische deutsche Prosa-Ideal will, daß ein ziemlich abgewogenes Verhältnis von Sätzen mit Zweitstellung des Verbs und Sätzen mit Endstellung des Verbs besteht. Es hält die Mitte zwischen einer übermäßigen Häufung der Endstellung (»Schachtelsätze«) und einer übermäßigen Häufung der Zweitstellung (»lakonischer Stil«).

Nachdem wir bei der Besprechung der französischen Reliefgebung eine Novelle von Maupassant nach ihrem Vordergrund und Hintergrund auseinandergelegt haben, wollen wir zum Vergleich einen Abschnitt Goethescher Prosa nun nicht auseinanderlegen, wohl aber nach Vordergrund und Hintergrund typographisch getrennt einrücken. Der Abschnitt ist dem Kapitel I, 14 des Romans *Wilhelm Meisters Lehrjahre* entnommen. Man findet also auf der linken Seite die Sätze mit Zweitstellung des Verbs (Hauptsätze), auf der rechten Seite die Sätze mit Endstellung des Verbs (Nebensätze). Die Druckanordnung soll deutlich machen, daß der Text prinzipiell, wenn auch in anderer Distribution, ebenso Relief hat wie ein Text, der durch die Tempora Imparfait und Passé simple gegliedert ist:

Unter solchen Worten und Gedanken hatte sich unser Freund ausgekleidet und stieg mit einem Gefühle des innigsten Behagens zu Bette. Ein ganzer Roman,

                               was er an der Stelle des Unwürdigen morgenden Tages tun würde,

entwickelte sich in seiner Seele, angenehme Phantasien begleiteten ihn in das Reich des Schlafes sanft hinüber und überließen ihn dort ihren Geschwistern, den Träumen,

                               die ihn mit offenen Armen aufnahmen und das ruhende Haupt unsers Freundes mit dem Vorbilde des Himmels umgaben.

Am frühen Morgen war er schon wieder erwacht und dachte seiner vorstehenden Unterhandlung nach. Er kehrte in das Haus der verlassenen Eltern zurück,

                               wo man ihn mit Verwunderung aufnahm.

Er trug sein Anbringen bescheiden vor und fand gar bald mehr und weniger Schwierigkeiten,

als er vermutet hatte.

Geschehen war es einmal,

und wenngleich außerordentlich strenge und harte Leute sich gegen das Vergangene und Nichtzuändernde mit Gewalt zu setzen und das Übel dadurch zu vermehren pflegen,

so hat dagegen das Geschehene auf die Gemüter der meisten eine unwiderstehliche Gewalt,

und was unmöglich schien,

nimmt sogleich,

als es geschehen ist,

neben dem Gemeinen seinen Platz ein. Es war also bald ausgemacht,

daß der Herr Melina die Tochter heiraten sollte;

dagegen sollte sie wegen ihrer Unart kein Heiratsgut mitnehmen und versprechen,

das Vermächtnis einer Tante noch einige Jahre gegen geringe Interessen in des Vaters Händen zu lassen.

Der zweite Punkt, wegen einer bürgerlichen Versorgung, fand schon größere Schwierigkeiten. Man wollte das ungeratene Kind nicht vor Augen sehen, man wollte die Verbindung eines hergelaufenen Menschen mit einer so angesehenen Familie,

welche sogar mit einem Superintendenten verwandt war,

sich durch die Gegenwart nicht beständig aufrücken lassen; man konnte ebenso wenig hoffen,

daß die fürstlichen Kollegien ihm eine Stelle anvertrauen würden.

Beide Eltern waren gleich stark dagegen, und Wilhelm,

der sehr eifrig dafür sprach, weil er dem Menschen, den er gering schätzte, die Rückkehr auf das Theater nicht gönnte und überzeugt war, daß er eines solchen Glückes nicht wert sei, konnte mit allen seinen Argumenten nichts ausrichten.

Hätte er die geheimen Triebfedern gekannt,

so würde er sich die Mühe gar nicht gegeben haben,

die Eltern überreden zu wollen.

Denn der Vater,

der seine Tochter gerne bei sich behalten hätte,

haßte den jungen Menschen,

weil seine Frau selbst ein Auge auf ihn geworfen hatte,

und diese konnte in ihrer Stieftochter eine glückliche Nebenbuhlerin nicht vor Augen leiden. Und so mußte Melina wider seinen Willen mit seiner jungen Braut,

die schon größere Lust bezeigte, die Welt zu sehen und sich der Welt sehen zu lassen,

nach einigen Tagen abreisen,

um bei irgend einer Gesellschaft ein Unterkommen zu finden.

Vergleicht man die Reliefgebung dieses Prosatextes mit der Reliefgebung durch Imparfait und Passé simple in der Novelle von Maupassant, so fällt als hervorragender Unterschied auf, daß Vordergrund und Hintergrund in der Prosa Goethes ziemlich regelmäßig gemischt sind. Dies ist nun ein Abschnitt aus einem Roman. Aber auch in Novellen deutscher Sprache findet man keine Massierung von Verben in Endstellung etwa in der Einleitung und Ausleitung. Das läßt die deutsche Syntax nicht zu. Nur andeutungsweise, so scheint mir, läßt sich bei Goethe die Tendenz beobachten, am Schluß eines Abschnitts der Endstellung des Verbs den Vorzug zu geben. Von 99 Kapiteln des Romans *Wilhelm Meisters Lehrjahre* enden 31 mit dem Verb in Zweitstellung, 68 mit dem Verb in Endstellung (Infinitivsätze, Partizipialsätze usw. mitgerechnet). In dem hier mitgeteilten Abschnitt aus der Mitte des Kapitals I, 14 finden wir dagegen ein Gleichgewicht von 25 Verben in Zweitstellung und 24 Verben in Endstellung (dazu eines in der Spitzenstellung als Variante).

Ich weiß nicht, wieweit dieses Zahlenverhältnis unserer Stichprobe als repräsentativ angesehen werden kann, mir fällt jedoch auf, daß Goethe die Kapitel seines Romans gerne mit einem endgestellten Verb verklingen läßt, wo er den Satz recht gut auch hätte anders wenden können. Zwei Beispiele: *Er b i l d e t e aus den vielerlei Ideen mit Farben der Liebe ein Gemälde auf Nebelgrund, dessen Gestalten freilich sehr ineinander* f l o s s e n ; *dafür aber auch das Ganze eine desto reizendere Wirkung* t a t (Lehrjahre I, 9). – *Der Graf* g a b *einigemal freundliche Zeichen des Beifalls und* l o b t e *den besondern Ausdruck der Vorlesung, da er zuletzt unsern Freund* e n t l i e ß. (Lehrjahre III, 10). In beiden Fällen kann man sich gut einen Satzbau mit dem Verb in Zweitstellung vorstellen: *dafür* t a t *aber auch das Ganze* ...; *– und er* e n t l i e ß *zuletzt unsern Freund* ... Die Wahl der Satzstelle für das Verb scheint Ausdruck eines Stilwillens zu sein, der eine Erzählung lieber mit einem Hintergrund-Tempus ausklingen läßt, von ferne dem Imparfait de rupture vergleichbar.

Das Märchen jedoch liebt den Vordergrund. Es will einfach erzählen und lenkt daher so selten wie möglich in den syntaktischen Hintergrund zurück. Es bevorzugt einfache Sätze mit dem Verb in der Zweitstellung. Auch solche Sätze, die durch das einleitende Funktionswort als abhängig gekennzeichnet sind, behalten im Märchen oft die Zweitstellung des Verbs bei. Das macht eine Besonderheit des Märchenstils aus und findet sich insbesondere in Relativsätzen. Ich verzeichne bei Grimm: *Es* w a r *einmal ein Mann, der* v e r s t a n d *allerlei Künste* ... (Sechse kommen durch die Welt). – *Es* w a r *ein Mann, der* h a t t e *drei Söhne* ... (Die drei Brüder).

Sind diese Relativsätze nun Hauptsätze oder Nebensätze? Ich weiß es nicht und will es auch gar nicht wissen. Ich stelle nur fest, daß der Erzähler auf eine Reliefgebung durch eine Stellungsveränderung des Verbs verzichtet, obwohl die deutsche Syntax durch das einleitende Relativpronomen diese Reliefgebung nahelegt.

Ich bringe zum Abschluß zwei Beispiele aus der deutschen Lyrik, an denen noch einmal die großen stilistischen Möglichkeiten der Reliefgebung durch die Verbstellung im Satz deutlich werden sollen. Das erste Beispiel ist Goethes berühmtes Mignon-Lied (Lehrjahre III, 1). Ich hebe die Verben im Strophenkörper, also außerhalb der formelhaften Stropheneinleitung und Strophenausleitung, durch den Druck hervor:

Kennst du das Land, wo die Zitronen *blühn,*
Im dunkeln Laub die Goldorangen *glühn,*
Ein sanfter Wind vom blauen Himmel *weht,*
Die Myrte still und hoch der Lorbeer *steht* –
Kennst du es wohl?
    Dahin! Dahin
Möcht ich mit dir, o mein Gebieter, ziehn!

 Kennst du das Haus, auf Säulen *ruht* sein Dach,
Es *glänzt* der Saal, es *schimmert* das Gemach,
Und Marmorbilder *stehn* und *sehn* mich an:
Was *hat* man dir, du armes Kind, *getan?*
Kennst du es wohl?
    Dahin! Dahin
Möcht ich mit dir, o mein Beschützer, ziehn!

Kennst du den Berg und seinen Wolkensteg?
Das Maultier *sucht* im Nebel seinen Weg,
In Höhlen *wohnt* der Drachen alte Brut,
Es *stürzt* der Fels und über ihn die Flut:
Kennst du ihn wohl?
Dahin! Dahin
Geht unser Weg; o Vater, laß uns ziehn!

Das Gedicht ist unter dem Gesichtspunkt der Verbstellung deutlich in zwei Teile gegliedert. In der ersten Strophe stehen die Verben des Strophenkörpers in Endstellung, was noch durch den Gleichklang des Reimes unterstrichen wird. In der zweiten und dritten Strophe treten die Verben nun aus der Endstellung vor und nehmen die Zweitstellung im Satz ein. Jede Strophe ist indes eindringlich durch ein fragendes Verb in Spitzenstellung *(Kennst du...?)* eingeleitet, von dem sinngemäß die folgenden Sätze, ob Nebensätze oder Hauptsätze, abhängig sind. Zwischen dem fragenden Verb in Spitzenstellung und den abhängigen Verben in Endstellung besteht nun in der ersten Strophe der weiteste Abstand, der innerhalb eines Verses möglich ist. Mit der zweiten Strophe rücken die Verben immer näher an das auslösende Verb der eindringlichen Fragen heran und geben damit dem Gedicht eine immer drängendere Eile, die dem Weg des Gedichtes von der Sehnsucht über die Schwermut zur beklemmenden Vision entspricht.

Moderne Gedichte sind anders. Dazu wäre vieles zu sagen. Hier will ich nur erwähnen, daß die neuere Lyrik in Deutschland aus den Gesetzen der Verbstellung eine neue poetische Wirkung zu ziehen gelernt hat, die ich am besten mit einer Strophe des Gedichtes *Der Wachtelschlag* von Johannes Bobrowski illustriere:[14]

Wachtel, ich *hörte* gern
deinen Ruf,
einfach, er *trat*
vor die Dämmerung, »*Lobet*
Gott« oder »*Flieg* ich fort«, ich *geh*
über den Hügel, ich *stoß*
ab vom Ufer, ich *komm*
an bei den Weiden, ich *trete*
über die Schwelle, ...

Das Gedicht verzichtet auf jede syntaktische Reliefgebung. Die Sätze sind einfach und sollen einfach sein. Das Verb steht in Zweitstellung, zweimal in Spitzenstellung. Es steht keinmal in Endstellung. Aber nun sind diese einfachen Sätze, und darin liegt die kunstvolle Metrik dieses Gedichtes, so gegen die Verse verschoben, daß das Verb trotz seiner syntaktischen Zweit- oder Spitzenstellung in fast allen Versen in die Endstellung des Verses rückt. Stellung im Satz und Stellung im Vers kommen nicht zur Deckung und bilden ein Enjambement in der besonderen Weise, daß die Metrik eine reliefrelevante Endstellung suggeriert, die von der Syntax nicht bestätigt wird. Das irritiert und streut in die äußerste Einfachheit des Gedichtes das Salz des poetischen Raffinements.

SIEBENTES KAPITEL

Tempus-Übergänge

1. Übergangs-Wahrscheinlichkeiten

Ein Text – mündlich oder schriftlich – ist eingangs definiert worden als sinnvolle Abfolge sprachlicher Zeichen zwischen zwei auffälligen Kommunikationsunterbrechungen. Wenn man mit dieser (empirischen) Definition arbeiten will, ist es allerdings angebracht, einige Einschränkungen im Sinn zu behalten. Es gibt beispielsweise solche diskontinuierlichen Zeichen wie die zusammengesetzten Tempora oder Negationen (*hat . . . gesungen, ne . . . pas*), und es gibt solche suprasegmentalen Zeichen wie beispielsweise die Intonation. Für die Darlegung des hier anstehenden Problems mag es jedoch gestattet sein, von solchen Besonderheiten abzusehen und von einem Text anzunehmen, er bestehe ausschließlich aus Zeichen, die in linearer Abfolge angeordnet sind, d. h. von einem Sprecher in zeitlichem Nacheinander einem Hörer mitgeteilt werden. Es ist nun verlockend, folgendes Gedankenexperiment anzustellen. Am Anfang des Textes hat der Hörer den Informationsstand Null. Das bedeutet, wenn im Sinne der Informationstheorie die Information als Reduktion von Möglichkeiten aufgefaßt wird, daß noch alle Möglichkeiten offenstehen.[1] Am Ende des Textes hingegen, wenn der Hörer die ganze Information aufgenommen und verstanden hat, sind in bezug auf den Kommunikationsgegenstand keine Möglichkeiten mehr offen. Der Ablauf des Textes mit dem linearen Nacheinander seiner Zeichenbestandteile ist demzufolge als schrittweise Reduktion der Möglichkeiten aufzufassen. Denken wir uns etwa einen Punkt in der Mitte des Textes, so wird man generell sagen können, daß an dieser Stelle der Textabfolge in bezug auf den Kommunikationsgegenstand verschiedene Möglichkeiten bereits ausgeschlossen sind, andere noch offenstehen.

Dies ist, wie gesagt, ein Gedankenexperiment. Leider nützt es in der konkreten linguistischen Forschung nicht viel. Denn die Informationstheoretiker legen mit Recht Wert auf die Feststellung, daß eine Definition der Informationsmenge als Reduktion von Möglichkeiten nur dann Sinn hat, wenn man die Zahl der gegebenen Möglichkeiten weiß und von dieser Zahl aus die Reduktionswerte quantitativ bestimmen kann. Voraussetzung dafür ist, daß die zur Verfügung stehende Zeichenmenge in einer Kommunikationssituation begrenzt ist, so daß man die Zahl der Möglichkeiten überschauen kann. Natürliche

Sprachen und normale Sprechsituationen bieten diese Voraussetzung in der Regel nicht. Infolgedessen läßt sich zu Beginn eines Textes die Zahl der gegebenen Möglichkeiten gewöhnlich nicht genau bestimmen, so daß sich auch für alle folgenden Informationsschritte keine genauen Werte in der Informationseinheit *bit* angeben lassen. Das Gedankenexperiment läßt sich nicht in methodische Anweisungen für eine linguistische Untersuchung ausmünzen.

In dieser Aporie steht auch der Begriff Übergang, sofern man ihn auf die Sprache schlechthin anwendet. Gemeint ist in der linearen Abfolge eines Textes der Übergang von einem Zeichen zum anderen. Wenn wir noch einmal auf das Gedankenexperiment zurückkommen dürfen, so läßt sich sagen, daß jeder Übergang von einem Zeichen zum nächsten Zeichen den Informationsstand des Hörers verändert, insofern – generell gesprochen – jedes weitere Zeichen die Zahl der gegebenen Möglichkeiten weiter reduziert. Natürlich ändert sich damit auch die Erwartung des Hörers. Wenn wir zu Beginn des Textes beim Hörer, da er sich ja dem Informationsfluß stellt, eine generelle Erwartung annehmen, so muß diese Erwartung als leer bezeichnet werden. Von Zeichen zu Zeichen nun, d. h. mit jedem Übergang, engt sich die Erwartung des Hörers ein. Gegen Ende des Textes, wenn er fast alle Zeichen aufgenommen und verstanden hat, wird er die übrigen, noch nicht mitgeteilten Zeichen fast erraten können. Man kann generell sagen, daß sich die Übergangs-Wahrscheinlichkeiten mit fortschreitendem Ablauf des Textes erhöhen. Aber leider ist auch mit dieser Feststellung für die konkrete linguistische Arbeit nicht viel anzufangen, denn es kann keine Rede davon sein, daß die Wahrscheinlichkeit der Übergänge ebenso linear zunähme, wie die Zeichen des Textes linear angeordnet sind.

Wenn überhaupt mit dem Begriff Übergang erfolgreich, d. h. im Hinblick auf die Feststellung von Übergangs-Wahrscheinlichkeiten, gearbeitet werden soll, dann muß die Grundbedingung erfüllt sein, daß überhaupt nur eine kleine Zeichenmenge ins Auge gefaßt wird. Das kann tatsächlich geschehen, wenn etwa, wie in dieser Darstellung, von den Tempora die Rede sein soll. Die Tempus-Formen einer Sprache bilden in der Gesamtmenge der Zeichen einer Sprache eine sehr kleine Teilmenge, die zudem unter den angenommenen Voraussetzungen einer adäquaten Tempus-Theorie vollkommen überschaubar ist. Da diese wenigen Zeichen dennoch auf Grund ihrer hohen Frequenz in Texten ausgezeichnete Beobachtungsbedingungen gewähren, ist in diesem Bereich der Sprache auch der Begriff Übergang, nun als Tempus-Übergang, mit einiger Aussicht auf nützliche Einsichten verwendbar.

Einige Unsicherheiten bleiben jedoch im Moment noch bestehen. Da im Rahmen dieses Buches die vorgestellte Tempus-Theorie nicht in den Rahmen einer allgemeinen Grammatik-Theorie integriert werden kann, muß die Grenze zwischen Tempus-Formen und tempusaffinen

Morphemen der Sprache unscharf bleiben. Einer späteren Untersuchung dieses Problems (vgl. Kap. IX) vorgreifend, setze ich nun im Moment einfach durch Konvention fest, daß bei den folgenden Untersuchungen der Tempus-Übergänge alle Konjunktive, Infinitive, Imperative, Partizipien und Gerundivformen nicht berücksichtigt werden sollen. Es wird die französische Sprache zugrunde gelegt, und ich wähle als Beispieltext die schon gelegentlich erwähnte Novelle *La Femme adultère* von Albert Camus. Die Novelle hat insgesamt 810 Tempus-Formen. Wenn man nun unter dem Gesichtspunkt der Tempus-Übergänge selbstverständlich auch den Übergang von Null ($\emptyset \rightarrow$) und zu Null ($\rightarrow \emptyset$), d. h. die Übergänge am Textanfang und am Textende mitberücksichtigt, erhält man insgesamt 811 Tempus-Übergänge. Diese werden hier in einer Matrix so angeordnet, daß in der waagerechten Spalte diejenigen Tempora stehen, von denen, und in der senkrechten Spalte diejenigen Tempora, zu denen übergegangen wird (Abb. 1).

$\rightarrow$	$\emptyset$	pc	pr	fut	cond II	cond I	pqp	impf	ps	pa
$\emptyset$								1		
pc			1					1	1	
pr	1	2	8			2		12	11	
fut										
cond II			1					1	3	
cond I			1			2	1	8	4	
pqp			1		1	2	13	32	5	1
impf		1	17		4	10	33	320	71	1
ps			7				7	79	143	
pa								1	1	

Abb. 1

Im Rahmen der hier vorgestellten Tempus-Theorie liegt eine Interpretation der Matrix nach Merkmalen nahe. Diese Tempus-Theorie hat ja darin ihren Bestand, daß sie nicht die verschiedenen Tempora einzeln und unverbunden beschreibt, sondern die Tempora unter verschiedenen Gesichtspunkten gruppiert und dann die Gruppenfunktion zu bestimmen versucht. Wir haben diese Gesichtspunkte als die Merkmale des Tempus-Systems bezeichnet. Es sind, wenn ich daran erinnern darf, die Merkmale Sprechhaltung (Besprechen/Erzählen), Sprechperspektive (Nachgeholte Information/Nullstufe/Vorweggenommene Information) und Reliefgebung (Vordergrund/Hintergrund). Die Frage soll nun lauten, in welchem Umfang in dem untersuchten Text die Tempus-Übergänge gleichzeitig Übergänge in der Tempus-Gruppe sind, d. h. in welchem Umfang die Tempus-Übergänge des Textes zugleich Sprünge von einem Merkmal in das andere des Tempus-Systems darstellen.

→	∅	pc	pr	fut	cond II	cond I	pqp	impf	ps	pa
∅								1		
pc			1					1	1	
pr	1	2	8			2		12	11	
fut										
cond II			1					1	3	
cond I			1			2	1	8	4	
pqp			1		1	2	13	32	5	1
impf		1	17		4	10	33	320	71	1
ps			7				7	79	143	
pa								1	1	

Abb. 2

Ich beginne mit dem Merkmal der *Reliefgebung*. Da dieses in der französischen Sprache nur bei den Tempora der erzählten Welt ausgebildet ist, interessiert in diesem Zusammenhang nur ein Teilausschnitt aus der Matrix, nämlich die erzählenden Tempora. Hintergrundtempora sind Plus-que-parfait und Imparfait, Vordergrundtempora Passé simple und Passé antérieur. Es sind nun bei dieser Gruppierung vier verschiedene Typen des Übergangs unterscheidbar: (1) Hintergrund ⟷ Hintergrund, (2) Vordergrund ⟷ Vordergrund, (3) Hintergrund → Vordergrund, (4) Vordergrund → Hintergrund. Dabei wollen wir die Übergänge Hintergrund ⟷ Hintergrund und Vordergrund ⟷ Vordergrund als gleiche Übergänge (Zeichen: ⟷), die Übergänge Hintergrund → Vordergrund und Vordergrund → Hintergrund als ungleiche Übergänge (Zeichen: →) bezeichnen. In der Darstellung Seite 167 sind die gleichen Übergänge durch eine Schraffur markiert (Abb. 2).

→	∅	pc	pr	fut	cond II	cond I	pqp	impf	ps	pa
∅								1		
pc			1					1	1	
pr	1	2	8			2		12	11	
fut										
cond II			1					1	3	
cond I			1			2	1	8	4	
pqp			1		1	2	13	32	5	1
impf		1	17	4	10	33	320	71	1	
ps			7				7	79	143	
pa								1	1	

Abb. 3

Es zeigt sich, daß die gleichen Übergänge erheblich zahlreicher sind als die ungleichen Übergänge. Der Übergang Hintergrund ⟷ Hintergrund findet sich 398mal, der Übergang Vordergrund ⟷ Vordergrund 144mal: das macht 542 gleiche Übergänge gegenüber 165 ungleichen Übergängen. Die gleichen Übergänge verhalten sich also zu den ungleichen Übergängen etwa im Verhältnis 3,3:1. Es versteht sich, daß bei solchen Frequenzverhältnissen dem ungleichen Übergang Vordergrund → Hintergrund wie auch dem ungleichen Übergang Hintergrund → Vordergrund ein gewisser Ausdruckswert zukommt. Denn die Wahrscheinlichkeit, daß dieser Wechsel nicht erfolgt, ist mehrfach so groß. Wenn wider diese Erwartung dennoch ein ungleicher Tempus-Übergang Vordergrund → Hintergrund oder Hintergrund → Vordergrund erfolgt, dann kommt eben durch diese Durchbrechung einer Erwartung eine Reliefgebung des Textes zustande.

Ich fahre fort mit einer Besprechung der Tempus-Übergänge unter dem Gesichtspunkt der *Sprechperspektive*. Auch hier handelt es sich

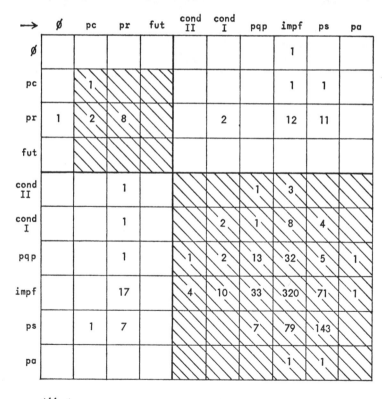

→	ø	pc	pr	fut	cond II	cond I	pqp	impf	ps	pa
ø								1		
pc		1						1	1	
pr	1	2	8			2		12	11	
fut										
cond II			1				1	3		
cond I			1			2	1	8	4	
pqp			1		1	2	13	32	5	1
impf			17		4	10	33	320	71	1
ps		1	7				7	79	143	
pa							1	1		

Abb. 4

darum, ob zwischen gleichen und ungleichen Übergängen ein signifikanter Unterschied zu erkennen ist. Gleich sind die Übergänge von der Null-Stufe zur Null-Stufe, von nachholender zu nachholender Information und von vorwegnehmender zu vorwegnehmender Information. In der entsprechenden Darstellung ist die gesamte Matrix betroffen; die jeweils gleichen Übergänge sind eingerahmt (siehe Abb. 3, Seite 168).

Die große Mehrheit der Tempus-Übergänge bilden wiederum gleiche Übergänge. Der Text hat 684 gleiche Übergänge gegen 125 ungleiche Übergänge. Die Zahl der gleichen Übergänge macht also ungefähr 5,4mal die Zahl der ungleichen Übergänge aus. Das bedeutet wiederum unter dem Gesichtspunkt der Übergangs-Wahrscheinlichkeit eine hohe Wahrscheinlichkeit für gleiche und eine niedrige Wahrscheinlichkeit für ungleiche Übergänge. Wenn nun ein Sprecher unter Durchbrechung dieser Wahrscheinlichkeit von zeitneutraler zu nachholender oder vorauseilender Information übergeht, wird an dieser Stelle des Textes die Aufmerksamkeit des Lesers für diese besondere Sprechperspektive geweckt.

Die Matrix ist schließlich unter dem Gesichtspunkt der *Sprechhaltung* interpretierbar, und dieser Gesichtspunkt scheint mir sogar der interessanteste zu sein. Abermals geht es hier um die Unterscheidung zwischen gleichen und ungleichen Tempus-Übergängen. Gleiche Übergänge sind solche innerhalb der Tempus-Gruppe I (Besprochene Welt) oder innerhalb der Tempus-Gruppe II (Erzählte Welt); ungleiche Tempus-Übergänge springen zwischen dem Besprechen und dem Erzählen. Die Übergangs-Matrix gibt durch ihre Markierung die Grenze zwischen besprechenden und erzählenden Tempora zu erkennen; gleiche Übergänge sind durch Schraffur herausgehoben (siehe Abb. 4, Seite 169).

Es ist bei der Auswertung der Matrix unter dem Gesichtspunkt der Sprechhaltung nicht besonders wichtig, daß besprechende Tempora in dieser Novelle, also einer Erzählung, verhältnismäßig selten vorkommen, erzählende Tempora dagegen in absoluter Zählung die große Mehrheit bilden. Da unter dem Gesichtspunkt der Tempus-Übergänge von Merkmal-Gruppe zu Merkmal-Gruppe sowieso die Übergänge von besprechenden zu besprechenden Tempora und die Übergänge von erzählenden zu erzählenden Tempora zusammengerechnet werden, ergibt sich dadurch keine veränderte Problemlage. Die Novelle hat nun insgesamt 11 Übergänge innerhalb der besprechenden Tempus-Gruppe und 743 Übergänge innerhalb der erzählenden Tempus-Gruppe. Das sind insgesamt 754 gleiche Übergänge gegenüber 55 ungleichen Übergängen. Hier haben gleiche Übergänge die 13fache Wahrscheinlichkeit gegenüber ungleichen Übergängen. Wenn dennoch ein Autor einen ungleichen Tempus-Übergang macht, d. h. wenn er von einem Tempus der besprochenen Welt zu einem Tempus der erzählten Welt wechselt oder wenn er umgekehrt von einem Tempus der erzählten Welt zu einem Tempus der besprochenen Welt wechselt, dann ist schon aus der Seltenheit eines solchen Übergangs eine besondere Signalwirkung auf den Hörer ableitbar. Wir werden daher Übergängen dieser Art bei den folgenden Überlegungen erhöhte Aufmerksamkeit schenken.

Ich unterstreiche jedoch die Selbstverständlichkeit, daß die hier gegebenen Werte und Wahrscheinlichkeiten nur die Novelle *La Femme adultère* von Albert Camus betreffen. Es kann natürlich keine Rede davon sein, daß man diese Werte ohne weiteres als Norm für die Übergangs-Wahrscheinlichkeiten bei den Tempora der französischen Sprache schlechthin nehmen könnte. Man müßte, ehe eine solche Extrapolation gestattet wäre, sehr viele Texte, mündliche und schriftliche, unter dem angegebenen Gesichtspunkt auszählen. Das ist nicht nur ein mühsames, sondern möglicherweise auch wegen der unsicheren Auswahlkriterien ein unzweckmäßiges Unterfangen. Ratsamer scheint es mir zu sein, die bisher gewonnenen Werte und Wahrscheinlichkeiten nur als Anregungen zu benutzen und nun in den Texten selber nachzuschauen, wie die unter dem Gesichtspunkt der Tempus-Übergänge besonders interessanten ungleichen Übergänge im einzelnen beschaffen sind. Es ist ja denkbar, daß an diesen ungleichen Übergängen zusätzliche Zeicheneigenschaften erkennbar sind, die es erlauben, die Problemlage durch weitere Methodenschritte so zu verändern, daß noch wesentlich höhere Signifikanzen erkennbar werden.

Fürs erste ist aber zu bedenken, wie der bisher bereits gewonnene Befund zu bewerten ist, daß nämlich bei den Tempora die Frequenz der gleichen Übergänge wesentlich höher ist als die Frequenz der ungleichen Übergänge. Dieser Befund läßt sich vorsichtig verallgemeinern. Welche syntaktische Kategorie man auch zugrunde legt, die Texte lassen, was man mit Auszählungen leicht nachprüfen kann, in der Regel eine höhere Frequenz der gleichen Übergänge erkennen. Der Grund ist von einer textlinguistischen Sprachtheorie her leicht einzusehen. Gleiche Übergänge garantieren nämlich in einem gegebenen Text die Konsistenz dieses Textes, seine *Textualität*. Das ist für die Konstitution eines Textes als Text von entscheidender Bedeutung und erlaubt überhaupt erst, bei einem Text nach dem Sinn zu fragen. Wir wollen das so verstehen, daß ein Maximum an gleichen Übergängen in einem Text auch ein Maximum an Textualität bedingt. Aber dieser maximal konsistente, unter dem Gesichtspunkt der Textualität gleichsam »ideale« Text wäre gleichzeitig arm an Information. Jede syntaktische Form würde die Erwartung der gleichen Klasse mit sich bringen und damit die nächste Form vorhersehbar machen. Das aber steht im Widerspruch zum Informationsbegriff, nach dem eine Information gerade eine nicht vorhersehbare Entscheidung zwischen verschiedenen Möglichkeiten trifft. Die Begriffe Textualität (verstanden im hier vorgetragenen Sinne) und Information (verstanden im Sinne der Informationstheorie) sind also konverse Begriffe. Je mehr Textualität ein Text hat, um so weniger Information gibt er, und umgekehrt. Tatsächliche Texte liegen irgendwo im weiten Mittelfeld zwischen den Polen einer maximalen Textualität und einer maximalen Information.

Ungleiche Übergänge leisten demgegenüber wenig oder gar nichts für die Textualität. Sie sind aber dennoch notwendig, um den Informationsstand des Hörers zu verändern. Die Konsequenz aus dem Konflikt dieser beiden Notwendigkeiten ist, daß ungleiche Übergänge verhältnismäßig selten vorkommen. Wie selten, das hängt natürlich von dem Informationsgefälle ab, das zwischen Sprecher und Hörer besteht, sowie von dem je verschiedenen Willen des Sprechers, das Informationsgefälle in einer bestimmten Textzeit auszugleichen.

Methodisch ist an dieser Stelle anzumerken, daß signifikante Ergebnisse, die unter dem Gesichtspunkt der Tempus-Übergänge erzielt werden, als Verifikationen der zugrunde liegenden Tempus-Hypothese aufzufassen sind, da sie ja unter den Bedingungen dieser Hypothese erzielt werden. Das ist jedoch an die Bedingung geknüpft, daß die unter dem Gesichtspunkt der Tempus-Übergänge erzielten Ergebnisse im Einklang stehen mit einem allgemeinen Begriff der Textualität und Information.

2. Tempus im Dialog

Der Dialog, für sich betrachtet, stellt keine besonderen Tempus-Probleme. Sprecher und Hörer, die in der Wechselrede ihre Rollen tauschen, verwenden in der Regel die gleichen Tempora. Und wenn es richtig ist, daß Tempora neben anderen Funktionen auch die Funktion haben, die Sprechhaltung zwischen Sprecher und Hörer aufeinander abzustimmen, wird verständlich, daß in der Wechselrede gewöhnlich nicht mehr und nicht schärfere Tempus-Übergänge auftreten als in der fortlaufenden Rede einer Person. Für die Regelung des Rollenwechsels zwischen Sprecher und Hörer sind andere syntaktische Signale da, insbesondere die grammatischen Personen.

Die Problemlage ändert sich indes, wenn ein Dialog als *direkte Rede* in eine Erzählung eingeblendet ist. Das ist in literarischen Erzählungen wie Novellen und Romanen recht häufig der Fall, aber auch in mündlichen Erzählungen. Die einzelnen Gattungen wie auch die verschiedenen literarischen Epochen machen jedoch in unterschiedlichem Maße von dieser syntaktischen (nicht stilistischen!) Möglichkeit Gebrauch. Die ältere Poetik und Rhetorik schätzte die Unterbrechung der Erzählung durch Abschnitte direkter Rede als ein Ausdrucksmittel, die Erzählung zu verlebendigen. Die neuere Erzählliteratur ist demgegenüber eher zurückhaltend in der Verwendung der direkten Rede. Nur die Trivialliteratur in ihren verschiedenen Gattungen ergeht sich noch ohne Skrupel in langen Abschnitten direkter Rede.

Ich nehme im folgenden zur Vereinfachung unserer Überlegungen an, daß eine Erzählung, etwa ein Roman oder eine Novelle, in der 3. Person erzählt wird. Das ist tatsächlich in der Erzählliteratur, nicht jedoch unbedingt in mündlichen Erzählungen, der Regelfall. Wenn in einen solchen Erzählfluß ein Stück Dialog als direkte Rede eingeblendet wird, ändert sich häufig die syntaktische Person, und die 3. Person wird abgelöst durch einen schnellen Wechsel zwischen der 1. und 2. Person. Das sind ziemlich verläßliche Signale, und häufig genügen sie schon, um den Übergang von der Erzählung zur direkten Rede anzuzeigen. Meistens ist dieser Übergang jedoch durch weitere Signale markiert. Denn es ist im ganzen ziemlich unwahrscheinlich, daß die dialogisierenden Personen selber auch Elemente einer Erzählung austauschen, so daß in eine monologische Erzählung eine dialogische Erzählung eingeblendet wäre. Von diesem möglichen, aber seltenen Fall wollen wir ebenfalls absehen. In der großen Mehrzahl der Fälle haben die Dialogpersonen, die in einer Erzählung in direkter Rede zu Wort kommen, etwas miteinander zu besprechen. Sie verwenden also die Tempora der besprochenen Welt. In solchen Fällen haben wir dann ungleiche Tempus-Übergänge im Sinne der voraufgehenden Überlegungen, und zwar ungleiche Übergänge von der erzählenden zur besprechenden Tempus-Gruppe. Da wir die Tempus-Übergänge bisher an der Novelle *La Femme adultère* von Camus erörtert haben, soll auch die jetzt anstehende Frage noch an dieser Novelle erörtert werden. Die Novelle enthält zwar als ein Stück moderner Literatur verhältnismäßig wenig direkte Rede; um so deutlicher sind aber die Einbettungsregeln erkennbar.

Ein kleines Textstück der Novelle lautet:

Le chauffeur riait en revenant vers la portière. Posément, il prit quelques outils sous le tableau de bord, puis, minuscule dans la brume, disparut à nouveau vers l'avant, sans fermer la porte. Marcel soupirait. »Tu peux être sûre qu'il n'a jamais vu un moteur de sa vie. – Laisse!« dit Janine.

Es ist wohl angebracht, für die weitere Analyse die orthographischen Zeichen direkter Rede, nämlich die Anführungszeichen, außer Betracht zu lassen. Die Novelle muß ja in ihrer Erzählstruktur auch im mündlichen Vortrag verständlich sein, und es ist nicht üblich, orthographische Zeichen mitzusprechen, es sei denn, daß ein Vortragender sie zum Anlaß nimmt, seinen Stimmton zu verändern und im Rahmen des Schicklichen die Stimmen der sprechenden Personen nachzuahmen. Das ist aber keineswegs unerläßlich und für einen guten Vortrag vielleicht nicht einmal wünschenswert. Die syntaktischen Signale dieses Textstückes sind nämlich stark genug, den Wechsel von der Erzählung zum direkt wiedergegebenen Dialog zu markieren. Es sind (mindestens) die folgenden Signale: (1) Wechsel von der 3. Person *(Marcel)* zur 2. Person *(tu)*; (2) Tempus-Übergang Imparfait → Présent; (3) Verwendung eines Kommunikationsverbs *(soupirait).*

Der letztgenannte Ausdruck bedarf eines längeren Kommentars. Man kennt aus der Grammatik den Ausdruck *verbum dicendi*. In seinem Gefolge treten häufig ähnliche Bezeichnungen auf wie *verbum sentiendi, verbum putandi* usw. Sie finden sich hauptsächlich, wenn man etwa an das Beispiel der lateinischen Grammatik denkt, in solchen Kapiteln, wo vom Konjunktiv oder vom »Akkusativ mit dem Infinitiv« die Rede ist. Ausführlichere Grammatiken zählen dann die Verben auf, die als Verben des Sagens oder des Fühlens oder des Denkens gelten sollen und entsprechende grammatische Konstruktionen verlangen, zulassen oder verbieten.

In einem ähnlichen Sinne soll hier generell von Kommunikationsverben die Rede sein. Es ist aber die methodische Regel zu beachten, daß dieser Begriff zwar in semantischer Fundierung, aber ausschließlich in syntaktischer Verwendung gebraucht werden soll. Es ist also keine ausführliche Diskussion darüber angezeigt, durch welche semantischen Grenzen etwa das Wortfeld des Sagens oder des Fühlens oder des Denkens abgesteckt werden kann. Die Entscheidung darüber, ob ein Verb als Kommunikationsverb gelten darf, soll in einer kumulativen Definition nach semantischen und syntaktischen Kriterien getroffen werden. Das aber setzt einen Syntax-Begriff voraus, wie er in diesem Buch eingangs eingeführt worden ist. Die Syntax, ich darf beiläufig daran erinnern, wird hier aufgefaßt als die Lehre von der Funktion der Morpheme, die einen Text als Kommunikation steuern. Der Text, insofern er mündlich oder schriftlich zwischen einem Sprecher und einem Hörer ausgetauscht wird, ist natürlich in allen seinen Zeichenbestandteilen Kommunikation. Aber nicht alle Zeichen eines Textes nehmen auf den Prozeß der Kommunikation selber Bezug. Nur die syntaktischen Zeichen sind, wenn ich es einmal mit einem häßlichen und langen Wort sagen darf, *Kommunikationssteuerungssignale.* Sie machen dadurch in einem gewissen Maße die Kommunikation als Prozeß bewußt. Ob also, um es noch einmal an einem einfachen Beispiel zu erläutern, der Erzähler einer Novelle ein Présent oder ein Passé simple setzt, besagt nichts über die Verfassung der Außenwelt, sondern gibt dem Leser bestimmte Anweisungen, wie er sich in dieser Kommunikation zurechtzufinden hat.

An dieser syntaktischen Funktion, die in der Regel von Morphemen wahrgenommen wird, haben nun auch einige Lexeme Anteil. Es sind diejenigen Lexeme, die hier Kommunikationsverben heißen sollen. Sie beziehen sich (das ist das semantische *definiens*) kraft ihrer Bedeutung auf Kommunikation oder können sich wenigstens in einem gegebenen Kontext auf Kommunikation beziehen. Das Verb *sagen* ist von dieser Art. Ob das Verb *denken* oder das Verb *fühlen* oder irgendein anderes Verb verwandter Bedeutung ebenfalls den Kommunikationsverben zuzurechnen ist, will ich nicht ein für alle Male entscheiden. Es soll, wie es sich von der textlinguistischen Methode her von selber versteht, vom

Kontext abhängig gemacht werden. Das Kriterium soll sein, ob dieses Verb an einer gegebenen Textstelle die Kommunikationssituation aktiviert und bewußt macht, ob es – anders gesprochen – steuernd in den Kommunikationsvorgang zwischen Sprecher und Hörer eingreift (das ist das syntaktische *definiens*). Das soeben vorgeführte Beispiel aus der Novelle von Camus gibt hierzu eine interessante Illustration ab. Ob nämlich das Verb *soupirer* (»seufzen«) ein Kommunikationsverb ist, dürfte mit semantischen Methoden nicht zweifelsfrei zu bestimmen sein. Mir ist jedenfalls kein zuverlässiges Kriterium bekannt. An der zitierten Textstelle jedoch ist es zweifellos ein Kommunikationsverb. Es steht nämlich an exponierter Stelle dieses Textes unmittelbar dort, wo auch andere Signale, diesmal syntaktische Signale, den Wechsel von der Erzählung zur direkten Rede markieren. In dieser syntaktischen Signal-Kombination ist auch das Verb *soupirer* eindeutig als Kommunikationsverb determiniert, unabhängig davon, welche Rolle es in anderen Texten einnehmen mag. Es ist nicht nötig, die Kommunikation noch deutlicher zu aktivieren und etwa zu sagen: *Marcel seufzte und sagte:* ...

Ich will jedoch, bevor wir dieses Beispiel verlassen, noch auf ein weiteres Signal hinweisen, das ebenfalls an dieser Textstelle den Übergang markiert. Es handelt sich um das Auftreten der Eigennamen Marcel und Janine in der Umrahmung der direkten Rede. Das ist keineswegs selbstverständlich. Es könnte dort auch, wie sonst häufig, im Fortgang der Erzählung, das entsprechende Personalpronomen stehen: *il* oder *elle*. Gerade in der Dialogumrahmung finden wir häufig die »Renominalisierung« eines Pronomens. Ihr kommt in einem Text ebenfalls eine gewisse Ausdrucksfunktion zu. Diese Funktion bedarf jedoch noch einer näheren Untersuchung.

Aufs Ganze der Novelle *La Femme adultère* gesehen, kommen nun auf die 811 Tempus-Übergänge dieses Textes 28 ungleiche Übergänge von der erzählenden zur besprechenden Tempus-Gruppe. Von diesen 25 ungleichen Tempus-Übergängen dienen wiederum 17 der Einblendung direkter Rede in den erzählenden Text. Und von diesen 17 Übergängen von erzählender zu direkt besprechender Dialogrede sind wiederum 14 durch Kommunikationsverben markiert. Es treten die folgenden Kommunikationsverben mehrfach auf: *dire, demander, soupirer*. Sie verteilen sich auf die Stellung vor und nach der direkten Rede, mit einer leichten Überzahl der nachgestellten Kommunikationsverben. In einigen Fällen ist die direkte Rede durch ein vorangestelltes und ein nachgestelltes Kommunikationsverb eingerahmt; mehrfach wird die direkte Rede auch durch ein Kommunikationsverb unterbrochen. In drei Fällen tritt in der Umgebung direkter Rede kein Kommunikationsverb auf. In diesen Fällen ist jedoch immer, zusätzlich zum ungleichen Tempus-Übergang, ein Wechsel der syntaktischen Person deutlich markiert. Unter solchen Bedingungen kann der Sprecher auf die Verwendung eines Kommunikationsverbs verzichten. Es wäre redundant.

Während in der Erzählung die direkte Rede durch eine reiche Kombination von Signalen mit erheblichem Redundanzwert in aller Deutlichkeit nach Anfang und Ende markiert werden kann, müssen in *indirekter Rede* die syntaktischen Signale sehr viel sparsamer und mit größerem Bedacht gesetzt werden. Einen Dialog nämlich in der Erzählung nicht direkt, sondern indirekt wiedergeben, heißt auf die wichtigen Signale des Person-Wechsels und des Tempus-Übergangs verzichten. Wenn wir unsere Überlegungen weiterhin an dem Regelfall einer Erzählung in der 3. Person und mit den Steuerungssignalen der Erzähltempora orientieren dürfen, so gilt für die indirekte Rede, daß der eingeblendete Dialog ebenfalls in der 3. Person und mit Erzähltempora wiedergegeben wird. Was bleibt dann noch an Signalen zur Markierung des Anfangs und des Endes übrig? Hier werden nun die Kommunikationsverben besonders wichtig. Zur Illustration wiederum ein Textstück aus unserer Novelle:

> Mais le chauffeur revenait, toujours alerte. Seuls, ses yeux riaient, au-dessus des voiles dont il avait, lui aussi, masqué son visage. Il annonça qu'on s'en allait. Il ferma la portière, le vent se tut et l'on entendit mieux la pluie de sable sur les vitres.

Indirekte Rede ist in diesem Textstück, wie man weiß, nur der Satzteil *qu'on s'en allait*. Die Entsprechung in direkter Rede würde lauten: *on s'en va*. Einleitend steht ein Kommunikationsverb: *annoncer*. Es würde die direkte Rede mit ausreichender Deutlichkeit von dem übrigen Erzähltext absetzen. Es reicht aber auch bei indirekter Rede aus, um dem Leser den Übergang von der Rede des Erzählers zur Rede des Busfahrers deutlich werden zu lassen.

Nun kommt jedoch bei der indirekten Rede ein wichtiger Gesichtspunkt hinzu, der wieder einmal die Leistung des Tempus-Systems in einem interessanten Licht erscheinen läßt. Es ist richtig, wie schon gesagt wurde, daß die indirekte Rede als in die Erzählung eingeschmolzene Rede auf ungleiche Tempus-Übergänge von der erzählenden zur besprechenden Tempus-Gruppe verzichtet. Dieses Signal fällt also zur Markierung der Rede aus. Die französische Sprache jedoch, wie auch die anderen romanischen Sprachen, die bei den erzählenden Tempora über eine Reliefgebung nach Vordergrund und Hintergrund verfügen, führen an dieser Stelle ein interessantes Signal, fast möchte ich sagen ein Ersatzsignal ein, das zwar nicht mit der gleichen Deutlichkeit, dafür aber mit einem gewissen Raffinement der Zeichengebung die nötige Markierung bewirkt. Die Regel des französischen Sprachgebrauchs ist nämlich, daß von den beiden wichtigsten Tempora der erzählten Welt, nämlich den Tempora der Null-Stufe Passé simple und Imparfait, das Passé simple in indirekter Rede nicht zugelassen ist. Es handelt sich hier also um ein *negatives Signal*. Die Häufung von Tempus-Formen des Imparfait in einem Text ist kein absolut sicheres Indiz dafür, daß es sich um indirekte Rede handelt, so zahlreich diese Formen auch sein mögen. Das Auftreten des Passé simple hingegen, und sei es auch nur eine einzige Form, gibt für das nähere oder weitere Textstück (die Wirkungsgrenzen lassen sich nicht ohne Kenntnis des Textes genau bestimmen) zu erkennen, daß es sich nicht um eine indirekte Rede handelt. In unserem Textbeispiel also ist den Formen des Imparfait *revenait, riaient, s'en allait* nicht zweifelsfrei anzusehen, ob sie indirekte Rede bezeichnen oder nicht. Den Formen des Passé simple *annonça, ferma, se tut* und *entendit* ist jedoch umgekehrt mit Sicherheit anzusehen, daß sie nicht indirekte Rede bezeichnen. Dasselbe gilt übrigens für das Verhältnis der Tempora Passé antérieur und Plus-que-parfait (hier: *avait masqué*), von denen ebenfalls das Passé antérieur in indirekter Rede ausgeschlossen ist.

Da also bei indirekter Rede die erzählenden Tempora nicht positiv, sondern nur negativ zur Markierung der Rede im erzählenden Text beitragen, ist die zusätzliche Markierung durch quasi-syntaktische Mittel wie die genannten Kommunikationsverben besonders wichtig. Im Falle dieses Textbeispiels etwa ergibt sich der Status der Zeichenfolge *qu'on s'en allait* als indirekter Rede ohne allen Zweifel aus der Kombination folgender Signale: (1) das Kommunikationsverb *annoncer*, (2) Übergang von der 3. Person zur undeutlichen Personbestimmung *on*, die im modernen Französisch mit hohen Häufigkeitswerten die 1. Person Plural bezeichnet, (3) Fehlen eines Passé simple, verstärkt durch die Passé-simple-Umgebung, (4) Einleitung der indirekten Rede durch die Konjunktion *que* (»Nebensatz«).

Man muß bei Camus lange suchen, ehe man in seinen erzählenden Texten Beispiele für indirekte Rede findet. Sie sind ebenso selten wie die Beispiele für direkte Rede. Zur Wiedergabe des Gesagten oder Gedachten bevorzugt Camus, wie überhaupt die Autoren der modernen Erzählliteratur, die *erlebte Rede*, die gelegentlich auch innerer Monolog genannt wird. Hier ist wiederum zu bemerken, daß es sich keineswegs um ein Stilmittel handelt, sondern um den durchaus regelmäßigen, allerdings nicht ganz unraffinierten Gebrauch der syntaktischen Kommunikationssignale. Man muß sich insbesondere davor hüten, diesen Signalgebrauch vorschnell psychologisch zu interpretieren. Mit dem »Erleben« hat die erlebte Rede und mit »Innerlichkeit« hat der innere Monolog nichts zu tun. Am besten gefällt mir die französische Bezeichnung *discours indirect libre*. Tatsächlich läßt sich die erlebte Rede am einfachsten beschreiben, wenn man sie als indirekte Rede auffaßt, die sich in der Setzung der Redesignale noch größere Freiheiten nimmt, als bei der indirekten Rede schon im Verhältnis zur direkten Rede zu verzeichnen sind. Wir können die erlebte Rede auffassen als eine indirekte Rede, die insbesondere aus der syntaktischen Abhängigkeit von einem regierenden Kommunikationsverb (*que*-Kombinatorik) entlassen ist. Kommunikationsverben treten freilich bei der erlebten Rede ebenso häufig auf wie bei der indirekten Rede. Aber von diesen Kommunikationsverben sind dann nicht mit Hilfe einer Konjunktion *que* oder einer anderen Konjunktion »Nebensätze« abhängig. Die Kommunikationsverben signalisieren den Anfang der Rede, auch ohne daß diese konjunktionale Bindung besteht. Sie wirken sich sogar ungehemmter auf das ganze folgende Textstück aus, wenn die Wirkung nicht durch einen gesetzten Nebensatzrahmen eingeengt wird. Unter diesen Umständen kann ein Kommunikationsverb für einen ganzen Textabschnitt die Geltung als erlebte Rede auslösen, und der Autor kann fast beliebig lange in dieser Erzählperspektive verweilen. Die moderne Erzählliteratur kennt erstaunliche Virtuositäten in dieser Erzähltechnik.

Ich interpretiere unter den gewonnenen Gesichtspunkten in gebotener Kürze einen Abschnitt aus unserer Novelle. Zur Charakterisierung der Szene: Janine, die »Ehebrecherin«, hat mit ihrem Ehemann ein Hotelzimmer bezogen. Ihr Mann schläft neben ihr. Sie selber liegt wach im Bett:

La chambre était glacée. Janine sentait le froid la gagner en même temps que s'accélerait la fièvre. Elle respirait mal, son sang battait sans la réchauffer; une sorte de peur grandissait en elle. Elle se retournait, le vieux lit de fer craquait sous son poids. Non, elle ne voulait pas être malade. Son mari dormait déjà, elle aussi devait dormir, il le fallait. Les bruits étouffés de la ville parvenaient jusqu'à elle par la meurtrière. Les vieux phonographes des cafés maures nasillaient des airs qu'elle reconnaissait vaguement, et qui lui arrivaient, portés par une rumeur de foule lente. – Il fallait dormir. Mais elle comptait des tentes noires; derrière ses paupières paissaient des chameaux immobiles; d'immenses solitudes tournoyaient en elle. Oui, pourquoi était-elle venue? Elle s'endormit sur cette question.

Um bei der Analyse dieses Abschnitts keine Mißverständnisse aufkommen zu lassen, muß ich zunächst erwähnen, daß es für den linguistischen Status der erlebten Rede keinen Unterschied macht, ob diese Rede tatsächlich mit hörbarer Stimme gesprochen oder nur von einer Person gedacht worden ist. Das ist aber keine Besonderheit der erlebten Rede oder des inneren Monologs, sondern das gilt grundsätzlich in gleichem Maße auch für die indirekte und die direkte Rede. Die syntaktischen Signale sind keine anderen, ob die Rede nun laut gesprochen oder »nur« gedacht wird.

In diesem Falle handelt es sich um Gedanken der schlaflos liegenden Janine. Aber woher wissen wir das, wir Leser? Könnten dies nicht auch Gedanken des Erzählers sein? Und welche Kriterien haben wir zur Verfügung, zwischen den Gedanken des Erzählers und den Gedanken einer Person aus dieser Erzählung zu unterscheiden? Wir haben die Syntax. Wir haben beispielsweise die Tempora. Der zitierte Text hat fast nur Formen des Imparfait. Nur der letzte Satz steht im Passé simple. Das letzte Signal ist das sicherste. Dieser letzte Satz ist mit Sicherheit weder indirekte noch erlebte Rede; denn das Vordergrund-Tempus Passé simple ist weder in indirekter noch in freigesetzter indirekter, also erlebter Rede zugelassen. Alle übrigen Sätze des Abschnitts sind jedoch dadurch, daß sie das Imparfait haben, keineswegs schon als indirekte oder erlebte Rede ausgewiesen. Sie *können* es jedoch sein. Syntaktische Abhängigkeiten im Sinne einer konjunktionalen Konstruktion *er sagte, daß*... liegen nicht vor, so daß sich unsere Frage auf die erlebte Rede konzentriert. Liegt also erlebte Rede vor, und wo beginnt sie?

Am Anfang des Abschnitts hat der Leser noch keine erlebte Rede vor sich. Mindestens der zweite Satz ist eindeutig aus der Erzählerperspektive geschrieben. Das Signal dafür ist der Eigenname Janine. Das ist ebenfalls ein negatives Signal. In der erlebten Rede einer sprechenden oder denkenden Person ist der eigene Name ausgeschlossen. In dem ganzen folgenden Textstück aber ist der Eigenname pronominalisiert, entweder als Personalpronomen *(elle, lui)* oder als Possessivpronomen *(son, ses)*. Aber ebensowenig wie die Abwesenheit des Passé simple ist die Abwesenheit eines Eigennamens ein absolut sicheres Indiz dafür, daß erlebte Rede vorliegt. Worauf ist also Verlaß? Am deutlichsten vielleicht auf die Kommunikationsverben, zu denen man unter den Bedingungen des Monologs vielleicht auch die *verba sentiendi* und Modalverben rechnen darf: *sentait, (une sorte de peur) grandissait, voulait, devait, il fallait, (les bruits) parvenaient, reconnaissait, comptait.* Am Schluß des Abschnitts werden die Kommunikationsverben in dem Kommunikationsnomen *question* noch einmal abschließend zusammengefaßt.

Die erlebte Rede macht jedoch, da sie grundsätzlich nicht in gleicher Deutlichkeit über Markierungssignale verfügt wie die indirekte oder gar die direkte Rede, von einem weiteren Signalverfahren Gebrauch, das nur in der Summierung eine verhältnismäßig deutliche Abgrenzung der erlebten Rede vom erzählenden Kontext bewirkt. Es sind stilistische Elemente mit dem Ausdruckswert »oraler Stil«. In unserem Text wird beispielsweise der Anfang der erlebten Rede durch eine stark betonte Redundanz der Verneinung bezeichnet, wie sie für die weniger ausgeformte und häufig übercharakterisierte mündliche Rede typisch ist: *Non, elle ne voulait pas être malade.* Wir finden ferner eine locker gegliederte Syntax, die den Ausdruckswert nur halb geformter Gedanken haben soll, etwa: *son mari dormait déjà, elle aussi devait dormir, il le fallait.* In dieser »erlebten« Gedankenwelt einer Person der Erzählung sind auch Wiederholungen erlaubt, die der Erzähler sich sonst in seiner Kunst nicht zugesteht; es heißt nachher noch einmal: *Il fallait dormir.* Auch die rhetorische Frage, hier wieder mit einem nachdenklich vorangestellten *oui*, taucht mit einer gewissen Häufigkeit in der erlebten Rede auf: *Oui, pourquoi était-elle venue?* Schließlich wird der

Kenner noch verzeichnen, daß Camus sich in erlebter Rede einige »poetische« Metaphern gestattet, auf die er in erzählender Rede als moderner Autor verzichtet; so etwa in unserem Textstück: *derrière ses paupières paissaient des chameaux immobiles*. Dies sind nun wirklich stilistische und nicht mehr syntaktische Signale. Jedes für sich trägt zum Verständnis nur eine Nuance bei. In ihrer Summierung und Kumulation ergeben sie jedoch einen syntaktischen Ausdruckswert und signalisieren dem Leser, daß dieses Stück Text nicht in der Verantwortung des Erzählers steht, sondern dem kunstlosen und an dieser Stelle des Textes ein wenig verwirrten Gedankenspiel einer erzählten Person zuzurechnen ist.

Um zu zeigen, daß die hier skizzierten syntaktischen Probleme nicht für eine einzelne Sprache spezifisch sind, sondern in ähnlicher Weise auch in anderen Sprachen auftreten, sofern sie nur gleiche Tempus-Strukturen aufweisen, gebe ich des weiteren ein italienisches Beispiel. Es stammt aus Pirandellos Novelle *Va bene* aus der Sammlung *Novelle per un anno*. Es ist von dem Professor Vabene die Rede:

E si *domandò* perché mai egli, che non *aveva* mai fatto per volontà male ad alcuno, *doveva* esser cosí bersagliato dalla sorte; egli, che anzi s'*era* inteso di far sempre il bene; bene lasciando l'abito ecclesiastico, quando la sua logica non s'*era* piú *accordata* con quella dei dottori della chiesa, la quale *avrebbe dovuto* esser legge per lui; bene, sposando per dare il pane a un'orfana, la quale per forza *aveva voluto* accettarlo a questo patto, mentr'egli onestamente e con tutto il cuore *avrebbe voluto* offrirglielo altrimenti. E ora, dopo l'infame tradimento e la fuga di quella donna indegna che gli *aveva spezzata* l'esistenza, ora quasi certamente gli toccava a soffrire anche la pena di vedersi morire a poco a poco il figliuolo, l'unico bene, per quanto amaro, che gli fosse rimasto. Ma perché? Dio, no: Dio non *poteva* voler questo. Se Dio *esisteva*, *doveva* coi buoni esser buono. Egli lo *avrebbe offeso*, credendo in lui. E chi dunque, chi dunque *aveva* il governo del mondo, di questa sciaguratissima vita degli uomini?

Pirandello erzählt also die bekümmerten Gedanken des Professors Vabene, dem das Schicksal so übel mitgespielt hat. Der ganze Text ist dem Sinne nach abhängig von dem einleitenden Kommunikationsverb *si domandò*... (Passato remoto). Mit zunehmender Entfernung von der Einleitung werden die Sätze immer selbständiger, ohne jedoch aufzuhören, Gedanken des Professors Vabene zu sein. Wenn man die ersten Sätze noch zur Not als abhängig und als Nebensätze auffassen kann, sind die Sätze mindestens des zweiten Abschnitts nicht mehr syntaktisch von dem einleitenden Verb abhängig. Sie sind daher nicht mehr indirekte, sondern erlebte Rede. Auch in diesem Text finden sich nun Fortsetzungen, Wiederaufnahmen und Abwandlungen des einleitenden Kommunikationsverbs über den ganzen Textabschnitt verstreut. Ich brauche sie im einzelnen nicht aufzuzählen. Doch will ich wiederum die stilistischen Elemente mit dem Ausdruckswert der ungekünstelten Lebendigkeit oralen Stils nennen. In unserem Text sind es gewisse Temporal-Adverbien *(ora)*, Demonstrativpronomina *(quella donna indegna)*, Kraftausdrücke *(questa sciaguratissima vita)*, rhetorische Fragen *(ma perqué?)*, Wiederholungen *(Dio, no: Dio non ... – E chi dunque, chi dunque ...)*. Sie geben der erlebten Rede eine Atmosphäre, *als ob* sie unmittelbar wiedergegebene, orale und direkte Rede wäre.

Es liegt in der Natur der Sache, daß die erlebte Rede vornehmlich in der Erzählung, also mit den Tempora der erzählenden Tempus-Gruppe, gebildet wird. Grundsätzlich aber kann sie auch in besprechender Rede gebildet werden. Das kommt beispielsweise dann vor, wenn Erzähler ausnahmsweise einmal die Tempora der besprechenden Tempus-Gruppe setzen. Ein Teil der Novelle *Va bene* ist von dieser Art. Und auch hier finden wir einen Abschnitt in erlebter Rede, den ich zum Vergleich hier einrücke (es ist wieder von dem Professor Vabene die Rede):

> Si toglie le mani dal volto e resta attonito, ad ascoltare. Un vetro si scuote, appena appena, alla finestra. Ah, il vento – ecco – il vento è cessato. E come mai? ...

Wir merken, daß der Erzähler hier nicht im eigenen Namen erzählt, sondern daß er die Begebenheit aus der Perspektive des Helden mitteilt. Die Sätze, mit Ausnahme des ersten, sind erlebte Rede. Aber woher wissen wir das wieder? An den Tempora können wir es diesmal nicht ablesen, denn die auktoriale Erzählung des ersten Satzes und die perspektivische und erlebte Rede der folgenden Sätze haben die gleichen Tempora, nämlich die Tempora der besprochenen Welt. Eine Unterscheidung zwischen dem Erzählerbericht und der erlebten Rede mittels Tempora ist nicht möglich, da die besprechende Tempus-Gruppe der italienischen Sprache, wie auch der anderen romanischen Sprachen, eine Unterscheidung von Vordergrund- und Hintergrund-Tempora nicht kennt. Dennoch ist die erlebte Rede erkennbar. Aber sie ist diesmal weniger deutlich erkennbar. Das einzige Erkennungssignal der erlebten Rede in einem Kontext der besprechenden Tempus-Gruppe ist die Häufung, vielleicht die noch stärkere Häufung stilistischer Signale mit dem Ausdruckswert »oraler Stil«. In unserem Textabschnitt sind sie überreichlich gesetzt: Wiederholung *(appena ... appena; il vento ... il vento)*, der Ausruf *(ah! – ecco!)* die umgangssprachliche Selbstfrage *(e come mai?)*. Sie treten so gedrängt auf und müssen so gedrängt auftreten, weil das andere wichtige Erkennungssignal der erlebten Rede, der Verzicht auf Vordergrund-Tempora, hier ausfällt.[2]

Diese Bedingungen muß man sich nun vor Augen halten, wenn man die erlebte Rede in der *deutschen* Sprache betrachtet. Im Deutschen gibt es zwar, wie wir gesehen haben, auch eine Reliefgebung, nämlich durch die zwei tempusrelevanten Verbstellungen im Satz. Aber diese Stellungsrelevanz ist syntaktisch an die Kombination mit bestimmten Satzeröffnern gebunden (Konjunktionen, Relativpronomina usw.) und fällt also für die erlebte Rede aus. Denn die erlebte Rede unterscheidet sich gerade von der indirekten Rede dadurch, daß sie von der syntaktischen Bindung an bestimmte Satzeröffner frei ist.

Die erlebte Rede ist daher in der deutschen Sprache allgemein in der Situation, in der die erlebte Rede der romanischen Sprachen nur bei einem Kontext der Tempus-Gruppe I ist. Auch bei Erzählungen fallen im Deutschen die Tempora als Signale der erlebten Rede aus, und die erlebte Rede ist allein auf die stilistischen Signale mit dem Ausdruckswert ungekünstelter Oralität angewiesen. Die erlebte Rede hat es in deutschen Erzählungen schwerer als in romanischen Erzählungen, nicht jedoch schwerer als in romanischer besprechender Rede. Man finde sie daher im Deutschen im ganzen seltener und kaum zum Rang einer romanbeherrschenden Redeform erhoben. Daß deutsche Autoren die erlebte Rede unter den erschwerten Strukturbedingungen dennoch beherrschen, mag mit einem Textabschnitt aus Thomas Manns Novelle *Schwere Stunde* verdeutlicht werden (Schiller ist der Held der Novelle): [3]

Das war ein besonderer und unheimlicher Schnupfen, der ihn fast nie völlig verließ. Seine Augenlider waren entflammt und die Ränder seiner Nasenlöcher ganz wund davon, und in Kopf und Gliedern lag dieser Schnupfen ihm wie eine schwere, schmerzliche Trunkenheit. Oder war an all der Schlaffheit und Schwere das leidige Zimmergewahrsam schuld, das der Arzt nun schon wieder seit Wochen über ihn verhängt hielt? Gott wußte, ob er wohl daran tat. Der ewige Katarrh und die Krämpfe in Brust und Unterleib mochten es nötig machen, und schlechtes Wetter war über Jena, seit Wochen, seit Wochen, das war richtig, ein miserables und hassenswertes Wetter, das man in allen Nerven spürte, wüst, finster und kalt, und der Dezemberwind heulte im Ofenrohr, verwahrlost und gottverlassen, daß es klang nach nächtiger Heide im Sturm und Irrsal und heillosem Gram der Seele. Aber gut war sie nicht, diese enge Gefangenschaft, nicht gut für die Gedanken und den Rhythmus des Blutes, aus dem die Gedanken kamen . . .

Die Häufung der Stilmittel mit dem beschriebenen Ausdruckswert ist auffällig. Es sind insbesondere die Selbstfrage *(Oder war . . .?)*, der redensartliche Ausruf *(Gott wußte; – das war richtig)*, der umgangssprachliche Ausdruck *(der ewige Katarrh; miserables Wetter)*, die Wiederholung *(seit Wochen, seit Wochen)*, die Reihung von starken Synonymen *(wüst, finster und kalt; verwahrlost und gottverlassen)*, der Nachtrag eines langen Satzteils nach dem Verb in »Endstellung« *(daß es klang nach . . .)*, die Prolepsis *(Aber gut war sie nicht, diese . . .)*. Thomas Mann muß diese verhältnismäßig groben Stilmittel (von Schiller ist die Rede!) verwenden, weil ihm die deutsche Sprachstruktur bei der erlebten Rede nicht hilft. Um so größer die Sprachkunst Thomas Manns, der unter solchen erschwerten Sprachbedingungen dieser Novelle als ganzer die Erzählperspektive der erlebten Rede gegeben hat.

Auf einen interessanten Ausweg aus dieser Schwierigkeit ist Franz Werfel verfallen, der seinen Roman *Das Lied von Bernadette,* wie schon erwähnt, in den Tempora der Tempus-Gruppe I schreibt. Das macht in der deutschen Sprache eigentlich keinen Unterschied für die erlebte Rede. Werfel führt aber für seinen Roman die private Regelung ein, daß er die Tempora der erzählten Welt, die nun frei sind, für die erlebte Rede verwendet. Das sieht dann so aus, wie in dem folgenden Abschnitt aus dem 1. Kapitel:

> Soubirous *ist* ein sonderbarer Mann. Mehr als die elende Stube *ärgern* ihn diese beiden vergitterten Fenster, eines größer, das andere kleiner, diese zwei niederträchtig schielenden Augen, die auf den engen, dreckigen Hof des Cachot *hinausschauen,* wo der Misthaufen der ganzen Gegend *duftet.* Man *war* schließlich kein Landarbeiter, kein Lumpensammler, sondern ein freier, regelrechter Müller, ein Mühlenbesitzer, auf seine Art nichts andres, als es Monsieur de Lafite *ist* mit seinem großen Sägewerk. Die Boly-Mühle unterm Chateau Fort *hatte sich sehen lassen können* weit und breit. Auch die Escobé-Mühle in Arcizac-les-Angles *war* gar nicht übel.

Dies ist, so könnte man sagen, die Umkehrung der erlebten Rede in den romanischen Sprachen. Dort sind nur in der Tempus-Gruppe II Tempus-Signale für die erlebte Rede möglich; hier, in Werfels privater Grammatik und Stilistik, nur in der Tempus-Gruppe I.

Ich erspare es mir nach den voraufgehenden Überlegungen, die Behandlung der erlebten Rede in deutschen Übersetzungen romanischer Erzählliteratur in Beispielen vorzuführen. Man würde manche Enttäuschung erleben, aber auch manche Findigkeit bewundern können. Denn die Stilkunst des Übersetzers hat hier zu leisten, was ihm die Sprache nicht gibt.

3. Descartes, Rousseau und die Tempus-Folge (Consecutio temporum)

Die Beobachtungen, die hier zu den Übergängen und Übergangs-Wahrscheinlichkeiten der Tempora gemacht worden sind, sind der Grammatik nicht ganz fremd. Sie erscheinen in der traditionellen Grammatik im Kapitel *Consecutio temporum*.[4] Insbesondere die alten Sprachen stehen in dem Ruf, in einem Gefüge von Haupt- und Nebensatz mehr oder weniger streng eine Tempus-Folge zu beachten, dergestalt daß eine Tempus-Form, wenn sie in einem Hauptsatz gesetzt ist, mit gewissen Tempora im Nebensatz harmonisiert, mit anderen nicht. Auch für die französische Sprache, an der wir weiterhin unsere Überlegungen vorwiegend orientieren wollen, ist die Frage lebhaft erörtert worden, ob es eine *concordance des temps* gibt oder nicht. Die Streitfrage ist besonders akut geworden, seitdem Ferdinand Brunot kategorisch erklärt hat: »Le chapitre de la concordance des temps se résume en une ligne: Il n'y en a pas.«[5] Aber Paul Imbs hat schon darauf aufmerksam gemacht, daß Brunot die Tempus-Folge alsbald durch ein Hintertürchen wieder hereinläßt und wenigstens zugibt, daß das Tempus des Nachsatzes, wenn nicht durch das Tempus des Vordersatzes, so doch durch den Sinn des Gesamtsatzes gesteuert wird.[6] Interessant ist dann die verklausulierte Formulierung in der von Ferdinand Brunot und Charles Bruneau gemeinsam verfaßten historischen Grammatik, wo es von der *Concordance des temps* heißt: »Cette règle n'a jamais été observée par les bons écrivains.« Gleich danach wird aber in eben dieser Grammatik die Geltung mindestens einer *correspondance des temps* eingeräumt.[7] Überblickt man die Lehrmeinungen zur Tempus-Folge der französischen Sprache im ganzen, so kann man als übereinstimmende Meinung höchstens feststellen, daß es einen gewissen Kombinationszwang der Tempora im Satz gibt, nicht aber einen absoluten Zwang.[8]

Daß die Tempus-Folge innerhalb dieser Übereinstimmung dennoch strittig geblieben ist, hängt teilweise mit dem französischen Konjunktiv zusammen. Die heutige französische Sprache hat, wie man weiß, so gut wie ganz auf das Imparfait du subjonctif *(que je chantasse)* und das Plus-que-parfait du subjonctif *(que j'eusse chanté)* verzichtet, so daß es beim Konjunktiv jedenfalls keine *Consecutio temporum* im Sinne der lateinischen Grammatik mehr gibt. Je nachdem, ob man nun mehr auf den Indikativ oder den Konjunktiv blickt, fallen die Stellungnahmen verschieden aus. Für die vorliegende Darstellung soll so verfahren werden, daß der Konjunktiv einstweilen nicht berücksichtigt wird. Seine Formen sollen erst nachträglich zum Tempus-System in Beziehung gesetzt werden (vgl. Kap. VIII und IX).

Eine weitere Bemerkung ist vonnöten. Die Tempus-Folge ist von alters her Lehrgegenstand der Grammatik. Und diese Grammatik, insofern sie Normen setzt, schafft wiederum sprachliche Wirklichkeit. Mit dieser Möglichkeit muß man auch bei der Besprechung der Tempus-Folge rechnen. Es gibt nämlich in vielen Grammatiken einen Lehrsatz, der sich auf die sogenannten »ewigen Wahrheiten« bezieht. *La terre tourne autour du soleil*, das ist der bekannte Beispielsatz für eine solche »Wahrheit«. Unter dem Gesichtspunkt der Tempus-Folge stellt sich nun die Frage, was mit dem Présent dieses Satzes geschieht, wenn es, nach einem Vordersatz im Imparfait, in den Nebensatz tritt. Soll es heißen: *Je savais que la terre tournait autour du soleil* – oder: *Je savais que la terre tourne autour du soleil?* An dieser Stelle ruft der Grammatiker gern die Logik an. Wenn er außerdem noch davon überzeugt ist, daß Tempora Zeitformen sind, dann wird er sagen, daß die Erde sich ja nicht nur in der Vergangenheit um die Sonne gedreht hat, sondern sich auch in der Gegenwart noch um die Sonne dreht. Dementsprechend würde die Logik verlangen, daß nach dem Imparfait im Vordersatz ein Présent im Nachsatz steht, daß also dieses Satzgefüge einen ungleichen Tempus-Übergang von einem erzählenden zu einem besprechenden Tempus nicht nur zuläßt, sondern fordert.

So etwa denkt Ferdinand Brunot, der als Sprachlogiker (»La Pensée et la Langue«) die vom Sprachgebrauch legitimierte Tempus-Folge im Sinne eines gleichen Tempus-Übergangs in einem Satz wie: *Je savais que Nancy était une ville élégante* gewissermaßen zähneknirschend zugibt, sogleich aber die Logik von diesem Sündenfall der Sprache losspricht: »C'est une attraction de forme, où la pensée n'est pour rien.«[9] Er als Grammatiker ist jedenfalls fest davon überzeugt, daß die Beibehaltung des Présent auch in der Abhängigkeit von einem Imparfait die richtige Syntax ist, wenn eine zeitunabhängige (»ewige«) Wahrheit Inhalt des Satzes ist. Der anderslautende Sprachgebrauch wird bestenfalls geduldet.

Diese Behandlung der Tempus-Folge in einer logisch statt linguistisch orientierten Grammatik ist natürlich ein ferner Nachklang der platonischen Philosophie, welche die Zeit nur als mangelhafte Mimesis der Ewigkeit kennt. So wie Plato die Zeitformen beim Verb *sein* nicht anerkennen will, so duldet Brunot nicht die Tempus-Verschiebung bei den zeitunabhängigen Wahrheiten in abhängigen Sätzen. Da nun diese Wahrheiten nicht nur bei Brunot Sonderrechte beanspruchen, sondern allgemeiner Lehrgegenstand der Grammatiken sind, ist nicht weiter verwunderlich, daß schließlich auch der wirkliche Sprachgebrauch sich hier und dort dem Diktat der vermeintlichen Logik beugt und nun auch tatsächlich die Tempus-Übergänge gelegentlich nach den Empfehlungen der Grammatiker statt nach den Ordnungslinien des Tempus-Systems realisiert. Mit solchen Störungen der Struktur hat grundsätzlich zu rechnen, wer eine moderne Kultursprache zu analysieren versucht.

Anstatt daß ich mich nun mit alten und neuen Argumenten in die Diskussion um das Für und Wider von Regeln zur Tempus-Folge in der französischen oder einer anderen modernen Sprache einschalte, will ich noch einmal darauf aufmerksam machen, daß die textlinguistische Methode, wenn sie einigermaßen streng gehandhabt wird, eine Diskussion der Tempus-Folge im traditionellen Sinne der *Consecutio temporum* gar nicht zuläßt. Denn es geht bei dem Problem der *Consecutio temporum* üblicherweise um Sätze. Es sind zwar, genauer gesagt, Satzgefüge, bestehend aus einem Hauptsatz und einem Nebensatz. Aber mehr auch nicht. Wie um diesen Satz herum der Kontext beschaffen ist, wird in der traditionellen Lehre von der *Consecutio temporum* nicht berücksichtigt. Unter diesen Beobachtungsbedingungen ist es nicht verwunderlich, daß es nicht gelungen ist, für die Tempus-Folge im Satz Regeln zu formulieren, die in einer umfassenderen linguistischen Theorie fundiert sind. Ich werde also wieder ein kleines Textstück vorführen. Und da schon von »ewigen Wahrheiten« die Rede war, wähle ich ein Textstück aus Descartes' *Discours de la Méthode* (1637).[10] Das Besondere der philosophischen Schreibweise im *Discours de la Méthode* liegt darin, daß Descartes seine Einsichten erzählend vorbringt. Er erzählt, wie er auf seine philosophischen Gedanken gekommen ist und wie er Schritt um Schritt den Weg seiner Methode gegangen ist. Die in der Darstellung vorherrschenden Tempora sind daher – wenigstens bis zum Teil IV einschließlich – die Tempora der erzählten Welt. Selbst der Satz *Je pense, donc je suis,* der als Selbstzitat aus dem Text herausgehoben ist, steht in einem erzählenden Kontext (IV° partie):

> Mais aussitôt après je pris garde que, pendant que je voulais ainsi penser que tout était faux, il fallait nécessairement que moi, qui le pensais, fusse quelque chose: et remarquant que cette vérité, je pense, donc je suis, était si ferme et si assurée, que toutes les plus extravagantes suppositions des sceptiques n'étaient pas capables de l'ébranler, je jugeai que je pouvais la recevoir sans scrupule pour le premier principe de la philosophie que je cherchais.

Offenbar ist Descartes, als er diese Überlegungen rückblickend niederschreibt, nach wie vor davon überzeugt, daß die Existenzgewißheit aus dem Selbstbewußtsein ableitbar ist und in dieser Fundierung eine »ewige« Wahrheit darstellt. Er setzt einfach in Abhängigkeit von dem Leittempus Passé simple *(je pris garde, je jugeai)* nach den Übergangsregeln des französischen Tempus-Systems das Imparfait als ungleichen Übergang Vordergrundtempus → Hintergrundtempus zur Markierung indirekter Rede (»indirekten Denkens«). An dem Wahrheitsgehalt der philosophischen Aussage ändert sich dadurch nichts. (Die Möglichkeit, aus diesem homogen erzählenden Text einer »erzählten Philosophie« einen besonders wichtigen Satz wie die Formel *Je pense, donc je suis* als Zitat herauszuheben und den Zitatcharakter durch den ungleichen Tempus-Übergang von einem erzählenden zu einem besprechenden Tempus zu markieren, bleibt davon unberührt. Das Zitat läßt sich auffassen als ein Stück direkter Rede oder direkten Denkens; es gelten die entsprechenden Regeln für Tempus-Übergänge bei direkter Rede.)

Ich erläutere diese Zusammenhänge an einem weiteren Abschnitt aus dem *Discours de la Méthode,* IV° partie, wo Descartes seine Methode auf die Erkenntnis der Natur Gottes auszudehnen versucht:

> Puis, outre cela, j'avois des idées de plusieurs choses sensibles et corporelles; car, quoique je supposasse que je rêvois et que tout ce que je voyois ou imaginois était faux, je ne pouvois nier toutefois que les idées n'en fussent véritablement en ma pensée. Mais, pour ce que j'avois déjà connu en moi très-clairement que la nature intelligente est distincte de la corporelle, considérant que toute composition témoigne de la dépendance, et que la dépendance est manifestement un défaut, je jugeois de là que ce ne pouvoit être une perfection en Dieu d'être composé de ces deux natures, et que par conséquent il ne l'étoit pas; mais que s'il y avoit quelques corps dans le monde, ou bien quelques intelligences ou autres natures qui ne fussent point toutes parfaites, leur être devroit dépendre de sa puissance, en telle sorte qu'elles ne pouvoient subsister sans lui un seul moment.

Auch in diesem Abschnitt erzählt Descartes die Geschichte seines Geistes. Die Wahrheiten, die sich schrittweise seinem erkennenden Geist zeigen, werden also auch in diesem Textstück erzählt. Für eine Analyse des Phänomens Erzählung notieren wir dabei, daß offenbar nicht nur Vorgänge, hier Denkvorgänge, erzählbar sind, sondern auch Zusammenhänge anderer Art, wie hier beispielsweise die Richtigkeit oder Falschheit psychischer Vorstellungen. Selbst dort, wo von der Natur Gottes die Rede ist, wo also nach allen Regeln der Philosophie und Theologie von Zeitabhängigkeit nicht die Rede sein kann, verschmäht Descartes nicht die erzählenden Tempora.

Das ausgewählte Textstück ist jedoch deshalb besonders interessant, weil es erkennen läßt, daß Descartes bisweilen auch anders verfährt. An drei Stellen des Textes steht trotz fortlaufender Erzählperspektive das Présent *(que la nature intelligente est distincte de la corporelle / que toute composition témoigne de la dépendance / que la dépendance est manifestement un défaut)*. Diese drei Formen des Présent stehen in ungleichem Tempus-Übergang zu einem voraufgehenden Plus-que-parfait *(j'avais connu)* und einem nachfolgenden Imparfait *(je jugeais)*. Natürlich kann man jetzt an dieser Stelle wieder an die Logik appellieren und darauf hinweisen, daß nach Descartes' Auffassung tatsächlich und für alle Zeiten die *res cogitans* von der *res extensa* verschieden ist, daß das Einfache unabhängiger als das Zusammengesetzte ist und daß jede Abhängigkeit einen Mangel darstellt. Das mögen alles, wenigstens in der Konsequenz der cartesianischen Philosophie, »ewige Wahrheiten« sein. Aber sie sind nicht mehr und nicht weniger ewig wahr als die Einheit der göttlichen Natur, von der Descartes einen Satz weiter nicht im Présent, sondern im Imparfait berichtet. Es kommt also offenbar überhaupt nicht auf den logischen oder ontologischen Status dieser Aussagen an, sondern auf die Übergangsregeln des französischen Tempus-Systems. Hier kann man nun nicht davon absehen, daß die in Frage stehenden philosophischen Lehrsätze in Abhängigkeit von gewissen Leitverben vorgetragen werden, die wir mit einem alten Ausdruck als *verba putandi* bezeichnen können. In unserem Textstück sind es Verben wie diese: *avoir des idées, supposer, nier, connaître, considérer, juger*. Im Sinne der Überlegungen des voraufgehenden Abschnitts können wir diese Verben generell der Gruppe der Kommunikationsverben zurechnen. Die Kommunikationssituation dieses philosophischen Textes wird durch die Verben dieses Typus dahingehend gesteuert, daß der Leser jeweils genau Bescheid weiß, ob er es mit dem erzählenden oder dem erzählten Ich des Philosophen zu tun hat. Diese Kommunikationsverben können als Schaltsignale *(shifters)* interpretiert werden. In Abhängigkeit von diesen Schaltsignalen sind ungleiche Tempus-Übergänge, in diesem Text insbesondere Übergänge von der erzählten zur besprochenen Welt, in erhöhtem Umfang zugelassen, wenn auch nicht gefordert. Der besondere Status der Kommunikationsverben liegt also darin, daß Descartes in der syntaktischen Abhängigkeit von ihnen fast nach Belieben gleiche oder ungleiche Tempus-Übergänge wählen kann, in traditioneller Terminologie: die *Consecutio temporum* entweder respektieren oder nicht respektieren kann. Als methodische Regel ist an dieser Stelle zu verzeichnen, daß über die Regeln der Tempus-Folge im Satz oder Text nicht vernünftig geredet werden kann, ohne daß berücksichtigt wird, ob in dem Text Kommunikationsverben vorhanden sind oder nicht.

Rückblickend auf den früher erörterten Gesichtspunkt der Reliefgebung unterscheiden sich übrigens die beiden hier von Descartes zitierten Textstücke darin, daß im ersten Abschnitt einige der leitenden Kommunikationsverben im Passé simple stehen, nämlich: *je pris garde que* ... und *je jugeai que* ... Im zweiten Abschnitt stehen alle leitenden Kommunikationsverben im Imparfait. Descartes unterscheidet hier sehr genau. Er setzt das Imparfait, wenn er mit seinem Denken stehenbleibt, und das Passé simple, wenn er methodisch voranschreitet.

Es ist vielleicht nützlich, im Vergleich und Kontrast zu Descartes einen Blick auf einen anderen philosophischen Text zu richten. Ich denke an den *Discours sur l'origine de l'inégalité parmi les hommes* (1754) von Jean-Jacques Rousseau. Auch dieser Text läßt sich unter dem Gesichtspunkt erzählter Philosophie betrachten, allerdings in ganz anderer Weise als bei Descartes. Hier zunächst ein Textstück aus dem *Discours;* es steht im Teil II:

Dans ce nouvel état, avec une vie simple et solitaire, des besoins très bornés, et les instruments qu'ils avoient inventés pour y pourvoir, les hommes, jouissant d'un fort grand loisir, l'employèrent à se procurer plusieurs sortes de commodités inconnues à leurs pères; et ce fut là le premier joug qu'ils s'imposèrent sans y songer, et la première source de maux qu'ils préparèrent à leurs descendants; car, outre qu'ils continuèrent ainsi à s'amollir le corps et l'esprit, ces commodités ayant par l'habitude perdu presque tout leur agrément, et étant en même temps dégénérées en de vrais besoins, la privation en devint beaucoup plus cruelle que la possession n'en étoit douce; et l'on étoit malheureux de les perdre sans être heureux de les posséder.

On entrevoit un peu mieux ici comment l'usage de la parole s'établit ou se perfectionna insensiblement dans le sein de chaque famille, et l'on peut conjecturer encore comment diverses causes particulières purent étendre le langage et en accélérer le progrès en le rendant plus nécessaire. De grandes inondations ou des tremblements de terre environnèrent d'eaux ou de précipices des cantons habités; des révolutions du globe détachèrent et coupèrent en îles des portions du continent. On conçoit qu'entre des hommes ainsi rapprochés et forcés de vivre ensemble, il dut se former un idiome commun plutôt qu'entre ceux qui erroient librement dans les forêts de la terre ferme. Ainsi il est très possible qu'après leurs premiers essais de navigation, des insulaires aient porté parmi nous l'usage de la parole; et il est au moins très vraisemblable que la société et les langues ont pris naissance dans les îles, et s'y sont perfectionnées avant que d'être connues dans le continent.

Anders als bei Descartes, handelt es sich hier nicht um die Geschichte eines denkenden Geistes. Es geht nun um die Geschichte des

Menschengeschlechtes, und der denkende Geist des Philosophen stellt diese Geschichte dar, indem er sie aus gleichbleibender Erzählerperspektive erzählt. Er rafft die Zeiten (»Je parcours comme un trait des multitudes de siècles«), daher die Häufung des Passé simple im Vergleich zum Imparfait. In diesem unter Tempus-Gesichtspunkten verhältnismäßig homogenen Text erzählenden Charakters sind jedoch einige besprechende Tempora eingeblendet, nämlich die Tempus-Formen: *on entrevoit, l'on peut conjecturer, on conçoit, il est très possible, il est au moins très vraisemblable.* Hinzu kommen im letzten Satz zwei Formen des Passé composé, nämlich: *ont pris naissance, s'y sont perfectionnées.* Ich sehe von diesen beiden Formen zunächst ab und stelle von den übrigen Formen der besprechenden Tempus-Gruppe fest, daß es sich allemal um Kommunikationsverben handelt, die mit einer unbestimmten Person *(on, il)* verbunden sind, in der wir den philosophischen Autor erkennen dürfen. Denn der Philosoph erzählt nicht Erlebtes, sondern Vermutetes. Rousseau weiß das und gibt es zu: »J'avoue que les événements que j'ai à décrire ayant pu arriver de plusieurs manières, je ne puis me déterminer sur le choix que par des conjectures« (Ire Partie). Als Ausdruck dieser Redlichkeit gegenüber dem konjekturalen Charakter der erzählten Menschheitsgeschichte blendet Rousseau mehr oder minder häufig in den erzählenden Text Kommunikationsverben ein, die den konjekturalen Status des Erzählten bestätigen. Von dieser Art sind die hier verzeichneten Verben. Ich rechne sie zu den Kommunikationsverben, weil sie den Leser über den Kommunikationsmodus unterrichten, den der Autor seiner Erzählung zugrunde gelegt hat und dem Leser deutlich zu machen wünscht. Rousseau erzählt zwar die Geschichte des Menschengeschlechts, gleichzeitig aber bespricht er mit seinen Lesern die eingeschränkte Historizität dieser Erzählung. Auch in diesem Fall gilt nun bei Tempus-Übergängen die für Kommunikationsverben spezifische Regel, daß ungleiche Tempus-Übergänge zwischen Tempora der besprochenen und der erzählten Welt ohne weiteres möglich sind, sogar im Satzgefüge zwischen Haupt- und Nebensatz. Unter diesen Umständen ist in dem hier vorgeführten Textstück sogar eine Häufung des ungleichen Tempus-Übergangs Présent → Passé simple zu finden. Gleichzeitig aber, und damit sollen nun auch die beiden Formen des Passé composé am Ende des Abschnitts Berücksichtigung finden, ist das Ende des Abschnitts dadurch markiert, daß nach dem letzten Kommunikationsverb kein ungleicher Übergang von einem besprechenden zu einem erzählenden Tempus mehr stattfindet, sondern nur noch ein Tempus-Übergang Présent → Passé composé, der innerhalb der besprochenen Welt verbleibt und vielleicht, da er nur unter dem Gesichtspunkt der Sprechperspektive ungleich ist, eine schwächere Form des ungleichen Übergangs darstellt (vgl. S. 169 ff.). Das ist gleichzeitig für den Textabschnitt ein Schlußsignal.

ACHTES KAPITEL

Tempus-Metaphorik

1. Tempus-Übergang und Tempus-Metapher

Ungleiche Tempus-Übergänge, so haben wir gesagt, leisten weniger für die Textualität oder Konsistenz eines Textes und sind entsprechend seltener anzutreffen. Nun empfiehlt es sich aber, auch innerhalb der Klasse der ungleichen Tempus-Übergänge noch zu unterscheiden. Das ist natürlich nur innerhalb einer bestimmten Theorie möglich – woher sollte sonst das Kriterium für die Ungleichheit kommen! Aber der Begriff des Übergangs setzt schon insgesamt eine bestimmte Theorie voraus, da ja aus Komplexitätsgründen nicht schlechterdings jeder Übergang von Sprachzeichen zu Sprachzeichen analysiert werden kann (vgl. Chomskys Kritik am Modell der *finite state grammar* [1]). Es muß bereits ein Klassenbegriff wie z. B. Tempus vorhanden sein, wenn man, um der erdrückenden Komplexität eines allgemeinen Übergangsbegriffes auszuweichen, nur Tempus-Übergänge analysieren will.

Die hier vorgetragene Theorie ist nun nicht nur durch den allgemeinen Klassenbegriff Tempus gekennzeichnet, sondern außerdem durch die Analyse des Tempus-Systems nach den drei Merkmalen der Sprechhaltung, der Sprechperspektive und der Reliefgebung. Es wird nun eine weitere Verifikationsbedingung dieser Theorie sein, ob sie sich auch unter dem Gesichtspunkt ungleicher Tempus-Übergänge bewährt und eine möglichst einfache Beschreibung multipler Fakten, ja Nuancen gestattet.

Wenn es eine adäquate Betrachtungsweise ist, das Tempus-System nach den drei genannten Merkmalen zu gliedern, dann muß es auch adäquat sein, bei den ungleichen Tempus-Übergängen nicht nur negativ festzustellen, daß bei dem Wechsel von einer Tempus-Form zur anderen die drei Merkmale nicht erhalten geblieben sind, sondern positiv zumindest hinzuzufügen, wieviele Merkmale sich verändert haben. Ich erkläre mich mit einer kleinen schematischen Darstellung (S. 191).

Es sind dort bei den ungleichen Übergängen solche zu finden, die nur in einem Merkmal wechseln (Beispiele 2, 3 und 4), wie auch solche, die in zwei Merkmalen wechseln (Beispiele 5 und 6). Da die französische Sprache in der besprochenen Welt nicht zwischen Vordergrund und Hintergrund unterscheidet, ist ein Wechsel in drei Merkmalen nicht möglich. Es genügt also, bei einer Beschreibung der französischen Sprache bei den ungleichen Tempus-Übergängen zwei Typen zu unter-

Übergang der Tempus-Formen (zum Beispiel)	Veränderte Merkmale
(1) Présent ←→ Présent	keine
(2) Présent → Imparfait	Sprechhaltung
(3) Présent → Passé composé	Sprechperspektive
(4) Imparfait → Passé simple	Reliefgebung
(5) Plus-que-parfait > Présent	Sprechhaltung + Sprechperspektive
(6) Passé antérieur > Imparfait	Sprechperspektive + Reliefgebung

scheiden: die ungleichen Tempus-Übergänge ersten Grades (Wechsel in einem Merkmal, Symbol: →) und die ungleichen Tempus-Übergänge zweiten Grades (Wechsel in mehr als einem Merkmal, Symbol: >). Für den letztgenannten Typus des Tempus-Übergangs verwende ich auch den Begriff *Tempus-Metapher*.

Diese Bezeichnung soll zum Ausdruck bringen, daß das Phänomen der verschiedenartigen Tempus-Übergänge in einer allgemeinen Theorie der Textlinguistik nicht zu isolieren ist. Denn was ist eine Metapher? Der Begriff Metapher hat seinen Ort gewöhnlich in der Semantik, nicht in der Syntax. Wenn aber die Semantik, ebenso wie die Syntax, textlinguistisch analysiert wird, dann verläuft zwischen diesen beiden Teilbereichen der Linguistik keine unüberschreitbare Grenze. Denn Bedeutung haben die Morpheme ebenso wie die Lexeme, nur eben eine andere Art von Bedeutung und dementsprechend eine andere Funktion im Text. Das Phänomen der Metapher demonstriert nun auf besonders eindringliche Art die Notwendigkeit einer linguistischen Analyse, die sich zuerst an Texten orientiert. Denn ein Sprachzeichen kann niemals für sich allein Metapher sein. Zu einer Metapher gehören mindestens zwei Sprachzeichen (Lexeme oder Morpheme); insofern fällt jede Metapher unter den Begriff eines (minimalen) Textes. Sie ist dann definierbar als ein Sprachzeichen in einem unerwarteten, überraschenden und daher konterdeterminierenden Kontext.[2] Die Metapher ist aber ebensogut unter Verwendung des Übergangsbegriffs definierbar als ein überraschend ungleicher Übergang zwischen zwei Sprachzeichen. Dies gilt, wie gesagt, grundsätzlich ebenso für Lexem-Metaphern (die »Bilder« der Semantik und Literaturtheorie) wie für Morphem-Metaphern, d. h. grammatische Metaphern. Anders ausgedrückt: die Metapher ist ein Spezialfall des Übergangs von Sprachzeichen zu Sprachzeichen.

Zur Bezeichnung Tempus-Metapher ist vielleicht eine kleine terminologische Besinnung angebracht. Der Begriff Tempus-Metapher hat nämlich, wie Heinrich Lausberg in seinem *Handbuch der literarischen Rhetorik* gezeigt hat, eine lange Tradition. Schon Quintilian übersetzt den griechischen Begriff der *metástasis* als *translatio temporum*. Quintilian verwendet den Begriff jedoch nicht in einer konsistenten Theorie, sondern meint damit vor allem das sog. Historische Präsens. Er schreibt: »Transferuntur et tempora (. . .), praesens enim pro praeterito positum est.« Lausberg unterstreicht in seinem Kommentar, daß die Behandlung der Tempus-Metaphorik bei den antiken Autoren der rhetorischen Kunst im ganzen an die Behandlung der semantischen Metaphorik erinnert.[3]

Nach dem Vorgang der antiken Rhetorik finden wir einzelne Gesichtspunkte der Tempus-Metaphorik auch bei einigen Linguisten der neueren Zeit wieder, so bei Larochette, Holger Sten, Paul Imbs, William Bull.[4] Ich begrüße diese Übereinstimmung, merke jedoch an, daß die Behandlung der Tempus-Metaphorik sehr verschieden sein kann, je nach dem systematischen Rahmen, in den sie gestellt ist.

Die Metaphorik ist das Reich der Nuancen. Das gilt, wenngleich mit einer gewissen Einschränkung, auch für die Metaphorik der Morpheme, hier der Tempus-Morpheme. Um diese Nuancen in einer Theorie zureichend zu erfassen, genügt es nicht, in einer isolierenden Betrachtungsweise nur die Übergänge von einer Tempus-Form zur anderen Tempus-Form zu rechnen. Es muß von Anfang an berücksichtigt werden, daß Tempus-Morpheme mit anderen Morphemen kombiniert werden und gewisse Funktionen im Text im Zusammenwirken wahrnehmen. Dabei spielen solche Morpheme wie Adverbien, Konjunktionen, Präpositionen und die Morpheme der Affirmation und Negation eine besondere Rolle. In gewissen Texten können jedoch auch Lexeme oder Verbindungen von Morphemen und Lexemen in der Kombination mit Tempus-Morphemen konkurrierende Funktionen haben. Unter diesen Bedingungen kann ein bestimmter, systematisch definierter Übergang verändert werden, sei es daß er bestätigt, verschärft oder gemildert wird. Die folgenden Abschnitte werden diese Überlegungen im einzelnen mit Anschauung füllen.

Was bedeutet nun ein ungleicher Tempus-Übergang zweiten Grades, eine Tempus-Metapher also, für die Syntax, d. h. die Kommunikationssteuerung eines Textes? Welchen Signalwert hat diese Metapher? Die Antwort hängt erstens von den beteiligten Tempora und zweitens vom weiteren Tempus-Kontext ab. Ich erkläre mich mit einem Textbeispiel. Es stammt aus der *Histoire de France* von Bainville.[5] Der Historiker erzählt von dem Plebiszit des 10. Dezember 1851: Louis-Napoléon ist zum Präsidenten gewählt worden:

Ce fut une situation bien extraordinaire que celle de ce prince-président qui n'était rien la veille, qui n'avait qu'une poignée de partisans et qui devenait chef d'Etat. Le premier mouvement des députés fut de considérer son élection comme un accident (le président n'était pas rééligible) et de le traiter lui-même comme une quantité négligeable. En effet, n'étant pas initié aux affaires, il montrait de l'embarras et même de la timidité. Pourtant, il avait déjà une politique. Il choisit ses ministres parmi les conservateurs, et, mesurant l'importance de l'opinion catholique, lui donna une satisfaction en décidant l'expédition de Rome pour rétablir le Pape dans ses Etats d'où une révolution l'avait chassé. Jusqu'à la fin, Napoléon III *sera* conservateur à l'extérieur et libéral à l'intérieur ou inversement, pour contenter toujours les deux tendances des Français.

Damit endet der Abschnitt.

In seinem Hauptteil hat dieser Text alle Merkmale einer Erzählung an sich. Vom letzten Satz abgesehen, sind die Leit-Tempora das Imparfait und das Passé simple. Deren Mischung gibt der Erzählung Relief. Der vorletzte Satz fällt aber deutlich aus der Erzählung heraus. Von dem Leit-Tempus Passé simple, fortgesetzt im Satzgefüge durch ein Gérondif, einen Infinitiv und einen Relativsatz *(d'où)* mit dem Plus-que-parfait, geht der Autor mit scharfem Übergang zum Futur *(sera)* über, das sich seinerseits mit einem Infinitiv fortsetzt. Das ist ein ungleicher Tempus-Übergang zweiten Grades oder eine Tempus-Metapher. Bei Übergang vom Passé simple zum Futur (oder auch, wenn man das Tempus des »indirekten Fragesatzes« rechnen will, vom Plus-que-parfait zum Futur) verändern sich zwei Merkmale des Tempus-Systems: das Merkmal »Erzählen« wird zum Merkmal »Besprechen«, und das Merkmal »Null-Stufe« (oder beim Plus-que-parfait »Rück-schau«) wird zum Merkmal »Vorausschau«. Man hat dieses Phänomen gelegentlich »historiographisches Futur« genannt. Und man mag sich dabei an das bekannte Wort von Friedrich Schlegel erinnern: »Der Historiker ist ein rückwärts gekehrter Prophet.«[6] Es ist aber wichtig, das Phänomen nicht anekdotisch zu beschreiben, als ob dieses irgendein Futur wäre, das neben anderen Futur-Formen und -Funktionen besteht. Es ist das eine und einzige Tempus Futur der französischen Sprache; es hat jedoch, da es in einer ganz bestimmten Umgebung anderer Tempora auftritt, auch eine ganz bestimmte und nur in dieser besonderen Textkonstellation gültige Meinung. Durch diese »Übergangs-Meinung« erhält der Textabschnitt zugleich seine Grenze. Tempus-Metaphern können also als Grenzsignale fungieren, und ich verwende diesen Begriff hier durchaus analog zum phonologischen Begriff des Grenzsignals, der in Trubetzkoys phonologischer Kombinatorik bekanntlich eine große Rolle spielt.[7]

Man kann nun die syntaktische Grenze verschieden auffassen. Einerseits ist es möglich zu sagen, der Satz mit dem Futur gehöre als Grenzmarkierung nicht mehr zur Erzählung. Es ist aber andererseits auch möglich, den grenzmarkierenden Satz noch mit zur Erzählung zu rechnen, weil die erzählenden Tempora den gesamten Textabschnitt beherrschen. In diesem Falle muß man sagen, daß das Futur, da es vom Tempus-System her ein besprechendes Tempus ist, ein Mehr an Gespanntheit, und da es ein vorausschauendes Tempus ist, ein Mehr an Offenheit in die Erzählung bringt. Beides zusammen trägt mit dazu bei, daß wir diesen Text (wenn wir einmal annehmen, wir wüßten nicht aus anderen Quellen, daß Bainville Historiker und nicht Romancier gewesen ist) als »wahre Geschichte« erkennen.

Zur weiteren Exemplifizierung der Problemlage mag es an dieser Stelle genügen, wenn ich noch einmal auf ein Phänomen zurückkomme, das bereits unter einem anderen Gesichtspunkt erörtert worden ist. Bei der Beschreibung der Funktion des Perfekt (Passé composé, Perfecto compuesto, Passato prossimo usw.) habe ich gelegentlich angemerkt und von anderen Beobachtern bestätigt gefunden, daß die Sprecher oder Schreiber sehr häufig eine Erzählung im Perfekt einleiten und bisweilen auch wieder ausleiten (vgl. Kap. III). Aus dem gleichen Grunde steht auch in Fragesätzen, die als solche eine Textgrenze markieren, das Kommunikationsverb häufiger im Perfekt als im Präteritum, wie man für die deutsche Sprache festgestellt hat.[8] (Daß ich jetzt an der deutschen und nicht an der französischen Sprache argumentiere, hat seinen Grund darin, daß im Französischen das Passé composé unter bestimmten Bedingungen in der gesprochenen Sprache einen anderen Status hat als in der geschriebenen Sprache – vgl. Kap. X –; das ändert aber nicht das Problem.) Man muß auch in diesen Fällen nicht nur das Tempus, sondern den Tempus-Übergang sehen. Der *Werther*, um noch einmal daran zu erinnern, beginnt und endet im Perfekt. Was beispielsweise den berühmten Werther-Schluß betrifft, so erhält er seine besondere Markierung durch den Übergang Präteritum > Perfekt. Hier die letzten Sätze des Romans:

Um zwölfe mittags starb er. Die Gegenwart des Amtmannes und seine Anstalten tuschten einen Auflauf. Nachts gegen elfe ließ er ihn an die Stätte begraben, die er sich erwählt hatte. Der Alte folgte der Leiche und die Söhne, Albert vermocht's nicht. Man fürchtete für Lottens Leben. Handwerker trugen ihn. Kein Geistlicher *hat ihn begleitet*.

Wer die Auffassung vertritt, Präteritum und Perfekt seien beide Vergangenheits-Tempora, die sich nur noch dadurch unterscheiden, daß die vergangene Handlung beim Perfekt noch »in die Gegenwart hineinwirkt« oder dergleichen (was mag hier wohl in die Gegenwart hineinwirken?), kann den Werther-Schluß nicht erklären. Es kommt nämlich hier nicht nur auf das Tempus Perfekt, sondern wiederum auf den scharfen Übergang an, terminologisch gesprochen den ungleichen Tempus-Übergang zweiten Grades oder die Tempus-Metapher. Das Tempus ändert sich bei diesem Übergang in den beiden Merkmalen der Sprechhaltung und der Sprechperspektive, es springt also vom Erzählen zum Besprechen, von der Null-Stufe zur Rückschau. Durch diesen zweidimensionalen Übergang wird die Erzählung an ihrem tragischen Ende in einen ganz anderen Modus des Sprechens überführt, den wir als einen Zuwachs an (End-)Gültigkeit beschreiben können. Daraus entsteht gleichzeitig die definitive Grenzmarkierung des Textes.

Auf das Insgesamt der Tempus-Metaphern gesehen, scheint jedoch die Metaphorik dieser »Wanderrichtung« eine geringere Frequenz und

Bedeutung für die Textkonstitution und Textgliederung zu haben als die Metaphorik mit anders gewendeter »Wanderrichtung«, wie sie im folgenden dann mit größerer Ausführlichkeit beschrieben werden soll.

2. Eingeschränkte Gültigkeit: das Conditionnel als Tempus-Metapher

Das Conditionnel der französischen Sprache *(il chanterait)* ist, ich erinnere daran, ein Tempus wie jedes andere auch. Man darf sich hier ebensowenig wie bei einer anderen Form durch die Bezeichnung irre machen lassen und dadurch zu einer theoriefremden Auffassung kommen. Das Conditionnel ist ein Tempus, das in seinem Merkmal der Sprechhaltung eine Erzählung und in seinem Merkmal der Sprechperspektive eine vorweggenommene Information meldet. Was das Merkmal der Reliefgebung betrifft, so sind in diesem Tempus Vordergrund und Hintergrund nicht unterschieden.

Hier soll von dem Tempus Conditionnel nur als Tempus-Metapher gehandelt werden. Diese Bedingung ist dann und nur dann erfüllt, wenn dieses Tempus durch einen ungleichen Tempus-Übergang zweiten Grades aus dem Text herausgehoben ist. Das ist beispielsweise bei einem Übergang Présent > Conditionnel der Fall. Es handelt sich einmal um den Übergang von der besprechenden zur erzählenden Sprechhaltung, zum anderen um den Übergang von der informatorischen Null-Stufe zur vorweggenommenen Information.

Um einen Überblick zu gewinnen, greife ich zunächst auf einen Text zurück, der schon einmal unter anderen Aspekten erörtert worden ist, nämlich die *Introduction à l'étude de la médecine expérimentale* von Claude Bernard. Es ist, so haben wir bereits gesehen, ein weitgehend besprechender Text; es ist hier von wissenschaftlicher Methode die Rede. Es überwiegen also mit hoher Signifikanz (91%) die besprechenden Tempora. Aber es kommen auch – warum nicht? – erzählende Tempora vor. Unter ihnen finden sich erstaunlich viele Formen des Conditionnel. In genauer Zählung: von den 78 Formen erzählender Tempora gehören nicht weniger als 34 Formen dem Conditionnel an, also fast die Hälfte, wobei ich im Augenblick nur das sog. Conditionnel I *(il chanterait)* und noch nicht das sog. Conditionnel II *(il aurait chanté)* in diesem Text berücksichtige.

Der Leser erhält nun vielleicht den deutlichsten Eindruck von der Funktion dieses Tempus in dem vorliegenden Text, wenn ich einfach einmal die Conditionnel-Formen des Textes zusammenstelle, sofern sie die im Begriff Tempus-Metapher gestellte Bedingung erfüllen, einen Tempus-Übergang zweiten Grades zu bilden. Zugelassen ist dabei allerdings, daß sich die Tempus-Metaphorik eines solchen Conditionnel

– mit nunmehr gleichem Tempus-Übergang – über einige weitere Formen dieses Tempus fortsetzt. Hier nun die Liste der Formen: *serait, serait, il y aurait, pourrait, serait amené, pourrait, faudrait, pourrait, pourraient, pourrait, corrigerait, saurait, pourrait, saurait, pourrait, pourraient, seraient, pourraient, pourrait, faudrait, saurait, serait, saurait, conduirait.* (Die übrigen Formen des Conditionnel erfüllen nicht die Bedingungen eines Tempus-Übergangs zweiten Grades.)

Die Beispielreihe läßt eine relativ hohe Zahl von Hilfsverben erkennen. Wir finden insbesondere wieder die Modalverben pouvoir (10), savoir (4) und falloir (2). Des weiteren ist zu beobachten, daß von den 24 Formen des Conditionnel, die in unserem Text einen Tempus-Übergang zweiten Grades bilden, nicht weniger als 9 Formen negiert sind. Zur Erläuterung und Bestätigung ein Textbeispiel (Kap. I):

Cette définition représente une opinion assez généralement adoptée. D'après elle, l'observation *serait* la constatation des choses ou des phénomènes telles que la nature nous les offre ordinairement, tandisque l'expérience *serait* la constatation de phénomènes créés ou déterminés par l'expérimentateur. Il y *aurait* à établir de cette manière une sorte d'opposition entre l'observateur et l'expérimentateur; le premier étant passif dans la production des phénomènes, le second y prenant, au contraire, une part directe et active. Cuvier a exprimé cette même pensée en disant: »L'observateur écoute la nature; l'expérimentateur l'interroge et la force à se dévoiler.«

Es ist evident, daß dieses Textstück, wie auch durch den voraufgehenden und den nachfolgenden Kontext bestätigt wird, grundsätzlich besprechender Natur ist. Leit-Tempus ist das Présent. In diese Abfolge besprechender Tempora mit hoher Frequenz des Présent sind in diesem Textstück die Formen *serait* (zweimal) und *aurait* (als Hilfsverb: *il y aurait à établir*) mit einem ungleichen Tempus-Übergang zweiten Grades eingeblendet. Dem Leser entgeht nicht, daß der Autor die Gültigkeit seiner Feststellungen einschränken will. Die am Anfang des Textstückes erwähnte Definition ist nämlich nicht seine eigene, sondern die eines anderen Autors.

Der Befund läßt sich verallgemeinern und gleichzeitig mit dem Lektüreeindruck vereinbaren, den der Leser bei der Lektüre der Schrift von Claude Bernard gewinnt. Der Autor weicht immer dann von seinem Leittempus Présent mit ungleichem Tempus-Übergang zweiten Grades, also mit einer Tempus-Metapher, in das Tempus Conditionnel, vorzugsweise von Hilfs- und Modalverben, aus, wenn er seine methodischen Betrachtungen mit einer gewissen Einschränkung versehen will. Diese Einschränkung kann im Einzelfall verschieden stark sein, sie wird ja auch jeweilig in verschiedener Weise durch andere syntaktische Signale unterstützt. Generell kann man aber die in Frage stehende Funktion als *eingeschränkte Gültigkeit* umschreiben. Ich unterstreiche aber noch einmal, daß diese Funktion dem Tempus Conditionnel nicht als solchem schlechthin zukommt, sondern erst dadurch zustande gebracht wird, daß dieses Tempus im Sinne der formulierten Bedingungen in einem Text als Tempus-Metapher auftritt.

Dies ist nun nicht eine neue Funktion, die zu der alten Funktion (Merkmale: »vorweggenommene Information« in der »erzählten Welt«) hinzuträte oder diese ersetzte. Die alte (»systematische«) Funktion ist vielmehr unaufhebbar und wird durch die neue (»kontextuelle«) Funktion nur modifiziert.[9] So verhält es sich übrigens mit allen Metaphern. Ein Wort (Lexem) verliert ja nicht dadurch, daß es metaphorisch verwendet wird, seine »eigentliche« Bedeutung; dieser wird nur durch die Determination eines konterdeterminierenden Kontextes eine unerwartete Meinung abgewonnen. Im Fall des Conditionnel als Tempus-Metapher bleibt zwar nicht der erzählende Charakter, aber doch das Weniger an Verbindlichkeit, das der erzählten Welt im Vergleich zur besprochenen Welt eignet. Es bleibt ihm auch nicht im strengen Sinne das Moment der vorweggenommenen Information, wohl aber die Unsicherheit, die einer solchen Information notwendig anhaftet. Aus diesen beiden durch den konterdeterminierenden Kontext modifizierten Funktionsmerkmalen entsteht die neue kontextuelle Funktion der eingeschränkten Gültigkeit, die dem Conditionnel als Tempus-Metapher zukommt.

Das Conditionnel II *(il aurait chanté)* ist entsprechend der hier vertretenen Theorie aufzufassen als Neben-Tempus des Conditionnel I. Es hat keine Funktion, die ohne Rekurs auf eine textuelle Funktion zu beschreiben wäre. Es kommt nur als Tempus-Metapher vor und dient dazu, den systematischen Abstand um eine Stufe zu erhöhen, wenn anders ein ungleicher Tempus-Übergang zweiten Grades nicht zu erreichen ist. Das ist insbesondere immer dann der Fall, wenn der Kontext nicht, wie in dem Text von Claude Bernard, besprechender Natur ist, sondern selber bereits eine Erzählung darstellt. Gegenüber einer Form wie *il chantait* oder *il chanta* bildet das Conditionnel *il chanterait* nur einen ungleichen Tempus-Übergang ersten Grades. Hier stellt die französische Sprache nun das Conditionnel II *(il aurait chanté)* als eine Art *Extrapolation des Tempus-Systems* zur Verfügung. Dieses Tempus bildet nun gegenüber den Null-Tempora der erzählten Welt, Imparfait und Passé simple, einen ungleichen Tempus-Übergang zweiten Grades und ist Tempus-Metapher.

Das Conditionnel II kann überdies auch in einem besprechenden Kontext als Tempus-Metapher verwendet werden. Es ist zweckmäßig, diese Verwendung einfach als Übercharakterisierung dem ungleichen Tempus-Übergang zweiten Grades zuzuschlagen.

Ich gebe im folgenden noch eine Reihe von Beispielen aus Schriften von André Gide.[10] Eine gewisse Fülle des Beispielmaterials erscheint mir in diesem Abschnitt besonders angebracht, damit auch mit ausreichender Evidenz zutage tritt, daß die Sprache mit dem Instrument der Tempus-Metaphorik feine und feinste Nuancen schaffen kann, die

mit der Sammelbezeichnung »eingeschränkte Gültigkeit« nur not-
dürftig angedeutet werden können. Die Sprache der Diskretion, der
Bescheidenheit, der Höflichkeit und der Diplomatie sind auf diese
Nuancen angewiesen.

Als erstes werfen wir einen Blick auf André Gides Tagebuch, wo
der Verfasser in einem Abschnitt von einem Besuch Claudels bei ihm
berichtet. Er beschreibt Claudels Gestalt und verwendet dabei besprechende Tempora:

> Paul Claudel est plus massif, plus large que jamais; on le *croirait* vu dans
> un miroir déformant; pas de cou, pas de front; il a l'air d'un marteau-pilon...
> (19. 11. 1912).

Inmitten der Formen des Présent auf einmal ein Conditionnel. Es
hat offensichtlich nicht die Funktion, eine andere Zeitperspektive einzuführen, und bezieht sich auf die gleiche Situation, die in der Umgebung des Conditionnel mit dem Présent bezeichnet wird. Was wäre
anders, wenn Gide geschrieben hätte: *On le croit vu dans un miroir
déformant?* Die Elemente der Beschreibung würden sich nicht ändern,
aber der Leser würde sie anders aufnehmen. Denn die Beschreibung
Claudels als eines »Dampfhammers« ist natürlich eine Karikatur. (Und
sie ist deshalb so treffend.) Wenn Gide diese Karikatur mit dem
Présent eingeführt hätte, dann wäre sein Zerrspiegel im vollen Ernst
gemeint, und man würde einen bösartigen Ton heraushören. Das
Conditionnel hingegen mildert die Verzerrung und nimmt ihr etwas
von dem Gewicht der Ernsthaftigkeit. Dieses Tempus zeigt das Zerr-
bild für einen Augenblick, um es gleich wieder wegzuwischen. Der
Satz ist in seiner Gültigkeit eingeschränkt und soll nicht als Behauptung
und Definition, sondern als Impression und Aperçu verstanden werden.
Das leistet das Conditionnel als Tempus-Metapher.

Ich entnehme dem Tagebuch André Gides ein weiteres Beispiel. In
dem folgenden Textstück ist der Tempus-Übergang besonders deutlich, da es sich um ein Satzgefüge handelt:

> Pour moi je crains toujours (un peu mystiquement encore, je l'avoue) de
> renforcer la position de l'adversaire en mettant l'injustice de mon côté. Et
> puis de toute manière, et lorsqu'elle *amènerait* ma victoire, l'iniquité m'est
> intolérable; j'aime encore mieux en être victime... (1. 9. 1931).

Die Nuance des Conditionnel als Tempus-Metapher wird man in
der deutschen Übersetzung mit einem *etwa* oder *vielleicht* wiedergeben
– oder mit einer deutschen Tempus-Metapher: ... *und sollte es mir
den Sieg bringen.* Dies nur als knapper Hinweis darauf, daß auch
viele andere Sprachen, unter ihnen das Deutsche, über Metaphorik der
Tempora verfügen und ähnliche Nuancen damit auszudrücken vermögen.

Ein weiteres Beispiel läßt erkennen, daß André Gide Tempus-
Metaphern bewußt setzt und unterscheidet. Er liest bei Sainte-Beuve
einen Satz des Politikers Sieyès, der lautet: *La saine politique n'est pas*

la science de ce qui est, mais de ce qui doit être. Gide nimmt an dieser Formulierung Anstoß und setzt korrigierend hinzu: *Sieyès entend: de ce qui devrait être.* (16. 6. 1932). Es ist klar, daß Gide mit dieser Tempus-Metapher den kategorischen Charakter in der Formulierung des Politikers abschwächen will. Die Tempus-Metapher schränkt auch hier die Gültigkeit ein.

Ich gebe im folgenden ein Beispiel dafür, daß der Abstand zweiten Grades, wie er für Tempus-Metaphern gefordert ist, unter Umständen auch mit nicht-temporalen Morphemen erzielt oder vergrößert werden kann. Die folgende Notiz aus Gides Tagebuch stammt aus der Zeit des 1. Weltkrieges; sie ist datiert vom 25. 10. 1916:

Du train dont nous allons, il se formera d'ici peu un parti germanophile en France, et qui se recrutera non point parmi les anarchistes et les internationalistes, mais parmi ceux qui se trouveront contraints de reconnaître la constante supériorité de l'Allemagne. Ils estimeront avec raison qu'il est bon, qu'il est naturel, que ce soit la supériorité qui gouverne. Et peut-être songeront-ils que quelque chose, en France, reste supérieur à cette supériorité même; mais, hélas! ce quelque chose de divin reste impuissant et muet. L'Allemagne *saurait-elle* le reconnaître, ce quelque chose? *Chercherait-elle* à l'étouffer? Ou ne *consentirait-elle* pas au contraire à le mettre en valeur?... Mettre en valeur la précellence de l'ennemi! Quelle chimère! Et même ce quelque chose *souffrirait-il* d'être mis en valeur par l'ennemi?

Der Anfang des Textes wird von Formen des Futur beherrscht, sie bestimmen den Text insgesamt als besprechend. Am Ende stehen Formen des Conditionnel: *saurait-elle, chercherait-elle, consentirait-elle, souffrirait-elle.* Sie werden eingeleitet durch ein Présent *(reste),* das zweimal gesetzt ist. Die formalen Bedingungen für eine Tempus-Metapher sind damit erfüllt. Aber ich neige dazu, trotz dieses einen Présent im voraufgehenden Satz die Determinationswirkung der gehäuften Futur-Formen am Anfang des Textstückes ziemlich hoch zu veranschlagen und daher zum Conditionnel nur einen ungleichen Tempus-Übergang ersten Grades anzunehmen. Wie dem auch sei, es ist zu beobachten, daß der Autor den Übergang Futur → bzw. Présent > Conditionnel mit einem zusätzlichen syntaktischen Instrumentarium forciert, insbesondere durch die Frageform, ferner durch die Reduktion der im Conditionnel stehenden Verbformen auf die Rolle von Morphem-Verben: *saurait... reconnaître, chercherait... à étouffer, consentirait... à mettre en valeur, souffrirait... à être mis.* Auch wenn man sich also entschließt, für diesen Text unter Vernachlässigung der Présent-Formen einen Übergang Futur → Conditionnel als konstitutiv anzunehmen, ist dieser Übergang durch syntaktische Sekundärsignale so verschärft, daß eine tempusmetaphorische Nuance der eingeschränkten Gültigkeit entsteht. Denn André Gide wendet hier seine anfangs prophetischen Notizen ins Hypothetische. Der Verlauf und Ausgang des Krieges ist noch unsicher.

Es mag als interessante Illustration und Bestätigung unserer Überlegungen verzeichnet werden, daß Marcel Proust, als er auf der Suche nach der verlorenen Zeit den 1. Weltkrieg kommentiert, in bezug auf fast die gleiche Situation ebenfalls zum Nachdenken über Tempus-Fragen als Fragen nicht der Zeit, sondern der Gültigkeit angeregt wird. Er läßt nämlich M. de Charlus an dem Diplomaten Norpois bemerken, daß dieser in seinen Artikeln eine zunehmende Scheu zeige, das Futur zu verwenden, um nicht von den Ereignissen widerlegt zu werden. Er bilde statt dessen Sätze wie diese: – *L'Amérique ne saurait rester indifférente à ces violations répétées du droit. – La monarchie bicéphale ne saurait manquer de venir à résipiscence. – Ces dévastations systématiques ne sauraient persuader aux neutres. – La région des Lacs ne saurait manquer de tomber à bref délai aux mains des Alliés. – Les résultats de ces élections neutralistes ne sauraient refléter l'opinion de la grande majorité du pays.*[11]

In diesen Beispielsätzen ist tatsächlich das Verb *savoir*, im beschriebenen Sinne verwendet, ein »Zeichen dieser Zeit«, nämlich der unsicheren Kriegszeit, in der niemand eine Aussage über die Zukunft als uneingeschränkt gültig ausgeben mag.

Da nun schon von der Politik die Rede war, mag sich noch ein Blick auf die Zeitungen anschließen. Denn in einer recht augenfälligen, aber auch besonders schematisierten Form findet man das Conditionnel als Tempus-Metapher oft im Zeitungsstil. Georges und Robert Le Bidois nennen es das Conditionnel »des dires«,[12] Paul Imbs das Conditionnel »de l'information hypothétique«.[13] Es hat den Ausdruckswert des *dicitur: le ministre* p r é p a r e r a i t *une conférence de presse* – ›der Minister *soll* eine Pressekonferenz vorbereiten‹. Auch hier muß als erstes gesagt werden, daß der Ausdruckswert »unbestätigte Meldung« dem Tempus nicht als solchem eignet, sondern nur als Tempus-Metapher. Voraussetzung ist also das Auftreten dieses Conditionnel in einem besprechenden Kontext. (Was durch die unglückselige Methode, die Syntax an isolierten Beispielsätzen zu erläutern, leicht verdeckt wird.) Ich beschränke mich daher auf ein einziges Beispiel, gebe es dafür aber in einem längeren Kontext. Ich wähle einen Text aus einer sehr alten Zeitung, dem *Journal de Paris* vom 1. Januar 1813. Die Meldung ist ein Korrespondentenbericht aus London:

Il est triste d'entendre nos ministres et leurs adhérents parler même en ce moment de leur espoir d'influencer la cour de Vienne, et de leur confiance dans la mission de lord Walpole. Est-il rien de plus puéril qu'un tel langage? Ils n'ont pas honte d'émettre l'opinion qu'un jeune homme sortant de l'école doit effectuer un changement dans les conseils de l'empereur d'Autriche. Si nous pouvons même en juger d'après le ton élevé que prennent les journaux à la solde des ministres, ceux-ci *espéreraient* que François ira jusqu'à déshériter son petit-fils . . .

Der Kontext ist in seinem Charakter einheitlich: es wird die politische Mission des Lord Walpole besprochen. Die Tempora sind das Présent und das Futur. Eingeblendet ist, mit einem Tempus-Übergang zweiten Grades, ein Conditionnel. Es hat den Ausdruckswert einer Vermutung nach gewissen Indizien *(Si nous pouvons même en juger d'après le ton élevé...)* und schränkt damit den Wahrheitswert der Meldung ein. Dies also leistet das Conditionnel als Tempus-Metapher. Es verliert dabei seinen Stellenwert als vorausschauendes Tempus in der Tempus-Gruppe II und wird durch den Kontext in zwei Merkmalen umdeterminiert. Eben aus der Spannung zwischen dem vorausschauend erzählenden Charakter dieses Tempus und der Determination des Tempus durch den besprechenden Kontext entsteht die Nuance der Tempus-Metapher. Die Einschränkung des Wahrheitswertes geht nicht so weit, daß die Meldung für ungültig erklärt wird, aber die Gültigkeit wird doch stark eingeschränkt. Der Sprechende weist jedenfalls die Verantwortung für die Richtigkeit von sich ab.

Die Einschränkung der Gültigkeit ist nun nicht nur in vorsichtiger, sondern auch in *höflicher* Rede üblich. Wer höflich sein will, sagt daher nicht: *je veux vous demander*, sondern etwa *je voudrais vous demander*. Er sagt auch nicht: *vous devez m'informer*, sondern: *vous devriez m'informer*. Er sagt nicht: *je ne sais (pas) vous dire*, sondern: *je ne saurais vous dire*. Er sagt nicht: *Avez-vous de la monnaie?* sondern: *Auriez-vous de la monnaie?* Die Nuance der Höflichkeit entsteht aus der eingeschränkten Gültigkeit, die zugleich eine eingeschränkte Verbindlichkeit ist. Der Hörer soll nicht engagiert werden, wenn er nicht selber will. Es erübrigt sich, weitere Beispiele dafür anzuführen. Das Conditionnel der Höflichkeit ist so weit verbreitet, daß man hier am leichtesten in Versuchung ist, die Metaphorik des Tempus zu übersehen. Wir können manchmal, analog zur semantischen Metaphorik, das Conditionnel der Höflichkeit, zumal wenn es formelhaft geworden ist, als eine verblaßte Tempus-Metapher (Exmetapher) ansehen.

Das Conditionnel der Höflichkeit findet sich übrigens in den verschiedensten Sprachen. Man kann also gefahrlos übersetzen: *J'aimerais savoir...; Me gustaría saber...; Gostaría de saber...; I would like to know...; Ich würde (möchte) gerne wissen...* Der formelhafte Charakter des Conditionnel der Höflichkeit erklärt auch, warum die Kontextbedingungen hier gemildert sind. Es braucht nicht in einen Kontext eingebettet zu sein, der viele Tempora der Tempus-Gruppe I enthält. Eine Andeutung oder die nichtsprachliche Situation genügt bereits. Wir verzeichnen das gleiche Phänomen bei den semantischen Metaphern. Sie verblassen in dem Maße, wie sie vom Kontext unabhängiger werden.

3. Weitere Nuancen der Tempus-Metaphorik: das Imparfait

Man hat gelegentlich in der französischen Sprache, aber auch in anderen Sprachen bei der Beschreibung des Imparfait und – seltener – des Plus-que-parfait verzeichnet, daß diese Tempora auch die Bescheidenheit ausdrücken können. Dieser Gebrauch des Imparfait ist nicht auf die Literatur beschränkt und kommt häufig auch in der Alltagsrede vor, wenn man sich bescheiden ausdrücken will. Man sagt also geläufig, wenn eine Frage mit Bescheidenheit vorgebracht werden soll: »Ich wollte einmal fragen...« Wenn man diesen Satz in andere Sprachen übersetzt und die Nuance beibehalten will, kann man in vielen Sprachen gefahrlos auch das Tempus belassen und etwa sagen: *Je voulais vous demander...; Quería preguntarle...; Volevo chiedere...; Vinhamos fazer um pedido...; I wanted to ask you...* oder – mit Plautus – auf die Frage *Quid quaeritas?* antworten: *Demaenetum volebam.*[14]

Es reicht jedoch nicht aus, in bloß impressionistischer Beschreibung eine Ausdrucksnuance des Tempus Imparfait zu verzeichnen. Diese Beobachtung muß vielmehr in einer Tempus-Theorie fundiert werden. Nun haben schon Larochette und v. Wartburg/Zumthor die weitere Beobachtung gemacht, daß dieses Imparfait der Bescheidenheit meistens in solchen Sätzen auftritt, in denen ein Hilfsverb dem Verb beigegeben ist.[15] Es steht dann das Hilfsverb im Imparfait, das Verb im Infinitiv.[16] Es handelt sich aber im Sinne der voraufgehenden Überlegungen stets um Hilfsverben oder – wie ich lieber sagen würde – Morphem-Verben, die kraft ihrer Bedeutung bereits die Gültigkeit der Rede einschränken. Das Wollen, Sollen, Dürfen, Müssen usw. ist notwendig ein Weniger gegenüber dem Tun. Insofern enthält die »Modalität« der Modalverben immer schon das Merkmal der eingeschränkten Gültigkeit. Eine weitere Einschränkung der Rede kommt durch den Tempus-Übergang zustande. Denn man muß sich natürlich um diese bescheidene Rede herum einen besprechenden Kontext vorstellen. Das wird beispielsweise an dem Plautus-Beispiel deutlich. Die Frage steht im Praesens, und die Antwort wird im Imperfectum gegeben. Es liegt also ein ungleicher Tempus-Übergang ersten Grades vor, nämlich ein Sprung von einem besprechenden zu einem erzählenden Tempus, beide in der Null-Stufe. Dieser Sprung wird nun durch das einschränkende Modalverb verstärkt und im Sinne der hier vertretenen Theorie zu einem ungleichen Tempus-Übergang zweiten Grades verschärft. Es liegt also eine Tempus-Metapher vor, und wir dürfen eine Nuance erwarten, die generell im Rahmen einer eingeschränkten Gültigkeit liegt. Hier handelt es sich, bedingt durch den Kontext, um die Nuance der Bescheidenheit. Man wird in anderen Fällen sagen können, daß jeweils eine Nuance der Diskretion oder der Höflichkeit vorliegt. Das muß von Fall zu Fall entschieden werden, wobei jedoch als Regel zu gelten hat, daß die festgestellte Nuance die Rahmenbedingungen der eingeschränkten Gültigkeit zu erfüllen hat.

Es muß nicht immer eine Kombination aus Morphem-Verb und Infinitiv sein. Martinon teilt ein Beispiel mit, das lautet: *Je pensais que vous feriez peut-être bien de ...* Martinon empfiehlt solche Wendungen bei einem Gesprächspartner, der empfindlich ist »und den man nicht schockieren will«.[17] Natürlich, man schränkt die Gültigkeit der Rede vorsorglich ein, wenn man unfreundliche Reaktionen des Gesprächspartners zu erwarten hat und diese vermeiden will. Darin eben liegt die Bescheidenheit oder die Diskretion oder die Höflichkeit. Die Nuance kommt hier dadurch zustande, daß – bei einem besprechenden Kontext – mit dem Wechsel vom Présent zum Imparfait ein ungleicher Tempus-Übergang ersten Grades verbunden ist, der durch die weitere Einschränkung als »nur Gedachtes« zur Tempus-Metapher verschärft wird. Das Beispiel läßt übrigens recht gut erkennen, daß die verschiedenen Tempora der erzählten Welt, hier das Imparfait und das Conditionnel, zusammenwirken können, um Nuancen der eingeschränkten Gültigkeit zu bezeichnen. Nuancen der Bescheidenheit werden dabei eher durch die Tempus-Metapher eines Imparfait, Nuancen der Höflichkeit eher durch die eines Conditionnel ausgedrückt.

Das Imparfait als Tempus-Metapher kann jedoch eine sehr viel stärkere Einschränkung mit sich bringen als in der höflichen oder bescheidenen Rede. Die Einschränkung der Gültigkeit kann bis zur Ungültigsetzung gehen. Ich erkläre mich mit einem literarischen Text, wobei ich wiederum nicht zögere, um einer einzigen Tempus-Metapher willen einen längeren Abschnitt einzurücken. Der Kontext soll mit zur Geltung kommen, damit das Imparfait deutlich als Tempus-Metapher erkennbar ist.

Die Tirade des Pyrrhus in der Szene III, 7 der Racineschen Tragödie *Andromaque* diene als Beispiel. Pyrrhus wirbt um Andromache. Die Werbung ist gleichzeitig Drohung. Das Schicksal Andromaches und ihres kleinen Sohnes steht auf dem Spiel. Wir können sagen, dieses Schicksal wird hier besprochen. Leit-Tempus des Abschnitts ist das Présent. Nur ein Tempus der erzählten Welt, ein Imparfait, stört die gleichen Tempus-Übergänge:

> Madame, demeurez.
> On peut vous rendre encor ce fils que vous pleurez.
> Oui, je sens à regret qu'en excitant vos larmes
> Je ne fais contre moi que vous donner des armes:
> Je *croyais* apporter plus de haine en ces lieux.
> Mais, madame, du moins tournez vers moi les yeux:
> Voyez si mes regards sont d'un juge sévère,
> S'ils sont d'un ennemi qui cherche à vous déplaire.

Unter den vielen gleichen Tempus-Übergängen der ungleiche Tempus-Übergang Présent → Imparfait und seine Umkehrung Imparfait

→ Présent (unterbrochen durch Imperative). Der ungleiche Übergang zu dem Vers *Je croyais apporter plus de haine en ces lieux* kann jedoch als ungleicher Tempus-Übergang zweiten Grades und als Tempus-Metapher gerechnet werden, da das Morphem-Verb *croire* in diesem Textstück eine zusätzliche Einschränkung der Gültigkeit mit sich bringt. (Was man »nur« glaubt, bleibt hinter der massiven Gültigkeit eines ausgesagten Sachverhalts zurück.) Der Tempus-Übergang und das einschränkende Morphem-Verb besagen zusammen als Tempus-Metapher, daß der Haß nun nicht mehr gilt.

Tempus-Metaphern der ungültigen Meinung finden sich in den verschiedensten Sprachen. Aus der spanischen Sprache nehme ich ein Beispiel aus einem Reisebericht von Camilo José Cela. Die Stelle gehört zu jenen Partien der Reisebeschreibung *Judíos, Moros y Cristianos* (1956), in denen der bloße Fortgang der Wanderung mitgeteilt wird. Es stehen als Kontext die Tempora der besprochenen Welt. Das Beispiel lautet: *Al llegar al cruce, el vagabundo, que pensaba irse en derechura a Peñafiel, siente que sus ánimos han cambiado.*[18] Auch hier verzeichnen wir eine Kombination des ungleichen Tempus-Übergangs ersten Grades mit einem einschränkenden Morphem-Verb (»nur Gedachtes«) und notieren eine Nuance der eingeschränkten Gültigkeit, die hier an die Grenze der Ungültigsetzung heranreicht. Man kann keineswegs an die Stelle dieses Imperfecto *pensaba* ein beliebiges anderes »Vergangenheits-Tempus« setzen, etwa ein Perfecto compuesto. Ein Pluscuamperfecto hingegen wäre möglich; es würde den Abstand zum Presente als Leit-Tempus des Kontextes noch weiter vergrößern.

Aus der englischen Sprache schließlich ein Beispiel, das eine andere Kombinatorik erkennen läßt. Ich entnehme es einem Leitartikel in der Zeitung *The New York Times* vom 9. 12. 1963. Der Artikel bespricht Fragen der amerikanischen Wirtschaftspolitik, im näheren Kontext speziell Möglichkeiten der Kapitalkontrolle. Die vorherrschenden Tempora sind die Tempora der besprochenen Welt. Der Abschnitt beginnt:

The Administration wants quick Congressional approval of its request for taxing American purchases of foreign stocks and bonds because the proposal itself has caused a virtual embargo on foreign borrowing. This *was* not intended by the Treasury, which recognizes that Wall Street's capital market must be kept open to foreign borrowers.

Der Schluß des Satzes läßt erkennen, daß das Schatzamt nicht etwa seine Position aufgegeben hat. Aber die Regierung hat sich über die Meinung des Schatzamts hinweggesetzt und sie damit für ungültig oder wenigstens nicht maßgeblich erklärt. Hier kommt die eingeschränkte Gültigkeit offenbar durch die Kombination des Tempus-Übergangs und der Negation *not* zustande.

Das soeben genannte Beispiel läßt außerdem sichtbar werden, daß unter den Bedingungen der Tempus-Metaphorik auch mitten im Satz zwischen den beiden Tempus-Gruppen gewechselt werden kann. Tatsächlich finden wir die meisten Abweichungen von der normalen Tempus-Folge im komplexen Satz bei Tempus-Metaphern dieses Typus, und dies wiederum in den verschiedensten Sprachen. *Er ist jünger, als ich dachte* – man kann diesen Satz mitsamt seiner Tempus-Metapher ohne Schwierigkeiten übersetzen: *He is younger than I thought; È più giovane di quanto io pensavo; Es más joven que yo pensaba; È mais novo do que eu pensaba; Il est plus jeune que je (ne) pensais.* Zu dem französischen Beispiel, das die Reihe beschließt, will ich nur noch anmerken, daß das sogenannte *ne explétif* der französischen Sprache in Verbindung mit Tempus-Metaphern wie auch in Verbindung mit dem Konjunktiv mühelos als Signal der eingeschränkten Gültigkeit analysiert werden kann. Aber es ist interessant, daß das *ne explétif* auch fehlen kann. Die Tempus-Metapher ist ja schon durch den Tempus-Übergang in der Kombination mit der Einschränkung des Verbs *penser* im Sinne des »nur Gedachten« wirksam. Das *ne explétif* kommt nur verstärkend hinzu.[19]

4. Bedingung und Folge

Die Sprache (hier weiterhin die französische Sprache) stellt syntaktische Mittel bereit, um das Verhältnis von Bedingung und Folge zu bezeichnen. Man bedient sich also, wenn man Bedingungen und Folge zusammenketten will, der Konjunktion *si* (oder einer anderen Konjunktion mit ähnlicher Funktion) und bildet einen Konditionalsatz. Der hier benötigte spezielle Satzbegriff ist verhältnismäßig gut definierbar: Ein Konditionalsatz ist ein Satzgefüge, bei dem zwei Sätze durch die konditionale Konjunktion so in Beziehung zueinander gesetzt werden, daß der Vordersatz die Bedingung, der Nachsatz die Folge eines Sachverhalts bezeichnet. Die Grenze zu Temporal- und Kausalsätzen ist jedoch nicht immer scharf zu ziehen. Mit den Tempora hat das zunächst noch nichts zu tun. Mit einer Einschränkung, die sogleich noch ausführlich zu besprechen sein wird, sind sowohl im Vordersatz als auch im Nachsatz eines konditionalen Satzgefüges alle Tempora möglich. Die Regeln der Tempus-Setzung im Konditionalgefüge sind jedoch unter dem Gesichtspunkt der Tempus-Übergänge und der Tempus-Metaphorik von besonderem Interesse. Generell lassen sich diese Regeln so bestimmen, daß der Konditionalsatz Tempus-Übergänge im Merkmal der Sprechhaltung (Besprechen/Erzählen) nicht oder nur sehr ungern duldet, während er Tempus-Übergänge im Merkmal der Sprechperspektive (Rückschau/Null-Stufe/Vorausschau) ausgesprochen begünstigt. Konkreter gesprochen: Ein besprechender Vordersatz läßt auch einen besprechenden Nachsatz erwarten, entsprechend ein erzählender Vordersatz einen erzählenden Nachsatz. Ein Vordersatz in der Null-Stufe der Sprechperspektive läßt hingegen gerade nicht auch eine

Null-Stufe im Nachsatz erwarten, sondern eine nachholende oder vorwegnehmende Information, wobei interessanterweise diese beiden Sprechperspektiven unter bestimmten Bedingungen austauschbar sind. Da das Konditionalgefüge normalerweise den Rahmen eines (komplexen) Satzes ausfüllt, werden bei den folgenden Erörterungen in erhöhtem Maße Sätze statt längerer Textstücke erscheinen. Das sollte aber zumindest dann nicht als Verstoß gegen die textlinguistische Methode aufgefaßt werden, wenn bei jedem Satzgefüge angegeben wird, in welchen Textrahmen er gehört. Ich beziehe die folgenden Beispiele aus Texten von Marcel Proust.

Das Romanwerk *A la Recherche du Temps perdu* ist zwar insgesamt seiner Gattung nach ein Roman, also erzählender Natur. Aber in diesen Roman sind hier und dort besprechende Partien, gewöhnlich in direkter Rede, eingeblendet. Solche Textstücke finden sich beispielsweise in dem Romanteil *Le Temps retrouvé*, wo Monsieur de Charlus im Gespräch mit dem Erzähler Gründe und Umstände des großen Krieges diskutiert.[20] Da stehen dann Sätze wie diese:

– *Eh bien*, s i *vous* ê t e s *de bonne foi, vous ne* p o u v e z *pas accepter la guerre de cette théorie.*
– S i *l'Aimée (scil. Aimée de Coigny de Maurras) actuelle* e x i s t e, *ses espérances se* r é a l i s e r o n t - *elles?*
– *Et* s i c ' e s t *lui (scil. l'empereur Guillaume)* qu'a - t - i l f a i t *autre chose que Napoléon par exemple (...)?*

Alle drei Sätze sind Konditionalsätze. Sie unterscheiden sich jedoch in der Tempus-Setzung. Der Vordersatz hat jeweils das Présent, im Nachsatz steht das Présent, das Futur oder das Passé composé. Die Tempus-Übergänge sind also entweder gleich oder im ersten Grad ungleich. Dies nur als kurze Illustration des einfachen Sachverhalts, daß Konditionalsätze grundsätzlich mit den Tempora der besprochenen Welt gebildet werden können. Es gilt jedoch nach dem französischen Sprachgebrauch die Regel, daß der Vordersatz, der die Bedingung bezeichnet, das Futur nicht zuläßt. Dieses Tempus ist, wenn es überhaupt auftritt, auf den Nachsatz beschränkt. Das ist wiederum, wie wir es schon öfter gesehen haben, ein negatives Signal zum Ausdruck der Folge einer vorher gegebenen Bedingung.

Aber man kann das Verhältnis von Bedingung und Folge natürlich auch erzählen. Konditionalsätze können daher auch mit den Tempora der erzählten Welt gebildet werden. Bei keinem Autor kann man das übrigens besser studieren als bei Marcel Proust. Ich stelle im folgenden einfach eine Reihe von Beispielsätzen zusammen, die sämtlich dem ersten Band der *Recherche* entnommen sind und durch den bekannten Gang der Erzählung leicht verstanden werden können:
– *Maintenant si nous* r e n c o n t r i o n s *l'un ou l'autre des camarades, fille ou garçon, de Gilberte, qui nous saluait de loin,* j ' é t a i s

à mon tour regardé par eux comme un de ces êtres que j'avais tant enviés.

– *Si je ne* c o m p r i s *pas la Sonate, je* f u s *ravi d'entendre jouer Mme Swann.*

– *Et même si elle (scil.* Odette*) ne lui* a v a i t *pas é c r i t la première, si elle* r é p o n d a i t *seulement, en y acquiesçant, à sa demande d'une courte séparation, cela* s u f f i s a i t *pour qu'il ne pût plus rester sans la voir.*

– *Ou bien, si elle (scil.* Odette*) n'*a v a i t *pas* e u *le temps de lui écrire, quand il arriverait chez les Verdurin, elle* i r a i t *vivement à lui et lui* d i r a i t...

– *Et en effet si, à cette époque, il lui (scil.* Swann*)* a r r i v a *souvent, sans se l'avouer, de désirer la mort, c'*é t a i t *pour échapper moins à l'acuité de ses souffrances qu'à la monotonie de son effort.*

Diese Beispielreihe mag genügen. Es handelt sich jeweils um ein Konditionalgefüge. Alle Tempora gehören der erzählenden Tempus-Gruppe an. Im einzelnen sind folgende Tempora kombiniert: Imparfait ⟷ Imparfait, Passé simple ⟷ Passé simple, Plus-que-parfait → (fortgeführt durch ein Imparfait ⟷) Imparfait, Plus-que-parfait → Conditionnel, Passé simple → Imparfait. Es kommen, ähnlich wie wir es schon bei dem Konditionalgefüge in der besprochenen Welt gesehen haben, alle wichtigen Tempora vor. Wir wollen aber gleich, analog zur besprechenden Tempus-Gruppe, die Besonderheit verzeichnen, daß auch im erzählten Konditionalgefüge ein bestimmtes Tempus im Vordersatz nicht zugelassen ist, nämlich das Conditionnel. Es steht, ebenso wie das Futur, nur im Nachsatz, sofern es überhaupt verwendet wird. Es ist also ebenfalls ein negatives Signal zur Bezeichnung der Folge, die auf eine gegebene Bedingung hin eintritt.

Mit Irrealität oder dergleichen hat das alles noch nichts zu tun. Wenn die Konditionalsätze, in denen besprechende Tempora kombiniert sind, als reale Sätze (was immer das heißen mag) aufgefaßt werden, muß man auch die Konditionalsätze, in denen erzählende Tempora kombiniert sind, wohl oder übel dem Realis zuweisen. Sie werden zwar »nur« erzählt, aber ihr Inhalt wird ja nicht ausdrücklich als unwirklich gesetzt, wie man das den irrealen Konditionalsätzen nachsagt. Wir wollen jedoch fürs erste das Hauptgewicht auf die Unterscheidung legen, die am Sprachgebrauch abgelesen wird und unter den Voraussetzungen dieser Tempus-Theorie mit dem Ohr gehört werden kann: die Unterscheidung von besprechenden und erzählenden Konditionalsätzen. Es bedarf im Grunde dieser Entscheidung nicht einmal. Nachdem hier grundsätzlich zwischen besprechender und erzählender Rede unterschieden worden ist, versteht sich von selber, daß auch die Konditionalsätze, da sie ja Tempus-Formen verwenden, an diesem Merkmal des Tempus-Systems teilnehmen.

Das Problem der Bedingung und Folge ist damit allerdings noch nicht erschöpft.

5. Wirklichkeit und Unwirklichkeit

Man kennt also aus den Grammatiken die Unterscheidung zwischen realen und irrealen Konditionalsätzen. Die Beispielsätze lauten etwa: *S'il pleut, il reste à la maison* ›Wenn es regnet, bleibt er zu Hause‹. Das gilt als realer Konditionalsatz, weil die Realität der Bedingung und der Folge zwar nicht ausdrücklich behauptet, aber auch nicht ausdrücklich in Abrede gestellt wird. Maurice Grevisse spricht von einer Hypothese schlechthin. Davon scharf zu unterscheiden sind die irrealen Konditionalsätze. Beispielsatz: *S'il pleuvait, il resterait à la maison* ›Wenn es regnete, bliebe er zu Hause‹. Grevisse erläutert die Irrealität folgendermaßen: »La proposition conditionnelle exprime un fait présent ou passé que l'on regarde comme contraire à la réalité.«[21] Man soll sich also bei diesem Satz hinzudenken: Aber es regnet nicht. Die Realität der Bedingung wird geleugnet, und damit wird auch die Folge aus dem Bereich der Wirklichkeit verwiesen. Manche Grammatiker, so etwa Grevisse, kennen nach lateinischem Vorbild neben dem realen und dem irrealen Konditionalsatz noch einen potentialen Konditionalsatz. Er würde in unserm Beispiel ebenfalls lauten: *S'il pleuvait, il resterait à la maison*, stellt aber die Wirklichkeit nicht ausdrücklich in Frage, sondern verweist den Sachverhalt in den Bereich des Eventuellen oder Imaginären.

In dieser Form sind die Konditionalsätze unzutreffend beschrieben. Daß dies unbemerkt geblieben ist, liegt an der schon mehrfach getadelten Methode, mit isolierten oder gar selbstgemachten Beispielsätzen zu argumentieren, deren Kontext man nicht kennt, wenn sie überhaupt einen Kontext haben. Wenn man den Kontext eines Konditionalsatzes nicht hat, kann man überhaupt über Realität, Potentialität oder Irrealität des Sachverhaltes keine Aussage machen.

Ganz verloren ist man jedoch, wenn man sich darauf verläßt, daß eines der Tempora der französischen Sprache Conditionnel heißt *(il chanterait, il aurait chanté)*. Das ist, wie erwähnt, eine unglückliche Benennung. Das Conditionnel ist ein Tempus wie alle anderen auch und hat mit den Konditionalsätzen nicht mehr zu tun als die anderen Tempora. Es ist nicht ein Tempus, das als solches Irrealität ausdrücken könnte. Wir haben auch bei diesem Tempus die schlechte Benennung beibehalten, weil wir lieber einen schlechten Ausdruck verwenden, der allen geläufig ist, als einen guten, den man erst erläutern muß. Aber das geht nur unter der Voraussetzung, daß die Spielregel, keine Sache aus ihrem Namen zu erklären, streng eingehalten wird.

Es kann natürlich der Konditionalsatz, wenn er mit einem Imparfait im Vordersatz einsetzt, auch ein Irrealis sein, d. h. mit Bedingung und Folge gegen die Tatsachen der Realität argumentieren. Um nun den irrealen Satzsinn zu erfassen, brauche ich den Kontext des Konditionalsatzes. Als Beispiel zitiere ich daher nach meiner Gewohnheit wieder ein längeres Textstück, weiterhin aus Prousts *Recherche:*

> Depuis que j'ai vu ce tableau, c'est peut-être ce que je désire le plus connaître avec la Pointe du Raz, qui serait, d'ailleurs, d'ici, tout un voyage. – Et puis, même si ce *n'était* pas plus près, je vous *conseillerais* peut-être tout de même davantage Carquethuit, me répondit Elstir. La Pointe du Raz est admirable, mais enfin c'est toujours la grande falaise normande ou bretonne que vous connaissez. Carquethuit, c'est tout autre chose avec ces roches sur une plage basse. Je ne connais rien en France d'analogue, cela me rappelle plutôt certains aspects de la Floride.

Dieser Abschnitt gehört im ganzen zur Erzählung des Romans. Aber er ist von der Erzählung abgehoben als direkte Rede Elstirs. Diese direkte Rede (das erzählte Ich wird angesprochen) ist besprechender Natur. Es geht um die Vorzüge eines französischen Badeortes, der mit anderen Landschaften verglichen wird. Ich sehe hier davon ab, daß diese Rede selber durch syntaktische Signale aus der Erzählung herausgehoben ist. Davon haben wir bereits gesprochen. Wir fassen hier nur die direkte Rede Elstirs ins Auge, die auch unabhängig von der Erzählung in einer plaudernden Reisebeschreibung stehen könnte. Ihre Tempora sind die Tempora der besprochenen Welt. Zwischen ihnen stehen auf einmal, und zwar im Konditionalsatz, zwei Tempora der erzählten Welt: Imparfait und Conditionnel. Der Leser muß zwischen den beiden Tempus-Gruppen der besprochenen und der erzählten Welt rasch wechseln. Auch wenn man überhaupt nichts von Bedingung-Folge-Verhältnissen und nichts von Realität und Irrealität weiß, erkennt man hier die beiden Tempora der erzählten Welt als Eindringlinge in einem Kontext, der von besprechenden Tempora geprägt ist. Sie sind Tempus-Metaphern.

Sie sind Tempus-Metaphern, insofern sie Tempus-Übergänge zweiten Grades darstellen (vgl. S. 190 f.). Aber in verschiedener Weise. In einem durch das Présent geprägten Kontext ist das Conditionnel um zwei Merkmale entfernt: (1) Besprechen → Erzählen, (2) Null-Stufe → Vorausschau. Das ist die Tempus-Metapher des Nachsatzes. Im Vordersatz entsteht die Tempus-Metapher hingegen aus einer Kombination verschiedener syntaktischer Signale, nämlich: (1) Tempus-Übergang Besprechen → Erzählen, (2) Konjunktion *si*.

Das ergibt dann, wenn man so will, eine perspektivische Täuschung. Im strengen Verstande ist die Sprache gegenüber der Wirklichkeit oder Unwirklichkeit des Gesagten indifferent. Ob Pferd ein Gaul ist, der gerade vorübertrabt, oder ein mythischer Pegasus, das ist dem Wort Pferd ganz gleichgültig. Und dem Satz *Asinus asinum fricat* ist gleichgültig, ob sich da wirkliche Esel reiben oder die Urheber von Eseleien. Nicht gleichgültig ist die Sprache jedoch gegenüber der

Gültigkeit des Gesagten. Sie hat Möglichkeiten geschaffen, das Gesagte zu bekräftigen oder es einzuschränken, beides mit den mannigfaltigsten Nuancen. Wenn nun die Gültigkeit im Konditionalsatz eingeschränkt wird, indem wir statt der vom Kontext nahegelegten Tempora sehr weit entfernte Tempora setzen, so daß unsere Erwartung sehr getäuscht wird, dann interpretieren wir diese Einschränkung als »den Tatsachen zuwiderlaufend«.

Raum für Nuancen ist auch hier gegeben. Die logisch inspirierte Grammatik versucht, diesen Nuancen mühsam gerecht zu werden, indem sie Irrealis und Potentialis unterscheidet, je nachdem ob der Sachverhalt als unwirklich/unmöglich oder als unwirklich/möglich empfunden wird. Wir lassen diese Unterscheidung, die nicht mit linguistischen Mitteln gewonnen und daher nicht zuverlässig ist, fallen und überlassen es dem immer verschiedenen Zusammenwirken von Wortbedeutung und Textdetermination, wie im einzelnen die Gültigkeit des Bedingung-Folge-Verhältnisses eingeschränkt wird. Es gibt da nicht zwei oder drei Modi, sondern so viele »Modi«, als es Texte gibt. Ihr Gemeinsames ist jedoch allemal die Tempus-Metaphorik mit dem Bedeutungsrahmen ›eingeschränkte Gültigkeit‹.

Es kommt daher nicht auf die Tempora im einzelnen, sondern auf die Tempus-Übergänge an. Im neueren Französischen hat sich die Kombination von Imparfait und Conditionnel im »irrealen« Konditionalsatz als typisch herausgebildet. Aber nicht diese Tempora als solche schränken die Gültigkeit ein, sondern diese Tempora, insofern sie den Erzähl-Tempora angehören und von einem Kontext (unter Umständen auch nur einer Situation, die den Kontext vertritt) in zwei Merkmalen abweichen. Es können auch andere Tempora sein, etwa in dem folgenden Satz in Prousts Roman, wo der Erzähler das erstmalige Hören eines Musikstückes als Phänomen bespricht. Der Abschnitt ist als besprechende Reflexion von der Erzählung abgesetzt:

– Si l'on n ' a v a i t *vraiment, comme on l'a cru, rien* d i s t i n g u é *à la première audition, la deuxième, la troisième* s e r a i e n t *autant de premières* . . .

Hier sind Plus-que-parfait und Conditionnel kombiniert. Das ist eine andere Kombination. Nichtsdestoweniger handelt es sich um zwei Tempora der erzählten Welt, und der nähere Kontext ist besprechend und von Tempora der besprochenen Welt geprägt. Hier haben wir es wiederum mit Tempus-Metaphern zu tun, und der Sinn des Konditionalsatzes ist in seiner Gültigkeit eingeschränkt. Der Erzähler ist überzeugt, daß man beim ersten Hören eines Musikstückes doch etwas unterschieden hat und daß daher das zweite und dritte Hören desselben Musikstückes nicht wie das erste Hören, sondern qualitativ verschieden, nämlich reicher ist.

Es wären nun die verschiedensten Tempus-Kombinationen im irrealen Konditionalsatz aufzuzählen. Solche Aufzählungen kann man jedoch in den Grammatiken schon finden, und ich beschränke mich auf das Zitieren einiger Beispielsätze nach Larochette:

- *Je* p a r t a i s, *si tu ne m'* a v a i s *pas* r e t e n u.
- *S'il* a v a i t m i s *son projet à exécution, j'* é t a i s r u i n é *à présent.*
- *Il me le* p r o p o s e r a i t *que je ne l'* a c c e p t e r a i s *pas.*[23]

Diese Tempus-Kombinationen sind aber im ganzen ziemlich selten. Sie bezeugen jedoch die Austauschbarkeit der vorausschauenden und der rückschauenden Perspektive im Konditionalsatz.

Nun erklärt sich auch, warum die Consecutio temporum im Konditionalsatz besonders streng eingehalten wird. Man findet natürlich gelegentlich doch Sätze, die dagegen verstoßen, wie in einem Buch von R.-L. Wagner:

- *Aussi bien, si l'on* s o n g e *au nombre considérable de cas (...), ne* t r o u v e r a i t -*on pas curieux ...?* [24]

Der Satz beginnt als Realis und endet als Irrealis. Maurice Grevisse rechnet solche Sätze nicht zu den grammatischen Sätzen der französischen Sprache, läßt sie jedoch als Ausdruck einer »affektiven Syntax« gelten.[25] Sie sind sehr seltene Ausnahmen. In der Regel kann man sich darauf verlassen, daß ein Konditionalgefüge zwischen Vordersatz und Nachsatz nicht die Gültigkeit wechselt, also einheitlich entweder mit uneingeschränkter Gültigkeit oder mit eingeschränkter Gültigkeit argumentiert. Im Merkmal der Sprechhaltung ist der irreale Konditionalsatz also homogen in sich selber, jedoch heterogen gegenüber seiner textuellen Umgebung. Anders im Merkmal der Sprechperspektive. Hier enthält der Konditionalsatz selber einen ungleichen, d. h. nur in dem einen Merkmal der Sprechperspektive wechselnden Tempus-Übergang ersten Grades zwischen dem Imparfait des Vordersatzes und dem Conditionnel des Nachsatzes. Das ist eine verhältnismäßig komplizierte Konstruktion, die jedoch ihre Kompliziertheit nur daher hat, daß verhältnismäßig einfache Übergangsregeln der französischen Sprache hier miteinander kombiniert sind. Der Eindruck der Unwirklichkeit oder, genauer gesagt, der Argumentation gegen die Fakten ist also auch hier nicht durch das eine oder das andere Tempus als solches bewirkt, sondern entsteht durch die Häufung von ungleichen Tempus-Übergängen zweiten Grades an einer bestimmten Textstelle. Das ist, wenn man den Ausdruck einen Augenblick akzeptieren will, eine *syntaktische Täuschung.*

Konditionalsätze kommen in besprechender und in erzählender Rede vor. In ihnen, so haben wir gesehen, stehen dementsprechend die Tempora der besprochenen oder der erzählten Welt. Wenn man zusätzlich noch die Gültigkeit einschränken und mit Konditionalsätzen gegen die Tatsachen argumentieren will (»Irrealis«), dann versieht man den Konditionalsatz an seinen Grenzen zusätzlich mit scharfen Tempus-Übergängen (Tempus-Metaphern). Bei den bisherigen Erörterungen

hat sich nur die Möglichkeit gezeigt, die Gültigkeit eines Konditionalsatzes in einem besprechenden Kontext einzuschränken; denn nur zu
einem besprechenden Kontext können das Imparfait und das Conditionnel ungleiche Tempus-Übergänge zweiten Grades bilden. Was
aber, wenn der Kontext selber erzählend ist? Ist dann der »Irrealis« im
Konditionalsatz gar nicht möglich?

Ich mache mich wieder mit einem Beispiel aus Proust verständlich.
In der Episode *Un amour de Swann* berichtet der Erzähler von dem
besonderen Charakter, den das Verhältnis Swanns zu Odette angenommen hat.[26] Vom zweiten Satz an geht der Erzähler in die Innenschau
über, und in dieser Perspektive erscheint dann auch, bei fortlaufender
Erzählung, ein irrealer Konditionalsatz. Hier der Text:

> Souvent elle avait des embarras d'argent et, pressée par une dette, le
> priait de lui venir en aide. Il en était heureux comme de tout ce qui pouvait
> donner à Odette une grande idée de l'amour qu'il avait pour elle, ou simple-
> ment une grande idée de son influence, de l'utilité dont il pouvait lui être.
> Sans doute si on lui *avait dit* au début: »c'est ta situation qui lui plaît«, et
> maintenant: »c'est pour ta fortune qu'elle t'aime«, il ne *l'aurait pas cru*, et
> *n'aurait pas été* d'ailleurs très mécontent qu'on se la figurât tenant à lui –
> qu'on les sentît unis l'un à l'autre – par quelque chose d'aussi fort que le
> snobisme ou l'argent.

Bis zum Einsatz des Konditionalsatzes hat der Text nur Formen des
Imparfait. Dann folgt im Vordersatz des Konditionalsatzes ein Plus-
que-parfait *(avait dit)*. Das ist innerhalb der erzählenden Tempus-
Gruppe ein Übergang von der Null-Stufe zur Rückschau-Stufe der
nachholenden Information, also ein ungleicher Tempus-Übergang
ersten Grades. Wir müssen jedoch bei der Analyse eines Konditionalsatzes immer auch die einschränkende Wirkung der Konjunktion *si* als
eines konkurrierenden syntaktischen Signals mitberücksichtigen und erhalten in der Kombination des ungleichen Tempus-Überganges ersten
Grades und der einschränkenden Konjunktion einen ungleichen Übergang zweiten Grades im Sinne der vorher erwähnten Regel. Im Nachsatz des Konditionalsatzes steht dann bald das Conditionnel I, bald –
wie hier und auch sonst meistens – das Conditionnel II. Wir können
uns ja denken, daß der Kontext etwa mit dem Imparfait weitergeht
oder wenigstens, daß der weitere Kontext der Erzählung durch eine
hohe Frequenz der erzählerischen Haupttempora Imparfait und Passé
simple geprägt ist. In diesem Falle bildet dann das Conditionnel I im
Nachsatz des Konditionalsatzes nur einen ungleichen Tempus-Übergang ersten Grades. Hier schafft nun die Verwendung eines Conditionnel II als Extrapolation des Tempus-Systems im Hinblick auf einen
größeren Abstand von der Null-Stufe der erzählten Welt die Möglichkeit, einen ungleichen Tempus-Übergang zweiten Grades, also eine
Tempus-Metapher zu bilden. Das hier vorgeführte Beispiel ist tatsächlich so beschaffen. Wenn ich für den Augenblick einen weiteren irrealen

Konditionalsatz, der den zitierten Konditionalsatz fortsetzt, ausblenden darf, geht der Text nämlich wie folgt weiter:

(...) Pour l'instant, en la comblant de présents, en lui rendant des services, il *pouvait* se reposer sur des avantages extérieurs à sa personne, à son intelligence, du soin épuisant de lui plaire par lui-même.

Wenn es gestattet ist, die bisherigen Überlegungen um des einfacheren Verständnisses willen zu schematisieren, so stellen sich also die Tempus-Übergänge in »irrealen« Konditionalsätzen folgendermaßen dar. In besprechenden Kontexten (Leittempus: Présent) ergeben sich diese Übergänge: Présent > *si* + Imparfait → Conditionnel I > Présent. Steht der Konditionalsatz jedoch in einem erzählenden Kontext (Leittempora: Imparfait und Passé simple), ergeben sich andere, aber ebenfalls ungleiche Tempus-Übergänge zweiten Grades, nämlich: Imparfait (oder Passé simple) > *si* + Plus-que-parfait → Conditionnel II > Imparfait (oder Passé simple). Durch die Verwendung von Formen des Plus-que-parfait statt des Imparfait im Vordersatz und von Formen des Conditionnel II statt des Conditionnel I im Nachsatz verschiebt sich der Konditionalsatz innerhalb des Tempus-Systems oder sogar, wenn man das Conditionnel II als Extrapolation des Tempus-Systems auffassen will, über die Grenzen des Tempus-Systems hinaus, so daß für den Konditionalsatz in erzählendem Kontext in derselben Weise ein ungleicher Tempus-Übergang zweiten Grades entsteht wie für den Konditionalsatz in besprechendem Kontext. Die Abfolge der Übergänge, wie sie für den Konditionalsatz konstitutiv ist, ist jedenfalls in beiden Fällen der Form nach gleich und kann so formalisiert werden: > → >.

Es ist aber durchaus möglich, daß in der Umgebung des Konditionalsatzes nicht nur die Leittempora der erzählten Welt, also Imparfait und Passé simple, auftauchen, sondern auch die anderen Tempora dieser Tempus-Gruppe. Dann mag im einen oder anderen Fall der Tempus-Abstand weiter erhöht oder aber auch um ein Merkmal vermindert werden. Ist er zu gering, so bietet die Sprache genügend syntaktische Signale an, um den Übergang mit syntaktischen Zusatzsignalen zu verschärfen. Das muß im einzelnen an vielen Texten beobachtet und braucht hier nicht mit allen möglichen Varietäten beschrieben zu werden. Im Rahmen der hier vorgetragenen Tempus-Theorie mag die allgemeine Feststellung genügen, daß der Eindruck der Unwirklichkeit (Argumentation gegen die Tatsachen) durch eine bestimmte Kombination von ungleichen Tempus-Übergängen erzeugt wird. Diese Feststellung bedeutet immer, daß Tempora in Relation gesetzt werden zu ihrer Umgebung. Wenn diese Umgebung besprechend ist, dann müssen Tempus-Metaphern mit anderen Tempora erzeugt werden, als wenn die Umgebung erzählend ist.

6. Anmerkungen zum Konjunktiv

Bisher war in der hier vorgeführten Tempus-Theorie nur gelegentlich und anläßlich der besonderen Stellungsbedingungen im deutschen Satz von den Formen des Konjunktivs die Rede. Unter dem Gesichtspunkt der Tempus-Übergänge sind Konjunktiv-Formen jedoch bisher überhaupt noch nicht berücksichtigt worden. Das kann nun nachgeholt werden, allerdings nur andeutungsweise.[27] Denn die Theorie der Tempus-Metaphorik bietet eine gute Argumentationsgrundlage für die Beschreibung der Konjunktiv-Formen und ihrer Funktionen im Text. Gerade die soeben besprochenen Konditionalsätze lassen erkennen, daß in ihnen Konjunktivformen in der gleichen Position und Funktion verwendet werden, wie wir sie bisher für Tempus-Metaphern beschrieben haben. Offenbar können Tempus-Metaphern durch Formen des Konjunktivs vertreten werden. Wenn man von dem (seltenen) Auftreten des Konjunktivs im Hauptsatz *(Qu'il pleuve!)* absieht, kann man diese Festellung jedoch auch umdrehen und sagen, Konjunktiv-Formen würden durch Tempus-Metaphern vertreten. Diese Alternative ist hier gleichgültig. Für die Beschreibung der französischen Sprache und die Analyse ihrer Syntax ist nur wichtig, daß innerhalb bestimmter Grenzen eine freie Variation zwischen Konjunktiv-Formen und Tempus-Metaphern besteht. Ich beschränke mich vorerst weiterhin auf »irreale« Konditionalsätze und gebe wiederum zwei Beispiele aus Proust.[28] (Kein Schriftsteller beherrscht die Stilistik der Tempus-Metaphern so virtuos wie Marcel Proust.) Bei einem besprochenen Schulaufsatz der Gisèle sagt Andrée in direkter Rede folgendes:

– *Ce n'est pas mal, dit-elle à Albertine, mais si j'é t a i s toi et qu'on me* d o n n e *le même sujet, ce qui peut arriver, car on le donne très souvent, je ne* f e r a i s *pas comme cela.*

Der Konditionalsatz ist »irreal«; die Tempora Imparfait und Conditionnel sind als Tempus-Metaphern in einen besprechenden Kontext eingeblendet. Der Vordersatz wird nun mit einer parallelen Konstruktion wiederaufgenommen, und hier steht nach einem das *si* wiederaufnehmenden *que* der Konjunktiv *donne,* den die französische Grammatik présent du subjonctif nennt. Die Form ist zwar in diesem Satz nicht als Konjunktiv erkennbar, aber man könnte sich das Verb *recevoir* dahindenken, dann würde der zweite Vordersatz lauten: *et que je reçoive le même sujet.* Die Konjunktiv-Form hat die gleiche eingeschränkte Gültigkeit wie die entsprechende Tempus-Metapher.

Auch unter den Bedingungen eines erzählenden Kontextes können sich Konjunktiv-Formen und Tempus-Metaphern gegenseitig vertreten. In dem folgenden Textstück stehen – in erzählendem Kontext, der die erlebte Rede streift – zwei »irreale« Konditionalsätze unmittelbar nacheinander (der erste wurde schon kommentiert):

– Sans doute si on lui a v a i t d i t *au début: »c'est ta situation qui lui plaît«, et maintenant: »c'est pour ta fortune qu'elle t'aime«, il ne l'au r a i t pas* c r u, *et n'au r a i t pas été d'ailleurs très mécontent qu'on se la figurât tenant à lui – qu'on les sentît unis l'un à l'autre – par quelque chose d'aussi fort que le snobisme ou l'argent. Mais, même s'il* a v a i t p e n s é *que c'était vrai, peut-être n'e û t-il pas* s o u f f e r t *de découvrir à l'amour d'Odette pour lui cet étai plus durable que l'agrément ou les qualités qu'elle pouvait lui trouver …*

In beiden Sätzen steht die Bedingung im Plus-que-parfait, die Folge steht jedoch im ersten Satz im Conditionnel II, im zweiten Satz im Plus-que-parfait du subjonctif. Beide Verbformen haben den gleichen Ausdruckswert der eingeschränkten Gültigkeit. Die Tempus-Metapher des Indikativs und die Konjunktiv-Form sind gleichwertig. Das gilt nicht nur für Konditionalsätze, sondern auch für andere Formen der Rede, etwa Wunschsätze, in denen man seinen Wunsch ebensowohl in eine Konjunktiv-Form *(Ah! que je sois riche!)* wie in die Form einer Tempus-Metapher *(Ah! si j'étais riche!* erzählend: *Ah! si j'avais été riche!)* kleiden kann.[20] Wir wollen uns aber im folgenden weiterhin auf die Konditionalsätze beschränken, an denen man alle Seiten des Phänomens am deutlichsten zeigen kann.

Die Gleichwertigkeit von Tempus-Metaphern und Konjunktiv-Formen trägt auch zum Verständnis des Konjunktivs bei. Offensichtlich ist der Konjunktiv eine Gruppe von Verbformen, die *habituell* jene Funktion wahrnehmen, die *okkasionell* von Tempus-Metaphern wahrgenommen wird, nämlich die Gültigkeit der Rede einzuschränken. Diese Definition schöpft den Konjunktiv nicht aus, gibt aber den Rahmen für die vielfältigen Nuancen des Sinns, die der Konjunktiv natürlich ebenso hat wie die Tempus-Metaphern.

Jedenfalls kann das Problem des Konjunktivs im Zusammenhang mit der Tempus-Metaphorik aufs neue aufgerollt werden. Dies um so mehr, weil viele andere Sprachen den Konjunktiv an »irrealen« oder »potentialen« Konditionalsätzen sehr viel stärker beteiligen als das Französische. Im *Spanischen* steht gewöhnlich bei besprechendem Kontext der Vordersatz des Konditionalgefüges im Konjunktiv (Imperfecto de subjuntivo), der Nachsatz im Condicional: *Si lloviera* (oder *lloviese), se quedaría en casa.* In erzählendem Kontext steht im Vordersatz das Pluscuamperfecto de subjuntivo, im Nachsatz das Condicional II: *Si hubiera llovido, se habría quedado en casa.* Oder: *Si hubiese llovido, se habría quedado en casa.* Konjunktiv-Formen und Tempus-Metaphern teilen sich also die Funktion, die Gültigkeit der Rede einzuschränken. Das ist die Regel des Sprachgebrauchs. Aber es können auch im Nachsatz die Tempus-Metaphern Condicional I und II durch Konjunktiv-Formen, etwa durch das Imperfecto (Pluscuamperfecto) de subjuntivo, ersetzt werden, und umgekehrt können die Konjunktiv-Formen des Vordersatzes durch Tempus-Metaphern, etwa das Imperfecto oder das Pluscuamperfecto ersetzt werden.[30]

Das gleiche Bild zeigt sich im *Italienischen*. Konjunktiv-Formen und Tempus-Metaphern teilen sich die Funktion und können ausgetauscht werden.[31]

In der *deutschen* Sprache liegen die Verhältnisse ähnlich, mit dem Unterschied, daß der Konjunktiv eine stärkere Position hat. Im Vordersatz eines Konditionalgefüges steht der Konjunktiv Präteritum (bei besprechendem Kontext) oder der Konjunktiv Plusquamperfekt (bei erzählendem Kontext). Im Nachsatz steht nun entweder ebenfalls der Konjunktiv, und zwar wiederum der Konjunktiv Präteritum bei besprechendem und der Konjunktiv Plusquamperfekt bei erzählendem Kontext, oder aber es steht an deren Stelle eine Tempus-Metapher. Man kann also nach einem Vordersatz *Wenn es regnete* ... fortfahren: *bliebe ich zu Hause*, oder: *würde ich zu Hause bleiben*. Ferner nach einem Vordersatz *Wenn es geregnet hätte*, wiederum mit den zwei Möglichkeiten: *wäre ich zu Hause geblieben*, oder: *würde ich zu Hause geblieben sein*. Zu beachten ist ferner, daß im Deutschen bei vielen Verben gar nicht mehr zu unterscheiden ist, ob eine Verbform Konjunktiv oder Indikativ ist. In unserem Satz kann man die Form *regnete* ebenso gut als Konjunktiv wie auch als Indikativ auffassen. Wenn sie Indikativ ist, ist sie jedenfalls, da sie ja einen (kombinierten) Übergang zweiten Grades bildet, Tempus-Metapher.[32] Sie ist dadurch befähigt, die gleiche Einschränkung der Gültigkeit zum Ausdruck zu bringen wie der entsprechende Konjunktiv.

In der *englischen* Sprache ist der Konjunktiv hingegen sehr stark zurückgegangen. Man sagt wohl häufig: *If I were* ..., aber man kann auch sagen: *If I was* ... Das ist also eine Situation ähnlich wie im Französischen, wo man den Konjunktiv in Konditionalsätzen in einigen Fällen noch setzen kann. So müssen wir auch vom Englischen sagen, daß der Konjunktiv nicht etwa aus den Konditionalsätzen mir nichts dir nichts verschwunden ist, sondern daß er den Tempus-Übergängen das Feld geräumt hat. Sie nehmen seine Funktion zuverlässig und vielleicht ökonomischer wahr. Es heißt also, um das bekannte Grammatikbeispiel auch ins Englische zu variieren: *If it rained, I would (should) stay at home* (besprechender Kontext) und: *If it had rained, I would (should) have stayed at home* (erzählender Kontext). Auch in Wunschsätzen ist die Funktion des Konjunktivs, außer auf den Infinitiv (*I wish to have*) und den persönlichen Infinitiv (*I wish you to have*), auf den Tempus-Übergang übergegangen: *I wish I had*. Otto Jespersen nennt dieses Tempus »Preterit of imagination«.[33] In Verbindung mit dem (einschränkenden!) Verb *I wish*, das bei anderen Verben als Konjunktiv-Auslöser dient, kann der Tempus-Übergang Present → Preterit als Tempus-Metapher aufgefaßt werden.

Es wäre völlig abwegig, eine Sprache dafür zu preisen oder zu tadeln, daß sie für die Funktion, die Gültigkeit einer Rede einzuschränken, in ihrer Grammatik eine eigene Formengruppe geschaffen hat oder daß sie dieselbe Funktion ebenso wirksam mit Tempus-Metaphern wahrnimmt. In beiden Fällen geschieht der Funktion Genüge, und es ist Raum für alle wünschenswerten Nuancen der Rede.

7. Ein Blick auf die Sprachgeschichte

Dieses Buch ist im ganzen keine historische Darstellung in dem Sinne, daß von der Entwicklung der Sprachen besondere Aufschlüsse erwartet würden, die nicht auch prinzipiell aus der Beschreibung der Sprachen gewonnen werden könnten. Aber es ist auch nicht ahistorisch in dem Sinne, daß grundsätzlich nur der gegenwärtige Sprachzustand Beachtung fände. In der Literatur ist uns die Sprache aller Zeiten gegenwärtig. Wir können daher, wenn Texte da sind, die Sprache aller Zeiten beschreiben. Wir können ferner die Strukturen einer Sprache zu verschiedenen Zeiten miteinander vergleichen und dürfen uns davon den gleichen Gewinn erhoffen wie vom Vergleich verschiedener Sprachen oder Mundarten. Diese Vergleiche sollen aber die Analyse der Strukturen nicht ersetzen, nur illustrieren. Wir vergleichen im folgenden, weiterhin unter dem Gesichtspunkt des Konditionalsatzes, das Lateinische und Altfranzösische mit dem bereits beschriebenen Neufranzösischen. Das sind, von der Struktur her gesehen, drei Phasen einer Sprache.

Wir haben bisher von der lateinischen Sprache nicht ausdrücklich gesagt, ihre Tempora seien ebenfalls in zwei streng geschiedenen Tempusgruppen angeordnet, und wollen diese Frage auch jetzt vorläufig offenlassen (vgl. Kap. XI). Wir setzen einfach mit einer kleinen Typologie der Bedingungssätze ein. Ich nehme die Beispielsätze aus Briefen Ciceros.[34]

– *Immo vero, si me* a m a s, *tu* f a c *ut sciam, quid de nobis futurum sit* (ad Fam. IX, 17).

– *Si quid in te* p e c c a v i, *ac potius quoniam peccavi,* i g n o s c e ... (ad Att. III, 15).

– ...*si non plus ingenio* v a l e b a s *quam ego, certe* t i m e b a s *minus* (ad Att. III, 15).

– ...*si enim nemo* i m p e d i e t, *quid* e s t *firmius?* (ad Att. III, 15)

Diese Sätze mögen genügen als Belege dafür, daß alle Tempora des Indikativs in einem Konditionalsatz kombinierbar sind. Da es hier nur um diese Feststellung geht, darf ich den Kontext ausnahmsweise einmal einsparen.

Es sind ferner alle Konjunktiv-Formen im Konditionalsatz möglich:

– *Sin mihi Caesar hoc non* c o n c e d a t, v i d e o *tibi placere illud* ... (ad Att. IX, 7).

– *An tu si mecum* e s s e s, *qui scribis morderi te interdum, quod non simul sis,* p a t e r e r e *me id facere, si vellem?* (ad Att. VI, 2).

– *Magno dolore me* a d f e c i s s e n t *tuae litterae, nisi iam et ratio ipsa* d e p u l i s s e t *omnes molestias . . .* (ad Fam. II, 16).

Von diesen Konjunktiv-Formen im Konditionalsatz gilt in der lateinischen Grammatik der Konjunktiv Präsens (1. Beispiel) als Potentialis, der Konjunktiv Imperfekt (2. Beispiel) als Irrealis »der Gegenwart«, der Konjunktiv Plusquamperfekt (3. Beispiel) als Irrealis »der Vergangenheit«.[35]

Gemeinsam haben alle Konjunktiv-Formen, daß sie die Gültigkeit der Rede einschränken, schwächer (Potentialis) oder stärker (Irrealis). Die Unterscheidung der Formen nach Gegenwart und Vergangenheit beruht natürlich auf der traditionellen Gleichsetzung von Tempus und Zeit. Wir können an dieser Stelle noch nicht das ganze Problem des lateinischen Tempus-Systems anschneiden und wollen nur auf einen Punkt aufmerksam machen. Das Imperfekt gilt in der lateinischen Grammatik als Tempus der Vergangenheit; im Konditionalsatz bezeichnet jedoch der Konjunktiv Imperfekt die Gegenwart. Entsprechend bezeichnet das Plusquamperfekt, das sonst als Tempus der »Vorvergangenheit« gilt, im Konditionalsatz als Konjunktiv Plusquamperfekt die Vergangenheit. Das kann man nun in zweifacher Weise interpretieren. Entweder stimmen die Entsprechungen von Imperfekt Indikativ und Imperfekt Konjunktiv, sowie von Plusquamperfekt Indikativ und Plusquamperfekt Konjunktiv nicht (Formenähnlichkeit berechtigt zu keinerlei Schlüssen in der Syntax); oder es handelt sich um Tempus-Übergänge. Wohlverstanden: Tempus-Übergänge im Konjunktiv; Tempus-Übergänge zusätzlich zum Konjunktiv, also Tempus-Metaphern, können wir auch sagen.

Die letztere Interpretation wird nun von den Verhältnissen im *Altlateinischen* nahegelegt. Die altlateinische Sprache verwendet ebenfalls den Konjunktiv in Konditionalsätzen mit eingeschränkter Gültigkeit. Sie unterscheidet aber nicht mit formalen Mitteln zwischen Potentialis und Irrealis und verwendet den Konjunktiv Präsens für den Irrealis »der Gegenwart«, den Konjunktiv Imperfekt für den Irrealis »der Vergangenheit«. Also das gleiche Bild wie im Lateinischen der klassischen Zeit, jedoch ohne die Tempus-Übergänge.[36] Das ist so zu verstehen: Ursprünglich kennt das Lateinische im Konditionalsatz zur Einschränkung der Gültigkeit nur den Konjunktiv. Einem uneingeschränkten *si habes* steht nun ein eingeschränktes *si habeas*, einem uneingeschränkten *si habebas* ein eingeschränktes *si haberes* gegenüber. Mit der Zeit entwickelt das Lateinische dann neben dem Konjunktiv die Tempus-Übergänge. Sie treten gewöhnlich zum Konjunktiv hinzu. Bisweilen können sie aber auch, da sie die einschränkende Funktion allein wahrzunehmen ohne weiteres in der Lage sind, den Kon-

junktiv überflüssig machen. Man findet dann inkonzinne Konditionalsätze, wie etwa in dem folgenden Satz bei Tacitus:
- T r u d e b a n t u r q u e *in paludem (...), ni Caesar productas
legiones* i n s t r u x i s s e t.[37]
Auch außerhalb des Konditionalsatzes kennt das Lateinische die
Tempus-Metaphorik. Ich erinnere daran, daß lateinische Rhetoren den
Begriff der translatio temporis geprägt haben. Für den Konditionalsatz
behalten wir hier vor allem im Auge, daß die Tempus-Übergänge
mit Konjunktiv-Formen verschmelzen können. Dann entsteht die Dop-
pelcharakterisierung einer Funktion, die wir hier als Tempus-Metaphorik interpretiert haben.

Die *altfranzösische* Sprache setzt die Syntax des lateinischen Kon-
ditionalsatzes zunächst fort. Man findet also in Chrétien de Troyes'
Roman *Yvain* die folgenden Sätze:
- *Se vos* a v e z *vers moi mespris,* / *Je n'i* a v r a i *ja nul domage*
(V. 110 f.).
- *S'adonc* f o ï, *n'o t mie tort,* / *Qu'il se santi naurez a mort*
(V. 873 f.).
- *Se je vos* a i *fol* a p e l é, / *Jo vos* p r i *qu'il ne vos an poist*
(V. 586 f.).
Es sind im Konditionalsatz wieder, wie im Lateinischen, alle Tem-
pora des Indikativs anzutreffen.

Im Konjunktiv hat sich das Bild jedoch verschoben. Denn der lateinische Konjunktiv Imperfekt *(amaret)* hat keine romanische Fort-
setzung gefunden und wird durch den lateinischen Konjunktiv Plusquamperfekt *(amavisset)* ersetzt. Warum? Chrétiens Sprache spiegelt
eine interessante Übergangsphase, in der diese Form noch Konjunktiv
Plusquamperfekt und schon Konjunktiv Imperfekt ist. Dafür zwei
weitere Beispielsätze:
- *Car s'il* p o ï s t (< *potuisset*), *il* t'e ü s t (< *habuisset*) *mort*
(V. 1770).
- *De la joie assez vos* c o n t a s s e, / *Se ma parole n'i* g a s t a s s e
(V. 2393 f.).
In beiden Sätzen ist die Gültigkeit durch den Konjunktiv ein-
geschränkt. In beiden Sätzen finden wir aber darüber hinaus auch das
Phänomen des ungleichen Tempus-Übergangs in der Sprechperspektive.
Das lateinische Rückschautempus Plusquamperfekt dient als Null-
Tempus und verstärkt damit die Einschränkung des Konjunktivs. Erst
dadurch kommt der Eindruck der Irrealität zustande. Das ist nun nichts
Ungewöhnliches in der erzählten Welt (1. Beispielsatz). Aber es ist
etwas Besonderes in der besprochenen Welt (2. Beispielsatz). Denn in
diesem Satz ist die unabgeschwächte Rede »ich erzähle«, vom lateinischen Tempus-System her gesehen, dreifach in ihrer Gültigkeit eingeschränkt: 1) durch den Konjunktiv, 2) durch den ungleichen Übergang im Merkmal Sprechhaltung (Imperfekt statt Präsens), 3) durch

den ungleichen Übergang im Merkmal Sprechperspektive (Plusquamperfekt statt Imperfekt). Alle drei Möglichkeiten der eingeschränkten Gültigkeit sind in dieser Form vereinigt.

Das erklärt, warum in der lateinisch-romanischen Sprachgeschichte der Konjunktiv Plusquamperfekt die Funktion des Konjunktiv Imperfekt übernehmen konnte (und damit einem neuen Konjunktiv Plusquamperfekt nach dem Baumuster *habuisset cantatum* Platz gemacht hat). Diese Sprachentwicklung, die durch die phonetische Kollision der Form *amaret* mit dem Infinitiv *amare* ausgelöst sein mag, folgt den Bahnen der Tempus-Metaphorik, die bereits in der Struktur der lateinischen Sprache angelegt sind. Der Übergang ersten Grades (Imperfekt für Präsens) wird durch den Übergang zweiten Grades (Plusquamperfekt für Präsens) ersetzt. Das setzt voraus, daß es im Lateinischen die verschiedenen Formen der Tempus-Metaphorik, nämlich den Sprung im Merkmal Sprechhaltung und den Sprung im Merkmal Sprechperspektive bereits gegeben hat, wie wir es ja tatsächlich auch an den lateinischen Konditionalsätzen der klassischen Zeit ablesen können. Der Ersatz des lateinischen Konjunktiv Imperfekt durch den Konjunktiv Plusquamperfekt ist also eine sprachgeschichtliche Entwicklung innerhalb der Tempus-Metaphorik und *durch* die Tempus-Metaphorik. Sie zeigt, wie die Tempus-Metaphorik das System der Tempora und »Modi« in Bewegung bringen und – innerhalb streng eingehaltener Grenzen – in seiner Struktur verändern kann.

Neben der vom Lateinischen ererbten Einschränkung der Gültigkeit durch Konjunktiv-Formen entwickelt nun die altfranzösische Sprache einen neuen Typus des irrealen (und potentialen) Konditionalsatzes, wie in dem folgenden Beispielsatz, gleichfalls aus dem *Yvain:*

– *Se je* p o o i e *estre colons / Totes les fuiz que je voudroie, / Mout sovant avuec vos* s e r o i e (V. 2582 ff).

Im Vordersatz steht ein Imparfait, im Nachsatz ein Conditionnel. Das ist der Satztyp, den man auch vom modernen Französisch her kennt. Die »Irrealität« des Konditionalsatzes hat auf den Konjunktiv verzichtet und beruht ausschließlich auf der Tempus-Metaphorik.

Bei Chrétien de Troyes halten sich der Konditionalsatz mit dem Konjunktiv und der Konditionalsatz mit der Tempus-Metapher ungefähr die Waage. Dabei tritt der Konditionalsatz mit der bloßen Tempus-Metapher in den meisten Fällen an die Stelle des lateinischen Irrealis »der Gegenwart«, während der Konditionalsatz mit dem Konjunktiv häufiger auf der Stelle des lateinischen Irrealis »der Vergangenheit« bleibt. Später wird die Tempus-Metapher im Konditionalsatz weiter vordringen und in der heutigen Sprache fast allgemein werden. In soignierter und archaischer Rede sind jedoch einige Konjunktiv-Formen auch heute noch im Konditionalsatz möglich.

Rückschauend auf die Etappen der lateinisch-romanischen Sprachgeschichte von der ältesten lateinischen bis zur jüngsten französischen

Zeit zeichnen sich also deutlich drei Phasen im Wechselspiel von Konjunktiv und Tempus-Metaphorik ab, wenigstens im Konditionalsatz: Die altlateinische Sprache benutzt zur Einschränkung der Gültigkeit nur den Konjunktiv. Die lateinische Sprache der klassischen Zeit doppelt den Konjunktiv mit Tempus-Übergängen. Die französische Sprache verzichtet dann auf die übercharakterisierenden Formen des Konjunktivs. Das ist eine in sich kohärente *Umgliederung* der Syntax über mehr als zwei Jahrtausende Sprachgeschichte hinweg.

NEUNTES KAPITEL

Tempus-Kombinatorik

1. Tempus und Person

Man findet Tempus-Formen nicht in der Isolierung vor. Das ist eine Tatsache, der die Textlinguistik Rechnung trägt. Natürlich kann eine Tempus-Form, die man in einem Text vorfindet, dann für die Bedürfnisse der Analyse isoliert werden. Aber das muß mit methodischem Bewußtsein geschehen, und das heißt, die Bedingungen der Isolierung müssen mitanalysiert werden.

Tempus-Morpheme sind nun in einem Text mit den mannigfaltigsten anderen Sprachzeichen gemischt. Eine allgemeine linguistische Kombinatorik hat sich dafür zu interessieren, ob Regelmäßigkeiten feststellbar sind, nach denen ein gegebenes Sprachzeichen die Kombination, d. h. das Auftreten in naher Kontext-Nachbarschaft mit gewissen Sprachzeichen begünstigt, mit gewissen anderen Sprachzeichen benachteiligt. Was die Tempus-Morpheme betrifft, so scheinen sie unter einigen kombinatorischen Gesichtspunkten eine Indifferenz erkennen zu lassen. Welche Substantive also zum Beispiel in der näheren Umgebung eines gegebenen Tempus-Morphems vorkommen, welche Adjektive wiederum bei diesen Substantiven stehen, welche Numeralia, Possessiva usw., das alles ist in signifikanten Kombinationsregeln wohl nicht zu erfassen. Anders verhält es sich jedoch offensichtlich bei denjenigen Sprachzeichen, die den Tempus-Morphemen darin gleichen, daß sie selber Morpheme des Verbs sind. Das sind insbesondere die Morpheme, die am Verb die grammatische Person bezeichnen, sowie die Morpheme der Affirmation und Negation. Was zunächst die letztgenannte Gruppe betrifft, so hat Harro Stammerjohann an italienischen Texten erzählender Prosa bereits signifikante Werte dafür erhalten, daß Verben im Passato remoto sehr viel seltener negiert werden als Verben im Imperfetto. Er führt das darauf zurück, daß in den meisten Erzählungen nachdrücklicher das erzählt wird, was sich ereignet, und weniger, was sich nicht ereignet.[1] Wir haben ferner, wenn ich an das voraufgehende Kapitel erinnern darf, unter dem Gesichtspunkt der Tempus-Übergänge die Kombination eines ungleichen Tempus-Übergangs mit einer Negation als Verschärfung des Übergangs aufgefaßt und als ungleichen Tempus-Übergang zweiten Grades analysiert. Ich möchte mich hier mit diesen Andeutungen begnügen und statt dessen etwas ausführlicher einige bemerkenswerte Kombinationsregeln von Tempus-Formen und Formen der grammatischen Person erörtern.

In der französischen Sprache der Gegenwart ist bekanntlich das Passé simple, wie wir noch im Kapitel X ausführlich besprechen werden, sehr ungebräuchlich geworden, insbesondere in der gesprochenen Sprache. Beim Verschwinden des Passé simple zeigen sich jedoch charakteristische Unterschiede, je nach der Kombinatorik mit den grammatischen Personen. Das äußert sich z. B. darin, daß in der gesprochenen Sprache das Passé simple in der Kombination mit allen drei Personen ungebräuchlich ist. In der geschriebenen Sprache der Gegenwart muß man jedoch unterscheiden: während in gewissen Bereichen (Essay, Zeitung usw.) die 3. Person im Singular und Plural noch möglich ist, wirken die 1. und die 2. Person höchst absonderlich und werden auch von konservativen Schriftstellern vermieden.[2] Paiva Boléo beobachtet ähnliche Zusammenhänge zwischen Tempus und Person im Spanischen.[3] Es zeigt sich auch dort eine gewisse Affinität zwischen dem Perfecto simple und der 3. Person sowie zwischen dem Perfecto compuesto und der 1. und 2. Person.

Tempus-Morpheme und Person-Morpheme, so haben wir einleitend schon erwähnt, gehören als syntaktische Signale eng zusammen und charakterisieren beide das Sprechereignis nach der kommunikativen Situation. Das erklärt die beobachtete Affinität. Die 1. und die 2. Person des Verbs bezeichnen den Sprecher und den Hörer. Sie sind also in höherer Frequenz zu erwarten, wenn ein Sprecher und ein Hörer unmittelbar miteinander zu tun haben, weil sie die unmittelbar anstehenden Dinge zu besprechen haben. Sie sind hingegen seltener zu erwarten, wenn erzählt wird. Denn man erzählt eher von einem (abwesenden) Dritten – Personen oder Gegenständen. Daher die Affinität zwischen der 3. Person des Verbs und den Tempora der Erzählung. Wenn also auffällt, daß das Passé simple sich mit der 3. Person sehr viel häufiger kombiniert als mit der 1. und 2. Person, so bestätigt das nur, daß das Passé simple ein Erzähl-Tempus ist. Es wird in den Romanen und anderen Texten der erzählenden Literatur hauptsächlich in der Kombination mit der 3. Person verwendet, weil Erzählungen eben meistens in der 3. Person geschrieben sind. Romane in der 1. Person sind seltener als Romane in der 3. Person, und als Roman in der 2. Person sind mir nur Michel Butors *La Modification* (1957) und Paul Zumthors *Le Puits de Babel* (1969) bekannt. Die Häufigkeit einer Kombination des Passé simple mit der 3. Person im Verhältnis zu einer Kombination des Passé simple mit der 1. oder 2. Person spiegelt ungefähr die Häufigkeit der Er-Romane gegenüber den Ich-Romanen und den Du-Romanen. Ich vermute sogar, daß man einen Häufigkeitsunterschied zwischen der 1. und 2. Person des Passé simple nachweisen könnte, der dem Häufigkeitsunterschied zwischen den Ich-Romanen und den Du-Romanen entspricht, verfüge aber über keine Zahlen. Als vorläufige Stütze der Vermutung mag dienen, daß L. Foulet zu den besonders seltenen Formen des Passé simple die 2. Person im Singular und Plural, die 1. Person jedoch nur im Plural rechnet.[4] Das stimmt sehr zu diesem Bild, denn die Romane in der 1. Person sind in der Regel Ich-Romane, nicht Wir-Romane.

Es ist daher nicht richtig, in historisierender Darstellung zu sagen, in Kombination mit der 1. und besonders der 2. Person gehe das Passé simple stärker und schneller zurück als in der Kombination mit der 3. Person. Man muß sagen, daß kombiniert mit der 2. und 1. Person (diese hauptsächlich im Plural) das Passé simple immer schon schwächer gewesen ist, weil man eben seinen Zuhörern in der Regel solche Dinge erzählt, die sie nicht schon wissen.

Es bleibt jedoch bei den bisherigen Überlegungen eine wichtige Frage unbeantwortet. Wenn es richtig ist, daß erzählende Tempora eine Kombination mit der 3. Person begünstigen, dann muß in einer Sprache, die über mehrere Erzähltempora verfügt, diese Affinität für alle Erzähltempora gelten. In der französischen Sprache wäre insbesondere zu erwarten, daß auch das Imparfait in der Kombination mit der 1. und der 2. Person geschwächt auftritt. Nun liegen zwar keine umfassenden Ergebnisse zur Statistik der Kombination von Tempus und Person im Französischen vor, so daß sich keine gesicherten Aussagen machen lassen, in welchem Umfang das Tempus Imparfait in der Kombination des Textes die eine oder andere grammatische Person bevorzugt. (Im Deutschen steht das Präteritum meistens mit der 3. Person.[5]) Es ist jedoch offensichtlich, daß im Französischen das Imparfait in der Kombination mit der 1. und 2. Person durchaus üblich ist und keinesfalls in ähnlicher Weise aus der gesprochenen und teilweise der geschriebenen Sprache verschwindet wie das Passé simple in dieser Kombination.

Um nun die Sonderstellung des Passé simple in bezug auf seine Kombinationsfähigkeit mit den grammatischen Personen zu erklären, hat sich Emile Benveniste eine ingeniöse Theorie einfallen lassen.[6] Benveniste geht von einer Erscheinung aus, die sich ihm zunächst als Inkonsequenz oder Mangel des französischen Tempus-Systems darstellt. Zum Ausdruck der Vergangenheit, so argumentiert Benveniste, verfügt die französische Sprache über zwei Tempora, das Passé simple (il fit) und das Passé composé (il a fait). Zur Erklärung dieser Doppelung greift Benveniste auf die in griechischen und lateinischen Grammatiken übliche Unterscheidung von Primärtempora und Sekundärtempora zurück und legt sie einer Tempus-Theorie zugrunde, die nicht mit einem, sondern mit zwei Tempus-Systemen rechnet. Er bezeichnet sie als Discours und Histoire und versteht darunter zwei verschiedene Ausdrucksregister, die sich zueinander komplementär verhalten. Von den Phänomenen, jedoch nicht unbedingt von der Methode her gesehen, mag man diese beiden Register mit den Kategorien des Besprechens und Erzählens identifizieren, die in diesem Buch verwendet werden.

Was das Register *Discours* betrifft, so soll man nach Benveniste diesen Begriff im weitesten Sinne nehmen, nämlich als jede Art von Rede, die einen Sprecher und einen Hörer voraussetzt und beim Sprecher die Absicht, den Hörer in irgendeiner Weise zu beeinflussen. Diese appellative Art zu reden findet sich sowohl im mündlichen als auch im schriftlichen Ausdruck. Grundsätzlich sind alle Tempora der französischen Sprache, mit der einen Ausnahme des Passé simple (Benveniste nennt es Aoriste), in einem *Discours* zugelassen; die Tempora Présent, Futur und Parfait sind jedoch die eigentlichen Tempora dieses Registers.

Zum Register *Histoire* gehören demgegenüber, wenn man von einigen selteneren Tempora absieht, im eigentlichen Sinne das Passé simple, das Imparfait und das Plus-que-parfait. Auch dieses Register hat jedoch nicht nur zugehörige, sondern auch ausgeschlossene Tempora. Ausgeschlossen sind die Tempora Présent, Futur und Passé composé. Für weitere Ausschlüsse berücksichtigt Benveniste nun die Gesichtspunkte der Kombinatorik, speziell der Kombinatorik Tempus und Person. Zum Register *Histoire* rechnet er nämlich die Tempora Passé simple, Imparfait und Plus-que-parfait nur, insoweit diese mit der 3. Person (Singular oder Plural) kombiniert sind. Die Strukturgrenze zwischen den Registern *Discours* und *Histoire* verläuft demnach mitten durch die Tempora. Kriterium ist die Kombinatorik. Imparfait und Plus-que-parfait gehören also zum Register *Discours,* sofern sie mit der 1. und 2. Person kombiniert sind; zum Register *Histoire* sind sie jedoch zu rechnen, sofern sie mit Morphemen der 3. Person zusammengehen. Das Passé simple nun, das in der modernen Sprache fast nie mehr mit der 1. oder 2. Person zusammen vorkommt, gehört aus eben diesem Grunde ausschließlich der Tempus-Gruppe *Histoire* an. Das Register *Histoire* ist heute auf die geschriebene Sprache beschränkt. Es ist jedoch keineswegs in seinem Bestand gefährdet. Wer schriftlich erzählen will, benutzt – von wenigen Ausnahmen abgesehen – selbstverständlich das Tempus-System *Histoire.*

Das komplementäre Zusammenspiel der beiden Tempus-Systeme weist nun – ich referiere weiterhin nach Benveniste – einige kritische Stellen auf. Wer etwa mündlich erzählen will oder wer schriftlich in der 1. Person erzählen will (Autobiographie), kann sich nicht des Passé simple bedienen. Er muß mit dem Passé composé zu erzählen versuchen. Er benutzt damit ein Tempus, das eigentlich nicht zur Darstellung vergangener Ereignisse vorgesehen ist, sondern als zusammengesetztes Tempus einen Inhalt als vollendet *(accompli)* charakterisiert. Das Passé composé gewinnt auf diese Weise einen doppelten Status, der sich beispielsweise darin äußert, daß zu diesem Tempus, als ob es eine einfache Form wäre, eine neue zusammengesetzte Form gebildet wird, das sogenannte Parfait surcomposé *(j'ai eu fait).* In diesen neuen Formen des Tempus-Systems wird eine historische Dynamik sichtbar:

die beiden Tempus-Systeme befinden sich in einem labilen Gleichgewicht, dessen wahrscheinliche Veränderungen in gewissen Grenzen vorhersehbar sind.

Benveniste hat scharf beobachtet und scharfsinnig analysiert. Ich verdanke seiner Theorie zahlreiche Anregungen. Für die linguistische Methodik ist insbesondere lehrreich, mit welcher Konsequenz Benveniste die Kombinatorik zweier syntaktischer Kategorien im Text für die syntaktische Systematik berücksichtigt. Die folgenden Überlegungen dieses Buches werden jedoch zeigen, daß nicht nur die Kombinatorik von Tempus und Person systemrelevant ist, sondern auch die Kombinatorik mit anderen Kategorien der Syntax des Verbs. Dabei spielt insbesondere die Kombinatorik Tempus und Adverb eine große Rolle. Unter Berücksichtigung dieser Kombinatorik müssen dann auch einige Ergebnisse der von Benveniste vorgetragenen Analyse verändert oder anders interpretiert werden.

2. Tempus und Adverb

Die Klasse der Adverbien ist in der Grammatik ein großes Konglomerat recht verschiedenartiger Formen, das, wenn man dabei auch die adverbialen Ausdrücke und Wendungen berücksichtigt, vollends seine Konturen zu verlieren droht. Die Grammatiker helfen sich meistens, indem sie zwischen verschiedenen Arten des Adverbs unterscheiden. Es sind, um das Beispiel der französischen Grammatik *Le bon Usage* von Grevisse herauszugreifen, solche Arten wie die Adverbien der Art und Weise, der Quantität, der Zeit, des Ortes, der Affirmation, der Negation, des Zweifelns.[7] Diese Unterscheidungen beruhen, wie Grevisse eigens betont, auf der Bedeutung (»selon le sens«). Man vergewissert sich ihrer, indem man fragt: wie? wieviel? wann? wo? ob? Die Grammatiken wissen aber auch, daß die Grenzen zwischen den Gruppierungen nicht scharf zu ziehen sind; einige Adverbien müssen mehreren Arten zugerechnet werden.

Die linguistischen Probleme, die in der Klasse der Adverbien auftreten, können im Rahmen dieses Buches nicht insgesamt aufgeworfen, geschweige denn gelöst werden. Ich begnüge mich daher damit, auf einige textlinguistische Aspekte dieser Problematik aufmerksam zu machen, und beschränke mich auf diejenigen Adverbien, die sich in einen Strukturzusammenhang mit den Tempora bringen lassen.

Die Frage lautet: Gibt es Regeln, nach denen die Kombination gewisser Tempora oder Tempus-Gruppen mit gewissen Adverbien oder Adverbialen (adverbialen Bestimmungen) entweder begünstigt oder benachteiligt wird? Ich drücke mich absichtlich vorsichtig aus und spreche nur von Begünstigung oder Benachteiligung. Es gibt nämlich keine positive Regel, nach der ein bestimmtes Tempus und ein bestimmtes Adverb immer zusammengehen müßten. Ebensowenig gibt es eine negative Regel, nach der die Kombination eines bestimmten Tempus und eines bestimmten Adverbs schlechterdings auszuschließen wäre.

Da wir nun in diesem Buch das Tempus-System nach den drei Merkmalen der Sprechhaltung, der Sprechperspektive und der Reliefgebung analysiert haben, konkretisiert sich unsere Frage methodisch dahin, daß wir die Klasse der Adverbien (bei diesem Ausdruck sollen im folgenden die Adverbiale oder adverbialen Bestimmungen immer mitgemeint sein) im Hinblick auf diese Merkmale untersuchen.

Gibt es also, um mit der Sprechhaltung zu beginnen, Adverbien, die bevorzugt mit besprechenden Tempora, und andere, die bevorzugt mit erzählenden Tempora kombiniert auftreten? Vorab ist zu sagen, daß es mit Sicherheit einige – viele – Adverbien und adverbiale Wendungen gibt, die keinerlei Kombinationsregeln dieser Art erkennen lassen. Unter den Temporal-Adverbien gehört die ganze Gruppe der Daten dazu. Einige Temporal-Adverbien lassen jedoch mehr oder weniger deutliche Präferenzen der Kombinatorik erkennen. Es sind die Temporal-Adverbien vom Typus *hier – en ce moment – demain* einerseits, die Temporal-Adverbien vom Typus *la veille – à ce moment-là – le lendemain* andererseits. Beide Gruppen lassen sich erweitern. Zur ersten Gruppe kann man etwa hinzuzählen: *l'année dernière, maintenant, la semaine prochaine* usw., zur zweiten Gruppe dementsprechend *la semaine précédente, ce jour-là, l'année suivante* usw. In beiden Fällen verlieren die Kombinationsregeln jedoch, je mehr man die Reihen ausdehnt, an Schärfe und Eindeutigkeit.

Die generelle Kombinationsregel besagt nun, daß die Temporal-Adverbien vom Typus *hier – en ce moment – demain* bevorzugt in der Kombination mit besprechenden Tempora auftreten, während die Adverbien vom Typus *la veille – à ce moment(-là) – le lendemain* eine signifikante Bevorzugung der Kombination mit erzählenden Tempora erkennen lassen. Mit dieser Festsellung benutze ich in einem später noch zu erörternden Maße Auszählergebnisse einer umfangreichen und sorgfältigen Statistik, die Arne Klum an französischen Prosatexten durchgeführt hat.[8] Hier die genauen (absoluten) Zahlen für die Adverbien der beiden Reihen:

	Besprechende Tempora	Erzählende Tempora
hier (mit *avant-hier*)	80	33
en ce moment	37	5
demain (mit *après-demain*)	81	7
la veille (mit *l'avant-veille*)	—	12
à ce moment(-là)	19	48
le lendemain	16	91

Es ist nicht zu übersehen, daß die Kombinatorik der Tempora und Adverbien nach dieser Auszählung in ihren Frequenzen fast konverse Relationen erkennen läßt. Sie legen nahe, die Temporal-Adverbien der ersten Gruppe als besprechende und die Temporal-Adverbien der zweiten Gruppe als erzählende Adverbien zu klassifizieren. Ich sagte aber schon, daß sich keineswegs alle Temporal-Adverbien so deutlich der einen oder der anderen Gruppe zuweisen lassen. Im einzelnen verweise ich hier auf die Zahlen bei Klum.

Im Moment genügt mir für die weiteren Überlegungen die vorsichtige Feststellung, daß es offenbar einige Adverbien gibt, die eine Kombination mit besprechenden Tempora bevorzugen, und einige andere, die eine Kombination mit erzählenden Tempora begünstigen. Sie beziehen sich also insofern nicht auf die Klasse Tempus, sondern nur auf eines ihrer Merkmale. Arne Klum, der dieses Phänomen auch sieht, beschreibt es – allerdings im Zusammenhang einer anderen Systematik – als »strukturale Synonymie«. Ich würde eher die Bezeichnung »strukturale Äquivalenz« vorziehen. Man muß nämlich, wenn man aus besprechender in erzählende Rede übergeht, die Temporal-Adverbien des genannten Typus regelrecht in ihre Äquivalente übersetzen. Aus *hier* wird dann *la veille*, aus *en ce moment* wird *à ce moment(-là)*, aus *demain* wird *le lendemain* – und umgekehrt. Das ist im Prinzip das gleiche Phänomen, das bei der Übertragung eines Dramas in die Romanform oder bei der Zusammenfassung einer Novelle zur Form der Inhaltsangabe auftritt: es müssen im ersten Fall die besprechenden in erzählende Tempora und im zweiten Fall die erzählenden in besprechende Tempora übersetzt werden.

Der Ausdruck »müssen« darf hier natürlich nicht normativ mißverstanden werden. Man kann die Übersetzung immer auch unterlassen, etwa einen Roman im Präsens schreiben oder besprechende Adverbien in größerer Zahl mit erzählenden Tempora mischen. In beiden Fällen entsteht ein Stilisticum. Ich will das an einem Beispiel illustrieren. Die oben nach Arne Klum gegebene Statistik hat deutlich gemacht, daß man in einem Corpus gewiß lange suchen muß, ehe man Adverbien wie *la veille* – *à ce moment(-là)* – *le lendemain* in Kombination mit einem besprechenden Tempus findet. Es gibt jedoch einen Weg, sehr rasch und ohne langes Suchen Belege dieser Art zu finden. Man braucht nur ein Lexikon wie das *Dictionnaire des Œuvres* von Laffont-Bompiani aufzuschlagen, das in seinen Texten den Inhalt literarischer Werke resümiert. In Texten dieser Art, Inhaltsangaben also, findet man diese Kombination ziemlich häufig. Ich gebe drei Beispiele: *La légende veut que dans la nuit qui précède la Sainte-Agnès, les jeunes filles voient en songe leur futur époux* (IV, 664). – *Celui-ci l'insulte, le dégrade, et le remet à la garde du palais, commandée cette nuit-là par Lefebvre* (III, 301). – *Elle écrit une lettre qu'elle lui demande de ne lire que le lendemain, puis se met au lit* (III, 298). Die

Funktion der abweichenden Kombinatorik in der – sit venia verbo – »Gattung« Inhaltsangabe leuchtet unschwer ein. Die Inhaltsangabe eines Werkes, etwa einer Erzählung, ist nicht selber auch Erzählung, sondern Grundlage einer Besprechung. Die Inhaltsangabe benutzt dementsprechend in der Regel die Tempora der besprochenen Welt (vgl. S. 42 ff.). Wir können sagen, daß die Inhaltsangabe eines (erzählenden) Werkes dessen Erzähltempora in besprechende Tempora übersetzt – natürlich nur bei den Verben, die im Prozeß des resümierenden Zusammenziehens erhalten bleiben. Andererseits ist die Zusammenfassung aber ein Äquivalent des ganzen Werkes in dem Sinne, daß die Differenz nur quantitativ sein soll. Auch der erzählende Charakter eines Werkes soll gegebenenfalls mitresümiert werden. Das kann nun dadurch geschehen, daß die erzählenden Temporal-Adverbien des Textes zum Unterschied von den erzählenden Tempora nicht mitübersetzt werden. Es entsteht durch die ungewöhnliche Verbindung von besprechenden Tempora und erzählenden Temporal-Adverbien eine gewisse Ambivalenz, die – zusammen mit anderen Merkmalen – konstitutiv für die »Gattung« Inhaltsangabe ist.

Zur statistischen Methode (bei Arne Klum und überhaupt) ist an dieser Stelle anzumerken, daß natürlich für die Kombinatorik von Tempus und Temporal-Adverb sehr unterschiedliche Werte zu erwarten sind, je nachdem ob man solche Texte wie Inhaltsangaben in das zu untersuchende Corpus aufnimmt oder nicht. Nur bei einem sehr umfangreichen Corpus, dessen Auswertung die Kräfte einer einzelnen Person bei weitem übersteigt, gleichen sich Einseitigkeiten der Auswahl wieder aus. Arne Klum hat ein Corpus von 45 Büchern mit knapp 11 000 Buchseiten seiner Untersuchung zugrunde gelegt, und er hat die Gattungen gemischt. Damit hat er zweifellos das Maß dessen reichlich erfüllt, was einem einzelnen Linguisten zugemutet werden kann. Dennoch: Inhaltsangaben sind, soweit ich der Bibliographie entnehmen kann, nicht bei diesem Corpus. Wie sollte Klum auch bei der Konstituierung des Corpus auf den Gedanken gekommen sein, so abwegige Texte wie Inhaltsangaben mit zu berücksichtigen! Es ist ihm daraus kein Vorwurf zu machen. Das Beispiel soll nur zeigen, daß auch ein Corpus, dessen Umfang sehr groß ist, nicht vor gewissen Einseitigkeiten der Auswahl schützt, so daß die Zahlen des Ergebnisses, so zuverlässig sie auch ermittelt sein mögen, dennoch nicht dogmatisch verwendet werden können, sondern auf eine bestimmte Theorie bezogen werden müssen.

Das zweite Merkmal des Tempus-Systems ist die Sprechperspektive. Wir haben bei diesem Merkmal eine Null-Stufe (für welche das Verhältnis von Textzeit und Aktzeit irrelevant ist) unterschieden von den Stufen der Rückschau (nachgeholte Information) und der Vorausschau (vorweggenommene Information). Auch dieses Merkmal des Tempus-Systems verlängert sich durch die Kombinatorik in die Klasse der

Temporal-Adverbien hinein, so daß – positiv gesprochen – Kombinationspräferenzen oder – negativ gesprochen – Kombinationseinschränkungen festzustellen sind. Ich kann mich wiederum mit der Reihe *hier – en ce moment – demain* und ihrem strukturalen Äquivalent, der Reihe *la veille – à ce moment(-là) – le lendemain* erklären. Die Kombinatorik dieser Adverbien mit den Tempora läßt, über die Regelmäßigkeiten im Merkmal der Sprechhaltung hinaus, auch im Merkmal der Sprechperspektive eine Regelmäßigkeit erkennen. Das wird ebenfalls in Klums Ergebnissen, die ich noch einmal dankbar benutze, recht deutlich. Ich berücksichtige im folgenden nur die Kombinatorik mit den besprechenden Tempora. Die Zahlen (es handelt sich wieder um die absoluten Zahlen des von Klum ausgewählten Corpus) sind:

	Rückschau (Passé composé)	Null-Stufe (Présent)	Vorausschau (Futur)
hier	76	4	—
en ce moment	—	37	—
demain	—	20	61

Diese Zahlen sprechen noch einmal sehr eindeutig für Regelmäßigkeiten der Kombinatorik. Auf Grund dieses Ergebnisses ist es sicher möglich, *hier* ein rückschauendes und *demain* ein vorausschauendes Adverb zu nennen, während das Adverb *en ce moment* offenbar mit dem Présent die Null-Stufe der Sprechperspektive teilt.

Stellt man unter dem gleichen Gesichtspunkt die struktural äquivalenten erzählenden Adverbien zusammen, so ergibt sich nicht ein gleichermaßen klares Bild. Hier sind Klums Zahlen:

	Rückschau (Plus-que-parfait)	Null-Stufe (Imparfait, Passé simple)	Vorausschau (Conditionnel)
la veille	7	5	—
à ce moment(-là)	4	44	—
le lendemain	4	85	2

In dieser Übersicht ist keine bevorzugte Kombinatorik im Merkmal der Sprechperspektive erkennbar, vielmehr tendieren alle Adverbien, allenfalls mit Ausnahme von *la veille*, zu einer Kombination mit der Null-Stufe, also entweder dem Imparfait oder dem Passé simple. Das hängt sicher damit zusammen, daß die Rückschau und die Vorausschau als Perspektiven des Erzählens nur dann aktualisiert werden, wenn der

Erzähler »in der Erzählung springt«. In den meisten Fällen scheint der Zwang des Erzählflusses (vgl. Kap. X) stärker zu sein, und das Vorher und Nachher wird nur durch die Temporal-Adverbien, nicht auch noch durch die Tempora bezeichnet. Wie dem auch sei, es geht hier sowieso nur um den Nachweis, daß *einige* Adverbien eine Fortsetzung von Merkmalen des Tempus-Systems erkennen lassen. Das mag bei dem Merkmal der Sprechperspektive mit den Adverbien des Typus *hier – en ce moment – demain* genügend belegt sein.

Schließlich soll von dem dritten Merkmal des Tempus-Systems die Rede sein. Gibt es auch unter dem Gesichtspunkt der Reliefgebung Präferenzen in der Kombinatorik mit den Adverbien? Bei der Beantwortung dieser Frage steht uns leider die Statistik von Arne Klum nicht mehr voll zur Verfügung. Klum hat nämlich seiner Untersuchung nur wenige Temporal-Adverbien zugrunde gelegt. Bei der Reliefgebung müssen aber auch Adverbien berücksichtigt werden, die bei Klum nicht vorkommen.

Nun wäre es natürlich von der Methode her wünschenswert, wenn ich für diese Frage auf Auszählungen an einem Corpus im Umfang des von Klum ausgewerteten Corpus zurückgreifen könnte. Das ist mir einstweilen nicht möglich, und ich schlage deshalb einen anderen Weg ein, der zwar nicht die gleiche statistische Sicherheit bringen kann, zum Ausgleich aber das Adverb-Problem mit einer gewissen Anschaulichkeit erfüllt, die leicht verlorengeht, wenn man eine sehr kleine Zahl von Adverbien an einem sehr großen Corpus untersucht. Ich habe einmal an verschiedenen erzählenden Textstücken im einzelnen verfolgt, welche Kombinationen von Tempus und Temporal-Adverb auftreten. Hier ist zunächst das Ergebnis für das Kapitel II, 10 des Romans *Madame Bovary*. Ich berücksichtige dabei unter den Tempora nur die indikativischen Formen des Imparfait und des Passé simple, bei den Adverbien alle Formen und Formgruppen, die im weitesten Sinne der Fragestellung und nach der üblichen semantischen Gruppierung als Temporal-Adverbien aufgefaßt werden können.[9] Das Ergebnis ist wie folgt: Temporal-Adverbien in Kombination mit dem Imparfait: *à présent, à chaque minute, de temps à autre, pendant tout l'hiver trois ou quatre fois la semaine à la nuit noire, quelquefois, enfin, puis, cependant, durant les soirs d'été, de temps à autre, parfois, enfin, à l'occasion, à présent, souvent, puis, quelquefois, au bout de six mois, toujours, toujours, il y avait longtemps, quelquefois, maintenant, alors.*
Temporal-Adverbien in Kombination mit dem Passé simple: *peu à peu, un matin, tout à coup, brusquement, jusqu'au soir, sans cesse, après le dîner, tout à coup, enfin, alors, le lendemain, alors, quelques minutes, puis, enfin, le soir, consécutivement, alors.*

Zur Probe eine Auszählung aus einem anderen Roman. Im Kapitel II des Romans *La Voie royale* von André Malraux findet man folgende Kombinatorik:

Temporal-Adverbien in Kombination mit dem Imparfait: *depuis quelques minutes, déjà, toujours, quelquefois, parfois, maintenant, déjà, toujours, maintenant, alors, de nouveau, déjà, beaucoup plus souvent, toujours, maintenant, de nouveau, à nouveau, maintenant, maintenant, toujours, toujours.* Temporal-Adverbien in Kombination mit dem Passé simple: *à l'instant même, enfin, d'un coup, soudain, au cinquième effort, puis, de nouveau, aussitôt, de nouveau, enfin, soudain, après une sorte de moulinet de tout son corps, aussitôt, enfin, une seconde, soudain, enfin, puis, puis, puis, en quelques minutes.*

Hätte ich diese beiden Adverb-Gruppen – etwa in einem didaktischen Rätselspiel – aufgeführt, ohne zu sagen, mit welchem Tempus sie im Text kombiniert sind, so hätte jeder, der die französische Sprache aktiv und passiv beherrscht, ohne Schwierigkeit und wohl ohne langes Zögern den Kombinationspartner unter den Tempora erraten können. Wohlverstanden: das wäre nicht bei jedem einzelnen der auftretenden Adverbien möglich gewesen. Das Adverb *de (à) nouveau* tritt in dem Malraux-Text beispielsweise sowohl mit dem Imparfait als auch mit dem Passé simple auf. Diese Beobachtung läßt sich generalisieren. Jedes Temporal-Adverb kann grundsätzlich mit jedem Tempus kombiniert werden. Nur die Frequenzen sind unterschiedlich, zum Teil sehr unterschiedlich. Im bloßen Satzrahmen kann man das freilich nicht beobachten. Ein Text oder wenigstens ein (abgeschlossenes) Textstück erlaubt hingegen nicht nur, bei einzelnen Adverbien auf Frequenzen zu achten, sondern macht es darüber hinaus möglich, Präferenzen der Kombinatorik bei ganzen Gruppen zu beobachten. In den beiden Texten von Flaubert und Malraux fällt beispielsweise auf, daß diejenigen Temporal-Adverbien, die eine ruhigere Gangart (»Tempo«) der Erzählung angeben, deutlich auch die Kombination mit dem Imparfait bevorzugen. Es sind solche Adverbien wie *quelquefois, parfois, de temps à autre, toujours.* Umgekehrt bevorzugen diejenigen Adverbien, die dem Leser eine raschere Gangart oder einen Übergang zur rascheren Gangart der Erzählung signalisieren, die Kombination mit dem Passé simple. Es sind in den beiden Textbeispielen etwa die Adverbien: *enfin, tout à coup, soudain, brusquement.* Es ist mir jedoch lieb, daß schon diese knappen Beispieltexte auch Gegenbelege enthalten, etwa das Adverb *sans cesse* in Kombination mit dem Passé simple (Flaubert), das Adverb *soudain* in Kombination mit dem Imparfait (Malraux). Es geht nicht, ich wiederhole es, um Ausschließlichkeiten, sondern um Präferenzen. Um ihnen auch numerischen Ausdruck zu geben, habe ich für die anstehende Frage ein kleines Corpus aus erzählenden Prosatexten von zehn verschiedenen französischen Autoren zusammengestellt und auf die Kombinatorik der häufigsten Temporal-Adverbien hin ausgezählt.[10] Ich erhalte folgende Liste (absolute Zahlen):

Kombinationen mit dem Imparfait (in Klammern mit dem Passé simple):	Kombinationen mit dem Passé simple (in Klammern mit dem Imparfait):
parfois (quelquefois) 16 (0)	*enfin* 14 (5)
souvent 11 (0)	*tout à coup* 12 (1)
toujours 22 (1)	*soudain* 12 (2)
déjà 15 (0)	*brusquement* 8 (1)
maintenant 27 (0)	*bientôt* 5 (0)
	aussitôt 9 (1)
	puis 41 (10)
	alors 24 (5)

Diese Ergebnisse (die noch einer Bestätigung in umfassenderen Aus-zählungen harren) lassen bereits erkennen, daß auch das dritte Merk-mal des Tempus-Systems, hier Reliefgebung genannt, auf dem Wege der Kombinatorik bis in die Gruppe der Temporal-Adverbien hinein-wirkt. Einige dieser Adverbien sind deutlich dem erzählerischen Hinter-grund (ruhigeres Erzähltempo), andere dem erzählerischen Vorder-grund (rascheres Erzähltempo, den Hauptereignissen angepaßt) zu-geordnet. Diese Zuordnung wird oft durch die Semantik dieser Ad-verbien bestätigt. Auch hier gilt jedoch wieder die Einschränkung, daß keineswegs alle Temporal-Adverbien unter dem Gesichtspunkt der Reliefgebung eine Bevorzugung des erzählerischen Hintergrundes oder des erzählerischen Vordergrundes erkennen lassen. Viele sind in der Kombinatorik indifferent. Man darf sich also bei diesen Beobachtungen nicht absolut auf die Semantik der Adverbien verlassen. Wer könnte dem Adverb *maintenant* ansehen, daß es in seiner Kombinatorik eine deutliche Wahlverwandtschaft zum Imparfait als dem Tempus des erzählerischen Hintergrundes verrät! Das kann man nicht der Semantik ansehen, sondern muß es den empirischen Auszählungen entnehmen. Wer freilich vorher schon ganz sicher weiß, daß maintenant »jetzt« heißt und haargenau in »temporaler Deixis« den Ich-hier-jetzt-Punkt bezeichnet, wird – so fürchte ich – gar nicht erst die Texte befragen.[11]

Noch eine Bemerkung zur Methode scheint mir an dieser Stelle an-gebracht zu sein. Ich habe bisher, dem Usus der Grammatiken folgend, von Temporal-Adverbien gesprochen und dabei implizit das seman-tische Kriterium »Zeit« in Rechnung gestellt. Das ist auch wohl un-erläßlich, um überhaupt aus der Masse der Adverbien eine Gruppe herauszusondern, von der man vielleicht positiv sagen kann, ihre Adverbien antworteten auf die Frage »wann«, und negativ, sie um-fasse nicht die Adverbien der Art und Weise, der Quantität, des Ortes, der Meinung usw. Aber diese beiden Kriterien können bestenfalls heu-ristischen Wert haben. Antwortet etwa *déjà* auf die Frage »wann«? Ist *soudain* eine Zeitangabe? Gehören zu der Reihe *parfois – souvent – toujours* auch solche Adverbien wie *cette fois, pour la première fois, une fois de plus, l'un après l'autre* (sämtlich Malraux)? Wenn ferner *soudain, tout à coup* und *brusquement* Temporal-Adverbien sind, sind dann auch solche Adverbien wie *précipitamment, rapidement, doucement, lentement* (ebenfalls Malraux) hinzuzurechnen? Ich habe diese Adverbien in beiden Fällen nicht mitgezählt. Aber warum eigentlich nicht? Denn diese Adverbien determinieren die Gangart oder das Tempo, mit einem Wort die erzählerische Reliefgebung in ähnlicher Weise wie jene Adverbien, die außerdem noch auf die Frage »wann«? oder eine ähnliche, zeitbezogene Frage antworten. Wenn also auch der Begriff Temporal-Adverb einstweilen für die Heuristik noch nicht entbehrlich zu sein scheint, so ist er deshalb noch nicht unbedingt der linguistischen Weisheit letzter Schluß. Er muß jedenfalls als problematischer Begriff angesehen werden. Es ist daher ratsam, bei denjenigen Adverbien, die zweifelsfrei Merkmale erkennen lassen, die denen des Tempus-Systems entsprechen, die Analyse ganz auf die Merkmal-Ebene zu verlegen.[12]

3. Kombinierte Übergänge

Tempus-Formen, so haben wir gesagt, sind als syntaktische Signale beschreibbar durch die Funktion, die Welt grob vorzusortieren, d. h. alle möglichen Kommunikationsgegenstände unter dem Gesichtspunkt eben dieses Kommunikationsprozesses zu ordnen. Für die in den meisten Kommunikationssituationen notwendige Feinsortierung, so haben wir weiterhin gesagt, sind andere, nicht-obstinate Sprachzeichen da. Im Falle der Tempora sind das insbesondere gewisse Adverbien, Konjunktionen und Präpositionen. Die Form der Beziehung zwischen den Tempus-Formen und diesen anderen Formen kann als *Expansion* beschrieben werden. Expansion bedeutet semantische Auffüllung eines gegebenen syntaktischen Rahmens. Die Bedeutung des syntaktischen Morphems wird dadurch präzisiert. So kann beispielsweise der syntaktische Rahmen, der durch das Personalpronomen »er« gesetzt ist, in der Form der Expansion durch semantisches Material, etwa eine Nominalgruppe wie »der Mann«, »der kranke Mann« oder »der kranke Mann am Bosporus«, präzisiert werden. Der Sprecher entscheidet durch seine Wortwahl, welchen Grad der Präzision er in einer Sprechsituation für angemessen hält. Bisweilen ist der Hörer mit dieser Informationsdosierung nicht zufrieden. Der Präzisionsgrad ist vielleicht an einer Textstelle nicht ausreichend, so daß er »den Faden verloren« hat. Dann unterbricht der Gesprächspartner den Text mit einer Frage. Die Frage (genauer: das Fragemorphem) ist ein syntaktisches Signal, das an einer gegebenen Textstelle zusätzliche Information verlangt. Der Sprecher hat sich beispielsweise mit dem bloßen syntaktischen Rahmen »er« begnügt, und der Hörer fragt nun, indem er mit der Frage den syntaktischen Rahmen weiterführt: »wer?«. Daraufhin erhält er vom Sprecher normalerweise die gewünschte Zusatzinformation in Form einer Expansion, etwa: »der kranke Mann (am Bosporus)«.

Die textlinguistische Methode legt allerdings normalerweise nahe, das in Frage stehende Phänomen mit umgekehrter Blickrichtung zu beschreiben. Am Anfang einer Kommunikation gibt der Sprecher nämlich gewöhnlich von sich aus schon reichhaltigeres semantisches Material: das ist die Exposition. Im weiteren Textverlauf kann er dann auf dieses Material als weitergeltende Vorinformation zurückgreifen und kann sich daher mit den gröber sortierenden syntaktischen Signalen als Referenzzeichen zufriedengeben.[13] Man kann deshalb auch von semantischer *Reduktion* sprechen. Da hier aber primär die Tempora und nur sekundär die Adverbien (stellvertretend zugleich für die hier nicht im einzelnen erörterten Konjunktionen und Präpositionen) behandelt werden, empfiehlt sich für die Zwecke dieser Untersuchung, dem Begriff Expansion vor dem Begriff Reduktion als seiner Umkehrung den Vorzug zu geben.

Die bisher besprochenen Temporal-Adverbien können nun zweifellos als Expansionen derjenigen Tempus-Merkmale angesehen werden, denen sie strukturell zuzuordnen sind. Die Bedeutungsmerkmale »Erzählung«, »Rückschau«, die dem Tempusmorphem Plus-que-parfait zukommen, werden semantisch präzisiert durch das Adverb *la veille*, mit dem es in einem gegebenen Text kombiniert auftreten mag, denn dieses Adverb enthält ebenfalls die Merkmale »Erzählung«, »Rückschau«, jedoch präziser, nämlich beispielsweise unterschieden von *l'avant-veille*, das dieselben syntaktischen Merkmale hat. In ähnlicher Weise wird bei dem Tempus Passé simple das ihm unter anderem zukommende Merkmal »(erzählerischer) Vordergrund« expandiert, d. h. semantisch präzisiert durch eine Kombination etwa mit dem Adverb *soudain*, das dieses Merkmal ebenfalls hat, aber wiederum präziser, nämlich unterschieden von *brusquement*, *précipitamment* und anderen, synonymen Adverbien dieses Typus. Es mag dann in einer gegebenen Kommunikationssituation geschehen, daß die genannten Expansionen von einem Hörer tatsächlich abgerufen werden, indem dieser eine Frage stellt. Die Frage wird im ersten Falle wahrscheinlich lauten: *quand?*, im zweiten Falle möglicherweise auch *quand?*, vielleicht aber auch *comment?* oder wie immer – es braucht nicht einmal eine grammatisch anerkannte Frageform zu sein. Für viele Temporal-Adverbien gibt es gar keine zugehörige Frageform, es sei denn, daß man das Adverb selber mit einem Frageton versieht und etwa bei einer Stockung der Kommunikation fragt: *et puis? et alors?* Der Sprecher fährt dann gewöhnlich fort, indem er mit eben diesem Adverb den Text wieder anknüpft: *Et puis on avait arrêté une petite fourgonnette – Alors on est arrivé en même temps que le car* (vgl. S. 276).

Aus diesen Textbeispielen ist nun zu entnehmen, daß offenbar die möglichen Expansionen von Tempus-Merkmalen nicht nur in die Richtung gehen, die durch den Begriff Zeit (oder durch die verschiedenen möglichen Begriffe von Zeit) bezeichnet werden kann. Es kann keine Rede davon sein, daß das Fragemorphem »wann?« ein universaler Anzeiger für die Expansionsbeziehungen zwischen Tempus und Adverb wäre. Gewiß, Zeitadverbien geben die Zeit an. Aber von dieser Tautologie abgesehen, sind außer den Adverbien, mit denen man auf eine Frage »wann?« antworten kann, auch andere Adverbien, mit denen man auf andere Fragen antwortet, auf das Tempus-System bezogen und präzisieren als Expansionen einzelner Merkmale die verschiedenen Signalwerte der Tempora im Dienste einer Kommunikationssteuerung. Sie sind folglich Temporal-Adverbien. Hier ist besonders an die Signalwerte zu erinnern, die ich mit dem Ausdruck Reliefgebung (oder auch »Tempo«) der Erzählung bezeichnet habe und die in einem allgemeinen Begriff der Erzählfolge zu fundieren sind. Als allgemeine Form der Frage, mit der diese Expansion abgerufen werden kann, mag die Frage »was dann?« gelten.[14]

Wenn man die Überlegungen zum Verhältnis von Verb und Adverb in dieser Weise ausweitet, reicht es nicht mehr aus, nach der bloßen Kombinatorik von je einem Tempus und je einem Temporal-Adverb zu fragen. Denn Tempus-Formen und Temporal-Adverbien werden nicht nur (im Satz!) kombiniert, sondern stehen darüber hinaus (im Text!) in Kombination mit anderen Tempus-Formen und anderen Temporal-Adverbien. Was die bloßen Tempora betrifft, so habe ich unter dem Gesichtspunkt der Tempus-Übergänge dieser Tatsache bereits Rechnung zu tragen versucht. Nun wird zusätzlich auch zu berücksichtigen sein, daß in diesem textuellen Kombinationsgefüge auch Temporal-Adverbien ihren Stellenwert haben. Methodisch werde ich so vorgehen, daß ich nicht mehr nur frage, mit welchem Tempus ein bestimmtes Adverb kombiniert wird, sondern auch, in welche Tempus-Übergänge es eintritt.[15]

Es handelt sich um folgendes Problem. Wenn es auf der Grundlage einer bestimmten Tempus-Theorie möglich ist, im Text gleiche und ungleiche Tempus-Übergänge und bei den letzteren wiederum ungleiche Tempus-Übergänge ersten Grades (Wechsel nur eines Merkmals) und ungleiche Tempus-Übergänge zweiten Grades (Wechsel von mehr als einem Merkmal) zu unterscheiden: gibt es dann Temporal-Adverbien, die in ihrer Kombinatorik die Bevorzugung eines dieser Übergangstypen erkennen lassen? Dies ist nun gleichzeitig eine Frage, die auf die Großgliederung von Texten geht, wie sie von Elisabeth Gülich unter dem Gesichtspunkt »makrosyntaktischer Gliederungssignale« beschrieben worden ist.[16] Durch die Ergebnisse dieses Buches ist evident geworden, daß gewisse »Adverbien« (mindestens hier wäre eigentlich die ganze Kategorie des Adverbs in Frage zu stellen) mit

semantischen Inhaltskriterien nicht erfaßt werden können, sondern
vorwiegend oder ausschließlich textkonstituierende und textgliedernde
Funktionen haben, in mündlicher Rede sogar häufig obstinat.
Hier können sich noch verschiedene weiterführende Überlegungen
anschließen. Im Augenblick beschränke ich mich auf die Frage, welche
Temporal-Adverbien möglicherweise mit gleichen oder mit ungleichen
Tempus-Übergängen zusammengehen. Die Texte werden weiterhin
nach unseren Argumentationsgewohnheiten aus der französischen
Sprache genommen, vorerst (vgl. jedoch Kap. X) aus der geschriebenen
Sprache. Ich darf nun zunächst an die Beobachtung erinnern, die sicher
jedem Leser erzählender Literatur vertraut ist. Maupassants bekannte
Novelle *La Parure* etwa, um ein beliebiges Beispiel herauszugreifen,
beginnt mit einer Exposition von etwa zwei Seiten Umfang. Als
Tempus dominiert dementsprechend das Imparfait. Dann setzt die
eigentliche Geschichte (das »unerhörte Ereignis«) ein, und dieser Ein-
satz wird doppelt markiert durch das Tempus und durch ein Temporal-
Adverb. Hier der interessante Textausschnitt:[17]

Elle avait une amie riche, une camarade de couvent qu'elle ne voulait plus
aller voir, tant elle souffrait en revenant. Et elle pleurait pendant des jours
entiers, de chagrin, de regret, de désespoir et de détresse. – *Or, un soir*, son
mari rentra, l'air glorieux et tenant à la main une large enveloppe.

Das adverbiale Signal *or un soir*, das man als einfaches oder auch
als zusammengesetztes Gliederungssignal ansehen mag, markiert hier
im Zusammenwirken mit dem ungleichen Tempus-Übergang Imparfait
→ Passé simple die einsetzende Haupthandlung. (Der Ehemann bringt
die Einladung nach Hause, die das Schmuckproblem auslöst.) Das
Gliederungssignal selber ist weder dem Imparfait noch dem Passé
simple als solchem zuzuordnen, sondern dem spezifischen Übergang
vom Tempus des erzählerischen Hintergrundes zum Tempus des erzählerischen Vordergrundes. Man kann es, wenn man an der Klassen-
bezeichnung Adverb festhalten will, ein Adverb des Tempus-Übergangs nennen. Es ist eine Markierung des ungleichen Tempus-Übergangs, denn es präzisiert diesen Übergang dadurch, daß es sich von
anderen Adverbien dieses makrosyntaktischen Typus unterscheidet
wie zum Beispiel: *or une fois, or un matin, or un dimanche, or en
1868, or une nuit, or l'an dernier, or en m'éveillant un matin;* auch
ohne *or*, aber immer in Spitzenstellung: *une fois, un jour, un matin*
(sämtlich Maupassant). Diese Liste ist nicht vollständig; man kann
sie aber leicht aus eigener Lektüre ergänzen. Sie besagt selbstverständlich nicht, daß diese Temporal-Adverbien in absoluter Ausschließlich-
keit in Kombination mit einem Tempus-Übergang Imparfait → Passé
simple aufträten. Sie können in einigen Fällen die makrosyntaktische
Gliederung des Textes auch alleine leisten, und selbstverständlich kann
ein scharfer Tempus-Übergang schon aus sich heraus den Text makro-

syntaktisch gliedern. Aber der kombinierte Übergang ist doch auffallend häufig, und zwar nicht nur beim Übergang von der einleitenden Exposition zur Haupthandlung der Erzählung, sondern auch innerhalb der Geschichte immer wieder an solchen Stellen, wo der Erzähler die Gangart der Erzählung wechseln will, etwa wenn er nach eingeschobenen Detail-Informationen wieder in die Haupthandlung zurücklenkt. Ich muß allerdings hier darauf verzichten, meine Beobachtungen statistisch abzusichern. Was sollte man hier zählen! Makrosyntaktische Gliederungssignale dieses Typus treten ja nicht obstinat auf. Sie haben ihr Gewicht gerade auch wegen ihrer Seltenheit. Eben darum gliedern sie den Text nach Großabschnitten. Es sind also im Verhältnis zur Gesamtmenge der Zeichen in einem Text relativ wenige Zeichen; sie haben dennoch trotz ihrer geringen Frequenz eine wichtige Funktion im Text, weil sie in der Kombination mit anderen Übergangssignalen auftreten. So verstärken sie sich gegenseitig.[18]

Während Temporal-Adverbien vom Typ *or un soir* als Adverbien des ungleichen Tempus-Übergangs aufgefaßt werden können, gibt es andere Adverbien, die bevorzugt in der Kombination mit einem gleichen Tempus-Übergang auftreten. Hier ist insbesondere das Adverb *(et) puis* und – etwas weniger deutlich – *alors* zu nennen, beide auch miteinander verbunden als *(et) puis alors*. Wir wollen uns im folgenden dieses Adverb *(et) puis* unter diesem Gesichtspunkt etwas genauer ansehen, und ich benutze zur Demonstration noch einmal die Novelle *La Femme adultère* von Camus. Von den 811 Tempus-Übergängen, die in dieser Novelle zu zählen sind, bilden die in allen Merkmalen gleichen Tempus-Übergänge eine Mehrheit von 486 gegenüber 323. Unter ihnen befinden sich insbesondere 320 Übergänge Imparfait $\longleftrightarrow$ Imparfait und 79 Übergänge Passé simple $\longleftrightarrow$ Passé simple. Gegenüber diesen hohen Frequenzen, die noch einmal eindringlich die Obstination der Tempus-Formen erkennen lassen, hat das Adverb *(et) puis* eine vergleichsweise sehr niedrige Frequenz; es kommt nämlich, wenn ich ein einmaliges Vorkommen in einem nominalen Kontext nicht berücksichtige, 18mal vor. Es tritt aber 16mal in Verbindung mit einem gleichen und nur zweimal in Verbindung mit einem ungleichen Tempus-Übergang auf. Diese Beobachtungen deuten daraufhin, daß das Adverb *(et) puis* als ein Adverb des gleichen Tempus-Übergangs und, da es sich hier um einen erzählenden Text handelt, als Adverb der Erzählfolge anzusehen ist. Die vorgetragenen Zahlenwerte können natürlich im Augenblick noch keine statistische Beweiskraft beanspruchen. Es handelt sich ja um eine Novelle von einem bestimmten Autor, und die Gesamtzahl der zählbaren Elemente ist für eine Auswertung nach den Regeln der Statistik zu gering. Es hat aber gegenwärtig nicht viel Zweck, die Auszählung dem Umfang nach auszudehnen. Das Verhältnis von Tempus-Übergang und Temporal-Adverb interferiert nämlich mit anderen makrosyntaktischen Signalen.

Ich erkläre mich mit einem Beispiel aus dem soeben erörterten Novellen-Text. Dort steht einmal das Adverb *puis* im Übergang zwischen zwei Formen des Imparfait. Die zweite Form des Imparfait steht jedoch in einem Relativsatz, der mit *qui* eingeleitet wird. Es folgt ein Passé simple. Soll nun das Adverb *puis* dem gleichen Tempus-Übergang Imparfait ←→ Imparfait zugeordnet werden oder, mit Überspringung des Relativsatzes, dem ungleichen Tempus-Übergang Imparfait → Passé-simple? Eine befriedigende Entscheidung in dieser Frage ist offenbar ohne Willkür so lange nicht möglich, als nicht die Stellung der Relativ-Pronomina wie auch der Konjunktionen usw. zu den Tempus-Übergängen mit berücksichtigt werden kann. Diese Prinzipien können aber erst in einer umfassenden Theorie des syntaktischen Übergangs festgelegt werden. So lange das nicht geschehen ist, bleibt es nutzlos, die Auszählungen nach den bekannten Regeln der statistischen Methode zu vervollkommnen. Ich begnüge mich daher hier und im ganzen Abschnitt, wo von kombinierten Übergängen die Rede ist, mit Auszählungs-Ergebnissen, die nur illustrativen Wert haben und die Problemlage verdeutlichen sollen. In diesem eingeschränkten Sinne teile ich also weiterhin mit, daß in Camus' Roman *La Peste* beispielsweise *puis* 61mal mit einem gleichen Tempus-Übergang und 12mal mit einem ungleichen Tempus-Übergang auftritt. Das Adverb *alors* tritt demgegenüber 84mal mit einem gleichen und 39mal mit einem ungleichen Tempus-Übergang in diesem Roman auf. Die Zahlen werden von dem kleinen gemischten Corpus erzählender Texte bestätigt, das oben unter dem Gesichtspunkt der Kombination bereits ausgewertet worden ist. Hier korreliert *puis* 46mal mit dem gleichen und 8mal mit einem ungleichen Tempus-Übergang (nur ersten Grades), *alors* 19mal mit einem gleichen und 11mal mit einem ungleichen Tempus-Übergang (ebenfalls nur ersten Grades).

Mit der genannten Einschränkung also, daß die Statistik der kombinierten Übergänge solche Signale wie die Relativ-Pronomina und die Konjunktionen einbeziehen muß und sodann im Umfang wesentlich auszudehnen ist, soll durch die hier vorgetragenen, noch ungesicherten Ergebnisse nur plausibel gemacht werden, in welchem Sinne solche Adverbien wie *(et) puis* und vielleicht auch *alors* nebst ihren Verbindungen miteinander als *Adverbien der Erzählfolge* fungieren können. Wenn sie nämlich in erheblicher Frequenz zusammen mit dem Phänomen des gleichen Tempus-Übergangs auftreten, dann verstärken sie offenbar dieses Phänomen, das zu den wichtigsten Textkonstituenten überhaupt gehört. Gleiche Übergänge, nicht nur von Tempus-Form zu Tempus-Form, sondern auch von Tempus-Form zu Temporal-Adverb und von Temporal-Adverb zu Tempus-Form, bewirken dann nämlich in wechselseitiger Bestätigung und Verstärkung, was wir die Konsistenz eines Textes oder seine Textualität genannt haben.

Unter den makrosyntaktischen Temporal-Adverbien, die mir bei der Lektüre von Novellen Maupassants begegnet sind, ist mir der Ausdruck *or jeudi dernier* besonders aufgefallen.[19] Er gehört einerseits in die oben aufgeführte Reihe der makrosyntaktischen Adverbien, die eine Großgliederung der Erzählung bewirken, und steht dementsprechend kombiniert mit einem ungleichen Tempus-Übergang Imparfait → Passé simple. Andererseits gehört dieses Adverb aber auf Grund seines Bestandteils *dernier* in die Gruppe der besprechenden Adverbien, wie sie hier durch die Reihe *hier* (oder *l'année dernière*) – *en ce moment* – *demain* repräsentiert worden ist. Offenbar enthält das komplexe Signal *or jeudi dernier* sowohl ein erzählendes als auch ein besprechendes Merkmal. So muß man es tatsächlich verstehen. Denn es handelt sich in der Novelle *Les Bécasses* um eine Rahmenerzählung. Der Rahmen, in dem ein Erzähler eingeführt wird, dient der Beglaubigung der Erzählung als wahrer Geschichte. Der »Binnen-Erzähler« erzählt als Augenzeuge. (Die Exposition ist in den Tempora der besprochenen Welt.) Wir können daher das Element *dernier,* das zusammen mit Daten sonst die Verbindung zur besprochenen Welt herstellt, auch hier als Beglaubigungssignal interpretieren. Die Erzählung soll auf diese Weise aus dem andernfalls möglichen Bereich der Fiktion herausgenommen und in der Wahrheit, und das heißt bei Erzählungen: in der gelebten Vergangenheit angesiedelt werden. Vergangenheit, das wird bei dieser Gelegenheit wiederum deutlich, wird sprachlich nicht durch einfache, sondern durch komplexe Signale mitgeteilt, nämlich in seiner einfachsten Form durch die Verbindung von Signalen für Erzählung und für Wahrheit. Als Wahrheitssignal aber fungieren meistens die syntaktischen Zeichen der besprochenen Welt.

Ich muß an dieser Stelle auf eine Kombination von Tempus und Temporal-Adverb zu sprechen kommen, die in der Tempus-Literatur eine gewisse (und sicherlich wohl überschätzte) Bedeutung erlangt hat. Kann man eigentlich sagen: *Ich werde gestern den Zoo besuchen?* Oder *Ich fand morgen die Lösung des Problems?* Dieter Wunderlich, der in einem kürzlich erschienenen Buch diese beiden Sätze mit »gezielter Intuition« gebildet hat, läßt diese Sätze von derselben Intuition sogleich wieder als nicht akzeptabel verwerfen.[20] Gut; so ähnlich würde auch meine eigene Intuition urteilen, wenn ich sie gezielt zur Verteidigung meiner eigenen Theorie zuließe. Aber reicht diese Plausibilität wirklich aus, daß man darauf eine ganze Tempus-Theorie gründet, nach der Tempus-Morpheme zwar nicht ausschließlich, aber doch hauptsächlich Zeitreferenzen ausdrücken?

Also »es widerspricht der Intuition«, in einem Satz der deutschen Sprache das Tempus Präteritum mit dem Adverb *morgen* zu kombinieren. Warum läßt dann aber die deutsche Sprache, wie Wunderlich nicht leugnen kann, die Kombination des Tempus Perfekt mit dem Adverb der Zukunft zu, etwa: *Ich habe das bis morgen für dich er-*

ledigt? Warum findet Käte Hamburger in wirklichen Texten, nicht nur in hausgemachten Sätzen, Kombinationen wie diese: *Morgen ging das Flugzeug, das ihn nach Kanada bringen sollte?* Oder: *Heute abend wollte der König Flöte spielen.*[21] Wunderlich geht so vor, daß er im ersten Fall das Perfekt »uminterpretiert«, im zweiten Fall das Präteritum »transformiert«. Nun besteht kein Zweifel, daß der Linguist dadurch, daß er sein Beobachtungsmaterial durch gezielte Eingriffe verändert oder – noch einfacher – gar kein authentisches Beobachtungsmaterial zuläßt, jede beliebige Theorie verteidigen kann. Aber sind Theorien eigentlich Selbstzweck? Stehen sie nur im Dienste der Lust an funktionierenden Operationen?

Käte Hamburger und ihre Nachfolger haben sich mehr Mühe mit den Texten gemacht. Denn ein Satz wie *Unter ihren Lidern sah sie noch heute, nach soviel Jahren, mit erstaunlicher Deutlichkeit die Miene vor sich, die er bei dem überaus trockenen Empfang gemacht ... * steht bei Thomas Mann.[22] Dieser Satz hat also offenbar nicht der Intuition eines »native speaker« widersprochen, von dem wir wissen, daß ihm die Register der Sprache vollständig zur Verfügung standen. Aufmerksam gemacht durch Käte Hamburger, hat man Sätze dieser Art auch aus anderen Sprachen gesammelt: *L'enterrement avait lieu dans une heure* (Georges Simenon) oder: *A cow broke in (to-morrow morning) to my uncle Toby's fortifications, and eat up two ratios and half of dried grass* (Laurence Sterne).[23] Käte Hamburger zieht aus Kombinationen dieses Typus die schon erwähnte Folgerung, daß das Präteritum in erzählender Literatur nicht die Vergangenheit bezeichnen kann. Franz Stanzel vertritt demgegenüber die einschränkende Meinung, daß die Verbindung eines Präteritums mit einem »Adverb der Zukunft« und ähnliche Kombinationen nur in erlebter Rede oder vergleichbaren Erzählsituationen vorkommt. Das stimmt oft, aber nicht immer. Die Frage ist aber darüber hinaus, woher wir im Einzelfall wissen, daß es sich um erlebte Rede handelt, wenn nicht von den Tempora und Adverbien sowie ihren Kombinationen. Der Leser hat ja von syntaktischen Phänomenen wie der erlebten Rede, wie wir im einzelnen schon gesehen haben (vgl. S. 177 ff.), keineswegs intuitive Kenntnis. Daß es sich im Einzelfall um erlebte Rede handelt, muß der Hörer oder Leser aus bestimmten Signalen und Signalkombinationen entnehmen, die im Text enthalten sind.

Wir sehen uns den Satz von Thomas Mann in seinem Textzusammenhang an. Er steht in dem Roman *Lotte in Weimar,* zweites Kapitel. Charlotte Kestner, geborene Buff – so ist die Situation – hat am 22. September 1816 im Hotel »Zum Elephanten« in Weimar Logis genommen. Nun hat sie sich auf dem Bett ausgestreckt und sinnt mit geschlossenen Augen ihren Erinnerungen nach. Der allwissende Erzähler teilt ihre Gedanken mit, wobei er sich vorzugsweise der erlebten Rede bedient. Vorherrschendes Tempus ist das Präteritum, sowohl in den Kommunikationsverben, mit denen der Erzähler die Perspektive der erlebten Rede signalisiert, als auch in den »erlebten Gedanken« der Heldin. Außer durch die Tempora wird die Erzählperspektive der erlebten Rede weiterhin durch die Distribution der Temporal-Adverbien bezeichnet. Darunter befinden sich mehrere Adverbien, die der erzählten Welt zugeordnet sind, wie beispielsweise *damals, eines Tages* und (in unmittelbarer Kontextnachbarschaft unseres Satzbeispieles) *am Tage nach dem Kuß, am übernächsten Tage, den dritten Tag nach dem Kuß*. Es findet sich ferner unmittelbar vor dem Beispielsatz das Adverb *an dem Tage noch*. Es ist ebenfalls als erzählendes Adverb zu interpretieren, denn es übersetzt ein kurz vorher in eingeblendeter direkter Rede verwendetes Adverb *noch heute*. Es ist das gleiche Adverb, das dann in unserem Beispielsatz in einem Kontext erzählender Tempora wieder vorkommt. Man kann es als eine Kontamination interpretieren. *Noch heute* (+ besprechender Tempus) $\times$ *(an dem Tage noch* +*)* erzählendes Tempus = *noch heute* + erzählendes Tempus. Hier nun zur Kontrolle der ganze Textabschnitt:

Denn es war in aller Herzlichkeit ein wirrer und sinnloser, ein unerlaubter, unzuverlässiger und wie aus einer anderen Welt kommender Kuß gewesen, ein Prinzen- und Vagabundenkuß, für den sie zu schlecht und zu gut war; und hatte der arme Prinz aus Vagabundenland auch Tränen danach in den Augen gehabt und sie ebenfalls, so hatte sie doch in ehrlich untadligem Unwillen zu ihm gesagt: »Pfui, schäm' Er sich! Daß Er sich so etwas nicht noch einmal beikommen läßt, sonst sind wir geschiedene Leute! Dies bleibt nicht zwischen uns, daß Er's weiß. *Noch heute sag' ich es Kestnern.«* Und wie er auch gebeten hatte, es nicht anzusagen, *so hatte sie es doch an dem Tage noch ihrem Guten redlich gemeldet*, weil er's wissen mußte: nicht sowohl, daß jener es getan, als daß sie es hatte geschehen lassen; worauf sich denn Albert doch recht peinlich berührt gezeigt hatte und sie im Laufe des Gesprächs, auf Grund ihrer vernünftig-unverbrüchlichen Zusammengehörigkeit, zu dem Beschlusse gelangt waren, den lieben Dritten nun denn doch etwas kürzer zu halten und ihm die wahre Sachlage entschieden bemerklich zu machen. *Unter ihren Lidern sah sie noch heute, nach soviel Jahren, mit erstaunlicher Deutlichkeit die Miene vor sich*, die er bei dem überaus trockenen Empfang gemacht, den ihm die Brautleute am Tage nach dem Kuß und namentlich am übernächsten Tage bereitet, als er abends um zehne, da sie miteinander vorm Haus saßen, mit Blumen gekommen war, die so unachtsam waren aufgenommen worden, daß er sie weggeworfen und sonderbaren Unsinn peroriert, in Tropen geredet hatte.

Es ist noch anzumerken, daß die besondere, »kontaminierende« Behandlung des Temporal-Adverbs in demselben Kapitel auch bei den Lokal-Adverbien anzutreffen ist. Es findet sich nämlich in der erlebten Rede das Adverbienpaar *hier/dort* sowie *hienieden/droben*, ebenfalls kombiniert mit erzählenden Tempora. Das eben gehört zu den Besonderheiten der erlebten Rede als einer Misch-Perspektive: einerseits distanziert sich der Erzähler von seiner auktorialen Perspektive (Erzähl-Tempora, Erzähl-Adverbien), andererseits vergegenwärtigt er die Perspektive der denkenden oder sprechenden Personen (Adverbien und andere Sprachzeichen unmittelbar besprechender Rede).

Wenn wir nun das oben illustrierte Phänomen in den Zusammenhang einer textlinguistischen Tempus-Theorie stellen wollen, können wir sagen, daß es sich allemal um kombinierte ungleiche Übergänge handelt. Die Kombination des Tempus Präteritum *(sah)* und des besprechenden Temporal-Adverbs *(noch heute)* ist in der Kombinatorik von Tempus und Temporal-Adverb ein ungleicher Übergang ersten Grades.

Es gibt jedoch auch kombinierte Übergänge, die als ungleiche Übergänge zweiten Grades zu klassifizieren sind. Zur Illustration wechsle ich die Sprache und gebe noch einmal ein Textbeispiel aus der Novelle *La Femme adultère* von Albert Camus. Es handelt sich abermals um erlebte Rede; Janine erinnert sich ihrer Jugend:

> Au collège pourtant, elle était première en gymnastique, son souffle était inépuisable. Y avait-il si longtemps de cela? Vingt-cinq ans. *Vingt-cinq ans n'étaient rien puisqu'il lui semblait que c'était hier qu'elle hésitait entre la vie libre et le mariage, hier encore qu'elle pensait avec angoisse à ce jour où, peut-être, elle vieillirait seule.* Elle n'était pas seule, et cet étudiant en droit qui ne voulait jamais la quitter se trouvait maintenant à ses côtés. Elle avait fini par l'accepter, bien qu'il fût un peu petit et qu'elle n'aimât pas beaucoup son rire avide et bref, ni ses yeux noirs trop saillants. Mais elle aimait son courage à vivre, qu'il partageait avec les Français de ce pays.

Daß es sich um erlebte Rede handelt, ergibt sich im engeren Kontext aus dem Fehlen des Passé simple, im weiteren Kontext aus einleitenden Kommunikationsverben. Die erlebte Rede wird ferner durch gewisse andere Textzeichen signalisiert, ich nenne insbesondere das Demonstrativpronomen *(ce, cet)* und die Selbstfrage mit unmittelbar folgender Antwort. Die Temporal-Adverbien nun nehmen in diesem Textstück wiederum eine eigenartige Zwischenstellung ein. Sie sind einerseits der erzählten Welt zugeordnet *(Y avait-il si longtemps de cela? – Elle pensait avec angoisse à ce jour où . . .)*, andererseits sind es Temporal-Adverbien, die der besprochenen Welt zuzuordnen sind. Wir wollen uns im Augenblick auf das Adverb *hier* konzentrieren. Es ist umgeben von Formen des Imparfait: *Il lui semblait que c'était hier qu'elle hésitait entre la vie libre et le mariage, hier encore qu'elle pensait . . .* Das macht, wenn man nun den kombinierten Übergang von der Tempus-Form zum Temporal-Adverb ins Auge faßt, einen Wechsel in den zwei Merkmalen der Sprechhaltung und der Sprechperspektive. Der Text geht vom Imparfait (Merkmale: Erzählen, Null-Stufe) zum Temporal-Adverb (Merkmale: Besprechen, Rückschau) über und erfüllt damit die Bedingungen eines ungleichen Überganges zweiten Grades. Man kann diesen Übergang also auch eine (kombinierte) Tempus-Metapher nennen. Diese besondere Form des ungleichen Übergangs erzeugt nun – im Zusammenwirken mit anderen kombinatorischen Signalen – beim Hörer oder Leser eine Wirkung (man kann auch sagen: eine Täuschung), die wir mit dem Etikett »erlebte Rede« versehen. Es ist nämlich eine Rede (oder Gedankenfolge), die so erzählt wird, *als ob* sie besprechende Rede wäre. Es ist daher nicht nur beschreibbar, sondern auch verstehbar, daß sie signalisiert wird mit einer Tempus-Adverb-Kombination, *als ob* diese Morpheme der gleichen Klasse angehörten.

4. Semi-finite Verben

Es gibt in der Grammatik seit Quintilian (*Inst. Orat.* I, 5, 41) den Modus-Begriff. Verstärkt durch die Modal-Logik der mittelalterlichen Sprachphilosophie, ist dieser Begriff auch der neueren Grammatik noch geläufig. Man kennt nun, mit Unterschieden im einzelnen je nach den Sprachen, die folgenden Modi: Indikativ, Konjunktiv, Infinitiv, Imperativ – dazu in manchen Sprachen Konditional, Optativ und andere. Was ist damit gemeint? Ich lasse Wackernagel sprechen: »Der Unterschied der Modus-Formen bezieht sich auf das Verhältnis der Tätigkeit zur Wirklichkeit.«[24] Man darf das etwa so verstehen, daß der Indikativ eine Handlung als wirklich setzt, die anderen Modi hingegen nur als möglich, unbestimmt, befohlen, bedingt, wünschenswert usw.

Ich halte den Modus-Begriff für unbrauchbar und irreführend, weil er alle Beschreibungen der Sprachstrukturen zu verfälschen droht.[25] Die genannten Modi sind nämlich völlig heterogen. Unter den Begriff des Indikativ lassen sich die meisten Tempora subsumieren. Aber auch das Konditional (das französische Conditionnel) ist ein Tempus. Häufig ist aber dieses Tempus nur in einem bestimmten textuellen Übergang gemeint. Die anderen Modi sind Verbformen der verschiedensten Art, aber keineswegs die Verbform in ihrer Gesamtheit. Zu solchen inkohärenten Begriffen kommt man, wenn man nicht nach Strukturen der Sprache sucht, sondern die Sprache überspringt und von dem ausgeht, was man für die Wirklichkeit hält.

Wir lassen statt dessen die Wirklichkeit Wirklichkeit sein und schauen nur nach Sprachstrukturen aus. Bisher haben wir ausschließlich finite Verbformen berücksichtigt und diese nach den drei Merkmalen der Sprechhaltung, der Sprechperspektive und der Reliefgebung analysiert. Um die folgenden Überlegungen zu ordnen, möge es mir für den Ad-hoc-Gebrauch gestattet sein, einige – ganz anspruchslose – Symbole einzuführen. Ich bezeichne die lexikalische Information des Verbs mit L (Lexem), die Information über die Person mit Pn (Person), über die Sprechhaltung mit H (Haltung), über die Sprechperspektive mit Pe (Perspektive) und über die Reliefgebung mit R (Relief). Die Strukturformel eines finiten Verbs *il chantait* lautet dann: $L - Pn\ H\ Pe\ R$. In dieser Formel ist die lexikalische Information (die Bedeutung des Verbs, genauer: seines Lexems) durch einen Strich von der syntaktischen Information abgetrennt. Die syntaktische Information ist nämlich in gewissem Sinne von anderer Art. Sie verankert die Bedeutung des Verbs im Prozeß der Kommunikation. Die genannte Strukturformel gibt aber keine vollständige Analyse des finiten Verbs *il chantait*. Dieses gibt uns ja beispielsweise auch noch zu verstehen, daß das Singen nicht verneint wird. Das ist durch ein Null-Morphem ausgedrückt, das in Opposition zu einer möglichen Verneinung den Ausdruckswert »ja« hat.[26] Ich merke dies eigens an, um deutlich zu machen, daß hier nur ein Ausschnitt der Syntax ins Auge gefaßt wird. Der leitende Gesichtspunkt bleibt auch im folgenden das Phänomen Tempus und seine Kombinatorik im Text.

Nachdem also bisher mit einer gewissen methodischen Willkür nur die finiten Verbformen berücksichtigt worden sind, sollen nun auch die nicht-finiten, ich sage lieber: semi-finiten Verbformen in die Darstellung integriert werden.[27] Es wird sich dabei zeigen, daß sie in der Kombination mit den finiten Formen dem Text ein Relief eigener Art geben können.

Ich beginne mit dem *Infinitiv*. Er hat im Französischen die Formen *chanter, avoir chanté, aller chanter, venir de chanter, être en train de chanter, devoir chanter* (selten, futurisch); und man mag wiederum aus dieser Reihe diese oder jene Form wegnehmen, diese oder jene Form hinzufügen. Es kommt auf die Reihe, nicht auf die Länge der Reihe an. Wir verzichten nun auf jede Fragestellung, was der Infinitiv wohl »bedeuten« mag, und gehen streng formal vor. Wir greifen also aus der Reihe eine Infinitivform heraus *(avoir chanté)* und fragen, welche Information wir mit dieser Form erhalten.

Wir erhalten, wie bei allen Verbformen, eine semantische Information: »singen«. Wir erhalten keine Information über die Person. Wir erhalten ferner keine Information über die Sprechhaltung, wissen also nicht, ob wir uns in der besprochenen oder der erzählten Welt befinden. Wir erhalten jedoch wohl Information über die Sprechperspektive (Pe), erfahren also bei *avoir chanté*, daß das Singen rückschauend gesehen wird. Keine Information erhalten wir schließlich über die Reliefgebung. Die Strukturformel des Infinitivs lautet demnach: L – Pe.

Die Verbform *avoir chanté* gibt uns also erheblich weniger Information als die Verbform *il chantait*. Nun kennen viele Sprachen eine Form des Infinitivs, die wieder etwas reicher an Information ist. Ich denke an den sog. Akkusativ mit dem Infinitiv, der bekanntlich im Lateinischen und Englischen sehr verbreitet ist, sich aber auch in vielen anderen Sprachen und auch im Französischen findet. Wir respektieren wiederum die Benennung, obwohl sie den Nachdruck auf etwas Unwesentliches legt. Es kommt nämlich nicht darauf an, daß bei dem Infinitiv ein Akkusativ steht. Im Englischen *(I hear the boy sing,*

I want you to sing) kann man über den Kasus keine vernünftige Aussage machen, und im Französischen *(je vous entends chanter; cette chanson, je la lui entends chanter)* müßte man, wenn man um jeden Preis Kasus sehen wollte (was man besser nicht tut), bald von einem Akkusativ, bald von einem Dativ mit dem Infinitiv sprechen. Auch im Lateinischen wird aus dem Akkusativ unter bestimmten Bedingungen ein Nominativ mit dem Infinitiv. Nicht auf den Kasus kommt es also an, sondern auf die Person, die zusätzlich zum Infinitiv ausgedrückt wird.

Der Akkusativ (oder Dativ, Nominativ) mit dem Infinitiv ist ein *persönlicher Infinitiv.* Er hat die gleiche Struktur wie der aus dem Portugiesischen bekannte Infinitivo pessoal *(cantarmos,* in einem Satz wie: *Chegamos para cantarmos* ›Wir kommen, um zu singen‹). In der historischen Sprachentwicklung hat der persönliche Infinitiv des Portugiesischen nicht das geringste mit dem »A. c. I.« des Lateinischen oder anderer romanischer Sprachen zu tun. Es besteht sogar im Portugiesischen neben dem Infinitivo pessoal ein anderer persönlicher Infinitiv nach dem Muster des lateinischen »A. c. I.«. Sie haben eine verschiedene Distribution, stören sich daher nicht, sondern ergänzen einander. Beide sind persönliche Infinitive, d. h. Infinitive, die zu ihrer Infinitiv-Information noch eine zusätzliche Information über die Person bei sich tragen. Die Strukturformel aller persönlichen Infinitive ist: L – Pn Pe.

Unter der Bezeichnung *Partizip*[28] wollen wir verschiedene Verbformen der französischen Sprache zusammenfassen. Arg strapaziert wird unser Respekt vor der herkömmlichen Terminologie wieder beim sog. Participe présent *(chantant),* das vom Participe passé *(ayant chanté* und *chanté)* unterschieden wird. Denn das Participe présent *chantant* bildet eine Reihe mit anderen aktiven Partizipien, nämlich *ayant chanté* und den selteneren, aber möglichen Formen *allant chanter, venant de chanter, devant chanter.* Die Reihe erinnert an die Reihe der Infinitive. Die Strukturformel ist die gleiche: L – Pe. Auch das Partizip kann unter bestimmten Bedingungen von einer Person-Determinante (Nomen oder Pronomen) begleitet sein; die lateinische Grammatik bietet dafür den Namen absolutes Partizip an. Besser wäre: persönliches Partizip, analog zum persönlichen Infinitiv, mit dem es die Strukturformel gemeinsam hat: L – Pn Pe.

Nun unterscheidet die französische Grammatik Participe présent und Adjectif verbal. Participe présent ist: *Je l'ai trouvé chantant une chanson.* Adjectif verbal ist: *soirée chantante.* Das Adjectif verbal hat nun keineswegs die gleiche Formenreihe wie das aktive Partizip. Die französische Sprache kennt nur die Form *chantant* als Adjectif verbal. Das verändert ihre Strukturformel. Sie lautet einfach: L.

Das gleiche gilt für das passive Partizip *chanté.* Es hat nur diese eine Form. Seine Strukturformel lautet ebenfalls: L. Und schließlich hat die gleiche Strukturformel L das Gérondif *en chantant*. Es hat ebenfalls nur diese eine Form.

Die Strukturformel L ist eine besondere Formel. Wir erhalten eine semantische Information, die durch keine weitere syntaktische Information an die Sprechsituation gebunden ist. Wohl erhalten wir noch Information einer dritten Art. *Chantant* und *chanté* bilden beispielsweise Reihen nach dem Genus: Maskulinum oder Femininum. Diese Information wird in unserer Strukturformel, die ausschließlich auf das finite Verb bezogen ist, nicht erfaßt. Zweifellos sind die Formen *chantant/chantante* (als Adjectif verbal), *chanté/chantée* und *en chantant* noch Verbformen. Aber sie bezeichnen, das ist an der Strukturformel L abzulesen, die *Grenze* des Systems der Verbformen. Da die semantische Information durch keine weitere syntaktische Information an die Sprechsituation gebunden ist, haben diese Verbformen nichts mehr mit den Tempora gemeinsam. Sie sind nicht semi-finite Formen. Sie haben daher im Satz auch keine Rolle, die der Rolle des nach Person und Tempus determinierten Verbs gleichkäme, sondern werden verwendet wie andere Wortarten, insbesondere wie Adjektive und Adverbien und müssen wie diese analysiert werden.

Auch der *Konjunktiv* ist im modernen Französisch semi-finit. Aber nur im modernen Französisch, das den alten Imparfait du subjonctif mitsamt dem Plus-que-parfait du subjonctif *(que je chantasse, que j'eusse chanté)* aus der gesprochenen und weitgehend auch aus der geschriebenen Sprache ausgeschieden hat.[29] Die genannten Formen sind fast zu einem »Modus« der Ironie geworden; bei Giraudoux charakterisiert das Imparfait du subjonctif den Pedanten. Man sagt also nicht mehr: *Il voulait que j'écrivisse*, sondern: *Il voulait que j'écrive*. Es gibt nur noch den Präsensstamm des Konjunktivs. Damit ist der Konjunktiv auch aus der Consecutio temporum herausgenommen.

Manche Schriftsteller gebrauchen unter bestimmten Bedingungen das Imparfait du subjonctif weiter. Wir legen unserer Analyse jedoch fürs erste einen Sprachgebrauch zugrunde, der nur noch den Präsensstamm des Konjunktivs kennt. Dann hat der Konjunktiv (Subjonctif) des Französischen die folgenden Formen: *que je chante, que j'aie chanté, que j'aille chanter, que je vienne de chanter, que je sois en train de chanter*. (Die Reihe wiederum mit der Einschränkung, daß man sie nach Belieben um diese und jene Form kürzen oder erweitern mag.) Wir erhalten also mit den Formen des Konjunktivs außer der semantischen Information syntaktische Information über die Person (man kann die zitierte Reihe in alle anderen Personen transponieren), ferner über die Sprechperspektive (jedoch ohne Form für die vorausschauende Perspektive, die dem Futur des Tempussystems entspricht). Indifferent verhält sich der Konjunktiv des Französischen jedoch gegenüber der Sprechhaltung sowie gegenüber dem erzählerischen Relief. Die Strukturformel des Konjunktivs im modernen Französisch lautet also: L – Pn Pe. Er teilt diese Strukturformel mit dem persönlichen Infinitiv und dem persönlichen Partizip.

Schauen wir von hier aus nun auf den Konjunktiv zurück, wie er im klassischen Französisch bestanden hat und wie er bei einigen Schriftstellern und unter bestimmten stilistischen Bedingungen heute noch fortlebt. Bei diesem Konjunktiv haben wir die Reihe um die folgenden Verbformen zu erweitern: *que je chantasse, que j'eusse chanté, que j'allasse chanter, que je fusse en train de chanter* ... Und die Verwendung dieser Verbformen regelt sich, mit strenger Consecutio temporum, nach dem Tempus des regierenden Verbs oder nach dem gesamten Kontext. Unter diesen Bedingungen ist der Konjunktiv eine ganz andere Verbform. Er respektiert insbesondere die Strukturgrenze zwischen der besprochenen und der erzählten Welt und steht daher dem finiten Verb näher. Von den anderen Tempora, und zwar nur von den erzählenden Tempora, unterscheidet er sich jedoch darin, daß er keine Information über die Reliefgebung mitbringt. Die Strukturformel des »alten« Konjunktivs im Französischen lautet demnach: L – Pn H Pe.

Der *Imperativ* ist eine Verbform, die den besprochenen Verbformen strukturverwandt ist. Er hat im Französischen die Formen: *chante, chantez, chantons, qu'il chante, qu'ils chantent.* Wir erhalten, außer der semantischen Information, syntaktische Information über die Person, mit Ausnahme der ersten Person Singular, der Person des Sprechers. Man erteilt sich selten selber Befehle, und wenn, dann in der zweiten Person. Die Strukturformel des Imperativs lautet: L – Pn.

Wir beschließen diese vergleichende Strukturbetrachtung der Verbformen mit einer kleinen Übersichtstafel:

	Bedeutung des Lexems	Person	Sprech-haltung	Sprech-per-spektive	Relief-gebung
Finites Verb (Satz)	L	Pn	H	Pe	R
Infinitiv	L	–	–	Pe	–
Persönlicher Infinitiv	L	Pn	–	Pe	–
Partizip Aktiv	L	–	–	Pe	–
Persönliches Partizip	L	Pn	–	Pe	–
Adjectif verbal	L	–	–	–	–
Partizip Passiv	L	–	–	–	–
Gérondif	L	–	–	–	–
Konjunktiv (modern)	L	Pn	–	Pe	–
Konjunktiv (alt)	L	Pn	H	Pe	–
Imperativ	L	Pn	–	–	–

Einige Bemerkungen zur *Terminologie* müssen hier noch angeschlossen werden. Ich erläutere sie am französischen Infinitiv. Sie gelten jedoch analog auch für das Partizip und den Konjunktiv sowie für die grammatischen Terminologien anderer Sprachen. Die traditionelle Benennung der Infinitivformen als infinitif présent, infinitif passé usw. ist irreführend, weil sie eine unkritische Beziehung auf einzelne Tempora voraussetzt. Das Présent ist ein Tempus der besprochenen Welt. Was hat der Infinitif présent mit diesem Tempus zu tun? Der Infinitiv ist doch, wie seine Strukturformel ausweist, gegenüber der Sprechhaltung (H) indifferent. Eben darum ist er semi-finit. Man zerstört also gerade das, was den Infinitiv zum Infinitiv macht, wenn man ihn mit einem Tempus zusammenbringt, das auf der einen oder der anderen Seite der Strukturgrenze zwischen der besprochenen und der erzählten Welt steht. Wieso ist man überhaupt auf den Gedanken gekommen, diese Verbform Infinitif présent zu nennen? Einfach wegen der Formähnlichkeit. Aber Formähnlichkeit (»Präsensstamm« und dergleichen) besagt gar nichts und kann eine Funktionsanalyse nicht ersetzen.

Wenn man um jeden Preis den Infinitif présent nach seiner Verwandtschaft mit Tempora benennen will, muß man ihn nach dem Insgesamt der Tempora benennen, welche die gleiche Sprechperspektive, nämlich die Null-Stufe, haben. Es sind im Französischen Présent, Imparfait, Passé simple. Seine korrekte Bezeichnung wäre also Infinitif présent/imparfait/passé simple. Entsprechend müßte der Infinitif passé heißen: Infinitif passé composé/plus-que-parfait/passé antérieur. Ich habe auch hier selbstverständlich nicht die Absicht, diese umständlichen Benennungen einzuführen. Man mag gerne bei den Bezeichnungen Infinitif présent und Infinitif passé bleiben, wenn man nur weiß, daß sie, wie fast alle überkommenen grammatischen Begriffe, auf einer alten Konvention beruhen und daher auf keinen Fall als Resultat einer Analyse aufgefaßt werden dürfen. Infinitif présent bedeutet *chanter*, Infinitif passé bedeutet *avoir chanté* – und sonst nichts. Man kann jedoch auch die Benennungen übernehmen, die Paul Imbs vorschlägt. Er unterscheidet Infinitif simple *(chanter)* und Infinitif composé *(avoir chanté).*[30] Das ist im Prinzip richtig, weil mit diesen Begriffen nichts verdorben werden kann. Aber ihr Nachteil ist, daß die anderen Infinitivformen nicht berücksichtigt werden, die auch allesamt »zusammengesetzt« sind, und deren es so viele gibt, wie man Stufen der Sprechperspektive im Tempus-System anerkennen will.

Noch einige allgemeine Überlegungen zu den Verbformen, die wir semi-finit genannt haben. Es gibt verschiedene Semi-Formen. Sie informieren in verschiedener Weise über einzelne Aspekte der Sprechsituation und lassen andere Aspekte unberücksichtigt. Besonders oft bleiben die Sprechhaltung und die Reliefgebung aus der Information heraus. Warum diese und warum überhaupt Verbformen mit eingeschränkter Information?

Der Grund ist leicht einzusehen und ergibt sich aus dem allgemeinen Ökonomieprinzip, das der Sprache ebenso wie jeder anderen zweckmäßigen Kommunikation zugrunde liegt. Wenn die Sprache in einigen Verbformen weniger Information gibt als in anderen, dann offenbar, weil auch die geringere Information in der betreffenden Situation ausreicht. Die Semi-Formen stehen ja nicht allein. Wir reden nicht in Reihen von Infinitiven oder Partizipen oder Konjunktiven, sondern wir reden meistens mit finiten Verben, welche die volle Information über die Sprechsituation geben. Wenn die Sprechsituation in dieser Weise geklärt ist, dann mag eine Semi-Form folgen, die diesen oder jenen Aspekt der Information einspart, weil er sich von selber versteht. Die Information des voraufgehenden Satzverbs gilt weiter, oder sie wird mit dem nächsten Satzverb nachgeholt. Semi-finite Formen sind, so können wir sagen, *Sparformen* der Sprache. Sie gibt in ihnen nicht mehr Information als nötig.

Das bedeutet nun, daß die semi-finiten Formen auf zusätzliche Information aus anderen Quellen angewiesen sind. Das ist gewöhnlich Information aus dem sprachlichen Kontext, insbesondere aus einem anderen Verb mit voller syntaktischer Information über die Situation. Dieses Verb ist dann das »regierende« Verb, das andere Verb ist das abhängige Verb. Es ist nämlich von der Information des anderen Verbs über die Gesprächssituation abhängig. Daher sind semifinite Formen grundsätzlich für den Gebrauch in Abhängigkeit von anderen Sprachelementen vorgesehen, die selber finit sind.

Das gilt auch für den Imperativ. Imperative gelten in den Grammatiken als Sätze. Mit welchem Recht eigentlich? Aus der bloßen Verbform erhalten wir weniger Information als aus dem persönlichen Infinitiv oder Partizip. Wenn der Imperativ Satzrang hat, dann muß man allen Verbformen Satzrang zuerkennen. Wir bezeichnen statt dessen den Imperativ als semi-finit, weil er die Struktur der unvollständigen Information über die Situation teilt. Eben weil nämlich der Imperativ semi-finit ist, kann er nur, genau wie die anderen Semi-Formen, in Abhängigkeit gebraucht werden. Nun allerdings nicht in Abhängigkeit von einem »regierenden« Verb, sondern meistens in Abhängigkeit von der Situation. Sprachlicher Kontext und Situationskontext sind grundsätzlich austauschbar. Imperative werden in der konkreten Sprechsituation gebraucht. Damit scheidet die erzählte Welt aus, damit scheidet die Perspektive der Rückschau oder Vorausschau aus, und damit scheidet der Hintergrund aus. Die Äußerung ist vollkommen klar und eindeutig, aber nur, weil Verbformen und konkrete Sprechsituation zusammenwirken.[31]

Semi-finite Verben sind von anderer Information abhängig, meistens von finiten Verben. Die Sprache hat also gewählt. Sie erhebt ein Verb zum Hauptverb und drückt ein anderes zum Semiverb herab. Das ist auch eine Reliefgebung. Auf Grund ihrer prinzipiellen Abhängigkeit von anderer Information sind semi-finite Verben (mit Ausnahme des Imperativs, der nur von der Situation abhängig ist) grundsätzlich Verbformen des Hintergrunds. Diese Reliefgebung geht sogar durch die ganze Sprache, ist nicht auf die erzählte Welt beschränkt. Man versteht daher, daß die semi-finiten Verben stets in der Information über die Reliefgebung eingeschränkt sind. Es versteht sich, daß sie gegenüber den »regierenden« Verben im Hintergrund stehen. Wir haben schon bei der Interpretation der Novellen Boccaccios und Hemingways darauf hingewiesen, daß die Partizipien an der Reliefgebung der Erzählungen Anteil haben. Das ließe sich auch für die anderen semi-finiten Verben zeigen.

ZEHNTES KAPITEL

Eine »Krise des Erzählens«?

1. Tempus in der altfranzösischen Sprache

Das Passé simple ist heute aus der gesprochenen französischen Sprache verschwunden. Zu dieser »Krise des Passé simple« ist gelegentlich behauptet worden, das Passé composé konkurriere schon in der Sprache des Mittelalters erfolgreich mit dem Passé simple.[1] Man muß diese Feststellung im Zusammenhang sehen mit der oft vertretenen Auffassung, der Tempus-Gebrauch des Altfranzösischen sei überhaupt chaotisch und verrate einen Mangel an Perspektive. Dieser Ansicht ist jedoch ebenso oft widersprochen worden.[2] Es ist nicht meine Absicht, die Diskussion in allen Punkten aufzugreifen. Ich beschränke mich daher in der Argumentation auf das Tempus-Paar Passé simple und Passé composé.

Am stärksten weicht die Tempus-Setzung im Epos, der Chanson de geste, sowohl vom lateinischen als auch vom neufranzösischen Sprachgebrauch ab. Im *Rolandslied* finden wir einen bunten Wechsel der Tempora mit einer besonderen Bevorzugung des Présent, des Passé simple und des Passé composé, während das Imparfait außerordentlich selten ist.[3] Am auffälligsten ist die starke Stellung des Présent, das eher noch als das Passé simple als das Haupttempus des Rolandsliedes aufgefaßt werden kann. Ein System im Wechsel der Tempora zu erkennen, ist kaum möglich, außer vielleicht in der von De Felice unterstrichenen vagen Tendenz, eine Laisse (Versgruppe mit gleicher Assonanz) im Passé simple zu eröffnen und im Présent zu schließen.[4] Aber andererseits wechseln dann die Tempora so unvermittelt, daß man sogleich wieder an seiner Beobachtung irre wird. Ich greife zwei Verse heraus: *Franceis* e s c r i d e t, *Olivier* a p e l a t (V. 1112). – T r a i t *l'olifant, fieblement lo* s o n a t (V. 2104). Présent und Passé simple stehen hart nebeneinander. Sie können nicht zeitlich motiviert sein, denn Roland hat natürlich erst das Horn angesetzt und dann geblasen. Auch die Perspektive des epischen Vortrags ändert sich so rasch nicht. Des Rätsels Lösung liegt in der Assonanz. Das Passé simple der (häufigen) *a*-Konjugation hat in der (häufigen) dritten Person Singular eine Form auf -*át* (wie oben *apelát*, *sonát*). Und gerade in den Laissen auf *á* häuft sich das Passé simple mit der Endung -*át*. Besonders bemerkenswert ist das in der 57. Laisse mit vier Assonanzwörtern auf -*át*. Das ist vielleicht absolut keine hohe

Zahl; man muß jedoch bedenken, daß diese Laisse einen Traum erzählt und daß sonst bei der Erzählung von Träumen das im übrigen sehr seltene Imparfait üblich ist.

Während deutlich eine Affinität zwischen dem Passé simple und der Laissenassonanz auf *á* besteht, bevorzugen die Laissen mit einer Assonanz auf *é* ebenso deutlich das Passé composé, gerade in Assonanzstellung.[5] Denn das Passé composé endet in der *a*-Konjugation auf betontem *-é (montez, allez)* und bietet damit dem vortragenden Sänger eine große Zahl von bequemen Assonanzen.

Man kann das auch recht gut an den Laisses similaires verfolgen. Das sind Strophengruppen an den Höhepunkten des epischen Geschehens, in denen ein Ereignis mit geringer Textvariation, aber mit wechselnder Assonanz mehrfach vorgetragen wird. Dann wechselt mit der Assonanz nicht selten auch das Tempus. Man vergleiche die beiden Verse: *Oliviers* m o n t e t *desor un pui halçor* (V. 1017) und *Oliviers* e s t *desor un pui* m o n t e z (V. 1028). Man darf darin nicht einen Fortschritt der Handlung oder eine Änderung der Erzählhaltung sehen, wie aus dem folgenden Beispielpaar sogleich deutlich werden wird: *Desoz un pin en* e s t *li reis* a l e z (V. 165) und drei Verse *später: Li emperere s'en* v a i t *desoz un pin* (V. 168). (In beiden Versen ist Karl der Große gemeint.)

Es steht außer Frage, daß die Tempora des Rolandsliedes und vieler anderer Texte des französischen Mittelalters oft um des Reimes willen gesetzt sind. Man darf darüber nicht die Nase rümpfen und dem Dichter eine mangelhafte Beherrschung seiner Kunst vorwerfen. Denn das altfranzösische Epos ist *orale* Literatur und steht daher unter den besonderen Bedingungen des mündlichen Vortrags aus dem Gedächtnis. Orale Dichtung hat nicht die gleiche Textstabilität wie geschriebene Dichtung.[6] Dem Vortragenden sind Variationen der Verse und gewisser formelhafter Verselemente erlaubt, damit er auch improvisierend das Versmaß erfüllen und der Assonanz gerecht werden kann. So darf er auch die Tempora dem höher gestellten Gesetz der epischen Form unterordnen.

Aus dem mündlichen Vortrag erklärt sich fernerhin, wie von D. R. Sutherland betont worden ist,[7] die hohe Frequenz des Présent im Epos. Das Epos ist wirklich *Chanson* de geste; es wird nicht erzählt oder gelesen, sondern von einem Sänger vorgetragen, nicht viel anders als das lyrische Lied. Wir haben uns als Vortragsweise eine Art Rezitativ vorzustellen, das von lebhafter Gestik und Mimik untermalt ist und an den Höhepunkten des Epos gewiß dramatische Akzente erhält. So ist auch heute der epische Vortrag in Ländern, in denen das Epos noch lebendig ist. So wird aber auch in Frankreich heute noch das Chanson vorgetragen, das deutlich die Gattungsmerkmale oraler Literatur zeigt.[8] Aus dem semi-dramatischen Vortrag erklärt sich nun auch die Vorliebe für das Présent, das ja auch das

Tempus des Liedes (einschließlich des französischen Chansons) und der Bühne ist. Der ständige Wechsel zwischen Passé simple und Présent spiegelt also genau die Zwischenstellung des oral vorgetragenen Epos zwischen der erzählten und der gespielten Literatur. Die spanischen Epen des Mittelalters sowie die isländischen Sagas zeigen die gleichen Tempus-Verhältnisse.[9]

Mehrere Sprachwissenschaftler haben daraus mit Recht die Konsequenz gezogen, einer Darstellung des altfranzösischen Tempus-Systems nicht die Epik zugrunde zu legen. Denn die Prosa zeigt einen ganz anderen Tempus-Gebrauch. Das hat L. Foulet zuerst an *Aucassin et Nicolette* beobachtet, wo Poesie und Prosa miteinander abwechseln. De Felice verallgemeinert: das Passé composé ist im Altfranzösischen überhaupt viel stärker in der Poesie als in der Prosa vertreten. Schaechtelin berücksichtigt daher in seiner Tempus-Untersuchung nur Prosatexte, während Sandmann, was die Untersuchungsbasis wieder erweitert, auch die Dialogpartien der Epen heranzieht. Nur in diesen ist die Tempus-Gebung »realistisch«.[10]

Wir haben noch einen Schritt weiter zu gehen. Wenn wir wirklich ein Bild des altfranzösischen Tempus-Systems gewinnen wollen, müssen wir außer der »schönen« Literatur auch solche Texte heranziehen, die mit Sicherheit besprechende Rede enthalten. Unter den Überlieferungsbedingungen des Mittelalters sind das für die französische Sprache vor allem juristische Texte. Diese hat Josef Schoch bereits mit anderer Fragestellung ins Auge gefaßt und dabei eine Beobachtung gemacht, die uns vertraut vorkommt. Er findet nämlich in französischen Urkunden des Mittelalters eine Affinität zwischen dem Passé simple und der dritten Person des Verbs sowie zwischen dem Passé composé und der ersten Person (die zweite Person ist in den Urkunden selten).[11]

Die Urkunden sind nun oft von der Art, daß in der ersten Person, Singular und Plural, der juristisch relevante Sachverhalt festgelegt wird, für den sich die beteiligten Personen mit ihren Namen verbürgen. Das ist besprechende Rede in reinster Form. Wenn nun in dieser besprechenden Rede zurückgeschaut wird, so steht regelmäßig, von einigen formelhaften Latinismen abgesehen, das Passé composé. Ich gebe als Beispiel eine Gerichtsurkunde von 1272 aus den Ardennen:[12]

Nous Thiebaus, abbes de Saint Huber en Ardenne, Jacques de Stailes, Baudouins Mores de ce meisme liu, chevalliers, *faisons* cognoissant a tous ciaus qui ces lettres *verront* et *oiront* que com betens *fust* et descors entre nous dou patronaige de l'esglise de Staules, nous nous *soumes mis* sus deus preudoumes, clers sages et discrés, c'est a savoir maistre Gillame, dit de Haienges, et maistre Jehan, dit de Mousai, en maniere que il *doient* enquerre et rapporter la raison de chascuin de nous, soit par raison de hertaige ou de proprietet, ou de tenour ou d'usaige, et *avons promis* nous dis abbés audis chevalliers, et nous chevalliers dis audit abbet, sour penne de cent livres de parisis, que nous *tenrons* et *warderons* entierement ce que li dit disour *raporteront* ou par amour ou par droit, et pour ce que ce *soit* ferme chose et estauble, nous Tiebaus, abbés devant dis, *avons mis* nostre saiel a ces presentes lettres. Et nous Jaques de Stailes et Baudouins Mores, chevalliers, pour ce que nous n'avons pont de propre saiel, *avons nous depriet* a nostre chier signour Loy, conte de Chisney, qu'il metet son saiel a ces presentes lettres, lesqueles *furent* faites l'an de graice mil deus cens soixante et douse ans, le lundy devant feste Saint Martin en yver.

Der von den streitenden Parteien und dem Redaktor der Urkunde gewählte Standpunkt ist der Rechtsakt der Beglaubigung. Von diesem Standpunkt aus schauen die Parteien zurück auf ihre Willenskundgebung, die hier zu Protokoll gegeben ist, und sie schauen voraus auf die Konsequenzen des Schlichtungsentscheids. Alles das ist besprechende Rede. Es stehen die Tempora der besprochenen Welt: Présent, Passé composé, Futur. Das ist genau der gleiche Tempus-Gebrauch, den wir auch in der modernen französischen Sprache finden. (Der Konjunktiv *fust* im einleitenden Resümee des Streitfalls sowie das Passé simple *furent* im Datum sind formelhafte Latinismen.)

Wir finden also im Altfranzösischen auf der einen Seite das Passé simple eindeutig in erzählender Funktion, und wir finden auf der anderen Seite das Passé composé eindeutig in besprechender Funktion. Wir finden ferner das Passé composé nur dann in der erzählenden Literatur, wenn die besonderen Vortrags- und Assonanzbedingungen oraler Literatur vorliegen. Das rechtfertigt wohl die Annahme, daß bereits die altfranzösische Sprache grundsätzlich zwischen den beiden Tempus-Gruppen der besprochenen und der erzählten Welt unterschieden hat. Es kann für das mittelalterliche Französisch noch keine Rede davon sein, daß das Passé simple aus der gesprochenen Sprache zurückgeht und gar dem Passé composé Platz macht.

L. Foulet, der auch dieser Ansicht ist, glaubt indes, er könne die Krise des Passé simple doch wenigstens bis ins 15. Jahrhundert zurückdatieren. Er zitiert nach verschiedenen Quellen eine Reihe von Texten vom beginnenden 15. bis zum beginnenden 16. Jahrhundert, in denen er das Passé composé als Ersatztempus für das Passé simple zu finden glaubt.[13] Aber seine Texte geben keine überzeugenden Beispiele her. Ein französisches Konversationsbuch für Engländer aus dem Jahre 1415 ist darunter, bei dem ich den Eindruck habe, daß der Verfasser seinen Lesern sämtliche Tempora des Französischen vorführen will; denn in unmittelbarer Umgebung des von Foulet als Beleg gewerteten Passé composé tauchen auf: Passé simple, Plus-que-parfait, Passé antérieur, Imparfait, Présent. Die anderen Texte, auf denen Foulet seine Ansicht gründet, sind politische Briefe. Eben dies ist nun wichtig. Es sind keine Briefe, in denen erzählt wird. In ihnen werden vielmehr politische und militärische Maßnahmen besprochen. In einem der Briefe (1412) steht der Satz: ... *car ils* [scil. *les Anglais*] *ne font guerre que à ceulx qui, l'année passée*, o n t t e n u *le parti du roy*. Foulet hält diesen Beleg für besonders eindrucksvoll, da ein Datum dabei steht. Das Datum besagt jedoch nichts und unterrichtet insbesondere nicht darüber, ob hier erzählt oder besprochen wird. Nur aus dem Kontext kann man das erfahren. In diesem Brief bespricht der Gouverneur von La Rochelle militärische Maßnahmen, die sich aus der Parteinahme der Fürsten im letzten Feldzug ergeben. Es wird also nicht *erzählt*, was die Herren im letzten Jahr getan haben, sondern es wird nachgerechnet, wer auf Grund seiner Parteinahme im letzten Feldzug jetzt besonders gefährdet ist. Der muß nämlich besonders geschützt werden, und dementsprechend setzt der Briefschreiber seine Landsknechte ein. Das alles muß besprochen werden und kann nur besprochen werden, wenn man dabei auf die Parteiungen des letzten Feldzugs zurückschaut. Darum ist hier das Passé composé an seinem Platz. Es hat kein Passé simple verdrängt, denn in einer solchen Sprechsituation hat nie ein Passé simple gestanden.

Foulet meint schließlich, mit den Memoiren des Commines dringe das Passé composé in seiner erweiterten Funktion auch in die Literatur ein. Dem können wir ebenfalls nicht zustimmen. Was sich ändert, ist nicht die Sprache, sondern die Literatur. Memoiren sind eine andere literarische Gattung als die Geschichtsschreibung und erst recht die Fiktionsliteratur. Memoiren erzählen nicht einfach Geschichte, sondern sie schauen auf Erlebtes mit den Augen dessen zurück, der seine Erfahrungen für wesentlich und daher mitteilenswert hält. Das schließt nicht aus, daß in Memoiren auch erzählt wird. Aber sie erhalten darüber hinaus ein Ingrediens des Besprechens und Beurteilens, das manches Passé composé erklärt.

2. Zeugnisse des Sprachbewußtseins in der französischen Klassik

Im 16. Jahrhundert setzt in der romanischen Welt ein heftiger Rangstreit der Sprachen ein. Einer der leidenschaftlichsten Vorkämpfer für die »Précellence« des Französischen, insbesondere gegenüber der italienischen Schwestersprache, ist der Humanist und Philologe Henri Estienne († 1598). In seiner Schrift *Traicté de la conformité du langage françois avec le grec* (1569) kommt Estienne auch auf die Tempora des Französischen zu sprechen und erklärt den Unterschied zwischen dem Passé simple und dem Passé composé. Wenn man sagt *je* p a r l a y *à luy et luy* f e i (modern: *fis*) *response* (Passés simples), so ist zu verstehen, daß sich der Vorgang nicht am gleichen Tage abgespielt hat, sondern früher. Sagt man hingegen *j'a y* p a r l é *à lui et luy* a y f a i c t *response* (Passés composés), dann ist das am gleichen Tag geschehen.[14] Das ist nun die berühmte *»Regel der 24 Stunden«;* das Passé composé bezeichnet nach ihr Jüngstvergangenes, das Passé simple Langvergangenes, wobei die dem Sprechen voraufgehende Nacht als die Grenze zwischen Langvergangenem und Jüngstvergangenem angesehen wird. Estienne greift offenbar auf die Lehre Garniers zurück, nach der sich das Passé simple mit Adverbien wie *dernièrement, hier, jadis* verbindet, während das Passé composé in Verbindung mit Adverbien wie *aujourd'hui, déjà, maintenant* steht.[15] Die Grammatiker des 16. Jahrhunderts vermachen die Regel der 24 Stunden dem 17. Jahrhundert. Wir finden sie bei Maupas (1607), Oudin (1632) und im 18. Jahrhundert bei Buffier (1709) wieder, während die Grammatiker Alcide de Saint-Maurice und Vaugelas skeptisch sind oder sich ausschweigen.

Einige Linguisten nehmen an, Estiennes Regel entspreche dem wirklichen Sprachgebrauch des 16. Jahrhunderts.[16] Zu dieser Annahme besteht keine Veranlassung. Estienne selber läßt Ausnahmen zu. Er verzeichnet weiter, daß oft gegen seine Regel verstoßen wird, und er verstößt selber so selbstverständlich gegen seine eigene Regel, daß ihm ein »Fehler« sogar in der Formulierung eben dieser Regel unterläuft: ... *mais quand on dit, je parlay à luy, & luy fei response, ceci ne s'entend auoir esté faict ce iour mesme auquel on raconte ceci, mais au parauant: sans toutefois qu'on puisse iuger combien de temps est passé depuis. Depuis,* das ist eben nicht seit heute, sondern mindestens seit gestern. Estienne hätte also nach seiner eigenen Regel das Passé simple setzen müssen, setzt aber nach seinem richtigeren Sprachempfinden auch in diesem Satze das Passé composé, weil er nämlich die Tempora *bespricht.* Er gibt uns einen weiteren Hinweis darauf, daß er seine Beobachtungen zu einer falschen Regel weiterbildet. Ihm fällt nämlich auf, daß die Form *j'ai fait* weiter verbreitet *(plus général)* ist als die Form *je fis.*[17] Das wollen wir ihm glauben. Das gilt jedoch offensichtlich nicht für die beiden Tempora schlechthin, sondern nur jeweils für die erste Person, an der Estienne seine Regel erläutert. Es besteht eben auch im 16. Jahrhundert eine Affinität zwischen dem Passé composé und der ersten (sowie der zweiten) Person. Hätte er die dritte Person seinen Überlegungen zugrunde gelegt, wäre er möglicherweise zu einem ganz anderen Ergebnis gekommen. Denn bei der dritten Person ist das Erzähltempus viel geläufiger.

Alles deutet also darauf hin, daß auch im 16. Jahrhundert das Passé simple erzählendes, das Passé composé besprechendes Tempus gewesen ist. Mehr noch: Estiennes Regel der 24 Stunden ist nichts anderes als ein tastender Versuch, diesen Unterschied begrifflich zu erfassen. Er muß aber scheitern, weil er unreflektiert die Voraussetzung zugrunde legt, der Unterschied der beiden Tempora müsse ein Zeitunterschied sein. Unter dieser Voraussetzung konnte Estienne zu gar keinem anderen Ergebnis kommen. Er hat sogar noch recht gut beobachtet. Denn wir besprechen eben gewöhnlich die Dinge, die uns unmittelbar umgeben. Dazu gehören, zumal in der Rückschauperspektive, die jüngstvergangenen Ereignisse natürlicherweise eher als die längstvergangenen. Was lange vergangen ist, brennt uns meistens nicht mehr so unter den Nägeln wie das, was gerade erst vergangen ist. So wird tatsächlich das Langvergangene öfter erzählt, das Jüngstvergangene öfter besprochen. Dies ist der richtige Kern in Estiennes Regel. Ein richtiger Kern muß nämlich schon da sein, sonst kann man nicht verstehen, daß diese Regel so viel Erfolg gehabt hat und im 17. Jahrhundert selbstverständlicher Bestandteil des allgemeinen Sprachbewußtseins bei den französischen Klassikern geworden ist. Das sollen im folgenden Madame de Sévigné und Racine bezeugen.

Im November und Dezember 1664 schreibt Madame de *Sévigné* eine Reihe von Briefen an den Marquis de Pomponne und berichtet ihm von dem Prozeß gegen den früheren Finanzminister und Mäzen Foucquet, dessen Schicksal damals in aller Munde ist. Sie schreibt ihre Briefe gewöhnlich am Abend und berichtet dann über die Verhandlung, die am Vormittag stattgefunden hat.[18] So beispielsweise in ihrem Brief vom 17. 11. 1664:

Aujourd'hui lundi 17ᵉ novembre, M. Foucquet *a été* pour la seconde fois sur la sellette. Il *s'est assis* sans façon comme l'autre fois. M. le chancelier *a recommencé* à lui dire de lever la main: il *a répondu* qu'il *avoit* déjà *dit* les raisons qui l'*empêchoient* de prêter le serment; qu'il n'étoit pas nécessaire de les redire. Là-dessus M. le chancelier *s'est jeté* dans de grands discours, pour faire voir le pouvoir légitime de la chambre; que le Roi l'*avoit établie,* et que les commissions *avoient été vérifiées* par les compagnies souveraines. M. Foucquet *a répondu* que souvent on *faisoit* des choses par autorité, *que* quelquefois on ne *trouvoit* pas justes, quand on y *avoit fait* réflexion. M. le chancelier *a interrompu:* »Comment! vous dites donc que le Roi abuse de sa puissance?« M. Foucquet *a répondu:* ...

Dieser Bericht trägt alle Merkmale einer Erzählung. Obwohl Madame de Sévigné alle ihre Sympathien auf der Seite des Angeklagten engagiert hat, hält sie jede wertende Besprechung des Falles zurück und gibt möglichst getreu den bloßen Ablauf der Gerichtsverhandlung wieder. Dennoch setzt sie die Verben in das Passé composé.

Manchmal findet die fleißige Briefschreiberin jedoch abends nicht mehr die Zeit, oder sie kommt später noch einmal auf einen Prozeßtag zurück. Dann setzt sie das Passé simple: *Il lui* f i t *excuse l'autre jour de ce que M. Foucquet* a v o i t p a r l é *trop longtemps...* (28. 11. 1664). Am Mittwoch, dem 17. 12. 1664, schreibt sie: *Je vous* m a n d a i *samedi comme M. d'Ormesson* a v o i t r a p p o r t é *l'affaire et opiné...* Beide Male liegt das Ereignis einige Tage zurück.

Besonders eindrucksvoll ist die folgende Stelle: *Aussitôt que M. Foucquet a* é t é *dans la chambre, M. le chancelier lui a* d i t *de s'asseoir. Il a répondu:* »*Monsieur, vous* p r î t e s *hier avantage de ce que je m'étois assis...*« (18. 11. 1664). Ob Foucquet das wirklich gesagt hat? Er hätte sich dann ebenso peinlich genau wie Madame de Sévigné der Regel der 24 Stunden von Henri Estienne entsinnen müssen, nach der man die Ereignisse des gleichen Tages im Passé composé, die des vorigen und aller vorhergehenden Tage der Weltgeschichte jedoch im Passé simple darzustellen hat. Nach dieser Regel handelt nämlich Madame de Sévigné *blindlings*.

Wenn es noch eines Beweises bedarf, dann findet man ihn mit aller wünschenswerten Deutlichkeit beim Verhandlungstag des 4. Dezember. Diese Verhandlung wird von Madame de Sévigné zweimal erzählt. Zunächst, nach ihrer Gewohnheit, in ihrem abendlichen Brief. Die Erzählung fällt also in den Zeitraum der 24 Stunden und wird, ohne Rücksicht auf den Charakter der Darstellung, im Passé composé erzählt:

> Enfin, les interrogations *sont finies*. Ce matin M. Foucquet *est entré* dans la chambre; M. le chancelier *a fait* lire le projet tout du long. M. Foucquet *a repris* la parole le premier, et *a dit:* »Monsieur, je crois que vous ne pouvez tirer autre chose de ce papier, que l'effet qu'il vient de faire, qui est de me donner beaucoup de confusion.« M. le chancelier *a dit:* (...) Monsieur, *a dit* M. Foucquet, ...

Ein paar Tage später hat nun Madame de Sévigné eine andere Version erfahren und berichtet darüber in ihrem Brief vom 9. Dezember:

> Cependant je veux rajuster la dernière journée de l'interrogatoire sur le crime d'État (...) Après que M. Foucquet *eut dit* que le seul effet qu'on *pouvoit* tirer du projet, *c'étoit* de lui avoir donné la confusion de l'entendre, M. le chancelier lui *dit:* (...). Il *répondit:* ...

Diesmal liegt der Prozeß fünf Tage zurück, und Madame de Sévigné setzt das Passé simple, obwohl sich am Charakter der Erzählung nichts geändert hat.

Man kann an Hand ihrer Briefe sogar die Zeitgrenze zwischen Passé simple und Passé composé auf das genaueste bestimmen. Damals erscheint nämlich am Pariser Nachthimmel ein Komet, und zwar gegen 3 Uhr nachts. Monsieur d'Artagnan schaut ihn sich an, und Madame de Sévigné schaut ihn sich an. Das zu erzählen, gebraucht Madame de Sévigné aber verschiedene Tempora: – *M. d'Artagnan* v e i l l a *la nuit passée, et la vit fort à son aise* (17. 12. 1664). – J'ai v u *cette nuit la comète; sa queue est d'une fort belle longueur...* (22. 12. 1664). Warum einmal das Passé simple und einmal das Passé composé? Das hängt wiederum mit Estiennes Regel der 24 Stunden zusammen, die Madame de Sévigné in einer höchst amüsanten Weise und – darf ich sagen – mit weiblicher Logik interpretiert. Monsieur d'Artagnan hat sich nämlich offenbar überlegt, daß er bis zum Erscheinen des Kometen um 3 Uhr nachts am besten wach bleibt. Erst hinterher wird er sich zu Bett gelegt haben. Für ihn gehört der Zeitpunkt 3 Uhr nachts noch zum vorhergehenden Tag. Madame de

Sévigné hingegen hat das anscheinend als etwas unbequem empfunden. Sie hat sich ins Bett gelegt und ist um 3 Uhr »morgens« aufgestanden. Für sie gehört das Ereignis nun zum folgenden Tag. Obwohl der Komet also von beiden Astronomen zum gleichen Zeitpunkt gesehen worden ist, gehört der Zeitpunkt dennoch für beide zu verschiedenen Tagen, weil sie zu verschiedenen Zeiten das Bett aufgesucht haben. Es besteht kein Zweifel: die Grenze zwischen Passé simple und Passé composé ist für Madame de Sévigné – das Bett.

Wir wollen noch darauf hinweisen, daß Madame de Sévigné auch das Passé composé natürlich als Vergangenheitstempus benutzt und dementsprechend die Consecutio temporum nach der Tempus-Gruppe II eintreten läßt. Die zitierten Sätze enthalten genügend Beispiele dafür.

Man darf die »Regel der 24 Stunden« nicht mit der weithin bekannten »Einheit der Zeit« (Unité de temps) im klassischen französischen Drama verwechseln. Diese stammt (angeblich) aus der aristotelischen Poetik und steht ursprünglich in keinem Zusammenhang mit der Tempus-Regel in der Fassung Estiennes. Dennoch treten die beiden Regeln im französischen Theater des 17. Jahrhunderts in einen ungeahnten Zusammenhang. Denn wenn sich die Ereignisse einer Tragödie auf einen Tag zusammenzudrängen haben, um dem Gebot der Poetik gerecht zu werden, und wenn sich die Dramatiker außerdem noch an die Regel der 24 Stunden halten, dann fällt das Passé simple für die dramatische Literatur weitgehend aus.

Wer sich das im 17. Jahrhundert in Frankreich noch nicht recht klargemacht hatte, der wurde durch den »Streit um den *Cid*« (la Querelle du *Cid*) mit allem Nachdruck daran erinnert. Unter den vielen tadelnden Anmerkungen, mit denen die neugegründete Académie Française nämlich Corneilles erfolgreiches Stück *Le Cid* (1636) versah, war auch ein Tadel seines Tempus-Gebrauchs. Corneille hatte geschrieben (II, 1):

> *Je l'avoue entre nous, quand je lui* f i s *l'affront,*
> *J'e u s le sang un peu chaud et le bras un peu prompt.*

Der Graf sagt das, und er bezieht sich dabei auf den Streit, der zu der Handlung eben dieses Dramas gehört, der also weniger als 24 Stunden von dieser Rede entfernt sein muß. Folglich hat Corneille gegen die grammatische Regel verstoßen und muß sich von den Beckmessern der Akademie sagen lassen: Il fallait dire: *quand je lui* a i f a i t, puisqu'il ne s'étoit point passé de nuit entre deux.[19] (Die Nachtgrenze liegt nach dem 3. Akt.) Corneille nimmt den Tadel an.

Racine hat aus Corneilles Mißgeschick gelernt. In seinen privaten Briefen nimmt er es mit der Regel der 24 Stunden nicht so genau,[20] aber in seinen Tragödien hält er sich streng an sie. Im lebhaften Dialog der dramatischen Handlung fällt es ihm nicht schwer, der Tempus-Regel zu gehorchen: da herrschen sowieso die Tempora der besprochenen Welt. Auch in der Exposition, die oft erzählerischen Charakter aufweist, ergeben sich keine Schwierigkeiten. Die Vorgeschichte des Dramas liegt außerhalb der Tagesfrist. Phèdre beginnt ihren berühmten, der Exposition dienenden Monolog mit dem Vers: *Mon mal vient de plus loin*... Danach kann Racine natürlich mit dem Passé simple als dem Tempus für das Längstvergangene fortfahren (*Phèdre* I, 3).

Aber am Schluß der Tragödien stellen sich ernsthafte Schwierigkeiten ein. Das Gesetz der Schicklichkeit (Bienséance) gestattet es dem Dramatiker im 17. Jahrhundert nicht, das tragische Ende, das die Gattung fordert, auch in seiner blutigen Wirklichkeit auf die Bühne zu stellen. Die Helden sterben woanders, und auf der Bühne wird ihr Tod nur *erzählt*. Das ist die Rolle des Botenberichts. Er ist Produkt des Dilemmas aus zwei widerstreitenden Prinzipien der Poetik. Nun mischt sich in diesen Widerstreit noch die Tempus-Regel. Der schreckliche Ausgang nämlich, den der Bote auf der Bühne zu erzählen hat, liegt nach der ganzen Fiktion des Botenberichts nur um Minuten zurück. Der Bote kommt hereingestürzt und erzählt *aufgeregt* – das ist für die Pathoshöhe des Tragödienschlusses unerläßlich. Nach der Regel der 24 Stunden kann also der Bote nicht in dem Tempus erzählen, das am allermeisten fürs Erzählen gemacht ist, im Passé simple. So finden wir das Passé simple, soweit ich sehe, tatsächlich in keinem Botenbericht des klassischen französischen Theaters. (Von vereinzelten Ausnahmen sehe ich ab.) Statt dessen steht das Passé composé, untermischt mit Imparfaits, welche den Hintergrund malen. So ist die Tempus-Gebung im Bericht des Éphestion (*Alexandre le Grand* V, 3), des Oreste (*Andromaque* V, 3), des Osmin (*Bajazet* V, 11), des Arbate (*Mithridate* V, 4), der Albine (*Britannicus* V, 8) und insbesondere der berühmte Botenbericht des Théramène (*Phèdre* V, 6). Meistens geht Racine um der dramatischen Darstellung willen mit wachsender Erregung des Boten in das Historische Präsens über, das dann am Ende wieder in die ruhigere Gangart des Imparfait und Passé composé überführt wird.

Wieder, wie schon bei Madame de Sévigné, gibt es einen interessanten Grenzfall. In dem Bibeldrama *Athalie* (II, 5) hat die Königin drei Nächte hintereinander denselben schrecklichen Traum gehabt und teilt ihn mit. Zweimal ist der Traum »langvergangen«; einmal, in der letzten Nacht, ist er »jüngstvergangen«. Wie soll der Traum nun erzählt werden? Racine entscheidet sich, analog zu den Botenberichten, für die Erzählung im Passé composé, wiederum untermischt mit dem Imparfait und gipfelnd im Historischen Präsens. Wir können seine Entscheidung gut verstehen; er durfte ja nicht noch den Finger darauf legen, daß ein wesentliches Element seiner Fabel aus dem poetisch geforderten Zeitraum eines Tages herausragt.

Die vorgeführten Beispiele haben wohl zur Genüge gezeigt, daß sich die klassischen französischen Schriftsteller, im Drama wie in der Prosa, die Regel der 24 Stunden nach Henri Estienne zu eigen gemacht haben. (Wir befinden uns in einer Epoche, die poetische Regeln nicht als untragbare Zwänge empfunden hat.) Aus den kritischen Anmerkungen der Akademie zum *Cid* mußten sie zudem entnehmen, daß die Nichtbeachtung dieser Regel öffentlichen Tadel eintragen konnte. So erfüllten sie die Regel, und zwar *blindlings*. Was im Zeitraum des »Jüngstvergangenen«, also seit der voraufgehenden Nacht geschehen war, wurde im Passé composé dargestellt, ohne Rücksicht darauf, ob es erzählt oder besprochen werden sollte. Bei Madame de Sévigné ist das in den hier interpretierten Briefen etwas verdeckt durch die Tatsache, daß der Gegenstand der Briefe ein Prozeß oder eine »wissenschaftliche« Beobachtung ist, Gegenstände also, die öfter besprochen als erzählt werden. Und bei Racine wird das teilweise verdeckt durch die Technik, einen großen Teil der Erzählung aus dem Passé composé wieder herauszunehmen und mit den Ausdrucksmitteln des historischen Präsens darzustellen. Es bleibt aber die Tatsache bestehen, daß die französischen Autoren der klassischen Zeit unter dem Machtspruch der damals sehr angesehenen Grammatik die Gewohnheit angenommen haben, *mit dem Passé composé zu erzählen*. Das geht quer zur Sprachstruktur, und die Schriftsteller müssen sich die größte Gewalt antun. So helfen sie der Grammatik, die Sprache in eine Form zu pressen, die ihr nicht gemäß ist. Es ist, wie immer, die Form der *Zeit*, nicht des *Tempus*.

Jedermann weiß, daß man in Frankreich den Einfluß der Klassiker auf die allgemeine Sprachbildung (und Bildung überhaupt) gar nicht hoch genug veranschlagen kann. Klassiker sein, heißt Sprachmuster sein. So sind die französischen Klassiker immer verstanden worden. Es versteht sich, daß auch die Tempus-Grammatik der Klassiker in der französischen Literatur und Schultradition fortgewirkt hat. Als Voltaire in einem Brief zu schreiben wagt: *J'a y r e c e u hier votre lettre* (Febr. 1727), streicht ihm der Herausgeber in der Edition Moland das Tempus einfach heraus und ersetzt es durch das »richtige« Tempus: *Je r e ç u s hier votre lettre*.[31] Der Herausgeber fühlte sich offenbar sicher in dem Bewußtsein, Bataillone von Autoritäten hinter sich zu haben, und hat im besten Glauben gehandelt. Noch im 20. Jahrhundert, wo man sonst nicht mehr so allgemein der Ansicht ist, daß man das Tempus mit der Uhr in der Hand messen kann, finde ich die Regel der 24 Stunden wenigstens in Spuren. Fritz Strohmeyer meint, in den Brief- und Tagebuchstil sei das Passé composé eingedrungen »wegen der Gegenwartsnähe der geschilderten Ereignisse«. Paul Imbs ist der Ansicht, das Passé composé drücke in der literarischen Sprache jüngstvergangene Handlungen (des faits d'un passé récent) aus. Und Albert Dauzat will uns glauben machen, daß er die Regel der 24 Stunden tatsächlich »noch heute« in einer Mundart Südfrankreichs angetroffen hat.[22] Das darf man, da die Beobachtung methodisch nicht abgesichert ist, auch dann bezweifeln, wenn man nicht eigens hingefahren ist, um es zu widerlegen.[23]

3. Die Zeit der Zeitungen

Das ausgehende 18. Jahrhundert war nicht nur als politisch bewegte Epoche eine bemerkenswerte Zeit. Es entwickelte auch einen neuen Stil der literarischen Information. Es brachte Frankreich die *Zeitung*. Die Anfänge der Zeitung überhaupt liegen zwar schon im 17. Jahrhundert oder, wenn man will, bei Caesars *Acta diurna*. Aber in der 2. Hälfte des 18. Jahrhunderts wird die Zeitung in Frankreich zur Institution. Im Jahre 1762 wird die Wochenzeitung *Gazette de France* offizielles Organ der französischen Regierung, und im Jahre 1777 erscheint die erste französische Tageszeitung, das *Journal de Paris*. In der Revolutionszeit vermehren sich die Zeitungen bis zur Unübersichtlichkeit und beherrschen von da an immer mehr die öffentliche Meinung, zumal in den großen Städten. Sie beeinflussen auch, so dürfen wir annehmen, in immer größerem Umfang die öffentliche Sprache.

Die Zeitung hat nun, wie übrigens der deutsche Name bereits sagt, ein besonderes Verhältnis zur Zeit. »Zeit und Zeitung«, nennt Goethe ein Epigramm. Auch das häufige Auftreten des Wortes Zeit als Name einer Zeitung weist auf diesen Sachverhalt: Die Zeit, Il Tempo, The Times... Die Zeitung will nämlich, wie der französische Ausdruck Journal besagt, die Nachrichten vom Tage bringen: das Neueste und Aktuellste, nicht das Gestrige und Längstvergangene. Die Nachricht von heute soll nicht bis morgen warten, weil morgen schon wieder eine andere Zeitung, ein anderes Tageblatt, erscheint. So schnell wie Madame de Sévigné, die als eine gute Journalistin in ihren abendlichen Briefen über den Prozeß des Morgens berichtet, müssen die Zeitungen allemal sein. Nun ist das Prinzip der Zeitung, die Nachrichten »vom Tage« zu bringen, natürlich mit einem Körnchen Salz zu nehmen. Die Nachrichtenmittel des 18. und 19. Jahrhunderts waren noch nicht so entwickelt, wie sie es im 20. Jahrhundert sind. Abgesehen davon waren aber die Morgenzeitungen von vornherein insofern benachteiligt, als sie notwendig keine aktuelleren Nachrichten als die vom Vortage bringen konnten. Das Prinzip, Nachrichten »vom Tage« zu bringen, gilt also mehr idealiter als realiter.

So wie nun Henri Estiennes Tempusregel durch die strenge Befolgung bei den großen Autoren der französischen Klassik ungeahnt verstärkt wurde, so erfuhr sie durch die Zeitungen, und zwar vom ausgehenden 18. Jahrhundert an, abermals eine Verstärkung. Ging die erste Verstärkung mehr auf den Kurswert der Regel, so beeinflußt die zweite Verstärkung vielleicht noch intensiver den Sprachgebrauch. Denn die Zeitungen bevorzugen in auffälliger Weise das Passé composé zugunsten des Passé simple. Ich kann hier zunächst auf eine Statistik hinweisen, die Robert Martin aus den französischen Zeitungen des 19. August 1959 gewonnen hat. Er findet das Passé composé als Tempus bei 21 % aller Verben, gegenüber einem Passé simple bei 7,4 % aller Verben.[24] Das ist ein erstaunliches Übergewicht in Publikationen, die uns doch vielfach erzählen, was geschehen ist, und in denen man, wie englische und deutsche Zeitungen erkennen lassen, eine viel höhere Beteiligung der erzählenden Tempora erwarten könnte. Aber in Frankreich erklärt sich die hohe Frequenz des Passé composé in der Zeitungssprache aus den neuen Aufgaben, die dieses Tempus im Laufe der Sprachgeschichte dem Passé simple abgenommen hat.

Ist es gestattet, die Tempus-Verhältnisse der heutigen Zeitungen in die Anfänge des französischen Zeitungswesens zurückzuprojizieren? Ich mache die Probe an den frühesten französischen Zeitungen, die mir zugänglich sind. Es ist eine Sammlung von Exemplaren des *Journal de Paris* aus dem Jahre 1813. (Ich nehme an, daß eine Rückprojektion aus der napoleonischen in die revolutionäre Zeit keine allzu großen Fehlerquellen mit sich bringt.)

Wenn wir nun gleich die Nummer des 1. Januar 1813 öffnen, so sind unsere verwöhnten Augen zunächst enttäuscht, daß an diesem Tag als erste Nachricht über einen Ministerrat des Kaisers berichtet wird, der am 30. Dezember 1812 stattgefunden hat. Das liegt zwei Tage zurück. Entsprechend wird auch der Neujahrsempfang beim Kaiser erst am 3. Januar berichtet. Ferner finden wir in der Nummer vom 1. Januar, je nachdem wie die Korrespondentenberichte eingetroffen sind, Nachrichten, die sich auf Ereignisse des ganzen Dezember, ja sogar auf die Monate November und Oktober beziehen. Das neueste Ereignis ist vom 31. Dezember. Es fällt jedoch auf, daß Korrespondentenberichte, die naturgemäß älteren Datums sind, häufig so redigiert sind, daß der Eindruck der Neuheit und Neuigkeit betont wird. In der Nummer vom 2. Januar 1813 finden wir etwa eine Nachricht aus Frankfurt, datiert vom 28. 12. 1812, welche lautet: *Il a été* a u j o u r d ' h u i *jusqu'à 12 degrés de Réaumur.* Und wenn die Nachrichten aus New-York auch fast zwei Monate zurückliegen, so sind es doch immer noch die neuesten Nachrichten und die Nachrichten vom Tage. Sie werden eingeführt mit dem Vermerk: *Les gazettes que nous avons reçues* c e m a t i n *vont jusqu'au 7 novembre* (2. Januar). Idealiter sind das alles Nachrichten vom Tage. Sie betreffen Ereignisse, die gerade erst gewesen sind, und unterstreichen, soweit es nur geht, den Charakter des Jüngstvergangenen. So etwa in der folgenden Nachricht: *M. Auguste Pelletier, peintre,* v i e n t d e r e c e v o i r *une médaille en or, et au type de S. M. I. et R., pour les ouvrages qu'il a exposés au salon 1812* (4. Januar). Ich weiß nicht, an welchem Tage der Maler die Medaille in Empfang genommen hat, halte aber für unwahrscheinlich, daß die Zeitung schneller davon berichtet als vom Neujahrsempfang des Kaisers.

Das generell herrschende Tempus aller dieser Nachrichten ist das Passé composé. Es steht auch dann, wenn die Nachricht durch das Datum eindeutig als gestrig gekennzeichnet ist: *S. M. l'Empereur* a p a s s é h i e r *en revue, dans les cours du palais des Tuileries, divers corps de la garde impériale et d'autres troupes de la garnison de Paris* (8. 2. 1813). Es steht genauso wie in den Nachrichten, die wirklich vom Tage sind, wie in dem folgenden Korrespondentenbericht aus Warschau, datiert vom 19. 12. 1812, gedruckt in der Zeitung vom 1. 1. 1813: *Le duc de Bassano* e s t p a r t i c e m a t i n *d'ici pour se rendre à Berlin; il* a p a s s é *cinq jours dans cette ville*... Denn alle diese Nachrichten, die in sich betrachtet auch als Erzählungen aufgefaßt werden könnten, stehen hier als Tagesnachrichten und gehören qua Zeitung zum Bereich des Jüngstvergangenen. Das ist eine zeitliche Ausweitung des Zeitraums von 24 Stunden, aber eine Ausweitung, die *in der Idee der Zeitung angelegt ist.*

Das Passé simple ist in den Nummern des *Journal de Paris* aus dem Jahre 1813 außerordentlich selten, viel seltener noch, als die Statistik aus dem 20. Jahrhundert erwarten läßt. In der Nummer vom 1. Januar finde ich ganze zehn Passés simples. Vier stehen in einer Theaterkritik. Weitere sechs finden sich in einer Nachricht aus Neapel, die so novellesk ist, daß die Erzähltempora der Novelle schlechterdings nicht zu vermeiden sind:

> Nous apprenons par un bâtiment arrivant de Tripoli, que le pacha ou bey de cette régence est depuis quelque temps en état de guerre avec les arabes bedouins des déserts situés au sud de ce pays. Ses troupes ayant été défaites par ces arabes, ce despote s'avisa de soupçonner que ses courtisans pouvaient avoir trahi ses intérêts en correspondant avec l'ennemi. Voulant donc se venger de leur perfidie réelle ou supposée, il invita quarante d'entr'eux à une fête, au milieu de laquelle ses gardes, à un signal convenu, se précipitèrent sur ses hôtes, les garrottèrent, et en taillèrent en pièces vingt-cinq par ordre de leur maître qui égorgea lui-même les quinze autres...

In der Nummer vom 2. Januar sind die Passés simples um ein geringes häufiger. Sie finden sich in ähnlichen Zusammenhängen, nämlich in der Rezension einer Dante-Übersetzung, in deren Rahmen das Leben Dantes erzählt wird, sowie in dem Brief eines Offiziers der iberischen Armee, der eine Episode des letzten Feldzuges erzählt. Das sind offenbar ausnahmlos jene Teile der Zeitung, in denen die Zeitung weniger als sonst Blatt vom Tage ist und weniger unter dem Gesetz der Aktualität steht. In diesen Bezirken hält sich das Passé simple. In allen anderen Fällen kann das Passé composé als Leittempus der (kurzen) Zeitungsnachrichten angesehen werden, und zwar auch für Ereignisse, die jenseits der 24-Stunden-Grenze geschehen sind. Diese Ereignisse sind zwar realiter langvergangen, idealiter jedoch jüngstvergangen. Das spiegelt sicher die Tatsächlichkeit des Sprachgebrauchs um die Wende zum 19. Jahrhundert. In welchem Maße darf man darüber hinaus vermuten, daß die Zeitungen prägend auf den französischen Sprachgebrauch eingewirkt haben, wie wir ihn dann im 20. Jahrhundert finden?

4. *Albert Camus:* L'Étranger

Der Romancier Alain Robbe-Grillet hat von dem Roman *L'Étranger* (1942) in einem Interview gesagt, Camus habe offenbar zuerst die Idee gehabt, einen ganzen Roman im Passé composé zu schreiben, und erst später habe er zu diesem Tempus-Gerüst eine Fabel ersonnen.[25] Auch Robert Champigny urteilt, daß der ganze Roman in sich zusammenbrechen würde, wollte man ihn ins Passé simple übersetzen. Es würde aus ihm dann nur ein zweiter *Candide*.[26] So dürfen wir also hoffen, den Roman mit Gewinn unter dem Gesichtspunkt der Tempus-Gebung interpretieren zu können, obwohl er schon ungewöhnlich oft Gegenstand der Kritik und Interpretation geworden ist.[27]

Der Roman spielt in Algerien.[28] Der Erzähler ist zugleich der »Held« des Romans, ein junger Mann namens Meursault. Camus wird ihn später »den einzigen Christus, den wir verdienen«, nennen.[29] Wir hören von einer Reihe von Begebenheiten: Die Mutter Meursaults stirbt im Altersheim. Meursault nimmt an der Beerdigung teil. Bald darauf trifft er eine frühere Freundin wieder und erneuert seine Liaison. Einem Zuhälter, der Scherereien mit der Polizei hat, hilft er mit einer Gefälligkeitsaussage aus den Schwierigkeiten. Es sind für Meursault belanglose Begebenheiten, durch die er wie ein Fremder hindurchgeht. Der Tod der Mutter rührt ihn nicht, die Liebe streift kaum mehr als seine Haut, und die Kumpanei des Zuhälters ist ihm weder angenehm noch unangenehm: *cela n'a aucune importance.* Bei einem Sonntagsausflug an den Strand wird Meursault von einer Gruppe von Arabern belästigt und bedroht. Die Sonne gleißt vom Himmel. Meursault erschießt einen der Männer. Er wird verhaftet. Nach rund einem Jahr macht man ihm den Prozeß. In der Gerichtsverhandlung, darin liegt die ironische Schicksalskonstellation, wird Meursaults Indifferenz mit sich selber konfrontiert. Alle die Begebenheiten, die Meursault als bedeutungslos abgetan hatte, werden nun als Belastungsmomente bedeutungsvoll. Der Staatsanwalt zeichnet das Charakterbild eines gefühllosen Rohlings, dessen Verwerflichkeit in dem Mord gipfelt. Meursault wird zum Tode verurteilt. Er wartet im Gefängnis auf seine Hinrichtung. Den Gefängnisgeistlichen weist er zornig ab. Der Roman endet in der Nähe des Todes und an der Grenze der Indifferenz.

Jean-Paul Sartre hat Camus' Roman als literarisches Zeugnis des

Absurden interpretiert und mit der Theorie des Absurden in Camus' Schrift *Le Mythe de Sisyphe* (1942) zusammengestellt. Er hat aber auch in der Sprache des Romans bereits eine wichtige Besonderheit bemerkt, die er allerdings zu Unrecht mit Hemingway in Zusammenhang bringt. Ich zitiere: »La phrase est nette, sans bavures, fermée sur soi; elle est séparée de la phrase suivante par un néant, comme l'instant de Descartes[30] est séparé de l'instant qui le suit. Entre chaque phrase et la suivante le monde s'anéantit et renaît: la parole dès qu'elle s'élève, est une création ex nihilo; une phrase de l'Étranger c'est une île. Et nous cascadons de phrase en phrase, de néant en néant. C'est pour accentuer la solitude de chaque unité phrastique que M. Camus a choisi de faire son récit au parfait composé.«[31] Sartre sieht also auch im Passé composé ein literarisches Zeichen des Absurden. So wie Meursault als Einsamer und Fremder durch die Welt geht und die Begebenheiten seines Lebens nicht zu einer bedeutungsvollen Einheit zusammenzufügen vermag, so stehen auch die Sätze des Romans isoliert nebeneinander.

Hat Albert Camus das Passé composé als Chiffre des Absurden gewählt? Wir wissen, daß sich Camus über die Tempus-Gebung im Roman viele Gedanken gemacht hat.[32] Mir scheint jedoch, daß seine Überlegungen zunächst anders verlaufen sind. In seinem Sprachbewußtsein führte das Passé simple, wie das allgemein im 20. Jahrhundert der Fall ist, eine rein literarische Existenz. In einem Roman nun, dessen Hauptperson *und Erzähler* ein Mann ist, der seinem Leben wie einem banalen Film zusieht, konnte er das literarische Tempus Passé simple nicht gebrauchen. Dies um so weniger, als das Passé simple in der Ich-Form noch ungebräuchlicher ist als in der Er-Form. Camus hat sich ferner wahrscheinlich Gedanken über die soziologische Zuordnung des Passé simple zum Bildungsbürgertum, des Passé composé zur anonymen Menge der Großstadt gemacht. Meursault ist einer aus der anonymen Menge, und er spricht als Erzähler des Romans die Sprache weiter, die er alltäglich spricht.

Es ist Camus nicht ganz leicht gefallen, in die niedrig angesetzte Rolle des Erzählers zu schlüpfen. Es ist schon bemerkt worden, daß ihm trotz der entschiedenen Absicht, das »literarische« Passé simple (wir haben gesehen, daß in der historischen Wirklichkeit der Sprache das Passé composé ebenso »literarisch« ist) zu vermeiden, dennoch fünfmal ein Passé simple[33] unterläuft. Auch Konjunktive des Imparfait, die sonst im französischen Sprachbewußtsein als mindestens so literarisch und pedantisch gelten wie das Passé simple, unterlaufen ihm einige Male. Es ist offenbar nicht so einfach, beim schriftlichen Erzählen auf ein Tempus zu verzichten, das für diesen Zweck da ist.

Nicht das Passé composé ist also für einen modernen Schriftsteller das »natürliche« Tempus, wenn er eine Erzählung schreibt, sondern das Passé simple. Um das Passé composé über lange Strecken der Erzählung hinweg durchhalten zu können, hat Camus sich und das Tempus zwingen müssen. Das kann man fast Satz für Satz beobachten. Der Leser bemerkt nämlich sogleich in der Sprache des Romans eine ganz ungewöhnlich zahlreiche Ansammlung von verschiedenen Temporal-Adverbien. M.-G. Barrier hat sich die Mühe gemacht, sie wenigstens im ersten Teil des Romans – das sind 79 kleinformatige Seiten – zu zählen. Er hat nicht weniger als 166 Adverbien gefunden. Es sind solche Ausdrücke wie: *alors, puis, ensuite, par la suite, peu à peu, un jour, aussitôt, pour finir, à ce mot, (un) peu après, encore, tout de suite, (assez) longtemps, d'abord, (juste, c'est) à ce moment, un (long) moment, à un moment (donné), au bout d'un moment, après un (assez) long moment, un moment après, ce moment, depuis un moment* usw. Barrier resümiert: die Zeitangaben sind äußerst zahlreich. Er tadelt Camus dafür: »l'utilisation abusive des locutions temporelles«. Es sei unnötig, das Zeitverhältnis der Handlungen und insbesondere ihre Gleichzeitigkeit ununterbrochen zu unterstreichen.[34]

Barrier hat das mißverstanden. Camus ist an dem Zeitverhältnis gar nicht interessiert. Aber er hat mit einem Tempus umzugehen, das nicht fürs Erzählen gemacht ist und das, wenn man dennoch mit ihm zu erzählen versucht, erst zu einem Tempus der Erzählung umgeformt werden muß. Wir schauen uns einen Textabschnitt aus dem Roman an:

La garde est entrée *à ce moment*. Le soir était tombé brusquement. Très vite, la nuit s'était épaissie au-dessus de la verrière. Le concierge a tourné le commutateur et j'ai été aveuglé par l'éclaboussement soudain de la lumière. Il m'a invité à me rendre au réfectoire pour dîner. Mais je n'avais pas faim. Il m'a offert *alors* d'apporter une tasse de café au lait. Comme j'aime beaucoup le café au lait, j'ai accepté et il est revenu *un moment après* avec un plateau. J'ai bu. J'ai eu *alors* envie de fumer. Mais j'ai hésité parce que je ne savais pas si je pouvais le faire devant maman. J'ai réfléchi, cela n'avait aucune importance. J'ai offert une cigarette au concierge et nous avons fumé.

Auch für diesen Romanabschnitt gilt die Beobachtung, daß Imparfait und Passé composé gemischt sind, nicht anders als das Imparfait in einer literarischen Erzählung sonst mit dem Passé simple gemischt ist. Das ist der Strukturrahmen, in den das Passé composé eintritt, so daß es von daher bereits einen erzählenden Charakter annimmt. Darüber hinaus enthält dieses Textstück und Camus' Roman überhaupt jene unverhältnismäßig hohe Zahl von Adverbien, ganz besonders in den Sätzen mit dem Verb im Passé composé. Sie dienen nicht etwa der zeitlichen Fixierung, die hier genau so gleichgültig ist wie in den meisten Romanen. Die Adverbien sind gar nicht, wenn sie auch auf den ersten Blick so aussehen mögen, Adverbien der Zeitbestimmung, sondern sie sind Adverbien der Erzählfolge. Sie sind den Verben im Passé composé hinzuzurechnen und geben dem Text einen Charakter fließender Erzählung, den der Text von einem nur zum gelegentlichen

Rückblick vorgesehenen Passé composé nicht erhalten kann. Wir können diese Adverbien der Erzählfolge, da sie bis zur Obstination auftreten, als zusätzliche und noch nicht völlig grammatikalisierte Tempus-Morpheme auffassen. Das bedeutet, daß wir in einer französischen Sprache, die so wäre wie die Sprache dieses Romans, zwischen zwei Tempora Passé composé zu unterscheiden hätten: einem Passé composé als Rückschautempus der besprochenen Welt und einem Passé composé, das durch ein »Adverb« der Erzählfolge (*puis, alors* usw.) erweitert ist, als Erzähltempus. Natürlich ist weder die Sprache Camus' noch erst recht die französische Sprache selber so weit gegangen, daß sich das Passé composé tatsächlich in zwei Tempora gespalten hat. Aber die Tendenz zeichnet sich deutlich ab. Man kann sie auch in anderen Sprachen unter analogen Bedingungen verzeichnen. Davon wird sogleich noch die Rede sein.

Wir können nun die Frage wieder aufgreifen, inwieweit Sartres Deutung des Passé composé in Camus' Roman berechtigt ist. Sartre hat zweifellos den isolierenden Charakter des Passé composé richtig gesehen. Sätze im Passé composé sind tatsächlich »Inseln«. Das ist, wie wir gesehen haben, Tempus-Merkmal des Passé composé auf Grund seiner Stellung im Insgesamt des Tempus-Systems. Aber Albert Camus hat diesen Inselcharakter seiner Sätze nicht so unbedingt gewollt, wie Sartre das annimmt. Man hat sogar den Eindruck, daß der mangelnde Fluß der Sätze im Passé composé dem Autor beim Schreiben erhebliche Schwierigkeiten gemacht hat. Camus hat dagegen reagiert und den Fluß, der sich nicht von den Tempora her einstellen wollte, mit anderen Mitteln herzustellen versucht. Daher die obstinaten Adverbien der Erzählfolge. Seine Intention läuft also der Intention, die Sartre bei ihm zu entdecken geglaubt hat, geradewegs zuwider. Man muß Camus zugeben, daß seine Methode, aus einem besprechenden Tempus und den Adverbien der Erzählfolge ein neues (»synthetisches«) Erzähltempus zusammenzusetzen, Erfolg gehabt hat. Er hat den Roman mit dem Passé composé als Haupttempus tatsächlich schreiben können. Die Stilmittel der Erzählfolge sind aber nicht so wirksam, daß mit ihrer Hilfe aus dem Passé composé wirklich ein Passé simple geworden wäre. Das »Nichts« zwischen den Sätzen wird nur unvollkommen ausgefüllt, und dem Roman bleibt der aus dem Tempus stammende Charakter, daß er eine Geschichte erzählt, *als ob er sie bespräche.*

Nun darf man sich bei der Interpretation des *Étranger*, auch wenn man sich auf das Tempus beschränkt, nicht so weit durch das in einem Roman ungewöhnliche Passé composé blenden lassen, daß man die anderen Tempora übersähe. Es stimmt nämlich nicht ganz, daß der Roman als ganzes im Passé composé geschrieben ist. Zwei Erzählformen gehen nebeneinander her und durchdringen sich teilweise. Schon der Anfang des Romans erzählt nicht im Passé composé als Haupttempus, sondern im Présent als Haupttempus:

Aujourd'hui, maman *est morte*. Ou peut-être hier, je ne *sais* pas. J'*ai reçu* un télégramme de l'asile: »Mère décédée. Enterrement demain. Sentiments distingués.« Cela ne *veut* rien dire. C'*était* peut-être hier.
L'asile de vieillards *est* à Marengo, à quatre-vingts kilomètres d'Alger. Je *prendrai* l'autobus à deux heures et j'*arriverai* dans l'après-midi. Ainsi, je *pourrai* veiller et je *rentrerai* demain soir ...

Man darf sich hier nicht durch das Passé composé täuschen lassen. Dies sind wirklich die Tempora der besprochenen Welt. Der Erzähler hat seinen Standort in seiner Sprechsituation. Wir haben uns seine Rede als Selbstgespräch oder als ein nichtgeschriebenes Tagebuch vorzustellen. (Später wird Meursault sagen: *... et j'ai compris que pendant tout ce temps j'avais parlé seul.*) Meursault bespricht mit sich die Situation, die durch den Tod der Mutter entstanden ist. Er schaut zurück auf den Tod der Mutter und das Eintreffen des Telegrammes, und er schaut voraus auf seine Fahrt zum Altersheim und die Rückkehr von der Beerdigung. Zugleich gibt er zu erkennen, daß er unbeteiligt bleibt: »*Cela ne veut rien dire.*«

Das Passé composé ist in diesem Stil, seiner Stellung im Tempus-System entsprechend, Rückschau-Tempus der besprochenen Welt und hat neben dem Haupt-Tempus Présent und den anderen Tempora der besprochenen Welt seinen angestammten Platz im Tempus-System. Es ersetzt hier kein anderes Tempus, sondern steht nur für sich selber. Es steht insbesondere nur gelegentlich.

Bald nach den ersten Sätzen des Romans gibt Camus jedoch die skizzierte Tempus-Perspektive auf und geht unvermittelt zu den Tempora der erzählten Welt über, unter denen allerdings nun das Passé simple gegen das Passé composé ausgewechselt ist. Das ist eine ganz andere Tempus-Perspektive. Die folgenden Sätze stehen kurz nach den oben zitierten Sätzen, die den Roman einleiten:

J'*ai pris* l'autobus à deux heures. Il *faisait* très chaud. J'*ai mangé* au restaurant, chez Céleste, comme d'habitude. Ils *avaient* tous beaucoup de peine pour moi et Céleste m'*a dit*: »On n'a qu'une mère.« Quand je *suis parti*, ils m'*ont accompagné* à la porte. J'*étais* un peu *étourdi* parce qu'il *a fallu* que je monte chez Emmanuel pour lui emprunter une cravate noire et un brassard ...

In den ersten Sätzen stand die Autobusfahrt noch bevor. In diesen Sätzen, knapp eine Seite weiter, liegt die Autobusfahrt zurück. Die zeitliche Perspektive ist also vorgerückt. Es ist, als ob Meursault eine neue Tagebucheintragung zu einem neuen Zeitpunkt vornähme. Und die zeitliche Perspektive wird weiterhin so gewählt, daß die Ereignisse immer um eine kurze Zeit zurückliegen. Später vergrößert sich der Abstand zu den erzählten Ereignissen.[35]

Es kommt aber nicht auf den zeitlichen Abstand an, denn ich nehme nicht an, daß Camus die gleitende Zeitperspektive, mit kurzem Abstand den Ereignissen folgend, um der Regel der 24 Stunden willen gewählt hat. Der entscheidende Unterschied ist, daß Meursault nun die Ereignisse *erzählt*. Das Passé composé ist nicht mehr von den Tempora der besprochenen Welt begleitet (Présent, Futur), sondern von den Tempora der erzählten Welt (Imparfait, Plus-que-parfait). Es ist Erzähltempus und vertritt das Passé simple. Entsprechend alterniert es mit dem Imparfait, seinem Hintergrundtempus. Auf diese Weise erhält die Erzählung Relief.

Dies ist nun die herrschende Tempus-Struktur des Romans. Bisweilen fällt Camus jedoch wieder in die Tempora der Tempus-Gruppe I zurück. Das fünfte und letzte Kapitel des Romans, in dem wir Meursault in der Todeszelle finden, beginnt wie das erste Kapitel mit dem Présent als Haupttempus und gleitet dann wiederum nach einigen Sätzen in die Tempora der Tempus-Gruppe II. Der Leser liest leicht darüber hinweg, und vielleicht ist der Übergang auch Camus selber unbemerkt geblieben. Die Unmerklichkeit des Übergangs ist darauf zurückzuführen, daß in Camus' Tempus-System das Passé composé beiden Tempus-Gruppen zugehört. Dieses ist die Weiche, auf der sich die Übergänge vollziehen. Ich rücke den Anfang des Kapitels V ein, um zu zeigen, wie zuerst das Passé composé Rückschau-Tempus innerhalb der Tempus-Gruppe I ist, dann aber, und zwar im Kontext eines Kommunikationsverbs, in die andere Tempus-Gruppe hinübergleitet. Ich deute den Übergang durch Sperrung im Druck an:

Pour la troisième fois, j'ai refusé de recevoir l'aumônier. Je n'ai rien à lui dire, je n'ai pas envie de parler, je le verrai bien assez tôt. Ce qui m'intéresse en ce moment, c'est d'échapper à la mécanique, de savoir si l'inévitable peut avoir une issue. On m'a changé de cellule. De celle-ci, lorsque je suis allongé, je vois le ciel et je ne vois que lui. Toutes mes journées se passent à regarder sur son visage le déclin des couleurs qui conduit le jour à la nuit. Couché, je passe les mains sous ma tête et j'attends. Je ne sais combien de fois je *me suis demandé* s'il y *avait* des exemples de condamnés à mort qui eussent échappé au mécanisme implacable, disparu avant l'exécution, rompu les cordons d'agents. Je me reprochais alors ...

Mit dem Wechsel der Tempus-Gruppe auf der Weiche des für Camus ambivalenten Passé composé wird aus der *Beschreibung* seines Zustands eine *Erzählung* seines Zustands. Es ändert sich die Perspektive der Darstellung. Das wird bei Camus nun nicht mehr durch das Tempus signalisiert, sondern durch die Kombination eines Tempus mit Temporal-Adverbien vorzugsweise wie in dem bereits zitierten Satz: *La garde est entrée à ce moment*. Das erzählende Adverb determiniert hier das ambivalente Tempus. Auch das Adverb *alors*, das wir im erzählenden Teil des zitierten Textabschnittes finden, hat für Camus diese Funktion. Es bezieht sich auf die erzählte Welt und bezeichnet die Erzählfolge.

Abgesehen von den im ganzen seltenen Passagen, die in den Tempora der Tempus-Gruppe I geschrieben sind, ist es Camus tatsächlich gelungen, einen ganzen Roman mit dem Passé composé als Haupttempus zu schreiben.[36] Das ist nun nicht nur durch die zahlreichen Adverbien der Erzählfolge möglich geworden, sondern wird auch durch den Erzählgegenstand begünstigt. Der Roman besteht aus zwei ungefähr gleich langen Teilen. Der erste Teil umfaßt die Reihe von Begebenheiten, von denen Meursault meint, daß sie ihn nicht betreffen, den Mord eingeschlossen. Der zweite Teil, der im Gerichtssaal und in der Gefängniszelle lokalisiert ist, zeigt dann, daß eben diese Dinge sogar Meursaults Leib und Leben betreffen. Die Verhaftung des Mörders ist die Zäsur. Alles was vorher gewesen ist, nicht nur der Mord selber, wird Gegenstand der Gerichtsverhandlung und wird, erzählend und besprechend, vor Gericht wiederholt. Dadurch erhält der Roman in allen seinen Begebenheiten eine juristische Färbung.

Wir haben nun schon mehrfach darauf hingewiesen, insbesondere an Hand der Novellen *Un Parricide* von Maupassant und *Difesa del Mèola* von Pirandello, daß die Situation vor Gericht essentiell eine besprechende Situation ist, obwohl sie Erzählungen (des Tathergangs usw.) in sich schließen kann. Das Erzählte steht aber nie für sich und um seiner selbst willen, sondern es steht, um sogleich besprochen und beurteilt zu werden. Camus' Roman ist nun auf die Gerichtsverhandlung als Handlungszentrum bezogen, insofern das Gericht Meursaults ganzes Leben nur als Vorgeschichte des Mordes und als seine Sühne anerkennt. Die Sinneinheit, die Meursault selber seinem Leben nicht gegeben hat, wird von dem Ankläger durch die Pseudo-Sinneinheit einer Existenz für das Verbrechen ersetzt: *le fil d'événements qui a conduit cet homme à tuer en pleine connaissance de cause* (S. 141 ff.). So wird das ganze Leben Meursaults juristisch gedeutet und zum *Fall* reduziert. Sein Leben wird Gegenstand der Besprechung. An die Stelle der Erzählung tritt damit das Protokoll, ausgewiesen durch den administrativen Stil, den Camus in der Wiedergabe der Gerichtsverhandlung bis zur Karikatur unterstreicht. Dazu paßt das Passé composé mehr als jedes andere Tempus. Es ist das juristische Tempus par excellence. Der Staatsanwalt erzählt nämlich nicht das Leben des Angeklagten in seinem Plädoyer, sondern er bespricht es. Er verwendet daher, wie die in direkter Rede wiedergegebenen Passagen erkennen lassen, das Passé composé als Tempus der rückschauenden Besprechung: *Et l'on ne peut pas dire qu'il* a agi *sans se rendre compte de ce qu'il faisait*. Das bedeutet Ausschluß mildernder Umstände und Todesstrafe.

Meursault erkennt sein Leben in der Verzerrung zum Fall nicht wieder: *En quelque sorte, on avait l'air de traiter cette affaire en dehors de moi*. Er geht auch durch diese Gerichtsverhandlung als ein Fremder. Das alles geht ihn nichts an. Als der Ankläger anfängt, auch noch von seiner Seele zu reden, hört er kaum noch zu:

Il *disait* qu'il s'était penché sur elle [scil. mon âme] et qu'il n'avait rien trouvé, Messieurs les jurés. Il *disait* qu'à la vérité, je n'en avais point, d'âme, et que rien d'humain, et pas un des principes moraux qui gardent le cœur des hommes ne m'était accessible. »Sans doute, *ajoutait-il,* nous ne saurions le lui reprocher ...«

Im Kontrast zum Passé composé des Anklägers setzt der Angeklagte als Erzähler das Imparfait als das Tempus des erzählerischen Hintergrunds. Am Höhepunkt des Plädoyers rückt die weitere Rede des Staatsanwalts *als Gerede* weit von ihm fort.

5. Mündliches Erzählen im Französischen

Heute ist das Passé simple, wie gesagt, in der gesprochenen französischen Sprache so gut wie ausgestorben.[37] Auch in gewissen Bezirken der geschriebenen Sprache ist das Passé simple wenn nicht ausgestorben, so doch sehr selten geworden. Das gilt für den Brief, das Tagebuch, die Zeitung sowie für die gesamte Bühnenliteratur. Bei der Entwicklung des Français fondamental hat man daher folgerichtig das Passé simple weggelassen; es wird in diesem Rahmen nicht mehr gelehrt.[38] Und in modernen Theaterstücken dient das Passé simple, wenn es gelegentlich noch vorkommt, hauptsächlich dazu, die Pedanterie eines Charakters zu bezeugen.[39]

Bisweilen hat der Kampf um das Passé simple sogar politische Konsequenzen. Marcel Cohen beobachtet die Sprachentwicklung durch die marxistische Brille und stellt fest, man finde das Passé simple vornehmlich bei solchen Schriftstellern, die für begrenzte Leserkreise schreiben. Wer für die Masse schreibt, benutzt nach Cohen diejenigen Tempora, die auch die Masse benutzt. Es ist aber nach seiner Auffassung unnatürlich, im 20. Jahrhundert so zu schreiben, wie man im 17. Jahrhundert geschrieben hat. Etwas verklausuliert trägt Marcel Cohen sogar die Auffassung vor, das Passé simple sei als Tempus der Bourgeoisie aufzufassen und habe nun endlich dem proletarischen Passé composé den Weg zur klassenlosen Tempus-Gesellschaft freizugeben.[40] Als Verteidiger des Passé simple aber tritt ein Grammatiker wie Robert-Léon Wagner auf mit dem Ruf: »Pitié pour le français!«[41]

Andererseits aber hört man auch, daß das Verschwinden des Passé simple gar nicht so schlimm sei. Denn – ich zitiere Ernst Gamillscheg –: »Ersatzform des Passé défini in der Umgangssprache ist bekanntlich das umschriebene Perfekt.« Ähnlich kann man es auch bei anderen Autoren lesen.[42] Diese Auffassung geht offensichtlich von der Voraussetzung aus, daß die französische Sprache über mehrere »Vergangenheitstempora« verfügt, von denen nun eines – aber eben doch nur eines! – aus der gesprochenen Sprache verschwindet. Es bleiben dann immer noch mehrere Tempora der Vergangenheit übrig, und sie dürften ausreichen.

In der hier vorgetragenen Tempus-Theorie stellen sich die Zusammenhänge notwendig anders dar. Da das Passé simple hier als Erzähl-

Tempus aufgefaßt worden ist, muß man sich, wenn dieses Tempus in der gesprochenen Sprache nicht mehr gebraucht wird, die Frage vorlegen, wie denn nun eigentlich heutigentags erzählt wird. Oder erzählt man gar nicht mehr »richtig«? So ist es gelegentlich im Rahmen einer Kultur- und Gesellschaftskritik behauptet worden. Walter Benjamin etwa äußert die Ansicht, daß in der modernen Gesellschaft die Kunst des Erzählens selten geworden sei. Er sieht die Ursache dafür in der allgemeinen Überschwemmung mit Informationen.[43] Noch einen Schritt weiter geht Adorno, wenn er behauptet, daß sich »heute nicht mehr erzählen läßt«. Erzählen heißt nämlich nach seiner Auffassung, etwas *Besonderes* zu sagen zu haben, und gerade das sieht Adorno »in der verwalteten Welt von Standardisierung und Immergleichheit verhindert«.[44] An diesen Beobachtungen ist zweifellos richtig, daß in der modernen städtischen Gesellschaft das mündliche Erzählen, wenigstens in der strukturierten Form des »richtigen« Geschichtenerzählens, viel von seiner früheren Bedeutung eingebüßt hat. Das Besprechen hat vom Tagewerk her auch den Feierabend erobert und verdrängt die Erzählrunde. Das Geschichtenerzählen zieht sich auf den Raum der schönen Literatur zurück, wo es nun freilich in der Form des Romans nach wie vor unangefochten herrscht und vielleicht stärker ist denn je – eine Kompensation? Eine nennenswerte orale Erzählliteratur wie im Mittelalter gibt es jedenfalls heutzutage nicht mehr, obwohl sie bei den modernen Nachrichtenmitteln wieder denkbar wäre. Zwar erzählen wir nach wie vor, wenn uns etwas Besonderes widerfährt. Aber das sind oft nur fragmentarische und verkümmerte Erzählungen, die als Texte wenig Eigengewicht haben und sich kaum aus der besprechenden Rede herausheben. Andererseits sind jedoch gerade die Informationen, die Walter Benjamin für die Verdrängung des Erzählens verantwortlich macht, selber vielfach erzählender Natur. Ein Blick auf die Zeitungen genügt, um zu sehen, in welchem Umfang die dort vermittelten Informationen Begebenheiten, Vorgänge, Ereignisse oder Ereignisketten mitteilen, die als solche erst erzählt werden müssen, um überhaupt Besprechungsgegenstand werden zu können.[45] Dementsprechend verwenden auch deutsche Rundfunksprecher im Rundfunk und Fernsehen geläufig das Imperfekt, englische Rundfunksprecher geläufig das Preterit, und nur französische Rundfunksprecher vermeiden das Passé simple.

Wie also erzählt man mündlich, wenn aus der Gruppe der erzählenden Tempora das Passé simple nicht mehr zur Verfügung steht? Diese Frage muß natürlich wieder für Texte gestellt werden. Ich beginne mit einem kleinen Text, der einem Rundfunk-Interview entstammt, das Hans-Wilhelm Klein für phonetische Zwecke mitgeschnitten hat. Es handelt sich um einen Diebstahl, und der Bestohlene erzählt den Hergang:

Eh bien, j'ai consacré dix années de ma vie à rédiger un traité de dames. Je suis un spécialiste. Ce traité comprenait des centaines et des centaines de problèmes et d'analyses, des dessins, une couverture en couleurs, il était relié par un excellent relieur – il a été premier ouvrier de France –, et il pesait environ un kilo. Je le sortais pour la première fois, lundi, et je le proposais à un éditeur. Je l'avais dans une vieille serviette délabrée, et j'empruntais le métro, le métro en direction de la porte d'Orléans. Sur la station de métro débouchent deux escaliers de correspondance, et j'étais adossé contre l'un de ces escaliers, face aux rails, et, tout à coup, je sens qu'on tire, qu'on tâte ma serviette, et d'un seul coup, comme j'avais le dos tourné, on me l'arrache de la main qui tenait la serviette par la poignée. J'ai failli tomber à la renverse. Je suis malade. Un filou m'a arraché donc cette serviette alors que j'allais chez l'éditeur, tout réjoui, satisfait d'avoir enfin terminé ce travail prodigieux.

Das ist also eine mündliche Erzählung, die man vielleicht als repräsentativ für mündliche Erzähltechnik ansehen kann. Ein Passé simple kommt in dieser Erzählung nicht mehr vor. Dennoch ist eine Erzählstruktur erkennbar. Nach einigen Sätzen der Exposition am Anfang, die wohl an die Frage des Interviewers anknüpfen, setzt die eigentliche Erzählung mit dem Imparfait ein. Das ist der erzählerische Hintergrund, denn noch ist die Aktentasche nicht gestohlen. Die Vordergrundhandlung ist hier durch das Thema der Erzählung eindeutig festgelegt als das Geschehen des Diebstahls. Ihr Anfang ist durch das Signal *tout à coup* bezeichnet. Mit diesem Signal wechselt auch das Tempus. Das Hintergrund-Tempus Imparfait macht dem Vordergrund-Tempus Présent Platz, nicht ohne jedoch weiterhin in der Kleinstruktur des Satzgefüges als Hintergrund-Tempus zu fungieren. Am Ende der Vordergrundhandlung wird das traurige Ergebnis zusammengefaßt. Wir wollen das als besprechenden Einschub auffassen (*je suis malade*, das erzählt nicht mehr den Diebstahl!) und haben dann im letzten Satz (*alors que j'allais...*) die Ausleitung im Imparfait vor uns, die wir aus vielen anderen Erzählungen kennen. Zusammenfassend: Der Tempus-Folge Imparfait – Passé simple – Imparfait als Großstruktur der geschriebenen Erzählung entspricht hier als Großstruktur der mündlichen Erzählung die Tempus-Folge Imparfait – Présent – Imparfait.

Dies ist jedoch eine vergleichsweise geordnete Erzählung, wie wir sie in mündlicher Rede keineswegs immer finden. Ich verweile daher nicht besonders lange bei diesem Text, sondern wende mich statt dessen einem anderen Text mündlicher Rede zu, der in viel auffälligerer Weise von den Normen schriftlicher Erzählkunst abweicht. Es handelt sich um einen Ausschnitt aus dem Text M 25 des CREDIF-Corpus, der mit einer zwanzigjährigen Eisenbahnangestellten aufgenommen wurde. Die Erzählung lautet:

„Alors, c'était un soir de congé. Deux cheftaines étaient de congé, alors on avait décidé d'aller aux Sables d'Olonne et alors on était parti en car. Et même déjà dans le car on s'était amusé parce qu'on préparait une... on préparait une espèce de veillée, la fête du directeur était le lendemain, je crois. On avait fait une chanson avec des paroles adaptées, on s'était bien amusé. Alors donc on était allé passer la journée là-bas, puis le soir on avait... on avait manqué le car, oui. Le car devait partir vers cinq heures, on s'était pas arrangé pour y être à temps, on avait manqué le car. Alors on se dit: »Il faut absolument rentrer ce soir à la colonie«. Evidemment, on aurait pu... on aurait pu rester à colonie de garçons qui était aux Sables d'Olonne, mais enfin il fallait rentrer à la colonie, quoi. Alors on a décidé de faire du stop. On part sur la route qui... qui allait vers la Faute, quoi, et puis on essaie d'arrêter des voitures. Mais c'est pas ça: Tantôt elles étaient pleines, tantôt c'étaient rien que des messieurs, alors on n'osait pas trop. Ou bien alors... ou bien c'était alors... ils s'arrêtaient tout de suite, mais ils allaient pas à la Faute. On a fait un grand bout à pied, on n'arrivait pas à trouver quelqu'un. Et puis on était en train de se demander si on continuerait ou non, parce qu'on avait déjà fait un bon bout. »Mais si on trouve rien, il vaut autant rester aux Sables d'Olonne.« Enfin, on s'est obstiné quand même. Et puis, on avait arrêté une petite fourgonnette. Elle s'arrête, un monsieur descend et nous dit: »Ben! montez derrière«. Y avait sa femme et puis un tout petit bébé. Alors il nous a fait monter derrière; il nous a emmenées jusqu'à... C'était à peine la moitié du chemin. Mais on s'est dit: »C'est que... c'est pas tout! Mais il faut trouver quelque chose pour continuer«, parce que c'était en pleine nature. Y avait absolument rien. Alors, à la (?), on se met à nouveau au croisement des chemins, parce que là y avait deux... deux routes possibles, une qui allait sur la Faute et puis une qui allait... je ne sais plus, sur une autre direction. Alors on s'est mis sur la route de la Faute, et puis on attendait. Puis c'est que là, alors, c'était un petit chemin, c'était vraiment un petit chemin. La route est à peine... elle est... mais elle est pas très fréquentée. Alors on commençait à désespérer, on arrête... on a arrêté plusieurs voitures qui s'arrêtaient toutes... presque toutes tout de suite, ou qui tournaient, ou alors... Enfin y en a une qui s'arrête. Elle était pleine, mais pleine. Et puis on... Elle s'arrête. Puis alors ils nous ont fait monter derrière. On avait juste une toute petite place, et on était deux, oui. Les deux dames avaient déjà trois ou quatre gosses. Y avait... ils étaient étendus dans des espèces de lits. C'était une fourgonnette aussi. Et puis... y avait trois dames, et puis un... un jeune homme; et puis devant y avait deux messieurs: c'étaient les maris des dames, je pense. Alors on s'est mis dans un coin pour ne pas tenir trop de place, parce qu'elles nous faisaient un peu des sales yeux! Et puis au bout d'un moment alors... et elles avaient pas l'air contentes du tout... on a commencé à lier conversation un peu, parce que c'était pas drôle de se regarder comme ça. Alors on leur a parlé un peu. Alors il y en a une qui me dit: »Je ne vois vraiment pas pourquoi mon mari s'est arrêté. Eh bien oui. D'habitude vous savez... Vous avez eu beaucoup de chance qu'il vous prenne.« C'était une chance parce qu'autrement!... Et ils habitaient juste à côté de la colonie, ils étaient en vacances à la Faute. Alors on est arrivé en même temps que le car, c'est bien simple, puisque y avait plusieurs équipes qui étaient venues nous attendre au car, on les a retrouvées là-bas en même temps que le car. C'était une chance parce que vraiment, y avait pas beaucoup d'autos qui passaient pour aller à la Faute. Y avait bien dans l'autre direction parce qu'il y a des villes plus importantes dans l'autre côté. Tandis que vers la Faute, y avait pas grand chose.

Natürlich kann man von diesem Text etwa sagen, er sei »schlecht erzählt«. Insbesondere die Tempus-Folge macht einen chaotischen Eindruck. Technisch ausgedrückt: den 48 gleichen Tempus-Übergängen steht eine Überzahl von 66 ungleichen Tempus-Übergängen gegenüber. Da wir nun in anderem Zusammenhang ein relatives Übergewicht gleicher Übergänge zu den Bedingungen der Textualität gerechnet haben, stellt sich hier eindringlich die Frage, wieso dieses Stück erzählender Rede überhaupt unter syntaktischen Gesichtspunkten ein Text ist.

Wir wollen uns den Text genau ansehen. Zunächst eine kleine Auszählung. Der Text enthält die folgenden Tempus-Formen: Imparfait 53, Plus-que-parfait 13, Conditionnel II 2, Présent 26, Passé composé 19. Unter dem Gesichtspunkt der Sprechhaltung sind das also 68 Tempus-Formen der erzählenden und 45 Tempus-Formen der besprechenden Tempus-Gruppe. Dieses Ergebnis mag als erstes Indiz dafür gelten, daß wir diesen Text mit guten linguistischen Gründen immer noch als Erzählung ansehen, obwohl er sichtlich so wenig den Kunstregeln literarischer Erzählungen entspricht.

Nun treten aber alle diese Tempora gemischt auf, und zwar nicht nur die einzelnen Tempora, sondern auch die beiden Tempus-Gruppen der besprochenen und der erzählten Welt. Da das Passé simple dabei fehlt, ist anzunehmen, daß die Funktionen dieses Tempus auf andere Tempora der französischen Sprache übergegangen sind. Der vorher interpretierte mündliche Text kann nun bereits als Hinweis darauf gelten, daß die Funktionen des Passé simple keineswegs immer nur auf das Passé composé übergegangen sind. Passé composé und Présent teilen sich vielmehr die Aufgaben des Passé simple, und es ist die Frage, ob bestimmte Regelmäßigkeiten dabei zu verzeichnen sind. Generell gesprochen, läßt sich nun feststellen, daß das Passé composé stärker in fragmentarischen und isolierten Erzählabschnitten verwendet wird, das Présent stärker in längeren und kohärenten Erzählabschnitten. (Das ist also anders als in Camus' *Etranger*.) Daran ist noch erkennbar, daß das Passé composé im Tempus-System der französischen Sprache die Stelle eines Rückschau-Tempus (nachholende Information) hat. Diese Sprechperspektive ist in der Rede nicht habituell; sie wird nur gelegentlich eingenommen. Das Passé composé ist daher seiner Systemstelle nach kein Tempus für den reihenden Gebrauch. Darin unterscheidet es sich vom Présent wie auch vom Imparfait und Passé simple, die als Tempora der Null-Stufe für den reihenden Gebrauch ohne weiteres geeignet sind und mit dieser Eigenschaft eine wichtige textkonstitutive, nämlich konsistenzbildende Funktion übernehmen können.

Wenn nun, wie eben bemerkt, auch in diesem Text trotz ausgefallenem Passé simple die erzählenden Tempora insgesamt noch um etwa ein Drittel zahlreicher sind als die besprechenden Tempora, dann können sich die Veränderungen dieses mündlichen Erzähltextes gegenüber den bekannteren schriftlichen Erzähltexten nur auf die Funktion des erzählerischen Vordergrundes beziehen. Der Hintergrund der Erzählung, ausgedrückt insbesondere durch das Tempus Imparfait, bleibt ja intakt. Es bleibt also auch diejenige Erzählstruktur intakt, die wir als Reliefgebung beschrieben haben. Reliefgebung, das sind die besonderen Übergangsbedingungen, die in geschriebener Sprache zwischen dem Imparfait und dem Passé simple bestehen. Sofern nun das Présent und das Passé composé in bestimmter Verteilung Aufgaben des Passé simple übernehmen, bleibt auch unter diesen veränderten Bedingungen die Reliefgebung ein wichtiges Erkennungssignal für die Erzählung.

Es ist aber nun ein entscheidender weiterer Gesichtspunkt zu berücksichtigen. Texte werden nicht nur durch Tempora und Tempus-Übergänge konstituiert. Auch erzählende Texte erhalten ihre Erzählstruktur nicht nur durch erzählende Tempora und ihre Übergänge. Es gibt, wie im Kap. IX bereits erörtert, außer den Tempora und anderen obstinaten Signalen der Syntax die makrosyntaktischen Signale, insbesondere die Adverbien, die in Kombination mit den obstinaten Signalen erst die Konstitution und Gliederung von Texten bewirken. Elisabeth Gülich hat in ihrer interessanten Arbeit diese Gliederungssignale im einzelnen untersucht und dabei auch den oben zugrunde gelegten oralen CREDIF-Text analysiert. Ich verweise noch einmal mit Nachdruck auf die Ergebnisse dieser Untersuchung. Für die im Augenblick anstehende Argumentation genügt es aber vielleicht, daß ich auf die Häufigkeit der beiden Temporal-Adverbien *puis* und *alors* (einzeln oder kombiniert) in oralen Texten aufmerksam mache. In dem oben abgedruckten Textstück steht nicht weniger als dreizehnmal das Adverb *puis* und sogar einundzwanzigmal das Adverb *alors*. Das sind auffallend hohe Rekurrenzwerte. Das Signal *puis* steht ebenso oft wie das Plus-que-Parfait, das Signal *alors* häufiger als das Passé composé! Es ist offenbar unerläßlich, diese Temporal-Adverbien (oder wie man sie nennen will) mit zu analysieren, wenn man die Konstitution von Texten umfassend beschreiben will. Das gilt sicherlich für Texte jeder Art, gesprochene wie geschriebene. Aber die Untersuchung von E. Gülich hat das Ergebnis gebracht, daß sich Gliederungssignale dieser Art mit erheblich höherer Frequenz in mündlicher Rede einstellen. In unserem Text sind beispielsweise die Rekurrenzwerte der Adverbien *puis* und *alors* sowie der anderen, hier nicht weiter berücksichtigten Gliederungssignale insgesamt fast so hoch wie die Gesamtzahl der Tempus-Formen des Textes. Unter diesen Umständen kann nicht mehr davon die Rede sein, daß sich makrosyntaktische Signale als nicht-rekurrent von mikrosyntaktischen Signalen als rekurrenten und obstinaten Signalen unterscheiden. Die makrosyntaktischen Signale haben vielmehr ebenfalls an der eingangs interpretierten Signal-Obstination Anteil. Mit dieser Eigenschaft wirken sie in erheblichem Umfang in das Tempus-System hinein und müssen bei einer Tempus-Analyse mit berücksichtigt werden.

Hier ist nun vor allem zu berücksichtigen, daß der Beitrag dieser Adverbien zur Textkonstitution nicht nur in der Zuordnung zu bestimmten Tempora besteht, sondern insbesondere in der Zuordnung zu *gleichen* Tempus-Übergängen. In diesem Sinne haben wir sie in bezug auf ihre Leistungen in erzählenden Texten Adverbien der Erzählfolge genannt. Es kann unter diesen Umständen nicht Zufall sein, daß bei dem Verschwinden eines sonst obstinaten Erzähltempus, des Passé simple, aus der gesprochenen französischen Sprache gleichzeitig die sonst relativ seltenen Adverbien des Typus *puis* und *alors* so hohe Rekurrenzwerte annehmen, daß wir sie in demselben Sinne als obstinat bezeichnen können, wie man das sonst bei Tempus-Formen tun kann. In metaphorischer Ausdrucksweise kann man etwa von diesen Adverbien der Erzählfolge sagen, daß sie diejenigen scharfen Tempus-Übergänge, die durch das Verschwinden des Passé simple entstehen, zu glätten vermögen. In systematischerer Ausdrucksweise meine ich damit folgendes. Die Reliefgebung, die wir in der französischen Sprache zu den wichtigsten Erkennungssignalen von Erzählung überhaupt gerechnet haben, wird in schriftlichen Erzählungen geleistet durch Übergänge hauptsächlich zwischen den Tempora Imparfait und Passé simple. Das ist ein ungleicher Tempus-Übergang ersten Grades; er betrifft nur *ein* Merkmal. Wenn nun das Passé simple in einem Text durch ein Présent ersetzt wird, besteht zum Imparfait, das weiterhin als Hintergrund-Tempus fungiert, nach wie vor ein ungleicher Tempus-Übergang ersten Grades, nun allerdings im Merkmal der Sprechhaltung. Wenn hingegen das Passé simple an bestimmten Textstellen durch ein Passé composé ersetzt wird, dann entsteht an dieser Stelle ein ungleicher Tempus-Übergang zweiten Grades; er besteht nämlich jetzt in den *zwei* Merkmalen der Sprechhaltung und der Sprechperspektive. Unter diesen Strukturbedingungen ist nun die Obstination von Adverbien, die sonst in der Mehrzahl ihres Auftretens gleiche Übergänge begleiten, besonders wichtig. Man kann etwa sagen, daß die obstinate Verwendung solcher Adverbien wie *puis* und *alors*, die als solche bereits die Folge, d. h. den gleichen Übergang signalisieren, den systematischen Abstand des jeweiligen Tempus-Übergangs um eine Stufe vermindern. Unter diesen Bedingungen hat, schematisch ausgedrückt, ein ungleicher Tempus-Übergang ersten Grades den Wert eines gleichen Tempus-Übergangs, ein ungleicher Tempus-Übergang zweiten Grades den Wert eines ungleichen Tempus-Übergang ersten Grades. Wahrscheinlich wird es jedoch in Zukunft möglich sein, diese Zusammenhänge anders (und möglicherweise befriedigender) zu beschreiben, wenn es nämlich auf der Grundlage einer umfassenden Adverb-Theorie gelingen wird, die Übergänge von Tempus-Formen zu Adverb-Formen und umgekehrt genau nach Merkmalen zu klassifizieren. Da aber eine solche umfassende Adverb-Theorie zur Zeit noch nicht vorliegt und auch im Rahmen dieser Tempus-Untersuchung nicht vorgelegt werden kann, verdeutliche ich meine Überlegungen in folgendem noch einmal durch eine Fall-Studie. Ich entnehme sie einem weiteren, mündlich aufgezeichneten Text aus dem CREDIF-Corpus. Es handelt sich um die Erzählung eines Sportunfalls:

La première fois qu'elle s'est démis le genou, c'était quand j'étais à la colonie avec elle à A. Ça fait bien cinq ou six ans. Elle faisait de la gymnastique, elle s'amusait, quoi! Elle faisait de la gymnastique, et puis, tout d'un coup son genou a été... s'est complètement... est complètement sorti, s'est déboîté. Et puis on lui a remis comme ça. Et puis elle a eu un épanchement de synovie. Ça a traîné assez longtemps, puis je crois, après six mois, il repartait, quoi. Elle l'a soigné pendant très très longtemps; et puis y a quelque temps, elle sortait de chez elle quand elle a glissé: elle est tombée sur ce même genou, et alors là, elle a plus pu marcher, quoi. Elle a dû se coucher. Et puis elle a... elle est allée voir le rhabilleur...[47]

Der Text hat die folgenden Tempus-Übergänge: Passé composé > Imparfait ←→ Imparfait → Présent (Zeitangabe) → Imparfait ←→ Imparfait ←→ Imparfait > Passé composé ←→ Passé composé ←→ Passé composé ←→ Passé composé ←→ Passé composé ←→ Passé composé ←→ Passé composé → Présent (Kommunikationsverb) → Imparfait > Passé composé → Présent (Zeitangabe) → Imparfait > Passé composé ←→ Passé compose ←→ Passé composé ←→ Passé composé ←→ Passé composé ←→ Passé composé... Die Struktur der Erzählung ist deutlich erkennbar. Reihungen von Formen des Imparfait geben den Hintergrund an, hier den Zustand der Gesundheit vor dem Auftreten der Krankheit. Das Adverb *tout à coup* signalisiert dann den Einsatz der Vordergrund-Erzählung, nämlich den Sportunfall mit seinen Krankheitsfolgen. Das ist gleichzeitig ein ungleicher Tempus-Übergang zweiten Grades. Die Vordergrund-Erzählung wird mit Formen des Passé composé erzählt, die hier in einer gewissen Reihung auftreten. Diese Reihung ist teilweise darauf zurückzuführen, daß die Erzählerin (es handelt sich um dieselbe zwanzigjährige Eisenbahnangestellte, die wir schon von der obigen Textprobe her kennen) sich häufig im Ausdruck korrigiert. Davon abgesehen, trägt sie jedoch Sorge, die »isolierenden« Formen des Passé composé durch »verbindende« Adverbien der Erzählfolge miteinander in Beziehung zu setzen. Es sind, in der Reihenfolge des Vorkommens, die Adverbien *puis, et puis, et puis, puis, et puis, et alors, et puis*.[48] Diese Adverbien binden aber nicht nur gleiche Tempora aneinander, sondern verbinden beispielsweise auch ungleiche Tempus-Übergänge zweiten Grades, insbesondere Übergänge zwischen dem Imparfait und dem Passé composé. Besonders interessant ist die Tatsache, daß der makrosyntaktische Übergang von der Hintergrund-Erzählung (»Gesundheit«) zur Vordergrund-Erzählung (»Krankheit«) einerseits durch das Adverb *et puis*, das einen gleichen Tempus-Übergang signalisiert, und andererseits durch das Adverb *tout d'un coup*, das einen ungleichen Tempus-

Übergang signalisiert, markiert wird. Man hat den Eindruck, daß die Erzählerin zuerst in der Erzählfolge bleiben will, dann aber »plötzlich« die Grenze zur Haupthandlung setzt. Damit ist dann gleichzeitig die Wahl eines anderen Tempus verbunden, hier des Passé composé. Aber da dieses Passé composé bei der Erzählung der Haupthandlung obstinat von Adverbien wie *puis* und *alors* begleitet ist, kann man fast von einem »synthetischen« Tempus sprechen, das aus dem Passé composé und den genannten Adverbien der Erzählfolge zusammengesetzt ist. Zu diesem »synthetischen« Tempus besteht vom Imparfait als dem Hintergrund-Tempus nur ein ungleicher Tempus-Übergang ersten Grades, so wie das bei schriftlichen Texten beim Übergang vom Imparfait zum Passé simple der Fall ist. Man muß aber sehen, daß das Phänomen »synthetisches Tempus« nur einen Sonderfall der bereits in einem allgemeineren Rahmen besprochenen Kombinatorik von Tempus und Temporal-Adverb darstellt.

6. Eine Parallele: Tempus in den süddeutschen Mundarten

Das Tempus-System der süddeutschen Mundarten macht einen geradezu asketischen Eindruck. Es unterschreitet die Zahl der Tempora in der deutschen Schriftsprache erheblich, insofern es weder ein Präteritum noch ein Plusquamperfekt hat. Die »Präteritalgrenze« verläuft, grob gesprochen, von Trier über Frankfurt und Plauen auf die Südostgrenze Schlesiens zu.[49] Nur die Präteritumform *war* findet man in den süddeutschen Mundarten weiter verbreitet.

Wir verfügen für das ganze Phänomen seit einigen Jahren über eine vorzügliche Monographie in dem Buch von Kaj B. Lindgren: *Über den oberdeutschen Präteritumschwund.*[50] Es ist nicht nur in seinen Ergebnissen vollkommen überzeugend, sondern kann auch in der virtuosen Handhabung der statistischen Methode als methodisches Musterstück angesehen werden. Ich übernehme die Ergebnisse Lindgrens ohne Einschränkung, referiere sie kurz und erweitere sie dann um einen wesentlichen Gesichtspunkt, der die Parallele zum Schwund des französischen Passé simple noch eindrucksvoller macht.

Es ist Lindgren überzeugend gelungen, das Phänomen historisch einzugrenzen. Er weist zunächst nach, daß die mittelhochdeutsche Sprache, auch im süddeutschen Raum, keine Schwächung des Präteritums zeigt. Es hat eine Verteilung der Tempora, die mit der Verteilung der Tempora in den heutigen norddeutschen Mundarten und in der deutschen Schriftsprache in überraschendem Maße übereinstimmt. Diese Übereinstimmung ist bis etwa 1450 vollständig. In der zweiten Hälfte des 15. Jahrhunderts lassen süddeutsche Texte leichte Anzeichen für ein Vordringen des Perfekts erkennen. Ganz abrupt geschieht es dann um 1535, daß das Präteritum aus den mundartlichen Texten

Süddeutschlands verschwindet. Wir wissen natürlich nicht, ob dieses Tempus (und mit ihm das Plusquamperfekt)[51] in der gesprochenen Sprache zu eben derselben Zeit und ebenso jäh ausgestorben ist. Lindgren vermutet, es sei aus dem mündlichen Gebrauch schon etwas früher und nicht ganz so plötzlich verschwunden. Aber das kann man nur vermuten. Es bleibt die überraschende Tatsache bestehen, daß die Mundarttexte übereinstimmend um 1535 – so genau kann man den Zeitpunkt bestimmen – eine Krise des Tempus-Systems erkennen lassen. Lindgren stellt auch einige Überlegungen zu den Gründen an und führt den Verlust des Präteritums im letzten auf den phonetischen Zusammenfall der dritten Person Singular des schwachen Verbs im Präsens *(er sagt)* und im Präteritum *(er sagt')* zurück. Die Sprache reagiert auf den morphologischen Notstand mit einer Umgliederung des ganzen Tempus-Systems.

Mindestens ebenso wichtig sind die Ergebnisse Lindgrens in der Sprachbeschreibung. Er sieht nämlich, obwohl er grundsätzlich an dem Zeitcharakter der Tempora festhält, daß das Präteritum in der deutschen Sprache nicht einfach ein »Vergangenheitstempus« ist, sondern ein Erzähltempus. Das Perfekt ist hingegen kein Erzähltempus. Die mit Behaghel oft wiederholte Feststellung, in den süddeutschen Mundarten sei das Präteritum durch ein anderes Vergangenheitstempus, nämlich das Perfekt, ersetzt worden,[52] kann also kaum als glaubwürdig erscheinen. Ein Erzähltempus kann nicht ohne weiteres durch ein beliebiges anderes Tempus ersetzt werden. Lindgren fragt sich also, wie man in süddeutschen Mundarten eigentlich erzählt, und er läßt sich von Mundartsprechern bestätigen, »daß es irgendwie widerstrebend sei, eine fortlaufende Erzählung durchweg im Perfekt zu halten«. Man erzählt meistens nicht im Perfekt, sondern im Präsens.[53]

Lindgrens Folgerung, man müsse das Präsens der süddeutschen Mundarten als »ein – wenigstens unechtes – Vergangenheitstempus« ansehen (S. 98), wollen wir jedoch nicht übernehmen. Lindgren macht selber darauf aufmerksam, daß die Erzählungen in süddeutscher Mundart nicht von Anfang bis Ende im Präsens gehalten sind. Sie beginnen vielmehr, wie man das ähnlich bei französischen Erzählungen im Présent beobachten kann, mit einem Perfekt, das die Erzählung eröffnet. Dann springt die Erzählung mit dem eigentlichen Erzählkörper, spätestens aber mit der Haupthandlung, ins Präsens und wird am Schluß oft wieder von ein paar Sätzen im Perfekt aufgefangen. Die Präsens-Erzählung ist also eingerahmt von Perfekten. Man kann eine Erzählung an der Abfolge Perfekt – Präsens – Perfekt erkennen, weil die Großstruktur der Erzählung mit ihren Elementen Einleitung – Erzählkörper – Ausleitung erkennbar ist. Die Tempora, das wird hier wiederum sehr deutlich, haben im Sprachgebrauch eine Solidarität, die über Satzgrenzen hinwegreicht und sich auf den ganzen Text bezieht. Sie können daher in einer spezifischen Abfolge auch Großstrukturen abbilden. Ein bestimmtes Arrangement der besprechenden Tempora mit einer bestimmten, die Großstruktur einer Erzählung abmalenden Tempus-Abfolge kann makrosyntaktisch interpretiert werden.

Das ist im Grunde das Strukturmuster »bis auf weiteres«, das wir beim Briefschreiben und in der Partitur des Komponisten gefunden haben. Das erzählungseröffnende Perfekt lädt zur Rückschau ein, dann springt die Rede, ohne daß sich der ins Auge gefaßte Gegenstand ändert, ins Präsens und ändert damit die Perspektive. Dieser Perspektivensprung bei gleichbleibendem Gegenstand (also anders als bei der gelegentlichen Rückschau *auf anderes* in der besprechenden Rede) wird als Signal für den Beginn der eigentlichen Erzählung interpretiert und gilt nun »bis auf weiteres«, nämlich bis zur Aufhebung des Signals durch ein neues, die Erzählung abschließendes Perfekt. Das ist, wenn man so rechnen will, sogar ökonomischer, als über eine Gruppe von Signalen eigens für Zwecke der Erzählung zu verfügen.

In dieser Darstellung des oberdeutschen Präteritumschwundes bleibt jedoch eine Frage offen. Lindgren weist das Zurücktreten des Präteritums im beginnenden 16. Jahrhundert hauptsächlich am Vordringen des Perfekts in den Mundarttexten nach, und andererseits zeigt er eindrucksvoll, daß man heute in Süddeutschland, Österreich und der deutschsprachigen Schweiz hauptsächlich mit dem Präsens erzählt. Beides ist richtig. Man muß jedoch, analog zu den Verhältnissen in der französischen Sprache, hinzusetzen, daß auch das Perfekt unter bestimmten Bedingungen als Erzähltempus fungiert. Diese bestimmten Bedingungen sind im Französischen, daß die Unfähigkeit des Passé composé, den Erzählfluß herzustellen, neutralisiert wird. Das geschieht einerseits durch den Wechsel mit dem Hintergrundtempus Imparfait, andererseits – in mündlicher Rede – durch die massive Verwendung von Adverbien der Erzählfolge. In den süddeutschen Mundarten fällt nun die erstgenannte Bedingung aus, da von vornherein in der deutschen Sprache die Null-Stufe der Tempus-Gruppe II nur mit dem einen Tempus Präteritum besetzt war. Das Präteritum fällt als ganzes aus, und es bleibt daneben nicht noch ein anderes Erzähltempus intakt bestehen. Aber die zweitgenannte Bedingung kann auch in den süddeutschen Mundarten hergestellt werden. Und wir finden tatsächlich, analog zu den vielen *puis, alors* im Französischen, in süddeutschen Erzähltexten ein Perfekt, das mit Adverbien der Erzählfolge zu einem neuen und »synthetischen« Erzähltempus zusammengesetzt wird. Es sind, soweit ich sehe, hauptsächlich die Adverbien *da, nun, jetzt* – natürlich in verschiedener Lautgestalt je nach den einzelnen Mundarten.

Schon in einem der frühesten Texte ohne Präteritum, einer Augsburger Chronik aus der Zeit um 1550, die Lindgren um ihres Zeugniswertes willen abdruckt, fällt mir eine ungewöhnliche Häufung dieser Adverbien der Erzählfolge auf:[54]

Item adj. 22 mai hat Anthoni Fugger zuo sant Moritzen am auffart tag ain hergotzbild machen lassen, aim gantzen rath und gemeiner stat zuowider den götzn aufgeführt mitsambt den pfaffen, und haben das loch auf der bin underm dach, so verschlagen gewesen, on ains raths wissen und willen, auch on die zechmaister Marx Echen und N. wider aufprochen und das pild hinauf zogen. *da* ist der vogt und Marx Echem und die statknecht kumen und haben das pild mitsambt den engeln zum himel herab geworfen und gestossen, dass den engeln der hergot ist zuo schwer worden und seien alle zerfallen. *da* haben sich die Fugger und die pfaffen hinaus gemacht, dass nit der teufel hernach komme. *da* ist ein gross gedem worden von der auffart.

Vielleicht darf man das zweimalige satzverbindende *und* in diesem Text ebenfalls als Partikel der Erzählfolge werten. Es handelt sich nicht darum, genau abzugrenzen, welche Sprachelemente als im Dienste der Erzählfolge stehend anzusehen sind. Es können offenbar, je nach der Gestalt des Satzes, die verschiedensten Elemente dazu beitragen, einen Erzählfluß herzustellen.

Neuere Mundarterzählungen lassen die Funktion der Adverbien im Dienste der Erzählfolge noch deutlicher erkennen. Ich gebe als Beispiel eine schwäbische Fabel *Der Tod des Hühnchens* aus neuerer Zeit:[55]

s ischt a'môl a' Hühnle und a' Gockeler gwä', der Gockeler ischts Ma'le gwä' und s Hühnle sei' Weible. Dia Beide sind a'môl spaziera ganga und sind an a' Wasser komma *und dô* ischt a' Brückle nüber ganga. Dô hôt s Ma'le zum Weible gseit: »Gang du zerschta, i komm dann nôcher!« – Dô sait s Weible: »Gang du no zerschta, du bischt stärker als i!« – Dô sait s Ma'le: »Noi, du muaßt zerschta nüber!« – »Ach, i fürcht miar!« sait s Weible. – »O, s geschieht dir nex, gang du no nüber!« sait s Ma'le; *und dô* hôts des Weible gwôgt und hôt wölle nüber gauh', ischt aber ins Wasser gfalla.

Dô ischt des Ma'le hi'gloffa und hôt en Schubkarra gholt und wias da' Karra über d Strôß schiabt, *dô* sind Ratta-n- und Mäus und Hasa-n- und Reh und älles Vieh zua-n- em komma und hent gsait: »Därf i au mit?« – Dô hôts Ma'le gsait: »Älls dôher, älls doher!« und hôt älles aufsitza lau' und hôts mitgnomma, *und dô* hent se mitanander des Weible aus em Wasser zoga; *dô* ischts aber todt gwä'. Nô hent ses uf da' Karra glada und send mit fortgfahra und hents uf de nächscht Mischte vergraba. Dô hôt der Gockeler d Leichared ghalta: »Kikeriki! Kikeriki!« und de andere Thiarle hent derzua gsunga.

Diese Fabel wird also, von einigen Präsensformen in der Umrahmung des kleinen Dialogs abgesehen, im Perfekt erzählt. Das ist möglich, weil die Adverbien der Erzählfolge *(dô, und dô, nô)*, zu denen man vielleicht auch noch das zehnmalige verbverbindende *und* zählen darf, so gehäuft auftreten, daß man noch mehr als im Französischen geneigt ist, in dem Perfekt plus *dô* oder *nô* ein neues Erzähltempus der süddeutschen Mundarten zu sehen.

Zum Vergleich stelle ich eine Sage aus dem österreichischen LavantTal aus dem 19. Jahrhundert daneben:[56]

284

Jo, segn Sö! dos is amol olls Wossa gwesen, do drin hot's unsinnige Fisch geben. *Do* sein drei Brüader gwesen, recht niedertraachtige Herrn: der aani hot z'Hartneidstaan, glei do unten bei der Olm; der ondri drentn z'Reisberg; und der dritte z'Rabenstaan, dort in segn oltn Gschlooß, gwohnt. *No!* daß i's recht sog: *Do* sein s holt wederawonn zsammaskemman zan daschgariern. *Hiatz* is amol der Reisberger ba-n-an z'Hartneidstaan gwesen (i maan, sö ham a Sau-Tag ghabt, wia mein Ahnga verzählt hot); *und dawaal* is a Wetta keman und 's hot scho' o'ghebt z'himmlazn. Der aani hot ober *do* haam zu seiner Olten wölln und is lei ondla in die Zilln gstiegn und in See eini gfohrn. Ober – i waaß nit: hond se so greagerisch gruadert, oder hot ihnen s Zoacherle die Zilln umgschmissn – dasoffen seind se amol gwiß. *No!* daß i sog: Wia sie holt nimmer hinter keman sein, so hebt sei on z'lamatiern, und is schier z'resoniert gworden. *Z'morgenst* is wieder olls blob gwesn, und die Sunn hot aa wieder hegeglitzt; *do* hot sei o'ghebt z'beten und hot unsern Herrgott a Kiarchn verhoaßn, wann sie die zwean wieder bekennat, daß sie die Fisch nit fraaßn. *Hiatz* hamd se nocha in See oblossn, obi in die Drog; und wia sie zan Bodn kemman, *do* leit der Olte zsommt n Buabm. *No!* daß i sog! *Hiatz* is die Wittib faindla maachti gwesn, hot gleich a Leich und a Gstattung ghaltn, hot die Lotterleut betoalt – siis is se lei hisch kluag gwesn – *no*, und d Kiarchn hot s aa baut. Dos is amal gwiiß: Wann die zwoa nit dasoffa waarn, so kinnat mar noh ins Wasser iachi schaugn.

Die Erzählung gibt sich deutlich als mündliche Erzählung zu erkennen oder will doch wenigstens diesen Eindruck erwecken. Die Adverbien der Erzählfolge (vor allem *do, no, hiatz*) sind womöglich noch stärker gehäuft als in der schwäbischen Fabel. Fast jeder Satz ist auf diese Weise an den anderen gebunden. So ist das Perfekt, das im deutschen Tempus-System an sich genauso isolierendes Rückschau-Tempus ist wie das Passé composé im Französischen, in diesem Tempus-Merkmal neutralisiert und kann als erzählendes Tempus dienen.

Man darf nicht glauben, das sei einfach schlechter Stil und undisziplinierte Erzählkunst. Diese Auffassung mag naheliegen, wenn man beobachtet, daß auch die Kindersprache den Anschluß mit *(und) da* oder *(und) dann* (französisch: *puis, et puis, et puis alors*) in ihren Erzählungen liebt. In der Sprache ungeübter Erzähler findet man dann diesen »kindlichen« Stil wieder. Aber diese Analogie wird erst richtig, wenn man sie interpretiert. Ich führe daher ein paar Sätze Kindersprache vor, mitstenographiert von dem bereits genannten Psychologen-Ehepaar Stern bei seiner knapp vier Jahre alten Tochter:[57]

De Köchin hat se schaukeln lassen hier de Lampe, *da* is se paput (= kaputt) gegangen. (Zwischenfrage des Vaters: Hier unsere Lampe?) Nee, sieh mal von den Hühnereßzimmer, *da* is das Brennlicht hier oben paput gegangen, *da* is so die Scheibe von den Brennlicht paput gegangen; der Strumpf auch paput und de Klingel gar nicht paput, *da* haben wir schon wieder so was Neues reingeholen.

Die Familie spricht hochdeutsch. Das Kind lernt ungefähr um diese Zeit die Erzähltempora. In dieser kleinen Szene erzählt es jedoch eine häusliche Begebenheit ohne die Erzähltempora und benutzt das Perfekt. Instinktiv wandelt es nun das Perfekt seiner Sprache durch das Adverb der Erzählfolge *da* in ein Erzähltempus um. Es tut für seine kleine Sprache genau das, was die Mundarten des süddeutschen Sprachgebietes im großen tun. Das ist die Analogie, die zwischen dem *Und-da*-Stil der Kindersprache und dem *Und-da*-Stil der Mundarterzählungen besteht. Man darf aber keineswegs daraus den Schluß ziehen, die Erzählungen in der Mundart seien kindlicher als vergleichbare Erzählungen in der deutschen Hochsprache. Sie haben nur die gemeinsame Tempus-Struktur, daß sie nicht (die Mundarten *nicht mehr*, die Kindersprache *noch nicht*) über die Tempora der erzählten Welt verfügen und sich daher »synthetisch« ein neues Erzähltempus aus dem Perfekt und Adverbien der Erzählfolge bilden. Die süddeutschen Mundarten erzählen genauso wenig kindlich, wie Camus kindlich erzählt. Und auch das Griechische klingt nicht kindlich, wenn es die Partikeln *an* (auch *men* und *de?*) in den Dienst der Morphologie und Syntax stellt.

Wenn süddeutsche Schriftsteller die deutsche Schriftsprache schreiben, übernehmen sie mit ihr das deutsche Tempus-System. Leittempus der Erzählung ist dann auch bei ihnen das Präteritum. Lindgren hat das an Statistiken eindrucksvoll nachgewiesen. Einige Schriftsteller behalten jedoch ausnahmsweise in hochdeutschen Erzählungen ihr süddeutsches Tempus-System bei. Das ist beispielsweise in Ludwig Thomas Erzählung *Der Franz und das Mädchen aus Indien* der Fall.[58] Die Geschichte ist im Perfekt geschrieben. Auch hier tauchen nun wieder die Adverbien der Erzählfolge auf: *da, dann, und, und dann, auf einmal.* Sie sind nicht ganz so zahlreich wie in den mundartlichen Erzählungen, aber immerhin noch so häufig, daß man sie als auffälliges Stilmerkmal bemerkt. Die Erzählung ist eine dörfliche Liebesgeschichte. Wenn man sie aufmerksam liest, findet man in ihr ein Erzählklima, das dem Erzählklima in Camus' *Étranger* viel näher steht, als nach den tausend Verschiedenheiten zweier Autoren wie Albert Camus und Ludwig Thoma zu erwarten wäre. Auch bei Ludwig Thoma sind die Sätze Inseln. Denn die Adverbien der Erzählfolge reichen bei ihm ebenso wenig wie bei Camus aus, dem Perfekt jenen Erzählfluß zu geben, den das Präteritum bzw. das Passé simple kraft ihrer Stellung im Tempus-System »natürlicherweise« haben. Die Tempus-Konstellation ist bei beiden Autoren ähnlich. Das macht ihre Erzählungen ähnlich, ob die Autoren wollen oder nicht.

Die Parallele zwischen der französischen Sprache und den süddeutschen Mundarten besteht jedoch, das will ich abschließend noch einmal unterstreichen, nur zum Teil. Im Französischen fällt das Passé simple nur in der gesprochenen Sprache aus; in den süddeutschen Mundarten gibt es das Präteritum auch in der geschriebenen Sprache nicht mehr. Im Französischen ist das Passé simple nur *ein* Erzähl-

Tempus der Null-Stufe; in den süddeutschen Mundarten ist mit dem Präteritum *das* Erzähl-Tempus der Null-Stufe verlorengegangen. Die Strukturbedingungen sind also in den süddeutschen Mundarten gegenüber dem Französischen erheblich verschärft. Diese Mundarten müssen daher die verbleibenden Tempora sehr viel ingeniöser kombinieren, um mit ihnen dennoch die Funktionen der Sprache wahrnehmen zu können.

ELFTES KAPITEL

Andere Sprachen — andere Tempora?

1. Tempus im Griechischen

Andere Sprachen haben andere Tempora, das versteht sich. Aber haben die anderen Tempora anderer Sprachen dennoch vielleicht Gemeinsamkeiten mit den Tempora der bisher erörterten Sprachen? Gibt es Strukturmerkmale des Tempus-Systems, die für eine größere Sprachengruppe oder gar für alle Sprachen gleich oder doch wenigstens sehr ähnlich sind? Zieht sich insbesondere die Strukturgrenze zwischen der besprochenen und der erzählten Welt durch alle Sprachen? Das sind Fragen, die sich nach den voraufgehenden Überlegungen aufdrängen.

Ich habe nicht den Ehrgeiz, diese Fragen zu beantworten. Das verbieten die Grenzen meiner Sprach- und Literaturkenntnisse. Immerhin ist es auch bei begrenzten Kenntnissen anderer Sprachen und Literaturen möglich, einen Blick auf andere Tempus-Systeme zu werfen. Man wird dabei mit aller Vorsicht vorgehen müssen; denn es war ja bei den bisher erörterten Sprachen auch nicht möglich, die Strukturen des Tempus-Systems ohne weiteres aus den Grammatiken und Monographien zu entnehmen, und wir mußten recht oft gegen nie bezweifelte Meinungen angehen. Alle folgenden Überlegungen werden daher mit dem Vorbehalt vorgetragen, daß sie nur Anmerkungen und Anregungen sein wollen, von einem neugierigen Leser an den Rand seiner linguistischen Lektüre notiert.

Ich will es gleich sagen: wohin man auch schaut, überall scheint Tempus nichts anderes zu sein als Zeit oder Aspekt, meistens beides. Das ist wirklich ein consensus omnium. Aber wenn Tempus in den Sprachen des germanisch-romanischen Kulturkreises nicht Zeit und Aspekt ist, dann könnte es sein, daß diese Begriffe auch in anderen Sprachen kein festeres Fundament haben. Schließlich stammt die neuere Sprachwissenschaft von der griechisch-lateinischen Grammatik ab, und in der bedeutet Tempus Zeit und Aspekt. Es wären nicht die einzigen Begriffe, die erst spät einer kritischen Revision unterzogen werden. Es besteht also kein Anlaß, sich durch den consensus omnium in der Deutung der Tempora beeindrucken oder gar verblüffen zu lassen.

Besonders interessant wäre es, die Aspekte in den Sprachen zu untersuchen, an denen man sie zuerst abgelesen hat: den semitischen Sprachen. Oder in den Sprachen, in denen sie ihre sicherste Heimstatt zu haben scheinen: in den slavischen Sprachen. In beiden Bereichen fehlen mir alle Sprachkenntnisse, und ich würde meine Methode verleugnen, wollte ich nur aus Grammatiken und Monographien Auskunft schöpfen. Ich enthalte mich also gegenüber den semitischen und slavischen Aspekten des Urteils – nicht der Skepsis.

Aber wir wollen einen Blick auf das Griechische (Altgriechische) werfen. In der griechischen Grammatik ist nämlich die Hälfte der Arbeit schon getan. Daß die Tempora der griechischen Sprache nicht einfach als Zeitformen aufgefaßt werden können, war der Stoa schon klar und ist seit etwa hundert Jahren der griechischen Grammatik wieder geläufig. Insbesondere der Aorist läßt sich nicht auf einer Zeitstufe festnageln. Seit Georg Curtius hat man nun aufs neue versucht, den griechischen Tempora mit der Aspektlehre beizukommen.[1] Dieser Versuch bestimmt noch heute die herrschende Tempus-Lehre der griechischen Grammatik,[2] sogar im strukturalen Gewande.[3] Die Aspektlehre überzeugt mich jedoch im Griechischen ebenso wenig wie in anderen Sprachen; ein sinnvolles System der Verbformen ist für mich von der Aspektlehre her nicht sichtbar.

Unterscheidet das Griechische zwischen zwei Tempus-Gruppen je nach der Sprechhaltung? Man kennt aus der griechischen Grammatik von alters her die Unterscheidung von Primärtempora (Präsens, Perfekt, Futur, Futur II) und Sekundärtempora (Imperfekt, Aorist, Plusquamperfekt).[4] Die Unterscheidung ist nach morphologischen Gesichtspunkten vorgenommen: die Sekundärtempora haben ein e-Präfix, das sog. Augment (*egraphon, egrapsa, egephê*). Sie wird außerdem allgemein auf Zeitstufen hin gedeutet. Die Primärtempora gelten als die Zeitformen der Gegenwart und Zukunft, die Sekundärtempora als Zeitformen der Vergangenheit.[5] Aber diese Bindung der Tempus-Gruppen an Zeitstufen ist nicht aufrechtzuerhalten. Das Primär-Tempus Perfekt kann auf Vergangenes zurückschauen, und das Sekundär-Tempus Aorist kann außer Vergangenem auch Gegenwärtiges oder Zukünftiges bezeichnen. Von diesem Tempus hat man schon öfter gesagt, es sei zeitlos.[6] Wir stimmen dieser Feststellung zu, weiten sie jedoch auf alle Tempora aus. Alle Tempora des Griechischen sind zeitlos.

Der Gesichtspunkt der Sprechhaltung mit seinen beiden Tempus-Gruppen der besprochenen und der erzählten Welt dürfte sich anbieten. Die Primärtempora sind die besprechenden, die Sekundärtempora sind die erzählenden Tempora. Das erklärt recht gut die Besonderheit des griechischen Perfekts, das nicht, wenigstens nicht vor dem 3. Jahrhundert nach Christus, als Erzähl-Tempus gebraucht wird.[7] Es bespricht einen Sachverhalt in der rückschauenden Perspektive. Im Begriff des Besprechens ist bereits enthalten, daß dieser Sachverhalt »in der Gegenwart weiterwirkt«; denn nur, was in die Sprechsituation in dieser oder jener Form hineinreicht, wird Gegenstand besprechender Rede. Vielleicht darf man sogar in der reduplizierenden Bildung des Perfekts (*gegrapha* ›ich habe geschrieben‹; zu *graphô*) einen Hinweis auf den besprechenden Charakter des Tempus sehen. Die Reduplikation ist in den verschiedensten Sprachen eine lautliche Bildung im Dienste der Nachdrücklichkeit. Nun haben wir auch die besprechende Rede immer als die nachdrücklichere Form der Rede aufgefaßt. Aber das mag nur als stützendes Argument dienen. Grundsätzlich gibt die Lautgestalt einer Verbform keine Auskunft über die Stellung der Form im System und seine Funktion in der Rede. Viel wichtiger ist beispielsweise die Beobachtung, die Pierre Chantraine an den Texten der griechischen Literatur gemacht hat. Er bemerkt, daß das Perfekt besonders häufig in den Reden des Demosthenes und in den Komödien Menanders vorkommt.[8] Er mißversteht seine eigene Beobachtung jedoch, weil er uniform chronologisch (»historisch«) denkt. Die Häufigkeit des Perfekts bei Demosthenes und Menander ist nicht ein Stück Sprachgeschichte diesseits oder jenseits der Literatur, sondern sie erklärt sich daraus, daß diese Texte mehr als andere ihrer literarischen Gattung nach besprechende Texte sind. Daher ist das Perfekt als besprechendes Tempus in ihnen natürlicherweise häufiger als in anderen Texten, in denen mehr erzählt wird.

Imperfekt, Aorist und Plusquamperfekt sind eindeutig erzählende Tempora. Die Tempus-Gruppe II hat kein erzählendes Futur, es sei denn, man berücksichtigt die »Modi« von vornherein mit im Tempus-System, denn natürlich kann auch eine Vorausschau in der Erzählung zum Ausdruck gebracht werden. Vorzeitigkeit und Nachzeitigkeit in der erzählenden Rede werden jedoch in der Regel durch den bloßen Kontext zum Ausdruck gebracht. Das griechische Plusquamperfekt ist dem lateinischen Plusquamperfekt nicht zu vergleichen.[9] Dürfen wir daraus schließen, daß die Sprechperspektive in der Tempus-Gruppe der erzählten Welt überhaupt fehlt?

Die Haupttempora der erzählten Welt sind zweifellos Imperfekt und Aorist. Beide sind Tempora der Null-Stufe. Eine Grammatik vergleicht das Imperfekt mit einer Linie, den Aorist mit einem Punkt.[10] Wir kennen den Vergleich aus der französischen Grammatik. Man erläutert ferner den Unterschied der beiden Tempora gern an dem Beispiel *ebasileue* ›er war König‹ (Imperfekt) und *ebasileuse* ›er wurde König‹ (Aorist). Dieses Beispiel gibt jedoch ein falsches Bild. Das Verb bedeutet vielmehr in beiden Fällen: er herrschte als König. Alle Anzeichen sprechen dafür, daß auch im Griechischen die Tempora Imperfekt und Aorist Hintergrund und Vordergrund der Erzählung unterscheiden. Die Form *ebasileue* bedeutet dann: er herrschte als König (aber dieses Herrschen ist Hintergrund meiner Erzählung), während der Aorist *ebasileuse* besagt: er herrschte als König (und dies ist Hauptgegenstand meiner Erzählung, denn es ist neu und aufregend). In der Erzählung wechseln entsprechend Imperfekt und Aorist miteinander ab. Wackernagel beobachtet bei Herodot und Thukydides, »daß durch den Aorist mehr die Hauptmomente einer Reihe von

Handlungen oder Vorgängen bezeichnet werden, während die Einzel-
ausführung im Imperfekt gegeben wird«.[11] Das entspricht ziemlich
genau der Distribution von Imparfait und Passé simple im Französischen, weshalb auch das Passé simple des Französischen oft Aorist
genannt wird.

Bei den griechischen Tempora hat man natürlich, wie in jeder
Sprache, die Wege der Tempus-Metaphorik zu berücksichtigen. Die
Tempora der erzählten Welt haben auch im Griechischen, wenn sie
einen scharfen Tempus-Übergang bilden, den Ausdruckswert ein-
geschränkter Gültigkeit. Nicht als Tempus-Metapher ist jedoch der
sog. gnomische Aorist anzusehen, den man in Sprichwörtern, Sentenzen
und Gleichnissen findet und der Entsprechungen in vielen anderen
Sprachen hat. Man versteht ihn am besten vom epischen Gleichnis her.
Das griechische (homerische) Gleichnis zeichnet sich vor moderneren
Formen gleichnishafter Rede dadurch aus, daß die Gleichnismaterie im
Rahmen des Gleichnisses eine relativ große Selbständigkeit gewinnt.
Sie wird tatsächlich erzählt. Die Weisheit des Gleichnisses wird
erzählend gewonnen. So haben wir uns auch die Weisheit der Sprichwörter und Sentenzen nicht als erdachte, sondern als erzählend ge-
fundene Weisheit zu denken. Sentenzen und Sprichwörter im gnomischen Aorist sind kondensierte Erzählungen. Wir haben schon früher
das Vordergrundtempus der erzählten Welt als das Tempus der raf-
fenden Erzählung beschrieben (vgl. S. 97). Man rafft nur die Höhe-
punkte der Erzählung.

Bis hierher finde ich im Griechischen eine ziemlich weitgehende
Übereinstimmung mit dem Tempus-System speziell der romanischen
Sprachen. Der große Unterschied wird jedoch offenbar, sowie man die
anderen Verbformen mitberücksichtigt. Konjunktiv, Optativ, Imperativ, Infinitiv und Partizip fallen zwar, ähnlich wie die Semi-
Formen der bereits erörterten Sprachen, durch verminderte Information von den finiten Verben ab und geraten dadurch in syntaktische
Abhängigkeit. Aber in anderer Weise. Sie sind zwar allesamt ebenfalls
indifferent gegenüber dem Merkmal der Sprechhaltung und können daher als semi-finit angesehen werden. Sie sind jedoch nicht
indifferent gegenüber der Reliefgebung und sind in ihrem ganzen
Paradigma nach Vordergrund und Hintergrund unterschieden. Das
nennt man Infinitiv Präsens und Infinitiv Aorist (entsprechend in den
anderen Semi-Formen). Hier wird wiederum die Analyse durch unsaubere Termini empfindlich gestört. Wir müssen allen Nachdruck
darauf legen, daß diese Semi-Formen nicht zwischen besprochener
und erzählter Welt unterscheiden. Wozu sie gehören, muß aus dem
Kontext oder aus der Situation bekanntwerden. Der sog. Infinitiv
Präsens hat also mit dem Tempus Präsens als einem Tempus, das entschieden auf der Seite der besprochenen Welt steht, nichts zu tun. Er
ist, je nach dem Kontext, besprechend oder erzählend und vertritt

also ebensowohl das Imperfekt. Im Französischen, wo die Strukturformel des Infinitivs eine Information über die Reliefgebung nicht
ausweist, vertritt der Infinitiv Präsens auch das Passé simple. Im
Griechischen jedoch vertritt der Infinitiv Präsens neben dem Präsens
und Imperfekt nicht auch den Aorist. Es gibt nämlich daneben einen
zweiten Infinitiv, der wiederum ganz unberechtigt Infinitiv Aorist
heißt. Der Aorist ist ein Tempus, das ganz entschieden auf der Seite
der erzählten Welt steht. Der Infinitiv Aorist hingegen ist, genau wie
der Infinitiv Präsens, sowohl für das Besprechen wie für das Erzählen
zuständig, je nach dem Kontext und nach der Tempus-Gruppe des
Satzverbs. Dieser Infinitiv vertritt also nicht nur den Aorist, sondern
auch sein Gegenstück auf der Null-Stufe der besprochenen Welt: das
Präsens. Die beiden Infinitive (und entsprechend in den anderen Semi-
Formen) sind also indifferent gegenüber der Sprechhaltung, nicht
aber indifferent gegenüber der Reliefgebung. Die Form *lyein*
(»Infinitiv Präsens«) ist Infinitiv des Hintergrunds, und die Form
lysai (»Infinitiv Aorist«) ist Infinitiv des Vordergrunds. Da nun
beide Infinitive die Strukturgrenze zwischen der besprochenen und der
erzählten Welt nicht respektieren, ist die Reliefgebung *bei semi-finiten
Verben* (nur bei diesen!) keine bloß erzählerische, sondern eine allgemein sprachliche Reliefgebung.

Die griechische Grammatik krankt, wenn ich recht sehe, in ihrer
bisherigen Behandlung des Tempus-Problems an dem schwerwiegenden
methodischen Fehler, daß sie sich einen Aorist-Begriff von der bloßen
Lautgestalt aufdrängen ließ. Der Aorist als finite und der Aorist als
semi-finite Form sind jedoch ganz verschiedene Verbformen. Gemeinsam ist beiden das Merkmal Vordergrund. Aber da das Tempus Aorist eindeutig zur erzählten Welt gehört, handelt es sich auch
nur um den Vordergrund *der Erzählung*. In den Semi-Formen hingegen ist die Grenze zwischen Besprechen und Erzählen nicht respektiert, so daß sich das Merkmal Vordergrund auf beide Sprechhaltungen
erstreckt und auch den Vordergrund *besprechender* Rede bezeichnet.
Ich gebe ein bekanntes, schon von Riemann und Wackernagel zitiertes
Beispiel aus Platons *Gorgias: Boulê oun, epeidê timâs to* c h a r i -
z e s t h a i (»Infinitiv Präsens«), *smikron ti moi* c h a r i s a s t h a i
(»Infinitiv Aorist«); ›Willst du also, da du ja *(grundsätzlich)* gerne
einen Gefallen tust, mir *(jetzt)* einen Gefallen tun? [12]‹ Die Opposition
Hintergrund : Vordergrund äußert sich in diesem Falle als Opposition
zwischen dem Grundsätzlichen und dem Aktualen.

Will man die beiden Infinitive (und entsprechend andere semi-
finite Verben) des Griechischen richtig, d. h. der Sprachstruktur nach
benennen, dann muß die eine Verbform Infinitiv des Hintergrunds
oder Infinitiv Präsens/Imperfekt heißen, die andere Verbform Infinitiv
des Vordergrunds oder Infinitiv Präsens/Aorist. In diesen Benennungen kommt das Wort Präsens zweimal vor. Das hängt damit zusam-

men, daß das Tempus Präsens in besprechender Rede bei finitem Verb sowohl den Vordergrund als auch den Hintergrund bezeichnen kann.

Die indogermanischen Sprachen unterscheiden sich also im Bereich des Tempus sehr wesentlich unter dem Gesichtspunkt der Reliefgebung nach Vordergrund und Hintergrund. Wir wollen vergleichend zurückschauen. Das Lateinische und die romanischen Sprachen kennen eine Reliefgebung nur in der erzählten Welt; die Reliefgebung ist daher eine Besonderheit der Erzähltechnik. Die englische Sprache hat die Tempora auf -ing entwickelt und damit eine Möglichkeit gewonnen, der gesamten Sprache, außer der erzählten Welt also auch der besprochenen Welt, Relief nach Vordergrund und Hintergrund zu geben. Vordergrund und Hintergrund in der besprochenen Welt sind Grade der Verbindlichkeit. Auch das Spanische hat zusätzlich zu seiner erzählerischen Reliefgebung neue Tempora gebildet (está cantando, estaba cantando usw.), die ebenfalls in beiden Tempus-Gruppen in den Dienst der Reliefgebung treten. Die Tempora auf -ndo im Spanischen sind jedoch nicht so entwickelt wie die Tempora auf -ing im Englischen. Das Griechische nimmt zwischen den lateinisch-romanischen Sprachen einerseits und dem Englischen andererseits eine Zwischenstellung ein. Die Reliefgebung ist im Bereich der Tempora auf die erzählte Welt beschränkt, bei den semi-finiten Verben jedoch auf die gesamte Sprache mit den beiden Bereichen der erzählten und besprochenen Welt ausgeweitet. Wieder eine andere Behandlung der Reliefgebung zeigt die deutsche Sprache. In der deutschen Sprache ist die Reliefgebung, wie im Englischen, sowohl erzählend als auch besprechend. Sie kommt zustande durch die Stellungsrelevanz des Verbs im Satz. Sie ist jedoch in ihrem Spielraum eingeschränkt, da sie an eine Kombination mit bestimmten Satzeröffnern gebunden ist. Sie bildet daher nicht oder kaum die Großstrukturen der Erzählung ab.

2. Tempus im Lateinischen

Das Tempus-System der lateinischen Sprache scheint sehr einfach zu sein und wird gern als besonders »logisch« hingestellt. Es bietet aber in Wirklichkeit der Analyse die größten Schwierigkeiten.

Man unterscheidet in den Grammatiken die Tempora des Präsensstammes (dicit, dicebat, dicet) und des Perfektstammes (dixit, dixerat, dixerit) und bemerkt den Parallelismus, der zwischen den beiden Formenreihen besteht. Diese Unterscheidung stammt von Varro, der sich seinerseits von der griechischen Grammatik der Stoa anregen ließ. Seine Termini sind infectum für den Präsensstamm und perfectum für den Perfektstamm.[13] Auch die anderen Verbformen haben Formen des Präsensstammes (dicere, dicat, diceret) und des Perfektstammes (dixisse, dixerit, dixisset). Die Unterscheidung beruht, wie man sieht, ausschließlich auf der Lautgestalt der Formen und ihrer Ähnlichkeit im Paradigma.

Eine andere Einteilung der Tempora wird durch die Consecutio temporum sowie durch die Analogie der griechischen Grammatik nahegelegt. Es ist die Einteilung in Haupttempora und Nebentempora, in Bennetts Terminologie Principal Tenses und Historical Tenses. Bennett rechnet zu den Haupttempora Praesens, Futurum, Futurum exactum, Perfectum praesens; zu den historischen Tempora rechnet er Imperfectum, Perfectum historicum, Plusquamperfectum sowie das Praesens historicum.[14] Das sind wiederum zwei Tempus-Gruppen, zwischen denen innerhalb eines komplexen Satzes in der Regel nicht gewechselt wird: Consecutio temporum. Es sind sogar zwei Tempus-Gruppen, die stark an die uns aus anderen Sprachen vertrauten Tempus-Gruppen der besprochenen und erzählten Welt erinnern.

Sie sind aber andererseits ganz anders. Denn Bennett konnte zu dieser Gruppenbildung nur kommen, insofern er mehrere Tempora doppelt gesetzt hat. Das Perfectum als Formenklasse *(dixi, dixisti . . .)* erscheint in Bennetts Tempus-System in beiden Tempus-Gruppen, einmal als Perfectum Praesens, einmal als Perfectum historicum. Entsprechend erscheint das Praesens als Praesens schlechthin und als Praesens historicum. Es ist aber immer nur die Formenklasse *dico, dicis* usw.

Was nun zunächst das Praesens betrifft, so darf man wohl das Praesens historicum als Stilisticum auffassen und braucht es im Tempus-System nicht zu berücksichtigen. Bennett selber macht darauf aufmerksam, daß das Praesens historicum schon im Altlateinischen an gewisse Kontextbedingungen geknüpft ist. Es tritt gewöhnlich nur in der Umrahmung durch Perfecta auf.[15] So ist es auch noch in der klassischen Sprache. Die Bindung an den umrahmenden Kontext verrät, daß das Praesens historicum nicht selbständig ist. Wir dürfen daher das Praesens als besprechendes Tempus auffassen und belassen es in der Tempus-Gruppe I.

Das Problem des lateinischen *Perfectum* ist jedoch nicht in der gleichen Weise lösbar. Es besteht seit Priscian in der lateinischen Grammatik, insbesondere aber in der historischen lateinischen Grammatik Übereinstimmung darüber, daß das lateinische Perfectum als Kombination eines indogermanischen Perfekt und eines indogermanischen Aorist aufzufassen ist. Das Formeninventar des lateinischen Perfectum scheint diese Auffassung zu bestätigen: das reduplizierende Perfectum (Typus *dedi*) weist auf das indogermanische Perfekt (vgl. das griechische Perfekt), das *s*-Perfectum (Typus *mansi*) weist demgegenüber auf den indogermanischen Aorist (vgl. den griechischen Aorist), während das Perfectum auf *-vi* (Typus *amavi*) eine lateinische Neubildung darstellt.[16] Das indogermanische Perfekt und der indogermanische Aorist sind nun, wie wir im voraufgehenden Abschnitt am Griechischen dargestellt haben, vermutlich den Tempus-Gruppen der besprochenen und der erzählten Welt zuzuweisen. Wenn nun das lateinische Perfectum diese beiden Tempora in sich vereinigt, dann vereinigt es in sich ein besprechendes und ein erzählendes Tempus, erkennt also eine scharfe Strukturgrenze zwischen den Tempora der besprochenen und denen der erzählten Welt nicht an. Hier liegt nun das eigentliche Problem der lateinischen Tempus-Lehre. Wenn unter den Tempora eines ist, das sich nicht eindeutig der einen oder der anderen Tempus-Gruppe zuweisen läßt, dann ist entweder das Tempus-System nach ganz anderen Gesichtspunkten gegliedert, oder das Perfectum steht außerhalb. Denn wir hatten die Tempora überhaupt als solche Verbformen definiert, die sich eindeutig entweder als besprechend oder als erzählend bestimmen lassen, während semi-finite Verben sich einer solchen Bestimmung widersetzen.

Hier setzt nun André Burger mit einer historischen Erklärung an.[17] Er stimmt der allgemeinen Auffassung zu, daß das lateinische Perfectum die Merkmale des indogermanischen Perfekts und des indogermanischen Aorists in sich vereinigt. Das Tempus hat also zwei Funktionen (valeurs), es ist présent achevé und passé narratif. Er unterstreicht, daß diese beiden Funktionen sehr verschieden sind und spricht sogar von der Homonymie zweier Funktionen (valeurs). Das ist zwar bei Burger von einer (modifizierten) Aspektlehre her gesehen, entspricht aber genau den Überlegungen, die vor dem Hintergrund zweier Sprechhaltungen anzustellen wären. Burger zieht nun daraus die Folgerung: »Il est probable que le système latin [scil. des temps] n'a jamais été parfaitement cohérent« (S. 22).

Die Inkohärenz des lateinischen Tempus-Systems (wie weit sind wir hier von der schönen Logik des Lateinischen entfernt!) macht nun die weitere Sprachentwicklung einsichtig. Denn die lateinische Sprache entwickelt ein neues Perfekt, gebildet aus dem Partizip Perfekt und den Formen von *habere* oder *tenere* (*habeo dictum, teneo dictum*), welches nun eindeutig Perfekt im Sinne des Indogermanischen ist. Spuren dieses neuen Perfekts findet man bekanntlich schon im Altlateinischen (Plautus: *omnes res relictas habeo*) und im klassischen Latein (Caesar: *aciem instructam habuit*). In den romanischen Sprachen ist dieses Tempus als Passé composé, Perfecto compuesto, Passato prossimo usw. voll entwickelt und ist eindeutig, mit den genannten Einschränkungen für das Passé composé im neueren Französisch, der Tempus-Gruppe der besprochenen Welt zugehörig. Das lateinische Perfectum wird dadurch in seiner doppelten Funktion entlastet und auf die Funktion als Erzähltempus zurückgedrängt. In der Tat sind die Nachfolger des lateinischen Perfectum in den romanischen Sprachen (Passé simple, Perfecto simple, Passato remoto usw.) Tempora der erzählten Welt. Der Weg der Sprachgeschichte führt demnach von einem stimmigen Tempus-System (Indogermanisch) über ein unstimmiges Tempus-System (Lateinisch) wieder zu einem stimmigen Tempus-

System (Romanisch), das wesentlich wieder mit dem indogermanischen System übereinstimmt.

André Burgers historische Erklärung ist eindrucksvoll. Sie geht sehr geschickt vor, insofern sie eine Schwierigkeit mit einer anderen Schwierigkeit behebt. Tatsächlich ist ja die seltsame Zwischenstellung des lateinischen Perfectum nicht die einzige crux des lateinischen Tempus-Systems; die andere ist die Bildung eines neuen romanischen »zusammengesetzten« Perfekts. Frühere Erklärungen hatten in dem neuen Perfekt mit *habere* oder *tenere* den Ausdruck eines »robusten Seinsgefühls« [18] oder »die Sehnsucht des Menschen nach Festhalten der Zeit« [19] gefunden. Wir haben heute den Geschmack an diesen frontalen Schnelldeutungen verloren. Denn die Bildung eines neuen Tempus ist ein Ereignis, welches das ganze Tempus-System angeht. Es tritt nicht einfach zu den vorhandenen Tempora hinzu, sondern gliedert das System neu. Andere Tempora werden davon mitbetroffen. In diesem Fall besonders (aber nicht nur) das bestehende Perfectum, das nun eindeutig auf seinen Platz in der Tempus-Gruppe der erzählten Welt verwiesen wird. Es ist tatsächlich verblüffend, wie sehr die Struktur des Tempus-Systems im Griechischen und im Französischen übereinstimmt und wie sehr das Lateinische davon abweicht. Man hat den Eindruck eines Systems, das aus dem Gleichgewicht gerät und schließlich sein Gleichgewicht wiederfindet.

Mit dieser historischen Deutung sind jedoch auch erhebliche Schwierigkeiten verbunden. Man tut dem Lateinischen nicht viel Ehre an, wenn man seine Grammatik nur als etwas mißlungene Durchgangsphase zwischen dem Indogermanischen und dem Romanischen ansieht. Das hätte nicht nur in Humanistenohren einen peinlichen Klang, sondern würde auch dem Rang der lateinischen Sprache in der Welt nicht gerecht. Das Tempus-System der lateinischen Sprache ist natürlich, wie das Tempus-System jeder anderen Sprache, gut und richtig; sonst könnte die Sprache ihre vielfältigen Aufgaben im Dienste einer hohen Kultur nicht wahrnehmen. Es muß also einen Grund geben, warum das Lateinische in so auffälliger Weise von der Strukturnorm der indogermanischen Sprachen abweicht.

Schauen wir zum Vergleich noch einmal auf die französische Sprache. Auch im gesprochenen Französisch steht seit fast zwei Jahrhunderten ein Tempus auf beiden Seiten des Tempus-Systems. Es ist das Passé composé. Dennoch ist das Tempus-System mit der strengen Scheidung besprechender und erzählender Tempora intakt. Das Passé composé gehört eindeutig zur Tempus-Gruppe der besprochenen Welt; es kann nur unter bestimmten Bedingungen Erzählaufgaben wahrnehmen und verliert auch dann nicht ganz die Tempus-Merkmale, die ihm als Tempus der besprochenen Welt zukommen. Wir haben im einzelnen beschrieben, wie sich das Zusammenwirken der Tempora mit makrosyntaktischen Signalen der Erzählfolge in den verschiedenen Texttypen der gesprochenen und der geschriebenen Sprache darstellt (vgl. Kap. X). Es könnte nun sein, daß es sich im Lateinischen ähnlich verhält, nur umgekehrt. Das Perfectum wäre demnach ein erzählendes Tempus und nähme nur unter bestimmten Bedingungen, nämlich im Zusammenwirken mit gewissen Adverbien, Aufgaben des Besprechens wahr. Das ist natürlich im Moment ein rein hypothetischer Gedanke, der auch nicht ohne weiteres verifizierbar oder falsifizierbar ist. Eine Textlinguistik der lateinischen Makrosyntaktika gibt es nämlich noch nicht und kann auch im Rahmen dieser Untersuchung nicht erstellt werden. Die Frage muß also offen bleiben.[20]

Es scheint jedoch von einem anderen Gesichtspunkt her möglich zu sein, die Frage nach der Funktion des lateinischen Perfectum wenn nicht zu lösen, so doch zu präzisieren. Wir gehen also einstweilen davon aus, daß im lateinischen Perfectum ein Synkretismus der beiden Tempus-Gruppen der besprochenen und der erzählten Welt vorliegt. In den romanischen Sprachen (vielleicht mit Ausnahme des Portugiesischen) ist dieser Synkretismus verschwunden, und es gibt ein besprechendes Perfekt (Passé composé usw.) neben einem erzählenden Perfekt (Passé simple usw.). Irgendwann auf dem Wege durch die Geschichte muß es folglich zu einer Aufspaltung der Funktionen gekommen sein. Ist das in den dunklen Jahrhunderten der Spätantike und des frühen Mittelalters geschehen? Wenn das der Fall ist, dann steht es um die Chancen unserer Argumentation nicht gut. Die Argumentation hat daher ein gewisses Interesse daran, schon in klassischer Zeit, also in einer Epoche reicher Textdokumentation, wenigstens Spuren einer solchen Entwicklung nachzuweisen.

Für die folgenden Überlegungen berücksichtige ich nun wieder die Kombinatorik der Tempus-Formen im Text. Es ist bei dem Tempus Perfectum insbesondere angezeigt, auf die Kombinatorik mit den syntaktischen Signalen der Diathese (Aktiv, Deponens, Passiv) zu achten. Es scheint, daß das Perfectum, je nachdem ob es mit den Signalen des Aktiv einerseits, des Deponens und Passiv andererseits verbunden ist, nicht die gleichen Funktionen im Text wahrnimmt. Das Aktiv des Perfectum (*laudavit*) scheint in stärkerem Maße Aufgaben des Erzählens wahrzunehmen als das Deponens (*mentitus est*) und das Passiv (*laudatus est*) dieses Tempus, die mehr den Aufgaben des Besprechens zugewandt sind. Das mag mit der Präsensform *est* zusammenhängen, mit der die Perfektformen des Deponens und des passiven Verbs gebildet sind. Nehmen wir es einfach als Tatsache. So kommt es, daß das Perfectum des Deponens und des Passivs in besprechenden Texten eine ganz andere Frequenz hat als in erzählenden Texten.

In Caesars *Bellum Gallicum* kann man deutlich die Tendenz beobachten, als erzählendes Tempus, neben dem Praesens historicum als Einblendung, vorzugsweise das Perfectum der aktiven Verben zu verwenden. Caesar vermeidet nicht die Deponentien und passiven Verbformen schlechthin. Sie sind in den Formen des Präsensstammes und einigen anderen Verbformen sogar recht häufig, nur eben im Perfectum sind sie überraschend selten. Caesar vermeidet sie bewußt und verwendet an ihrer Stelle das Participium perfecti *(profectus, laudatus)*, das dann einem aktiven Verb, meistens im Perfectum, untergeordnet wird. Beim Deponens steht bisweilen, im ganzen aber seltener, auch das Participium Praesentis *(proficiscens)* oder das Participium futuri *(profecturus)*.

Zwei Beispiele, die gleichzeitig die Häufung der Participia zeigen sollen: *Legionis nonae et decimae milites (...) transire* c o n a n t e s i n s e c u t i *gladiis magnam partem eorum* i m p e d i t a m *interfecerunt* (II, 23, 1). – *His de rebus Caesar* c e r t i o r f a c t u s *et infirmitatem Gallorum* v e r i t u s, *(...) nihil his committendum existimavit* (IV, 5, 1).

Caesar schreibt also nicht *insecuti sunt et interfecerunt; veritus est et existimavit*, sondern er ersetzt das Perfectum des Deponens durch das entsprechende Participium perfecti *insecuti, veritus*. Das ist kein bloßes Stilphänomen! Es ist ein syntaktisches Phänomen und hängt mit der Beschaffenheit des Tempus-Systems zusammen. Denn die Partizipien sind auch im Lateinischen semi-finit. Das bedeutet vor allem, daß sie gegenüber der Strukturgrenze zwischen der besprochenen und der erzählten Welt indifferent sind. Wenn also das Perfectum der aktiven Verben erzählendes Tempus ist, wie offenbar in Caesars Kriegsberichten, dann haben auch alle Semi-Formen, die von ihm abhängig gemacht werden, erzählenden Charakter. Daher greift Caesar nicht, wie man bei einem Stilmittel erwarten sollte, nur gelegentlich zu diesen Partizipien des Deponens und (seltener) des Passivs, sondern obstinat. Fast in jedem Satz findet man sie.

Es handelt sich für Caesar nicht darum, mittels der Partizipien eine »Vorzeitigkeit« oder dergleichen auszudrücken. In den beiden zitierten Sätzen ist es ja nicht so, daß die Soldaten Caesars zuerst die Feinde verfolgen und dann erschlagen und daß Caesar zuerst eine Befürchtung hat und dann eine Meinung hegt, sondern diese Ereignisse sind gleichzeitig. Oder, wenn sie nicht gleichzeitig sind, so stehen sie doch zueinander im Verhältnis der normalen Erzählfolge. Eben diese Erzählfolge scheint das Tempus Perfectum der Deponentien und passiven Verben nicht zu bieten. Das weist eindeutig auf eine Zugehörigkeit *dieser* Perfecta zur besprochenen Welt. Wir haben eine ähnliche Beobachtung, jedoch bei dem Tempus *aller* Formenklassen, am Passé composé des Französischen und am Perfekt der süddeutschen Mundarten machen können.

Natürlich kommen auch in den Büchern des *Bellum Gallicum* Perfektformen der Deponentien und passiven Verben vor. Aber sie sind im ganzen recht selten und, was noch aufschlußreicher ist, sie stehen an bestimmten Stellen. Sie sind seltener im reinen Erzählfluß, finden sich jedoch mit einer gewissen Beständigkeit am Anfang und besonders am Ende von Erzählabschnitten – ganz wie wir es vom Perfekt im Deutschen kennen. Von den sieben Büchern Caesars über den Gallischen Krieg enden nicht weniger als vier mit einem Deponens oder Passiv im Perfectum. Das ist eine ganz ungewöhnlich hohe Verhältniszahl:

> – ... *ipse in citeriorem Galliam ad conventus agendos profectus est* (Buch I).
> *Ipse (...) in Italiam profectus est. Ob easque res ex litteris Caesaris dierum quindecim supplicatio decreta est, quod ante id tempus accidit nulli* (Buch II).
> – *His rebus gestis ex litteris Caesaris dierum viginti supplicatio ab senatu decreta est* (Buch IV).
> – ... *in Italiam ad conventus agendos profectus est* (Buch VI).

Auch am Ende der einzelnen Erzählabschnitte findet man die Perfecta der Deponentien und passiven Verben viel häufiger als in den Hauptstücken der Erzählung.

Man bemerkt ferner an den zitierten Sätzen, daß sie formelhaft sind. Auch diese Beobachtung läßt sich vorsichtig verallgemeinern. Es besteht eine gewisse Attraktion zwischen formelhafter Rede und dem Perfectum der Deponentien und passiven Verben. So finden wir in erzählenden Abschnitten häufig Sätze wie diese: *Acriter in eo loco pugnatum est* (II, 10, 2). – *Acriter utrimque usque ad vesperum pugnatum est* (I, 50, 3). – *Pugnatum est ab utrisque acriter* (IV, 26, 1). – *Aegre eo die sustentatum est* (II, 6, 1). Diese Sätze sind schon ihrem Inhalt nach aus dem Erzählfluß herausgenommen. Sie resümieren einen Kampftag, bewerten ihn sogar. Man kann sie als Überschriften der detaillierten Erzählung nehmen. In solchen Sätzen finden wir das Perfectum eines Deponens oder passiven Verbs wiederum viel häufiger, als nach seiner Frequenz im Ganzen der *Commentarii* zu erwarten wäre.

Schaut man nun zum Vergleich auf *Ciceros* Briefe, so bemerkt man sofort, daß die Perfecta der Deponentien und passiven Verben eine viel höhere Frequenz haben als bei Caesar. Man braucht keine Statistik, um das zu zeigen. Eine beliebig aufgeschlagene Seite des Textes läßt das erkennen. Die Perfecta der passiven Verben stehen zwanglos unter den anderen Tempora der besprochenen Welt und gehören wie selbstverständlich dazu: *Ita sunt res nostrae, ut in secundis, fluxae, ut in adversis, bonae. In re familiari valde* s u m u s, *ut scis,* p e r - t u r b a t i. *Praeterea sunt quaedam domestica, quae litteris non committo* (Ad Att. IV, 1). – Ebenso die Perfecta der Deponentien: ... *qua re velim ita* s t a t u t u m h a b e a s, *me tui memoriam cum summa benevolentia tenere tuasque omnes res non minori mihi curae quam meas esse. Quod maiore in varietate* v e r s a t a e s t *adhuc tua causa, quam homines aut volebant aut opinabantur, mihi crede, non est pro malis temporum quod moleste feras* (Ad Fam. VI, 2). Unter den besprechenden Tempora dieses Textes finden wir die Form *statutum habere* ›für gewiß halten‹, die dem Formmuster nach bereits auf das besprechende romanische Perfekt (Passé composé usw.) verweist.

Der verschiedene Status der lateinischen Perfecta im Tempus-System wird auch durch die Sprachgeschichte bestätigt. Während die Perfekt-formen der aktiven Verben in das romanische Erzähltempus Passé simple (Perfecto simple, Passato remoto usw.) übergehen, münden die Perfektformen der Deponentien (die sich in der lateinischen Sprache bis in das ausgehende Altertum gut halten und teilweise noch ver-mehrt werden[21]!) in das besprechende Tempus Passé composé (Per-fecto compuesto, Passato prossimo usw.) ein. Sie münden in dieses ein entweder ohne morphologische Veränderung *(mortuus est > il est mort)* oder mit Wechsel des Morphems *(mentitus est : il a menti)*. Der Wechsel des Morphems ist von untergeordneter Bedeutung, da beide Morpheme den gleichen Platz im Tempus-System einnehmen und das ganze Tempus nun eindeutig als besprechendes Tempus quali-fizieren.

Man kann also, so scheint mir, die Bildung eines neuen Tempus in den romanischen Sprachen noch genauer beschreiben, als es Burger schon getan hat, indem er das neue Tempus in Beziehung zum alten Tempus Perfectum setzte. Auch im lateinischen Perfectum der klas-sischen Zeit ist die Strukturgrenze zwischen der besprochenen und der erzählten Welt schon vorgezeichnet. Sie scheidet das Perfectum des Deponens und des passiven Verbs vom Perfectum des aktiven Verbs. Das Perfectum des Deponens und Passivs wird besprechend, das Per-fectum des Aktivs wird erzählend. Die weitere Sprachentwicklung zieht diese Struktur nur nach. Sie füllt beide Kategorien auf: das bespre-chende Perfectum mit dem Hilfsverb (bald Morphem) *habet*, das er-zählende Perfekt mit dem Hilfsverb (bald Morphem) *fuit*. Beide Auffüllungen bleiben auch morphologisch in dem Rahmen, den die lateinische Sprache der klassischen Zeit schon bereitgestellt hat.

3. Spengler, Whorf und die Hopi-Indianer

Wie soll man das Tempus-System sehr fremder Sprachen beschreiben? Es ist recht leicht, wenn man der fremden Sprache nur die Begriffe überstülpt, die man aus der eigenen Sprache kennt oder zu kennen glaubt. Denn natürlich kann man in jeder Sprache Vergangenes und Zukünftiges, Unvollendetes und Vollendetes irgendwie bezeichnen. Die Frage ist nur, ob die Verbformen dieser Sprache auch tatsächlich nach den Gesichtspunkten der Zeit und des Aspekts organisiert sind.

Es könnte ja sein, daß die Verbformen dieser Sprache nach ganz anderen Gesichtspunkten organisiert sind und in ganz anderen Strukturen stehen. Das herauszufinden, ist sehr schwer.

Die meisten Sprachwissenschaftler, die sich die Aufgabe gestellt haben, eine der indogermanischen Sprachenfamilie sehr fernstehende Sprache zu beschreiben, haben sich kaum Sorgen dieser Art gemacht. Sie haben in ermüdender Gleichförmigkeit an alle Sprachen das Maß der Zeit und des Aspektes angelegt, überzeugt davon, im Besitz eines philologisch bewährten und philosophisch gesicherten Apriori zu sein. Das Ergebnis ist, je nach den Sprachen, eine verschieden lange Liste von Aspekt-Tempora mit zum Teil wechselnden Benennungen, in denen dennoch gewisse Bezeichnungen wie perfektiv/imperfektiv, progressiv und iterativ ständig wiederkehren.

Ob diese Tempus-Beschreibungen wohl tatsächlich den Sprachen gerecht werden? Das kann man natürlich solange nicht sicher beurteilen, als man die Sprache nicht mindestens ebenso gut kennt wie der Sprachwissenschaftler, der sie beschrieben hat. Immerhin kann man schon aus der Anlage der Beschreibung gewisse Rückschlüsse auf die wahrscheinliche Richtigkeit oder Falschheit der Beschreibung ziehen.

Wir werfen einen Blick auf die Beschreibung der *Schambala*-Sprache, einer afrikanischen Bantu-Sprache, die von Karl Roehl 1911 beschrieben worden ist.[22] Karl Roehl war lange Jahre in Afrika tätig und hat die Schambala-Sprache allem Anschein nach gut beherrscht. Die Beschreibung der Sprache macht jedoch einen seltsamen Eindruck. Karl Roehl unterscheidet und verzeichnet nicht weniger als rund tausend verschiedene Verbformen allein im Indikativ Aktiv der ersten Person. Und trotz dieser überaus hohen Zahl von Verbformen muß er feststellen, daß die Schambala-Sprecher keine Tempora zum Ausdruck von Vergangenheit, Gegenwart und Zukunft haben. Dieselben Verbformen dienen zur Bezeichnung der fernsten Vergangenheit wie der äußersten Zukunft. Angesichts dieses Befundes macht sich der weiße Mann die Sache leicht. Sein Urteil ist schnell gebildet: die Schambala haben nur eine Anschauung (»die allerursprünglichste naivste Anschauung«), keinen Begriff von der Zeit (»dem Wesen der Zeit«). Kein Wunder, daß die Schambala »gedankenlos und begrifflos in den Tag hinein leben« (S. 108 f.). Er beschreibt dann lustlos die Verbformen, und wir finden die Aspekte in ungeahnten Differenzierungen wieder.

Hat man nicht einer Sprachbeschreibung von vornherein zu mißtrauen, die vom Begriffshochmut des weißen Mannes gesteuert ist?

Ähnliche vorgefaßte Meinungen, wenn auch nicht den gleichen Hochmut, muß der amerikanische Sprachwissenschaftler Benjamin Lee *Whorf* gehabt haben, als er um 1935 zum Staate Arizona zog, um die Sprache der *Hopi*-Indianer zu erforschen. Die Hopi-Sprache gehört zur aztekischen Sprachenfamilie, ist in vier Dialekte gegliedert und wird von etwa zweitausend Sprechern hauptsächlich im Hopi-

Reservat im nordwestlichen Arizona gesprochen. In seiner ersten Beschreibung verzichtet er zwar sogleich schon auf den Zeitbegriff, mit dem sich nichts Rechtes anfangen läßt, behandelt aber die Verbformen der Hopi-Sprache ganz im traditionellen Sinn unter der Überschrift »Aspekte«. Er findet neun Aspekte in der Sprache, die folgende Namen bekommen: Prime aspect (zero-form), Punctual, Durative (dem englischen Tempus auf -ing entsprechend), Segmentative, Ingressive, Progressional, Projective, Spatial, Continuative.[23]

Mit dieser Beschreibung ist Whorf aber nicht recht zufrieden, und er müht sich sein ganzes Leben lang ab, die Hopi-Sprache besser zu verstehen und adäquater zu beschreiben. Ihm wird dabei zunehmend klar, daß seine ganze Beschreibung durch vorgefaßte Begriffe indogermanischer Provenienz gesteuert war. Von diesen Begriffen her kann die amerikanische Sprache nur als unregelmäßig erscheinen. Erst wenn man sich von diesen Begriffen frei macht, wird die Regelmäßigkeit der nichtindogermanischen Sprache sichtbar. Whorf bekennt: »Later I found it was quite regular, in terms of its own pattern«.[24]

Whorf geht so vor, daß er aus der Liste der Aspekte in verschiedenen Ansätzen einzelne Kategorien herausgreift und versucht, um sie herum ein System der Tempora und Verbformen zu organisieren. Zunächst probiert er es mit dem punktualen und dem segmentativen Aspekt.[25] Er treibt dabei die Aspektlehre auf die äußerste Spitze und glaubt, in diesen beiden Hopi-Aspekten präzise Verbkategorien für Bewegungsvorgänge in der Natur zu sehen. Der punktuale Aspekt bezeichnet den Ortspunkt (point-locus) im physikalischen Sinne, während der segmentative Aspekt, ebenfalls im physikalischen Sinne des Wortes, eine Rotationskraft (»the type of force known in physics as torque = tendency to produce rotation«) bezeichnet. Beide Aspekte sind unabhängig von Zeit und Raum. Mit ihnen formalisiert die Hopi-Sprache die Natur nach den Prinzipien einer einfachen, aber wissenschaftlich durchaus beachtenswerten Physik (»with very thorough consistency and not a little true scientific precision«). Die beiden genannten Aspekte entsprechen im Grunde den modernen physikalischen Grundbegriffen Partikel und Schwingungsfeld. Und diese Begriffe sind nach den Erkenntnissen der modernen Physik und nach Whorfs Überzeugung wichtiger als die veralteten Begriffe Raum und Zeit oder gar Vergangenheit, Gegenwart und Zukunft.

In dem gleichen Aufsatz spricht Whorf auch von drei Tempora der Hopi-Sprache, ohne jedoch weiteres dazu zu sagen, als daß sie Factual (Present-past), Future und Generalized (Usitative) heißen. In einem späteren Aufsatz[26] greift er nun diese Tempora noch einmal auf. Er nennt sie nun: Reportive, Expective und Nomic. Alle drei Tempora haben nichts mit Zeit zu tun, das betont Whorf nachdrücklich. Das Reportive-Tempus steht beispielsweise für Vergangenes und Gegenwärtiges und ist die Null-Form. Ob mit diesem Tempus Vergangenes oder Gegenwärtiges gemeint ist, wird durch die Situation entschieden. Wenn der Satz zusätzliche Determination aus der Situation hat, bezieht er sich auf Gegenwärtiges; wenn nicht, auf Vergangenes. Das Expective-Tempus ist ebenfalls indifferent gegenüber den Zeitstufen. Whorf übersetzt es mit: is going to, begins to, was going to, began to. Das Nomic-Tempus steht schließlich für allgemeine Feststellungen und anerkannte Wahrheiten.

Man sieht, daß Whorf diesmal nicht von der Physik, sondern von der Logik und Erkenntnistheorie her den rätselhaften Hopi-Tempora beizukommen versucht. Die drei Tempora unterscheiden sich nach Whorfs zusammenfassender Lehre als drei verschiedene Arten von Information. Ihr Oberbegriff ist Behauptung (Assertion).

Dies ist noch nicht Whorfs letztes Wort zur Hopi-Sprache. Unter seinen vielen Schriften[27] greife ich einen weiteren Aufsatz heraus, der posthum 1950 (Whorf ist 1941 gestorben) erschienen ist.[28] In diesem Aufsatz wiederholt Whorf noch einmal und immer wieder von neuem, daß die Hopi-Sprache keine Tempora, er meint: keine Verbformen zum Ausdruck der Zeit hat. Ja, die Hopi-Sprache hat nicht einmal ein Wort zur Bezeichnung der Zeit im mathematisch-physikalischen Sinne, geschweige denn zur Bezeichnung von Vergangenheit, Gegenwart oder Zukunft. Ebenso wenig hat sie Wörter oder Verbformen zur Bezeichnung des Raumes.

Whorf wendet nun seine Sprachbeschreibung ins Philosophische und vergleicht die »Metaphysik«, die der Hopi-Sprache zugrunde liegt, mit der »Metaphysik«, die den indogermanischen Sprachen (er sagt Standard Average European, SAE-Sprachen) zugrunde liegt. Die SAE-Sprachen – Whorf hat seinen Kant gelesen – stülpen der Natur die Anschauungsformen Raum und Zeit über. (Whorf sagt statt Anschauungsformen cosmic forms, aber da es sich um sprachliche cosmic forms handelt, sind sie nicht so ganz verschieden von Kants reinen Anschauungsformen.) Mit diesen sprachlichen Anschauungsformen als den grammatischen Kategorien unserer Muttersprache ordnen und interpretieren wir die Welt und legen damit den Grund für unsere Kultur. Die standard-europäische Kultur enthält also schon in ihren Grundlagen ein unaufhebbares Element raumzeitlichen Weltverständnisses. Denn: »language first of all is a classification and arrangement of the stream of sensory experience which results in a certain world-order, a certain segment of the world that is easily expressible by the type of symbolic means that language employs«.[29] Man erkennt in Whorfs Auffassung unschwer das grammatische Gegenstück zu der mehr semantisch orientierten Lehre vom sprachlichen Weltbild in der deutschen Sprachwissenschaft von Humboldt bis Weisgerber.

Die Hopi-Sprache interpretiert nun die Welt in ganz anderer Weise. Sie stülpt der Welt nicht Raum und Zeit über, sondern zwei andere »kosmische Formen«, die Whorf die Manifested form (objective form) und die Manifesting form (auch: unmanifest, subjective form) nennt. Das ist die Metaphysik der Hopi-Sprache, enthalten in ihrem System der Verbformen. Whorf versucht in immer neuen Annäherungen, diese sprachliche Dichotomie in ihrem metaphysischen Sinn zu erfassen. Verhältnismäßig einsichtig ist die Kategorie des Manifesten. Sie umfaßt alles das, was den Sinnen zugänglich ist: die Welt als Natur und Geschichte, Gegenwart und Vergangenheit. Schwieriger ist die Kategorie des Sich-Manifestierenden zu erfassen. Whorf nennt sie auch die Kategorie des Subjektiven, warnt aber vor einer Mißdeutung als Nur-Subjektivem. Es stellt für den Hopi-Geist vielleicht noch eine höhere Form der Wirklichkeit dar als das, was den Sinnen offenbar ist. Es umfaßt alles, was wir mental nennen, was nach der Vorstellung der Hopi-Indianer aber im Herzen heimisch ist. Aber nicht nur im Herzen der Menschen, sondern auch der Tiere, Pflanzen, Dinge, ja des ganzen Kosmos. Es ist eine magische und religiöse Kategorie. Auch das Zukünftige gehört zu ihr, denn es ist in unserm Fühlen und Denken schon gegenwärtig. Kein Zeit- oder Aspektbegriff kann dieser Kategorie gerecht werden. Man muß schon zu ganz anderen Vorstellungen seine Zuflucht nehmen. Whorf versucht es mit dem Wort Hoffnung. Dies ist der Begriff, der das Insgesamt dieser Verbkategorie noch am besten bezeichnet. Aber grundsätzlich ist auch dieser Begriff ungeeignet, eine Weltansicht zu bezeichnen, die »ein amerikanisch-indianisches Weltmodell« ist, nicht ein standard-europäisches Weltmodell.

Darf man beide Weltansichten miteinander vergleichen? Whorf wehrt sich leidenschaftlich gegen das schnell gefertigte Urteil vom Mystizismus der eingeborenen Völkerschaften. Wenn man so urteilt, sind die standard-europäischen Anschauungsformen von der fließenden Zeit und vom statischen Raum ebenfalls ein Mystizismus. Man muß diese Vorurteile aufgeben. Die Sprache der Hopi-Indianer enthält eine ebenso gute Metaphysik wie die abendländischen Kultursprachen.

Vielleicht sogar eine bessere, läßt Whorf durchblicken. Hier wendet er seine Sprachbetrachtung zur Kulturkritik.[30] Die »westliche« Kultur ist auf den Voraussetzungen der standard-europäischen Sprachen aufgebaut. Insbesondere die überragende Rolle der Zeit in der modernen europäisch-amerikanischen Industriegesellschaft (Allgegenwart der Uhren, Zwang des Terminkalenders, »keine Zeit haben« usw.) ist eine Konsequenz jenes sprachlichen Weltbildes, das mit Hilfe der Tempora, verstanden als Zeitformen, alles Geschehen in den Zeitstrom taucht. Ohne unsere Sprachen mit ihrer Tempus-Besessenheit wäre unsere Zivilisation weniger zeitbesessen und wäre eine ganz andere Zivilisation. Der Beweis ist bei den Hopi-Indianern zu finden. Ihre Sprache ist so beschaffen, daß die Zeit keine Rolle spielt, sondern ganz andere Kategorien, die wir kaum begreifen und nur notdürftig umschreiben können. So haben sie auch keine Zivilisation der Chronometer und Maschinen hervorgebracht, sondern eine andere Lebensform, die zwar weniger ökonomische Erfolge aufzuweisen hat, aber die Welt vielleicht authentischer widerspiegelt als eine Zivilisation, die Zeit letzten Endes nur in Geld ausmünzt.

Whorfs Kulturkritik muß man im Zusammenhang mit *Spenglers* Deutung der abendländischen Kultur sehen.[31] Das untergehende Abendland ist in Spenglers suggestiver Deutung eine Kultur, die sich von fast allen anderen Kulturen[32] durch den ausgeprägten Zeitsinn unterscheidet. Das ist durch Kants ungerechtfertigte Parallelsetzung des »toten« Raums und der »lebendigen« Zeit verdeckt worden. Aber Zeit ist mehr als eine Anschauungsform. Zeit ist Schicksal, und Zeit ist Geschichte. Nur für den abendländischen Menschen gibt es die Welt überhaupt als Geschichte, gibt es Weltgeschichte. Man erkennt die hervorragende Stellung der Zeit in der abendländischen Kultur an den großen Zeitsymbolen: Uhren, Museen, Geschichtsschreibung, Tragödien, Astrologie, Bestattungsformen usw. »Ohne peinlichste Zeitmessung (...) ist der abendländische Mensch nicht denkbar« (I, 186). Spengler datiert überhaupt die westeuropäisch-abendländische Kultur von der Zeit um das Jahr 1000, d. h. von der Zeit, da der Abt Gerbert, der spätere Papst Sylvester II., die mechanische Schlag- und Räderuhr erfand (I, 18 f.).

Auch die Tempora der europäischen Sprachen werden von Spengler in den Kreis seiner kulturmorphologischen Betrachtungen einbezogen. Er rechnet sie jedoch nicht so sehr zu den großen Zeitsymbolen der abendländischen Kultur, sondern sieht in ihnen eher Entartungsformen der ursprünglich viel echteren und lebendigeren Zeit. Die Verräumlichung und Entseelung der Zeit, die sich in der Philosophie, Psychologie und Physik der neueren Epoche vollendet, deutet sich bereits in der Sprache an; das »Denken in Zeitwörtern« unterwirft das Leben und dessen wirkliche Zeit dem Verstand und reduziert die »historische Zeit« zu einem »räumlich gestalteten, stellvertretenden Phantom« (I, 174; II, 171 f.). Hier steht Bergson hinter Spengler. Die Tempora stehen also mehr auf der Seite »Untergang« als auf der Seite »Abendland«, aber sie gehören doch, wenn auch in der Entartung, mit zu dieser historischen, spezifisch abendländischen Kultur. Denn: »dem Urmenschen kann das Wort ›Zeit‹ nichts bedeuten. Er lebt, ohne es durch den Gegensatz zu etwas anderem nötig zu haben. Er hat Zeit, aber er weiß nichts von ihr (I, 173).«

Man weiß, welches Aufsehen Spenglers Geschichtsdeutung zu ihrer Zeit in der Welt erregt hat. Das Buch wurde 1926/29 von C. F. Atkinson unter dem Titel *Decline of the West* ins Englische übersetzt und fand sogleich ein lebhaftes Echo. Wyndham Lewis gab einem Buch den Titel *Time and Western Man* und setzte sich insbesondere mit Spenglers These von der abendländisch exklusiven Zeit auseinander: »Alas, the poor Indian! and his untutored ahistoric mind! Spengler treats the poor Indian, or Greek, that he visits in the course of his time-travel, with the same lofty pity and disdain that the conquering White showed for the ›poor Indian‹ of the English verse.«[33] Die Heftigkeit der Reaktion wird übrigens auch dadurch erklärlich, daß Spengler die Macht der Rasse und des Bodens daran demonstrieren zu können glaubt, daß er sagt, die eingewanderten Amerikaner würden von Generation zu Generation der Urbevölkerung ähnlicher (II, 140).

Ich weiß nicht, ob und wann Benjamin Lee Whorf Spengler gelesen hat. Er nennt seinen Namen meines Wissens nicht. Aber das Kapitel *Some Impresses of Linguistic Habit in Western Civilization* eines 1939 redigierten Aufsatzes[34] kann man auffassen als ein kurzes Resümee Spenglers unter dem besonderen Gesichtspunkt der Zeit. Ob er nun Spengler aus eigener Lektüre oder aus der allgemeinen Diskussion gekannt hat, ist weniger wichtig als die Tatsache, daß Whorf mit seiner philosophierenden Beschreibung der Hopi-Sprache Spengler eine Antwort aus nicht-abendländischer Sicht gibt. Whorf nimmt Spenglers Deutung an und macht gleichsam die Gegenprobe. Er stellt fest, daß die Hopi-Sprache tatsächlich keine Tempora hat, und das bedeutet für ihn: daß die Hopi-Kultur kein Zeitbewußtsein hat.

Auch Spenglers Untergangsperspektive ist bei Whorf, allerdings in veränderter Gestalt, anzutreffen. Was das »Abendland« betrifft, so ist Whorf überzeugt, daß die moderne Naturwissenschaft mit aller Kraft versucht, aus der kulturmorphologisch gegebenen Tempus-Zeit-Spirale auszubrechen. »It is trying to frame *a new language* by which to adjust itself to a wider universe.«[35] Der Zeitsinn ist also einer Kulturphase zugeordnet, die zu Ende geht. Und was die Hopi-Kultur als Specimen einer nicht-abendländischen Kultur betrifft, so streift Whorf jeden Zivilisationsdünkel ab. Er versucht, ganz unvoreingenommen zu fragen, welche zentrale Kategorie diese Sprache hat, wenn sie auf die Kategorie der Zeit verzichtet. Er findet etwas ganz anderes, nämlich: Hoffnung. Von dieser Einsicht her macht er sich zum Anwalt dieser Kultur und reklamiert für sie das gleiche kulturmorphologische Ansehen, das die europäisch-amerikanische Kultur für sich in Anspruch nimmt.

Wir, die wir den Dialog Spenglers und Whorfs mit einem gewissen Abstand beobachten, wollen Whorf gerne glauben, daß er in der Hopi-Sprache keine Zeitformen gefunden hat. Das bestätigt nur unsere Auffassung, daß Tempus und Zeit zwei verschiedene Dinge sind. Aber wir glauben nicht so recht an die großen Zeitsymbole Spenglers und weigern uns jedenfalls ganz entschieden, die Tempora der indogermanischen Sprachen als Ausdruck der Zeit zu rechnen. So trifft Whorfs Kulturkritik an der Zeitverhaftung der »SAE-Kultur« mehr Spenglers Geschichtsdeutung als die Wirklichkeit der indogermanischen Sprachen in Europa und der modernen Welt. Denn unsere Tempora haben genauso viel und genauso wenig mit Zeit zu tun wie die Tempora der Hopi-Indianer und sind ihnen vielleicht viel näher verwandt, als Whorf zu denken gewagt hat.

4. Für eine neue Beschreibungsmethode

Wenn die Begriffe Zeit und Aspekt auch zur Beschreibung sehr fremder Sprachen nicht auszureichen scheinen, soll man dann nicht versuchen, auf alle vorgefaßten Begriffe zu verzichten und die fremde Sprache ganz unvoreingenommen auf sich wirken zu lassen? Das ist leichter gesagt als getan. Man kann sich nicht mit einem Willensakt von allen Vorstellungen lösen, die in Jahrzehnten des Umgangs mit indogermanischen Sprachen eingeübt worden sind. Je mehr man an die Möglichkeit der eigenen Vorurteilslosigkeit glaubt, um so tückischer schleichen sich die Vorurteile in alle Untersuchungen und Beschreibungen. Der Positivismus in der Sprachwissenschaft ist daran gescheitert. Er hat infolgedessen überhaupt keine Syntax hervorgebracht und durch ein systematisches Ausweichen in die historische Betrachtung darüber hinwegzutäuschen versucht, daß er nicht einen Schritt über die antike und spätantike Grammatik hinausgekommen ist.

Man kann keine fremde Sprache vorurteilslos beschreiben. Wer der Sprache keine intelligenten Fragen stellt, bekommt auch keine intelligenten Antworten von ihr. Es handelt sich also nicht darum, alle Vorurteile abzustreifen, sondern schlechte Vorurteile durch bessere zu ersetzen. Die besten Vorurteile sind solche, die in der fremden Sprache von vornherein auf geformte Texte zu achten bereit sind. Eine Sprache aber zeigt ihre Form und Struktur nur dann, wenn man sie in den Lebenssituationen betrachtet, in denen sie heimisch ist. Die Beschreibung einer Sprache kann daher nur dann hoffen, adäquat zu sein, wenn sie die Pragmatik mitbeschreibt. Wenn sich dabei eine bestimmte Korrespondenz zwischen typischen Sprechsituationen einer Kultur und grammatischen Kategorien der Sprache ergibt, darf der Beschreibende darin eine nachträgliche Rechtfertigung seiner Vorurteile und eine Bestätigung ihrer Richtigkeit sehen.

Der Linguist, der eine fremde Sprache zu beschreiben versucht, sollte nicht das Vorurteil haben, die Tempora und Verbformen aller Sprachen müßten nach einer Dichotomie der besprechenden und erzählenden Sprechhaltung organisiert sein. Aber er sollte auch nicht unbesehen alle Sätze der Sprache mit dem gleichen grammatischen Grau einfärben. Er sollte statt dessen versuchen, eine Typologie der Sprechsituationen zu entwerfen, die speziell für diese Kultur charakteristisch ist. Er wird dabei der Gefahr willkürlicher Typenbildung am sichersten entgehen, wenn er sich von realen Texten jener Sprache leiten läßt. Die literarischen Gattungen – geschrieben oder mündlich –

sind prinzipiell als typisierte Sprechsituationen anzusehen und geben den ersten, sicheren Rahmen für eine grammatische Untersuchung. Die Texte einer Sprache stehen also nicht am Ende oder gar weit jenseits der Grammatik, sondern *an ihrem Anfang*. Es ist das große Verdienst der strukturalen Sprachwissenschaft, daß sie den Irrtum aufgedeckt hat, man könne eine Grammatik aus den kleinsten Elementen zu immer größeren Einheiten aufsteigend aufbauen. Man hat mit den größten Einheiten anzufangen und erkennt erst aus der Struktur der Ganzheit die kleineren Teile. Nun, die höchsten Einheiten sind nicht Sätze oder Perioden, sondern Sprechsituationen und Texte mit ihren literarischen Gattungsgesetzen. Mit ihnen fängt also die Grammatik an.

Es kann dabei nicht schaden, die Beschreibung einer Sprache mit der Frage zu beginnen: Wie erzählt man eigentlich in dieser Sprache? Denn die Erzählung scheint eine universale Form sprachlicher Äußerung zu sein. Dabei mag es dann geschehen, daß der Sprachforscher gewisse Verbformen (Tempora) findet, die in Erzählungen obstinat wiederkehren und für erzählende Situationen und Gattungen typisch sind. In manchen Sprachbeschreibungen, halbverhüllt von den Gesichtspunkten der Zeit und des Aspekts, sind solche Erzähltempora erkennbar. Karl Roehl in der schon erörterten Beschreibung der afrikanischen Schambala-Sprache verzeichnet ein eigenes Tempus für Erzählungen und Sprichwörter und vermerkt eigens, es sei ein zeitloses Tempus. Wenn Vergangenes erzählt wird, sei es Vergangenheitstempus; wenn aber die Rede von Gegenwärtigem oder Zukünftigem sei, dann werde dieses Tempus ebenfalls gebraucht.[36] Ich habe den Eindruck, daß dieses Tempus das Null-Tempus einer Tempus-Gruppe der erzählten Welt ist, vielleicht auch das einzige Tempus der erzählten Welt. Auch in der afrikanischen Pala-Sprache gibt es ein eigenes Tempus für Volkssagen und Märchen.[37] Und der mehrfach genannte Benjamin Lee Whorf hat in seiner Beschreibung der Hopi-Sprache und in bezug auf die »kosmische Form Hoffnung« eine Formulierung, die mich stutzig macht. Er scheibt: »the Hopi realize and even express in their grammar that the things told in myths and stories do not have the same kind of reality or validity as things of the present day, the things of practical concern.«[38] Sollten das die Kategorien des Erzählens und Besprechens sein, die wir als die Grundopposition der Sprechhaltung auch in den indogermanischen Sprachen gefunden haben? Vielleicht sogar, wenn Whorfs Deutung richtig ist, in der umgekehrten Bewertung, so daß das Erzählte als das Eigentliche, das (bloß) Erfahrene als das Uneigentliche gilt? Wenn diese Vermutung richtig sein sollte, dann wären die beiden »kosmischen Formen« des Manifesten und Sich-Manifestierenden in Whorfs Beschreibung der Hopi-Sprache nichts anderes als die Sprechhaltungen der besprochenen und der erzählten Welt, und es würde sich empfehlen, auch andere Sprachen der Erde nach ihnen zu befragen.

Die in Sprachatlanten und Monographien bisher entwickelten Methoden der Sprachbeschreibung sind nicht geeignet, solche Fragen überhaupt nur zu stellen. Sie kennen kaum größere Einheiten als den Satz und steigen nur selten über die Morphologie zur Syntax, zur wirklichen Syntax auf. Aber es gibt verheißungsvolle Ansätze. Ich finde sie vor allem in der Schule des amerikanischen Sprachwissenschaftlers Kenneth L. Pike. Ich will zumal auf sein Buch *Language in Relation to a Unified Theory of the Structure of Human Behavior*[39] hinweisen. Es geht von der Auffassung aus, daß die Sprache nicht aus den Situationen des Lebens herauspräpariert werden darf und daß die Strukturen der Sprache in umfassendere Strukturen des Verhaltens in konkreten Situationen eingebettet sind. Auf der Grundlage dieser Auffassung ist in der Schule von Kenneth Pike ein Modell der Strukturbeschreibung entwickelt worden, das der Hierarchie der Sprachebenen (levels) Rechnung trägt. Es sind, von der niedersten zur höchsten aufsteigend, die (grammatischen) Sprachebenen: Word Level, Phrase Level, Clause Level, Sentence Level, Utterance Level, Discourse Level.[40] Die Ebene des Textes (Discourse Level) ist also die höchste Ebene der grammatischen Hierarchie; sie ist nur noch in nichtsprachliches Verhalten eingebettet.

Die praktischen Sprachbeschreibungen, die nach dem auf Pikes »Tagmemic Theory« aufgebauten Beschreibungsmodell arbeiten, unterscheiden sich von älteren Beschreibungstechniken, außer durch die prinzipielle Berücksichtigung der Situation, vor allem durch die Einbeziehung der hierarchisch höheren Sprachebenen in die syntaktische Beschreibung. Man erfährt also nicht nur, wie ein Satz gebaut ist, sondern auch, wie ein Zwiegespräch beginnt und endet, wie eine Rede von Gesprächen umrahmt ist und in welche Verhaltenssituationen eine Erzählung eingelagert ist. Das sieht in den Beschreibungen verschieden aus, wird auch verschieden geschickt und verschieden konsequent gehandhabt. Velma Pickett unterscheidet auf der obersten Sprachebene die beiden Redetypen Monolog und Gespräch (conversation). Zum Monolog rechnet sie Ausrufreihen, Selbstgespräche, Belehrungen, Erzählungen und Erzählepisoden.[41] Eine Verbindung zu den Tempora wird nicht hergestellt.[42] Die Unterscheidung der beiden Redetypen ist offenbar rein äußerlich danach getroffen, ob einer redet oder ob mehrere reden.

Auf Kenneth Pike und Velma Pickett bezieht sich Eugene E. Loos in seiner Beschreibung der *Capanahua*-Sprache, die von etwa vierhundert Sprechern im östlichen Teil Mittelperus gesprochen wird.[43] Auch Loos stellt keine Verbindung zwischen den Tempora und den Typen der Sprechhaltung her. Er identifiziert Tempus und Zeit, behandelt das Problem aber nur am Rande. Sein Hauptinteresse gilt der obersten Ebene in der grammatischen Hierarchie der Capanahua-Sprache. Auf dieser Ebene, die er ebenfalls Discourse Level nennt, unterscheidet er nun, anders als Velma Pickett, die beiden Grundformen Gespräch (conversation) und Erzählung (narration). Zwischen beiden verläuft eine scharfe Strukturgrenze: »There are two classes of sentence structures in Capanahua: narrative sentences and conversational sentences. Narrative sentences compose the paragraphs of the narration; conversational sentences compose the non-narration part of the discourse but also occur within a paragraph as quotations« (S. 703).

Loos macht nun, obwohl er in diesem Zusammenhang die Tempora gar nicht ins Auge faßt, dennoch eine Reihe von Beobachtungen, die recht genau zu dem passen, was wir in ganz anderen Sprachen bei den Tempora gefunden haben. Er achtet insbesondere auf den Abschnitt (paragraph) als Erzähleinheit. Der Abschnitt kann aus einem oder aus mehreren Erzählsätzen (narrative sentences) bestehen. Man findet Abschnitte mit einem Satz mehr in formlosen Erzählungen, Abschnitte mit mehreren Sätzen in kunstvollen Erzählungen (Legenden). Eine einfache Erzählung kann aus bloß einem Erzählabschnitt bestehen, kann sich aber auch aus einer unbestimmten Zahl miteinander verbundener Erzählabschnitte zusammensetzen. In einer solchen längeren Erzählung ist nun der Einsatz eines neuen Erzählabschnittes immer durch ein eigenes grammatisches Signal gekennzeichnet. Loos nennt es das Abschnittssignal (paragraph marker). Das Abschnittssignal verbindet den Abschnitt mit dem voraufgehenden Abschnitt nach Person und Tempus oder, in Loos' Formulierung: »in terms of time and subject referent« (S. 701). Dieses Signal gilt dann für die Dauer des ganzen Erzählabschnittes. Am Anfang der einzelnen Erzählsätze steht ein Signal für Person und Tempus nur, wenn sich diese ändern. Steht keines, so gelten Person und Tempus des voraufgehenden Satzes weiter.

Es scheint, daß die Capanahua-Sprache damit, wenigstens in ihren Erzählungen, ein Strukturmuster der Tempus-Setzung entwickelt hat, das wir eingangs bei der Setzung des Datums im Brief und bei der Angabe der Tempi in der Partitur angetroffen und mit der Formel »bis auf weiteres« beschrieben haben. Die meisten Sprachen machen von diesem Strukturmuster bei ihren Tempora keinen Gebrauch und verlangen eine Tempus-Setzung in jedem Satz, bei fast jedem Verb. Einige Sprachen, und wir haben das schon bei Erzählungen in süddeutscher Mundart gefunden, kennen unter bestimmten Bedingungen auch das Muster »bis auf weiteres«, speziell in der Form, daß ein Signal die Erzählung eröffnet und nun für die Dauer der Erzählung weitergilt. Wir zögern nicht, dieses Signal Tempus zu nennen. Es bezeichnet genau das, was Tempora in der Sprache zu bezeichnen haben.

Wenn ich Eugene E. Loos' (sehr knappe) Beschreibung recht gedeutet habe, so scheint in der Capanahua-Sprache allgemein ein Zusammenhang zwischen der Struktur der Rede und der Distribution der Tempora zu bestehen. Von welcher Art dieser Zusammenhang ist, kann ich jedoch aus der Beschreibung nicht in aller wünschenswerten Genauigkeit entnehmen. Es mag sein, daß in den beiden Satztypen conversational sentence und narrative sentence die beiden Sprechhaltungen des Besprechens und Erzählens wieder sichtbar werden, die das Tempus-System so vieler Sprachen bestimmen. Aber das kann nach dem vorgelegten Material noch nicht entschieden werden. Es kommt auch nicht so sehr auf das Ergebnis an als vielmehr auf die Entwicklung einer Methode und Technik der Beschreibung, mit der überhaupt Hoffnung besteht, auf mögliche Korrespondenzen zwischen dem Tempus-System und Grundformen der Kommunikation aufmerksam zu werden. Dafür kann die Methode der Pike-Schule ein Vorbild und Muster abgeben. Nicht nur für Eingeborenen-Sprachen Amerikas und Afrikas übrigens, sondern auch für die großen Kultursprachen, die wir häufig so schlecht beschreiben, weil wir sie so gut zu kennen glauben.

5. Eine Koinzidenz

Im Jahre 1964, ungefähr gleichzeitig mit der 1. Auflage dieses Buches, erschien in den Vereinigten Staaten das Buch *The English Verb – Form and Meanings* von Martin Joos.[44] Es behandelt in einem Abschnitt auch das Tempus-Problem und kommt mit seiner neuartigen Beschreibungsmethode zu einer Reihe von Ergebnissen, die denen dieses Buches in einigen Punkten bemerkenswert nahekommen.

Joos geht von Texten aus. Er benutzt den Bericht, den die Schriftstellerin Sybille Bedford von dem Mordprozeß gegen Dr. Adams im Jahre 1958 veröffentlicht hat.[45] Der Prozeß hat im Jahre 1957 in England stattgefunden. Die Autorin hat allen Verhandlungen beigewohnt und läßt die Prozeßbeteiligten in genauer stenographischer Nachschrift zu Worte kommen. In diesen Teilen gibt der Bericht gesprochenes Englisch verschiedener Niveaustufen wieder. Gleichzeitig enthält der Bericht verschiedene Partien, in denen geschriebenes Englisch aufgezeichnet ist, insbesondere die Prozeßkommentare der Autorin. Diese sind aber im Text deutlich von den Aufzeichnungen mündlicher Rede abgesetzt und werden auch von Joos sorgfältig auseinandergehalten. Joos verfügt damit für seine Untersuchungen über ein Corpus englischer Texte, das ziemlich umfangreich und in sich genügend differenziert ist, um für alle Fragen zum englischen Verb eine einheitliche Textbasis abzugeben. Dieses Verfahren ist als Grundlage für eine textlinguistische Untersuchung sehr zu begrüßen.

Joos ist sich dessen bewußt, daß er sich mit seinen Auffassungen von der landläufigen Meinung über die Bedeutung der Tempus-Formen (»the folklore sense of tense«) weit entfernt. Er behandelt nämlich das Tempus-Problem unter drei autonomen Gesichtspunkten, die er Aspect, Tense und Phase nennt. Da die Begriffe Aspect und Tense sich nicht mit den in der Linguistik üblichen Begriffen Aspekt und Tempus decken, und da der Begriff Phase von Joos als Metapher aus der Elektronik eingeführt wird, lasse ich die drei Begriffe im folgenden unübersetzt. Bei der Erörterung verändere ich die Reihenfolge, um die Übereinstimmungen mit der in diesem Buch vertretenen Theorie deutlicher hervortreten zu lassen.

Man muß wissen, daß Joos unter den drei genannten Gesichtspunkten das englische Futur und verwandte Formen nicht behandelt. Futurformen mit *will, shall* usw. werden vielmehr mit anderen »Modalformen«, also Kombinationen mit *can, must, need* usw. zusammengefaßt und gesondert behandelt. Das legt die englische Sprache ja tatsächlich nahe. Es bleibt unter dem Gesichtspunkt Tense eine Dichotomie zwischen Actual Tense *(he sings, he is singing, he has sung)* und Remote Tense *(he sang, he was singing, he had sung).* Die erstgenannte Formengruppe gilt als nicht markiert, die zweitgenannte als markiert. Damit soll gesagt werden, daß die nicht markierte Formengruppe als solche keine scharfe Klassenbedeutung hat, die markierte Formengruppe hingegen wohl. Wir gehen daher bei unserer Erörterung auch von der letztgenannten Gruppe aus. Joos unterstreicht bei der Erörterung der Gruppe Remote Tense, daß die »Ferne« nicht notwendig als eine Entfernung in der Zeit in der Richtung der Vergangenheit aufzufassen ist. Den Formen dieser Tempus-Gruppe kann man, von wenigen Ausnahmen abgesehen, nicht ansehen, ob sie eine vergangene Wirklichkeit oder eine Unwirklichkeit bezeichnen. Darüber entscheidet gewöhnlich erst der Kontext. Unter den Tempora der Tempus-Gruppe Remote Tense dient nun das Past Tense (so sagt Joos mit deutlicher Warnung vor einer Erklärung dieses Tempus e nomine) als das Normal-Tempus in der Erzählung. Es ist dort allerdings mit der entsprechenden Form auf *-ing (was singing)* vermischt; davon wird sogleich noch die Rede sein. Durch den erzählenden Charakter verändert sich ein Text in anderer als bloß zeitlicher Weise. Eine Erzählung hat die Möglichkeit, einen Sachverhalt »from above«, d. h. von einem Standpunkt »außerhalb des unerbittlichen Zeitstroms« ins Auge zu fassen.

Unter dem Gesichtspunkt *Phase* nimmt Joos gewisse Anregungen der traditionellen Aspektlehre auf. Er unterscheidet nämlich, indem er das Begriffspaar Ursache/Wirkung benutzt, zwischen der Wirkung eines Ereignisses und dem Ereignis selber als der Ursache dieser Wirkung. Sofern nun Ursache und Wirkung »in phase« sind, ergibt sich die sprachliche Kategorie Current Phase; sind sie jedoch »out of phase«, so ergibt sich die Kategorie Perfect Phase. Der Ausdruck Perfect, so meint Joos, ist dabei völlig irreführend, es handelt sich um nichts Vollendetes. Diese Tempus-Gruppe soll vielmehr zum Ausdruck bringen, daß ein Ereignis um seiner Wirkungen willen (»for the sake of the effects«) ins Auge gefaßt wird. Unter Wirkungen kann man sich dabei auch Konsequenzen vorstellen. Zur Current Phase gehören die Tempora *he sings, he is singing, he sang, he was singing;* zur Perfect Phase rechnet Joos die Tempora *he has sung, he has been singing, he had sung, he had been singing.* Wiederum gilt die an erster Stelle genannte Gruppe als nicht markiert, die zweite Gruppe als markiert. Das bedeutet, daß im ersten Falle die Wirkung eines Ereignisses nicht etwa ausgeschlossen wird, im zweiten Falle wird sie jedoch besonders betont.

Besonders interessant sind Joos' Überlegungen zum Gesichtspunkt *Aspect.* Hier unterscheidet er die Begriffe Generic Aspect und Temporary Aspect. Zur ersten Gruppe gehören die Tempora *he sings, he sang, he has sung, he had sung;* zur zweiten Gruppe die Tempora *he is singing, he was singing, he has been singing, he had been singing.* Diesmal kommt es, anders als unter dem Gesichtspunkt Phase, nicht auf die Natur des Ereignisses an. Hier entfernt sich Joos am weitesten von der traditionellen Aspektlehre, von der aus gelegentlich Versuche zum Verständnis der -ing-Formen der englischen Sprache gemacht worden sind. Joos beschreibt nun zunächst die Funktionen des Generic Aspect. Diese Tempus-Gruppe dient zur Charakterisierung *(characterization),* der Bekräftigung *(asseveration)* und der Darstellung *(demonstration).* Zeitlich lassen sich diese Funktionen nicht fassen; alle Beschreibungsversuche müssen negativ verlaufen und etwa angeben, daß diese Tempus-Gruppe *nicht* auf eine bestimmte Zeitstufe einzugrenzen ist und auch innerhalb einer bestimmten Zeitstufe *keinen* Profilwechsel erkennen läßt. Es handelt sich um die nicht markierte Seite der Opposition oder Dichotomie, wie Joos lieber sagt.

Im markierten Gegensatz dazu läßt sich die Funktion des Temporary Aspect, also der -ing-Formen der englischen Sprache, genauer beschreiben. Hier hält nun Joos in sehr interessanter Weise wiederum einen kritischen Abstand zum Zeitbegriff ein. Der leitende Gesichtspunkt in der Analyse dieser Tempus-Formen ist die Gültigkeit in der Zeit. Gemeint ist, ich muß das wiederholen, die Gültigkeit der Aussage über das Ereignis *(predication),* nicht die Gültigkeit des Ereignisses selber. Gemeint ist ferner nicht eine bestimmte Zeit, sondern die Zeit, von der im gegebenen Text jeweils hauptsächlich die Rede ist, sagen wir die betreffende Zeit (Aktzeit). Joos faßt nun die Funktion der unter dem Gesichtspunkt Temporary Aspect zusammengefaßten Tempus-Formen so auf, daß diese Formen jeweils für die betreffende Zeit zu einem bestimmten Zeitpunkt eine maximale Gültigkeit haben, vor und nach diesem Zeitpunkt jedoch einen deutlichen Abfall in der Gültigkeit der Aussage erkennen lassen. Denkt man sich also ein Diagramm mit dem Zeitverlauf als Ordinate und der unterschiedlichen Gültigkeit als Abszisse, so erhält man für diese Tempus-Gruppe eine Kurve, die bis zu einem Höhepunkt gleichmäßig ansteigt und hinter ihm ebenso gleichmäßig abfällt. In bestimmten Kombinationen und Kontexten kann entweder das aufsteigende oder das absteigende Gültigkeitsprofil abgeblendet werden, so daß den entsprechenden Tempora eine gewisse vorwiegende Orientierung auf das Vorher oder Nachher bleibt.

Besonders interessant ist nun die Kombination von Aspect und Tense. Das läuft auf den Unterschied zwischen *he sang* und *he was singing* hinaus. Dieser Unterschied ist besonders in Erzählungen relevant. Joos beschreibt nämlich die Funktion des Tempus *he was singing* (= Kombination aus Remote Tense und Temporary Aspect) als Hintergrundbildung in der Erzählung (»background events«). Das Tempus *he sang* (= Kombination aus Actual Tense und Generic Aspect) gibt demgegenüber diejenigen Ereignisse wieder, die eine erzählte Handlung vorantreiben (»plot-advancing events«). Daneben bleiben diesem Tempus allerdings auch in der Erzählung einige andere Aufgaben, wie beispielsweise einen Sachverhalt zu charakterisieren. Darin zeigt sich aufs neue der nicht markierte Charakter des Generic Aspect. Unter diesen Umständen ist nicht verwunderlich, daß zwischen beiden Tempora und Tempus-Gruppen eine gewisse Zone der Ambiguität verbleibt, die jedoch durch Kontext-Determinationen vermindert oder ganz aufgelöst werden kann.

Beachtenswert sind auch die Überlegungen zur Verteilung des Verb-Materials unter dem Gesichtspunkt Aspect. Joos bezeichnet diejenigen Verben der englischen Sprache, die den Temporary Aspect nicht oder nur selten zulassen, als Zustandsverben *(status verbs)*. Verben, die einen Zustand bezeichnen, haben im Gegensatz zu den Verben, die einen Vorgang *(process)* beschreiben, jeweils eine einzige und genau faßbare Bedeutung. Diese Besonderheit macht, daß sie sich mit der zeitbegrenzten Gültigkeit des Temporary Aspect nicht vertragen und folglich eine Kombination mit dem Morphem *-ing* nicht oder nur unter bestimmten Bedingungen zulassen. In diesem Zusammenhang findet man in dem Buch von Martin Joos eine Reihe von schönen Beobachtungen im einzelnen, die hier nicht nachgezeichnet werden können.

Meine Absicht ist hier nicht, die Tempus-Theorie von Martin Joos in ihren verschiedenen Elementen kritisch zu prüfen. Ich will nur, nachdem ich sie kurz gekennzeichnet habe, einige Züge hervorheben. Die Übereinstimmungen mit der Tempus-Theorie des vorliegenden Buches sind deutlich. Die Kategorie Tense entspricht ungefähr dem Merkmal Sprechhaltung, die Kategorie Phase entspricht ungefähr dem Merkmal Sprechperspektive, und die Kategorie Aspect schließlich entspricht ungefähr dem Merkmal Reliefgebung. Gemeinsam ist beiden Theorien insbesondere der Gesichtspunkt, daß in jeder einzelnen Tempus-Form diese drei Kategorien einerseits voneinander unabhängig sind, andererseits aber miteinander kombiniert sind. Jede einzelne Tempus-Form kann also (fast) erschöpfend durch drei Werte beschrieben werden. Die Kombinatorik differenziert in beiden Theorien das streng dichotomische oder nahezu dichotomische System. Weitere Nuancierungen erbringen bei Joos die jeweils nicht markierten Kategorien mit ihren unscharfen Abgrenzungen, während ich, davon abweichend, die notwendigen Nuancierungen durch die textlinguistische Beachtung des Gesichtspunkts der Tempus-Übergänge zu erzielen versuche. Der wesentlichste Unterschied zwischen beiden Theorien scheint mir darin zu liegen, daß Joos seine drei Kategorien Aspect, Tense und Phase als völlig heterogene Gesichtspunkte darstellt. Aspect, das ist Gültigkeit einer Aussage in der Zeit; Tense, das ist Anwesenheit oder Abwesenheit eines Gesprächsgegenstandes von der Gesprächssituation; und Phase, das ist schließlich die Phasierung von Ursache und Wirkung eines Ereignisses. Demgegenüber habe ich versucht, in den drei Merkmalen Sprechhaltung, Sprechperspektive und Reliefgebung ausschließlich die Kommunikationssituation ins Auge zu fassen, diese allerdings unter drei verschiedenen Gesichtspunkten. Durch die Signale der Sprechhaltung unterrichtet der Sprecher den Hörer, in welcher Haltung (Gespanntheit oder Entspanntheit) die Nachricht aufgenommen werden soll. Unter dem Gesichtspunkt der Sprechperspektive unterrichtet der Sprecher den Hörer, ob die Nachricht den Ereignissen etwa vorausgeeilt oder hinter ihnen zurückgeblieben ist. (Das ist tatsächlich, wenn man so will, eine »Phasierung«, aber nicht eine Phasierung zwischen Ursache und Wirkung eines Ereignisses, sondern die Phasierung zwischen einem Akt und der Information über diesen Akt.) Mit den Signalen der Reliefgebung unterrichtet der Sprecher den Hörer schließlich darüber, wie die relative Bedeutung der Mitteilungsgegenstände untereinander zu verstehen ist. Hinter diesem Bemühen, in einer syntaktischen Theorie von der Funktion der Tempora immer nach der Kommunikationssituation zu fragen, steht die umfassendere Überzeugung, daß die Syntax in der Sprache der Ort ist, wo der Prozeß der Kommunikation selber Bestandteil des sprachlichen Code wird.

Anmerkungen

I. Tempus im Text

1 Aristoteles definiert das Verb als Wort mit Chrónos-Bestimmung: *rhêma de phonê synthetê sêmantikê meta chronou.* Das Nomen ist in Opposition dazu definiert: *aneu chronou.* (*Poetik*, Kap. 20, 1457a 10–14.) Es ist nicht möglich, das Wort *chronos* in der Übersetzung auf Zeit oder Tempus festzulegen. Der Begriff »Zeitwort«, der in der deutschen Grammatik seit dem 17. Jahrhundert verwendet wird, beruht auf dieser aristotelischen Definition und meint natürlich ebenfalls Tempus und Zeit zugleich, nämlich das Verb als dasjenige Wort, das mittels Tempus-Zeichen die Zeit bezeichnet. (Vgl. J. Wackernagel, *Vorlesungen über Syntax*, Bd. I, Basel ²1926, S. 149.)

2 Zur Axiomatik: K. Bühler: *Die Axiomatik der Sprachwissenschaften* (1933), hrsg. von Elisabeth Ströker, Frankfurt 1969 (= Quellen der Philosophie 10). – Ders.: *Sprachtheorie – Die Darstellungsfunktion der Sprache* (1934), Stuttgart ²1965. – E. Zwirner: ›Sprache und Sprachen. Ein Beitrag zur Theorie der Linguistik‹, in: *To Honor Roman Jakobson*, Den Haag 1967, S. 2442–2464, hier S. 2453 ff. – H. Weinrich: ›Erlernbarkeit, Übersetzbarkeit, Formalisierbarkeit‹, in: *Theorie und Empirie in der Sprachforschung*, hrsg. von H. Pilch/H. Richter, Basel 1970 (= Bibliotheca Phonetica 9), 76–80.

3 John Lyons: *Introduction to Theoretical Linguistics*, Cambridge ²1969, S. 172. – L. Bloomfield: *Language*. New York 1933.

4 F. de Saussure: *Cours de linguistique générale*, Genf 1916; deutsch: *Grundfragen der allgemeinen Sprachwissenschaft*, Berlin 1931, ²1967.

5 Einige wichtige Texte zur Textluistik: H. Brinkmann: ›Die Syntax der Rede‹, in: *Satz und Wort im heutigen Deutsch*, hrsg. von dem Institut für Deutsche Sprache, Düsseldorf 1967, S. 74–94. – F. Daneš: ›Zur linguistischen Analyse der Textstruktur‹, *Folia Linguistica* 4 (1970), S. 72–78. – W. Dressler: ›Modelle und Methoden der Textsyntax‹, *Folia Linguistica* 4 (1970) S. 64–71. – Ders.: ›Textsyntax‹, *Lingua e Stile* 5 (1970) S. 191–213. – Zellig S. Harris: ›Discourse Analysis‹, *Language* 28 (1952) 1–30. – P. Hartmann: ›Textlinguistik als neue linguistische Teildisziplin‹, *Replik* 2 (1968) 2–7. – R. Harweg: *Pronomina und Textkonstitution*, München 1968. – K. E. Heidolph: ›Kontextbeziehungen zwischen Sätzen in einer generativen Grammatik‹, *Kybernetica* 2 (1966) 274–281. – W. Raible: *Satz und Text. Untersuchungen zu vier romanischen Sprachen*, Kölner Habilitationsschrift 1970 (ungedruckt). – J. P. Rona: ›Für eine dialektische Analyse der Syntax‹, *Poetica* 2 (1968) 141–149. – H. Weinrich: *Linguistik der Lüge*, Heidelberg ⁴1970. – Ders. und andere: ›Syntax als Dialektik (Bochumer Diskussion)‹, *Poetica* 1 (1967) 109–126.

6 *Schillers Werke*, Nationalausgabe Bd. 30, Nr. 235, S. 194 f. Gemeint ist der Aufsatz *Der Montserrat, bey Barcelona.*

7 Zum Begriff der Expansion: A. Martinet: *Eléments de linguistique générale*, Paris 1960; deutsch: *Grundzüge der allgemeinen Sprachwissenschaft*, Stuttgart 1963 (= Urban Taschenbuch 69). Die Theorie der Expansion (deutsch: »Erweiterung«) steht im Abschnitt 4–30.

8 *Der Briefwechsel zwischen Schiller und Goethe*, 3 Bde., hrsg. von H. G. Gräf/A. Leitzmann, Leipzig 1955.

9 A. W. Schlegel: *Kritische Schriften und Briefe*, hrsg. von E. Lohner, Bd. II, Stuttgart 1963 (= Sprache und Literatur 5), S. 311 f.

10 W. Kayser: *Das sprachliche Kunstwerk*, Bern ⁵1959, S. 349 f.

11 Näheres in meinem Aufsatz ›Tempus, Zeit und der Zauberberg‹, *Vox Romanica* 26 (1967) 193–199. Die Zitate nach der Ausgabe des G. B. Fischer-Verlages, Berlin 1964, mit der wichtigen Einführung in den *Zauberberg*, die Th. Mann 1939 für die Studenten der Universität Princeton gegeben hat: *Zeitroman* (S. XI), *die reine Zeit* (S. XI), *Was ist die Zeit?* (S. 61 u. 316), *Märchenjahre* (S. VI), *Getändel mit der Ewigkeit* (S. 500), *Gaffky-Skala* (S. 316 f.), *Geschlossene Welt* (S. VII), *Siebenschläfer* (S. 651), *Doppelte Zeit* (S. 494), *Inhaltliche Zeit* (S. 574), *Große Konfusion* (S. 497), *Steigerung* (S. XI f.), *Geniales Prinzip* (S. 559), *Imperfekt* (S. 3).
12 G. Müller: *Die Bedeutung der Zeit in der Erzählkunst*, Bonn 1947; auch in: Ders., *Morphologische Poetik. Gesammelte Aufsätze*, Tübingen 1968, S. 247–268. Vgl. H. R. Jauß: *Zeit und Erinnerung in Marcel Prousts ›A la Recherche du Temps perdu‹*, Heidelberg 1955. – E. Lämmert: *Bauformen des Erzählens*, Stuttgart ²1967.
13 J. Pouillon: *Temps et Roman*, Paris 1946, besonders S. 161 ff.
14 R. Barthes: *Le degré zéro de l'Ecriture*, Paris 1953, S. 46 ff.
15 M. Butor: ›L'usage des pronoms personnels dans le roman‹, in: Ders.: *Répertoire* II, Paris 1964, S. 61–72, hier S. 64.
16 K. Hamburger: ›Das epische Präteritum‹, *Deutsche Vierteljahrsschrift für Literaturwissenschaft und Geistesgeschichte* 27 (1953) 329–357. Ferner in ihrem Buch *Die Logik der Dichtung*, Stuttgart 1957, ²1968. Weitere Aufsätze zu diesem Thema findet man in den Jahrgängen 1951 und 1955 der genannten Zeitschrift. Einen guten Forschungsbericht über die daraus entstandene Diskussion gibt R. Pascal: ›Tense and Novel‹, *The Modern Language Review* 57 (1962) 1–11.
17 Zur Fortsetzung der Diskussion mit K. Hamburger vergleiche man ihren Aufsatz ›Noch einmal: Vom Erzählen. Versuch einer Antwort und Klärung‹, *Euphorion* 59 (1965) 46–71, und meine Replik ›Tempusprobleme eines Leitartikels‹, *Euphorion* 60 (1966) 263–272.

II. Besprochene Welt – Erzählte Welt

1 Zu diesem Thema vgl. man die Bochumer Diskussion ›Syntax als Dialektik‹, *Poetica* 1 (1967) 109–126, sowie J. P. Rona: ›Für eine dialektische Analyse der Syntax‹, *Poetica* 2 (1968) 141–149.
2 Vgl. H. Weinrich: ›Textlinguistik: Zur Syntax des Artikels in der deutschen Sprache‹, *Jahrbuch für Internationale Germanistik* 1 (1969) 61–74. Dazu H. Baumann, ebd. 2 (1970) 145–154.
3 K. Bühler: *Sprachtheorie. Die Darstellungsfunktion der Sprache*, Stuttgart ²1965. Unter dem Gesichtspunkt der Bühler-Rezeption ist insbesondere K. Heger zu nennen, hier speziell mit seinem Buch *Die Bezeichnung temporal-deiktischer Begriffskategorien im französischen und spanischen Konjugationssystem*, Tübingen 1963 (= Beihefte zur Zeitschrift für romanische Philologie 104). Heger hat seine Theorie weiterentwickelt in dem Aufsatz ›Temporale Deixis und Vorgangsquantität‹ (›Aspekt‹ und ›Aktionsart‹), *Zeitschrift für romanische Philologie* 83 (1967) 512–582.
4 G. de Maupassant: ›Le Testament‹, *Contes et Nouvelles*, hrsg. von A. M. Schmidt, 2 Bde., Paris 1964/67, Bd. I, S. 662–666.
5 Ders.: ›L'Horrible‹, *Contes et Nouvelles*, a.a.O., Bd. II, S. 240–246.
6 Zum Begriff der performativen Rede vgl. man J. L. Austin: ›Performative Utterances‹, in: *Philosophical Papers*, Oxford 1961, S. 220–239.
7 M. Butor: ›Le roman comme recherche‹, in: Ders.: *Répertoire* I, Paris 1960, S. 7. – Zur Literatur weiterführende Überlegungen bei C. Segre: *I segni e la critica*, Turin 1969 (= Einaudi Paperbacks). – A. J. Greimas: *Du sens. Essais sémiotiques*, Paris 1970. – T. Todorov: *Poétique de la*

Prose, Paris 1971. – H. Weinrich: *Literatur für Leser*, Stuttgart 1971 (= Sprache und Literatur 68).

8 A. Martinet: *Économie des changements phonétiques*, Bern 1955 (= Bibliotheca Romanica I, 10). – Ders.: *Eléments de linguistique générale*, Paris 1960.

9 Vgl. H. Lausberg: *Handbuch der literarischen Rhetorik*, 2 Bde., München 1960. Ferner A. Kibedi Varga: *Rhétorique et Littérature. Etudes de structures classiques*, Paris 1970.

10 Vgl. etwa T. Todorov: *Poétique de la Prose*, Paris 1971.

11 Ich benutze von Claude Bernard die Ausgabe von F. Dagognet, Paris 1966, von Camus die Novellensammlung *L'Exil et le Royaume*, Paris 1957.

12 So verfährt auch K. B. Lindgren: *Über den oberdeutschen Präteritumschwund*, Helsinki 1957.

13 W. E. Bull: ›Modern Spanish Verb-Form Frequencies‹, *Hispania* 30 (1947) 451–466. Weitere interessante Werte findet man in den Auszählungen von M. Criado de Val: *El verbo español*, Madrid 1969.

14 Bei diesem Drama werden von Bull nur die Dialoge berücksichtigt.

15 Lindgren, a.a.O., S. 20.

16 M. Grevisse: *Le bon Usage*, Gembloux [8]1964, §§ 714 f.

17 *Deutsche Vierteljahrsschrift für Literaturwissenschaft und Geistesgeschichte* 27 (1953) 352 f.

18 Zu diesem Imparfait vgl. S. 202 ff.

19 *The Modern Language Review* 57 (1962) S. 7.

20 H. Sten: *Les Temps du verbe fini*, Kopenhagen [2]1964, S. 21 f.

21 »David che uccide Golia«. Auf diesen Fall macht Alessandro Ronconi aufmerksam in seinem Buch *Interpretazioni grammaticali*, Padua 1958, S. 141.

22 Vgl. J. Wackernagel: *Vorlesungen über Syntax*, Bd. I, Basel [2]1926, S. 164 f.

23 Th. Mann: *Meerfahrt mit Don Quijote*, Frankfurt 1956, S. 35 ff.

24 J.-P. Sartre: *Situations* I, Paris 1947, S. 102 f. Vgl. zu der ganzen Fragestellung auch den bereits erwähnten Aufsatz von R. Pascal: ›Tense and Novel‹, *The Modern Language Review* 57 (1962) 1–11, hier bes. S. 7.

25 G. Orwell: *Nineteen Eighty-Four*, London 1965, S. 5.

26 A. Lass, *Fifty British Novels*, New York 1966, S. 343.

27 E. A. Poe: *Short Stories*, hrsg. von K. Campbell, 1927.

28 G. Orwell: *Nineteen Eighty-Four*, London 1951, S. 11. Vgl. in A. Huxleys Zukunftsroman *Brave New World* (1939) den Satz: »And anyhow the question didn't arise; in this year of stability, A. F. 632, it didn't occur to you to ask this« (1. Kapitel; A. F. = Anno Fordis).

29 C. Malaparte: *Storia di domani*, Rom 1949, Anfang.

30 Zur Einführung in die literarischen Probleme des Märchens vergleiche man M. Lüthi: *Märchen*, Stuttgart 1962 (= Sammlung Metzler, M 16) sowie A. Jolles: *Einfache Formen*, Tübingen [4]1968.

31 Mitgeteilt nach Bolte/Polívka von R. Petsch: *Wesen und Formen der Erzählkunst*, Halle [2]1942, S. 165.

32 Anfang des Grimmschen Märchens *Tischlein deck dich*.

33 Das ist für das Märchen schon beobachtet worden von R. Petsch, a.a.O., S. 162; sowie von T. A. Rompelmann: ›Form und Funktion des Präteritums im Germanischen‹, *Neophilologus* 37 (1953) 65–83, hier S. 82.

34 R. Petsch: *Formelhafte Schlüsse im Volksmärchen*, Berlin 1900, hier S. 61 f.

35 Freundliche Mitteilung von Frau Lektorin M. Cirre, Universität von Michigan, Ann Arbor.

36 Reifferscheidt: *Freundesbriefe von W. und J. Grimm*, 1878, S. 189 f. – nach R. Petsch: *Formelhafte Schlüsse im Volksmärchen*, Berlin 1900, S. 66, Anm. 37. Zu den allgemeinen Problemen der Kindersprache vergleiche man R. Jakobson: *Kindersprache, Aphasie und allgemeine Lautgesetze* (1944), Frankfurt 1969 (= edition suhrkamp 330). Die Schrift enthält

eine umfangreiche Bibliographie, die allerdings nur bis zum Jahre 1944 reicht. Zur neueren Forschung konsultiert man H. Helmers (Hrsg.): *Zur Sprache des Kindes*, Darmstadt 1969 (= Wissenschaftliche Buchgesellschaft, Wege der Forschung 42).

37 O. Decroly/J. Degand: ›Observations relatives au développement de la notion du temps chez une petite fille‹, *Archives de psychologie* 13 (1913) 113–161, besonders S. 128 u. 155 ff. – Vgl. auch J. Piaget: *Die Bildung des Zeitbegriffs beim Kinde*, Zürich 1955.

38 C. u. W. Stern: *Die Kindersprache*, Leipzig ⁴1928, besonders S. 53, 65, 75, 102, 253.

39 J.-M. Buffin: *Remarques sur les moyens d'expression de la durée*, Paris 1925, S. 51; – J. Perrot, *Revue des langues romanes* 72 (1956) S. 164 f.

40 D. Pregel: *Zum Sprachstil des Grundschulkindes. Studien zum Gebrauch des Adjektivs und zur Typologie der Stilalter*, Düsseldorf 1970.

41 Zu den Problemen der Kindersprache im Italienischen vgl. man H. Stammerjohann: ›Strukturen der Rede: Beobachtungen an der Umgangssprache von Florenz‹, *Studi di Filologia italiana* 28 (1970) 295–397; ferner die *Enquête sur le langage de l'enfant français* von J. Leclercq und anderen Autoren, die im Rahmen des Centre de Recherche et d'Etude pour la diffusion du Français (CREDIF) durchgeführt wird und mimeographisch publiziert ist.

III. Die Sprechperspektive

1 *De clarorum philosophorum vitis . . . libri decem* IX, 8, Nr. 3, hrsg. von A. Westermann/J. F. Boissonnade, Paris 1878, S. 240.

2 *Timaios*, 37 C ff.

3 Dionysios Thrax, S. 53 Ed. Uhlig. Vgl. E. Schwyzer: *Griechische Grammatik*, München 1950, S. 248 f.

4 *Institutio Oratoria* V, 10, 71.

5 Vgl. H. Lausberg: *Handbuch der literarischen Rhetorik*, 2 Bde., München 1960, § 151 – nach Quintilian, *Institutio Oratoria* VII, 2, 1.

6 *Confessiones* XI, 17–20. Vgl. die Grammatik von Brunot/Bruneau noch 1949: »Les temps expriment le temps proprement dit: les temps du français classent l'action marquée par le verbe dans le passé, le présent ou le futur.« *(Précis de grammaire historique de la langue française*, Paris 1949, § 522.)

7 *Schiller: Werke in drei Bänden*, München 1966, Bd. II, S. 712.

8 L. Aragon: *Elsa*, Paris 1959, S. 104.

9 Voltaire: *Dictionnaire philosophique*, Artikel *ABC*. Vgl. dazu L. Vernier: *Etude sur Voltaire grammairien*, Paris 1888, S. 42.

10 Vgl. D. Wunderlich: *Tempus und Zeitreferenz im Deutschen*, München 1970 (= Linguistische Reihe 5), S. 31.

11 Vgl. L. Söll: ›Zur Konkurrenz von ›futur simple« und »futur proche« im modernen Französisch‹, *Vox Romanica* 28 (1969) 274–284. Ferner Ders.: ›Synthetisches und analytisches Futur im modernen Spanischen‹, *Romanische Forschungen* 80 (1968) 239–248.

12 M. Joos: *The English Verb. Form and Meanings*, London ²1968, Kap. VI.

13 Ch. de Gaulle: *Mémoires de guerre*, I: *L'Appel*, Paris 1954.

14 Ähnlich beschreibt auch H. Gelhaus die Funktion des Futur in der deutschen Gegenwartssprache als »eine Vorhersage im weitesten Sinn, die sowohl Gegenwärtiges als auch Zukünftiges betreffen kann«. (H. Gelhaus: ›Das Futur der deutschen Gegenwartssprache‹, in: *Forschungsberichte des Instituts für Deutsche Sprache* 1, 1968, S. 19–24.) Unklar ist mir einstweilen, wie im Französischen die Formel »je dirai« mit einschränkender Gültigkeit aufzufassen ist.

15 Nach den Auszählungen von H. Gelhaus machen Futur I und II in der deutschen Gegenwartssprache insgesamt nur etwa 1% der finiten Verben aus. In der Zeitungssprache kann die Frequenz jedoch bis zu 5% gehen (a.a.O., S. 19).

16 O. Behaghel: *Deutsche Syntax*, Heidelberg 1923/1932, Bd. II, S. 291 u. 294.

17 H. Wunderlich/H. Reis: *Der deutsche Satzbau*, 2 Bde., Stuttgart ³1924/1925, Bd. I, S. 263.

18 H. Weber: *Das Tempussystem des Deutschen und des Französischen*, Bern 1954, S. 98.

19 Ebd., S. 100 u. 165.

20 K. B. Lindgren: *Über den oberdeutschen Präteritumschwund*, Helsinki 1957, S. 40. Lindgren sieht richtig, daß das Präteritum der deutschen Sprache ein Erzähltempus ist, das Perfekt nicht. Vgl. auch die schönen Beobachtungen bei J. Trier: ›Stilistische Fragen der deutschen Gebrauchsprosa – Perfekt und Imperfekt –‹, in: *Germanistik in Forschung und Lehre*, Berlin 1964, S. 195–208. Ferner bei S. Latzel, *Literaturwissenschaftliches Jahrbuch* 10 (1969) 377 ff.

21 G. Mann: *Geschichte und Geschichten*, Frankfurt ²1962, S. 249 f.

22 K. B. Lindgren: *Über den oberdeutschen Präteritumschwund*, Helsinki 1957, S. 40.

23 Hinweis auf den Schluß bei Wackernagel *(Vorlesungen über Syntax*, Bd. I, ²1926, S. 191), auf Anfang und Schluß bei H. Glinz *(Die innere Form des Deutschen*, Bern ²1961, S. 364 f.). Glinz macht im gleichen Zusammenhang auf den Schluß des Kellerschen *Ur-Heinrich* aufmerksam, der ebenfalls eine Reihe von Formen des Präteritums mit einem Perfekt abschließt.

24 F. Kafka: *Der Prozeß*, 5. Ausg., New York o.J., S. 57 ff.

25 Näheres bei H. Lausberg: *Handbuch der literarischen Rhetorik*, 2 Bde., München 1960.

26 O. Jespersen: *Essentials of English Grammar*, New York 1933, S. 243 ff.

27 A. A. Hill: *Introduction to Linguistic Structures*, New York 1958, S. 212 f.

28 W. Diver: ›The Chronological System of the English Verb‹, *Word* 19 (1963) 141–181, hier S. 143.

29 O. Jespersen, a.a.O., S. 245.

30 W. F. Twaddell: *The English Verb Auxiliaries*, Providence 1960, § 3.2.1.

31 *Word* 19 (1963) S. 143 u. 147.

32 W. Diver, a.a.O., S. 156 ff.

33 Ch. E. Bennett: *Syntax of Early Latin*, Bd. I, Boston 1910, S. 26. Zu Adverbialen dieses Typus vgl. R. Steinitz: *Adverbial-Syntax*, Berlin 1969.

34 Unterschiede im Tempus-Gebrauch zwischen den einzelnen Sprachen brauchen nicht auf Verschiedenheiten des Tempus-Systems im engeren Sinne des Wortes zurückzuführen sein, sondern können ausschließlich in der Kombinatorik der Tempora untereinander sowie mit anderen Signalen der Syntax liegen. Vgl. hierzu insbesondere Kap. IX.

35 Th. Wilder: *The Ides of March*, New York 1950.

36 R. Champigny: ›Notes sur les temps passés en français‹, *The French Review* 28 (1954/55) 519–524, hier S. 523.

37 P. Eluard, *Choix de poèmes*, 1954, S. 129 f. Ein anderes Rechenschaftsgedicht ist das Gedicht ›Je ne suis pas de ceux qui trichent avec l'univers‹ von Aragon *(Elsa*, 1959).

38 G. de Maupassant: *Contes et Nouvelles*, hrsg. von A. M. Schmidt, 2 Bde., Paris 1964/1967, Bd. II, S. 474–480.

39 Zur Interpretation dieses Abschnittes hat G. Hilty auf die Tempus-Mischung im 2. Abschnitt aufmerksam gemacht. Ich teile seine Ansicht, daß man das Imparfait *j'avais* nicht als Tempus-Metapher erklären kann. Ich kann ihm jedoch nicht folgen in der Auffassung, daß die Formen des Passé composé in der Sprache des Angeklagten als erzählendes Tempus

aufzufassen sind. Denn derselbe Angeklagte benutzt ja vorher das Tempus Passé simple als Erzähl-Tempus. Die Lösung ist wahrscheinlich darin zu sehen, daß in diesem Text die Grenze zwischen dem erzählenden Teil *(narratio)* und dem auf die Wahrheitsfindung bezogenen besprechenden Teil *(argumentatio)* nicht scharf gezogen ist. Der 2. Abschnitt hat überleitenden Charakter; er enthält mit seinem Imparfait noch ein erzählendes Tempus, bezieht sich aber mit der Mehrzahl seiner Tempus-Formen bereits auf den kriminalistisch relevanten Akt der Tötung. (Vgl. G. Hilty, *Vox Romanica* 24, 1965, S. 278).

40 L. Pirandello: *Novelle per un anno,* Mailand [5]1939, Bd. I, S. 85–93.

41 D. Buzzati: *Sessanta Racconti,* Mailand 1958, S. 215–221.

42 Ich übernehme von E. Alarcos Llorach die Benennungen Perfecto compuesto und Perfecto simple. In der spanischen Grammatik sind dafür auch die Benennungen Pretérito perfecto *(ha cantado)* und Pretérito indefinido *(cantó)* gebräuchlich.

43 M. de Paiva Boléo: *O perfeito e o pretérito em português em confronto com as outras línguas românicas,* Coimbra 1936, S. 52 f. – Paiva Boléo hat auch im Italienischen ähnliche Verhältniszahlen gefunden (ebd., S. 66).

44 E. Alarcos Llorach: ›Perfecto simple y compuesto en español‹, *Revista de Filología Española* 31 (1947) 108–139.

45 S. Gili y Gaya: *Curso superior de sintaxis española,* Mexico 1943, § 123.

46 *Hispania* 30 (1947) S. 458.

47 W. E. Bull: *Time, Tense and the Verb,* Berkeley [3]1968, S. 65.

48 J.-P. Sartre: *L'Etre et le Néant,* Paris 1943, S. 152 ff., 440. Man vergleiche dazu den Dialog zwischen Paola und Lionardo in Artur Schnitzlers Einakter *Die Frau mit dem Dolche* (1900). Paola: »Es ist nicht mehr und also war es nie« – Lionardo: »Paola, nein! es war und darum ist es!«

49 P. Claudel: ›L'Annonce faite à Marie,* 1912, Prologue.

50 G. Mann: ›Schiller als Geschichtsschreiber‹, in: *Geschichte und Geschichten,* Frankfurt [2]1962, S. 84.

51 K. Hamburger: *Deutsche Vierteljahrsschrift* 27 (1953) S. 352. Man kann einen Roman, der ganz im Präsens geschrieben ist, als eine Ausdehnung der Stilfigur »Historisches Präsens« auffassen, die seit der Antike von der Rhetorik gelehrt und zur »Belebung« der Erzählung empfohlen wird. Dabei fällt allerdings der Rahmen fort, das das Historische Präsens in der Regel umgibt und der aus Erzähltempora besteht (vgl. etwa Voltaire: *Candide,* Kap. V, und die Botenberichte am Ende der Tragödien in der französischen Klassik). R. Petsch hat in diesem Zusammenhang treffend bemerkt: »Eine ganz im Präsens gehaltene Erzählung gleich einem Brief, in dem jedes Wort unterstrichen ist.« *(Wesen und Formen der Erzählkunst,* Halle [2]1942, S. 365 f.) Bezeichnend ist auch, daß der amerikanische Übersetzer des Romans *Das Lied der Bernadette* von Franz Werfel, dem deutschen Text entsprechend, zunächst mit besprechenden Tempora übersetzt, dann aber vom 11. Kapitel an unvermittelt in die Erzähltempora springt.

52 Eine Fortführung dieser Überlegungen findet man in meiner Schrift *Linguistik der Lüge,* Heidelberg [4]1970.

IV. Die Reliefgebung

1 Forschungsgeschichtlicher Hintergrund dieses Kapitels ist die Lehre von den Aspekten und Aktionsarten. Man vergleiche dazu: J. Holt: *Etudes d'aspect,* Kopenhagen 1943. – H. H. Christmann: ›Zum Aspekt im Romanischen‹, *Romanische Forschungen* 71 (1959) 1–16. – W. Pollak: *Studien zum ›Verbalaspekt‹ im Romanischen,* Wien 1960. – L. Johanson: *Aspekt*

im Türkischen. Vorstudien zu einer Beschreibung des türkeitürkischen Aspektsystems, Uppsala 1971 (= Acta Universitatis Upsaliensis 1), mit umfangreicher Bibliographie. Eine kritische Auseinandersetzung mit dieser bloß satzbezogenen Aspekt-Theorie gebe ich in meinem Aufsatz ›Zur Textlinguistik der Tempus-Übergänge‹, *Linguistik und Didaktik 1* (1970) 222–227. Einzelne abweichende Werte in den Auszählungen zwischen diesem Buch und dem genannten Aufsatz beruhen auf einer verschiedenen Bewertung einzelner Grenzfälle (z. B. Formen wie *je vais faire);* sie berühren nicht den Kern der Theorie.

2 Ich sehe hier ab von der Moral der Geschichte, die natürlich in den Tempora der besprochenen Welt steht: »Il y a ceux qui arriveront toujours en retard au rendez-vous parce qu'il y a trop de charrettes embourbées et trop de frères à secourir.«

3 Eine weitergehende Auffassung vertritt H. Stammerjohann, der – bei vielen Gemeinsamkeiten in der Theorie – nur das Passé simple des Französischen ebenso wie das Passato remoto des Italienischen als erzählendes, d. h. die Erzählung vorantreibendes Tempus rechnet. Das Imparfait des Französischen bzw. das Imperfetto des Italienischen rechnet er wegen seiner Leistungen für die Hintergrundbildung überhaupt nicht als erzählendes Tempus, sondern versteht den Hintergrund als einen allgemein *vergangenen* Hintergrund. Diese Auffassung hat bei den kurzen Erzählungen, die Stammerjohann als Corpus verwendet, eine gewisse Plausibilität für sich. Ich sehe jedoch nicht, wie man größere und kompliziertere Formen der Erzählkunst, etwa lange Passagen erlebter Rede in modernen Romanen, mit dieser Theorie beschreiben kann. Das wäre jedenfalls noch zu zeigen. (Vgl. H. Stammerjohann, *Studi di Filologia Italiana* 28, 1970, S. 295–397.)

4 *Les Etudes classiques* 13 (1945) S. 63 ff.

5 H. Sten: *Les temps du verbe fini*, Kopenhagen ²1964, S. 129. Den Ausdruck *fond de décor* findet man auch schon bei Damourette/Pichon: *Essai de Grammaire de la langue française*, Bd. V, § 1731.

6 *The French Review* 28 (1954/55) S. 522.

7 Vgl. auch die Überlegungen von W. E. Bull: *Time, Tense, and the Verb*, Berkeley ²1968, S. 53.

8 J.-P. Sartre dazu: »Un raccourci, c'est simplement un changement de vitesse dans la narration.« (*Situations*, Bd. I, Paris 1947, S. 53.)

9 F. Brunetière: *Le Roman naturaliste*, Paris 1882, S. 84. Vgl. auch Lanson: *L'Art de la Prose*, Paris 1911, S. 266.

10 A. Meillet: *Linguistique historique et linguistique générale*, Paris 1921, S. 151.

11 L. C. Harmer: *The French Language Today*, London 1954, S. 302 ff.

12 *Zeitschrift für romanische Philologie* 42 (1922) 311–331, S. 385–425.

13 Darauf hat R. Pascal aufmerksam gemacht: *The Modern Language Review* 57 (1962) S. 10 f.

14 M. Proust: ›Journées de lecture‹, in: *Pastiches et Mélanges*, Paris 1935, S. 239, Anm. 1.

15 Näheres in meinem Aufsatz ›Baudelaire-Lektüre‹, in: *Literatur für Leser*, Stuttgart 1971 (= Sprache und Literatur 68).

16 H. u. A. Thornton: *Time and Style*, London 1962, S. 97. – W. Pollak: *Studien zum »Verbalaspekt« im Französischen*, Wien 1960, S. 42.

17 Man findet ihn beispielsweise in der *Französischen Grammatik* von B. Schmitz (²1867), in der *Französischen Grammatik* von E. Mätzner (³1885), in der *Grammatik der französischen Sprache* von Plattner (⁴1920) und – mit dem Wort *mourir* statt *se noyer* – in der *Grammaire française des lycées et collèges* von H. Bonnard (⁵1960).

18 S. Gili y Gaya: *Curso superior de sintaxis española*, Mexico 1943, § 124.

19 K. Togeby: *Mode, aspect et temps en espagnol*, Kopenhagen 1953, S. 125.
20 H. Sten: *Les temps du verbe fini*, Kopenhagen 1952, S. 25 ff.
21 H. B. Garey: ›Verbal aspect in French‹, *Language* 33 (1957) S. 91–110.
22 G. u. R. Le Bidois: *Syntaxe du français moderne*, Paris 1935, Bd. I, § 728.
23 M. de Unamuno: *Cuentos*, hrsg. von E. Krane Paucker, 2 Bde., Madrid 1961 (= Biblioteca Vasca 9). Die Sätze stehen in den Novellen *El Espejo de la muerte* – *historia muy vulgar* (Bd. I, 39) und *Una Tragedia* (Bd. II, 204 – es folgt noch ein weiterer Satz).
24 Novelle *El padrino Antonio* (Bd. I, 82).

V. Tempus und Reliefgebung in der Novellistik

1 Vgl. F. Brunot/Ch. Bruneau: *Précis de grammaire historique de la langue française*, Paris ³1949, S. 377.
2 G. de Maupassant: Contes et Nouvelles, hrsg. von A.-M. Schmidt, 2 Bde., Paris 1964/67, Bd. I, S. 123–130.
3 Man findet den vollständigen Text der Novelle bei Maupassant, a.a.O., Bd. I, S. 109–113.
4 L. Pirandello: *Novelle per un anno*, 2 Bde., Mailand ⁵1939 (=Collezione ›Omnibus‹).
5 K. Togeby: *Mode, aspect et temps en espagnol*, Kopenhagen 1953, S. 122 f.
6 »Al amanecer salió el ejército, atravesó la montaña, y poco después establecía contacto con el enemigo.« (S. Gili y Gaya: *Curso superior de sintaxis española*, Mexico 1943, § 124.)
7 M. de Unamuno: *Cuentos*, 2 Bde., Madrid 1961 (= Biblioteca Vasca IX).
8 Vgl. Cervantes: *Don Quijote*, Bd. I, Kap. 20: »De la jamás vista ni oída aventura que . . .«
9 *Gespräche mit Eckermann*, 21. 1. 1827.
10 R. Darío: *Cuentos completos*, Mexico 1950.
11 In: *Florilegio de Cuentos españoles*, Ed. P. Rogers/Ch. W. Butler, New York 1961, S. 3–10.
12 In der spanischen Übersetzung dieses Buches (1. Version) *Estructura y función de los tiempos en el lenguaje*, Madrid 1968, habe ich die Novelle *El pañuelo* von E. Pardo Bazan (*Obras completas*, Bd. II, Madrid 1956, S. 1497 ff.) nach Vordergrund und Hintergrund auseinandergelegt, ähnlich wie es hier mit Maupassants Novelle *Le mariage du Lieutenant Laré* geschehen ist.
13 E. Hemingway: *The Short Stories*, New York 1938.
14 Es kann natürlich unter besonderen stilistischen Bedingungen vorkommen, so etwa in E. Mathews' Gedicht *Song*, dessen zweite Strophe lautet: »But that's not sayin' that I'm not lovin' – / Still water, you know, runs deep, / An' I do be lovin' so deep, dear, / I be lovin' you in my sleep.«
15 Das gleiche gilt für die spanischen Tempora auf *-ndo* (*está cantando*, *estaba cantando* usw.). Diese Tempora sind jedoch im ganzen schwächer entwickelt als die englischen Tempora auf *-ing*. Der Grund für die schwächere Entwicklung ist leicht einzusehen. Die Reliefgebung mittels der Tempora auf *-ndo* konkurriert mit der erzählerischen Reliefgebung durch Imperfecto und Perfecto simple (vgl. Kap. XI).
16 G. Boccaccio: *Il Decamerone*, hrsg. von A. F. Massèra, 2 Bde., Bari 1927 (= Scrittori d'Italia). Vgl. H. J. Neuschäfer: *Boccaccio und der Beginn der Novelle. Strukturen der Kunsterzählung auf der Schwelle zwischen Mittelalter und Neuzeit*, München 1969. Ferner T. Todorov: *Grammaire du Décaméron*, Den Haag 1970.
17 Am leichtesten zugänglich in der Ausgabe von A. Hilka: *Historia septem sapientium*, Bd. I, Heidelberg 1912.

18 E. De Felice: ›Problemi di aspetto nei piú antichi testi francesi‹, *Vox Romanica* 16 (1957), S. 1–51.
19 Chaucer: ›The Canterbury Tales‹, *The Complete Works*, hrsg. von W. W. Skeats, Oxford 1894. Die zitierten Stellen stehen im 4. Bd., S. 128, 359, 559.
20 Vgl. hierzu K. Maurer: ›Erlebnis und Dichtung in Balzacs ,Frau von dreißig Jahren'‹, *Romanistisches Jahrbuch* (1959) 146–166; hier S. 160.

VI. Relief im Satz

1 Zur textlinguistischen Problematisierung des Satzbegriffes vgl. W. Raible: *Satz und Text – Untersuchungen zu vier romanischen Sprachen*, Kölner Habilitationsschrift 1971, im Druck.
2 Ch. Bally: *Linguistique générale et linguistique française*, Bern ³1950, § 351.
3 Nach M. Grevisse: *Le bon usage*, Gembloux ⁶1955, § 173.
4 M. Proust: *A la recherche du temps perdu*, Bd. I, S. 870 f. (= Bibliothèque de la Pléiade).
5 H. Griesbach/D. Schulz: *Grammatik der deutschen Sprache*, München ⁸1970, S. 294 ff. – H. Glinz: *Die innere Form des Deutschen – Eine neue deutsche Grammatik*, Bern ⁵1968. – Ders.: *Der deutsche Satz*, Düsseldorf 1957. Zu den historischen Problemen der Verbstellung im deutschen Satz vergleiche man vor allem F. Maurer: *Untersuchungen über die deutsche Verbstellung in ihrer geschichtlichen Entwicklung*, Heidelberg 1926, S. 162 ff.
6 Zur Kritik dieser Natürlichkeit vgl. Vf.: ›Die clarté der französischen Sprache und die Klarheit der Franzosen‹, *Zeitschrift für romanische Philologie* 77 (1961) S. 528–544.
7 Man vergleicht zu diesen Überlegungen mit Gewinn das genannte Buch von H. Glinz: *Die innere Form des Deutschen*, Bern ⁵1968. Glinz nennt Sätze mit Zweitstellung des Verbs Kernsätze, mit Endstellung des Verbs Spannsätze und mit Spitzenstellung des Verbs Stirnsätze. Er analysiert dann unter verschiedenen Gesichtspunkten die »Spannsetzung« im Satz. Vgl. insbesondere S. 96 ff.
8 O. Behaghel: *Deutsche Syntax*, Heidelberg 1923–1932, Bd. III, S. 675.
9 Ebd., S. 683 ff. Vgl. hierzu H. Glinz: *Die innere Form des Deutschen*, Bern ⁵1968, S. 364 ff. – G. Beugel/U. Suida: ›Perfekt und Präteritum in der deutschen Sprache der Gegenwart‹, in: *Forschungsberichte des Instituts für deutsche Sprache* 1 (1968) S. 11 f. Ich teile allerdings nicht die von den genannten Autoren vertretene Auffassung, daß es sich hier um klangästhetische Gründe handelt. Ich ziehe es vor, auch dieses Phänomen mit syntaktischen Kategorien unter dem Gesichtspunkt der Reliefgebung zu beschreiben.
10 Vgl. auch meinen Aufsatz ›Tempusprobleme eines Leitartikels‹, *Euphorion* 60 (1966) S. 263–272.
11 A. Schnitzler: *Die dramatischen Werke*, 2 Bde., Frankfurt 1962, Bd. I, S. 499–514.
12 F. Strohmeyer: *Der Stil der französischen Sprache*, 1910, S. 34; zitiert bei H. Weber: *Das Tempussystem des Deutschen und des Französischen. Übersetzungs- und Strukturprobleme*, Bern 1954 (= Romanica Helvetica 45).
13 Nach H. Weber, a.a.O., S. 136.
14 J. Bobrowski: *Schattenland Ströme. Gedichte*, Stuttgart ²1962, S. 5 ff.

VII. Tempus-Übergänge

1 Zur ersten Einführung in die Informationstheorie empfehle ich G. Ungeheuer: ›Einführung in die Informationstheorie unter Berücksichtigung phonetischer Probleme‹, *Phonetica* 4 (1959) S. 95–106. – J. Bar-Hillel: ›An Examination of Information Theory‹, *Language and Information*, 1964, S. 275–297.

2 Zur Funktion der Kommunikationsverben und ihrem Zusammenhang mit der Tempus-Distribution vgl. auch H. Stammerjohann: ›Strukturen der Rede. Beobachtungen an der Umgangssprache von Florenz‹, *Studi di Filologia italiana* 28 (1970) S. 338 ff.

3 Th. Mann: *Sämtliche Erzählungen*, Frankfurt 1963.

4 Die Consecutio temporum ist schon von den antiken Grammatikern gesehen und formuliert worden. (Vgl. Wackernagel: *Vorlesungen über Syntax*, Bd. I, Basel ²1926, S. 252.)

5 F. Brunot: *La Pensée et la Langue*, Paris 1922, S. 782.

6 P. Imbs: *L'Emploi des temps verbaux*, Paris 1960, S. 207.

7 Brunot/Bruneau: *Précis de grammaire historique de la langue française*, Paris ³1949, § 537.

8 Einen ausführlichen Forschungsbericht über die Diskussion findet man bei W. Pollak: *Studien zum ›Verbalaspekt‹ im Französischen*, Wien 1960, Kap. 6, und bei P. Imbs: *L'emploi des temps verbaux*, Paris 1960, S. 207 ff.

9 F. Brunot: *La Pensée et la Langue*, Paris 1922, S. 787. Man vergleiche auch die reiche Belegsammlung aus französischen und spanischen Grammatiken des Rationalismus von A. Alonso, in: A. Bello, *Obras completas*, Bd. IV, Caracas 1951, S. LXXII ff.

10 Weiterführende Überlegungen zu den Tempus-Strukturen bei Descartes und Rousseau findet man in meinem Aufsatz ›Erzählte Philosophie oder Geschichte des Geistes‹, in: *Literatur für Leser*, Stuttgart 1971 (= Sprache und Literatur 68).

VIII. Tempus-Metaphorik

1 N. Chomsky: *Syntactic Structures*, Den Haag ³1963, S. 18 ff.

2 Näheres in meinem Aufsatz ›Semantik der Metapher‹, *Folia Linguistica* 1 (1967) S. 3–17.

3 Quintilian, *Institutio Oratoria* IX, 2, 41 und IX, 3, 11. Dazu H. Lausberg, *Handbuch der literarischen Rhetorik*, München 1960, §§ 523 u. 814. Lausberg beobachtet im einzelnen, daß kühne Tempus-Metaphern, ebenso wie kühne semantische Metaphern, gerne durch eine mildernde Formel eingeleitet werden, wie *credite vos intueri; ponite ante oculos*. Dadurch wird die Tempus-Metapher »verecundior«. Es handelt sich aber gleichzeitig um Kommunikationsverben zur Markierung des Übergangs, ähnlich wie bei der direkten, indirekten und erlebten Rede.

4 Larochette, *Les Etudes classiques* 13 (1945) 78 ff. – H. Sten: *Les temps du verbe fini*, Kopenhagen ²1964, S. 6. – P. Imbs: *L'Emploi des temps*, Paris 1960, S. 17. – W. E. Bull: *Time, Tense and the Verb*, ³1968, S. 60 ff.

5 J. Bainville: *Histoire de France*, Paris 1924, Kap. XX. Zum »Futur der Geschichtsschreibung« vgl. H. Sten, a.a.O., S. 62.

6 F. Schlegel: *Kritische Schriften*, hrsg. von W. Rasch, München o.J., S. 32.

7 N. S. Trubetzkoy: *Grundzüge der Phonologie*, Göttingen ⁴1967, hier besonders S. 241–261.

8 G. Beugel/U. Suida: ›Perfekt und Präteritum in der deutschen Sprache der Gegenwart‹, in: *Forschungsberichte des Instituts für deutsche Sprache* 1 (1968), hier S. 10.

9 So versteht auch W. E. Bull den Begriff der »migratory form« als Modifikation einer System-Bedeutung (vgl. *Time, Tense, and the Verb*, Berkeley ³1968, S. 60 ff.).

10 A. Gide: *Journal, 1889–1939*, Paris 1951 (= Bibliothèque de la Pléiade).

11 M. Proust: *A la Recherche du Temps perdu: Le Temps retrouvé*, Bd. III, Paris 1954 (= Bibliothèque de la Pléiade), S. 783 f.

12 G. und R. Le Bidois: *Syntaxe du français moderne*, Paris 1935, Bd. I, § 768.

13 P. Imbs: *L'Emploi des temps*, Paris 1960, S. 71.

14 A. Ronconi: *Interpretazioni grammaticali*, Padua 1958, S. 148. Die Plautus-Stelle steht *Asinaria* 932. Vgl. auch bei Ronconi S. 146 ff. und 179.

15 J. Larochette: *Les Etudes classiques* 13 (1945) 79. – W. v. Wartburg/ P. Zumthor: *Précis de Syntaxe du français contemporain*, Bern 1947, S. 99.

16 Zu diesem Problem vergleiche man insgesamt M. Raether: *Untersuchungen über die Konstruktion »Verb + Infinitiv« im Französischen*, Diss. Köln 1968.

17 Ph. Martinon: *Comment on parle en français*, Paris 1927, S. 345. Man mag in diesem Zusammenhang an das sogenannte Imparfait hypocoristique, also das zur Koseform eingeschränkte Imparfait denken, das von L. Brun-Laloire und Damourette/Pichon beschrieben worden ist und von dort aus in alle Handbücher eingegangen ist.

18 C. J. Cela: *Judíos, Moros, y Cristianos*, Barcelona 1956, S. 73.

19 Zum *ne explétif* vgl. man W. Rothe: *Strukturen des Konjunktivs im Französischen*, Tübingen 1967 (= Beihefte zur Zeitschrift für Romanische Philologie 112), S. 221 ff.

20 Die folgenden Textstellen stehen im Bd. III, Bibliothèque de la Pléiade, Paris 1954, S. 796 f.; Bd. I, S. 541, 532, 305, 225 f., 317.

21 M. Grevisse: *Le bon usage*, Gembloux ⁸1964, § 1037.

22 Die Proust-Stellen dieses Abschnitts a.a.O., Bd. I, S. 893, 854, 529.

23 J. Larochette: *Les Etudes classiques* 13 (1945) 79 ff.

24 R.-L. Wagner: *Les phrases hypothétiques commençant par ›si‹ dans la langue française, des origines à la fin du XVI⁰ siècle, Thèse*, Paris 1939.

25 M. Grevisse: *Le bon usage*, Gembloux ⁸1964, § 1037.

26 M. Proust, a.a.O., Bd. I, S. 267.

27 Formen und Funktionen des Konjunktivs haben in den letzten Jahren im Mittelpunkt der syntaktischen Diskussion gestanden. Ich nenne hier nur die wichtigsten Werke: W. Rothe: *Strukturen des Konjunktivs im Französischen*, Tübingen 1967 (= Beihefte zur Zeitschrift für Romanische Philologie 112). – P. Wunderli: *Die Teilaktualisierung des Verbalgeschehens (Subjonctif) im Mittelfranzösischen. Eine syntaktisch-stilistische Studie*, Tübingen 1970 (Beihefte zur Zeitschrift für Romanische Philologie 123). – J. Schmitt-Jensen: *Subjonctif und hypotaxe in italien*, Odense 1970. – H. Nordahl: *Les Systèmes du subjonctif corrélatif*, Bergen 1969. – H. H. Cristmann: ›Zum französischen Konjunktiv‹, *Zeitschrift für Romanische Philologie* 86 (1970) S. 219–229. – K. Togeby: ›La hiérarchie des emplois du subjonctif‹, *Langages* 3 (1966) S. 67–71. Auf die Diskussion selber komme ich bei anderer Gelegenheit zurück.

28 M. Proust, a.a.O., Bd. I, S. 913 und 267.

29 Vgl. J. Larochette: *Les Etudes classiques* 13 (1945) S. 80 ff.

30 Vgl. S. Gili y Gaya: *Curso superior de sintaxis española*, Mexico 1943, §§ 124 ff.

31 Vgl. insbesondere A. Ronconi: *Interpretazioni grammaticali*, Padua 1958, S. 183.

32 Die (deutsche) Kindersprache erobert sich den irrealen Bedingungssatz im

fünften Lebensjahr, etwa gleichzeitig mit den Tempora der erzählten Welt (vgl. C. und W. Stern: *Die Kindersprache*, Leipzig ⁴1928, S. 79).

33 O. Jespersen: *Essentials of English Grammar*, New York 1933, S. 254 ff. – Vgl. auch Jespersen: *The Philosophy of Grammar*, London 1924, S. 265.

34 Cicero: *Select Letters*, ed. A. Watson, Oxford ³1881.

35 Um die Termini nicht allzu beschwerlich klingen zu lassen, verwende ich im folgenden Abschnitt ausnahmsweise nicht lateinische, sondern deutsche Bezeichnungen.

36 Vgl. Leumann/Hofmann: *Lateinische Grammatik*, ⁵1928, §§ 336 ff.

37 Tacitus: *Annales* I, 63, 2. Wackernagel zitiert diesen Satz und erklärt die Konstruktion unnötig als Ellipse (*Vorlesungen*, Bd. I, ²1926, S. 227).

IX. Tempus-Kombinatorik

1 H. Stammerjohann: ›Tempus und Negation‹, *Folia Linguistica* 3 (1969) S. 242–244.

2 L. Foulet: *Romania* 46 (1920) S. 310. – Ph. Martinon: *Comment on parle en français*, Paris 1927, S. 347. – E. Benveniste: *Bulletin de la Société de Linguistique de Paris* 54 (1959) S. 76.

3 M. de Paiva Boléo: *O perfeito e o pretérito em português*, Coimbra 1936, S. 53 f. A. Llorach vermerkt dazu, das liege nicht an der Grammatik, sondern an Gesellschafts- und Ausdrucksbedingungen. Vgl. *Revista de Filología Española* 31 (1947) S. 139. Es liegt an beiden!

4 L. Foulet, *Romania* 46 (1920) S. 310.

5 Nach G. Beugel/U. Suida: ›Perfekt und Präteritum in der deutschen Sprache der Gegenwart‹, in *Forschungsberichte des Instituts für Deutsche Sprache* 1 (1968) S. 10.

6 E. Benveniste: ›Les relations de temps dans le verbe français‹, in: Ders.: *Problèmes de linguistique générale*, Paris 1966, S. 237–250.

7 M. Grevisse: *Le bon usage*, Gembloux ⁸1964, § 832. Zur Verdeutlichung der Problemlage verweise ich auf das ausgezeichnete Buch von Renate Steinitz: *Adverbial-Syntax*, Berlin 1969 (= Studia Grammatica 10).

8 A. Klum: *Verbe et adverbe*, Uppsala 1961.

9 Bei der Kombinatorik von Tempus und Temporal-Adverb sind zwischen den betreffenden Formen Einschübe aller Art, einschließlich eingeschobener Nebensätze, nicht berücksichtigt. Dieses Verfahren ist nicht zwingend, empfiehlt sich aber an dieser Stelle, da die weitere Kombinatorik mit den Konjunktionen hier nicht berücksichtigt werden kann.

10 Es handelt sich um Auszüge aus den folgenden Texten: F. Carco: *Brumes;* G. Flaubert: *Mme Bovary;* A. Malraux: *La Voie royale;* G. de Maupassant: *La Rempailleuse;* Ders.: *Le Testament;* H. de Montherlant: *Le Songe;* M. Proust: *La Fugitive;* A. Robbe-Grillet: *Le Voyeur;* A. de Saint-Exupéry: *Vol de nuit;* Stendhal: *La Chartreuse de Parme.*

11 Die praktisch ausgeschlossene Kombinatorik von *maintenant* mit dem Passé simple ist bereits gesehen bei A. Klum: *Verbe et adverbe*, Uppsala 1961, S. 198. Zur Adverb-Kombinatorik in der deutschen Sprache vergleiche man W. Winter: ›Relative Häufigkeit syntaktischer Erscheinungen als Mittel zur Abgrenzung von Stilarten‹, *Phonetica* 7 (1961) S. 193–216. Zum Italienischen: H. Stammerjohann, ›Strukturen der Rede‹, *Studi di Filologia italiana* 28 (1970) S. 325 ff.

12 Diese Verlegung der Analyse auf die Merkmal-Ebene entspricht einer Tendenz, die seit einiger Zeit in der Linguistik allgemein zu verzeichnen ist. Diese Methode ist anfänglich von der Prager Schule an der Phonologie erprobt und dann, insbesondere unter dem Einfluß von R. Jakobson, auf die Semantik und Syntax übertragen worden. Zur Einführung in die Problemlage eignet sich insbesondere das Buch von R. Jakobson/M. Halle:

Fundamentals of Language, Den Haag 1956 (= Janua Linguarum 1). Dem Begriff *Merkmal* entspricht engl. *feature*, franz. *trait*.

13 Vgl. hierzu insbesondere W. Raible: *Satz und Text. Untersuchungen zu vier romanischen Sprachen*, Kölner Habil.-Schrift 1971, im Druck, Kap. III.

14 Zum Problem der Erzählfolge allgemein vergleiche man G. Müller: *Die Bedeutung der Zeit in der Erzählkunst*, Bonn 1947, S. 10. – E. Lämmert: *Bauformen des Erzählens*, Stuttgart ²1967, S. 19 ff. – H. Weinrich: ›Erzählstrukturen des Mythos‹, in: *Literatur für Leser*, Stuttgart 1971 (= Sprache und Literatur 68).

15 Ich unterstreiche auch hier, daß ich aus methodischen Gründen die Kombinatorik mit Konjunktionen, Relativpronomina und verwandten Signalen aussparen muß. Das bedeutet für die Auszählungen, daß ich bei der Zurechnung von Temporal-Adverbien zu bestimmten Tempus-Übergängen gegebenenfalls eingeschobene Relativsätze, Konjunktionalsätze usw. abrechnen muß. Im einzelnen verweise ich hier auf die Argumente, die zu dieser Frage im Kap. VI berücksichtigt worden sind.

16 E. Gülich: *Makrosyntax der Gliederungssignale im gesprochenen Französisch*, München 1970 (= Structura 2).

17 G. de Maupassant: *Contes et Nouvelles*, hrsg. von A. M. Schmidt, 2 Bde., Paris 1956/60, Bd. I, S. 453–462.

18 Man vergleiche in diesem Zusammenhang auch die Zahlen, die H. Stammerjohann an der gesprochenen italienischen Umgangssprache von Florenz für die makrosyntaktischen Gliederungssignale gefunden hat (*Studi di Filologia italiana* 28, 1970, S. 322 ff.). Interessante Gesichtspunkte zu dieser Frage entwickelt auch W.-D. Stempel: *Untersuchungen zur Satzverknüpfung im Altfranzösischen*, Braunschweig 1964 (= Archiv für das Studium der neueren Sprachen und Literaturen, Beiheft 1). Elisabeth Gülich, der ich in diesem Abschnitt viele Anregungen verdanke, widmet dem Problem der Leistung von Übergängen für Erzählstrukturen eine eigene Untersuchung.

19 Novelle *Les Bécasses*, a.a.O., Bd. I, S. 203–211. Die Novelle wird im Présent eingeleitet, dann schaltet der Autor mit dem Adverb *or depuis quinze jours* in das Imparfait zurück. Wenige Zeilen danach setzt dann die Haupthandlung mit dem *or jeudi dernier* ein.

20 D. Wunderlich: *Tempus und Zeitreferenz im Deutschen*, München 1970 (= Linguistische Reihe 5), besonders S. 14, 24 f., 140, 165 f., 311. Ähnlich W. Direr: »Extra-verbally, such sentences as * He walked tomorrow do not occur« (*Word* 19, 1963, S. 153).

21 K. Hamburger, *Deutsche Vierteljahrsschrift für Literaturwissenschaft und Geistesgeschichte* 27 (1953) S. 333. Vgl. Dies.: *Logik der Dichtung*, Stuttgart ²1968, S. 65 f. (mit mehreren weiteren Textbeispielen).

22 Th. Mann: *Lotte in Weimar*, Stockholm 1939, 2. Kap. Auf diese Stelle hat Roy Pascal aufmerksam gemacht: *The Modern Language Review* 57 (1962) S. 2.

23 Simenon: *La Fenêtre des Rouet*, zitiert nach H. Sten, *Les temps du verbe fini*, Kopenhagen ²1964, S. 136. – Sterne: *Tristram Shandy* III, 38, zitiert nach F. K. Stanzel, ›Episches Präteritum, erlebte Rede, historisches Präsens‹, *Deutsche Vierteljahrsschrift* 33 (1959) 1–12, hier S. 6 f.

24 J. Wackernagel: *Vorlesungen über Syntax*, Bd. I, Basel ²1926, S. 210.

25 Zur Kritik des Modus-Begriffes vergleiche man auch W. Rothe: *Strukturen des Konjunktivs im Französischen*, Tübingen 1967 (= Beihefte zur Zeitschrift für Romanische Philologie 112), S. 1 ff.

26 Näheres zu diesem Problem in meinem Aufsatz ›Linguistik des Widerspruchs‹, in: *To Honor Roman Jakobson*, Den Haag 1967, Bd. III, S. 2212 bis 2218.

27 In der ersten Auflage dieses Buches (1964) habe ich diese semi-finiten Formen als *Semi-Tempora* bezeichnet. Ich lasse diesen Ausdruck hier fallen, weil mir die Bezeichnung semi-finit terminologisch weniger anspruchsvoll zu sein scheint.

28 Ich berücksichtigte hier nicht das neue Partizip der französischen Sprache in Form eines kurzgebundenen Relativsatzes: *la vache qui rit*. Wenn man in dieser Form ein Partizip oder Verbaladjektiv sehen will, kann man auch diese Verbform ohne weiteres nach unserer Methode analysieren. Vgl. zum Problem der Partizipien im Französischen S. Schmidt-Knäbel: *Die Syntax der -ant/â/-Formen im modernen Französisch*, Diss. Köln 1970 (im Druck).

29 Man vergleiche hierzu im einzelnen W. Rothe: *Strukturen des Konjunktivs im Französischen*, Tübingen 1967 (= Beihefte zur Zeitschrift für Romanische Philologie 112), besonders S. 406 f.

30 P. Imbs: *L'Emploi des temps verbaux*, Paris 1960, S. 152. Imbs' Buch zeichnet sich in der Literatur zum Tempus-Problem überhaupt dadurch aus, daß es dankenswerterweise die anderen Verbformen mit in die Untersuchung einbezieht.

31 Es gibt jedoch auch, darauf macht G. Nickel aufmerksam, den Imperativ ohne konkrete Situation. Er zitiert das Sprichwort: »Üb' immer Treu' und Redlichkeit«. Ich halte dennoch an der hier vorgetragenen Auffassung fest; das Gebot des Sprichworts bezieht sich auf Situation schlechthin. (Vgl. G. Nickel, *Germanisch-Romanische Monatsschrift* 48, 1967, S. 210–212.)

X. Eine »Krise des Erzählens«?

1 A. Dauzat: *Études de linguistique française*, Paris ²1946, S. 63. – Auch De Felice sieht in der modernen »Krise des Passé simple« eine Fortsetzung der altfranzösischen Tempus-Verhältnisse (*Vox Romanica* 16, 1957, 45).

2 K. Voßler: *Frankreichs Kultur und Sprache*, Heidelberg ²1929, S. 59. – W. v. Wartburg: *Évolution et Structure de la langue française*, Bern ⁵1958, S. 94. – Brunot/Bruneau: *Précis de grammaire historique de la langue française*, Paris ³1949, § 525: »Mélange des temps en ancien français«. – Literaturhinweise zu der Diskussion bei H. H. Christmann, *Zeitschrift für französische Sprache und Literatur* 68 (1958) 96.

3 In den rund 4000 Versen des Rolandsliedes sind nur etwa 40 Formen des Imparfait anzutreffen (Le Bidois, *Syntaxe* I, § 734). Genaue Zahlen zu den frühen altfranzösischen Texten bei De Felice, *Vox Romanica* 16 (1957) 21 ff.

4 De Felice, *Vox Romanica* 16 (1957) 37.

5 Vgl. besonders die Laissen 34 (6 Formen des Passé composé in 10 Versen), 211 (7 Formen des Passé composé in 11 Versen), 258 (7 Formen des Passé composé in 11 Versen).

6 Das wissen wir für das Französische vor allem seit dem großartigen Buch von J. Rychner: *La chanson de geste*, Genf 1955.

7 D. R. Sutherland: ›On the Use of Tenses in Old and Middle French‹, in: *Studies in French Language and Mediaeval Literature, Presented to Professor Mildred K. Pope*, Manchester 1939, S. 329–337

8 Näheres darüber in meinem Aufsatz: ›Ein Chanson und seine Gattung‹, in: *Literatur für Leser*, Stuttgart 1971 (= Sprache und Literatur 68).

9 Vgl. besonders M. Sandmann: ›Narrative Tenses of the Past in the 'Cantar de Mio Cid'‹, in: *Studies in Romance Philology and French Literature, Presented to John Orr*, Manchester 1953, S. 258–281. – U. Sprenger: *Praesens historicum und Praeteritum in der altisländischen Saga*, 1951. Vgl. auch T. A. Rompelmann, *Neophilologus* 37 (1953) 81.

10 L. Foulet, *Romania* 46 (1920) 272 f. – E. De Felice, *Vox Romanica* 16 (1957) 45. – P. Schaechtelin: *Das Passé défini und Imperfekt im Altfranzösischen*, Halle 1911. – M. Sandmann, *Vox Romanica* 16 (1957) 287 bis 296 (zu De Felice).

11 J. Schoch: *Perfectum historicum und Perfectum Praesens im Französischen von seinen Anfängen bis 1700*, Halle 1912, S. 67 f.

12 Die Urkunde ist abgedruckt bei Schwan/Behrens: *Grammatik des Altfranzösischen*, Leipzig 1909, S. 260 f. Dort weitere Urkunden.

13 L. Foulet: ›La disparition du prétérit‹, *Romania* 46 (1920) 271–313.

14 Abgedruckt bei Ch. Livet: *La grammaire française et les grammairiens du XVI° siècle*, Paris 1859, S. 440 f. Vgl. hierzu und zum folgenden F. Brunot, *Histoire de la langue française des origines à 1900*, Paris, Bd. III, 582 f. und Bd. IV, 2, S. 977.

15 *Institutio Gallicae linguae*, Marburg 1558, abgedruckt bei Livet, a.a.O., S. 311 f.

16 L. Foulet, *Romania* 46 (1920) 293. – W. Pollak: *Studien zum »Verbalaspekt« im Französischen*, Wien 1960, S. 116.

17 H. Estienne, a.a.O., S. 440 f.

18 Mme de Sévigné: *Lettres*, Bd. I, Paris 1963 (= Bibliothèque de la Pléiade). Vgl. besonders: »Je vous écrirai tous les soirs« (26. 11. 1664).

19 *Observations sur le Cid*, 351. Zitiert nach F. Brunot, *Histoire de la langue française*, Bd. III, 583.

20 L. Foulet, *Romania* 46 (1920) 305. Foulet deutet seine Beispiele genau in der Gegenrichtung.

21 Mitgeteilt von L. Foulet, *Romania* 46 (1920) 308.

22 Vgl. F. Strohmeyer, *Die neueren Sprachen* 2 (1953) S. 483. – P. Imbs: *L'Emploi des temps verbaux*, Paris 1960, S. 103. – A. Dauzat: *Études de linguistique française*, Paris ²1946, S. 64. Es handelt sich um die Mundart von Vinzelles.

23 Im Italienischen heißen die Tempora, die den französischen Tempora Passé simple und Passé composé entsprechen, »noch heute« Passato *remoto* und Passato *prossimo*. Auch diese Termini setzen die Regel der 24 Stunden voraus. Die italienische Grammatik von Fornaciari, *Sintassi italiana* (1881) vertritt sie noch ausdrücklich (S. 172). Ich habe hier dennoch die italienischen Termini, wie auch sonst fast immer, beibehalten. Ich möchte jedoch diese Gelegenheit noch einmal benutzen, ausdrücklich vor jeder Analyse aus den Termini zu warnen.

24 Inediert; mitgeteilt von P. Imbs: *L'Emploi des temps verbaux*, Paris 1960, S. 221.

25 *L'Express*, 12. 1. 1961. Mitgeteilt von A. Klum: *Verbe et Adverbe*, Uppsala 1961, S. 170, Anm. 3.

26 R. Champigny, *The French Review* 28 (1954/55) 524.

27 J.-P. Sartre: ›Explication de l'*Étranger*‹, in: *Situations* I, Paris 1947, S. 99–121. – R. Quilliot: *La Mer et les Prisons*, Paris 1956. – C. A. Viggiani: ›Camus' L'Étranger‹, *Publications of the Modern Language Association* 71 (1956) 865–887. – R. Champigny: *Sur un héros paien*, Paris 1959. – A. Noyer-Weidner: ›Absurdität und Epik als ästhetisches Problem in Camus' ‚Étranger'‹, *Annales Universitatis Saraviensis, Abt. Philosophie* 10 (1961) 257–295. – M. G. Barrier: *L'Art du récit dans l'‚Étranger'* de Camus, Paris 1962. – R. Girand: ›Camus' ‚Stranger' Retried‹, *Publications of the Modern Language Association* 79 (1964) 519–533. – A. Barrera-Vidal: ›La perspective temporelle dans l'‚Étranger' de Camus et dans ‚La Familia de Pascual Duarte' de José Camilo Cela‹, *Zeitschrift für romanische Philologie* 84 (1968) 309–322. – Weitere Studien *La Revue des Lettres modernes* 8 (1961): ›Configuration critique d'Albert Camus‹.

28 Ich zitiere nach der Ausgabe Gallimard 1942. Die größeren Zitate in der Reihenfolge ihres Auftretens: S. 16 f., 9, 10, 152 f., 143.

29 Avant-Propos der Ausgabe von 1955.

30 Anders als der Zeitfluß Bergsons, an den Sartre kurz vorher erinnert hat.

31 J.-P. Sartre: *Situations* I, Paris 1947, S. 117.

32 Nach R. Quilliot: *La Mer et les Prisons*, Paris 1956, S. 86, Anm. 1.

33 Nach M. G. Barrier: *L'Art du récit dans l',Étranger' de Camus*, Paris 1962, S. 10, Anm. 1.

34 A.a.O., S. 14, 54, 107 f.

35 C. A. Viggiani hat den Roman unter dem Gesichtspunkt der Zeit (nicht des Tempus!) untersucht (*Publications of the Modern Language Association* 71, 1956, 866).

36 In Gionos Roman *Regain*, den W. M. Frohock als Vorbild für Camus' Tempus-Gebung nennt (*Yale French Studies* 2, 1949, 91 ff.) ist das Verhältnis umgekehrt. Meistens ist das Présent Leit-Tempus, und nur verhältnismäßig selten macht es dem Passé composé als Leit-Tempus Platz.

37 Die französischen Linguisten A. Meillet und A. Dauzat bestätigen, daß sie das Passé simple nie im mündlichen Ausdruck verwenden. Es erschiene ihnen »barbarisch oder pedantisch«. Vgl. A. Meillet: *Linguistique historique et linguistique générale*, Paris 1921, S. 150. – A. Dauzat: *Études de linguistique française*, Paris ²1946, S. 69.

38 Gougenheim/Michéa/Rivenc/Sauvageot: *L'Élaboration du français fondamental*, Paris ²1964, S. 213 ff. Ebenso wenig wie das Passé antérieur (*j'eus chanté*), das wir im folgenden immer mitmeinen, nicht aber eigens erwähnen.

39 St. Ullmann hat einmal vor Jahren die Formen des Passé simple in modernen Dramen gezählt und dabei nicht weniger als 11 Stücke gefunden, in denen überhaupt kein Passé simple vorkommt. Jules Romains' *Knock* sowie Sacha Guitrys Stücke *Mariette* und *Un sujet de roman* sind darunter. In anderen Theaterstücken ist die Frequenz des Passé simple sehr niedrig. Vgl. Ullmanns Belege in der Zeitschrift *Le Français moderne* 6 (1938) S. 351 ff.

40 Näheres in M. Cohens Sammelband *Grammaire et Style*, Paris 1954, S. 108 ff., sowie: *Travaux de l'Institut de Linguistique, Faculté des Lettres de l'Université de Paris* 1 (1956) 43–62.

41 *Mercure de France*, Sept.-Dez. 1955, S. 41.

42 Vgl. E. Gamillscheg, in: *Im Dienste der Sprache, Festschrift Klemperer*, 1958, S. 272. – H. Sten: *Les Temps du verbe fini*, ²1964, S. 124. – F. Strohmeyer, *Die Neueren Sprachen* 2 (1953) 481.

43 W. Benjamin: *Illuminationen*, Frankfurt 1955, S. 415.

44 Th. W. Adorno: *Noten zur Literatur*, Frankfurt 1965, Bd. I, S. 63. Vgl. auch R. Harweg: ›Textanfänge in geschriebener und in gesprochener Sprache‹, *Orbis* 17 (1968) 362.

45 Weitere Überlegungen zu diesem Problem in meinem Aufsatz ›Tempusprobleme eines Leitartikels‹, *Euphorion* 60 (1966) 263–272.

46 H.-W. Klein: *Phonetik und Phonologie des heutigen Französisch*, München 1963, S. 176.

47 Der Text ist auch abgedruckt und wird unter anderen Gesichtspunkten interpretiert bei E. Gülich: *Makrosyntax der Gliederungssignale im gesprochenen Französisch*, München 1970 (= Structura 2), Anhang A 23 f.

48 Vgl. auch J. Leclerq: *Etudes de conversations d'enfants de neuf ans. 6.*: ›,Puis' et ,alors' dans les récits d'enfants‹, CREDIF-Arbeitspapier, Saint-Cloud 1966.

49 Eine genaue Beschreibung der Sprachgrenze findet man bei K. Jacki: ›Das starke Präteritum in den Mundarten des hochdeutschen Sprachgebiets‹, *Beiträge zur Geschichte der deutschen Sprache und Literatur* 34 (1909)

425–529. – Ferner bei F. Maurer, *Untersuchungen über die deutsche Verb-stellung in ihrer geschichtlichen Entwicklung*, Heidelberg 1926, S. 22 f. – Ferner in dem sogleich zu nennenden Buch von Lindgren, S. 44 f.

50 K. B. Lindgren: *Über den oberdeutschen Präteritumschwund*, Helsinki 1957 (Annales Academiae Scientiarum Fennicae, Ser. B., Bd. 112, 1).

51 Seine Funktion geht teilweise auf ein »doppeltes Perfekt« (ich habe gesungen gehabt) über, ganz analog zu den *formes surcomposées* im Französischen. Vgl. Lindgren, a.a.O., S. 104, und M. Cornu: *Les formes surcomposées en français*, Paris 1953.

52 O. Behaghel: *Deutsche Syntax*, Heidelberg 1923–1932, Bd. II, S. 272.

53 Lindgren, a.a.O., S. 98 ff., 105. – Hans Weber hatte darauf schon in einer kurzen Bemerkung aufmerksam gemacht. (*Das Tempussystem des Deutschen und des Französischen*, Bern 1954, S. 116).

54 *Die Chronik des Augsburger Malers Georg Preu d. Ä.*, 1512–1537, zitiert nach Lindgren, a.a.O., S. 61. Lindgren datiert die Handschrift um 1550.

55 Aus: s *Schwobaland in Lied und Wort*, hrsg. von G. Seuffer und R. Weitbrecht, o.O. u. J., S. 628.

56 Aus: *Fleckerlteppich – Ein Bairisch-österreichisches Mundart-Lesebuch*, hrsg. von W. Wachinger, 1959, S. 220.

57 C. und W. Stern: *Die Kindersprache*, Leipzig ⁴1928, S. 77.

58 *Fleckerlteppich*, a.a.O., S. 48–56.

XI. Andere Sprachen – andere Tempora?

1 Wissenschaftsgeschichtliche Information gibt am ausführlichsten W. Pollak: *Untersuchungen zum »Verbalaspekt« im Französischen*, Wien 1960, hier S. 30.

2 Vgl. E. Schwyzer: *Griechische Grammatik*, bearbeitet von A. Debrunner, Bd. II, München 1950. – J. Humbert: *Syntaxe grecque*, Paris 1945. Speziell zu Tempus-Problemen: E. Koschmieder: *Zeitbezug und Sprache. Ein Beitrag zur Aspekt- und Tempusfrage*, Leipzig 1929. – E. Hermann: ›Die altgriechische Tempora. Ein strukturanalytischer Versuch‹, in: *Nachrichten von der Akademie der Wissenschaften in Göttingen, Philologisch-historische Klasse*, Göttingen 1943, S. 583–648.

3 M. Sánchez Ruipérez: *Estructura del systema de aspectos y tiempos del verbo griego antiguo. Análisis funcional sincrónico*, Madrid 1954.

4 Vgl. W. Watson Goodwin: *Syntax of the Moods and Tenses of the Greek Verb*, 1890, S. 7. Man findet dieselbe Einteilung in fast allen anderen Grammatiken.

5 W. Watson Goodwin verwässert von der Zeitdeutung her wieder die beiden Tempusgruppen. Er rechnet das historische Präsens zu den Sekundärtempora, den gnomischen Aorist zu den Primärtempora (a.a.O., S. 7).

6 T. A. Rompelmann: »die alte Zeitlosigkeit des Aorists« (*Neophilologus* 37, 1953, S. 83).

7 J. Wackernagel: *Vorlesungen über Syntax*, Bd. I, Basel ²1926, S. 170.

8 P. Chantraine: *Histoire du parfait grec*, Paris 1927, S. 189.

9 J. Wackernagel, a.a.O., S. 151 und 185. – Vgl. E. Schwyzer, *Griechische Grammatik*, München 1950, Bd. II, S. 254.

10 H. Weir Smyth: *A Greek Grammar for Colleges*, 1920, §§ 1856, 1908.

11 J. Wackernagel, a.a.O., S. 183.

12 Zitat nach J. Wackernagel: a.a.O., S. 174.

13 Varro: *De lingua Latina* IX, 96–100. – Vgl. A. Meillet: ›De l'expression de l'aoriste en latin‹, *Revue de Philologie* 21 (1897) S. 90–91; sowie J. Perrot: ›Réflexions sur les systèmes verbaux du latin et du français‹, *Revue des langues romanes* 72 (1956) S. 137–169.

14 Ch. E. Bennett: *Syntax of Early Latin*, Bd. I: ›The Verb‹, 1910, S. 338 ff.
15 Bennett, a.a.O., S. 14 f. – Vgl. Leumann/Hoffmann: *Lateinische Grammatik*, ⁵1928, S. 553.
16 Leumann/Hofmann, a.a.O., S. 302.
17 A. Burger: ›Sur le passage du système des temps et des aspects de l'indicatif du latin au roman commun‹, *Cahiers F. de Saussure* 8 (1949) S. 21–36.
18 E. Lerch: *Zeitschrift für romanische Philologie* 42 (1922) S. 312 f.
19 L. Spitzer: in: *Donum natalicium Schrijnen*, Nijmegen 1929, S. 87. (Der spätere Spitzer hätte nicht mehr so geschrieben.)
20 Ich komme auf dieses Problem noch in einer Fachzeitschrift der Klassischen Philologie zurück.
21 Leumann/Hofmann, a.a.O., S. 545 f. – Man kann zum Vergleich die interessanten Ausführungen von J. Kurylowicz heranziehen: ›Les temps composés du roman‹; *Esquisses linguistiques*, Krakau 1960, S. 104–108.
22 K. Roehl: *Versuch einer systematischen Grammatik der Schambalasprache*, Hamburg 1911 (Abhandlungen des Hamburgischen Kolonialinstituts, Bd. 2).
23 B. L. Whorf: ›The Hopi Language, Toreva Dialect‹, in: *Linguistic Structures of Native America*, Ed. H. Hoijer, New York 1946, S. 158–183. Der Aufsatz ist posthum publiziert. Er geht auf die Studien von 1935 zurück.
24 Ders.: *Language* 14 (1938) S. 275.
25 Ders.: ›The Punctual and Segmentative Aspect of Verbs in Hopi‹, *Language* 12 (1936) 127–131.
26 B. L. Whorf: ›Some Verbal Categories of Hopi‹, *Language* 14 (1938) 275–286.
27 Man findet sie gesammelt in zwei Bänden: *Four Articles on Metalinguistics*, 1949; sowie: *Language, Thought, and Reality*, hrsg. von J. B. Carroll, New York 1956 (in deutscher Übersetzung: *Sprache, Denken, Wirklichkeit*, Hamburg 1963).
28 B. L. Whorf: ›An American Indian Model of the Universe‹, *International Journal of American Linguistics* 16 (1950) S. 67–72. Der Aufsatz ist nach J. B. Carroll um 1936 geschrieben. Der Titel ist die Replik eines Buches von P. D. Ouspensky: *A New Model of the Universe*, 1931. Whorf ist von den mystifizierenden Thesen dieses Buches nicht ganz unbeeinflußt geblieben.
29 *Language* 12 (1936) S. 130 f.
30 Vgl. besonders den Aufsatz ›The Relation of Thought and Behavior to Language‹ (1939); in: *Language, Thought, and Reality*, 1956, S. 134 ff.
31 O. Spengler: *Der Untergang des Abendlandes; Umrisse einer Morphologie der Weltgeschichte* (1919/1922), 2 Bde., München 1921/22.
32 Auch die ägyptische und die chinesische Kultur haben nach Spengler den Zeitsinn entwickelt (I, S. 188).
33 W. Lewis: *Time and Western Man* (1928), Boston 1957, S. 220 f.
34 *Language, Thought, and Reality*, 1956, besonders S. 153 f.
35 A.a.O., S. 154.
36 K. Roehl: *Versuch einer systematischen Grammatik der Schambalasprache*, Hamburg 1911, S. 111 f.
37 Peekel: ›Grammatik der neu-mecklenburgischen Sprachen‹, *Archiv für das Studium deutscher Kolonialsprachen* 9 (1909) S. 127 f. – Ich berichte nach H. Jensen: ›Der sprachliche Ausdruck für Zeitauffassungen, insbesondere am Verbum‹, *Archiv für die gesamte Psychologie* 101 (1938) S. 289–336, hier S. 333.
38 *International Journal of American Linguistics* 16 (1950) S. 71.

39 K. L. Pike: *Language in Relation to a Unified Theory of the Structure of Human Behavior*, Den Haag ²1967.
40 Man findet eine vereinfachte und auf die Bedürfnisse einer praktischen Sprachbeschreibung zugeschnittene Darstellung der Tagmemic Theory bei V. Pickett: *The Grammatical Hierarchy of Isthmus Zapotec*, Baltimore 1960 (= Language Dissertation No. 56).
41 V. Pickett, a.a.O., S. 87 f.
42 Vgl. auch V. Pickett: ›Isthmus Zapotec Verb Analysis I/II‹, *International Journal of American Linguistics* 19 (1953) S. 292–296 und 21 (1955) S. 217–232.
43 E. E. Loos: ›Capanahua Narration Structure‹, *Texas Studies in Literature and Language*, Bd. 4 Suppl., 1963, S. 697–742.
44 M. Joos: *The English Verb. Form and Meanings*, Madison ²1968.
45 Sybille Bedford: *The Best We Can Do*, London 1958 (Amerikanische Publikation unter dem Titel: *The Trial of Dr. Adams*, New York 1958). Das Buch ist leicht erreichbar als Penguin-Book No 1639.

Bibliographie (Auswahl)

Alarcos Llorach, Emilio: ›Perfecto simple y compuesto en español‹, *Revista de Filología española* 31 (1947) 108–139

Barrera-Vidal, Albert: ›L'imparfait et le passé composé‹, *Linguistische Berichte* 6 (1970) 35–51

Barthes, Roland: *Le degré zéro de l'écriture.* Paris 1953

Bausch, Walter: *Theorien des epischen Erzählens in der deutschen Frühromantik.* Bonn 1964 (= Bonner Arbeiten zur deutschen Literatur, Bd. 8)

Der Begriff Tempus – eine Ansichtssache? Mit Beiträgen von H. Gelhaus, K. Baumgärtner, D. Wunderlich, H. Glinz, W. Kluge, W. Bartsch. Düsseldorf 1969 (= Beiheft 20 zur Zeitschrift *Wirkendes Wort*)

Behaghel, Otto: *Deutsche Syntax,* 4 Bde. Heidelberg 1923–1932

Benveniste, Emile: *Problèmes de linguistique générale.* Paris 1966

Bosker, A.: *Het gebruik van het imperfectum en het perfectum in het Nederlands, het Duits, het Frans en het Engels.* Groningen 1961

Bühler, Karl: *Sprachtheorie. Die Darstellungsfunktion der Sprache.* 2. Aufl. Stuttgart 1965

Buffin, J.-M.: *Remarques sur les moyens d'expression de la durée et du temps en français.* Paris 1925

Bull, William E.: ›Modern Spanish Verb-form Frequencies‹, *Hispania* 30 (1947) 451–466

Ders.: *Time, Tense, and the Verb. A Study in Theoretical and Applied Linguistics, with Particular Attention to Spanish.* 3. Aufl. Berkeley 1968 (= University of California Publications in Linguistics, Vol. 19)

Burger, André: ›Sur le passage du système des temps et des aspects de l'indicatif du latin au roman commun‹, *Cahiers Ferdinand de Saussure* 8 (1949) 21–36

Busch, Ulrich: ›Erzählen, Behaupten, Dichten‹, *Wirkendes Wort* 12, 217–223

Butor, Michel: ›L'usage des pronoms personnels dans le roman‹, *Les Temps modernes,* Febr. 1961, 936–948. Auch in: Ders.: *Répertoire* II, Paris 1964, S. 61–72

Champigny, Robert: ›Notes sur les temps passés en français‹, *The French Review* 28 (1954/55) 519–524

Christmann, Hans Helmut: ›Zum französischen Konjunktiv‹, *Zeitschrift für romanische Philologie* 86 (1970) 219–229

Ders.: ›Zum »Aspekt« im Romanischen‹, *Romanische Forschungen* 71 (1959) 1–16

Conen, Paul F.: *Die Zeittheorie des Aristoteles.* München 1964 (= Zetemata 35)

Criado de Val, M.: *El verbo español.* Madrid 1969

Damourette, Jacques/Pichon, Edouard: *Essai de Grammaire de la langue française,* Bd. V, Paris 1911–1936

De Felice, Emidio: ›Problemi di aspetto nei più antichi testi francesi‹, *Vox Romanica* 16 (1957) 1–51

Diver, William: ›The Chronological System of the English Verb‹, *Word* 19 (1963) 141–181

Döblin, Alfred: ›Der Bau des epischen Werkes‹, in: Ders.: *Aufsätze zur Literatur,* S. 103–132. Olten 1963

Dressler, Wolfgang: ›Modelle und Methoden der Textsyntax‹, *Folia Linguistica* 4 (1970) 64–71

Ders.: ›Textsyntax‹, *Lingua e stile* 5 (1970) 191–213

Ducháček, Otto: ›Sur le problème de l'aspect et du caractère de l'action verbale en français‹, *Le français moderne* 34 (1966) 161–184

Feydit, Frédéric: ›Concordance des Temps‹, *Le français moderne* 21 (1953) 275–280

Foulet, L.: ›La disparition du prétérit‹, *Romania* 46 (1920) 271–313

Fourquet, J.: ›Deux notes sur le système verbal du français‹, *Langages* 3 (1966) 8–18

Gili y Gaya, Samuel: *Curso superior de sintaxis española.* Mexico 1943 (4. Aufl. Barcelona 1954)

Glinz, Hans: *Die innere Form des Deutschen. Eine neue deutsche Grammatik.* 5. Aufl. Bern 1968

Grammaire Larousse du français contemporain (Verfasser: Chevalier/Arrivé/Blanche-Benveniste/Peytard). Paris 1964

Goodwin, W. W.: *Syntax of the Moods and Tenses of the Greek Verb.* London 1965

Grevisse, Maurice: *Le bon usage. Grammaire française, avec des remarques sur la langue française d'aujourd'hui.* 8. Aufl. Paris 1964

Gülich, Elisabeth: *Makrosyntax der Gliederungssignale im gesprochenen Französisch.* München 1970 (= Structura 2)

Guillaume, Gustave: *Temps et verbe. Théorie des aspects, des modes et des temps. Suivi de L'architectonique du temps dans les langues classiques.* Paris 1965

Hamburger, Käte: ›Das epische Präteritum‹, *Deutsche Vierteljahrsschrift für Literaturwissenschaft und Geistesgeschichte* 27 (1953) 329–357

Dies.: *Die Logik der Dichtung.* 2. Aufl. Stuttgart 1968

Hartmann, Peter: ›Zur Berücksichtigung der Zeit in der Sprache‹, in: *Das Ringen um eine neue deutsche Grammatik.* Darmstadt 1962, S. 446–482

Heger, Klaus: *Die Bezeichnung temporal-deiktischer Begriffskategorien im französischen und spanischen Konjugationssystem.* Tübingen 1963 (= Zeitschrift für romanische Philologie, Beiheft 104)

Ders.: ›Temporale Deixis und Vorgangsquantität (»Aspekt« und »Aktionsart«)‹, *Zeitschrift für romanische Philologie* 83 (1967) 512–582

Henkel, Dieter: *Tempus als Stilmittel.* Karlsruhe o.J. (= Sprachhorizonte, Arbeitsunterlagen für den Deutschunterricht, 5)

Hilty, Gerold: ›Das Tempussystem als Auffassungsschema der »erlebten Zeit«‹, *Vox Romanica* 26 (1967) 199–212

Huddleston, Rodney: ›Some observations on tense and deixis in English‹, *Language* 45 (1969) 777–806

Imbs, Paul: *L'Emploi des temps verbaux en français moderne.* Paris 1960 (= Bibliothèque française et moderne A, 1.)

Jäger, Siegfried: *Der Konjunktiv in der deutschen Sprache der Gegenwart.* Düsseldorf 1970

Jespersen, Otto: *Essentials of English Grammar*, New York 1933

Ders.: *The Philosophy of Grammar.* London 1924

Joos, Martin: *The English Verb. Form and Meanings.* 2. Aufl. Madison 1964

Kahn, Félix: *Le système des temps de l'indicatif chez un Parisien et chez une Bâloise.* Genf 1954

Klare, Johannes: ›Die doppelt umschriebenen Zeiten (»temps surcomposés«) im Deutschen und Französischen‹, *Beiträge zur Romanischen Philologie* 3 (1964) 116–119

Kluge, W.: *Perfekt und Präteritum im Neuhochdeutschen.* Diss. Münster 1961

Klum, Arne: *Verbe et adverbe. Etude sur le système verbal indicatif et sur le système de certains adverbes de temps à la lumière des relations verbo-adverbiales dans la prose du français contemporain.* Uppsala 1961

Koschmieder, Erwin: *Beiträge zur allgemeinen Syntax.* Heidelberg 1965

Ders.: *Zeitbezug und Sprache. Ein Beitrag zur Aspekt- und Tempusfrage.* Leipzig 1929

Koschmieder, Käte: *Vergleichende griechisch-slavische Aspektstudien.* München 1967 (= Slavistische Beiträge, Bd. 13)

Kracke, Arthur: ›Das »Zeit«-Wort. Tempus, Aktionsart, Aspekt‹, *Der Deutschunterricht* 13 (1961) 10–39

Lämmert, Eberhard: *Bauformen des Erzählens.* 2. Aufl. Stuttgart 1967

Lakoff, Robin: ›Tense and its relation to participants‹, *Language* 46 (1970) 838–849

Larochette, J.: ›L'imparfait et le passé simple‹, *Les Etudes classiques* 13 (1945) 55–87. Neudruck: *Linguistica Antverpiensia* 3 (1969) 259–294

Lausberg, Heinrich: *Handbuch der literarischen Rhetorik. Eine Grundlegung der Literaturwissenschaft.* 2 Bde. München 1960

Le Bidois, Georges et Robert: *Syntaxe du français moderne.* 2 Bde. Paris 1935

Lindgren, Kaj B.: *Über den oberdeutschen Präteritumsschwund.* Helsinki 1957 (Suomalaisen Tiedeakatemian Toimituksia = Annales Academiae Scientiarum Fennicae, Ser. B, 112, 1.)

Loos, Eugene E.: ›Capanahua Narration Structure‹, *Texas Studies in Literature and Language* 4 Suppl. (1963) 697–742

Maurer, Friedrich: *Untersuchungen über die deutsche Verbstellung in ihrer geschichtlichen Entwicklung.* Heidelberg 1926

Mendilow, A. A.: *Time and the Novel.* London 1952

Meyer, R. W. (Hrsg.): *Das Zeitproblem im 20. Jahrhundert.* Bern 1964

Müller, Bodo: ›Futur und Virtualität‹, *Zeitschrift für romanische Philologie* 85 (1969) 416–427

Müller, Günther: *Die Bedeutung der Zeit in der Erzählkunst.* Bonn 1947

Muller, Charles: ›Remarques sur l'imparfait »pittoresque»‹, *Annuaire de l'Association des professeurs de langues vivantes en Finlande* 4 (1963) 12–22

Paiva Boléo, Manuel de: *O perfeito e o pretérito em português em confronto com as outras línguas românicas.* Coimbra 1936

Palmer, F. R.: *A Linguistic Study of the English Verb.* London 1965

Pascal, Roy: ›Tense and Novel‹, *The Modern Language Review* 57 (1962) 1–11

Perrot, Jean: ›Réflexions sur les systèmes verbaux du latin et du français‹, *Revue des langues romanes* 72 (1956) 137–169

Pike, Kenneth L.: *Language in Relation to a Unified Theory of the Structure of Human Behavior.* 2. Aufl. Den Haag 1967

Pollak, Wolfgang: *Studien zum »Verbalaspekt« im Französischen.* Wien 1960 (= Österreichische Akademie der Wissenschaften, Philosophisch-historische Klasse, Sitzungsberichte 233. Bd., 5 Abh.)

Pouillon, Jean: *Temps et Roman.* Paris 1946

Pregel, Dietrich: *Zum Sprachstil des Grundschulkindes.* Düsseldorf 1970

Prior, Arthur: *Past, present, and futur.* Oxford 1967

Raether, Martin: *Untersuchungen über die Konstruktion ›Verb + Infinitiv‹ im Französischen.* Diss. Köln 1968

Rompelmann, T. A.: ›Form und Funktion des Präteritums im Germanischen‹, *Neophilologus* 37 (1953) 65–83

Ronconi, Alessandro: *Interpretazioni grammaticali.* Padua 1958

Rothe, Wolfgang: *Strukturen des Konjunktivs im Französischen.* Tübingen 1967 (= Beihefte zur Zeitschrift für romanische Philologie, 112. Heft)

Sartre, Jean-Paul: *L'Etre et le Néant.* Paris 1943

Schmitt-Jensen, Jørgen: ›»Vorgang« et »Zustand« des formes passives et leurs rapports avec l'aspect du verbe en français moderne‹, *Orbis Litterarum, Études Romanes* 3 (1963) 59–83

337

Ders.: *Subjonctif et hypotaxe en italien. Une esquisse de la syntaxe du subjonctif dans les propositions subordonnées en italien contemporain.* Odense 1970

Schmüdderich, Ludwig: ›Überlegungen zum Gebrauch des sog. Praesens historicum‹, *Der altsprachliche Unterricht* 11 (1968) 61–67

Schogt, H. G.: ›L'aspect verbal en français et l'élimination du passé simple‹, *Word* 20 (1964) 1–17

Seiler, Hansjakob: ›Probleme der Verb-Subkategorisierung mit Bezug auf Bestimmungen des Ortes und der Zeit‹, *Lingua* 20 (1968) 337–367

Ders.: ›Zur Problematik des Verbalaspekts‹, in: *Mélanges de linguistique offerts à H. Frei.* Erscheint Genf 1971

Söll, Ludwig: ›Zur Konkurrenz von ‚futur simple' und ‚futur proche' im modernen Französisch‹, *Vox Romanica* 28 (1969) 274–284

Ders.: ›Synthetisches und analytisches Futur im modernen Spanischen‹, *Romanische Forschungen* 80 (1968) 239–248

Ders.: ›Imparfait und Passé simple‹, *Die Neueren Sprachen* 1965, S. 411–425 u. S. 461–471

Spengler, Oswald: *Der Untergang des Abendlandes. Umriß einer Morphologie der Weltgeschichte.* 2 Bde. München 1921/1922

Stammerjohann, Harro: ›Strukturen der Rede. Beobachtungen an der Umgangssprache von Florenz‹, *Studi di Filologia italiana* 28 (1970) 295–397

Ders.: ›Tempus und Negation‹, *Folia Linguistica* 3 (1969) 242–244

Stanzel, Franz K.: ›Episches Präteritum, erlebte Rede, historisches Präsens‹, *Deutsche Vierteljahrsschrift für Literaturwissenschaft und Geistesgeschichte* 33 (1959) 1–12

Stempel, Wolf-Dieter (Hrsg.): *Beiträge zur Textlinguistik.* München 1971 (= Internationale Bibliothek für allgemeine Linguistik 1)

Sten, Holger: *Les temps du verbe fini (indicatif) en français moderne.* 2. Aufl. Kopenhagen 1964 (= Kongelige Danske videnskabernes selskab, Historisk-filologiske meddelser, Bd. 33, Nr. 3)

Stern, Clara und William: *Die Kindersprache.* 4. Aufl. Leipzig 1928

Strunk, Klaus: ›Zeit und Tempus in altindogermanischen Sprachen‹, *Indogermanische Forschungen* 73 (1968) 279–311

Szertics, Joseph: *Tiempo y verbo en el Romancero Viejo.* Madrid 1967 (− Biblioteca Románica Hispánica, II: Estudios y ensayos)

Tesnière, Lucien: *Eléments de syntaxe structurale.* 2. Aufl. Paris 1965

Todorov, Hristo: ›Logique et temps narratif‹, *Information sur les sciences sociales* 7 (1968) 41–49

Togeby, Knud: *Mode, aspect et temps en espagnol.* Kopenhagen 1953

Ders.: ›La hiérarchie des emplois du subjonctif‹, *Langages* (1966) 67–71

Ders.: ›Les sorts du plus-que-parfait latin dans les langues romanes‹, *Cahiers Ferdinand de Saussure* 23 (1966) 175–184

Trier, Jost: ›Stilistische Fragen der deutschen Gebrauchsprosa – Perfekt und Imperfekt –‹, in: *Germanistik in Forschung und Lehre.* Berlin 1964, S. 195–208

Ullmann, Stephen: ›Le passé défini et l'imparfait du subjonctif dans le théâtre contemporain‹, *Le français moderne* 6 (1938) 347–358

Vollrath, Ernst: ›Der Bezug von Logos und Zeit bei Aristoteles‹, in: *Das Problem der Sprache.* München 1967, S. 149–158

Wackernagel, Jacob: *Vorlesungen über Syntax*, Erste Reihe, 2. Aufl. Basel 1926

Wandruszka, Mario: ›Les temps du passé en français et dans quelques langues vivantes‹, *Le français moderne* 34 (1966) 3–18

Weber, Hans: *Das Tempussystem des Deutschen und des Französischen. Über-setzungs- und Strukturprobleme.* Bern 1954 (Romanica Helvetica 45)

Weinrich, Harald: *Linguistik der Lüge.* 4. Aufl. Heidelberg 1970

Ders. u. a.: ›Syntax als Dialektik (Bochumer Diskussion)‹, *Poetica* 1 (1967) 109–126

Ders.: ›Tempusprobleme eines Leitartikels‹, *Euphorion* 60 (1966) 263–272

Ders.: ›Zur Textlinguistik der Tempusübergänge‹, *Linguistik und Didaktik* 1 (1970) 222–227

Ders.: *Literatur für Leser*. Stuttgart 1971 (= Sprache und Literatur 68)

Whorf, Benjamin Lee: *Language, Thought, and Reality. Selected Writings.* Edited by John B. Caroll. New York 1956. (Deutsch: *Sprache, Denken, Wirklichkeit.* Hamburg 1963)

Wunderli, Peter: *Die Teilaktualisierung des Verbalgeschehens (›Subjonctif‹) im Mittelfranzösischen.* Tübingen 1970 (= Beihefte zur Zeitschrift für romanische Philologie, 123. Heft)

Ders.: ›Die Bedeutungsgrundlagen der romanischen Futurbildungen‹, *Zeitschrift für romanische Philologie* 85 (1969) 385–415

Wunderlich, Dieter: *Tempus und Zeitreferenz im Deutschen.* München 1970 (= Linguistische Reihe, Bd. 5)

Zimmermann, Rüdiger: *Untersuchungen zum früh-mittelenglischen Tempussystem.* Heidelberg 1968 (= Wissenschaftliche Bibliothek, VIII)

Zimmerningkat, Martin: ›Das Tempus bei Sartre‹, *Die Neueren Sprachen* 67 (1968) 27–35

Nachwort zur 4. Auflage

Ich schreibe nicht gerne Vorworte. Ich meine für gewöhnlich, Bücher müßten sich selber erklären oder sollten jedenfalls so geschrieben sein, daß sie keiner weiteren Erklärung des Autors bedürfen. So hat auch dieses Buch seinen Weg ohne ein begleitendes Vorwort genommen. Wenn ich nun jetzt für die 4. Auflage zwar immer noch kein Vorwort, aber doch ein Nachwort schreibe, so tue ich es deshalb, weil das Buch heute, mehr als zwanzig Jahre nach seiner Entstehungszeit, in einen anderen wissenschaftlichen Kontext tritt, als er seinerzeit gegeben war. Mit dem Buch verbindet sich nun schon ein Stückchen Rezeptionsgeschichte, die vielleicht einen Rückblick rechtfertigt. Mein Nachwort trägt dieser Rezeptionsgeschichte Rechnung und mag daher vielleicht dem Leser, der das Buch heute zur Hand nimmt, eine leichtere Orientierung ermöglichen.

Als dieses Buch in den Jahren 1963/64 in den Vereinigten Staaten geschrieben wurde, befand sich die Linguistik in jenem Land, bald aber auch auf der ganzen Welt im Übergang vom Strukturalismus zur generativen Transformationsgrammatik. Ich rechnete mich damals mit einiger Emphase den Strukturalisten zu, hatte auch in Deutschland einiges dafür getan, der strukturalen Sprachwissenschaft gegenüber der (»nur«) diachronisch-historischen Sprachwissenschaft zum Durchbruch zu verhelfen. Ich fühlte mich jedoch weniger dem später »taxonomisch« genannten Strukturalismus der Amerikaner (Bloomfield, Harris ...) verbunden als vielmehr der europäischen, auf Saussure fußenden Richtung der strukturalen Sprachwissenschaft. Es war daher auch nie mein Ziel gewesen, eine a-semantische und nur aus der Form und Distribution der Sprachzeichen heraus argumentierende Linguistik zu entwerfen. So fühlte ich mich schließlich auch nie der geringsten Versuchung ausgesetzt, die Vaterbilder des Strukturalismus zu verbrennen und den neuen formalen Methoden der Generativisten anzuhängen.

Aber aus einem anderen Grunde war ich – bei aller Bewunderung für die Meister: Saussure, Hjelmslev, Jakobson, Martinet und andere – unzufrieden mit den Ergebnissen der strukturalen Sprachwissenschaft. Ich fand, daß die Strukturalisten, auch die mir näherstehenden europäischen Strukturalisten, oft zu schnell aus der syntagmatischen Ordnung der Texte in die paradigmatische Ordnung der memoriellen Strukturen und Systeme gesprungen waren. Ich konnte mich nicht dazu verstehen, in der linearen Abfolge der Sprachzeichen im Text nur vergängliche Sprechakte *(parole)* zu sehen, für die dann eine eigene und ganz andere Sprachwissenschaft zu erfinden wäre, abseits von der »eigentlichen« Sprachwissenschaft des Sprachsystems *(langue)*. Denn auch die Linearität der Texte hat ihre Strukturen, und diese gehören ebenso zum Sprachsystem wie die paradigmatischen Strukturen, die den Text memoriell begleiten. Von dieser Auffassung war ich umso fester überzeugt, als ich in jenen Jahren in meinem akademischen Beruf mindestens so viel Zeit und Aufmerksamkeit auf die Literaturwissenschaft wie auf die Sprachwissenschaft verwandte. Und dem Literaturwissenschaftler ist natürlich die Tatsache ganz selbstverständlich, daß er sich für textuelle Strukturen zu interessieren hat, mindestens so sehr wie für irgendwelche anderen Strukturen, die sich vielleicht diesseits oder jenseits der literarischen Texte entdecken lassen. Als sich daher die Kritik der Generativisten voll auf den Strukturalismus richtete, ohne zwischen dessen höchst verschiedenen Spielarten angemessen zu unterscheiden, war das für mich ein willkommener Anlaß, die mißverständlich gewordene strukturale Sprachwissenschaft im Sinne meiner eigenen Präferenzen zur Textlinguistik weiterzubilden und dabei gleichzeitig deutlich zu machen, daß die Textlinguistik (den Ausdruck habe ich im Jahre 1966 in meiner »Linguistik der Lüge« eingeführt) nicht etwa mit der von Saussure intendierten *»linguistique de la parole«* identisch ist, sondern einen Versuch darstellt, die ganze Linguistik vom Textbegriff her neu zu denken. Textlinguistik bedeutet daher nicht Linguistik anhand von Texten (das kann sie allerdings nebenbei auch sein), sondern textuelle Linguistik.

Auch das Phänomen Tempus erregte meine Aufmerksamkeit zuerst in literarischen Texten, nach ehe ich auf den Gedanken kam, man könne den Tempusformen der Sprache irgendein besonderes Interesse abgewinnen, das über den trivialen Dreischritt Vergangenheit – Gegenwart – Zukunft und seine holperigen Applikationen auf die grammatischen Tempora hinausführt. In der Literaturwissenschaft diskutierte man nun damals in Europa lebhaft über Zeitstrukturen der erzählenden Literatur, mit der wichtigen Unterscheidung zwischen Erzählzeit und erzählter Zeit (Günther Müller) sowie zwischen realer und fiktionaler Zeit (Käte Hamburger). Auch andere architektonische Elemente der erzählenden Literatur, unter ihnen die Tempusformen der Sprache, fanden in dieser Diskussion einige Beachtung. Mit diesen Überlegungen im Kopf schaute ich nun nach den Sprachstrukturen im Bereich des Tempus-Systems aus, wie sie vielleicht mit den Methoden des Strukturalismus und der Textlinguistik zu ermitteln wären. Die Grundideen des vorliegenden Buches entstanden also damals aus einer, wie man heute sagt, interdisziplinären Fragestellung gegenüber einem zunächst literaturwissenschaftlich formulierten Problem, für das ich nach einer linguistischen Lösung suchte. Da die Literaturwissenschaftler nun, im Einklang übrigens mit einer durch Bergson, Husserl und Heidegger erneuerten Phänomenologie des Zeitbewußtseins, grundsätzlich zwischen verschiedenen Erscheinungsformen der Zeit zu unterscheiden pflegten, suchte auch ich als Linguist nach einer Lösung des Tempus-Problems nicht, wie es beim damaligen Sprachforschungsstand fast die Regel war, bei einer quasi geometrischen Projektion des eindimensionalen, von der Vergangenheit über die Gegenwart zur Zukunft hin verlaufenden Zeitstrahls auf die Tempora der Sprache (onomasiologischer Weg) und ebensowenig bei der umgekehrten Projektion der Tempora einer Sprache auf diesen

Zeitstrahl (semasiologischer Weg). Mir kamen sogar immer mehr Zweifel, ob dieser vor-phänomenologische Zeitbegriff, wie er in der Linguistik immer noch verwendet wurde, überhaupt geeignet war, die Bedeutung und Funktion der Tempora einer natürlichen Sprache adäquat zu beschreiben. Sollte die triviale Tatsache, daß das lateinische Wort *tempus* ›Zeit‹ bedeutet, so daß man auch in manchen anderen Sprachen überhaupt nur ein Wort für Tempus und Zeit hat (zum Beispiel frz. *temps*), zu den vielen terminologischen Täuschungen und *idola fori* gehören, vor denen die Wissenschaft ständig auf der Hut sein muß? Um mir nun die Ergebnisse meiner Untersuchungen auf keinen Fall durch diese terminologische Gleichung und vielleicht Täuschung vorschreiben zu lassen, verbannte ich von Anfang an mit einem an Descartes orientierten methodischen Zweifel alle chronologischen Gewißheiten aus der Tempus-Theorie und schrieb den kategorischen Satz nieder: »Tempus hat nichts mit Zeit zu tun«. Im Untertitel meines Buches habe ich dann positiv zum Ausdruck gebracht, womit Tempus zunächst und zumeist zu tun hat, nämlich mit der Sprechhaltung und ihren beiden Registern des Besprechens (»besprochene Welt«) und des Erzählens (»erzählte Welt«). Diese Sprechhaltung hat in der Tat nichts mit der Zeit unserer Uhren zu tun, sondern ist eine Einstellung des Sprechers, der den Hörer anweist, in welcher Rezeptionshaltung er die fragliche Textstelle aufnehmen soll. Allerdings ist die Sprechhaltung (zu der im skizzierten Sinne die Rezeptionshaltung des Hörers gehört, was ich in späteren Publikationen auch mit einem gegenüber dem Sprecher und dem Hörer neutralen Begriff Tempus-Register genannt habe) nur eine von drei Dimensionen des Tempus-Systems. Neben ihr stehen die Dimensionen der Tempus-Perspektive und des Tempus-Reliefs. Alle drei Dimensionen sind als grammatische Strukturen gleichrangig, und so ist auch, außer in den Gegebenheiten der seinerzeitigen Forschungssituation, eigentlich kein Motiv anzugeben, warum die Opposition zwischen dem besprechenden und dem erzählenden Register vor den Oppositionen der Tempus-Perspektive und der Reliefgebung besonders herausgestrichen wird, wie ich es im Untertitel meines Buches getan habe. Ich habe daher in der weiteren Argumentation, insbesondere seit der völlig neu bearbeiteten zweiten Auflage (1971), diese zugunsten der Sprechhaltung verschobene Gewichtung wieder zurechtgerückt und damit auch die Zeitverhältnisse, wie sie in der »verstreichenden« Zeit erfahren werden, sehr vorsichtig wieder an eine genuin linguistische Tempus-Theorie herangeführt, immer jedoch die methodische Priorität des linguistischen vor dem nicht-linguistischen Befund beachtend. Insbesondere im Kapitel über die Tempus-Perspektive kommt die chronologische Zeit, wie mir scheint, jetzt wieder voll zu ihrem Recht, so daß ich auch den Satz »Tempus hat nichts mit Zeit zu tun« von der zweiten Auflage an aus dem Buch gestrichen habe.

Aber das mindert nicht im geringsten die große Bedeutung der kategorialen Unterscheidung zwischen der besprochenen und der erzählten Welt als zwei verschiedenen Registern des Sprechens, die zwischen Sprecher und

Hörer ausgehandelt werden müssen. Es ist mir nach wie vor äußerst wichtig, daß die in vielen Grammatiken und Handbüchern zu findende Gleichsetzung von erzählten und von vergangenen Gegenständen, die ja in vielen Fällen auch schon terminologisch festgeschrieben ist (»Vergangenheitsform«, »past tense«, »passato remoto« ...), nicht leichtfertig schon für eine Lösung dieses Problems genommen wird. Auch das wäre nichts als eine terminologische Täuschung. Es ist zwar richtig, daß wir oft Vergangenes erzählen, aber mit gleichen narrativen Rechten – vornehmlich, aber nicht ausschließlich in der Literatur – erzählen wir fiktionales Geschehen, das mit unseren alltäglichen Zeiterfahrungen nicht ohne weiteres zu verrechnen ist und außer in der Vergangenheit, die dann aber eine imaginäre Vergangenheit ist, ohne weiteres auch in einer imaginären Gegenwart oder Zukunft oder in sonst einer Art Anderszeit spielen kann. Denn wer erzählt, setzt damit eine eigene Zeit, eben die erzählte Zeit, die ihre eigenen Gesetze hat und von der besprochenen Zeit qualitativ verschieden ist. Das gilt auch dann, wenn Erzähltes und Besprochenes, wie es im Alltag oft geschieht, miteinander verschränkt sind. Dann müssen eben die Regeln, nach denen Besprochenes in Erzähltes und Erzähltes in Besprochenes eingelassen ist, in einer Tempus-Theorie miterörtert werden.

Die Kritik hat das vorliegende Buch mit den lebhaftesten Reaktionen begleitet. Von enthusiastischer Zustimmung bis zu totaler Ablehnung reicht die Palette der Äußerungen. Das ist auch nicht verwunderlich bei einer Theorie, die sowohl in ihren kategorialen Grundlagen als auch in ihren textuellen Anwendungen so sehr von den bis dahin geläufigen grammatischen Vorstellungen abweicht. Einige Kritiker haben dieser Theorie insbesondere vorgeworfen, daß sie sich schwer oder gar nicht mit den anderen Lehrmeinungen einer traditionellen Grammatik vereinbaren lasse. So ist es in der Tat. Wenn man sich eine traditionelle Grammatik denkt und in ihr nur das Tempus-Kapitel nach den methodischen Konzepten der Textlinguistik verändert, so entsteht tatsächlich eine inkohärente Grammatik, und man kann sich in einer kritischen Rezension ein leichtes Spiel daraus machen, solche Inkohärenzen aufzuzählen. Weit entfernt jedoch von der Vorstellung, aus diesem Grund auf neue Denkansätze im Bereich der Tempusformen zu verzichten, habe ich seitdem aus diesen Ungereimtheiten die umgekehrte Folgerung gezogen. Ich habe mich nämlich in den letzten fünfzehn Jahren intensiv damit beschäftigt, die anderen Kapitel der Grammatik nachzuziehen und nun die ganze Grammatik auf eine methodische Grundlage zu stellen, wie sie in diesem Buch für das Phänomen Tempus aufgezeigt wird. Daraus ist einstweilen, neben verschiedenen Publikationen in Aufsatzform, eine »Textgrammatik der französischen Sprache« (1982) entstanden, der in den nächsten Jahren eine »Textgrammatik der deutschen Sprache« an die Seite gestellt werden soll. Beide Grammatiken enthalten auch ein Tempus-Kapitel, natürlich auf textlinguistischer Grundlage, das im wesentlichen mit den Tempus-Begriffen des vorliegenden Buches übereinstimmt und grundsätzlich auch die gleichen Applikationen auf Probleme des Umgangs mit literarischen Texten zuläßt.

Diese werden jedoch im vorliegenden Buch ausführlicher und umfassender als in den erwähnten Grammatiken beschrieben und überdies an verschiedenen Sprachen und Literaturen erprobt. Insofern kann man die beiden Grammatiken, die bereits erschienene französische und die in Vorbereitung befindliche deutsche Textgrammatik, als linguistische Präzisierungen des vorliegenden Tempus-Buches ansehen, dieses hinwiederum als eine sprachübergreifende Ausarbeitung dieser Textgrammatiken, ausgestattet mit weitgeöffneten Fenstern zur Literatur und zu den Problemen der Rezeption literarischer Texte.

Das vorliegende Buch ist in verschiedene Sprachen übersetzt worden. Der spanischen Übersetzung (1968) liegt noch die erste Auflage zugrunde. Die völlig neubearbeitete zweite Auflage (1971) ist dann die Grundlage für die französische Übersetzung (1973), die italienische Übersetzung (1978), die japanische Übersetzung (1982) und die portugiesische Übersetzung (1986, in Vorbereitung). Thematische und methodische Ergänzungen findet man in meinen Büchern »Literatur für Leser« (1971), »Sprache in Texten« (1976) und »Wege der Sprachkultur« (1985).

München, im Juli 1985   Harald Weinrich

Namenregister

Adorno, Theodor W. 274
Alarcos Llorach, Emilio 83
Alonso, Amado 41, 84
Apollonios Dyskolos 32
Apuleius 138
Aragon, Louis 55
Atkinson, C. F. 305
Augustinus 55
Bainville, Jacques 192 f.
Balzac, Honoré de 97 ff., 102, 140 f.
Barrier, M. G. 268
Barthes, Roland 25 f.
Baudelaire, Charles 100–104
Bedford, Sybille 311
Behaghel, Otto 64, 154, 282
Benavente, Jacinto 41, 82 f.
Benjamin, Walter 102, 274
Bennett, W. A. 294
Benveniste, Emile 224 ff.
Bergson, Henri 87, 305
Bernard, Claude 39, 59, 195 ff.
Bloomfield, Leonard 8
Bobrowski, Johannes 162
Boccaccio, Giovanni 132–137, 251
Bonnard, Henri 104
Bruneau, Charles 108, 184
Brunetière, Ferdinand 98
Brunot, Ferdinand 184 f.
Bühler, Karl 32
Buffin, J.-M. 52
Bull, William E. 40, 83 f., 192
Burger, André 295 f., 300
Butor, Michel 25 f., 36, 223
Buzzati, Dino 80
Caesar 262, 295, 297 ff.
Camus, Albert 39 f., 45, 59, 91 f.,
   140, 166–171, 173, 177–180, 238 f.,
   243, 266–273, 277, 286
Cantón, Alfredo 40, 83
Cela, Camilo José 204
Cervantes, Miguel de 51, 121
Champigny, Robert 77, 96, 266
Chantraine, Pierre 290
Chaucer, Geoffrey 138 f.
Chrétien de Troyes 219 f.
Chomsky, Noam 190
Cicero 217 f., 299
Claudel, Paul 88, 198
Cohen, Marcel 273
Commines, Philippe de 256
Corneille, Pierre 260
Curtius, Georg 289
Dario, Rubén 123

Dauzat, Albert 262
De Felice, Emidio 138, 252
Degand, J. 51
Decroly, Ovide 51
Demosthenes 290
Descartes, René 87, 185–188
Dionysios Thrax 55
Diver, William 69, 71
Echegaray, José 123 f.
Eluard, Paul 77
Estienne, Henri 256–260, 262 f.
Flaubert, Gustave 97–100, 116, 231 f.
Foulet, Lucien 223, 254 ff.
Gamillscheg, Ernst 273
García Lorca, Federico 41, 83
Garnier, Robert 257
Garey, Howard B. 105
de Gaulle, Charles 60 f.
Gide, André 43, 157, 197 ff.
Gili y Gaya, Samuel 83, 104, 119
Giraudoux, Jean 247
Glinz, Hans 150, 324
Goethe, Johann Wolfgang von 14 f.,
   19 ff., 25, 67, 94, 121, 148 f., 158
   bis 161, 194, 263
Gómez, Abreu 40, 83
Grevisse, Maurice 42, 208, 211, 226
Grimm, Brüder 50, 52
Gülich, Elisabeth 236, 278
Hamburger, Käte 26 f., 42 f., 89, 241
Harmer, L. C. 98
Heger, Klaus 317
Heidegger, Martin 87
Hemingway, Ernest 124–132, 251, 267
Herodot 290
Hesse, Hermann 48
Hill, Archibald A. 69
Hilty, Gerold 320 f.
Homer 22, 55
Hugo, Victor 104, 106, 143 f.
Humboldt, Wilhelm von 303
Imbs, Paul 192, 249, 262
James, Henry 43
Jarnés, Benjamín 41, 83
Jauß, Hans-Robert 24
Jespersen, Otto 69 f., 216
Joos, Martin 60, 311–315
Joyce, James 25
Kafka, Franz 67 f., 78
Kant, Immanuel 303, 305
Kayser, Wolfgang 22
Keller, Gottfried 140
Klein, Hans-Wilhelm 274

Sachregister

Es sind nur solche Begriffe aufgenommen, die nicht oder nicht vollständig thematisiert sind.